JÜRGEN SEIDEL

DIE RETTUNG EINER GANZEN WELT

ROMAN

dtv

FSC
www.fsc.org
MIX
Papier aus verantwortungsvollen Quellen
FSC® C083411

Originalausgabe 2018

Quellenangabe des Zitats auf Seite 5:
© Alexander Kluge. In: Chronik der Gefühle. Band 1.
Suhrkamp Verlag, 2000
Umschlaggestaltung: Wildes Blut, Atelier für Gestaltung,
Stephanie Weischer unter Verwendung eines Fotos
von Arcangel Images/Malgorzata Maj
Satz: Druckerei C.H.Beck, Nördlingen
Druck und Bindung: CPI – Ebner & Spiegel, Ulm
Gedruckt auf säurefreiem, chlorfrei gebleichtem Papier
Printed in Germany · ISBN 978-3-423-26166-1

Menschen hausen in ihren Lebensläufen.
Alexander Kluge

Hätte es damals in Berlin Dr. Fareed nicht gegeben«, sagte Louise für alle hörbar, »dieser kleine Saal wäre jetzt menschenleer.«

Ich hätte es als Erste sagen müssen, dachte Bella. Es ist meine Rolle, ich bin die Mom, die Grannie, die Überlebende!

Es gab Beifall. Bella klatschte halbherzig mit. Ihr fiel auf, dass Chelsey jedes Wort ihrer Mutter lautlos mitgesprochen hatte. Der Satz klang nach. Louise hatte es ganz gut gemacht. Jedenfalls nicht so kühl und mechanisch, wie es bei Grace vorhin geklungen hatte. Bella wiederholte den Wortlaut im Stillen – und sah wieder alles nah und klar vor sich. Mit so vielen Details. Und natürlich fiel ihr Joost ein. Joost Gattermann war tot! Ihr Joost! …

Dass sich Berlin mit allen Einzelheiten ihr in den Sinn zwängte, passierte auch sonst schon mal. Vor Kurzem in der Subway nach Brooklyn, da saß ihr ein Mädchen gegenüber, das aussah wie Sarah. Sofort hatte sie das Lyzeum vor sich gesehen, die Berliner Freundinnen. Irgendwelche Dinge lösten es aus. Bella wurde den Eindruck nicht los, dass es neuerdings öfter passierte als früher. So lange ist das alles her! Wirst du jetzt doch noch sentimental? Es ist das Alter! Es ist immer das verfluchte Alter!

Es war Sarahs Idee gewesen, Frau Lachmann »der Papagei« zu nennen. Die Direktorin des Charlottenburger Lyzeums trug einen grau durchwirkten Dutt, zugleich aber vier Ringe an den

Händen, weshalb hinter ihrem Rücken damals auch schon mal getuschelt worden war. Die Breite ihrer Nase suggerierte einen ungewöhnlichen Abstand der Augen und gab ihr das Aussehen eines tropischen Vogels, den Bella in ›Brehms Tierleben‹ entdeckt hatte – mit der Folge eben, dass die Schulleiterin bei den Freundinnen irgendwann nur noch »der Papagei« hieß. Das Kinn stets angriffslustig vorgestreckt, war Frau Lachmann dennoch beliebt und jedenfalls freundlicher gewesen als viele ihrer Kolleginnen.

Gemeinsam mit siebzehn Mitschülerinnen (drei allein aus ihrer Klasse) hatte Bella vor Unterrichtsbeginn durch den Pedell die Mitteilung erhalten, sich »umgehend« in Frau Lachmanns Vorzimmer einzufinden.

Die Direktionssekretärin war eine genauso freundliche ältere Dame wie ihre Vorgesetzte. Sie begrüßte die Mädchen und ließ sie im Gänsemarsch an der brusthohen Diensttheke des Vorzimmers entlang das Lachmann'sche Büro betreten, wo man sich wie ein kleiner Chor zweireihig aufstellte. Die Direktorin sei noch unterwegs, werde aber jeden Moment eintreffen. Die Tür blieb offen.

Man hörte das Telefon läuten. Die Dame redete verhalten. Kurz darauf hörte man die Schreibmaschine, und wieder eine Minute später betrat sie den Raum, um eine Unterschriftenmappe auf den Schreibtisch zu legen. Als sie rausging, lächelte sie erneut.

Dann betrat Frau Lachmann das Zimmer und schloss die Tür hinter sich. Bella nahm auf Anhieb eine ebenso auffällige wie ungewohnte Unruhe an ihr wahr. Die Direktorin räusperte sich ein paarmal, stellte sich wie die Leiterin des kleinen Chors vor ihn hin und ließ einen Moment die Stille den Raum ausfüllen. Schließlich hüstelte sie noch einmal und begrüßte die Schülerinnen.

»Ich habe euch etwas mitzuteilen.« Ihre Stimme wollte sich nicht recht finden, sie hüstelte erneut, holte Luft, knetete die

Hände. »Ihr dürft mir glauben, dass es mir nicht leichtfällt … Ich kann mich nicht entsinnen, als Pädagogin je zuvor in einer vergleichbaren Lage gewesen zu sein. Auch auf die Gefahr hin, mich selbst zu gefährden, muss ich euch gestehen: Ich schäme mich. Das Risiko meiner Offenheit gibt mir wenigstens das Gefühl, meine Menschlichkeit und Fairness so teuer zu verkaufen, wie es nur geht. Ich weiß einfach nicht, wie ich diese … Zumutung von euch abwenden soll.«

Sie blickte zu Boden. Ihre Worte, da war Bella sicher, hatten jedes der Mädchen angerührt, ja das eine oder andere mochte eine Spur Mitgefühl empfunden haben – was im Nachhinein verrückt, grotesk wirkte, wenn sie jetzt darüber nachdachte. Aber es war so. Da war für alle so etwas wie die flimmernde Ahnung einer Schicksalhaftigkeit spürbar gewesen, die Aura eines unabwendbaren, unausweichlichen Unglücks, das wie ein Blitzschlag auf sie alle niederfuhr, ohne dass die Natur, nicht einmal der Zorn eines Gottes, auch nur das Geringste damit zu tun gehabt hätten. Allein, dass die Direktorin den Chor geduzt hatte, war von Bedeutung. Im Unterricht wurden die Mädchen üblicherweise gesiezt.

»Ich will es kurz machen, Mädel: Ihr werdet der Schule verwiesen …«

Die letzten Worte waren von ihr hervorgezwungen worden.

»Ihr werdet morgen das letzte Mal meine Schülerinnen sein …«

Ihr Blick flüchtete irgendwohin, kehrte zurück, funkelte unsicher.

»Nein, anders: Ich muss euch von der Schule werfen … Wieder falsch: *Ich werfe euch raus* … Ich habe als Direktorin die Anweisung erhalten, alle jüdischen Schülerinnen vom Unterricht auszuschließen. Ihr werdet ab übermorgen eine andere Schule besuchen müssen. Nähere Angaben hierzu findet ihr auf einer amtlichen Mitteilung im Gitterkästchen unseres Foyers.«

Wieder versagte ihr die Stimme. Sie schaute abermals zur Seite, nach oben, auf die Bücherwand im Rücken der Schülerinnen, zur Deckenlampe, auf den Papierkorb neben ihr am Boden. Die Lippen waren dünn und grau.

»Ich weiß nicht, was für eine Zeit das ist, in der wir leben, und wie lange ich noch auf meiner Position werde bleiben können. Es tut mir unendlich leid …« Ihre Stimme löste sich auf. Mit einem Ruck wandte sie sich zur Tür, rief »Bitte verzeiht mir!« und eilte nach draußen.

Als Bella und die andern Mädchen nach einigem Zögern das Büro verließen, war das Vorzimmer verwaist. Aus der Schreibmaschine lugte ein begonnener Brief hervor. Leo, der betagte Dackel des »Papageis«, hob flüchtig den Blick und legte seinen Kopf auf die alte Wolldecke zurück.

Im Klassenzimmer kam Bella das soeben Erlebte unwirklich vor. Noch verrückter war, dass sie und die andern jetzt, wo sie doch eigentlich schon relegiert waren, immer noch am Unterricht teilnehmen mussten. Während die Geografielehrerin die Nebenflüsse der Oder hersagen ließ, grübelte Bella über Frau Lachmanns Mitteilung.

Der Aushang im Foyer verwies auf eine »jüdische Schule«, die ziemlich entfernt lag und wo man vermutlich niemanden kannte. Dass sie, Bella, übermorgen den Weg dorthin würde finden müssen und morgen hier ihr letzter Tag zusammen mit Leni, Sarah, Britt und den andern sein sollte, wollte ihr nicht in den Kopf. Das Lyzeum war so etwas wie ein Stück Zuhause, die Klasse eine Art Geheimbund – vielleicht nicht unter Einbeziehung aller, aber der meisten Mädchen. Man verteidigte einander gegen »Nichtklässler«, man kritisierte oder tadelte sich auch, natürlich, aber stets unter dem unausgesprochenen Vorbehalt der Freundschaft. Wohin sollte das alles mit einem Mal verschwunden sein?

Von den wenigen, die nie richtig hatten dabei sein wollen, fing Waltraut Vogt als Erste an, sich während der Stunde immer wieder nach Bella umzudrehen, mit einem Ausdruck, als sehe sie eine Fremde. Es folgten Astrid Stroh, Elke Niemeyer und ein Mädchen namens Juttchen, das erst kürzlich in die Klasse gekommen war und seither alle Freundschaftsangebote ausgeschlagen hatte.

»Beachte sie einfach nicht!«, flüsterte Leni, die es mitbekam.

Bis zum Ende der Stunde waren dann weitere zwei Mädchen hinzugekommen, die dauernd herschielten, auch nach den andren drei. Es störte, aber niemand sagte etwas, bis Sarah die Geduld verlor. Statt einen der Nebenflüsse zu nennen, sagte sie: »Wir sitzen hier zusammen wie immer, und mit einem Mal starren ein paar von uns ein paar andere an, als hätten die sich irgendwie verkleidet.«

»Schön, dass du dieses Bild wählst«, erwiderte die Lehrerin. »Ich denke, Bella und die anderen drei Mädel waren durchaus nicht die, die wir zu kennen glaubten. Jetzt haben sie ihre Verkleidung, wie du richtig sagst, abgelegt, und wir wissen, woran wir sind. Du scheinst darüber erstaunt zu sein, Sarah. Vielleicht möchtest du uns deine Verblüffung vorne an der Tafel einmal erklären. Ich meine, wir wissen doch alle, was es mit den Juden auf sich hat. Du könntest uns helfen, deine merkwürdige Verwunderung zu verstehen. Bitte sehr!«

Sarah wurde feuerrot und schwieg.

»Willst du nicht? Gut, dann möchte ich dich bitten, meinen Unterricht nicht länger zu stören. Ich denke, wir sind alle in der Lage, noch zwei Tage mit den betreffenden Mädchen auszuhalten, ohne sie unentwegt anzustarren, meine Damen …« Damit nahm sie ohne Verzug ihren Stoff wieder auf, von dem sie abgelenkt worden war.

Bella erinnerte sich schmerzhaft, dass sie bis zum Unterrichtsschluss kein einziges Wort mehr hatte hervorbringen können. Eine vernünftige Fortführung der Stunde war nicht mehr möglich gewesen. Immer wieder funkten die Störerinnen dazwischen, machten Bemerkungen, ignorierten die Ermahnungen der Lehrerin. Bis Juttchen plötzlich heulend aufsprang und forderte, dass »die Jüdinnen« unverzüglich das Zimmer verlassen sollten, sonst würde sie es selbst tun und zu Hause ihren Eltern genauestens Bericht erstatten.

Trude Jakobson stand als Erste auf. Sie packte ihre Sachen und ging mit gesenktem Blick zur Tür. Die beiden anderen folgten ihr. Bella blieb. Mit wild pochendem Herzen. Unfähig aufzustehen, sich überhaupt zu regen …

Oh ja, sie wurde also sentimental. Und es war das Alter! So, jetzt bist du dran mit dem Satz!, ermahnte Bella sich im Stillen. Mit jenem Satz, den mit Bedacht auszusprechen bei den Familientreffen zum Ritual geworden war. Sie wurde abgelenkt, sah sich im Raum um und zählte nach: die beiden Töchter Grace und Louise, die Schwiegersöhne Patrick und Nigel und deren Kinder – dazu der Besuch aus Dublin, also Pats Brüder Ian und Mike plus Anhang. Sie waren fünfzehn Menschen. *Fünfzehn!*

Dieses Jahr fand das Familientreffen im »McInnes« statt, einem der alten, soliden Hotels am Ostrand von Tribeca. Eigentlich hatte man sich schon im Juni treffen wollen, aber Patrick war in der Firma seines Vaters in Dublin wieder mal »hängen geblieben« und erst Ende Juli wieder aufgetaucht. Jetzt hatte schon der August begonnen. Immerhin war die hoffentlich letzte der alljährlichen New Yorker Hitzewellen durch.

Bella konzentrierte sich.

»Hätte es Dr. Fareed damals nicht gegeben«, rief sie (mit zu wenig Luft), »und hätte er nicht getan, was er tat, wäre dieser Raum jetzt menschenleer!«

Oz hätte das Sagen des Satzes mit Kopfschütteln quittiert, es wäre ihm zu theatralisch vorgekommen. Aber er hätte mitgemacht, da war sie sicher. Das zehnte Treffen lag zwei Jahre zurück. Dieses war das elfte. Das elfte Mal schon! Wo bleibt bloß die Zeit?

Damit angefangen hatten sie nach Oz' Tod, 1969. Er starb zwei Tage vor der Mondlandung, weshalb sich seither, sobald sie die berühmten Bilder sah, ein Gefühl der Trauer einstellte – auch wenn ihr der Name Armstrong irgendwo begegnete; zuweilen genügte der Klang einer Trompete. So einfach funktioniert das Gedächtnis! Manchmal.

Eigentlich war es die Idee der beiden Mädchen gewesen: diese Familientreffen. Halbwaisen von einem Tag auf den andern. Sie gingen damals auf die Highschool, drüben in Brooklyn. Im Frühjahr '70 hatte man sich das erste Mal zusammengesetzt, bei »Ricardo's« in der 21st Street. Osterferien. Alle heulten.

Dass es mal fünf Enkel geben würde, hätte sie damals niemandem geglaubt. Tochter Louise, die ältere und strengere, heiratete im März '80 den bis heute etwas undurchsichtigen Nigel Jespersen, Grace wenig später ihren Patrick O'Duffy aus Dublin – von wo sie nämlich nach einer Europatour schwanger nach Hause gekommen war. Von da an waren in biologisch ordentlichen Abständen bei Grace und Patrick die Kinder June, Eve und Clint zur Welt gekommen, und Louise hatte Milli und später Chelsey geboren. *Merry Gloom Chelsey*. Bei jedem der Familientreffen hatte ein neues Kind in Bellas Armen gelegen. Die andern waren jedes Mal ein Stück gewachsen und machten jede Menge Lärm. Jetzt hatte Clint Pickel im Gesicht und zwei der Mädchen Brackets auf den Zähnen, und wenn sie was erzählten, knibbelten sie an den Fingern und guckten verlegen in der Gegend umher. Sogar Chelsey, die Jüngste von allen, redete mittlerweile einigermaßen verständlich, auf jeden Fall mehr als früher.

Die ältesten Enkel waren jetzt also etwa so alt wie die beiden Töchter damals, als Oz starb und sie die »Treffen zur Festigung des Familienzusammenhalts« erfanden. Mit selbstgemalten Einladungskärtchen und allem Tamtam. Aus Angst und Trauer, was sonst? Man kleidete sich gut, hatte schicke Frisuren und trug teure Schuhe, bewegte sich ein wenig steif und legte insgesamt Wert darauf, feierlich zu wirken. – Wenn sie selbst morgen früh mausetot in ihrem Bett liegen würde, überlegte Bella, wie Oz damals (nur in einem für alle akzeptablen Alter bitte sehr) – was würde die neue Generation als Ritual erfinden, um die Familie zusammenzuhalten? Würden die Enkel überhaupt auf eine solche Idee kommen wie die Töchter damals? Manchmal hatte sie den Eindruck, dass alle längst auf eigenen Planeten lebten.

Als Oz starb, hatten noch die potenziellen Urgroßeltern der Enkel gelebt, also Grace' und Louises Großeltern – Bellas Eltern, mit denen sie nach Kriegsende aus Berlin hierher in die Staaten gekommen war. Beim ersten Treffen 1970 hatte es drei Überlebende und zwei Kinder gegeben, fünf Menschen, die den Tisch in Ricardos kleinem Restaurant gefüllt hatten – *der nämlich leer gewesen wäre, wenn Dr. Fareed in Berlin damals nicht* ... Und nun waren aus fünf fünfzehn geworden und die Welt hatte sich sehr verändert!

Bella blickte durch die großen Fenster über die famose Stadt in südwestliche Richtung. Die Fernsicht war ausgezeichnet. Der Blick führte ins Wirrwarr der vertikalen, grau gestuften Fassaden, vorbei an den Twins, bis auf den unteren Hudson. Ferne, glitzernde Wasserstreifen. Die beiden kantigen Türme waren damals noch zwei unfertige Baustellenklötze gewesen. Jetzt, dreißig Jahre später, schwebten sie makellos, matt glänzend, beinah schwerelos über der City, über der Welt – ein bisschen wie dieser geheimnisvolle schwarze Dominostein in Kubricks Weltraumfilm. Weit hinten sah man ein Stück Ellis Island, das bei ihrer Ankunft nach dem Krieg noch kein Museum gewesen war, sondern raue Verwaltungsrealität. Die Stadt war dreckig gewesen, dafür aber noch übersichtlich, jedenfalls hatte man sich das einbilden können. Heute nicht mehr. Hier unten, dachte Bella – also Bowery, Lower East Side, Chinatown –, hier würde sie heute nicht mehr allein durch die

Straßen laufen wollen. Die Welt war anders als früher. Womöglich war sie es gar nicht, aber sie fühlte sich entschieden anders an.

»Wann fliegt Nigel denn nach Washington?«, fragte sie über den Tisch in Louises Richtung. Auch, um sich selbst abzulenken von dem »anders«, das sich partout nicht mehr aus ihrem Leben entfernen lassen wollte. Alles ist anders als früher. Es ärgerte sie, dauernd darüber nachdenken zu müssen, bloß weil sie alt war. Wieso konnte man sich nicht darauf konzentrieren, dass die Welt einfach nur anders war als früher, weil es eben so war? Dass sie sich änderte, nicht weil man als Mensch alterte, sondern weil die Zeit verging. Die verdammte Zeit verging nun mal, die Zeiger drehten und drehten sich, das ist eben so! Die Wochen und Schabbatot wippten vorbei wie früher die Telefondrähte draußen hinter dem Waggonfenster der Eisenbahn, als sie ein Kind war und mit den Eltern von Berlin-Mitte zum Müggelsee rausfuhr. Es hat nichts mit mir zu tun, dachte sie wütend, merkte aber gleich, dass die Grübelei sie bloß noch zorniger machte.

»Er fliegt am Mittwoch«, antwortete Louise. »Ich bin vier Tage allein. Wenn du willst, kannst du kommen und bei uns bleiben. Wir kochen was Schönes.«

Bella schüttelte den Kopf – und ärgerte sich, noch während sie das Angebot ablehnte. Vier Tage mit den Kindern drüben in Flemington wären doch fein, wieso eigentlich nicht? Natürlich würde sie am Ende enerviert und froh sein, wieder hierher nach Hause fahren zu können. Spaß hätte es trotzdem gemacht.

»Am Donnerstag hab ich Theater und am Samstag ist Lesegruppe.«

Louise verzog bedauernd den Mund, sagte aber nichts. Bella fragte sich, ob sie wirklich erwarten durfte, dass die Tochter sie jetzt überredete? So was wie: Theater und Lesekreis können ruhig mal warten, Mom! – Ja, insgeheim wünschte sie sich das wohl: dass man sie wirklich dort haben wollte. Und es sollte bitte nicht so was dahinterstecken wie: Ach, die arme Bella, immer allein in der großen Stadt …

Louise hatte sich schon Ehemann Nigel zugewandt, der neben ihr saß und an seiner Armbanduhr spielte. Sie sah bleich aus. Bella konnte sich nicht erinnern, ob Louise auch als Kind schon dermaßen wenig Farbe gehabt hatte. Sie hatte jedenfalls nicht Grace' mediterranen Teint. Den hatte Oz ihr geschenkt. Louise war eher der durchsichtige Milch-und-Blut-Typus; *sie* hätte Patrick O'Duffy heiraten sollen, den irischen Rotschopf und Vielredner, der auch im Winter im T-Shirt herumlief wie die meisten dieser rätselhaften Kelten. Louise hätte gut zu ihm gepasst und wäre vielleicht ein bisschen von ihm aufgescheucht worden.

Besser als zu Nigel!, stellte Bella noch einmal bissig fest. Mütter sollten so was nicht denken. Sie dachte es trotzdem. Als Nigel und Louise heirateten, war dessen krauses Drahthaar noch voll gewesen. Jetzt zierte seinen Kopf ein hoher Kranz angegrauten Gestrüpps, das etwas von dem Seetang hatte, der gestern Abend im »Chinese Dragon« auf den Tellern lag und scheußlich schmeckte. Bella lachte eine Sekunde in sich hinein. Nigel sah es und hob die gewölbten Brauen, als hätte er bemerkt, dass sie ihn am Wickel hatte. Sein Blick wurde fragend, nicht unfreundlich. Sie schüttelte flink den Kopf und schaute weg. Bloß das nicht! Nigel war eitel, ehrgeizig, und wenn er wüsste … Dabei hatte er immer noch diese glatte Haut. Vielleicht von seinem schwarzen GI-Vater in Ramstein oder Heidelberg oder wo immer der damals stationiert gewesen war. Für den er sich schämte, obwohl er es abstritt. Sergeant Jasper Jespersen. Die urdeutsche Mutter war eine blonde Schönheit gewesen, die aber diese peinliche Familie hatte. Vom Schlage einer Marlene Dietrich. Schwarz und weiß – und weit und breit kein Jude, »arisch« eben, das Nazi-Gegenteil! Folglich glaubte Nigel, ein Freak zu sein, ein Missfit, ein überflüssiger Liebesunfall. Louise hatte es Bella irgendwann verraten. »Am liebsten würde er es wie Michael Jackson machen. Dabei sieht er doch immer noch toll aus, oder? Er ist auch sonst ein wertvoller Mensch, glaub mir, auch wenn er manchmal garstig zu dir ist.«

Louise hatte recht, auf besonders gutem Fuße stand Bella mit Nigel wirklich nicht – was gute Gründe hatte. Sie zog ihre Teetasse zu sich.

Die Tische in dem kleinen Saal waren mit Margeritensträußchen geschmückt. Das »McInnes« hatte Stil, es war teuer, aber gut. Nicht wie diese anderen neuen Hotels, wo alles aus Holzmehl bestand, mit Plastik überzogen. Sogar das Personal bestand hier noch nicht aus Polen und Filipinos, sondern Leuten aus Harlem oder der Bronx, deren Väter in den Fünfzigern und Sechzigern die sechs oder mehr Meilen bis in die City zur Arbeit noch zu Fuß gelaufen waren, um das Geld für die Subway zu sparen. Nicht, dass Bella so was je toll gefunden hätte. Sie verklärte nichts. Aber die Schwarzen in den guten Häusern hatten einen ehrlichen Blick, und wenn sie einen weißen Gast ansahen, wusste der hoffentlich, woran er war, und konnte ja mal drüber nachdenken. Aber bitte nicht diese neuere Einwanderermixtur aus eingeübt-sichtbarer Frustration und schmieriger Höflichkeit. Sie war selbst eingewandert und kannte all die Gefühle und Ängste und die alte, stinkende Halle auf Ellis Island; sie war damals auch nicht freiwillig hergekommen …

»Bella, du träumst!«, rief Grace von der Seite. Sie hockte mit Ian zusammen, Patricks jüngerem Bruder, der zwar schweigsamer war als die andern, aber letztlich denselben verdächtigen Humor hatte wie der Rest dieser irischen Familie, in die Grace so tapfer hineingeheiratet hatte. Geheuer war das nicht. Diese irischen Juden hatten sich halb totgelacht, als Rebbe Hecht einmal vor der kleinen Chelsey gehockt und sich seinen Kopf-Tefillin auf die Wange heruntergezogen und damit Späße gemacht hatte. Chelsey quiekte vor Vergnügen. Bella war nicht gläubig. Trotzdem hatte es sie geärgert; sie fand solche Dinge nicht komisch, sie gehörten sich nicht, und Schluss! »Das ist diese irisch-katholische Kartoffelerde«, hatte sie Grace damals halb ernst gewarnt. »Sieh dich vor – ehe du dich versiehst, bist du getauft. Ist dein Patrick eigentlich richtig beschnitten? Gibt's da in Irland überhaupt ordentliche Mohalim ...?«

Ian O'Duffy kam ihr noch gottloser vor als der Rest dieser keltischen Meute. Trotzdem war er ihr sympathischer als der halb deutsche, halb schwarze Nigel. *Nigel Jespersen!* Es gibt Menschen, die sind wie Muscheln. Man weiß nicht, wie sie aussehen, welche Farbe sie haben oder ob sie schmecken oder giftig sind. Ein wichtiger Unterschied zu den Iren war auch, dass sie diese Einstellung zu Nigel vor Louise lieber geheim hielt. Grace gegenüber musste sie keine Rücksicht nehmen, Irland hin, Irland her. Sie hörte immer noch, wie es geklungen hatte, als Grace damals aus Dublin nach Hause gekommen war. In voller Reisemontur hatte sie im Wohnungsflur gewartet, bis Louise und die Mutter mit großen Augen dastanden und ihnen beiden klar geworden war, dass da jetzt irgendwas kommen musste. »Ich bin schwanger! Ich bekomme ein Kind von ihm! Die Welt geht weiter!« Es war so was wie der schönste Augenblick im ganzen Leben gewesen. Doch. Schöner sogar als die vielen Male in Berlin, wenn es wieder mal so schlimm gewesen war, dass sie, Bella, und ihre Eltern hatten denken müssen, jetzt ist alles vorbei, jetzt endgültig – und dann gab es doch einen Ausweg.

»Kommst du mit nach Dublin?«, fragte Grace. »Die drei Brüder laden uns im Oktober zum Firmenjubiläum ein. Du musst mitkommen, es wird dir gefallen.«

Bella grinste schief, es war Flucht vor der Antwort. Sie traute sich nicht, geradeheraus Nein zu sagen. *Dublin!* Jeder weiß, dass es dort nur Schafe und Regen gibt, in diesem Land der Tränen. Man vermengt sich nicht mit einem Volk, dessen Geschichte nur aus Hunger, Besatzung und christlichen Legenden besteht. Vor allem dann nicht, wenn der Vorname des jüdischen Ehemanns und Schwiegersohns ausgerechnet den eines erzkatholischen Bischofs und Nationalheiligen trägt.

»Ich vertrage keinen Whiskey.«

Der Bruder des Nationalheiligen konterte sofort mit seinem grundehrlichen, entwaffnenden Lachen. Allein deshalb musst du dich schämen, die Einladung nicht ohne Zögern angenommen zu haben!, tadelte sich Bella im Stillen.

»Ich überleg's mir.«

Die Notlüge glättete ihr Gewissen immerhin ein bisschen. Der heilige Patrick hatte alles mitgehört. Er stand von seinem Stuhl auf und kam zu ihr. Bella war nicht überrascht. Pat würde ihr ein Nein nicht durchgehen lassen. Das war auch so was Irisches. Diese Leute hatten so viel Not und Leid erlebt in all den Jahrhunderten, dass sie nie etwas akzeptieren oder auf sich beruhen lassen konnten. Irgendwie glaubten sie immer, dass es einen Weg geben musste, ihren Dickschädel durchzusetzen. – Das hat euch der Hunger in die Gene gepresst!, dachte Bella grimmig, als Pat sich federnd neben sie setzte.

»Bella, du kommst natürlich mit.«

Da hatte man es wieder! Sie war wirklich nicht überrascht. Aber dass manche Dinge so gar nicht vom Erwartbaren abweichen wollten, erschien ein bisschen beunruhigend. Kannte dieser Patrick O'Duffy auch schon ihr Todesdatum, die Uhrzeit, die Art und Weise, wie sie sterben würde? Ließ er sich nachts von seinem katholischen Namensvetter zutiefst nichtkoschere Informationen zuflüstern?

»Du weißt alles über mich, kann das sein?«

»Klar!«

»Hör zu, ich bin eine alte Frau! Die Frage ist, ob ich im Oktober überhaupt noch lebe.«

»Ach ja? In Irland stirbt's sich wunderbar, Bella. Glaub mir.

Wir sind auf alles vorbereitet. Aber es passiert nichts. Sogar die Juden kommen mit dem Regen klar, weißt du? Natürlich sind schon welche ertrunken, das kommt vor. Aber wenn wir dich überall in die Mitte nehmen, bist du sicher.«

»Ich sterbe nicht am Regen. Am Alter, mein Junge.«

»Wie bitte?« Er grinste breit. »Gibt's bei uns nicht, muss ich dich enttäuschen, hab ich noch nie gehört …«

Grace' Sohn Clint rief im Vorübergehen: »Wir fliegen nach Irland, Grannie. Alle!«

»Ich weiß nicht, ob ich mitkommen kann«, sagte Bella ahnungsvoll.

»Du musst können, Grannie.« Der Junge ging weiter, ohne abzuwarten, ob es eine neue Antwort gab. Am anderen Tischende wurden Karten gemischt. Bis auf Chelsey versammelten sich dort die Kids.

»Ich bin von Auguren und Hellsehern umgeben«, sagte sie zu Pat. »Jeder kennt mich besser als ich mich selbst … Es gibt einen Punkt im Leben, vor dem ich dich warnen möchte, lieber Schwiegersohn. So jung bist du auch nicht mehr. Die Zeit vergeht, und irgendwann bist du so alt, dass du nur noch halb existierst. Egal, was du dann tust oder sagst, die andern nehmen nur noch die Hälfte vom Ganzen wahr – manchmal weniger. Ich frage mich, ob der Tod vielleicht nur darin besteht, dass man am Ende von den andern überhaupt nicht mehr wahrgenommen wird. Irgendwann werdet ihr denken, dass ich gar nicht mehr lebendig sein *kann*, und dann beerdigt ihr mich und ich kann nichts dagegen tun.«

Chelsey stand plötzlich mitten in dem großen, hellen Raum. Sie wartete wohl, dass alle zu ihr hinsahen. Ein paar schauten, andere redeten weiter oder gossen sich frischen Tee in ihre Tassen, begutachteten die Reste des lobenswerten Gebäcks. Die andern Kinder spielten und schwatzten laut, Louise saß versunken da. Dabei stand doch ihre jüngste Tochter konzentriert und mit ernstem Gesicht in der Mitte von allem. Es wirkte, als überlegte das Kind, welche Maßnahmen es ergreifen musste, um nicht auch noch in einer Stunde unbeachtet so dazustehen. Chelsey sah aus wie alle Kinder diesen Alters, wenn man allmählich kapiert, dass man sich in ein paar Jahren auf den Wechsel in die Highschool vorzubereiten hat. Es war nichts zu sehen von dem behinderten Mädchen, das hoffentlich demnächst an vier Tagen in der Woche das Institut des Doktor Schedel besuchen würde, bei dessen Stiftung man sich um einen Platz für Chelsey beworben hatte, weil die dortigen sonderpädagogischen Methoden neuerdings in aller Munde waren. Das Institut lag nur eine Autostunde von Flemington, New Jersey, entfernt, dem Wohnort von Louise, Nigel und den Enkeln. Es wäre einfach perfekt.

»Louise! … Louise!«, zischte Bella über den Tisch. Chelsey drehte sich zur Seite – und die Illusion war futsch. Das Down-Kind grinste, stemmte die Arme in die Hüften und rief so klar und deutlich, dass sofort alle verwundert hochguckten: »Wär in Berlin nicht der Doktor da … da wär jetzt alles leer hier, leer … hier wär doch keiner … oder nicht? …«

Bella fühlte, wie ihr die Tränen in die Augen schossen. Es war ihr unangenehm, sie hasste Sentimentales. Chelsey heimste die allseitige Beachtung und den Beifall ein und grinste weiter ihr entwaffnendes Grinsen. Louise rannte zu ihr hin, hob sie hoch und wirbelte sie herum. Dieses Kind hat das Gesicht eines eigenen kleinen Volkes, dachte Bella, eines zweiten, das kein Land, keine Regierung, keine Geschichte hat außer der von Ausgrenzung, Ablehnung, Erniedrigung, Verfolgung und Ausrottung. Das Gesicht eines jüdischen Down-Menschen, dachte sie, gehört einem doppelt Geschlagenen. Heulte sie jetzt, weil ihr Herz schneller war als ihr Kopf? Chelsey war ein ordentlicher Schreck gewesen, kurz nach der Geburt, als es klar war. Aber Nigel und Louise hießen weder Hiob noch Singer und spielten *nicht* in der wunderbaren Joseph Roth-Erzählung mit. In der Wirklichkeit sind behinderte Kinder nicht plötzlich gesund, wenn man ihnen nach einer Ewigkeit wiederbegegnet. Bella ließ die Tränen laufen.

»Warum weinst du, Grannie?«, fragte Enkelin Eve.

»Ich freue mich über Chelsey.«

»Ist ein Wunder passiert?«

Bella war nicht sicher, wie ernst die Dreizehnjährige es meinte, und antwortete erst mal Ja. Schließlich war sie, die Davongekommene, seit ihrer Jugend kompetent, was Wunder betraf. Sofort kroch ihr Berlin ins Gedächtnis. Mit so vielen Details! Wie neulich in der Subway nach South Ferry. Auf dem Weg zu ihrer Lesegruppe, in der meist länger über alles Mögliche geschwatzt wurde als über die Lektüre. Vielleicht traf man sich überhaupt nur deshalb noch. In der Subway neulich hatte sie so was wie erlebt … ja, *so was wie erlebt*, dass sie schlagartig wieder vierzehn war, auf dem Lyzeum, mit ihren beiden besten Freundinnen. Und dann sechzehn, als sie das erste Mal ihren Joost getroffen hatte. In Dr. Fareeds Praxis. Der Sterilisationsapparat war kaputtgegangen und hatte repariert werden müssen. Dabei gab es keine Ersatzteile, weil der Krieg alles wegfraß, Draht, elektrische Sicherungen, Schalter, alles. Joost schaffte es trotz allem damals. Und nun lebte er nicht mehr. Ihr Joost!

Begonnen hatte es damit, dass die Berliner Familie ihr Wohn- und Geschäftshaus in Mitte von einem auf den andern Tag hatte verlassen und nach Moabit ziehen müssen. Wenn sie es so für sich sagte, klang es beinah harmlos. Aber es war Ende 1939, und der Vater war gezwungen worden, seinen Gemüsegroßhandel »aufzugeben«; einer seiner Kunden hatte das Geschäft »übernommen«. Sie, Bella, verstand nicht, was da eigentlich vor sich ging. Sie war fünfzehn und litt an einer Mittelohrentzündung. Der jüdische Hausarzt hatte seine Praxis schließen müssen, wo also hin in der neuen, fremden Umgebung?

Bella war immer wieder verblüfft, wie scharf umrissen manche Erinnerungen waren. Nicht alle. Es gab Scherenschnitte ohne Inhalt, Details wie schwimmende Wrackteile, von denen sie nicht wusste, wohin sie gehörten. Szenen, denen der Zusammenhang fehlte. Das meiste aber war schmerzhaft deutlich.

Ihre Oma, die Mutter und sie hatten ein winziges Zimmer in einem sogenannten Judenhaus bezogen. Der Vater war woanders untergekommen. In dem Zimmer gab es eine Kochnische und im Treppenhaus eine Toilette, die eine Zeit lang niemand Fremdes im Haus zu benutzen schien. Daheim in Mitte hatte sie es gehasst, auf die eine oder andere Weise die ihr unbekannten Vorbenutzer wahrnehmen zu können. Das Privileg in der neuen Unterkunft verlor sich jedoch schnell. Das Leben stand kopf und eigentlich hatte sie das alles während der ersten Wochen damals überhaupt nicht glauben und begreifen können. Die Angst vor so etwas hatte schon lange bestanden, aber irgendwie hatte sie die Kunst beherrscht, die Gedanken nicht zu nah an sich heranzulassen, hatte es geschafft, den täglichen Terror als etwas zu sehen, das stets nur nebenan, gegenüber, jedenfalls woanders passierte. Es gab Nachrichten, Gerüchte, Vermutungen, Hörensagen – ihr, der Oberschülerin Bella, aus einem ganz normalen bürgerlichen Haushalt kommend, war all das irgendwie entfernt erschienen.

Der erzwungene Umzug war mit ihrem Rauswurf aus dem Lyzeum zusammengefallen. Bis dahin auch so eine Undenkbarkeit, ein Schlag, der immer nur die anderen getroffen hatte. Die jüdische Schule lag entfernt, sodass sie von Moabit aus mehr als eine Stunde brauchte, um pünktlich dort zu sein. Im Lyzeum hatten die meisten der Klassenkameradinnen bedauert, dass sie wegmusste, ihre beiden besten Freundinnen Leni und Sarah hatten geweint. Einige der Lehrerinnen hatten ihr nicht mal die Hand gegeben, als sie sich voller Ernst von ihnen verabschieden wollte. Die Kränkung wirkte lange nach. Wie naiv und gutgläubig sie bis zu diesem Zeitpunkt noch gewesen war! Wieso hatte sie Umzug und Rauswurf nicht sofort als das gesehen, was sie waren: die rücksichtslose Vertreibung der Familie aus dem angestammten Viertel, in welchem sie selbst, ihre Eltern und deren Vorfahren geboren worden waren? Stattdessen hatte sie gehofft, dass es so etwas wie ein Irrtum wäre.

Die Mutter kannte einen Schneider, der im Westfälischen Viertel sein Atelier hatte, und erkundigte sich bei ihm nach einem Arzt in der Nähe. Der Mann hörte sich um und hatte ihr nach ein paar Tagen die Anschrift eines Arabers gegeben – einer der letzten von vielen Tausenden Söhnen aus wohlhabenden nordafrikanischen Familien, die in den Zwanzigerjahren in Berlin studiert und gearbeitet hatten. Nach '33 hatten es die meisten vorgezogen, das Land zu verlassen. Dr. Kamal Fareed war in Berlin geblieben. Er hatte sich verliebt; das war eine eigene Geschichte. Erika, seine Verlobte, die er zwar hatte erobern können, nicht aber heiraten dürfen, war zauberhaft. Nicht einmal schlafen durfte er mit ihr. Nazi-offiziell. Bella sollte sie bald näher kennenlernen.

Die Oma, die Mutter, sie selbst – alle waren irritiert.

»Warum um alles in der Welt ein Araber?«, fragte Oma empört.

Der Vater schüttelte den Kopf. »Ein Muselman …!«

Bellas Ohrenschmerzen jedoch zeigten eine entschieden völkerversöhnende Wirkung. Sie gingen zu ihm hin, er behandelte Bella, und nach ein paar Tagen hatte sie nachts wieder durchschlafen können.

Dr. Fareed also! Bella sah ihn vor sich. Für die Nazis war er ein »Hamit«, ein Nachfahre Noahs gewesen oder so etwas, kein »Arier« jedenfalls.

Sein Verbleiben in Nazi-Deutschland brachte ihm bald Ärger ein. Weil Ägypten als Protektorat der Briten galt – also gleichsam Feindesland war –, wurde er zu Beginn des Krieges zusammen mit ein paar Dutzend Landsleuten interniert. Frei kam er nur, weil er in Haft erkrankt war und sich die diplomatische Vertretung Ägyptens für seine Entlassung unter Auflagen starkgemacht hatte. So musste er sich zweimal täglich bei der Polizei melden – »um zu beweisen, dass ich existiere«, wie er selbst später einmal schmunzelnd sagte.

An der allgemeinen Gefährdung änderte sich nicht einmal viel, als sich der Großmufti von Jerusalem, Amin Al-Husseini, Hitler andiente, vermutlich als Spion, jedenfalls als feurigster Verehrer, wofür man ihn als Ehrengast behandelte und bis Kriegsende in Berlin wohnen ließ.

Kamal Fareed war ein großer, schlanker, sehr freundlicher, für Bella bereits älterer Herr aus der Generation ihres Vaters. Er trug den exaktesten, geradesten Oberlippenbart, den sie je gesehen hatte; ansonsten war er glatt rasiert. Morgen für Morgen musste er ihrer Vorstellung nach viele Minuten damit verbringen, das Bärtchen mit einer winzigen Nagelschere zu trimmen. Er besaß Klavierspielerhände mit manikürten Bilderbuchnägeln, auch das eines der ersten Dinge, die ihr damals an ihm aufgefallen waren. Als er das erste Mal ihr Ohr untersuchte, fühlte sie seine Fingerknöchel an ihrer Wange. Sie berührten die Härchen ihrer Haut und jedes Mal schien ein Funke überzuspringen. Er bewegte ihren Kopf behutsam hin und her und trug an seiner Stirn einen dieser runden Spiegel, in deren Mitte sich ein Guckloch befindet. Damit lenkte er das Licht der großen Behandlungslampe in die Ohrmuschel. Die Luft in dem Zimmer roch nach Kreuzkümmel, Kardamom und Minze. Trotz alledem hatte Bella eine leise summende Angst in sich wahrgenommen, die sie erst nach und nach in seiner Gegenwart überwand. Nie zuvor hatte sie aus solch unmittelbarer Nähe einen leibhaftigen Araber gesehen und erlebt …

Dr. Fareeds Wohnzimmer hatte ihm damals, nach Schließung seiner eigenen Praxis durch die Behörden, als Behandlungszimmer gedient. Unter dem Fenster stand ein Aquarium, darin lebten kleine, unglaublich bunte Fische. Bella konnte seine Stimme hören, nach all den Jahren – wie er damals, bei ihrer ersten Begegnung, jene sonderbaren Namen rief, durchs Glas ins Wasser, und wie er ohne Zögern so tat, als hörten ihn die Fische. Jeder einzelne. Ihr war sonnenklar, dass er nur sehen wollte, wie sie auf diese Albernheit reagierte. Auch merkte sie, dass er bei Nennung eines Namens mal auf den einen, dann auf einen anderen Fisch deutete. Und schließlich blieb ihr nicht verborgen, dass er selbst bemerkt hatte, dass sie ihn durchschaute. Er redete weiter, als sei nichts, und erklärte, dass es sich um nichts weniger als Pharaonen handele. »Das da ist Sethos. Hier vorne regiert Ramses. Dort haben wir Thutmosis und links hinter ihm schwimmt Amenophis, der leuchtende dort …«

Bei einer späteren Behandlung – Bella konsultierte den Arzt wegen einer fiebrigen Erkältung erneut – schwamm einer der Fische auf der Seite und bewegte sich nicht mehr. Dr. Fareed nahm ihn aus dem Wasser und legte ihn vorsichtig in eine silberne Nierenschale. Er umwickelte ihn kunstvoll mit schmalen Streifen Mullbinde und bestattete die Mumie in einem Blumentopf auf dem Balkon. Er sang dabei ein sehr orientalisch klingendes Lied, das Bella gefiel.

Seine nächste Patientin aus dem Kreis der Familie wurde Oma. Weil sie nicht mehr gut sah, hatte Bella sich bereit erklärt, sie hinzubegleiten. Bella setzte sich während der Behandlung in die Küche der Wohnung. Durch den Flur hörte sie leise die Stimmen. Die Zeit wurde ihr lang, also schaute sie sich um.

Es gab Dinge, die ihr verrieten, dass es sich nicht um eine normale Küche handeln konnte. Das Mikroskop zum Beispiel. Es gefiel ihr auf den ersten Blick. Sie hatte noch nie durch ein solches Instrument geschaut, kannte es aber aus dem Biologiesaal des Lyzeums und wusste, was man damit sehen konnte: Wasserflöhe, Pflanzenzellen, Trompeten- und Pantoffeltierchen, die so winzig waren, dass sie das bloße Auge nicht erkennen konnte. Ein umgekehrtes Fernrohr, hatte eine Lehrerin erklärt. Bella stellte sich vor, dass die Leere des Nachthimmels, die ja nur eine vermeintliche war, eine Entsprechung im Kleinsten und Unsichtbaren hatte. Was sie ohne Mikroskop zum Beispiel in Dr. Fareeds Aquarium sehen konnte, war nur ein Bruchteil dessen, was darin lebte. In nur einem einzigen Wassertropfen schwammen wahrscheinlich weit mehr winzige Tiere als bunte »Pharaonen« in dem ganzen großen Glaskasten. Sie nahm sich vor, den Arzt zu fragen, ob er ihr bei Gelegenheit einmal gestatten würde, sich einen Tropfen des Wassers unter dem Mikroskop anzuschauen.

»Den Teufel wird er tun«, erklärte die Mutter, als Bella später daheim ihren Plan verriet. »Ein Araber …!«

Neben dem Mikroskop und einer Reihe anderer Instrumente, die bestimmt nicht in eine Küche gehörten, hatte es einen gasbetriebenen Sterilisationsapparat gegeben; es sollte nur kurze Zeit dauern, bis sie erfuhr, dass der Apparat so bezeichnet wurde und wozu er diente. Überhaupt hatte sie bei diesem Besuch nicht ahnen können, wie sehr ihr Leben bald noch einmal auf den Kopf gestellt werden würde – noch einschneidender als nach dem erzwungenen Verkauf des Gemüsegroßhandels der Eltern an einen Geschirrwarenhändler aus Wilmersdorf für einen lachhaften Preis und nach dem anschließenden »Umzug« nach Moabit.

Bella sah sich wieder in Dr. Fareeds Küche sitzen. Fünfzehn Jahre alt – vor bald sechs Jahrzehnten. Die Wohn- und Sprechzimmertür des Arztes öffnete sich und ihre Oma trat in den Flur. Hinter ihr folgte Dr. Fareed in seinem langen, weißen, hochgeschlossenen Kittel, der seiner ohnehin würdevollen Erscheinung zusätzlich Autorität verlieh. Er überragte die Großmutter um deutlich mehr als einen Kopf, lächelte Bella an und machte eine Miene, als hätte er bemerkt, dass sie sich für das seltsame Küchenlabor interessierte. Die Oma fragte erst mal, wieso sie, Bella, die Küche überhaupt betreten hätte. Bella wollte selbst antworten, aber Dr. Fareed kam ihr zuvor. »Sie interessiert sich eben … Viele Mädchen und Frauen haben eine Menge Verständnis für Technik.«

»Ich wundere mich, dass ausgerechnet Sie das sagen, Herr Doktor.« Die Oma sah ihn erstaunt an.

»Weil ich Araber bin? Es gibt solche und solche …«

Bella verließ die Küche und blickte auf die Instrumente zurück.

»Bei Ihrem nächsten Besuch, Fräulein Bella, wünsche ich mir, dass Sie mir die Frage stellen, die Ihnen auf dem Herzen liegt, oder? Was es mit dieser Küche auf sich hat … Einverstanden?«

Wie sehr behütet sie aufgewachsen war, hatte sich erst erwiesen, als die Welt schon kopfstand. Erst da war ihr auch klar geworden, wie verletzlich sie war, wie empfindlich. Bella die Mimose! In der Welt herrschte Krieg und aus den Gesprächen der Erwachsenen hörte sie heraus, wie düster die Zukunft aussähe, vermochte aber lange nicht, es zu glauben. Es konnte nicht wahr sein. Der Horror der Novemberpogrome hatte einen kaum zu erklärenden Bogen um die Familie gemacht. Auch die Schreckensmeldungen der Folgezeit, ja des ganzen vergangenen Jahres 1941 erreichten sie nicht so schnell wie die meisten anderen. Krieg war erst mal nur ein Wort gewesen, so etwas wie ein plötzlicher Kälteeinbruch, aber eben kein Winter. Man redete darüber, aber Bella erlebte ihn nicht. »Wenn er schnell zu Ende geht«, klagte die Oma, »wird Hitler uns loswerden wollen, dauert er länger, droht uns dasselbe.«

Täglich überschlugen sich die Nachrichten und Gerüchte. Man nahm Juden die Häuser weg, die Essensrationen wurden kleiner und dürftiger, immer wieder fehlten auf den zugewiesenen Brotkarten Abschnitte oder waren von den Behörden durchkreuzt worden, das Bargeld von Juden wurde eingezogen und, und, und ... Einmal war im Moabiter Zimmer ein Mann erschienen, der sich das Leben nehmen wollte. Bella kannte ihn nicht, wohl ein früherer Angestellter ihres Vaters. Man hatte ihn aus seiner Wohnung gejagt, sämtliche Bücher und Möbel gestohlen. »Mir ist ein einziger Koffer geblieben«, sagte er. »Damit lässt sich kein Leben bewerkstelligen. Was ist die Konsequenz?«

»Die Konsequenz ist«, hatte die Oma geantwortet, »dass wir es trotzdem versuchen müssen.« Eigentlich war sie diejenige, die am häufigsten weinte und kaum mehr Hoffnung hatte.

»Mit einem einzigen Koffer?«

»Wenn nötig, mit einem einzigen leeren ...«

Bella hatte die Szene nie vergessen. Es war auch das erste Mal, dass sie einen Mann hatte weinen sehen.

Ein andermal trommelte ein Polizist gegen die Tür und verlangte Unterschriften, dass man das Ausgehverbot für Juden nach acht Uhr abends zur Kenntnis genommen habe.

»Aber Sie kennen mich doch, Herr Messner«, sagte die Mutter.

»Dienstlich nicht.«

»Wo hört der Dienst denn auf und wo fängt der Mensch an?«

Der Polizist wurde rot wie eine Tomate. Man unterschrieb. Mit der Zeit festigte sich in Bella eine formlose Angst, die umso bedrohlicher wurde, als nur die Erwachsenen die wahre Tiefe und Schwere und die Ursachen dieser Angst zu kennen schienen. Die Angst hockte wie ein Gespenst in der Ecke des Zimmers und atmete. Als eines Tages die jüdische Schule für ein paar Wochen geschlossen worden war, war Bella froh, nicht länger am Morgen und Mittag mit der Tram fahren zu müssen. Dort saß die Angst auf jedem freien Platz und drohte mit merkwürdigen Zeichen. Die Blicke und Bewegungen der anderen, aber auch das eigene Wegschauen und Umdrehen in Momenten, die es gar nicht verlangten. Auf irgendeine Mauer hatte man mit Kreide geschrieben: *Tod dem jüdischen Leben!* Bella hatte nie ein »jüdisches Leben« geführt, sie wusste gar nicht, was damit gemeint war.

Nach dem Münchener Attentat auf Hitler war das Leben noch schwieriger geworden. Man hungerte nicht. Aber die Wege zu Ämtern und Stellen oder zum jüdischen Gemeindehaus füllten den Großteil des Tages. Neue Brotkarten waren abzuholen oder eine Nachfrage wegen einer nicht erfolgten Zahlung zu stellen – stets waren große Entfernungen zurückzulegen, die sich zu dem Weg addierten, den die Mutter ohnehin hatte gehen müssen, wenn sie mit dem Vater sprechen wollte, der bei Freunden in der Kantstraße untergekommen war. Weil es in dem Zimmer in Moabit kein Telefon gab, war es der Mutter zwar erspart geblieben, im Telefonbuch hinter dem Namen den Zusatz »Israel« eintragen zu lassen, doch auch das zog Lauferei nach sich.

Wenn ihre Mutter zurückkam, hatte sie verweinte Augen. Entweder hatte es neue Gerüchte und Drohungen von Wohnungsdurchsuchungen gegeben oder der Vater hatte ihr gesagt, dass die kommende Erhöhung der »Judensteuer« in absehbarer Zeit alle Ersparnisse aufzehren werde. Nie war sie mit einer guten Nachricht zurückgekehrt, und Bella erinnerte sich, dass sie sich oft am liebsten die Ohren zugehalten hätte.

Schon vor Kriegsbeginn war man gezwungen worden, die Lebensmittelkarten zu bestimmten Läden in der Stadt zu tragen. Wohin man kam, war man das Ende einer schweigenden Schlange, dann ihre Mitte, schließlich reichte man die Karten über den Tisch und trat den Rückweg mit kaum mehr als einem Pfund Kartoffeln oder einem halben Laib Brot an. In den Fenstern der Geschäfte, in die man bislang gegangen war, blickte man statt auf Pyramiden aus Fischbüchsen oder Seifenstücken auf Porträts des »Führers«.

Nach Schließung der jüdischen Schule wurde die Aufgabe des Einkaufens an Bella übertragen. Sie entwickelte ein gewisses Geschick darin, in der Warteschlange stehend frühzeitig abzuschätzen, ob sich ihre Geduld lohnte oder ob die Frau oder der Mann vor ihr gerade das letzte Stück einer Lieferung Büchsenmilch oder Kunsthonig entgegennehmen würde. Die Aufgabe veränderte sie, nagte an ihrer Kindlichkeit. Die Mimose verblühte. Vor allem, weil klar wurde, dass sie nicht auffallen durfte. Bis man den Juden im September 1941 den Stern aufzwang, übte Bella (fürs tägliche Leben sozusagen) Blicke und Gesten, eine veränderte Körperhaltung, wenngleich ihre Kleidung nicht dazu passte. Sie spielte Brigitte Nölte aus ihrer Lyzeumsklasse. Britts Vater war ein bekannter Anwalt und besaß in Südfrankreich ein Ferienhaus mit Schwimmbecken und einem eigenen Apfelsinenhain. Sie hatte nach den Ferien Farbfotos herumgehen lassen und an warmen Tagen absichtlich bunte Blusen mit auffälligen Motiven getragen: bauchige Rotweinflaschen, Knoblauchzehen, Korkenzieher. Die Lehrerinnen hatten die Nase gerümpft. Britts Miene blieb in solchen Augenblicken bewundernswert ungerührt, als wartete sie darauf, dass eine Bemerkung fiele, die sie mit einer extrapatzigen Erwiderung parieren konnte. Selbst die Direktorin hatte lange nicht gewagt, sie zu tadeln.

Es war vorgekommen, dass Bella ein Geschäft betrat und nach ihr eine Dame hereinkam und tat, als sei Bella Luft. Sie überwand das Angstgespenst (zu der Zeit hatte es sich noch vertreiben lassen), fasste allen Mut zusammen, blickte die Frau an und »spielte Britt Nölte«. Britt gegenüber hätte die Frau schon beim Hereinkommen erkannt, dass sie sich würde gedulden müssen wie alle anderen. Bella sprang niemandem ins Auge, der dunkle, jungenhafte Pagenkopf machte sie gleichsam unsichtbar. Brigitte Nölte trug richtige Frisuren. Alle beneideten sie. Kurz bevor Bella die Schule verließ, hatte sich Britt den Plan ausgedacht, Frau Dr. Gümerlich (Geschichte und Erdkunde) eines Morgens mit dunkelrotem Lippenstift einen solchen Schock zu verpassen, dass ein Anruf der Direktorin bei ihrem Vater gleichsam unvermeidlich gewesen wäre. Alle hatten sich darauf gefreut, Zeugen dieser Szene zu werden.

In jenem Geschäft damals hatte sie der Dame also einen gewissen Blick zugemutet – und einfach nur Glück gehabt. Erst später war ihr klar geworden, wie sehr sie sich und alle gefährdet hatte. Hätte die Frau nach Namen und Adresse gefragt, welche Folgen hätte es nach sich ziehen können? So naiv war sie da noch gewesen. Aber wieso naiv? Ihr Leben lang hatte sie sich nie als andere »Rasse« von Mensch gefühlt. Normaler, als sie sich fühlte, konnte man gar nicht sein. Auch ihr Aussehen war Durchschnitt, die hohen Wangenknochen, das kurze dunkle, glatte Haar, die grünen Augen. Nichts passte zu der verrückten Rassentheorie der Zeit. Die Novemberpogrome hatten die Erwachsenen um sie her verändert, aber nichts davon bezog Bella auf sich. Sie verstand nicht, was passierte. Es hatte sich angefühlt, als seien alle Leute im Land einem umfassenden, völlig verrückten und im Grunde rätselhaften Irrtum erlegen, der sich über kurz oder lang wie Nebel auflösen würde. Man musste nur geduldig sein.

Als sie vor einem halben Jahrhundert (unbegreiflich!) als gerade mal Erwachsene nach New York gekommen war, hatte sie nur ungern und entsprechend selten an Berlin zurückgedacht. Lange Jahre überhaupt nicht – um sich zu schonen. Viele grausige Einzelheiten schienen beim Beginn des neuen Lebens wie ausgelöscht gewesen, überwunden, unbrauchbar geworden. Sie war immer ein bisschen verwundert gewesen, wenn die Eltern davon sprachen. Am häufigsten die Oma, die nie recht in der Neuen Welt ankam. *Berlin* – allein der Name hatte in Bellas New Yorker Leben über lange Zeit fern, fremdartig und unwirklich geklungen …

Ihr Blick folgte einem der Helikopter, mit denen Touristen über die Stadt geflogen wurden. Das Insekt schwenkte nach rechts und schwebte lautlos nordwärts über den Hudson davon. Während eines der letzten Familientreffen hatte Bella sich kaum gegen Nigels lästigen Einfall wehren können, sie zu einem dieser Rundflüge zu überreden. Er hatte einfach nicht lockergelassen. Bis sogar Louise dazwischengegangen war, weil sie merkte, dass ihre Mutter einfach nicht wollte. Das Ergebnis war ein Wutausbruch des gekränkten Schwiegersohns, der sich nicht etwa gegen sie, die Flugängstliche, gerichtet hatte, sondern gegen Louise und die kleine Chelsey, der ganz bange geworden war und die den Arm ihrer Mama nicht mehr losgelassen hatte – worüber Nigel sich obendrein aufzuregen anfing, weil er der Meinung war, das Kind müsse »auch schon mal ein bisschen schärfer gefordert« werden, Louise verhätschele es viel zu sehr … Idiot! – Jetzt saß er immer noch drüben am selben Platz und fummelte an seiner Uhr herum. Louise stand am Tischende bei den Kids.

Chelseys Aufsagen des Satzes schien Nigel nur halb wahrgenommen zu haben, er hatte desinteressiert gewirkt. Bella nahm ihm das übel, mochte es aber nicht zeigen. Kein Streit bei diesem Treffen!, befahl sie sich. Und schon zwängte sich die Frage dazwischen: Wann denn bitte sonst? An Louises oder Millis Geburtstag? Oder wenn sie an Sukkot nach New Jersey rüberfuhr und sich der komplette Clan in den vier Zimmern in Flemington drängelte? – Die Wahrheit war doch: Sie misstraute Nigel. Es war ein kriechendes Misstrauen, das sie seit Langem kannte. Damals, als Louise ihn das erste Mal mit nach Hause gebracht hatte – diesen wirklich gut aussehenden, hochgewachsenen Mann mit makelloser Mandelhaut, schwarzen Brunnenaugen und einer imposanten, Respekt heischenden Stimme –, damals hatte sie das Misstrauen zwar nicht direkt wahrgenommen, wohl aber antizipiert. Zeichen lesend. Er ist und bleibt ein Womanizer, dieser Kerl! Arme Louise!

Sein Büro befand sich in Nazareth, eine Autostunde westlich von seiner und Louises Wohnung in Flemington. Es waren angemietete Räume in einem renovierten Jahrhundertwendehaus, in dem sich ansonsten Werbefritzen, Fotografen und Künstler mit vergoldeten Türschildern tummelten. Nigel herrschte dort über zwei große Zimmer mit Waschtisch und Couch, und wenn es spät wurde, rief er Louise an und meldete, dass er sich nicht mehr die Mühe der Autofahrt antun wolle. Irgendwann hatte sie ihn mal besucht und selbst erlebt, welche Models und ehrgeizigen Büroleiterinnen in hautengen LBDs auf feuerroten High Heels an dem schwarzen Portier vorbeiklackerten und im Spiegellift ihre *Chanel*-Duftmarken zurückließen.

Eigentlich glaubte sie, Bella, gar nicht wirklich, dass Nigel untreu war. Der Niemals-Typ schien er aber auch nicht zu sein. Bestimmt hatte er bloß noch nie der richtigen Versuchung widerstehen müssen. Sie merkte, dass er sie ansah.

»Was denkst du, Grannie?«, rief er im Stimmengewirr über den Tisch.

»Dass ich auch heute nicht in einen Heli steigen möchte.«

»Oh Verzeihung, Verzeihung! Wie oft muss ich mich eigentlich noch dafür entschuldigen?«

Bella verzog den Mund. So angriffslustig hatte sie gar nicht sein wollen. Sie fand einen Ausweg. »Ich höre, ihr fliegt alle zu Ian nach Dublin?«

»Die väterliche Firma wird hundert oder so. Der Taoiseach kommt und hält eine Rede.«

»Der wer?«

»So nennen sie ihren Premierminister. Du kommst doch mit, Bella …«

»Weiß nicht. Man fliegt sechs Stunden und nach der Landung hat man sechs Thrombosen in jedem Bein.«

»Du fliegst Business. Haben sie dir das nicht gesagt?«

»Ist mein Ticket schon bezahlt?«

»Ich glaube, die Firma zahlt alles, mach dir da keine Sorgen!«

»Ich werde das Gefühl nicht los, dass ich keine Wahl habe. Die Familie hat offenbar entschieden …«

»Bella!«

Es klang und fühlte sich an wie Patricks halbernst empörtes »Grannie!« – und es war ein Beleg für das, wovor sie Pat vorhin gewarnt hatte: dass nur noch die Hälfte des Ganzen, was sie sagte, bei den andern ankam. Als schriebe sie Briefe von drei oder vier Seiten Länge, und die Empfänger hörten nach der ersten Seite auf zu lesen, weil sie zu wissen glaubten, was in dem Rest stand. Hatte sie das mit ihren Eltern auch so gemacht?

Nigel stand unerwartet auf, kam um den großen Tisch herum und setzte sich neben sie. Auch das noch!

»Bella, hast du jemals den Namen Fritz Kolbe gehört?«

Sie sagte Nein, lehnte sich zurück und ließ sich dabei eine Nuance nach links kippen, von Nigel weg.

»Fritz Kolbe war der wichtigste Spion, den die Amerikaner in Nazi-Deutschland hatten. Die Deutschen kennen ihn auch nicht. Nach dem Krieg musste er Motorsägen verkaufen, um sich zu ernähren, dabei war er mit fünfundzwanzig in den diplomatischen Dienst aufgenommen worden. Er hat den Alliierten eminent wichtige Informationen zugespielt, ohne die der Krieg womöglich bedeutend länger gedauert hätte. Wir haben herausgefunden, dass es da Verbindungen gab, mit denen niemand rechnen konnte.«

Mit seinem »wir« spielte Nigel auf die Arbeitsgruppe an, der er vorstand. Es war eine Art Wissenschaftlicher Dienst der Vereinten Nationen, und er war zu Recht stolz auf den Job, der ihm viele Freiheiten ließ und zugleich nichts von dem Elfenbeinturm-Flair anderer Institutionen hatte, die sich mit historischen Forschungen beschäftigten. Was er tat, war politisch relevant und praktisch anwendbar, und als Bella ihm das erste Mal etwas über ihre Berliner Erlebnisse erzählte, war er der aufmerksamste und dankbarste Zuhörer, den sie je gehabt hatte.

»Ich weiß, dass du nicht mögen wirst, was ich dir jetzt erzähle, Bella.« Seine raumgreifende Stimme wurde merkwürdig schmal. Er ließ Bella in seine bodenlosen Augen schauen. Sie musste lächeln und fasste den Entschluss, es tapfer zu tun.

»Du wirst mich gleich hassen!«

Gern!, hätte sie beinah geantwortet, entschloss sich aber, erst einmal abzuwarten. Sollte er allerdings sein Lieblingsthema anschneiden, und danach sah es verdammt noch mal aus, würde sie ihn diesmal nicht davonkommen lassen und ihm Paroli bieten, hier vor all ihren Lieben. Selbst auf die Gefahr hin, dass Louise wieder giftige Blicke abfeuerte … Wie vor Jahren im schönen »Bryant Park Hotel« beim siebten Familientreffen – oder war es das achte, sie wusste es nicht mehr genau. An Nigels Auftritt erinnerte sie sich jedenfalls noch sehr gut. Das »Bryant Park« hatte sie als ausdrücklichen Wunsch genannt, und Grace und Louise hatten eine Menge Hebel in Bewegung gesetzt, um das Loft zu bekommen. Ihr gefiel die klar gegliedert aufsteigende Front des Ziegelgebäudes, trotz der etwas zu verspielten Zinnen und Spitzen auf den Brüstungen. Für sie hatte es den Charakter eines wirklichen New Yorker Hochhauses aus der Zeit, als Hochhäuser noch eine ästhetische Architekturleistung waren. Als Häuser noch aus Steinen gemauert und nicht aus den Lochstreifen und Stangen eines Stabilbaukastens für erwachsene Kinder zusammengenietet wurden. Sie war da hoffnungslos altmodisch und hielt es prima aus, wenn sie von der Jugend verlacht wurde.

»Die Familie dieses Spions Fritz Kolbe hatte einen Schrebergarten, eine Laube.«

Für Bella klang das belanglos genug, um erst mal nur mit den Gesichtsmuskeln zu reagieren. *So what?*

»So ein Gesicht wie du jetzt habe ich zuerst auch gemacht. Aber dann fiel mir ein, dass eines deiner Verstecke auch dort war, in Berlin-Buch ...«

»Das war in Berlin-Karow. Und es war nicht *mein* Versteck, sondern das meiner Mutter und der Oma.«

Nigel tat die Details mit Schulterzucken ab. »Die Kolbe-Familie oder Verwandte von ihnen haben während des Kriegs dort gelebt und sich offenbar von den Erträgen des Gartens ernährt. Wir wissen das von Nachbarn in der Kolonie. Dieser Fritz Kolbe wurde nach dem Krieg bekannt, allerdings nur unter der Hand sozusagen. Er war ja ein Verräter und an seinen Händen klebte schlimmstenfalls das Blut von Abertausend Volksgenossen. Ich sagte ja, er musste später Kettensägen verkaufen ... Die Nachbarn aus der Gartenkolonie kannten ihn jedenfalls, und stell dir vor, sie wussten auch, dass dein Ägypter die Laube nebenan als Versteck nutzte. Die Leute wussten das!« Er riss die Augen auf, vermutlich in dem Glauben, dass seine letzten Worte dadurch unterstrichen wurden.

Bella schluckte ein komisches Gefühl herunter. Sie wollte keinen Streit, jetzt doch nicht, trotz ihres Entschlusses, sich diesmal nichts gefallen zu lassen. Man konnte seine Meinung ja ändern. Trotzdem rutschte ihr eine Reaktion heraus: »Ah, *mein* Ägypter!«

»Genau!«

Es machte ihm Freude, sie mit solchen Nadelstichen zu piesacken. Er wusste genau, was er tat, und genoss seine Wirkung, das spürte sie. Sie musste sich jetzt entscheiden, ob sie weiter ungerührt tun wollte oder nicht.

Sie spähte kurz durch den Raum, um zu sehen, bei wem sich die immer noch beglückte Chelsey gerade aufhielt und wo deren Mutter war. Ob Louise womöglich schon von irgendwoher verfolgte, wie ihr neunmalkluger Gatte diesen fast lautlosen, beinah unsichtbaren Angriff gegen sie, Bella, ausführte. Wieder mal. Wenn ja, dann würde Louise bereits darüber nachdenken, wann und wie sie eingreifen musste, um einen Streit zu verhindern. Bloß nicht laut und deutlich werden! Ihre ältere Tochter wünschte sich überall und dauernd Harmonie; alles Schwierige musste leise und harmlos klingend verhandelt werden, sonst verlor Louise nämlich den festen Stand – nicht, weil sie sich etwa um Chelsey sorgte, die sehr empfindlich auf Streit und Zwietracht reagierte, sondern weil sie es selbst nicht aushielt. Oder weil ihre Angst vor Nigel zu groß war?

»Was willst du mir eigentlich wieder mal sagen?«, fragte sie geradeheraus. Ihre Aufgeregtheit ärgerte sie.

»*Wieder mal?*«, echote Nigel, spielte den halb Empörten, Gekränkten. »Ich bin nicht dein Feind, Bella.«

Sie verkniff es sich, laut zu lachen. So was konnte jetzt reichen, um auf der Stelle einen Krieg losbrechen zu lassen. Wenn Feinde erklären, keine zu sein!

Dabei erinnerte sie sich sehr genau an seinen letzten Auftritt – eine Art Vorlesung, die er im größeren Familienkreis gehalten hatte. Deren Inhalt nur einem einzigen Ziel diente: nämlich zu beweisen, dass arabische Politik in der Vergangenheit und Gegenwart verlogen, menschenfeindlich und unnütz war und dass arabisches Denken und Empfinden nur Böses in die Welt zu bringen in der Lage ist. Dabei wusste Nigel seit seiner Hochzeit mit Louise und vermutlich schon länger genau, dass seine Schwiegermutter nur existierte, weil es vor Zeiten einmal einige Araber gegeben hatte, denen Politik egal gewesen war. Die Aufmerksamkeit, die er ihr während des ersten Mals geschenkt hatte, als sie ihm von Berlin und ihrer Rettung erzählte, war nämlich Heuchelei gewesen. Was sollte sie denn sonst glauben, bitte schön, wenn er jetzt schon wieder so anfing?

»Wenn du nicht mein Feind bist, Nigel«, fragte sie, mühsam ruhig bleibend, »warum erzählst du mir dann Märchen, in denen ein deutscher Spion und Dr. Fareed *gemeinsam* mitspielen?«

»Es ist kein Märchen. Warte mal ab!«

Sie blickte ihn so bitter an, wie sie konnte.

»Dein Ägypter, so scheint es, hat dir und deinen Eltern gar nicht so selbstlos und heldenhaft auf sich gestellt geholfen, wie du denkst.«

Sie war sprachlos.

»Ich war immer der Meinung, dass er das nicht ohne kompetente Hilfe hätte schaffen können. Garantiert seid ihr jedes Mal genau in dem Moment in ein neues Versteck gekommen, wenn feststand, dass Wege und Locations sauber waren. Verstehst du, was ich sagen will?«

»Nein.« Bella wusste nicht, wie sie in den nächsten Augenblicken reagieren würde. Es kam drauf an, wie tief sich Nigel noch in diese Zumutungen vergrub. Wenn er Glück hatte, bekam er bloß eine Ohrfeige – eine Backpfeife oder Schelle, wie ihre Eltern gesagt hätten.

»Dr. Fareed muss Informationen erhalten haben, Bella! Und zwar von Leuten, die ich mal vorsichtig als Insider bezeichnen möchte ... Nazi-Kreise.«

Er fühlte sich dabei so sicher und im Recht, dass er jetzt auch noch grinste. Chelsey hatte das Recht zu grinsen, sie durfte so oft und so lange grinsen, wie sie wollte. Bei jedem andern war solches Grinsen verdächtig, doppelbödig. Chelseys Grinsen besaß nur eine einzige Dimension: Freude. Dass sie nicht regelkonform lachte, hatte physiognomische Ursachen, die keine Rolle spielten. Wie auch immer: Nigel hatte nicht das Recht zu grinsen. – Sie wich vor ihm zurück, sie konnte die Nähe zu diesem Menschen jetzt nicht länger ertragen, der seine Verachtung hier geradezu knirschend vor sich hertrug. Sie verzog angewidert das Gesicht und stand von ihrem Stuhl auf.

»Was hast du denn?«

Sie fand keine Worte.

»Bella, es handelt sich um wissenschaftliche Erkenntnisse!« Er tat wieder verblüfft, spielte den zutiefst Missverstandenen. »Da sind Tonbandprotokolle aus seriösen Archiven in Europa. Soll man sie löschen lassen, damit sie deine Illusionen nicht antasten ...?« Weiter kam er nicht. Die Ohrfeige traf ihn. Mit zu wenig Wucht, wie Bella schon in der Bewegung spürte. Jemand anderes hätte mehr Kraft aufgewandt, hätte die zivilisatorische Hemmschwelle überwunden. Jemand wie dieser Mann vor ihr, Nigel Jespersen. Er war so ein Mensch, der anderen offenbar schamlos wehtun konnte – noch dazu in dieser Art und Weise: unschuldig wirkend, zum Handeln verpflichtet, höheren Zwecken dienend, gleichsam hoheitliche Gewalt ausübend. Und deshalb holte sie blitzschnell noch mal aus. Deshalb gab's eine zweite Backpfeife in genau dem Moment, als ihn Schock und Unglauben lähmten und er sichtlich nicht fassen konnte, dass die erste wirklich passiert sein sollte. Bellas Hand traf ihn noch einmal, diesmal skrupellos, ohne Hemmung, unzivilisiert. Es fühlte sich gut an! Es war, als hätte sie einen Schalter umgelegt. Jedes Geräusch in dem kleinen Saal erstarb. Bella brauchte selbst einen Augenblick, um alles wieder zusammenzubringen. In die Stille hinein hörte man Louise entrüstet, allerdings leise »Mom!« sagen.

Für Bella stellte sich sofort die Frage, ob das ehrliche Empörung war oder bloß feiger, ängstlicher Gehorsam Nigel gegenüber. Sie blickte ihre Tochter genau an und versuchte, etwas zu erkennen. Nigel hatte sich gefasst und war aufgestanden. Er überragte Bella um mehr als einen Kopf. Tat jetzt, als sei sie Luft, und ging mit seiner glühenden Wange in einem Bogen ans andere Ende des Raums, wo er sich unter die Iren mischte, die für ihre sichtbare Verlegenheit allerdings eher ihn als Bella verantwortlich zu machen schienen. Ein kleiner Triumph.

Die älteren Enkel hatten ihr Kartenspiel unterbrochen und legten mit Tuscheln los, jemand kicherte. Patrick O'Duffy, Schwiegersohn Nummer zwei, löste sich aus dem Iren-Pulk und pirschte sich an Bella heran.

»Meine Güte!«

Sie nickte zur Antwort, hatte aber keine Lust, etwas zu sagen. Höchstens etwas über den Grund ihrer Attacke, überlegte sie. Es ging nicht um jene »seriösen« Tonbänder aus Europa, an die Nigel sich klammerte. Auslöser war seine Floskel »gar nicht so selbstlos und heldenhaft« gewesen. Sie hatte immer schon selbst vermutet, dass Dr. Fareed vonseiten der diplomatischen Vertretung Ägyptens oder aus anderen Quellen Hinweise erhalten haben musste. Aber was hatte das mit seiner ehrlichen Gesinnung zu tun? Wieso hätte dies die Selbstlosigkeit seines Handelns schwächen sollen? Solche Spiegeltricks verdienten jede Menge Ohrfeigen, übrigens waren solche Gemeinheiten auch von Nazis gegen Juden zum Einsatz gekommen, jede Sekunde, überall in Deutschland, damals. Und was das betraf, ganz sicher auch von Arabern gegen Juden und umgekehrt. Heute wie früher. Das Böse und Dämliche ist nämlich keine Frage von Kultur- oder Ländergrenzen, sondern ein Stück Menschenseele.

So was etwa hätte sie Patrick jetzt gerne gesagt. Unter vier Augen. Sich hier und jetzt vor allen zu rechtfertigen, dazu fehlte ihr allerdings die Einsicht in die Notwendigkeit. Auch Louise gegenüber. Später vielleicht. Sie sah genau, wie Nigel sich versteckte, der feige Hund. Und sein Kind war ihm offenbar scheißegal. Chelsey stand wie erstarrt mit dem Rücken zu einem der riesigen Fenster, deren Scheiben bis fast auf den Boden reichten. Ihr süßes Grinsen war futsch. Sie blickte erschrocken, begriff nicht, was los war und was Grannie da eben getan hatte, und hatte vielleicht Angst, dass es noch ein drittes Mal passieren könnte.

Patrick stand vor ihr und wartete wohl auf irgendeine Reaktion auf sein »Meine Güte!«.

Das Kind war ihr wichtiger. Sie ließ ihn unhöflich stehen und ging zu dem Fenster. Oh ja, sie, Bella, war jetzt diejenige, die unhöflich war, die den Frieden störte. Sicher nicht bloß in Pats Augen. Aber sie spielte doch immer noch die Hauptrolle, oder vielleicht nicht? Und war damit nicht auch das Recht verbunden, gewisse Störungen in die Welt zu bringen, wenn nötig auch mal eine handfeste Zumutung? Was Nigel betraf, hatte es *sehr unbedingt sein müssen*, entschied sie. Um sich Mut zu machen. Mut benötigte sie dringend.

Sie blieb vor Chelsey stehen. »Bitte, hab keine Angst, Liebes! Es ist alles gut, mach dir keine Sorgen!«

Das Kind blickte sie an.

»Schau mal, dein Papa redet dort hinten mit Onkel Ian und Tante Sinéad aus Dublin. Ihm ist gar nichts passiert, es kommt alles wieder in Ordnung.«

»Wir fliegen übers Meer, Grannie. Fliegst du auch?«

»Natürlich, Schatz!«

»Du sollst … Musst es versprechen.«

»Aber ja, mein Engel.«

»Ganz, ganz hoch …« Chelsey streckte die Hände über den Kopf. Alles schien vergessen.

»Sollen wir zur Mama rübergehen? Kommst du mit?«

Das Kind nahm Bellas Hand und ließ sich zu Louise führen.

Als sie vor ihr standen, sagte Bella: »Du darfst mir ruhig die Meinung sagen, liebe Tochter! Beschimpf mich, wenn du willst!«

»Ach, hör auf! Du hättest dich zusammenreißen können …«

Genau das tue ich jetzt, dachte Bella. Indem sie nämlich schwieg, sich auf die Lippen biss. Sie zog Chelsey näher zu sich, legte die Arme um ihre Schultern und riss sich zusammen, indem sie immerhin ein freundliches Gesicht hinkriegte.

»Unsre Treffen sind selten genug«, maulte Louise weiter. »Kann man da nicht Frieden halten …?«

Bella hörte nicht länger hin. Es war das, was Louise immer zu sagen für nötig hielt, damit wieder »Frieden« einkehrte. Überall musste sie alles und jeden besänftigen. Bei Nigel mochte das funktionieren, bei ihr, Bella, bewirkte es das Gegenteil. Diese Wut musste sie jetzt zerkauen und runterschlucken. Sie japste ein paarmal, damit sie wieder Luft bekam.

»Ist okay, Louise.« Sie verblüffte sich selbst mit ihrer gespielten Ruhe.

»Nichts ist okay, Mom! Die Aktion hat mich genauso getroffen wie ihn, das kannst du dir wohl denken. Sie hat unsere Ehe getroffen, verstehst du?«

Bella musste sich weiter zusammenreißen. Schaffte es, wusste allerdings nicht, wie lange noch. Louise maulte. Chelsey machte sich von Bella los. Sie zog das Kind sacht zu sich zurück. »Es ist nichts, Schatz. Hab keine Angst. Kommt alles wieder in Ordnung.«

Louise hörte nicht auf. »Merkst du nicht, dass du nur Öl ins Feuer gießt, Mom?«

»Immerhin gibst du zu, dass es brennt. Erklär du mir bitte

nicht, wie man in einer Ehe Frieden hält und wie man sich selbst zu Kompromissen zwingt, wenn einem der Partner im zweiten Jahrzehnt des sogenannten Glücks auf den Zeiger geht! Dein Vater war auch kein einfacher Mann, mein Kind, und wenn du glaubst, du bist die Einzige, die nicht weiß, wie sie verhindern soll, ganz und gar in den Schatten männlicher Dominanz einzutauchen, dann irrst du dich.«– Das musste raus!

Oz und sie hatten sich Anfang der Fünfzigerjahre bei einem Meeting des *Council of Jewish Federations and Welfare Funds* kennengelernt, wo er als junger Anwalt allerlei ehrenamtliche Aufgaben übernommen hatte und sie selbst für ein Taschengeld als Schreibkraft tätig war, soweit es das Studium zuließ. Er war elf Jahre älter als sie, attraktiv, eloquent, charmant, er beherrschte beeindruckende fünf Sprachen, fließend. Oho! Oz war also die beste Partie, die ein Mädchen wie sie machen konnte, zumal er sich gut mit ihren Eltern verstand und Bellas Großmutter sich, als sie ihn das erste Mal zu Hause vorstellte, »schamlos in ihn verknallte«, wie sie fortan jedem offenherzig gestand. Besonders gern in Bellas Gegenwart. Und ja: Oz war *groovy!* – Aber er war nicht Joost.

»Louise, bitte! Das kennt doch jeder, den das Leben und die Vernunft nicht ganz verlassen haben. Du verknallst dich und dann kommt's anders und du schleppst es ein Leben lang mit dir mit, egal, was noch passiert. Eines Tages bist du alt und grau und es klebt immer noch an dir.«

»Ich weiß nicht, wovon du redest, Mom.«

Bella sah Louise betrübt an. »Das glaube ich dir sogar.« Louise hatte sich vermutlich noch nie richtig verknallt. Nigel hatte sie gepflückt und mitgenommen.

»Du musst mir gegenüber Nigel nicht zur Liebe deines Lebens verklären, Louise. Denkst du, ich hätte dir je geglaubt, dass er der absolut Richtige ist?« Jetzt wurde sie verletzend und musste achtgeben. Aber sie konnte und wollte nicht dahinter zurück. Also deutete sie quer durch den kleinen Saal, dorthin, wo Patrick stand und mit Mike redete, dem dritten der O'Duffy-Brüder.

»Deine Schwester hat sich *richtig* verknallt. Sie ist nach Irland geflogen, hat Pat getroffen und ist das größtmögliche Risiko eingegangen. Weißt du noch, wie sie vor uns stand in ihren Reiseklamotten, zu Hause, mitten in der Diele, und wir uns fragten, was mit ihr los ist?« Sie musste Luft holen. »Oder Joost und ich …« Sie ließ Chelsey los, der das alles bestimmt über den Kopf wuchs.

»Schau mal, Liebling, geh doch zu Milli rüber, die hat ihren großen Zeichenblock und die Wachsstifte mitgebracht, siehst du?«

Das Kind taperte los, Milli winkte ihr zu.

»Joost war's, nicht Oz … die große Liebe!« Bella merkte, in welchen Strudel sie da gerade geriet. Trotzdem musste es mal gesagt werden. »Joost war so was wie mein Rick Blaine, verstehst du? *A sigh is just a sigh*. Andere Umstände und so, natürlich … Ich war zwangsverheiratet worden, Louise, in Berlin. Es hat keinen einzigen Tag mit Hasib gegeben, an dem ich nicht an Joost gedacht hätte.« Ihre Oberlippe zitterte. »Aber das war eben nicht die Zeit, die große Träume gefördert hätte, das kannst du mir glauben …«

Louise griff ihre beiden Hände und drückte sie fest. Bestimmt dachten alle, dass sie noch über Nigel und die Ohrfeigen redeten. Eine Weile blieben Louise und sie einfach stehen. Die Tochter löste sich als Erste und ging zu Milli und Chelsey hinüber. Bella suchte Blickkontakt mit Patrick, den sie vorhin ein bisschen rüde hatte stehen lassen. Sie bahnte sich den Weg zu ihm hin, versuchte, freundlich zu wirken. Was ihr nicht leichtfiel. Bei Pat angekommen, lächelte sie und machte ein verlegenes Gesicht. »Du entschuldigst? Alles ziemlich aufregend dieses Mal …«

Er zuckte mit den Achseln zum Zeichen, dass sie alle Freiheiten hätte. Seine Schwägerin Sinéad, die bei ihm stand, atmete einmal demonstrativ schwer, offenbar um anzudeuten, dass sie das alles halb so schlimm fand. Über sie hatte Bella gehört, dass sie diesem ganzen familiären Harmonie- und Freundlichkeitsgetue wenn nötig auch gerne mal ein klares Wort entgegensetzte. Nicht unsympathisch.

»Mein Schwager ist nun mal ein schwieriger Mensch«, stellte Patrick fest.

Sinéad unterstützte ihn mit ihrer Miene.

»Aber bitte«, fuhr er fort, »keiner kann was für seine Mutter. Der waschechte Amerikaner, der er gerne wäre, ist er jedenfalls nicht. Weniger Professor wäre hilfreich.« Er sah Bella mit großen Augen an. »Aber gleich 'ne Schlägerei …!«

Sie lachte gekünstelt. Sinéad war eine ausnehmend schöne Frau. Sie trug nicht die Spur Make-up, stellte Bella neidisch fest. Sie fragte sich, ob das eheliche Vorspiel und Kennenlernen zwischen dieser Schönheit und ihrem eher rustikal aussehenden Mike O'Duffy auf eine Art Unglück oder Überfall zurückzuführen war. Mike hatte ein Mondgesicht und Schweinsäugelchen, und ein großer Redner war er auch nicht, aber irgendwie werden die beiden irischen Herzen ja zusammengekommen sein. Sie genoss es einen Moment, Sinéads makellos geformte Nase und den Mund zu betrachten.

»Wie fühlt man sich hier in einer richtigen Stadt, wenn man aus Dublin kommt?«, fragte sie kess, um sich auf andere Gedanken zu bringen.

Die Iren erinnerten sie nun erwartungsgemäß daran, dass Irland nicht mehr das sei, was alle dächten. Dass man Größe und Bedeutung einer Sache stets relativ erlebe und die New Yorker beispielsweise nie in den Genuss der Ruhe, Selbstgewissheit und Geborgenheit eines irischen Dorfs kämen.

»Dort gibt es noch so was wie sozialen Zusammenhalt, Bella, der sich am schwächsten Glied der Kette ausrichtet«, idealisierte Patrick, »nicht am reichsten oder einflussreichsten Mitbürger.«

Bella widersprach nicht. Sie sah, wie Nigel sich heranpirschte, hatte geahnt, dass es passieren würde. Er mäanderte, den Arglosen spielend, zwischen den Kindern und ein paar Erwachsenen umher, bis er nah genug war, um die letzten Schritte wie vom Winde hergeweht zu tun. Bella sah ihn im Augenwinkel und brauchte eine Sekunde, um taktisch zu entscheiden, ob sie die Überraschte spielen wollte. Sie blickte ihn an. Er verzog flüchtig das Gesicht. Als er bei ihnen stehen blieb und erwartungsvoll blickte, weil er womöglich den Schneid hatte, auf eine Entschuldigung zu hoffen, zwang sie sich zu lächeln und schwieg. Ein Blickduell begann, das etwa drei Herzschläge dauerte.

»Na, worüber redet ihr denn so?«

Nicht über dich, Schwiegersohn, dachte Bella und erwiderte kühl: »Tut's noch weh?«

»Ich hatte gehofft, liebe Bella, dass du vielleicht so was wie ein schlechtes Gewissen hast. Ein bisschen.«

Bella setzte eine abgeklärte Miene auf: »Hoffen darf jeder.«

»Ein schlechtes Gewissen ist nichts Verwerfliches, Bella. Die Fähigkeit dazu wurde uns vom lieben Gott als Mahnung geschenkt. Damit wir im Kriegsfalle freundlicher werden.«

»Das sagst du mir? Du vergiftest meine Vergangenheit, meine Erinnerung und redest von Freundlichkeit?«

»Ich habe dir nur Fakten mitgeteilt.«

»Die meine Vergangenheit vergiften.«

»Fakten sind Fakten.«

»Gesinnung ist Gesinnung.«

»Niemand kann in die Seele eines anderen blicken.«

»Sogar Primaten versetzen sich in ihre Artgenossen.«

»Das ist nicht dasselbe.«

»›In die Seele blicken‹ ist eine Metapher, Nigel.«

Er schüttelte den Kopf. Bella ließ nicht locker.

»Das tiefste Geheimnis des Menschen ist die Fähigkeit, durch die Augen anderer blicken zu können. Nicht wirklich, aber sinnbildlich. Sonst wären wir nicht besser als Mücken oder Flechten.«

»Das ist Philosophie oder Ontologie oder Psychologie. Ich bin Historiker.«

»Ja. Einer, der sich in einer Zitadelle aus Fakten verschanzt. Für die Außenwelt hast du nur Schießscharten in den Mauern. Man braucht aber Türen und Fenster, um mit anderen zu leben …«

Seine Kiefer mahlten unter der Haut. Er trat einen Schritt zurück, blickte um sich. Längst schauten alle her und niemand sonst redete.

»Mit Poesie kann ich mich nicht beschäftigen, Bella. Du stocherst im Nebel herum, es tut mir leid …« Damit wandte er sich ab und marschierte in Richtung Flügeltür. Fluchtort Toiletten, dachte Bella. Sie blickte Pat und Sinéad an, die ja nun leider überhaupt nicht zu Wort gekommen waren. Beide zogen die Brauen hoch.

»Der findet alles zum Kotzen«, stellte Sinéad fest.

In Bella kamen wieder Erinnerungen hoch. Berlin. Die Angst damals – von der sie heute nicht mal mehr wusste, wie sie das alles über die Kriegsjahre hin ausgehalten hatte. Sie entschuldigte sich, sagte etwas von »hundemüde« und folgte Nigel zu den Toiletten. Mit Abstand und so, dass er es nicht bemerkte. Im selben Flur draußen befand sich ein Ruhezimmer, für das sie dem Hotelmanagement jetzt dankbar war. Eine Couch mit ein paar Kissen und Decken stand dort bereit und lud ein, vielleicht alles für ein paar Minuten hinter sich zu lassen. Vor allem den in ihr nachklingenden Streit. Stille jetzt! ›Den Geist fliegen lassen‹! – um eine weitere Metapher zu bemühen, die Nigel zweifellos von sich weisen würde.

Der Geist ist auch bloß ein Nebel!, hörte sie ihn lästern und schloss die Zimmertür hinter sich. Legte sich hin und schob die Hände zwischen Kopf und Kissen. Jetzt war sie froh, dass sie sich am Morgen für das hellblaue Wollkleid entschieden hatte, das nicht so schnell knitterte, und für die leichten Schuhe, die sie jetzt einfach abstreifen konnte. Sie schloss die Augen und spürte, wie die Erschöpfung sie übermannte. Obwohl sie sich zu konzentrieren versuchte, kroch wohltuende Mattheit in Glieder und *Seele* – auch eines der von Nigel verachteten Dunstgebilde. Hier und jetzt hätte die Erinnerung an ihre »arabische Rettung« sie überfallen sollen, statt vorhin inmitten von Trubel und Streit.

Sie ließ den Krach mit Nigel Revue passieren. Erkannte, dass sie von jetzt an sorgfältig zwischen Fakten und Gefühlen trennen musste. Wenn es stimmte, dass Dr. Fareed diesen Spion Kolbe gekannt und von ihm oder anderen Hinweise erhalten hatte, musste sie das sauber aus dem Korpus der Erinnerungen herauspräparieren, ohne etwas kaputt zu machen – so wie sie es vor vierzig Jahren als Medizinstudentin gelernt hatte. Freilegen und bestimmen. Nichts übersehen, alles hat seine Funktion im Ganzen. Natürlich wird er Hilfe gehabt haben, selbstverständlich hatte er nicht alleine agiert. Es gab eine »verschworene Gemeinschaft«. Wie stellte Nigel sich das vor? Dieser Rüpel hatte nicht die geringste Ahnung, wie gefährlich die Zeit damals war …

»Glaub ja nicht, du hättest einen Sieg davongetragen, Bella!«

Sie hatte nicht gehört, wie sich die Tür öffnete. Nigel hatte es nicht für nötig gehalten anzuklopfen. Er stand plötzlich da wie eine farbige Version von Orson Welles als Citizen Kane. Hatte vorhin offenbar doch bemerkt, dass sie ihm gefolgt war. Sie versuchte, ihren berechtigten Ärger nicht zu zeigen, zog die Hände unter dem Kopf hervor und sagte Danke.

»Wofür?«

»Dass du mich davon abhältst, im Schlaf zu sterben. In meinem Alter geht das flugs.«

»Dein Humor ist manchmal schwer zu ertragen, Grannie.« Nigel trat ein und schloss die Tür. »Du wirst dich nachher öffentlich entschuldigen. Ich bitte darum.«

»Im Fernsehen?«

»Ich finde, es ist eine Selbstverständlichkeit, wenn man jemandem vor der ganzen Familie grundlos ins Gesicht schlägt. Oder etwa nicht?«

»Nein.« Sie wuchtete sich hoch und saß gerade da, strich das Kleid glatt.

»Louise schämt sich, Bella!«

»Für mich? Kann nicht sein. Das ist meine Rolle.« Sie machte es sich bequem, so gut es ging. Hier ein Kissen, da ein Kissen. Sie bat Nigel *nicht*, sich zu setzen.

»Du hast also in Louises Seele geblickt«, sagte sie. »Sonst könntest du nicht wissen, dass sie sich schämt. War es dir nicht zu diesig da drin?« Ihre Einfälle verwunderten sie manchmal selbst.

»Sie hat's mir erzählt.«

»Was hat sie noch gesagt?«

»Wie meinst du das?«

»Hat sie gesagt, dass sie dich liebt?«

»Hör auf, Bella! Misch dich nicht in unsere Ehe!«

»Ist es eine?«

Er starrte sie an.

»Führt ihr eine Ehe, die was taugt, meine ich. Oder steht Louise unter deiner Fuchtel? Ich schlage dir ins Gesicht, und Louise empfindet eine Scham, die *mir* zustünde ... allerdings auch nur, wenn die Ohrfeige ungerechtfertigt gewesen wäre. Meine Tochter guckt dich an, und schon weiß sie, was du von ihr erwartest. Das ist keine Ehe, Nigel, das ist Bullshit!«

»Du wirst immer mehr zur selbstgerechten Harpyie, Bella.«

»Gern. Oz war ja auch manchmal ein ziemlicher Befehlshaber. Aber wenn es hart auf hart kam, stand er zu mir und hat die Klappe gehalten, will sagen, ich durfte meine Meinung haben. Und er wäre nie ohne anzuklopfen in ein Zimmer gegangen, wo ich mich ausruhe. Er hatte Respekt und Manieren!«

»Oh Verzeihung!«

Sie konnte sich die Bemerkung nicht verkneifen: »Siehst du, nun hat sich doch einer von uns beiden entschuldigt. War gar nicht so schlimm, oder? Und nicht mal *öffentlich* im Fernsehen, nicht mal vor dem Rest der Familie …« Sie sah, dass er drauf und dran war, wieder rauszulaufen. Eine Sekunde lang tat er ihr leid. Sie hatte trotzdem keine Lust, ihn zu schonen.

»Ich an deiner Stelle hätte mir gesagt: Ach, die arme, alte Grannie, ich lasse sie in Ruhe. Es hat ja gar keine Bedeutung, mit wem Dr. Fareed damals zu tun hatte oder nicht. Ich versaue ihr bloß die Erinnerungen, und weil ich mit ihrer Tochter verheiratet bin, die ich von Herzen liebe, lasse ich meine Schwiegermutter in Frieden. Sie tut mir ein bisschen leid, weil sie die Illusion hat, dass ein paar Araber ihr das Leben gerettet haben, ohne dass ihnen dabei geholfen worden wäre. Ich weiß es besser, aber das muss ich ihr nicht auf die Nase binden.«

»Was soll das?«

»Es wäre nett gewesen, wenn du es ungefähr so gehandhabt hättest. Du hättest dir sagen können, als Wissenschaftler ist es ohnehin meine Pflicht, mich streng an die Fakten zu halten. Wie das wirklich aus der Nähe war damals, weiß ich nicht, weil ich nicht dabei war und die Laubennachbarn auch nur ihre subjektive Sicht aufs Tonband gesprochen haben. Im Grunde ist alles nur Nebel. Es ist egal, ob dieser Ägypter Helfer hatte oder nicht, Hauptsache, er hat sie gerettet. Das hättest du dir sagen können. Ich fahre zum nächsten Familientreffen, gucke mir die alte, naive Bella noch einmal an, bevor sie tot umfällt, und habe Mitleid mit ihr.« Sie holte Luft und fuhr gleich fort.

»Ich mache ihr dieses kleine preiswerte Geschenk, weil ihre letzten Jahre ohnehin wie Silvesterraketen durch sie hindurchzischen und weil die einzigen Mitbringsel, die ich bald für sie haben werde, nur noch ein paar Kiesel für die Grabplatte sein werden …« So!

»Es gibt einige Fakten, die du nicht weißt, Bella, und die ich dir aus Rücksicht auch nicht sagen werde.«

»Oho!«, machte sie und hatte wieder ein seltsames Gefühl, wie schon so oft bei diesem Familientreffen.

»Du weißt nichts, Bella. Hast du dir zum Beispiel je Gedanken gemacht, was dein anderer Schwiegersohn beruflich macht? Ich wette, Patrick ist dir auch deshalb sympathischer als ich, weil er als Jurist dieselbe Profession ausübt wie Oz. Aber hast du dich mal gefragt, was man da eigentlich so macht?«

»Warum sollte ich?«

»Es könnte die Frage aufwerfen, ob es gut oder böse ist, um es mal ganz simpel zu sagen.«

Was er jetzt versuchte, war entweder ein besonders gewiefter Schachzug, um von sich selbst abzulenken, oder es gab wirklich Dinge, die sie nicht wusste und die man ihr vorenthielt.

»Du willst von dir ablenken, Nigel. Ich hab keine Lust, auf deine Tricks reinzufallen. Wir sollten langsam mal rübergehen, sonst rufen sie bei der Polizei an und melden uns als vermisst.«

»Pat arbeitete bis in die Neunzigerjahre für einen Mann namens Richard Curthes. Er lernte ihn in Washington kennen, als er für Reagan allerlei juristische Kastanien aus dem Feuer holte. Wenigstens das weißt du doch wohl …«

Sie schüttelte den Kopf.

»Nach Ende des Kalten Krieges entwickelten einige unsrer Industrien eine enorme Angst, dass ihre Märkte wegbrechen könnten, *Bell Helicopter Textron* zum Beispiel. Es gab plötzlich eine Menge Jobs im beratenden Weichbild der Rüstungsindustrie. Dieser Curthes sah dort seine Chance und holte Patrick mit ins Boot. Nach einer ersten Angstwelle begriffen die Unternehmen, dass die Osterweiterung der NATO in Europa ihre Probleme lösen könnte, und irgendwann war Rumänien an der Reihe. Nachdem man dort Nicolae Ceaușescu aus dem Weg geräumt hatte und ein gewisser Daniel Dăianu Wirtschaftsminister geworden war, pirschte sich Richard Curthes an ihn heran und versuchte ihn davon zu überzeugen, dass sein Land unbedingt fast hundert *SuperCopra*-Hubschrauber benötige, für Bell ein Eins-Komma-vier-Milliarden-Dollar-Geschäft.«

»Aber nicht Pat O'Duffy …«

»Er ist Jurist, Bella. Rumänien war pleite. Der IWF sollte Kreditgarantien für das Land geben, verhängte mit Blick auf den Helicopter-Deal aber eine Blockade. Es begann ein zähes politisch-juristisches Hin und Her. An dieser Stelle kam Patrick ins Spiel. An Curthes' Seite verhandelte er mit dem IWF über die Aufhebung der Blockade, bis ihm irgendwann so schlecht davon wurde, dass er die Brocken hinschmiss.«

»Unser Patrick?«

»Unser Patrick, der keiner Fliege was zuleide tun kann.«

»Für die Rüstungsindustrie? … Glaube ich nicht.«

»Wenn es zu dem Deal gekommen wäre, hätte man die Hubschrauber in Rumänien gebaut. Ihr militärischer Name wäre *Dracula* geworden.«

Bella schwieg. Ihr fiel nichts ein, was sich zu sagen gelohnt hätte. Die Menge der Einzelheiten und Namen dieser Geschichte verbot es, weiter an Taktik zu denken. Natürlich hatte sie sich nie groß für die Berufswelten ihrer Schwiegersöhne interessiert, und wäre Nigel ihr nicht regelmäßig mit seinen arabischen Ressentiments im Kleide seiner historischen Recherchen auf die Nerven gegangen, wüsste sie heute noch nicht, was er im Auftrag der Vereinten Nationen in seinem Büro in Nazareth eigentlich machte. Und im Grunde wusste sie es natürlich auch nicht.

»Wieso erfahre ich das jetzt von dir, nachdem du vorhin erklärt hast, mir diese Dinge *nicht* erzählen zu wollen?«

»Da ging's nicht um Patrick.«

»Sondern?«

»Nein, Bella …«

»Ist es so ernst?«

Er erwiderte nichts – es machte ihr Angst.

Sie saß immer noch vor ihm auf der Couch, während er dastand.

»Willst du dich nicht setzen?« Sie rückte etwas zur Seite.

Er erinnerte sie an ihre Mahnung, dass sich die andern allmählich wundern mussten, wo sie blieben. Sie entgegnete, da man ohnehin vor einer familiären Klassenfahrt über den Atlantik stehe und drüben in Dublin vermutlich eine Menge Zeit miteinander verbringen werde, gebe es keinen Grund, während des jetzigen Treffens unentwegt auf einem Haufen zu hocken. Dabei war ihr klar, dass sie bloß auswich. Dass sie Blut geleckt hatte und neugierig geworden war. Sie wollte wissen, was so »ernst« war, dass er es ihr nicht verraten wollte oder konnte.

Er zog sein Jackett aus, hängte es sorgfältig über eine Stuhllehne und nahm neben Bella Platz – darauf bedacht, dass deutlich Raum zwischen ihnen blieb. Es gab also ein Geheimnis, das zu wahren vermutlich zwischen allen verabredet worden war. Hatte man einander hinter ihrem Rücken geschworen, sich in ihrer Gegenwart nicht zu verplappern?

»Du weißt, lieber Schwiegersohn, dass du mich angefixt hast. So sagt man doch heute?«

»War nicht meine Absicht.«

»Ich stelle mir vor, dass ich hier die Einzige bin, die etwas nicht weiß oder nicht wissen darf.« Sie sah ihn so lange direkt an, bis er den Blick erwiderte. »Es fühlt sich nicht gut an, Nigel.«

Er grinste verlegen. Hat es mit Oz zu tun?, wollte sie fragen, schaffte es aber nicht. Es wollte nicht über die Lippen.

»Es wäre fair, Grannie, wenn du Patrick auf Rumänien nicht ansprichst. Er versucht, dieses Kapitel aus seiner Vita zu löschen. Er schämt sich. Ein bisschen wie ich wegen meiner Mutter, verstehst du? Grace hat mir erzählt, dass dieser Richard Curthes nachts immer noch anruft, um ihn zu ködern. Du kannst dir gar nicht vorstellen, wie viel Geld da im Spiel ist.«

Bella hörte zu. Eigentlich war sie nur damit beschäftigt, das alles nicht zu nah an sich heranzulassen. Sie ahnte, wenn sie nachher den großen Raum betrat und alle ihre Miene sahen … Die Fragen hörte sie jetzt schon. Was ist los? Worüber habt ihr geredet? Ist irgendwas? Habt ihr euch wieder gestritten?

»Meistens begegnet uns die große Politik eben nur in der Zeitung oder im Fernsehen«, fuhr Nigel fort. »Dass sie uns so auf den Pelz rücken und intim werden kann, damit rechnen wir nicht. Es sind Dinge, die einem normalerweise so fremd und bizarr erscheinen wie Tiefseefische.«

Welches Wunder war eigentlich passiert, fragte sich Bella, dass Nigel ihr plötzlich wie ein richtiger Mensch mit Herz und Seele vorkam? Er merkte natürlich, dass sie ihn jetzt öfter und freundlicher ansah. Plötzlich fasste er sich an die Wange und sagte: »Hat nicht wirklich wehgetan, Bella.«

Sie grinste flüchtig. Trotzdem war der Verdacht in Richtung Taktik und Verschlagenheit dieses Burschen immer noch quicklebendig in ihr.

»Als Wissenschaftler ist es meine Pflicht, hinter die Fassaden zu blicken. Ich tue es mit Leidenschaft. Mag sein, dass mein Temperament zuweilen Schaden anrichtet.«

Ist das eine Entschuldigung?, hätte sie fragen können. Da war plötzlich eine Nähe zwischen ihnen, die sie noch vor ein paar Minuten für unmöglich, zumindest verstörend gehalten hätte.

»Du weißt ja, was Mütter tun, wenn sie sich Sorgen machen. Sie denken immer nur an die Kinder. In meinem Fall sind das Louise und natürlich Chelsey.«

Nigel knetete seine Hände und pustete erschöpft. Eine Pause entstand, in der sie wohl beide erwarteten, dass der andere etwas sagt. Sie legte sich einen Einstieg zurecht, um herauszufinden, ob es noch mehr gab, von dem sie keine Ahnung hatte, und ob es Absicht war, dass man sie ausschloss. »Aus Altersgründen« noch dazu …

»Louise hat mich gefragt, ob ich mir eine eigene Wohnung nehmen könnte. Sie hat einen andern, Bella. Wir schlafen schon lange getrennt.«

Als Bella und Nigel, der ihr den Vortritt ließ, wenig später den kleinen Saal betraten, war ihr, als sei sie nicht dieselbe Person, die den Raum vorhin verlassen hatte. Es war kein gutes Gefühl, und sie war überhaupt nicht sicher, wie sie es schaffen sollte, sich jetzt nichts anmerken zu lassen.

Louise kam ihr entgegen. »Hast du dich ein wenig hingelegt? Das war gut.« Sie schaute Nigel an. Der Blick enthielt Fragen: Wieso warst du auch so lange weg? Was hast du ihr erzählt? – Bella wusste, dass sie die Fragen in Louise hineindeutete. Ein wenig wundern durfte die Tochter sich schon, dass auch ihr Ehegatte nicht so schnell wieder aufgetaucht war, wie man hätte erwarten können.

Nigel ließ Louise achtlos stehen und ging zu den Kindern, die sich um Sinéad und Mike scharten, der eines ihrer Pop-Magazine in den Händen hielt und sich erklären ließ, wen er auf den grellbunten Fotos sah. Alle redeten gleichzeitig auf ihn ein, und jede und jeder versuchte, lauter zu sein als die andern.

»Hat gutgetan«, sagte Bella zu Louise. »Man fühlt sich gleich anders.« Sie genoss ein bisschen boshaft die Zweideutigkeit der Worte – die an der ahnungslosen Tochter natürlich abprallten.

»Möchtest du was trinken oder essen, Mom? Ich kann dir einen kleinen Teller zusammenstellen.«

Bella ging darauf ein und folgte ihr zum Büfett. Während Louise mit dem Löffel und immer wieder fragenden Seitenblicken von Schüssel zu Schale eilte und den Teller füllte, beobachtete Bella sie, betrachtete ihr Gesicht, das Mienenspiel.

Louise war diejenige der beiden Töchter, die Oz' Züge abbekommen hatte, hohe Wangenknochen, breites Kinn, die Augen. Oz war tot und lebte in Louise so deutlich sichtbar weiter, dass sie, Bella, nie länger über dieses Mysterium der Natur nachdenken durfte, ohne dass ihr die Tränen kamen. Sogar Louises Stimme hatte für Sekunden etwas vom Bariton ihres Vaters, der die ganze Wohnung hatte füllen können. Und nun hatten die beiden noch etwas gemeinsam: jeder ein eigenes Geheimnis. Sie war mittlerweile sicher, dass Nigels Andeutungen (besser: sein beredtes Schweigen) auf Oz gerichtet waren. Sie war nicht sicher, ob sie es wirklich wissen wollte – und zweifelte, ob sie gleich etwas würde essen können. »Ist genug, Louise, hör bitte auf!«

Louise reichte ihr den Teller. Sie gingen zu den Körben mit dem Besteck.

Bella sagte wie nebenbei: »Spooky, spooky.«

»Wie bitte?«

»Ach, die Welt ist so voller Geheimnisse.«

»Meinst du unser Rätsel?« Louise zeigte auf eine Schale mit einem grünlichen Chutney oder was auch immer es sein mochte. Das Kärtchen mit der Bezeichnung hatte bereits gefehlt, als die Familie am Vormittag in den kleinen Saal gekommen war. Bis auf Bella hatten sich alle an einem Ratespiel beteiligt, wonach das Zeug schmeckte und um was es sich wohl handelte.

»Möchtest du mitmachen, Mom? Ich geb dir ein Löffelchen …«

Bella stimmte zu. »Wenn wir schon beim Rätselraten sind und Geheimnisse lüften …«

Louise reichte ihr die Probe. Bella entging nicht, dass ihre Tochter jetzt nachdachte. Ihre Stirn verriet es, dahinter geschah etwas.

Louise sah ihre Mutter an und wartete, dass sie den Teelöffel nahm. Bella zögerte mit Bedacht. Dann nahm sie ihn schnell und sagte federleicht: »Ich setz mich da rüber, Kind. Bringst du mir Tee?«

Sie setzte sich an den Tisch und ließ einen prüfenden Blick

über das ganze Rudel streifen. Die Alte stellt sicher, dass alle da sind, ulkte sie über sich selbst, dass alles in Ordnung ist. – Nichts ist in Ordnung! Sie führte den Teelöffel zum Mund und probierte. Bärlauchpesto, entschied sie sofort. Was für ein Rätsel sollte das sein? Haben sie sich an ihrem Fast Food die Zungen schon so stumpf gerieben, dass sie nicht einmal ein Gemisch aus Olivenöl, Bärlauch, Nüssen und Pecorino schmecken? Sie beschloss trotzdem, die Klappe zu halten, um der Meute nicht den Spaß zu verderben.

Louise balancierte die Tasse mit dem Tee und stellte sie ab. Mit leicht zittriger Hand.

»Und?«

Bella schob ihre Unterlippe vor.

»Du weißt es auch nicht, Mom, stimmt's? Ian meinte, es sei Spinat oder Mangold.«

»Wie bitte?« Bella war empört. Klar, wenn's nicht Irish Stew oder Fish 'n' Chips ist!

»Mir kam es vor wie Brennnessel«, sagte Louise.

Bella staunte. Wenn das die Früchte der modernen Bequemlichkeit beim Kochen und Essen waren, musste man sich fragen, wieso überhaupt noch Wohnungsküchen gebaut wurden. Dabei hatte sie den beiden Mädchen das Kochen gezielt beigebracht, vor gefühlt hundert Jahren – auch allerlei Koscheres. Genauso, wie sie es von ihrer Mutter und die von der Oma gelernt hatte.

»Oder ist es dieses Zeug, das die Italiener auf die Nudeln tun?«

»Pesto«, antwortete Bella erleichtert und blickte auf den Teller vor ihr. Sie wusste immer noch nicht, wie sie das alles essen sollte. Zumal sie Louises Angebot nur angenommen hatte, weil es ihr Gelegenheit bot, die Tochter heimlich zu betrachten. Ob verräterische Zeichen, Signale, Verhaltensvarianten zu entdecken waren. Nigel hatte ihr das Geheimnis nicht ohne Absicht verraten. Er wollte, dass die Mutter das Kind anders anschaute: So, du gehst also fremd, du Luder! Hab ich dich so erzogen? – So was in der Art mochte seine Ehemann-Fantasie ihm vorsäuseln.

Was der Gehörnte übersah, war sein eigenes Mitwirken. Er bildete sich ein, die Mutter instrumentalisieren zu können (womöglich die ganze Familie), mit dem Ziel, Louise davon abzubringen, ihn vor die Tür zu setzen. Schlappschwanz! Der Gehörnte setzt die Hörnende vor die Tür, so herum gehört es sich! Und zum Fremdgehen, mein Lieber, dachte sie amüsiert, gehören immer drei! – und steckte, schwups, mitten in einer Erinnerung, die sie fast vergessen hatte. Eine Reminiszenz, die Oz und sie selbst betraf.

Oz war ein eindrucksvoller Mann gewesen. Er *war* ein Womanizer! Und dies auch, als 1966 der Umzug von *Baxter & Baxter* an den East River erfolgte und Oz nicht nur einen neuen Schreibtisch, sondern auch eine Sammlung nagelneuer Schreibkräfte erhielt. Eine von ihnen, Lydia, war so nagelneu, dass Theodore Baxter sie gar nicht hätte einstellen dürfen, weil sie, wie sich herausstellen sollte, gerade erst fünfzehn Jahre alt war. Bella sah dieses Wunderwesen wieder vor sich, eine Bohnenstange mit Rehaugen und einem Gesicht, bei dem man sich nicht entscheiden konnte, ob es einem Schulmädchen oder einer jugendlich gebliebenen Greisin gehörte. Auf sie war auch Oz hereingefallen und nur ihre Entlarvung mit Blick aufs Alter durch die Personalleitung hatte eine mögliche Katastrophe verhindert. Sie hatten damals beide Blut und Wasser geschwitzt.

Oz' Bratkartoffelverhältnisse (wie ihre Mutter und die Oma seine Eskapaden genannt hatten) mit solchen und weniger gefahrvollen Geschöpfen konnte Nigel nicht gemeint haben, als er von einem Geheimnis sprach, das sie unausgesprochen Oz zuordnete. Louise und Grace hatten als Kinder sämtliche Ehestreits mitbekommen, deren Lautstärke und rhetorische Deutlichkeit keine Zweifel zuließen. Daraus ließ sich heute kein Geheimnis mehr kneten.

»Du glaubst, dass es dieses italienische Pesto ist?«, fragte Louise.

»Bärlauchpesto.«

»Wirklich? Schenkst du mir den Sieg?«

»Natürlich, mein Schatz. Stell dich in die Mitte und verkünde, dass du das Geheimnis gelüftet hast. Gibt es einen Preis?«

»Nur den Triumph.« Louise strahlte.

Oz hatte sich damals mit der Kindfrau in einem Restaurant getroffen und war von einem Kollegen gesehen worden. Als dieser Bella anrief und es ihr unter die Nase rieb, begriff sie, dass sie mitten in eine dieser lachhaften, aber auch gefährlichen Büro-Liebes-Rache-Hass-Tragikomödien geraten war. Oz kam nach Hause. Sie weihte ihn ein, er sie, und beide hatten ihre diebische Freude, als der Kollege einen saftigen Rüffel des Chefs einstecken musste. – So nämlich hält man in einer Ehe zusammen, *Mr. Historian Nigel Ph. D.!*, dachte Bella bissig. Man bildet ein Team gegen die Stürme und Untiefen des Lebens und der Welt!

Louise stellte sich in die Mitte des kleinen Saals. Sie klatschte ein paarmal und wartete, bis die meisten zu ihr hinschauten.

»Es ist Bärlauchpesto!« Sie wiederholte es. »Ich hab gewonnen!« Die Lösung lag als gedrucktes Kärtchen unter der Schale. Louise zog sie hervor und hielt sie hoch. »Bitte sehr!«

Sie freute sich wie früher bei den Schulwettkämpfen, wenn sie bei den französischen Vokabeln Jahrgangsbeste geworden war. Bella freute sich von Herzen mit ihr. Sie gönnte ihr den Spaß, und wenn sie ehrlich war, fand sie es wunderbar, dass Louise »einen anderen« hatte. Im Übrigen war sie überzeugt, dass Nigel nicht schuldlos war. Es ist immer ein Geben und Nehmen, niemand wusste das besser als sie selbst. Man musste in der Ehe lernen, richtig miteinander umzugehen. Sie hatte es gehasst, wenn Oz unbedingt im Auto vögeln wollte, und hatte es nie zugelassen. Das Ergebnis: Er tat's woanders. Umgekehrt hasste er es, wenn sie ihn nötigte, sie bei den Betriebsfesten vor den Kollegen zu küssen. Er weigerte sich stur. Vor lauter Wut flirtete sie dort einmal so ausgelassen, dass sogar Theodore Baxter Augen machte. Dieser Schweinehund! – Die Ehe ist ein Liebeskrieg, Louise!, hätte sie jetzt am liebsten laut gerufen. Ja, verknall dich ruhig! Nur bitte, denk an Chelsey, was immer du tust! Nimm keine Rücksicht auf Nigel, auf mich, auf den Mann im Mond oder auf den Rest des Universums. Nur denk bitte, bitte an das Kind!

Die Siegerin wurde gefeiert. Man bildete eine johlende Polonaise, angeführt von Louise, und umrundete wieder und wieder den großen Tisch. Dabei wurde ein solcher Lärm gemacht, dass zuerst die Iren, dann auch Grace den Saal verließen, mit dem Ziel, sich die Lobby im Erdgeschoss und die dortige Bar aus der Nähe anzuschauen – und sich mal ein bisschen zu erholen, wie Sinéad im Hinausgehen eingestand. Bella genoss das Altersprivileg, für eine Weile dableiben zu können, ohne dass man sie drängte, sich der immer wilder werdenden Parade anzuschließen.

Während sie zusah, setzte sich der Eindruck fest, dass ihre ältere Tochter keineswegs so betrübt oder bedrückt war, wie sie geglaubt hatte. Was sie sah, war nicht bloß die Freude an dem erschwindelten Sieg des Ratespiels oder die Ausgelassenheit, die sich von den übermütigen Kindern auf sie übertragen mochte. Es reichte tiefer. Diese Freude füllte mehr als den Augenblick. Bella glaubte Louises Verliebtheit sehen zu können und freute sich mit, jedenfalls bildete sie es sich gerne ein. Es war jene beneidenswerte Unbeschwertheit, das schwindelerregende Glücksgefühl, an das auch sie sich schwach erinnerte und das bei ihrer Tochter sonst bestimmt nur sichtbar wurde, wenn sie mit wem auch immer in aller Heimlichkeit beisammen war. Sie selbst hatte es bei Joost empfunden. Joost Gattermann. Oder als sie Oz das erste Mal begegnet war, 1954, bei jenem Council Meeting. Er hatte sich im Publikum durch die

Stuhlreihe bis zu ihr vorgearbeitet und irgendeine Liste ausgeborgt und später zurückgeben wollen, was er aber nicht getan hatte. Sie vergaß selbst, dass sie das Ding verliehen hatte, und erst, als er ihr nach Schluss der Veranstaltung auf der Straße nachrannte, als sie ihn rufen hörte und sich verwundert umdrehte, fiel ihr wieder ein, wer der Mann war und womit er da in der Luft herumwedelte. Er holte sie ein, war total aus der Puste. Und lächelte. »Verzeihung … sowieso und überhaupt …«, japste er und gab ihr das Papier zurück. »Ich heiße Oswald Servos und bin sechs Fuß und zwei Zoll groß.«– Bella wusste nicht mehr, wie oft in ihrem Leben sie diesen Satz zitiert hatte. »Er wollte mir imponieren«, erklärte sie dann jedes Mal, »und hat es geschafft.«

Aber wann hatte es sie erwischt, damals? Sie war nach Hause gefahren. In der Subway dachte sie schon nicht mehr an ihn. Zu Hause stand das Essen auf dem Tisch. Oma war damals schon ein bisschen verwirrt, und wenn sie, Bella, sich vor den Teller setzte, blickte Oma sie einen Moment lang verwundert an, knapp davor, zu fragen, wer diese Person eigentlich sei. Plötzlich langte sie über den Tisch, schnappte sich die Hand ihrer Enkelin und drückte sie. Es war rührend und traurig, denn die Zeit, die Oma benötigte, um Bella oder auch andere zu erkennen, dehnte sich von Woche zu Woche erbarmungslos, und alle bangten dem Tag entgegen, an dem *es* das erste Mal passieren würde.

Auch vor dem Einschlafen dachte Bella damals nicht mehr an den eins sechsundachtzig großen Mann zurück. Beim Wachwerden sah sie ihn plötzlich vor Augen, erstaunt, dass sie ihn vergessen hatte. Es war, als hätte in ihrem Herzen ein Stück Hefeteig gelegen – etwas, das die Dauer der Nacht gebraucht hatte, um zu werden, was es nun war. Sie hatte dagelegen und erschreckt an die Decke geguckt und geflüstert: »Ich heiße Bella und bin fünf Fuß und sechs Zoll groß.«

Auf dem Lyzeum waren sie dicke Freundinnen gewesen: Sarah, Leni und sie, Bella. Bei Sarah zu Hause hatte im Wohnzimmer ein Grammofon gestanden. Ihr Vater hörte Benny Goodman, Mahler und Paul Hindemith. Benny Goodman gefiel den Freundinnen am besten. Wenn sie gemeinsam Schularbeiten machten, horchten sie auf den Augenblick, wenn der letzte Erwachsene die Wohnungstür hinter sich zuzog. Sarah legte eine der Platten auf und man tanzte. Irgendwann fing ein Nachbar Sarahs Vater im Treppenhaus ab und beschwerte sich. »Das kann gar nicht sein«, entgegnete der Vater. »Der Grammofonschrank ist immer fest verschlossen. Ich bewahre dort nämlich auch meine Pistolensammlung auf, wissen Sie?« Als er die Miene des Herrn Nachbarn schilderte, kamen die Mädchen aus dem Lachen kaum mehr heraus.

Obwohl Sarah Sarah hieß, waren die Faltemeiers keine Juden. Lenis Mutter arbeitete im Evangelischen Gemeindeamt. Bis die ersten Hetzereien begannen, hatte man nie über Religion geredet. Nach Bellas Rauswurf aus dem Lyzeum hatten die Freundinnen dann immer wieder mal eine Hand auf Bellas Schulter gelegt und den geheimen Trost- und Zauberspruch geflüstert: *Keener weeß, warum die Kleene schmollt, weil keener weeß, wohin der Keese rollt.*

Als Bella aus Berlin-Mitte wegzog, verabredete man einen geheimen Briefkasten. Er befand sich am Alexanderufer an der Charité und war ein leeres Fach im Eisenfuß einer alten

Straßenpumpe. Sie stand in der Mitte auf der Strecke zwischen dem Lyzeum und dem neuen »Zuhause« in Moabit. An drei Seiten verstellte brusthohes Strauchwerk die Blicke Fremder. Bella konnte im Vorübergehen einen Fuß auf den Steinsockel der Pumpe stellen, wie um sich den Schuh zuzubinden, und schon hatte sie den Brief abgelegt oder befand sich im Besitz einer Botschaft, an der manchmal ein Hagebuttenzweig hing, der sie zum Weinen brachte. Die Briefe verrieten, wer in der Klasse frisch verknallt war oder wessen Brüder versehrt, aber als Helden heimgekehrt waren.

> *Stell dir vor, Frau Dr. Gümerlich hat eine Landkarte Palästinas aufhängen lassen und erklärt, die Engländer hätten sich 1920 des Landdiebstahls an den Arabern schuldig gemacht, nur um die genauso diebischen Juden zu beschenken. Und noch was: Hausmeister Kiank ist in seiner Werkstatt im Keller der Schule verhaftet worden, weil er sich irgendwo in Bayern als Hitlers Chauffeur ausgegeben hat. Das allein hat ihn gar nicht zu Fall gebracht, sondern eine Sammlung angeschmutzter Stehkrägen mit den eingestickten Initialen A. H. Diese, einem gewissen Amadeus Hemmler gestohlenen, »Kleidungsbestandteile« hat Kiank für viel Geld als Devotionalien an die Leute verkauft …* Oder Britt Nölte hatte wieder einmal für Furore gesorgt. *Sie hat mitten im Unterricht eines ihrer südfranzösischen Lieder gesungen, uns allen lag die Übersetzung der höchst unartigen Strophen vor, nur der Lehrerin nicht. Es war sooo lustig!*

Und schließlich schrieb Leni von einem Jungen, der bei ihr daheim neuerdings nur einen Steinwurf weit entfernt wohne und jeden Morgen an ihrem Fenster vorbeikomme. *Schwarzes Haar und sanfte Augen …*

Neben den Briefen hatte es auch richtige Treffen gegeben.

Sehr riskant natürlich. Vor dem »Café Kranzler« oder in einem der Kaufhäuser zwischen Gedächtniskirche und Joachimsthaler Straße. Sarah hatte stets Geld dabei und bezahlte für Leni und Bella mit. »Wenn du bald in Amerika lebst und vor Geld stinkst«, sagte sie zu Bella, »schickst du es mir einfach zurück.« Sie trug immer eine Tüte bei sich, die Kleider enthielt. Bella zog sie in einer Toilette an. Einmal probierten sie Britt Nöltes Lippenstift aus. Wie Filmschauspielerinnen stolzierten sie über den Ku'damm und blickten kess. Oder man setzte sich in den Garten des »Islam-Instituts« im »Humboldt-Haus« auf der Fasanenstraße. Ein junger Mann mit glühenden Augen und knallrotem Fez auf dem Kopf servierte Mocca.

Das war im August '41 gewesen. Zum nächsten Treffen im September hatte Bella nicht mehr gehen können. Ohne den »Judenstern« ließen ihre Eltern sie nicht auf die Straße. Das erste Mal deckte sie ihn draußen zu, nahm die Hand aber nach ein paar Schritten wieder runter, weil es verboten war, ihn zuzudecken. Im Dezember fand sie in der Straßenpumpe einen Brief von Leni:

> *Liebes, glaub mir, das ist alles nur, weil die Vollidioten selbst nicht unterscheiden können, wer jüdisch ist und wer nicht. Keener weeß, warum die Kleene schmollt, weil keener weeß, wohin der Keese rollt.*

Auf dem Papierröllchen klebte ein verwelktes Vergissmeinnicht. Wenn Bella andere sah, die den Stern trugen, ahnte sie, wie sehr sie eine Geistergemeinschaft waren. Als hätte man jedem Einzelnen von heut auf morgen denselben Nachnamen gegeben, damit sie vor der Welt eine Familie waren. Sie fühlte sich aber nicht verbunden, sie gehörte nicht dazu, sie war nicht diese Person, die sie angeblich sein sollte. Sie war Bella – Arm in Arm mit Sarah und Leni, *kess wie Bolle*, mitten auf dem Ku'damm!

Der Stern stellte das Leben noch einmal auf den Kopf. Bella ertrug die Demütigung, »gezeichnet« zu sein, noch weniger als die Erwachsenen, und brauchte eine Weile, bis sie begriff, dass der Stern mehr war als eine der zahllosen Schikanen, die man bislang oft irgendwie hatte umgehen können.

Der Vater legte den Mantel mit dem Stern auf einen Stuhl und sagte: »›Judenring‹ nannte man das im Mittelalter. Da sind wir wieder hingelangt.« Alle weinten. Bella hatte bis dahin nur ihre Oma, nicht aber die Eltern je richtig weinen sehen. Es war wohl das eindringlichste Anzeichen gewesen, dass es eine neue und vielleicht ganz andere Bedrohung geben musste.

Hatte es bis dahin über den Tag für Bella immer ein paar Gelegenheiten gegeben, allein in dem Zimmer zu sein, so gingen die Mutter und die Oma nun fast nur noch in der Dämmerung auf die Straße. Es wurde noch enger in dem Zimmer, und als es dann immer früher dunkel wurde, verließen sie das Haus bei Licht nur noch während der »Judenstunden« und kehrten wie von Hunden gehetzt zurück. So war etwa die Ausgabe von Zigaretten und Seife in den Läden, wenn überhaupt, nur innerhalb eingeschränkter Zeiten erlaubt; kam man nach vier Uhr, nach »Judenschluss«, ging man leer aus.

Unter den wohlwollenden Nachbarn im Haus hatte man verabredet, stets dreimal anzuklopfen, wenn man sich besuchte. Einmal Klopfen konnte die Polizei sein. Nicht nur Juden hatten Angst und verfolgten die Kriegsberichte mit zunehmendem Argwohn und schließlich der Gewissheit, dass im Rundfunk und in den Zeitungen gelogen wurde. Russland stand keineswegs vor dem Zusammenbruch, Hitler würde den Krieg rücksichtslos weiterführen und die Juden trugen die Schuld an allem. Zwischen den Sendungen verlas ein Sprecher Merksprüche: *Der Bauer pflügt, der Jude lügt.*

Die Lebensmittelrationen wurden so knapp, dass Bella sich am Abend immer öfter das Bettzeug über die Nase zog und merkte, dass ihr Magen eine große, leere Höhle war. Die Kohlen reichten schon lange nicht mehr, um das Zimmer den ganzen Tag über einigermaßen warm zu halten. Im Februar bildeten sich Eisblumen an den Scheiben, die auch bis zum Nachmittag nicht schmolzen. Und eines Tages klopfte Dr. Fareed an die Tür. Ein einziges Mal, sehr deutlich, alle kriegten einen Schreck und sprangen hoch. Draußen stand der Vater neben ihm; er hatte die Verabredung, dreimal zu klopfen, vergessen. Ihre Gesichter waren kreideweiß.

»Am Morgen ist die Familie Cohn abgeholt worden«, sagte der Vater. »Alle sieben Leute, mit Kindern und Großeltern. Ein Lastauto fuhr vor und die Familie ist schweigend aus dem Haus gekommen. Einer nach dem andern sind sie auf die Ladefläche geklettert. Jeder hatte nur einen Rucksack oder eine Tasche bei sich. Einfach abgeholt.«

Dr. Fareed war zu ihr, Bella, gekommen und hatte wie ein zorniger Erzengel auf sie herabgeblickt. Sie hatte nach wie vor einen schneidenden Respekt vor ihm.

»Jetzt werden wir uns etwas einfallen lassen müssen«, sagte er und sie erschreckte sich. Solche Sätze kannte sie, sie begannen harmlos und endeten als Schlangengruben.

Er habe am Morgen, fuhr er fort, die behördliche Anweisung erhalten, die Arztpraxis eines deutschen Kollegen zu übernehmen, der nun Kriegsdienst tue. Um die gesundheitliche Versorgung in der Heimat sicherzustellen, habe man sich bei den Behörden offenbar entschlossen, vorübergehend auch solche Ärzte zu verpflichten, denen man die Tätigkeit zu Friedenszeiten untersagte. »Schwer zu verstehen, aber wahr. Ich kann wieder richtig praktizieren.«

Alle spürten, wie sehr diese Aussicht seine Stimmung zu heben schien. Bella fragte sich sofort, wieso er ihnen die Neuigkeit persönlich überbrachte – noch dazu als Nachklang dessen, was den Cohns widerfahren war.

»Fräulein Bella, bitte, kriegen Sie jetzt keinen Schreck! Sie sind ab sofort meine Sprechstundenhilfe. Ich weiß, dass Sie es können. Sie werden für die Praxis unentbehrlich sein … *unentbehrlich*, verstehen Sie, was ich meine?«

Der Vater fasste Bella am Arm und nickte. Sie begriff erst einmal gar nichts. Dann erklärte Dr. Fareed, dass sie nicht länger bei ihrer Mutter und der Oma würde wohnen können. Dass es zu gefährlich sei. Seine Verlobte Erika Zwirner, erklärte er weiter, habe über ihrer Wohnung eine Mansarde hergerichtet. Bis zur Praxis hätte man von dort aus nur ein paar Minuten zu laufen. Zu der Zeit ahnte sie noch nicht, dass auch der kürzeste Weg, wenn man ihn »besternt« ging, sich hundertfach verlängerte. Sie machte einen Knicks und bereute es sofort, weil sie sich blöde und kindisch vorkam. Am Abend, als sie dalag und nicht einschlafen konnte, wiederholte sie immer wieder das Zauberwort: *Sprechstundenhilfe*. Wie aber hatte sie sich damals eigentlich gefühlt? Was war das für ein Gemisch aus Angst und Freude gewesen, das sie empfunden haben musste? Oder etwa nicht? Es war erstaunlich, wie genau sie die »arabische Rettung« als Bilder und Szenen bewahrt hatte, die Gefühle dazu aber schienen verblasst zu sein.

Sie bekam ein Siebenzwergekämmerchen und liebte es vom ersten Augenblick an. Auf einem runden Tischlein stand ein Topf mit Wintergeranien. »Das ist die Hoffnung auf eine bessere Zukunft«, sagte Dr. Fareeds Verlobte und schloss Bella zur Begrüßung in die Arme. »Ich heiße Erika.« Wie hätte sie da nicht losheulen sollen vor lauter Glück im Unglück? Sie wusste gar nicht, woher und wohin mit ihrer Dankbarkeit, aber auch mit der Verlegenheit. Erika nickte ihr aufmunternd zu und wechselte Blicke mit Dr. Fareed, der dabeistand und dem der Stolz anzumerken war, dass er ihr würde helfen können – es wenigstens versuchen wollte.

Bella nahm das Zimmer mit klopfendem Herzen in Besitz: einen gepolsterten Stuhl, eine kleine Truhe für das bisschen

Kleidung, ein Bett, auf dem eine schottisch karierte Tagesdecke lag, die ihr sehr gefiel. Und an der Wand gegenüber vom Fenster, das die Größe eines Küchenhandtuchs hatte, hing eine aus einer Zeitung ausgeschnittene Luftfotografie von New York, die geradezu atemberaubend gewesen war. Sie hatte so etwas nie zuvor gesehen. Die Größe der Stadt und ihrer Häuser war damals etwas Unglaubliches gewesen, selbst für erprobte Berliner.

Der Dielenboden war frisch gebohnert, es gab eine Fußbank gegen die Bodenkälte – und das Beste: einen leise knisternden Ofen, der nicht größer war als der niedrige Hauklotz, den Bella durch das Fenster im Hof stehen sah und auf dem wohl das duftende Holz gespalten wurde, das die Luft so wunderbar wärmte. Das Zimmer befand sich im fünften Stock, oberhalb der kahlen Krone einer Kastanie. Die Sonne hatte hereingeschienen, als wollte sie Bella im Namen aller immer noch wohlgesinnten Mitmenschen in einem neuen Leben begrüßen.

Erika Zwirner wurde eine Freundin. Dass sie fünfzehn Jahre älter war und hundertmal hübscher, wie Bella fand, nahm sie nur wahr, wenn Dr. Fareed in der Praxis bei ihnen stand. Erika hatte die schönsten und regelmäßigsten Zähne der Welt. An den ersten Abenden kam sie zu Bella hoch und unterhielt sich mit ihr. Bella erzählte ihr Leben, ihre Ängste und Hoffnungen. Einmal nahm Erika ihre Hand und sagte den Satz, mit dem Sarah und Leni sie nicht mehr trösten konnten. *Keener weeß, warum die Kleene schmollt …* So schlicht, vielleicht auch dümmlich die Worte waren, so hatten sie damals doch eine Wunderwirkung wie vielleicht ein katholisches Heiligenbildchen für die Iren oder Italiener. Erika war katholisch erzogen und so saßen des Öfteren ein Muselman, ein jüdisches Mädchen und eine Christin beieinander und beratschlagten, wie man den Nazis ein Schnippchen schlagen könnte.

Und auch daran erinnerte sich Bella lebhaft: So schön die

Mansarde war, der Abschied von der Mutter und der Oma und dem engen Zimmer in Moabit war ihr schwergefallen. Ihr war klar gewesen, dass beide jedes Mal mit dem Schlimmsten rechneten, rechnen mussten, sobald eine das Haus verließ. Die Gerüchte hörten nicht auf und die Geschichten wurden schlimmer und schlimmer. Die Angst schrillte bei jedem Ruf nach einem Kind im Hof mit, bei jedem Schlag gegen einen Teppich auf der Stange, bei jedem Radiolautsprecher, der aus irgendeinem offenen Fenster tönte. Ein Bekannter hatte sich unbesternt aus dem Haus gewagt und war zur »Befragung« auf die Polizei befohlen worden. Seither hatte man ihn nicht wieder gesehen; selbst die Angehörigen erhielten keine Auskunft über seinen Verbleib. Überall kam es zum Verschwinden von Leuten, die man am Vortag noch getroffen hatte. Über einen ihr weitläufig bekannten Uhrmachermeister sagte Oma eines Tages: »Er existiert nicht mehr, als wäre er nachts in ein Erdloch gefallen.« Die Vorstellung des Erdlochs hatte Bella lange verfolgt. Und jeden Tag rückten noch düsterere Nachrichten näher. Von »Judenverschickungen« war die Rede, von Deportationen nach Polen, die bereits im vergangenen Frühjahr und Sommer begonnen hätten. Man dachte an die Cohns, an den Uhrmacher. Niemand wusste Genaues über Ziele und Zwecke des Terrors. Die Vermutungen reichten von erzwungener Arbeit in Waffenfabriken über landwirtschaftliche Einsätze bis zum Wiederaufbau kriegszerstörter Städte im Osten.

Nach drei Tagen der Eingewöhnung in das Mansardenleben hatte Bellas Arbeit als Sprechstundenhilfe begonnen. Erika machte ihr Frühstück, man zog die Mäntel über und hakte sich auf der Straße einander unter. Damit der Stern nicht allzu schnell zu sehen war. Sie eilten das kurze Stück, Bellas Herz klopfte wie verrückt. Im Hausflur wurden sie vom ersten wartenden Patienten begrüßt. Bellas besternter Mantel kam flugs in den Schrank, bevor er gesehen wurde. Die Erklärungen im

Labor begannen noch vor der ersten Konsultation; der Patient musste sich gedulden.

Dr. Fareed trug seinen langen, weißen Kittel. Sein Oberlippenbärtchen zeichnete eine makellose Linie. Er begrüßte Bella mit einer leichten Verbeugung, sodass sie beinah hatte lachen müssen. Er stellte Schalen, Reagenzgläser und Instrumente bereit und fing mit seinen Erläuterungen an, Wort für Wort, langsam, höflich, zurückhaltend. Bella lernte, wie man die Zentrifuge bediente, um das Blutsediment zu erhalten, wie man einen Tropfen auf einen Glasträger brachte und mit einem winzigen Plättchen abdeckte. Wie man das Präparat unters Mikroskop legte und das Bild scharf stellte. Wie man sodann die Anzahl der weißen Blutkörperchen bestimmte. Sie zitterte vor Lust am Lernen und Begreifen – und schließlich vor Freude am selbstverantworteten Arbeiten mit diesen wunderbaren Dingen. Als sie wenige Tage später zum ersten Mal den zweifach geprüften Befund in den Behandlungsraum trug und miterlebte, wie Dr. Fareed einer Dame ein Medikament verabreichte, das die von Bella nachgewiesene Anämie lindern würde, lief sie aus dem Sprechzimmer ins Labor zurück und brach in Tränen aus.

Dass Dr. Fareed neben den Patienten des deutschen Praxisbesitzers auch die Kranken betreuen würde, die er zuvor in seinem Wohnzimmer behandelt hatte, zeichnete sich für Bella ab, als eines Tages ein Lastauto vor dem Haus hielt und zwei Männer das zur Hälfte entleerte Pharaonen-Aquarium von der Ladefläche hoben und behutsam ins Treppenhaus trugen. Oben wurde es im Behandlungszimmer auf einen Tisch gestellt und schon am folgenden Tag fanden sich gegen Ende der Nachmittagssprechstunde die ersten Mitglieder eines *Vereins der Charlottenburger Aquarienfreunde* ein. Ihre Mäntel trugen sie über den Arm gelegt, sodass die Sterne nicht zu sehen waren. Während sich die letzten regulären Patienten verabschiedeten, rief Dr. Fareed die »Vereinsmitglieder« ins Konsultationszimmer. Die Tür blieb offen, es entspann sich eine sonderbare Fachsimpelei über Sauerstoffgehalte, Wasserpflanzen und Algenbefall, oder wie man Maulbrüter, Bärbling und Knochenzüngler zu füttern hatte, um sich ihrer möglichst lange zu erfreuen. Sobald der letzte der legitimen Patienten die Praxistür hinter sich geschlossen hatte, versiegte die merkwürdige Vereinsplauderei. Bis auf einen verließen die vermeintlichen Zierfischkenner den Behandlungsraum und nahmen im Wartezimmer Platz. Die Türen wurden geschlossen. Dr. Fareed nahm wieder seine ärztliche Tätigkeit auf und versorgte bis in den Abend hinein diejenigen, die sonst keine Hilfe fanden.

»Aber die Fische sind doch in Wahrheit Pharaonen, oder nicht?«, erinnerte Bella amüsiert, als der letzte der Vereinsfreunde die Praxis verlassen hatte. Dr. Fareed blickte sie an, strich über sein Bärtchen und antwortete in Erikas Richtung: »Sieh an! Ich hab's geschafft!«

Als die Kälte Ende Februar 1941 noch einmal bitter wurde und die Mutter und die Oma in ihrem Zimmer sogar unter vier Filzdecken immer noch froren, wie Bella später erfuhr, hatte sie in dem Labor bereits eine Menge Erfahrung gesammelt. Sie kannte die meisten der Kranken mit Namen und konnte die Organe nennen, die ihnen Probleme bereiteten, auch kannte sie oft bereits die Arznei, die die Kranken einzunehmen hatten. Viele der Laboruntersuchungen führte sie selbstständig durch, verstand auch eine Menge der ärztlichen Hinweise, Anmerkungen und Diagnosen auf Latein und Griechisch, sodass sie eines Tages mit Stolz selbst merkte, dass sie eine wirkliche Hilfe geworden war.

»Wenn unser Fräulein Bella so weitermacht«, sagte Dr. Fareed eines Morgens zu Erika, »kann ich mich bald zur Ruhe setzen. Oder anders gesagt: Versprich mir, dass du sie weiter jeden Morgen herbringst, sonst muss ich die Leute krank nach Hause schicken.«

Er blickte zu Bella und zeigte auf das Aquarium. »Fräulein Bella, Sie glauben nicht so ganz, was ich da sage. Aber bitte, fragen Sie Thutmosis, ob es stimmt! Oder Ramses. Sie sind Pharaonen und können in die Zukunft sehen.«

Von diesem Tag an passierte etwas Stilles, Schleichendes in Bella, mit dem sie nie gerechnet hätte. Ein Wunder geschah! Wie aus dem Nichts wuchs ein Lebensplan heran. Sie erinnerte sich eigentlich nicht, bewusst darüber nachgedacht zu haben, aber eines Tages war da der Wunsch, selbst Ärztin zu werden. Sie bedauerte es sehr, Sarah und Leni nicht davon erzählen zu können, und überlegte, ob es nicht einen Weg gab, einen Brief zum Alexanderufer zu bringen. Sie hörte schon, was Leni sagen würde, wenn sie die Zeilen las. »Nu kiek mal an! Det is ja wieder mal so richtig Bella, wa? Und keener weeß …«

An einem der ersten wärmeren Frühlingstage war damals Herr Lauth in der Praxis aufgetaucht. Er war Uhrmachermeister, und Bella begriff mit einem Mal, dass er Omas vermisster Bekannter sein musste. Von einem auf den andern Tag, erzählte er, habe man ihn aus der Haft entlassen. Als er dann im Behandlungszimmer sein Hemd auszog, befand sie sich zufällig noch im Sprechzimmer und bekam einen furchtbaren Schreck. Man konnte sich nun vorstellen, wie es bei den »Befragungen« im Berliner Polizeigefängnis zuging. Herrn Lauths Körper war mit Ergüssen übersät, die farblich zwischen dunkelgrün und violett changierten. Man hatte ihm zwei Zähne ausgeschlagen, und die Gelenke seiner rechten Hand waren derart geschwollen und steif, dass Bella auf Anhieb erkannte, dass dieser arme Mann nie wieder in seinem Beruf würde tätig werden können. Zu den äußerlichen Verletzungen hatten sich innere gesellt, die Dr. Fareed erst durch Nachfragen und behutsames Abtasten zu erkennen vermochte. Die dringlichste schien ein Bruch im Bauchraum zu sein, wie er sagte. »Womöglich sogar ein Milzriss. Wenn ja, muss operiert werden.«

Herr Lauth nickte erschöpft, schaute irritiert an sich herunter, sagte kein Wort. Er hatte weder das Geld noch die Beziehungen, die für eine solche Operation erforderlich waren.

Bella verließ betroffen den Raum. Ihr war zum Heulen zumute. Sie dachte an ihre Familie und daran, dass man dort jederzeit in eine ähnliche Lage geraten konnte. In jeder Minute konnte ohne ihr Wissen etwas geschehen, das alles, alles veränderte. Zwar fühlte sie sich in der Praxis und in ihrem Kämmerchen einigermaßen sicher, wusste jedoch, dass diese Sicherheit im Ernstfall ein Regentropfen über einer brennenden Stadt sein würde.

Dass seine besternten Patienten meistens kein Geld hatten, um einen normalen Arztbesuch zu honorieren, war für Dr. Fareed eine Selbstverständlichkeit gewesen, über die er kein Wort verlor. Allerdings gab es auch immer wieder Leute, die bezahlten. Deren Geld nahm er jedoch nur entgegen, wenn er sicher war, dass die Bezahlung keine anderen Notstände verursachte. Die Mittel wurden zur Seite gelegt, und so hatte sich ein kleiner Notfonds angesammelt, der jetzt, nachdem Herr Lauth die Praxis verlassen hatte, unverzüglich begutachtet wurde. Die Kosten einer Operation deckte er in keiner Weise ab.

An genau dieser Stelle kam Dr. Atif Al-Mawardi ins Spiel, den Bella jetzt vor Augen sah, als stehe er wieder quicklebendig hier vor ihr in dem kleinen Saal inmitten der lärmenden Kinder. Er war Chirurg an der Charité und hatte vor Jahren der Geliebten eines hochrangigen Nazis mit einer Notoperation das Leben gerettet. »So etwas ist heute wertvoller als Gold und Geld«, erklärte Dr. Fareed, als man zu beratschlagen begann, was zu tun sei. Dabei hob er eine Hand über den Kopf und bildete mit Daumen und Zeigefinger einen Ring. »Hier sehen Sie *Re*, Fräulein Bella. Die ägyptische Sonne, der ägyptische Jahwe, das Schicksal. Herr Lauth wird ein Pharaonengeschenk erhalten … Aber Sie glauben mir ja nicht …«

Herrn Lauths Anschrift wurde notiert, und jeder hoffte im

Stillen, dass man ihn dort auch würde antreffen können, wenn es so weit war. Jedenfalls wurde unverzüglich Verbindung mit Dr. Al-Mawardi aufgenommen – und zwar unter Umgehung von dessen Sekretariat.

»Und jetzt brauchen wir Erika«, sagte Dr. Fareed.

Erika besaß ein Motorrad, damals möglicherweise als einzige Frau in ganz Berlin. Wenn es das Wetter erlaubte, durfte Bella von da an auf den Sozius klettern und sie fuhren nach Moabit zur Mutter und zur Oma. Man brachte etwas Kaffee und Gebäck mit oder ein kleines Paket mit Überraschungen, die für Sternträger längst schon nicht mehr zu bekommen waren.

Bella liebte es, wenn ihr der Fahrtwind ins Gesicht schnitt, die Augen tränten, Straße und Motor durch jede Faser bis in ihren Kopf trommelten. Schneller, schneller!, hätte sie am liebsten dauernd geschrien. Die Maschine knatterte über den Ku'damm. Ihre Augen waren überall – in der verrückten Hoffnung, dass sie womöglich Sarah, Leni oder Britt Nölte irgendwo entdeckte, deren Leben von ihrem jetzigen wohl schon so weit entfernt war, als hätte sie, Bella, Deutschland bereits verlassen und lebte schon in New Yorks Straßenschluchten, die sie sich jeden Tag auf der Fotografie an der Zimmerwand ansah und bestaunte.

In Herrn Lauths Fall also kam Erikas Maschine zum Einsatz. Bella nahm auf dem Sozius Platz und man fuhr nach Mitte, in die Heimat, stellte das Motorrad am Alexanderufer ab und betrat ein abweisend wirkendes Gebäude. Drinnen durchliefen sie hohe, lange Flure, an deren Wänden Regale mit Gefäßen voller grausiger Präparate standen. Bella konnte nicht hinsehen. Schließlich betraten sie ein Zimmer, das bis auf ein paar rostige Eisenschränke leer war, und warteten.

Nach einer Zeit wurde eine zweite Tür geöffnet. Ein Arzt in weißem Kittel kam herein, an seinem Kragen hing ein Mundschutz, eine Stoffmaske, die er bis eben getragen haben musste, denn sie hatte bleiche Flecken, deren Herkunft Bella sich nicht genau vorstellen wollte.

»Al-Mawardi«, sagte er knapp.

Dr. Fareed und er hatten zusammen in Berlin studiert, bis 1933 waren sie Kollegen an derselben Klinik gewesen. »Wir vertrauen einander«, hatte Dr. Fareed erzählt. »*Vertrauen*, Fräulein Bella. Wissen Sie noch? Das ist dieses Gefühl, das einem heute ungefähr so häufig begegnet wie altägyptische Grabbeilagen.«

Erika erklärte den »Fall Lauth«. Dr. Al-Mawardi hörte mit regloser Miene zu, eigentlich war es keine Miene. Bella erinnerte sich, dass sie nicht hätte sagen können, ob ihn die Angelegenheit überhaupt interessierte oder nicht, ob er Skepsis, Abscheu oder Unruhe empfand. Er machte ihr Angst. Sie war es gewohnt, dass Menschen lebendige Gesichter hatten. Sein Gesicht war wächsern und wirkte auf beunruhigende Weise nicht menschlich.

»Gab es eine Blutuntersuchung?«

Jetzt hatte Bella zu antworten, das war so verabredet. Sie fasste allen Mut zusammen, ihre Stimme vibrierte. Sie nannte die entscheidenden Fakten. Sein Blick lastete auf ihr wie der eines Polizeibeamten, der kurz davorstand, sie einer »Befragung« zu unterziehen. Schließlich holte er einen Notizblock aus seiner Kitteltasche und schrieb etwas auf. Er riss das Papier ab und reichte es Bella. Verdattert nahm sie es. Sie hatte nicht erwartet, dass er den Zettel ihr statt Erika geben würde. Es war eine Ziffernfolge.

»Dort rufen Sie zurück, sobald ich mich bei Ihnen in der Praxis gemeldet habe«, sagte er. »Sie bringen den Patienten dann so schnell wie möglich hier in dieses Zimmer. Vielleicht hören Sie schon morgen von mir.« Damit wandte er sich um und verließ ohne Gruß den Raum.

Erika schob Bella zu der Tür, durch die sie hereingekommen waren. In dem Flur bildete sie sich ein, das Formalin in den Gefäßen riechen zu können. Draußen, als sie auf das Motorrad zugingen, sah sie in der Ferne die Straßenpumpe und fragte Erika, ob sie dort kurz anhalten würde.

Was sie fand, war ein weißer, glatter Kieselstein, der auf einem Brief lag, dessen Papier vom langen Liegen feucht und fast durchscheinend geworden war. Die Tinte war verblichen, einzelne Buchstaben waren aufgedunsen und fransten an den Rändern aus.

Liebe Bella, unsere Klasse steht kopf. Stell dir vor: Britts Vater, Dr. Nölte, der Anwalt, wurde verhaftet. Niemand weiß, wieso und wo er ist und wann er wieder zur Familie zurückkommt. Britt ist verzweifelt. Frau Dr. Gümerlich macht im Unterricht andauernd blöde Bemerkungen über sie und die Direktorin rächt sich für alle Unartigkeiten der Vergangenheit mit eisigem Schweigen. Es ist schauerlich. – Wie geht es dir? Vielleicht kommst du ja irgendwann doch mal ans Alexanderufer. Wir werden ab und zu hingehen und nachsehen. Alles, alles Liebe für dich, Süße! Janz feste von uns beeden. Und verjiss nicht: Keener weeß …

Irgendwann waren alle erschöpft. Die Polonaise zerfiel, ihre Glieder tanzten und taumelten lachend aus der Reihe, ließen sich auf Stühle und Sessel fallen. Louise und die Kinder bettelten atemlos um Wasser und Cola.

»Die andern haben die Flucht ergriffen. Sind in die Lobby runter«, sagte Bella, als Louise schnaufend neben ihr saß.

Louise schüttete gierig ein Glas Wasser in sich hinein. Ihr Atem reichte noch nicht, um etwas zu sagen. Die Kinder lärmten weiter, fingen gleich wieder an, einander zu jagen, ihre Energie war unerschöpflich. Sogar *Merry Gloom Chelsey*, die sonst lieber beobachtend am Rand stand, tobte mit und ließ sich kreischend von Clint die Fensterfront entlangtreiben.

Als Louise wieder Luft hatte, fragte sie: »Haben wir dich bewegen können? ... Mit der Einladung nach Irland ...«

Bella lachte. »Ich will mir nicht ausmalen, was passiert, wenn ich weiter zögere oder Nein sage.«

»Wir lieben dich nun mal, Mom, und sollten wir drüben gegen Hunger, Elend und die Katholiken ankämpfen müssen, brauchen wir dich.« Louise füllte neues Wasser in das Glas. »Außerdem weiß ich, dass du gute Hotels liebst. Patricks Vater hat im ›Shelbourne‹ am Stephan's Green reserviert. Dort logieren nur die Stars, und das seit Menschengedenken.«

Bella zeigte sich beeindruckt.

»Zum Beispiel hat sich der britische Schauspieler Henry Irving Ende des neunzehnten Jahrhunderts von einem grölenden Mob vom ›Dublin Theatre‹ bis zum Hotel auf Schultern tragen lassen. Die Meute wollte bis in die Lobby und in sein Zimmer vordringen, aber Irvings Bewunderer Bram Stoker bewahrte sein Idol vor einem veritablen Skandal. Irving war so eine Art Richard Gere seiner Zeit.«

»Bram Stoker?«, wunderte sich Bella.

Louise nickte und hob das Glas zum Mund. »Derselbe, Mom … ›Dracula‹.«

»Wusstest du eigentlich, dass Patrick für einen Rüstungskonzern gearbeitet hat?«

Louise ließ einen Moment verstreichen.

»Er redet nicht darüber. Wir anderen auch nicht«, sagte sie dann. »Hat dir Nigel davon erzählt? Worüber habt ihr nebenan denn noch gesprochen? Du hast dich doch nicht nur ausgeruht.« Ihr Blick wurde eine Sekunde bohrend. »Ich finde es nicht schön, wenn du manchmal so … inquisitorisch wirst.«

»Du meinst investigativ …«

»Nein, übergriffig. Unsere Ehe zum Beispiel geht dich nichts an, auch wenn du dich für das Haupt der Familie hältst.«

»Wir haben nicht über eure Ehe geredet«, schwindelte Bella.

»Das glaube ich dir nicht, Bella. Ich kenne Nigel. Verzeih, aber diese Dinge sind komplizierter, als du sie dir vorstellst.«

Ich stelle mir nichts vor, Liebes!, hätte sie jetzt antworten müssen. *Ich weiß es!* Aber sie traute sich nicht. Nachher vielleicht, falls das Gespräch konkreter werden sollte, freundlicher. Noch herrschten zu viel Nervosität und der Verteidigungszustand.

»Dasselbe gilt für Grace und Patrick. Es ist *sein* Berufsleben, Mom, *er* muss damit klarkommen, nicht wir. Und was Nigel betrifft, verstehe ich, dass du Dr. Fareeds Andenken vor seinen Regierungserklärungen oder Antrittsreden, die er so liebt, in Schutz nehmen willst. Aber sieh es bitte als seinen Spleen, dass er mal gegen die Araber, mal gegen Israel, mal gegen den Papst oder den Mond polemisieren muss, wie er sich eben gerade fühlt, und vermisch es nicht mit Themen, die nur ihn und mich etwas angehen! Nigel ist ein Plappermaul und ein begnadeter Intrigant, und wenn du dich nicht vorsiehst, hast du im Nu alle gegen dich. Er triumphiert, und du stellst plötzlich fest, dass genau das sein Kalkül war und er längst alle Fäden in der Hand hält und du dich nicht mehr wehren kannst.«

Es tat Bella weh, ihre Tochter so kämpfen zu sehen. Um was eigentlich? Das Geheimnis war keines mehr und Louise ahnte es offenbar. Der Satz, der für Offenheit zwischen ihnen sorgen würde, wiederholte sich in ihr: Ich weiß es, Louise! Du musst dich nicht verstecken oder schämen oder sonst was! Ich biete dir meine Unterstützung an … Die Wahrheit war, dass sie, Bella, Bammel hatte, von Louise zurückgewiesen zu werden – als Mitwisserin. Und noch größer war die Furcht, hilflos mitansehen zu müssen, wie alles schlimmer wurde. Nigel zog in eine eigene Wohnung, Louise blieb mit den Kindern allein, die neue Liebe entpuppte sich als Niete. Scherben über Scherben!

»Hab ich euch je erzählt, wie ich mich mal verknallt habe? Euer Vater lebte noch.«

»Ich dachte immer, *er* sei der Schürzenjäger gewesen.«

»War er auch. Die genaue Anzahl seiner Liebschaften hat er mit ins Grab genommen. Die Zahl meiner Affären beträgt genau eins.«

Louise machte eine staunende Miene. »Wieso willst du mir das ausgerechnet jetzt erzählen, Mom? Du hättest es uns auch schon vor zehn oder zwanzig Jahren beichten können.«

»Man hat eben so seine Geheimnisse!« Bella ließ den Satz ein paar Herzschläge lang wirken, bevor sie in sich zurückblätterte – ins Jahr 1963, wenige Wochen nach der Tragödie von Dallas.

Es war das verflixte siebte Jahr ihrer Ehe. Die Mädchen gingen in die Schule, und Oz heimste fast wöchentlich neue Sonderprämien ein, weil er sich für *Baxter & Baxter* zum Experten für völkerrechtliche Streitereien zwischen Ost und West gemacht hatte. Er pendelte zwischen Washington, London, Paris und Moskau hin und her und war für gewisse Konfliktfelder einer der gefragtesten Unterhändler der Kennedy-Administration, die nach der Kuba-Krise begonnen hatte, mit den Warschauer-Pakt-Staaten zu verhandeln, statt immer nur noch mehr Atomraketen in Stellung zu bringen.

»Um es gleich zu sagen: Dein Vater hat nie etwas davon erfahren. Die Geschichte dauerte länger als die meisten seiner Eskapaden. Ich erkläre dazu, ich habe Oz geliebt und hätte ihn niemals verletzen wollen, gleichgültig, wie oft er mir mit seinen Abenteuern wehtat. Du kannst es verrückt nennen, blöde oder typisch Frau, es ändert nichts.«

Louise schmunzelte. Immerhin. Bella holte verblasste Bilder und Gefühlsschatten aus dem »Tümpel des Mysteriums der Vergänglichkeit« zurück, wie Joost das »Geschäft des Erinnerns« einmal genannt hatte. Spuren und Relikte aus dem trüben Zeitgewässer, bei dem man nie so recht wisse, ob sie viel oder nichts mit der verblichenen Realität zu tun hätten. Die Zeit im Kleide des Gedächtnisses, so Joost, – ein verschlagener Retuscheur und Schminkakrobat, der Falten glätte und Schmerzen vergessen mache und der Trägheit des Materiellen Flügel anlege oder Vergessensfedern anstecke, um heute leicht erscheinen zu lassen, was gestern erdrückende Last gewesen sei.

»Er war Musiker«, begann Bella. »Organist an einer Kirche in New Haven. Rasmus. Ich lernte ihn bei einer der Busreisen kennen, die ich mit den Ladys vom *New-Hampshire-Women's-Club* machte. Für die Fahrt nach New Haven waren die Besichtigung einer Kirche und die Vorführung der Orgel vorgesehen. Es gab auch jüdische Themen und Ziele, aber die meisten der Damen waren getauft.«

Ihr Gedächtnis brachte zunächst weder ein Gesicht noch Hände noch die Stimme oder seinen Duft zutage, nichts dergleichen, sondern das Gewirr Dutzender Stangenzüge, hölzerner Umlenkhebel, Stahlfedern und Gelenkanker, die das Ventilsystem der Orgel aus dem neunzehnten Jahrhundert mit den drei Manualen verbanden. Rasmus war mit wenigen Freiwilligen unter den Damen über eine schmale Leiter durch eine Luke geklettert, die so klein war, dass die meisten ohnehin nicht hinaufgekonnt hätten, in die erste Etage von dreien. Oben erklärte er, wie die Luft der leise rauschenden Bälge, sobald eine Taste oder ein Pedal gedrückt wurde, über meist verborgene Holzkanäle von jeder Länge und Größe an das richtige Ziel geleitet wurde. Verstanden hatte Bella nur Bruchstücke, nicht das Große und Ganze der über dreitausend Pfeifen, von denen die kleinste nur ein paar Zoll, die größte mehr als sechzehn Fuß Länge maßen. Trotzdem genoss sie jede Minute, denn Rasmus hatte eine Art, zu reden und mit seinen »Manualhänden« hierhin und dorthin zu zeigen, die Bella auf Anhieb fesselte. Ihr wurde schwindlig, oder, um mit der Berliner Oma zu sprechen, sie bekam einen Triesel. Technik war nicht ihr Ding, nicht mal solch kulturell hochstehende und liebevoll gedrechselte. Auch nicht der orchestrale Klang dieses Gesamtkunstwerks, das zügellose, wilde Brausen und Sausen, das tief in sie eindrang, sich bebend bis in ihren Schoß vorzwängte – womöglich war es genau diese akustische Invasion, die ihr im Gedächtnis geblieben war, als die Gruppe die Kirche längst hinter sich gelassen hatte und das Abendessen einnahm.

»Er hieß also Rasmus …«, sagte Louise auffordernd.

»Sich erinnern«, entgegnete Bella ausweichend, »ist, wie das Foto eines Fotos betrachten, finde ich. Es geht immer was verloren … Wir taten uns gut, Rasmus und ich.«

Das musste erst mal reichen. Nie wäre ihr in den Sinn gekommen, etwas Sinnliches zu beschreiben, ihren Töchtern schon dreimal nicht. Sie wusste, dass so etwas heutzutage als etwas Normales betrachtet wurde und es unnötig war, sich zu schämen. Aber das war der Kopf. Ihr Herz sprach eine andere Sprache.

»Wir trafen uns alle zwei Wochen in einem Fischrestaurant.

Ich brachte Grace und dich am Morgen zu Lynn Hennings, die mit euch zum Ballett oder zum Reiten ging, und war gegen Mittag in New Haven. Rasmus reservierte immer denselben Tisch mit Blick aufs Wasser und den Flughafen auf der anderen Seite. Gegen Abend tauchte die Sonne alles in goldenes Licht. Ihr habt meistens bei Lynn und den Kindern geschlafen und ich musste erst am nächsten Vormittag zurück sein.«

»Hat er dich zu sich nach Hause mitgenommen?«

»Wo denkst du hin? Er wohnte gleich neben der Kirche, über dem Priester. Ein einziges Mal hat er mir dort Kaffee gekocht. Auf der Treppe liefen wir prompt in den Küster rein, Rasmus stellte mich als Orgelschülerin vor. Er stotterte dabei und ich wurde abwechselnd rot und weiß wie eine Signalfahne.«

Das Hotel war ein Paradies gewesen. Wenn man in der Lobby saß, erwartete man, dass jeden Moment James Cagney oder Rita Hayworth um die Ecke kamen.

»Einmal mussten wir an einem anderen Tisch essen, weil der halbe Raum abgesperrt war. Überall standen diese Sicherheitsleute mit Pistolenbeulen in den Jacketts herum und äugten misstrauisch. Man konnte nicht mal zu den Toiletten gehen und musste mit dem Lift in den zweiten Stock fahren. Dean Rusk, der damalige Außenminister, und eine Delegation der israelischen Regierung hielten eine Konferenz ab. Wir mussten am falschen Tisch sitzen und hatten kein Fenster. Sogar das Essen schmeckte uns nicht wie sonst … du weißt schon, wie wenn man Wein aus einer Tasse trinkt.«

»War das nicht sündhaft teuer?«, fragte Louise.

»Rasmus bezahlte. Ich hätte auch nichts beisteuern können. Oz gab mir nur Kostgeld.«

»Papa hat dir nie Geld für dich selbst gegeben?« Louises Miene spiegelte Verständnislosigkeit, auch eine Spur Empörung.

Bella ließ das kalt, eine Erklärung erschien ihr überflüssig und sinnlos. Rasmus hatte alles bezahlt und sie hatten Sex, so sagte man doch heute. Wie hätte sie es der Tochter erklären sollen, ohne auf dünnes Eis zu geraten? Sie hatte keine Lust, sich in eine Verteidigungsposition zu manövrieren. Natürlich war das Ganze ein teurer Spaß gewesen – und damit gut! Unzählige Kino- und TV-Filme beschäftigten sich heute mit der Unausweichlichkeit außerehelichen Sexes. Alle Welt schien nur dieses Thema zu haben. Die Gefühle ihrer damaligen Leidenschaft konnte Bella nicht wiederfinden. Ein Foto von einem Foto von einem Foto zu viel. Es gab eine Welt, die offenbar für immer versunken war. Rasmus jedenfalls hatte sie damals sehr zufrieden gemacht. Das war eine Tatsache. Der Sex mit Oz hatte sich abgeschliffen, er war zum Liebesdienst degeneriert, zu einem Gefallen, den sie ihm ab und zu tat. Aus Liebe durchaus, denn es war schön, dass er sie noch begehrte und nicht bloß seine Schreibkräfte und mit wem sonst er sich heimlich getroffen haben mochte, um sich von ihr, Bella, zu erholen. Auch das eine Tatsache – so nüchtern hatte sie es damals schon gesehen.

»Und?« Louise sah sie neugierig an.

»Und was?«

»Rasmus und du in dem Hotel …«

»Rasmus und ich in dem Hotel«, echote Bella, sorgte jedoch für eine Melodie, die klarstellte, dass die Beichte damit ihr Ende gefunden hatte. Sie wiederholte es noch einmal und fügte hinzu: »Es war gut, er war virtuos, nicht bloß als Musiker, glaub mir. Aber es hätte niemals eine Ehe werden können.«

Rasmus' Manualhände – das Wort hatte sie selbst erfunden. Oz' Hände waren die eines Hufschmieds gewesen. Sie war nah daran, es laut zu sagen, unterließ es aber, weil sie ahnte, dass die Folge eine Art Dammbruch sein würde. Louise würde sich dumm stellen: Hufschmied? War Daddy nicht zärtlich? Hat er dir etwa wehgetan? – Solchen Blödsinn würde sie aus dem

Weg räumen müssen, und am Schluss würde alles zerredet sein und hätte nichts mit dem zu tun, was damals war. Intimes taugte nicht für Gespräche, davon war sie überzeugt. Schon gar nicht zwischen Eltern und Kindern. Es wäre, als redete man ohne Flaschen und Gläser über sehr teuren Wein.

»Nigel hat es dir erzählt, stimmt's?«, sagte die Tochter unerwartet.

Bella bejahte nicht, sondern machte ihrem Gewissen Luft. »Es tut mir leid, Kind, was ich heute Vormittag gesagt habe. Dass du nie richtig verknallt warst … Eigentlich freue ich mich, ganz ehrlich.«

Sie schwiegen eine Zeit und ließen den Raum zwischen sich von dem Kindergeschrei ausfüllen. Bella war es sonderbar ums Herz. Wieder blitzten Farben, Bilder hoch. Scherenschnitte. Stimmen, Profile, Gesichter. Kamal, Erika, Joost … Irgendwann stand sie auf und nahm Louise in den Arm.

»Hat er dir auch gesagt, *wer* es ist?«, fragte Louise.

Bella hielt sie fest.

»Es ist Ian O'Duffy, Mom. Wir lieben uns schon lange.«

Ach, Joost!, dachte Bella und fühlte, wie Rasmus' Bild verblasste. Die beiden waren nicht vergleichbar, sie waren Kontinente voneinander entfernt. Beide buchstäblich liebenswert. Trotzdem, Rasmus war New Haven, Joost war Berlin. Auch später, als er in die Staaten gekommen war, blieb Joost Berlin. *Berlin! New Haven!* Das durfte und konnte man nicht nebeneinanderstellen. Louise oder den anderen so etwas zu erklären war nicht möglich. Vielleicht Oz. Oz hätte es verstanden – von »Eifersuchtsenergie« angetrieben, wie er selbst erklärt hätte, weniger mitfühlend als bitter nachbohrend. Aber er hätte es verstanden.

Herrn Lauths medizinische Rettung sollte auf eine Weise erfolgen, die Bella damals noch lange an ihre erste Begegnung mit Dr. Atif Al-Mawardi hatte zurückdenken lassen.

Tatsächlich telefonierte er schon am folgenden Morgen mit Dr. Fareed. Man holte Herrn Lauth unverzüglich mit einer Limousine der ehemaligen ägyptischen Vertretung zu Hause ab – Erika und sie, Bella, begleiteten ihn – und brachte ihn in das leere Zimmer vom Vortag. Nach wenigen Minuten erschien eine Krankenschwester, die ihn mit sich nahm.

Man wartete zwei Stunden. Schließlich wurde der Patient auf einem Rollwagen liegend wieder hereingeschoben. Nach einer weiteren Stunde war er wach und fähig, langsam und mit Unterstützung zu laufen. Die »Befragungen« im Polizeigefängnis hatten tatsächlich einen Milzriss hinterlassen. Im Laufe der folgenden Woche verheilte die Operationsnarbe gut und auch die zahllosen Hämatome bildeten sich allmählich zurück.

Von Dr. Fareed erfuhr Bella später, wie sein chirurgischer Kollege das »Wunder« vollbracht hatte. Dessen Spezialität war es geworden, bei jedem größeren Verkehrsunfall in der Stadt unter die eingelieferten Verletzten andere Patienten zu mischen, »schwierige«, besternte beispielsweise. Im Chaos blutender, klagender Opfer von Automobilzusammenstößen ließen sich immer unbemerkt äußerlich unversehrte, aber genauso verängstigte Leute einschieben, ohne dass Kollegen, Schwestern und Helfer in der Eile Verdacht schöpften. Alle wollten helfen. Inmitten von Knochenfrakturen, Rippenprellungen und hässlichen Kopf- und Gesichtsverletzungen war die Milz des Uhrmachers Lauth operiert worden. Die medizinische Routine machte die Menschen gleich. Dr. Al-Mawardi sagte irgendwann (ausnahmsweise schmunzelnd): »Jemand sollte Doktor Goebbels davon in Kenntnis setzen, dass eine jüdische Milz eine verstörende Ähnlichkeit mit einer ›arischen‹ hat!«

Einige Zeit nach Herrn Lauths Genesung betrat der Chirurg die Praxis, stellte sich mit offenbar üblicher eiserner Miene vor das Aquarium und sagte zu Bella: »Diesen Spleen hatte Kamal schon als Student.« Er zeigte auf einen der Fische und nannte den Namen eines Pharaos.

»Er redet mit ihnen, aber das wissen Sie bestimmt. Wussten Sie denn auch, dass Ramses … das ist der dicke, blaue dort, glaube ich, dass er schon vor zehn Jahren das Kartoffelschälverbot vorhersagte? Damals konnte sich noch niemand einen Reim darauf machen.«

»Hat der Fisch denn da schon gelebt?«, fragte Bella.

»Ramses ist über dreitausend Jahre alt, Fräulein Bella«, antwortete der Arzt ernst. Dr. Fareed war ins Zimmer gekommen und nickte bestätigend.

Der Gast redete weiter: »Pharaonen sterben nicht, sie sind keine Menschen.« Er deutete auf einen der anderen Fische. »Oder finden Sie, dass Ramses wie ein Mensch aussieht? … Er prophezeite den Judenstern, die Brotkarten, den Krieg sowieso. Außerdem sagte er voraus, was Herr Ribbentrop kürzlich erklärte: dass Deutschland diesen Krieg, wenn nötig, dreißig Jahre weiterführen werde. Der Mann hat einen geradezu historischen Humor.« Er lächelte flüchtig und lud Bella überraschend ein, Dr. Fareed und Erika zu begleiten, wenn sie am folgenden Wochenende zu ihm nach Hause kämen.

»Wir werden gemeinsam essen.«

Die Einladung erschreckte sie. »Ich bin Jüdin.«

»Ich bin Arzt«, erwiderte er. »Soll ich Ihnen sagen, wann der sogenannte Führer endgültig gesiegt haben wird und unsere Welt verloren ist? Wenn niemand mehr etwas Verbotenes tut.«

Gegen Ende des Winters '41/'42 zeichnete sich ab, dass die »Verschickungen« ganzer jüdischer Familien nicht bloß gelegentlich passierten oder gar nur Gerüchte waren, sondern unfassbarer Alltag. Auch in Mischehen lebende Juden, »Halbjuden«, »Geltungsjuden« und was es sonst an verrückten Bezeichnungen gab, machten sich jetzt Sorgen. Etwa in dieser Zeit, erinnerte sich Bella, trafen Dr. Fareed und Erika die Entscheidung, dass die Mutter und die Oma nicht länger in dem Zimmer in Moabit bleiben konnten. Unter Beachtung allerlei Umstände und Sicherheitsbedenken wurde ein Umzug organisiert.

An einem frühen Märzmorgen hielt damals vor dem Haus ein Krankentransportwagen der Charité. Zwei Männer in weißen Kitteln hätten die Taschen und Koffer von oben heruntergetragen und die Oma im Treppenhaus gestützt, berichtete Bellas Mutter später. Neugierigen Hausbewohnern erteilte man die Auskunft, dass der Verdacht einer Infektionskrankheit bestehe und insofern alles seine medizinische Richtigkeit habe, niemand müsse sich Sorgen machen und bestimmt würden die beiden Damen bald zurückkehren können.

Das Auto sei losgerollt und über Heinersdorf nach Karow gefahren, wo man am Südufer des Flüsschens Panke vor dem Eingang einer Schrebergartensiedlung angehalten hatte. Erika Zwirner besaß dort eine Laube. Es war das Erbstück einer verstorbenen Tante, die das Steinhäuschen schon vor Jahren mit Licht, Wasser und einem Kanonenofen hatte ausstatten lassen, dessen »Pfeife« senkrecht aufstieg und quer über die niedrige Decke bis zum Schornstein führte und, als man eingetroffen sei, den Raum schon so herrlich wärmte, dass die Oma den beiden Männern vor Glück habe die Hände küssen wollen. Sie, die Mutter, sei entschieden eingeschritten. Erreicht habe sie nichts, es sei durchaus peinlich gewesen.

Als Bella in der Praxis erfuhr, dass die Aktion erfolgreich verlaufen sei, entwickelte sich ein zartes Gefühl der Sicherheit. Man klammerte sich an jeden Strohhalm. Es durfte nicht wahr sein, was man überall hörte, es mussten Übertreibungen, Lügen sein, mit denen die Nazis zusätzlich Angst verbreiteten. Stabil wurde der Eindruck dieser relativen Sicherheit nie. Die Angst kroch tiefer und tiefer, und wenn Bella am Morgen wach geworden war, erwachte sie eben gerade nicht aus einem schlechten Traum in die beruhigende Wirklichkeit. Das ätzende Gegenteil war der Fall. Ihre Fantasie und das Bewusstsein, dass jederzeit eine Katastrophe passieren konnte, nahmen sofort ihre nagende, nimmer endende Zermürbetätigkeit auf.

Auch der Vater fand einen neuen Unterschlupf außerhalb der Stadt. Den Käufer des Gemüsegeschäfts mochte das Gewissen geplagt haben, jedenfalls brachte er den Vater zu einem Großbauern in Strausberg, wo er als Korbflechter tätig wurde. Das Flechten hatte er als Kind von seiner böhmischen Großmutter gelernt und beherrschte es kunstvoll genug, dass der

Bauer ihn als seinen Lehrmeister bei sich aufnahm. Er riss Vaters Stern vom Mantel und ließ ihn unter falschem Namen als entfernten Verwandten bei sich logieren. Als der örtliche Schupo misstrauisch Fragen gestellt habe, erzählte der Vater später, wurde dieser an »das Fette für die Kälte« erinnert, das er regelmäßig auf dem Hof erhielt. Der Polizist schielte betroffen am Bauern vorbei in die Stube, wo der verdächtige Fremde zwischen Weidenbündeln saß und flocht. »Oder willste keene Wurscht mehr?«, fragte der Bauer. »Ick find überall dankbare Abnehmer, wa?«– Der Schupo habe das Gesicht verzogen. Dann sei er grußlos auf sein Fahrrad gestiegen und vom Hof gestrampelt.

Als sie jetzt an Erika dachte, fiel Bella ein, dass sie für die junge Frau damals so etwas wie eine Tochter gewesen sein könnte. Wenn wieder ein Aquarienfreund mit bitterbösen Nachrichten aus dem Osten in die Praxis gekommen war, hatte sie spüren können, wie sich ihre eigene Angst auf Erika übertrug. Es war ihr, Bella, unangenehm, und manchmal hatte sie den Eindruck, dass Dr. Fareed es ihr anmerkte. Wenn er dann, vielleicht um sie zu beruhigen, seine ägyptischen Könige mit eindringlicher Stimme fragte, wie es um die Zukunft Deutschlands bestellt sei, tröstete es sie wirklich jedes Mal ein bisschen. Womöglich hörte er wirklich Stimmchen aus dem Wasser, und sie hätte die verdammte Pflicht gehabt, den pharaonischen Weissagungen Glauben zu schenken.

»Amenophis zum Beispiel …«, erklärte der Arzt. »Er sagte mir gestern, Göring werde sich in wenigen Wochen das Leben nehmen, weil man bei seiner Ehefrau Carin Unterleibskrebs diagnostizieren wird. Dann wäre schon mal einer weg.« Er tippte an sein Kinn, blickte Bella von der Seite beobachtend an und redete weiter. Sie hörte ihm gern zu.

»Oder der Leibarzt des Führers, ein Doktor Brandt. Der verlässt Berlin bald heimlich, um sich im westafrikanischen Gabun dem Urwaldarzt Schweitzer anzuschließen, weil er das schon als Student hatte tun wollen. Und dann der Führer selbst, Bella! Er findet im Fell seines Schäferhunds einen so fetten, widerlichen Floh, groß wie eine Erbse, dass er vor lauter Ekel in einen Zustand zwischen Leben und Tod gleitet und nicht wieder rauskommt. Unter solchen Umständen wird ihm der Doktor Brandt natürlich sehr fehlen. So greift das eine ins andere, verstehen Sie? Glauben Sie mir, die sind wir bald für immer los! *Immer ruhig Blut!*«

Sie erinnerte sich, dass sie es seltsam fand, ihn eine so berlinerische Floskel sagen zu hören. Er lernte es aus Liebe zu Erika.

»Ein bisschen davon müssen Sie mir einfach glauben, Fräulein Bella! Ich wünsche mir, dass Sie es glauben und eine wunderbare Ärztin werden. Ich sehe doch, wie viel Freude Ihnen die Arbeit macht.«

Und ob! Sie hatte die Arbeit im Labor geliebt. Mit knapp sechzehn war sie im Grunde viel zu jung für das Maß an Verantwortung. Aber wenn sie morgens wach wurde, freute sie sich darauf, als Erstes das Schutztuch von »ihrem« Mikroskop zu nehmen. Der Blick in das Okular faszinierte sie immer wieder. Sie durfte in eine Welt schauen, von der sie vor einem Vierteljahr nicht einmal gewusst hatte, dass es sie gab. Sie strengte sich bis zum Äußersten an, bei den Untersuchungen gewissenhaft zu sein. Ihr war klar geworden, dass die Richtigkeit der Ergebnisse mit darüber entschied, ob es einem Kranken bald besser ging oder nicht. So tat es ihr jedes Mal selbst weh, wenn die Ergebnisse einen schlechten Befund erbrachten. Umso mehr freute es sie, sobald eine spätere Prüfung des Blutes gesundheitliche Fortschritte anzeigte, die Dr. Fareed dem betreffenden Patienten während der nächsten Konsultation würde mitteilen können. Sie nahm sich alles sehr zu Herzen – unprofessionell »sehr«, würde sie heute sagen. Als sie das erste Mal Zeugin wurde, wie alle ärztlichen Bemühungen erfolglos blieben und man sich eingestehen musste, dass der

Kampf verloren war, erkrankte sie mit. Sie bekam Fieber, Gliederschmerzen, Weinkrämpfe, ihr wurde schwindlig, sie somatisierte ihre Enttäuschung geradezu vollkommen, und Erika brachte ihr ein paar Tage lang Tee, Suppe und Schiffszwieback ins Zwergenzimmer hoch, bis sie wieder bei Kräften war. Jener moribunde Patient war, als Bella in die Praxis zurückkehrte, noch kränker geworden, seine Haut wurde von Mal zu Mal grauer, er magerte ab und hatte eines Tages nicht einmal mehr die Kraft, selbstständig zu kommen.

Kurze Zeit später erreichte sie die Nachricht, dass er verstorben sei. Sein Tod ging ihr so ans Herz, dass sie ein paar Tage lang von sehr düsteren Gedanken gequält wurde. Dr. Fareed fasste sie mit beiden Händen an den Schultern und schüttelte sie behutsam. »Hören Sie zu, ich glaube, Sie sind *schwermütig.*«

Bella verneinte entschieden.

»Die Wahrheit ist, Sie wissen gar nicht, was das ist, Bella! *Schwermütig* ist jemand, der sehr, sehr traurig ist, und wenn man ihn fragt, ob er traurig ist, mit Nein antwortet. Diese Unfähigkeit, es sich eingestehen zu können, liegt ihm so schwer auf dem Herzen, dass er noch trauriger wird. Wenn er dann keinen Weg findet, der Spirale zu entkommen, fällt er eines Tages in ein Loch und ist verschwunden. *Futschikato kaputti!*«

Da hatte sie doch lachen müssen. Zwar war sie noch einmal kurz in die Trauer zurückgefallen, erinnerte sie, dann aber riss sie sich zusammen und dachte an ihre Aufgabe und daran, dass solche Schwäche denjenigen Kranken unnötig schaden musste, die wieder gesund werden konnten. Zur Belohnung spendierte Erika ihr eine Spritztour auf dem Sozius. Das Ziel dürfe sie selbst bestimmen.

Der Frühling hielt Einzug. Überall leuchteten blaue und gelbe Krokusse. Die Sterne der Narzissen ließen Krieg, Not und Angst für Momente aus dem Bewusstsein verschwinden. Die

Großstädter drängten allenthalben aus den Häusern in die Sonne, auf die Straßen, in die Parks. Der Ku'damm war so voller Menschen wie sonst nur in Friedenszeiten oder vor Weihnachten.

Erika steuerte die Maschine behutsam am Rande einer endlosen Schlange aus Automobilen vorbei, die sich entweder gar nicht oder im Schneckentempo vorwärtsbewegten. Sie behielten die gute Laune, sie wollten es, und wenn doch ein allzu kesser Chauffeur neben ihnen das Signalhorn drückte, um sie zu erschrecken, winkten sie lachend zurück.

Bella erzählte wieder von Sarah und Leni und machte den Vorschlag, in die Fasanenstraße zum »Humboldt-Haus« und dem »Islam-Institut« zu fahren und sich einen Mokka servieren zu lassen. Erika war einverstanden und lenkte das Motorrad in eine Seitenstraße. Vorsicht war das Wichtigste. Sobald Uniformen in Sicht kamen, zumal Braunhemden, wurde Erika langsamer, bog irgendwo ein und nahm einen anderen Weg.

Man fuhr ein Stück über die Lietzenburger Straße. Dort hatte sich das Anwaltsbüro von Brigitte Nöltes Vater befunden. Bella sah die Briefnachricht von seiner Verhaftung vor Augen. Sie fuhren vorüber. Eines der Fenster war notdürftig mit Brettern vernagelt. Wieder und wieder blickte Bella erschreckt zurück, bis Erika abbog. Sie stellten die Maschine ab und betraten den Garten des »Humboldt-Hauses«.

Sie fanden einen freien Tisch. Bella trug Erikas Sachen, eine korngelbe Jacke, dazu lange Hosen aus festem Leinen, eine graue Mütze, unter der ihr Haar verschwand. Glattes Haar, »ausgesprochen arisch«, hatte Leni oft gewitzelt. Inmitten all der fremd aussehenden Menschen in dem Café fühlte sich Bella ein wenig sicherer.

Der Kellner mit dem Fez erschien und nahm ihre Bestellung entgegen. Er wusste nicht, dass sie Jüdin war, und womöglich war er selbst nicht mal ein Moslem und trug die rote Kappe nur auf dem Kopf, weil er hier Mokka servierte. Am Ende war die halbe Welt nicht das, was sie vorgab zu sein! Sie war keine gläubig erzogene Jüdin, der Kellner war kein Muselman, und Brigitte Nöltes Vater war nie so einflussreich gewesen, dass keine Polizei es wagte, ihn festzunehmen – wie alle in der Klasse geglaubt hatten.

Seine Festnahme und das zerbrochene Fenster des Büros beschäftigten Bella weiterhin. Sie dachte an Britt und wie sie sich fühlen mochte. Die selbstbewusste Brigitte, die sich vor gar nichts fürchtete und nach dem Abitur das Fliegen lernen wollte! Sobald jemand daran gezweifelt hatte, ob es möglich war, hatte sie die einschlägigen Namen genannt: Hanna Reitsch, Elly Beinhorn und andere Pilotinnen, die den Respekt der Männerwelt erlangt hatten. Britt war überzeugt, dass sie es schaffen würde, dass sie *alles* schaffen konnte. Bella hatte sie darum beneidet.

Erika hatte ihr, als sie in das Zwergenzimmer zog, das Du angeboten. Bella hatte noch nie zu einem fremden Erwachsenen Du gesagt. Vom ersten Moment an hatte sie gespürt, dass Erika sie nicht als Schülerin sah, sie sprach mit ihr wie mit einer gleichaltrigen Freundin.

Die Mokkas wurden gebracht. Sie rührten den Zucker ein.

»Dr. Fareed meinte, ich hätte das Zeug, vielleicht einmal Ärztin zu werden«, sagte Bella. »Glaubst du, er meint es ernst?«

»*Sehr* ernst«, entgegnete Erika. »Wenn du später mal studierst, wirst du sehen, wie ernst er es heute meint. Ich weiß, es sieht nicht so aus, als ob du hier je würdest studieren dürfen. Aber warte mal ab! Lass die Nazis mal beiseite!«, fügte sie hinzu. »Wir leben nicht mehr im neunzehnten Jahrhundert, Bella. Frauen können heute alles, was Männer können; sie müssen es nur wollen. Übrigens haben Frauen schon im achtzehnten Jahrhundert gute und wichtige Dinge getan. Sie durften es bloß nicht zeigen und mussten sich oft hinter

Männernamen verstecken. Manche Frauen haben sich als Männer verkleidet, um genau das tun zu können, was sie wollten.«

Davon hatte Bella damals nie zuvor gehört und fand es ausgesprochen spannend.

»Als Kamal nach Berlin kam, war er ein verwöhnter junger Mann aus einem wohlhabenden Elternhaus, wo Frauen bis heute ausschließlich ihre traditionelle Rolle spielen. Als er mich kennenlernte, hat er mich angestaunt und war eine Weile ziemlich verwirrt. Ich glaube, in seinem arabischen Herzen kratzt es hier und da immer noch ein bisschen, wenn er mit mir zu tun hat. Wir merken doch beide, Kamal und ich, wie viel Spaß dir die Arbeit im Labor macht und wie ernst du sie nimmst. Da liegt der Gedanke, dass du eine ausgezeichnete Ärztin sein würdest, sehr nah. Wir müssen einfach tun, als wären die Nazis ein vorübergehendes Gewitter, und ganz feste hoffen, dass uns kein Blitz trifft. Und damit wir gute Chancen haben, verstecken wir uns so gut, wie wir können … mal abgesehen von unsern gefährlichen Motorradtouren.«

Erika winkte den Kellner heran und bestellte Süßigkeiten. »Die brauchen wir, weil wir Frauen sind. *It's good for us.*«

»*No doubt*«, erwiderte der Mann überraschend. Man kam ins Gespräch, und es stellte sich heraus, dass er in Oxford zur Schule gegangen und sein Englisch weit besser war als sein Deutsch. Er war tatsächlich kein Muselman, sondern ein waschechter Hindu aus Neu-Delhi und hatte einen Finnen zum Vater. Wenn der je an einen Gott geglaubt habe, dann sei er das selbst gewesen. Nach dem Einheiraten in eine der mächtigsten Familien seiner indischen Wahlheimat sei er zu einem der größten Gewürzhändler der Region aufgestiegen. Ausgerechnet ein Finne!

»Mocca« (wie ihn die beiden bald für sich nannten) war am Tag dieser Motorradtour aufgrund einer Veranstaltung in den

Räumen des »Islam-Instituts« im selben Hause sehr in Anspruch genommen. Wenige Tage später saß man erneut bei strahlender Sonne im Garten vor dem Haus und fand Zeit für eine kleine Unterhaltung. Bella fiel auf, wie veränderlich Moccas äußerliche Erscheinung war und wie dumm gerade er die Rassenvorstellungen der Nazis aussehen ließ. Beim ersten Kennenlernen mit Sarah und Leni hatte sie in seinem Gesicht einen Araber zu sehen geglaubt, er trug den Fez. Als Bella dann erfuhr, dass er halber Inder war, erschien er ihr mit einem Mal ganz indisch, und als die Herkunft seines Vaters zur Sprache kam, glaubte sie etwas Finnisches in seinen Zügen zu sehen. Erika und sie stellten der Nazi-Rassentheorie eine »Mocca-Theorie« entgegen, derzufolge es ebenso viele Juden, Inder und Araber gab, die »arisch« aussahen, wie es »Arier« gab, die ein jüdisches, indisches oder arabisches Aussehen hatten. Wie richtig ihre Auslegung gewesen war, begriff Bella, als sie später das erste Mal hier in New York zur Rushhour über die 42nd Street am »Grand Central Terminal« vorbeilief und in die Gesichter blickte.

Eines Tages erschien Mocca überraschend in der Praxis. Auf Englisch, mit Zeichensprache und einer Reihe bemerkenswerter Verrenkungen machte er Dr. Fareed deutlich, dass er an einem schmerzhaften Harnwegsinfekt leide. Im Verlauf dieser Behandlung mit Wärme und Penizillin erfuhren Erika und Bella, dass er keineswegs freiwillig in Deutschland lebte und seinen richtigen Namen verschwieg. Sein finnischer Vater, ein glühender Bewunderer Hitlers, erklärte er, hätte sich in den Kopf gesetzt, den Sohn durch den Eintritt in eine »Nationalpolitische Erziehungsanstalt« zu »arisieren«. In der Annahme, dass sowohl die indische als auch die finnische Herkunft diesem Plan nicht grundsätzlich entgegenstünde, hätte er eine Menge Beziehungen und Verbindungen bemüht, um ans Ziel zu gelangen. Im Alter von sechzehn Jahren, erzählte Mocca, lange vor dem Krieg, sei er eines Nachts im Hafen von Harwich in die Luxusschiffskabine eines arabischen Diplomaten und Waffenhändlers verbracht und dort eingesperrt worden und habe das Schiff erst wieder im Hafen von Hamburg verlassen dürfen. Statt aber in der für ihn vorgesehenen Napola zu erscheinen, habe er sich mit einem deutschen Brieffreund in Verbindung gesetzt und fortan versteckt. Kurz und gut: Eines Tages sei er in Berlin gelandet und irgendwann im »Humboldt-Haus« auf der Fasanenstraße. Mocca war, wie Bella selbst, ein »Abgetauchter«.

Die Kette der schlimmen Gerüchte und Nachrichten über Transporte in den Osten riss nicht ab. Jedes Mal, wenn Erika und Bella nach Karow fuhren, um der Mutter und der Oma ein paar Lebensmittel zu bringen, hörten sie neue angstmachende Geschichten. Überall herrsche die größte Angst vor Hausdurchsuchungen und »Verschickung«. Große Transportzüge würden zusammengestellt, man reiße Familien auseinander. Im Osten gebe es Konzentrationslager, in welchen entsetzliche Lebensverhältnisse herrschten, zahllose Tote schon während der Hinreise, erbärmliche Ernährung trotz härtester Arbeit, rücksichtslose Wärter, Quälereien, Schikanen aller Art. Es sei die Hölle. In Berlin herrsche nun auch an Sonntagen Tram-Fahrverbot für Juden. Bäcker dürften an Juden keinen Kuchen mehr ausgeben. Während dieser Berichte hatte Bella spüren können, wie sehr die Demütigungen am Lebensmut ihrer Mutter und der Oma nagten. Die Aussichten seien so düster wie nie, viele der Anordnungen träfen allerdings nicht nur Juden, sondern auch die übrige Bevölkerung. Überall höre man Murren und Beschwerden.

Von all dem hatte sie, Bella, damals nur wenig selbst direkt erlebt, da ihre Wege und Besorgungen weitgehend von Erika abgenommen wurden. Dennoch gab es Dinge, die auch ihr Leben im Versteck und sogar die Arbeit in der Praxis erreichten. Als Bella eines Morgens die mit unreinen Instrumenten gefüllte Stahlwanne in den elektrisch betriebenen Sterilisationsapparat stellte und den Schalter nach rechts drehte, puffte es laut. In allen Zimmern ging das Licht aus. Die Sicherung war durchgeschlagen.

Nachdem Dr. Fareed mit einer neuen in den Keller gegangen war und danach die Glühbirnen wieder brannten, hatte Bella es ein zweites Mal versucht. Diesmal sprühte ein solcher Funkenregen aus dem Apparat hervor, dass sie vor Schreck fast hingestürzt wäre. Die Lage war prekär. Am Nachmittag sollte bei der Frau eines Postinspektors, die Dr. Fareed vertraute, gegen dessen Willen eine kleine Operation durchgeführt werden. Sie wollte ihrem Mann beweisen, dass seine Vorbehalte gegen den arabischen Arzt gegenstandslos waren.

Erika wurde benachrichtigt. Sie eilte zu einem Elektromeister, dessen Werkstatt nur wenige Motorradminuten entfernt lag. Von dort kehrte sie mit der Botschaft zurück, dass bereits seit ein paar Wochen ein strenges Reparaturverbot für Elektrogeräte bestehe, weil sämtliche Ersatzteile für die Verwendung im Heer vorgesehen seien.

Der Zufall wollte es (oder einer der Pharaonen?), dass Mocca für diesen Vormittag einen Termin erhalten hatte, um zu sehen, ob das Penizillin wirkte. Er folgte Dr. Fareed wortlos ins Behandlungszimmer, dessen schalldichte Doppeltür sich schon nach wenigen Momenten wieder öffnete. Erika wurde gerufen und kurz darauf fuhr sie mit Mocca auf dem Sozius in die Stadt. Nach einer halben Stunde kehrten sie zurück. Wenig später kam ein Junge in Bellas Alter in die Praxis. Mocca begrüßte ihn mit Namen. Joost. Er hatte blondes Haar und die strahlendsten Augen, die Bella je gesehen hatte. »Da bin ich!«, sagte er und elektrisierte sie, als wäre ihr ein weiterer Funke aus dem defekten Apparat ins Herz geflogen.

Er trug einen Holzkoffer bei sich, den er im Labor abstellte. Nachdem er den elektrischen Stecker aus der Dose gezogen hatte, löste er mit einem Schraubendreher die Rückwand des

Apparats und schaute prüfend auf das Gewirr von Drähten und Kontakten. Alle standen in respektvollem Abstand um ihn herum und verfolgten jeden seiner ruhigen Handgriffe.

Er hatte schöne Hände – anders schön als Dr. Fareeds.

»Einer der Kondensatoren ist durch«, sagte er nach einer Weile, kämmte sich mit den Fingern durch sein auffällig langes Haar und blickte die Umstehenden der Reihe nach an. Bella wäre am liebsten rausgerannt.

»Schaffen Sie das bis sechzehn Uhr?«, fragte Dr. Fareed. »Nein, verzeihen Sie! … Ist es überhaupt zu schaffen?«

Joost lächelte.

»Wir sehen erst mal, ob das Ding auch ohne läuft. Das stört zwar bei den Nachbarn den Rundfunkempfang, aber den Mist will sowieso keiner hören, oder?«

Bellas Stimme wurde dünn und schwimmend, als sie sich sagen hörte: »Die Leute schalten ihre Empfänger ohnehin erst am Abend ein.« Sie kam sich mindestens so mutig vor wie dieser Junge war. Er nahm eine Zange aus seinem Werkzeugkasten, knipste im Innern des Gerätes einen Draht durch und drückte den Stecker in die Dose zurück. Dann sagte er »Achtung!« und drehte den Einschaltknopf beherzt nach rechts.

Alle erwarteten einen neuen Funkenregen oder eine kleine Explosion. Stattdessen leuchtete nur das rote Lämpchen auf, Bella hörte das vertraute warme Summen, das der Sterilisator wie üblich von sich gab.

»Na also!« Joost warf die Zange zurück in den Kasten und strahlte.

Bella erinnerte sich an zwei Gedanken, die sie augenblicklich überfielen: *Er gefällt mir. Und er weiß nicht, dass ich Jüdin bin, und darf es nie erfahren.*

Am nächsten Tag kam er wieder und tauschte den lahmgelegten Kondensator aus. Als er gehen wollte, hielt Dr. Fareed ein rot lackiertes Kästchen in der Hand. »Ich habe auch etwas

Geld, keine Sorge. Das hier ist allerdings wertvoller.« Er nahm ein rötliches Tontäfelchen heraus, das mit Hieroglyphen übersät war.

»Älter als dreitausend Jahre. Der Pharao Ramses meint, dass es unzerstörbar sei. Sollte die Welt untergehen und nichts bleiben, ist es das letzte Artefakt im Universum.«

Als Chelsey Ende 1992 in Flemington zur Welt gekommen war, hatte die Säuglingsschwester sie erst einmal fortgetragen und Louise damit getröstet, es bestehe der Verdacht, die nach der Geburt oft auftretende Gelbsucht könne bei der Neugeborenen womöglich früher auftreten als üblich. Man habe sich entschlossen, prophylaktisch UV-Licht anzuwenden.

Bella, auch nach ihrer Pensionierung Ärztin aus Leidenschaft, war zwar ein wenig verwundert gewesen, sah aber keinen Anlass, misstrauisch zu werden. Irritierender war, dass Chelsey, anders als Milli, so gar nichts von Nigels Hautfarbe zu haben schien. Aber da auch bei ihm nur ein Elternteil schwarz war, hatte sich die Verwunderung dann doch in Grenzen gehalten.

Grace und ihre kleine Kindermeute hatten für die Tage ihr eigenes Domizil in Bridgewater verlassen und sich bei Nigel einquartiert, wo auch sie, Bella, mehr hauste als wohnte und ihm spürbar auf die Nerven ging. Grace und sie brachten der Wöchnerin Saft, Obst und Bagels ans Bett, lasen ihr Artikel aus Zeitschriften vor und besorgten in der Bibliothek der Klinik sogar einen Apparat zum Abspielen von Musik- und Hörspielkassetten. Man wechselte sich ab. Als Grace an der Reihe war, kümmerte sich die Grannie um die mütterlosen Kinder, kommandierte sie in ein Deli, um den Hunger zu stillen, oder erstürmte ein Kino mit ihnen, um zum wiederholten Male Disneys »Aladdin« mit Popcorn zu genießen.

Nach ihrer Rückkehr ins Krankenhaus tauchte Nigel auf. Er zeigte sich »mittelprächtig interessiert«, wie Grace es damals ausgedrückt hatte. Sein Rosenstrauß passte kaum durch die Krankenzimmertür, er sagte »Liebes« und »Schatz« und küsste die erschöpfte Wöchnerin auf die Stirn. Irgendwann stand die Sonne tief, und man begann sich zu fragen, ob das Baby nicht bald von seiner Lichtbehandlung erlöst wurde, um es dem allgemeinen Bestaunen auszusetzen. Über Louises Bett blendete eine hässliche Neonleuchte, die Kinder spielten Quartett, Nigel blätterte in einem Katalog antiquarischer Bücher, und Grace behielt ihre zierliche Armbanduhr im Auge, weil Patrick versprochen hatte, nach einem Termin in Washington von LaGuardia aus direkt in die Klinik zu kommen, um der nagelneuen Erdenbürgerin und ihrer Mama die herzlichsten Grüße und Wünsche von der Gemeinschaft des irischen Familienablegers zu übermitteln.

Irgendwann wurde die Tür geöffnet. Aber nicht Pat kam herein, sondern eine Krankenschwester mit dem Bündelchen im Arm. Die Kinder sprangen auf und schrien. Es kostete Grace und Bella einige Mühe, sie in Zaum zu halten und auf die Schreckhaftigkeit von Neugeborenen hinzuweisen. Aber egal, wie laut die Kinder wurden und umhersprangen, um einen Blick zu erhaschen, das Baby blieb still, ließ sich teilnahmslos in Louises Arme legen und öffnete weder seine Augen noch die Händchen oder den knopflochwinzigen Mund. Und selbst als Louise es anlegte, zeigte es nicht das geringste Interesse, etwas zu trinken. Nach etwa einem Dutzend Versuche gab die Mutter erschöpft auf und drückte die Klingel. Eine andere Schwester erschien und schmunzelte gelassen. »Jedes Zweite will am Anfang nicht so richtig. Das wird schon noch.«

Irgendwann war es Zeit, Louise in Ruhe zu lassen. Man verabredete, wann am Morgen der erste Besuch erwünscht sei, und räumte das Zimmer. Chelsey lag wieder reg- und lautlos im Arm ihrer Mutter. Das Bild verfolgte Bella durchs Städtchen. Sie war, wie üblich, wenn sie in Flemington war, in Louises und Nigels Gästezimmer untergebracht und kochte für alle. Grace und ihre Kinder hatten eines der Kinderzimmer in Beschlag genommen. Beim Essen erzählte Nigel etwas von einem neuen palästinensischen Tunnel, der entdeckt worden sei. Unmengen von Waffen würden auf diesem Wege ins Land geschmuggelt. Die vier Kinder quatschten unentwegt dazwischen. Gegen elf legte Bella sich schlafen.

Sie erinnerte sich genau. In der Sekunde, in der sie die Nachttischlampe ausknipste, krochen die Gedanken herauf. Ärztliche Gedanken, insofern nicht unangemessen. Stunden vergingen, während die Grübelei beruflichen Erfahrungsschlamm aufwühlte, vergessene Fälle aus ihrer Zeit im »St. Andrew's Hospital«, wenn ein Säugling in der Nachbarabteilung während der ersten Tage hartnäckig teilnahmslos geblieben und erst lebhaft geworden war, als die Kollegen sich schon ernsthaft Sorgen machten.

Nichts davon war einfach auf Chelsey übertragbar. In den Schlaf hatte Bella damals trotzdem erst gegen zwei oder drei Uhr gefunden und war am Morgen entsprechend labil gelaunt. Als der Schwiegersohn das Frühstück mit einer neuen palästinensischen Horrorgeschichte eröffnete, war ihr der Kragen geplatzt.

Der zweite Tag in Chelseys sichtbarem Leben verlief genauso inaktiv wie der erste. Sie trank wieder nicht, öffnete weder Augen noch Hände oder den Mund und ließ sich widerstandslos von Arm zu Arm weiterreichen. Erst Grace, dann Bella, dann Clint, der damals mit seinen sechs Jahren so zauberhaft vorsichtig und liebevoll war, dass Bella einen Moment mit den Tränen hatte kämpfen müssen.

Am Nachmittag erschien eine junge Kollegin und bat, sich das Baby »ausleihen« zu dürfen. Sie hob es hoch und rief, als sie das Zimmer verließ: »Du wirst froh sein, zu hören, dass dich alle ganz, ganz lieb haben ...« Dies war der Moment einer ersten Ahnung gewesen, der Augenblick eines Anfangsverdachts – den Bella für sich behielt. Aber ihr Schweigen tat ihr bereits selbst weh. Es war, als hätten die nächtlichen Gespenster Gestalt angenommen und würden überall im Zimmer und auf dem Flur herumgeistern und ihr die Zungen herausstrecken.

Louise war schweigsam. Es war spürbar, dass ihr das Fehlen jedweder Reaktion ihres Kindes ins Herz schnitt. Kein Blickwechsel, fast kein Gegendruck des Händchens, kein Laut bei liebevoller Ansprache. Das ist für eine Mutter, die aus dem sichtbaren Erfolg ihrer harten Geburtsarbeit neue Kraft ziehen muss, ein schmerzhafter Mangel. Bella erkannte es in Louises Blick und Mimik, als die Ärztin das Kind mitnahm.

Grace und die Kinder verließen das Zimmer, um in der Cafeteria einen Snack zu kaufen. Nigel kam früher aus dem Büro als erwartet. Er brachte belgisches Konfekt mit, setzte sich auf den Bettrand und hatte einen Vorwurf im Blick, wenn er Louise ansah. Der ganze Nachmittag verlief beinah wortlos. Die Abwesenheit der Kinder schien die seltsame Einsilbigkeit noch zu fördern. Die nach einer Geburt selbstverständliche Freude wollte partout nicht aufkommen.

Chelsey wurde erst gebracht, als Bella bereits im Aufbruch war. Nigel war gegangen und hatte in Bellas Augen aus seinem Desinteresse an dem Baby keinen Hehl gemacht. Louise weinte, schüttelte indessen jedes Mal den Kopf, wenn ihr angeboten wurde, »darüber« zu reden. Mit Chelsey im Arm riss sie sich zusammen. Die Schwester, die das Kind brachte, blieb eine Weile lächelnd sitzen. Ein kleiner Lichtblick, fand Bella. Dass bereits Untersuchungen stattgefunden hatten, daran zweifelte sie nicht mehr. Es gab eine Vielzahl Möglichkeiten, der Inaktivität eines Neugeborenen auf die Spur zu kommen. Abgesehen davon, dass es gar keine Ursache geben musste und man es mit einem »Spätzünder« zu tun haben konnte, wie ihre Kollegen in der Klinik solche Babys genannt hatten. Das Spektrum der Ursachen reichte von Vitaminmangel über Anämie bis zu den grundsätzlichen Orientierungsproblemen, die ein Säugling zu bewältigen hat, wenn er aus der gewohnten Dunkelheit und wohligen Enge mit Gewalt in feindliches Licht und Weiträumigkeit gepresst wurde.

Bella hatte gehen wollen, verbot sich aber, die Tochter in dieser Lage allein zu lassen. Grace und die Kinder würden heute nicht mehr zurück ins Krankenhaus kommen; man hatte verabredet, gemeinsam zu kochen. Bella hatte sich bereit erklärt einzukaufen, aber die Zeit wurde knapp. Nigel würde nicht mitessen, da er einen geschäftlichen Abendtermin wahrnehmen wollte. Die Kinder freuten sich, am Abend länger fernsehen zu dürfen als sonst.

Das Neugeborene regte sich kaum. Louise sagte plötzlich: »Mom, denkst du auch, dass irgendwas nicht stimmt?«

»Denk dran, was die Schwester gesagt hat, dass jeder Zweite …«

»Das war gestern, vor vierundzwanzig Stunden!«

»Wir warten einfach ab«, erwiderte Bella und fühlte sich so schlecht, dass es sie alle Kraft kostete, nicht loszuheulen.

Sie ließ sich Chelsey geben und trug den Winzling eine Zeit lang durchs Zimmer. Es war schön und es passierte etwas Wichtiges. Ihre Liebe zu dem Kind nahm Gestalt an. Was immer das Problem sein mochte, welche Diagnose die Untersuchungen auch zutage fördern würden, sie schloss dieses kleine Wesen in ihr Herz, und Punkt! Ganz tief. Und sollte sich morgen die Hoffnung zerschlagen, dann umso tiefer und noch fester, mit aller Kraft. Denn dann hatte dieses Kind es umso nötiger! *Merry Gloom Chelsey!* Fröhlicher Trauerkloß! – Im Augenblick des Beschlusses fühlte Bella sich besser und stark, weil dieses Baby selbst noch nicht stark sein konnte. Die Angst kräuselte sich zusammen und versteckte sich. Bella gab das Baby zurück und sagte: »Alles wird gut, Louise. Egal, was ist. Weil sie uns hat, verstehst du? *Sie hat uns!*«

Offenbar hatte sie es mit solcher Festigkeit und Wucht gesagt, dass die Tochter lächelte und für einen Moment so erleichtert schien, wie es sich für eine Wöchnerin gehörte. Bella erklärte, dass sie losmüsse. Sie küsste beide und verließ das Zimmer.

Auf dem Weg zum Lift bog sie ins Ärztezimmer ab, stellte sich vor und fragte fachgerecht, welche Checks vorgenommen worden seien. Man wiegelte freundlich ab. Zum Glück stehe noch nichts fest, man habe ein paar Routinen abgearbeitet. Bella solle morgen noch einmal fragen, bis dahin hoffe man, dass alles in Ordnung komme. Wie in den allermeisten Fällen.

Ihr Entschluss, Chelsey bedingungslos zu lieben, bescherte eine Nacht traumlosen, erholsamen Schlafs. Als Bella am Morgen des dritten Tages nach Louises Niederkunft aufwachte, war sie überzeugt, dass alles gut war – und wenn nicht, es werden *musste*. Die Gewissheit, dass etwas Richtiges und Wichtiges entschieden worden war, schenkte ihr Kraft, und als sie die Klinik betrat, bestand für sie kein Zweifel mehr, dass Chelsey ein zufriedenes Kind werden würde – so zufrieden und glücklich, wie ein Mensch sein konnte, wenn er im Kreise seiner Familie von allen geliebt wurde.

Louise lag allein und hatte verweinte Augen. Das Baby habe mit ein paar Unterbrechungen im eigenen Bettchen bei ihr geschlafen und sei am Morgen geholt worden. Es habe wieder nichts getrunken. Sie habe die Milch zum wiederholten Male abgepumpt, sie werde per Sonde verabreicht. Chelsey habe Gewicht verloren, aber das sei in den ersten Tagen normal, weil die Versorgung nicht länger von der Plazenta, sondern nun mittels der Verdauung erledigt werde. All das erzählte sie mit zittriger Stimme, während Bella ihre Hand hielt.

Irgendwann stürmten die Kinder und Grace ins Zimmer und verbreiteten eine solche Lebendigkeit, dass Louise ein wenig aufblühte. Man überredete sie zu einem Spaziergang durch den Klinikpark. Die Sonne schien, man plauderte. Zur

Mittagszeit aß man gemeinsam in der Cafeteria. Die drei Erwachsenen und vier Kinder besetzten einen ganzen Tisch, der Lärm, das Gewusel taten gut und erschienen sonderbar geeignet, Chelseys Versunkenheit zu kompensieren.

Am späten Nachmittag erschienen die beiden Ehemänner. Patrick holte einen faustgroßen uralten Stoffigel hervor, den er bei seinem jüngsten Besuch in Dublin im Keller seiner Eltern gefunden habe. Zwar sei er blind, weil die Glasaugen abhandengekommen seien, aber es gebe ein unsichtbares Stirnchakra, mit dem das Tier nahendes Unglück erspähen und das Neugeborene vor Ungemach schützen werde. Er schaute sich verwundert um und fragte ahnungslos, ob Louise den Säugling in den Himmel »retourniert« habe, weil er ihr nicht gefalle, oder warum das Kind weder im Beistellbettchen noch an der Mutterbrust zu finden sei.

Bella beobachtete, wie Louise alle Kraft zusammennahm, um zu lächeln. »Die Kleine ist zu still.«

»Was heißt ›zu still‹?«

»Sie trinkt nicht, sie schreit nicht mal. Sie untersuchen sie den ganzen Morgen schon.«

Pat sah Bella fragend an.

»Wir wissen nichts. Ich habe mich entschieden, mich von keiner Nachricht erschrecken zu lassen.« Bellas Blick wechselte zu Louise. »Je mehr Sorgen wir uns machen, umso schlechter für Chelsey. Wir lieben sie, das ist das einzig Wichtige. Egal, was ist, das Kind braucht und bekommt unsere ganze Zuwendung …« Sie brach ab. Was sie da sagte, klang, als stünde eine düstere Diagnose in Aussicht. Also wandte sie sich wieder Patrick zu und schüttelte den Kopf. »Wir wissen wirklich nichts, mach dir bitte keinen Kopf! Die Ärzte sind nur vorsichtig.«

Gespannte Stille. Pat hielt den Igel fest, streichelte ihn nachdenklich mit dem Daumen. Nigel stand, seit die beiden gekommen waren, an der Tür und wirkte, als traute er sich nicht wirklich herein. Plötzlich sagte er: »Natürlich lieben wir sie!«

Louise sah ihn an. Bella glaubte in ihrem Gesicht für einen Moment so etwas wie Erleichterung zu erkennen. Verwundert war sie nicht. Auch sie hatte sich längst die Frage gestellt, wie Nigel als Vater mit einer schlechten Nachricht umgehen mochte. Meinte er den Satz ernst, oder hatte er sich, wie üblich, darauf eingeschworen, dass alle nur »hysterisch« reagierten und es keinen Anlass gab, sich auf eine schwierige Situation einzustellen? Jeder wusste, dass er gerne schon mal die Flucht in die Arbeit antrat und dann unerwartet von den UN an den East River zitiert wurde, von wo aus er für die Familie tagelang nur noch telefonisch und kurz angebunden in Erscheinung trat. Sie misstraute ihm schon lange. Damals und heute immer noch, das war das eigentliche Unglück – und nun unter den neuen Vorzeichen, die er ihr gestanden hatte: dass die Ehe hin war. Jedenfalls würde sie nie seine Miene vergessen, als sich damals die Tür öffnete und eine Ärztin mit dem Baby auf dem Arm den Raum betrat. Die Stille wurde immer schwerer. Die Ärztin ging zu Louise und reichte ihr das Kind.

»Es tut mir leid, Chelsey hat das Down-Syndrom ... Trisomie einundzwanzig. Die Bezeichnung bezieht sich auf das Chromosom einundzwanzig, das bei ihr statt zwei-, dreimal vorhanden ist ...«

Im kleinen Saal des »McInnes« jagten Chelsey und Clint einander immer noch kreischend die lange Fensterfront hoch und wieder runter. Es war großartig, wie der Junge dabei auf eine fast unmerkliche, aber wirksame Weise Rücksicht auf das langsamere Mädchen nahm. Ein Exempel für ganze Völker unsensibler und dummer Erwachsener!

Bella fiel erst jetzt auf, dass sich alle Erwachsenen verkrümelt hatten. Die Hotelbar in der Lobby schien eine unwiderstehliche Anziehung auszuüben. Neugier kroch in Bella herauf, vor allem die Unlust, sich in die Rolle der Alten drängen zu lassen, die man getrost zu den Unmündigen zählen kann, denen der Genuss von Bier und Bourbon sowieso untersagt war. Sie rief Eve zu sich, von der sie wusste, wie gewitzt sie war.

»Liebstes Enkelkind«, säuselte sie albernd, »du bist doch so gut wie erwachsen. Deine Eltern und alle anderen sind unten an der Bar und vertreten die Auffassung, ich taugte nur noch zur Kinderfrau. Wärst du bereit, mir zu helfen, mich aktiv dagegen aufzulehnen?«

Eve grinste. »Klar, Grannie! Ich will, dass du sie alle unter den Tisch säufst …«

»Und du hast bitte ein besonderes Auge auf Chelsey?«

»Tun wir alle und immer.«

»Ich weiß, dass es überflüssig ist, es zu sagen«, entgegnete Bella und stand auf. »Aber wenn man solche Enkel hat wie ich, macht auch jedes Wort zu viel große Freude … Ich danke dir.«

Das Mädchen nahm ihre Hand und begleitete sie auf den Flur hinaus und bis zum Lift. Die Stimmen der anderen blieben zurück und wurden vom Gedudel der Hotelmusik erstickt. Bella betrat den Lift, und Eve winkte, bis sich die Tür schloss.

Der Aufzug bewegte sich so sanft, dass jede Richtungswahrnehmung unmöglich wurde. Nach wenigen Sekunden teilte sich die Tür, und vor Bella lag die Lobby mit ihren extravaganten Sitzmöbeln, die an die Architekturen Hundertwassers oder Gaudís erinnerten. Überdimensionale Rückenlehnen ragten bestimmt mehr als sechs Fuß die Wände empor und hatten die Form von Lotusblättern oder Palmwedeln. An den Spitzen funkelten verspielte goldene Schnecken. Was entschieden nicht dazu passte, war Nigels Stimme, die sie auf Anhieb erkannte. Scham beschlich sie und die Lust, schnell einen der Knöpfe zu drücken, um sich von dem geisterhaften Vertikalgefährt in den Keller weiterbefördern zu lassen. Bloß weg!

Sie verließ den Kubus. Die Hotelbar zur Linken war bis auf die drei Familienehepaare und ein älteres Pärchen in ziemlicher Ferne gähnend leer. Nigel schimpfte. Grace, Pat, Louise und Ian saßen bei ihm in einer Fünfer-Sesselgruppe mit rundem Glastisch. Mike und Sinéad hockten an der Bar. Hätte Bella geahnt, was sie erwartete, wäre sie bei den Kindern geblieben und hätte sich bereitwillig mit der Rolle der Altersgeschwächten, nicht mehr wirklich Zählenden abgefunden. Jetzt war es zu spät. Louise saß zwischen den Iren, ihnen gegenüber Grace und Nigel, der sich offenbar überschätzt hatte, was seinen Alkoholkonsum betraf. Im Hintergrund flackerte das Feuer eines Kaminofens, dessen sachliches Design sich mit den feuerroten Märchenmöbeln biss, wie Bella fand.

Als Louise die Mutter kommen sah, machte sie ein säuerliches Gesicht. Nigel wandte sich um und federte wie ein Kistenteufel aus dem Sessel hoch. »Dich hat der Himmel geschickt, meine Liebe!«

Ihr entglitt ein trockenes »Oh!«

Pat stand ebenfalls auf und begann einen Sessel der Nachbargarnitur heranzuziehen. Nigel ließ sich wieder fallen. Bellas Sessel wurde zwischen Louises und Ian O'Duffys bugsiert. War das Absicht? Sie nahm Platz. Nigel saß ihr genau gegenüber, seine Augen glänzten. Der Kellner tauchte auf, sie bestellte Chardonnay, schön kalt. Deutsches Bier wäre ihr lieber gewesen, aber die Erfahrung lehrte, dass es am Ende doch bloß belgisches war. Dass sich zwischen den beiden Ländern eine Staats- und Kulturgrenze erstreckte, verblüffte die meisten Barkeeper, wenn man sie höflich darauf hinwies.

»Worüber habt ihr geredet?«, fragte sie und versuchte, eine bequeme Haltung zu finden. »Und warum so laut, dass ich es bis oben in unseren Saal hören konnte?«

Nigel war der Einzige, dem der Scherz ein Schmunzeln entlockte.

»Also was Ernstes!«, stellte sie fest.

Louise verzog den Mund. Die Brüder hatten wächserne Gesichter, Grace hüstelte.

Bella fragte sich, inwieweit hier alle wussten, dass nun auch sie den »Skandal« mit Namen Louise und Ian kannte. Erst mal gönnte sie sich einen bedeutungsvollen Blick – einmal nach links, einmal nach rechts und wieder zurück. Die beiden waren bemüht, sich nichts anmerken zu lassen.

»Der Weltraum ruft, Bella!«, rief Nigel. Er ließ sich die letzten Tropfen aus seinem Glas in den Mund rinnen. »Ich glaube, Ian möchte, dass ich mich bei der NASA bewerbe. Er wünscht mich auf den Mond!«

»Das kannst du ihm nicht wirklich verübeln, oder? ... Musst du eigentlich so schreien? Könnt ihr das nicht unter euch und ein bisschen intimer klären?«

Louise reagierte gereizt. »Sollen sie's machen wie du, Mom? Im Ruhezimmer Intimkonferenzen abhalten, damit niemand was mitkriegt?«

Nigel stellte sein Glas ab und deutete im Sitzen eine Verbeugung an. »Verzeihung, mein Schatz, die Rüge gilt mir. *Ich* habe das Gespräch mit deiner Mutter gesucht. Es hat mich ... *inspiriert*. Ich hatte den Eindruck, dass sie auf meiner Seite steht.«

»Bitte nicht ganz so schnell!«, widersprach Bella. »Habe ich diesen Eindruck erweckt? Ich frage mich vielmehr, auf welche Seite ich mich werfen muss, um nicht unter die Räder zu kommen. Darf ich fragen, seit wann die neuen Beziehungsumstände ohne mein Wissen bestehen?«

Der Kellner brachte den Wein. Nigel hob sein Glas so hoch, wie er konnte, um gesehen zu werden. Als niemand die Frage beantwortete, tat er's: »Acht Jahre.«

»Wie bitte?« Bella hatte mit ein paar Wochen gerechnet, allenfalls Monaten, eine von niemandem erwartete Begegnung, bei der sich herausstellte, dass man einander schon lange insgeheim attraktiv gefunden hatte. So etwas. Schmonzettenreifes Zeug eben. Aber doch nicht solche *Bigamie*! Oder wie musste man das bezeichnen? Sie wusste gar nicht, was sie sagen sollte. Also hielt sie die Klappe und trank einen Schluck, vermied aber, dabei jemanden direkt anzusehen.

»Acht Jahre!«, echote sie. »Und wann hast *du* davon erfahren?« Jetzt fixierte sie Nigel.

»Vor acht Jahren«, versetzte er gelassen, wohl wissend, dass diese Auskunft Bellas Befremden noch anfeuern musste.

Louise kam Bellas Erwiderung zuvor. »Ich bin einfach ehrlich gewesen, Mom. Es war nie ein Geheimnis.«

»Für mich schon.«

Schweigen. Grace mischte sich ein. »Es geht wirklich nur die drei etwas an.«

»Du hast auch nichts gewusst?«

»Doch, schon.«

»*Die Alte* durfte nichts wissen!«, stellte Bella klar. »Damit sie nicht querschießt, verstehe ...«

»Bitte, Mom ...!«, murmelte Grace. – Da war es wieder! Beinah hätte Bella es vermisst. *Mom! ... Du bist alt, so was kapierst du nicht. Die Welt hat sich weitergedreht. Halt dich da raus!*

Sie blickte wieder Nigel an. »Ich habe deiner Frau von einem Liebhaber erzählt, den ich in meiner Zeit mit Oz hatte.«

Wieder Schweigen.

»Ich weiß, dass es grausam ist, aber wenn der alte Toaster nur noch Kohle produziert, besorgt man sich entweder einen neuen oder man hört auf zu frühstücken.«

Nigel hielt Ausschau, wo der Kellner blieb. Offenbar brauchte er doppelten Nachschub. Er signalisierte es aufgeregt per Handzeichen.

»Ja, bitte!«, sagte Bella. »Schwierige Dinge brauchen derbe Vergleiche, sonst versteht man sie nicht. Meiner hinkt, ich weiß. Die meisten Leute würden ihren Toast lieber ungetoastet essen als gar nicht ... Aber ich nicht.«

»Du bist Papa fremdgegangen?«, empörte sich Grace.

»Ich wollte auch Spaß haben, ist das so schwer zu verstehen? Warum denken Kinder eigentlich immer, dass ihre alten Eltern auch früher schon alt waren?«

»Kannst du mal ernst bleiben?«

»Ich bin verdammt ernst, Grace!«

»Mom!«

»*Mom, Mom! … Grannie, Grannie!* … Ich kann's nicht mehr hören! Sobald ich eine eigene Meinung habe, ein eigenes Leben, höre ich bloß *Mom! Grannie! Du bist zu alt, halt dich da raus!*«

»Das habe ich nicht gesagt!«, fauchte Grace. Pat versuchte, sie zu beschwichtigen, doch sie beachtete ihn nicht.

»Sie hat recht. Oz hat damit angefangen«, verteidigte Louise ihre Mutter. »Er hatte jede Menge Freundinnen, das weißt du doch … Fehlt bloß noch, dass du sagst: Ja, aber Mom war die Ehefrau!«

Grace schmollte. »Ich find's nicht schön.«

Bella lachte gekünstelt. »Nigel, findest du es schön? Nicht mal Louise und Ian finden es schön, fürchte ich. Da sitzen immer drei im Boot, liebe Grace, und einer schaukelt, und jetzt erzähl mir du bitte nicht, dass zwischen Pat und dir nur Friede und Freude herrschen!«

Der Kellner brachte den Whisky. Nigel stürzte ihn runter.

»Und du? Was bildest du dir ein?«, rief Bella in seine Richtung. Sie musste ihn angreifen, er sollte sich nicht davonsaufen. »Wieso hast du dir das gefallen lassen? Vor acht Jahren! Andere Männer hätten Ian erschossen.«

»Das ist nicht witzig, Mom«, konterte Grace.

»Ich hätte es bestimmt nicht richtig gefunden. Aber ich hätte es verstanden. Du liebst Louise nicht, Nigel! … Und hör auf zu saufen, wenn ich mit dir rede!« Ihre Wut hatte jetzt Gestalt angenommen, wie die Angst damals in Berlin. Ein Gewicht auf der Brust, diesmal keine Daumenschraube, aber ein Klotz, den sie dem schwierigen Schwiegersohn vor die Füße werfen konnte.

»Du hast Kinder! Eins braucht jede Zuwendung, die es kriegen kann, und du schüttest hier diese Scheiße in dich rein! …«

»Ich wusste gar nicht, dass du mich so verachtest, Bella«, sagte Nigel mit zaghafter Ironie. Sie nahm an, dass er mehr davon hatte hineinlegen wollen, um sich zu schützen. Sie hatte ihn getroffen, sich im Ton vergriffen. Sie sollte sich entschuldigen. Aber vergriff er sich nicht auch andauernd? Und wieso eigentlich? Vermutlich würde sie nie erfahren, warum genau er mit ihr stritt. Inwieweit seine Nazi-Mutter dabei eine Rolle spielte und der ihn vielleicht überfordernde Wunsch, als deren Sohn ein Mitglied der Familie einer Verfolgten und Überlebenden zu werden.

»Wusstest du, dass der NS-Reichsminister Rudolf Heß in Ägypten zur Welt kam? Es ist denkbar, dass Heß und Fareed als Kinder womöglich Kontakt hatten. Verstehst du?«

»Nein.«

»Ich glaube doch, Bella.«

Sie zwang sich, langsam zu atmen. Er rächte sich für die beiden Ohrfeigen.

»Ich möchte jetzt nicht über Berlin reden«, antwortete sie und verbarg mühsam ihre wachsende Empörung. *Rudolf Heß!*

»Aber ich!« Nigel hielt das leere Glas hoch und schwenkte es so lange wie eine Fackel hin und her, bis der Kellner es sah.

»Mehr Gift!«, rief er.

Bellas Wut kochte hoch. »Wenn ich richtig informiert bin, war Heß ab 1941 in England. Sehr viel kann er also nicht genützt haben, als ich versteckt wurde, wenn du an so etwas denkst.«

»Jetzt hört bitte mal auf!«, rief Louise und fügte etwas hinzu, dessen Sinn Bella für einen Moment vollkommen rätselhaft erschien. »Nigel ist nicht Chelseys Vater.«

Es war so vollkommen falsch und unmöglich, dass Bella sich kurz abwandte, um zu sehen, zu wem Louise es sagte. Sie selbst konnte nicht gemeint sein. Ihr Herz schien stehen zu bleiben.

»Er weiß auch das seit acht Jahren, Bella. Das ändert übrigens nichts daran, dass er sie genauso lieb hat wie Milli.«

Bella tat keinen Mucks und kaute auf dem Schreck herum. Sie dachte daran, dass sie nie der Auffassung gewesen war, dass Nigel ein schlechter Vater war. Ein liebevollerer jedenfalls als ihr eigener, für den Schwiegermutter, Frau und Kind hauptsächlich die Angestellten seines Gemüsehandels gewesen waren. Mutter und Oma hatten sich um Kasse und Buchführung zu kümmern, und sie, Bella, war für den Vater erst wahrhaftig geworden, als sie mit dreizehn oder vierzehn Jahren kräftig genug war, um randvolle Obststeigen und Mohrrübensäcke zu schleppen.

»Ein anderer Mann hätte in dem Fall seinen Nebenbuhler erst recht totgeschossen«, sagte Louise mit einem klaren Signal, dass es humorvoll gemeint war.

»Wie gut, dass du keine Waffe besitzt, Nigel. Womit ich nicht sagen will, dass ich dich für friedliebend halte … mit deinem eines Tages noch hundertjährigen Krieg gegen mich.« Es fiel Bella immer noch schwer, einen klaren Gedanken zu fassen.

Der Kellner erschien, reichte Nigel das gefüllte Glas und nahm das leere in Empfang. Ohne zu zögern, trank Nigel es leer, rief den Mann zurück und bestellte ein neues.

»Bitte nicht, Nigel!«, bettelte Louise.

Er ignorierte sie und schüttelte sich, als müsse er Ekel überwinden.

»Ich habe noch eine Geschichte für dich, Bella«, begann er von Neuem. »Ich bin randvoll davon, das weißt du ja … 1947 hatte die Arabische Liga ihren ersten Krieg gegen das sich formierende Israel verloren. Der Zorn war groß, und man grübelte darüber nach, wie sich das Blatt wenden könnte. Der ägyptische König Faruk I. sah eine Lösung. Wer, fragte er sich, hat Erfahrung in dem, was wir wollen? Wieso holen wir uns nicht Fachleute ins Land? Natürlich kam er auf die Nazis, deren Protagonisten entweder tot oder arbeitslos oder kaltgestellt waren, und heuerte einen Mann an, der sich auskannte. Sein Name war Artur Schmitt, er war Generalleutnant einer

Division des Afrikakorps gewesen. Die Aufgabe lautete: Aufbau einer neuen, modernen, schlagkräftigeren Armee und Ausradierung des Staates Israel.« Er ließ seine Worte wirken.

Bella hatte noch nie etwas davon gehört oder gelesen; sie glaubte es nicht ... Doch, natürlich *musste* sie ihm glauben! Weil er niemals so etwas erfinden würde, weil er es nicht nötig hatte, irgendetwas zu erfinden, weil er Fachmann war! Auch die andern staunten über die Geschichte. Patrick sagte »Mannomann!« und Ian pustete beeindruckt. Grace schüttelte den Kopf, Louise nickte in sich hinein.

»Aus der Sache wurde nur deshalb nichts«, schloss Nigel seine Vorlesung, »weil sich die allgemeine politische Situation im Nahen Osten anders entwickelte. Irgendwann wurde der Plan zu den Akten gelegt. Aber der Geist, Bella, der Geist ist geblieben, die Idee, der Wunsch, verstehst du? Die Araber paktierten mit Nazis, mit Menschenfeinden ...«

Bella wusste nicht, was sie erwidern sollte. Nigel war betrunken. Sie merkte, dass sie trotz allem nur mit halbem Ohr hingehört hatte. König Faruk I. berührte sie gar nicht, sie war immer noch mit dem Schreck beschäftigt.

Sie blickte Ian O'Duffy an. »Du bist Chelseys Vater?«

Er nickte, betroffen aussehend, ein bisschen wie ein ertappter Schuljunge. Im ersten Moment hatte die Gefahr bestanden, dass nicht er es war, sondern ein Wildfremder. Jemand, den niemand kannte. Ian gehörte wenigstens zur Familie. Chelsey war also zur Hälfte Irin. *Lo je-uman!*, hätte die Berliner Oma gesagt. Nicht zu fassen!

»Ich sehe sie, sooft ich kann«, sagte Ian. »Ich hetze dauernd hin und her. Wir kommen auch prima miteinander aus, Chelsey und ich.«

Nigel wartete auf seinen Drink und gab endlich mal Ruhe, beobachtete nur, horchte, kniff die Augen zusammen. Bella hatte durchaus Vertrauen, dass Ian seine Rolle als Vater gut ausfüllte, und sagte es ihm. Im Grunde war alles eben so, wie es war, und niemand schien unzufrieden zu sein, mit Ausnahme von Nigel vielleicht. Plötzlich erkannte sie, dass ihre Ansichten, Einwände, Erfahrungen, ihr Gespür, alle Überlegungen und Ratschläge von ihrer Seite – dass all das überflüssig war. Sie, die Grannie, die Hausmutter der Familie, war wirklich alt und machte nicht mehr mit; man hatte es sie bisher nur aus Rücksicht nicht spüren lassen. Sie spielte nicht mehr die Hauptrolle bei den Familientreffen, die entscheidenden Dinge und Beziehungen existierten ganz und gar ohne sie. Um es klar zu sagen: Alles hätte sich genauso entwickelt, wenn sie vor acht Jahren tot umgefallen wäre. Vor Chelseys Geburt. Sie war *nicht* die Hauptfigur, für die sie sich hielt. Sie spielte überhaupt keine Rolle mehr!

Jetzt horchte sie in sich hinein, dort knirschte es regelrecht. Alles, was sie vor einer Minute noch gedacht, gefühlt, gehofft hatte, zerfiel, löste sich auf, schmolz hin. Es war einerlei, ob sie morgen früh aufwachte oder nicht. Die Kinder würden heulen, die Töchter den Rebbe Hecht benachrichtigen, die Schwiegersöhne mit Dublin telefonieren und den Auftrag erteilen, dass man in irgendeiner katholischen oder keltischen Kirche eine Kerze anzündete; bestimmt gab es dort so etwas wie eine sephardische Eucharistie, eine Art jüdische heilige Messe mit keltischen Blutopfer-Riten, irische Verrücktheiten eben.

Sinéad und Mike lösten sich von der Bar. Ihre Gläser in der Hand, kamen sie anmarschiert und hatten Mienen, als besäßen sie eine Art familiäres Recht, sich alles, was ihnen entgangen sein könnte, haarklein nacherzählen zu lassen.

»Gibt's wieder Streit?«, fragte Mike seinen Bruder Ian.

Der schüttelte den Kopf. »Bella weiß es jetzt auch.«

»Ach herrje!«, bemerkte Sinéad.

Sie und Mike waren also auch eingeweiht! Alle hatten es gewusst, mit Ausnahme der alten Grannie. Na bitte!

Sinéad sah Bella an. »Bist du jetzt sauer auf Ian? ... Du siehst müde aus. Soll ich mit dir hochgehen? Leg dich noch ein bisschen auf die Couch im Ruhezimmer! Ich will sowieso hoch, meine Jacke holen.«

Bella sagte Danke. Sie hatte tatsächlich nicht mehr die Kraft, den Worten und Blicken und Neuigkeiten standzuhalten. Offenbar fiel es allen auf, dass sie schlappmachte.

»Was hast du denn, Bella? Ist dir schlecht?«, fragte auch Grace. »Du bist ja käsebleich.«

»Ihr ist klar geworden, dass sie im Irrtum ist«, sagte Nigel. »Ich weiß, dass sie mich verachtet, weil ich ein eifersüchtiger Nigger bin, und ich weiß auch, dass mir das Selbstmitleid nicht steht. Weiß ich alles.« Der Singsang in seiner Stimme spiegelte seinen Alkoholkonsum. Er hielt wieder Ausschau nach dem Kellner. Dann sagte er: »Wir haben da oben versucht, ein bisschen was zwischen uns zu klären. Aber es gelingt nicht. Die Klüfte und Abgründe sind zu groß. Bella mag mich nicht. Sie bedauert es, dass sich ausgerechnet ein halb schwarzer Bursche mit deutschem Blut in ihre Familie geschlichen hat.«

Bella fühlte sich zu schwach, irgendetwas zu tun oder zu sagen. Pat stand auf und kam um den niedrigen, ovalen Tisch herum zu ihr. »Komm, ich helf dir! Lass Nigel in Ruhe, er kann nichts dafür! Ist ja auch alles ein bisschen viel, für alle. Ich komme mit hoch. Sinéad und ich nehmen dich in die Mitte, dann wird's gehen …«

Wie in Dublin, dachte Bella, wenn wir dort gegen Hunger, Elend und die Katholiken werden kämpfen müssen. Sie schüttelte den Kopf und stand auf. Patrick führte sie. Sinéad kam hinterher. Nigel redete weiter. Bella hörte nicht mehr hin.

Im Lift konnte sie wieder nicht wahrnehmen, ob es rauf- oder runterging oder ob das Ding noch gar nicht losgefahren war. Plötzlich glitt die Tür lautlos auseinander und vor ihnen lag der holzgetäfelte Flur zum kleinen Saal ihres Treffens, zu dem Ruhezimmer mit der Couch und den Toiletten. Aus den unsichtbaren Lautsprechern klöppelte dasselbe öde Club-Piano, das in der Bar, der Lobby und im Lift zu hören war. Ein

Klangkontinuum, das das Hotelgebäude zerfließen ließ, akustisch einschmolz zu einem Klumpen Stahl und Steine, hier und da unterbrochen von Zimmerdecken, Böden, Wänden mit Türen. Nur in dem Zimmer mit der Couch war es still, erinnerte sich Bella und freute sich drauf, dort gleich etwas Ruhe zu finden. Allein zu sein.

Sinéad fasste ihren Arm. Unnötig. Patrick lief vornweg. Mit einem Schlag begriff Bella, was nicht stimmte. Man hörte die Kinder nicht. Die breite Saaltür stand offen, das Licht der Fenster quoll in den Flur. Sie schritten darauf zu, aber man hörte keine einzige Stimme, kein Geschrei übertönte das herkunftslose Geklimper aus den verborgenen Lautsprechern.

»Die Kinder!«, sagte sie. »Als ich runterfuhr, waren sie alle hier oben. Eve hatte den Auftrag, ein Auge auf Chelsey zu werfen.«

Pat erwiderte: »Wahrscheinlich gibt's hier im Hotel ein Kino und sie haben's rausgefunden. Ich frag gleich mal unten in der Lobby. Leg du dich hin, Bella, und mach dir bitte keine Sorgen!«

Bella wehrte sich nicht. Sie hatte auf die Kinder gehofft, sehr sogar. Für die Kinder würde sie weiterhin die Hauptfigur sein. Sie würde sich daran gewöhnen müssen, dass die unfertigen und die überreifen Menschen für den Rest der Welt tatsächlich zum gleichen Typ Mensch gehörten. Dass man sie im Auge behalten musste. Die Unfertigen spielen schon mit der Zukunft, die Überreifen leben nur noch aus der Vergangenheit. Das volle Recht auf die Gegenwart hatten beide nicht. Sie konnte also aufhören, über Berlin nachzudenken, sich zu erinnern. Die ewige Leier von den Wundertaten eines Arabers und der Rettung einer Handvoll Menschen vor dem Schicksal der sechs Millionen wollte niemand mehr hören.

Jetzt begriff sie auch, warum sich von Treffen zu Treffen der Eindruck gefestigt hatte, dass jener Satz nicht so gesagt worden war, wie er hätte gesprochen werden sollen und wie er damals nach Oz' Tod geklungen hatte. Weil es allen zum Hals raushing. Und wenn dereinst die Enkel ihn das erste Mal aussprechen (von Chelsey einmal abgesehen), werden sie gar nicht mehr wissen, auf welchen Ozean von Ängsten und Schmerzen die Worte verweisen. Der Satz wird für sie leer klingen, so leer, wie der Saal jetzt wäre, wenn Dr. Fareed nicht ... Die Zeit wird sich über alles hinweggewälzt haben, über sie, Bella, ihr Leben – die Zeit wird alles verschliffen und nur noch Vergangenheitsstaub hinterlassen haben und hatte es wohl längst getan.

Bellas Vater – sie hatte es schon als Kind gewusst – war so etwas wie ein Insulaner, ein Familiencrusoe gewesen. Ein Einzelkämpfer. Vielleicht fiel es ihr deshalb jetzt so schwer, sich mit Nigel zu verständigen und ihren Wunsch zu unterdrücken, sich in die inneren Angelegenheiten von dessen und Louises Ehe zu zwängen, um irgendetwas zu kitten (was sie weder vermochte noch ihr überhaupt zustand). Sie wollte nicht, dass Chelsey das empfindet, was sie selbst als Kind gefühlt hatte – ungeachtet dessen, dass die Kleine heute mehr als sie damals einen »selbstvergessen liebenden« Vater brauchte und eigentlich auch hatte.

Ihr eigener Vater hatte sie nie »selbstvergessen« geliebt. Er liebte seine Familie, aber an genau welcher Stelle Mutter und Tochter in seinem Leben standen, hatten sie nicht gewusst. Als Bella sieben Jahre alt war, hatte sie einen Unfall und musste operiert werden. Es war nichts Schlimmes, aber sie erinnerte sich, dass es wehtat. Wohl um sie zu trösten, versprach ihr der Vater, er werde mit ihr, wenn sie zwölf Jahre alt sei, auf einem Ozeanriesen nach Amerika fahren. Nur sie beide. Bella stellte es sich großartig vor. Entsprechend ernst hatte sie sein Versprechen genommen. Ernst genug, um ihn an jedem Geburtstag neu daran zu erinnern. Als sie dann zwölf Jahre alt geworden war, bekam sie von ihm eine Eintrittskarte für den »Zirkus Krone«. Er fuhr mit ihr nach München. Eine Truppe Indianer kam in die Manege. Sie erinnerte ihn an den Ozeanriesen, an

Amerika und sein Versprechen. »Ach ja«, sagte er. Danach hatte sie es nie wieder erwähnt.

Bis sie Joost damals wiedersah, sollte es noch ein bisschen dauern. Die Nächte im Zwergenzimmer, wo sie bislang Sorgen wegen der Verfolgungen geplagt hatten, wurden nun von neuen Quälgeistern bevölkert. Sie mochten weniger unberechenbar und bissig sein, vergraulten den Schlaf aber genauso unnachgiebig. Statt darüber zu grübeln, was aus den Eltern, der Oma und ihr selbst werden würde, hörte sie jetzt Joosts Stimme, betrachtete in ihrer Fantasie seine Hände oder stellte sich vor, sein Haar oder gar seine Wangen zu berühren.

Tagsüber hatte sie das Glück, dass Dr. Fareed und Erika keinen Tag vergehen ließen, ohne dafür zu sorgen, dass Bella nicht allzu viel Zeit fürs Grübeln blieb. Die Praxis nahm sie in Anspruch, und wenn sie mit Erika voller Sorgen aus Karow zurückkehrte, zog der Arzt sie zum Aquarium, zeigte auf die Fische und sagte: »Denken Sie bitte daran, dass Thutmosis es war, der diesen Kondensator zerstört hat. Er sorgte dafür, dass dieser junge Mann, Joost, herkommen und den Apparat reparieren musste. Sie denken doch an den Jungen, oder nicht?« Dann kniff er ihr in den Arm, dass es ein bisschen wehtat. Sie verzog keine Miene. Er holte orientalisches Konfekt und sah zu, wie sie es aß und wie sich ihre Augen mit Tränen füllten. »Da sehen Sie, wie dringlich es ist, diese Fische wertzuschätzen. Und Sie vergessen hoffentlich nicht, Fräulein Bella, wo die wirkliche Macht liegt.«

Vor dem ersehnten Wiedersehen mit dem »elektrischen Retter«, wie Erika den Jungen einmal nannte, fand das Abendessen bei Dr. Al-Mawardi statt. Als Dr. Fareed, Erika und Bella die Wohnung der Al-Mawardis betraten, überfiel sie die Hausherrin mit einer Flut arabischer Begrüßungsfloskeln. Sie führte die Gäste durch den Flur in ein Berliner Zimmer, das als solches kaum mehr zu erkennen war. Bis unter die hohen Decken waren die Wände mit Teppichen und Arabesken geschmückt und ringsumher standen Möbel mit fantastischen Schnitzereien und Einlegearbeiten. Man betrat den Teeraum des Zeremonienmeisters der Alhambra, das Speisezimmer des Emirs von Mekka oder befand sich mitten im Kopf von Karl May im Lande des Mahdi.

Frau Al-Mawardi verhüllte ihre von Kajal und zarten Augenschatten unterstützte Schönheit keineswegs. Sie trug das violett glänzende Haar hochgesteckt und mit Perlen geschmückt und war nicht verschleiert wie die beiden Bediensteten, die barfuß und lautlos Schalen und Schüsseln hereintrugen und auf den breiten, nur kniehohen Tisch in der Mitte des Zimmers stellten. Bella fühlte sich willkommen. Die Oma hatte von arabischen Bekannten aus Jerusalem erzählt und wie man sich dort kleidete, wie man feierte, tanzte, kochte und aß. Bella kannte das ungewohnte Sitzen auf festen Kissen statt Stühlen vom Hörensagen. Man aß wie im Märchen von silbernen Tellern, wusch sich am Tisch die Hände und erhielt jedes Mal, wenn man seinen Löffel zur Seite legte, einen sauberen.

Man nahm die Plätze ein. Es gab einen weiteren Gast, einen ehemaligen Angestellten der diplomatischen Vertretung Ägyptens. Hasib Ben Fouad. Den Abend über saß er neben Bella. Es entging ihr nicht, dass er sie häufig ansah, wenn er glaubte, sie merke es nicht.

Zu essen gab es Lammfleisch, öliges Mus, gebackene Feigen und Auberginen, dünnes warmes Brot, dazu gesüßten Joghurt und wohl ein Dutzend anderer Köstlichkeiten, von denen Bella nicht gewusst hatte, dass es sie überhaupt gab, noch dazu im Kriegsberlin der Rationierungen, dem Berlin der »Judenkarten« und Warteschlangen. Den Gastgebern war der schreiende Gegensatz offenbar bewusst. Man nahm Platz. Dr. Al-Mawardi blickte Bella auf seine kühle Weise an und sagte: »Bitte verzeihen Sie, wenn dieser Überfluss verstörend auf Sie wirken sollte.

Wir essen nicht jeden Tag so.« Er wandte sich an seine Gattin und fügte hinzu: »Fräulein Bella ist Jüdin, meine Liebe.« Es folgte etwas Arabisches. Seine Frau lächelte. Sie war wirklich außerordentlich schön.

»Fräulein Bella denkt vermutlich, dass uns Arabern die Juden ähnlich verhasst sind wie den Nazis«, fuhr er fort. »Und politisch oder historisch mag das sogar sein.« Er wandte sich wieder Bella zu. »Aber der Unterschied zwischen der Politik und dem Leben des einzelnen Menschen ist wie der zwischen den Menschen und den Tierkreiszeichen.« Dieses Rätsel ließ er einen Moment wirken. Dann sagte er: »Die Sternbilder sieht man nur von der Erde aus. Im Weltall draußen weiß niemand etwas von ihnen. Vielleicht sind wir selbst Teil eines solchen Zeichens, das von Extrairdischen in unvorstellbarer Ferne voller Leidenschaft mit Wünschen überladen wird, in der Hoffnung, dass *wir* sie erfüllen. Und wir hier wissen nicht einmal davon.« Er behielt Bella im Blick. »Wir haben Sie nicht eingeladen, um Ihnen zu zeigen, wie gut Lammfleisch schmeckt. Dr. Fareed erzählte uns, Sie könnten eine gute Ärztin werden. Nein, bitte, seien Sie nicht verlegen, lassen Sie mich erklären, was ich meine! Es hat mit dem zu tun, was Fräulein Zwirner eben sagte. Wir brauchen ein klares Ziel, und wir glauben, wir haben es gefunden: *Sie!* Wir können die Nazis nicht besiegen, aber während zu viele Deutsche schweigen und gehorchen, möchten wir *etwas Verbotenes* tun.« Er hatte das alles in seiner kühlen, reglosen Art gesagt. Gerade das verlieh der Bedeutung seiner Worte eine Wärme und Glaubwürdigkeit, die Bella anrührten.

»Sie müssen nichts antworten! Bitte, seien Sie einfach nur unser Gast!«

Seine Gattin lächelte ihr zu. Bella wäre gerne aufgestanden und hätte sie beide umarmt oder so etwas, aber das gehörte sich wohl nicht. Plötzlich erhob sich Frau Al-Mawardi, kam zu ihr, küsste sie auf die Stirn und kehrte wortlos an ihren Platz zurück. Niemand redete. Bella war furchtbar verlegen, aber auch glücklich.

Erika brach das Schweigen. »Bella, wir sind eine kleine ›verschworene Gemeinschaft‹, verstehst du? Wir haben dieses *klare Ziel,* dir zu helfen, und natürlich auch deinen Eltern. Du solltest das alles für dich behalten, auch deiner Familie gegenüber. Je weniger davon wissen, umso besser. Für mich kann ich sagen: Ohne dieses Ziel hätte mich das Unglück um uns her längst zerdrückt.«

Bis heute fragte sich Bella, was diese fremden Menschen damals bewegte, ihr zu helfen. Jedenfalls hatte ihre Hilfe dem kalten, maßlosen Weltraum so etwas wie menschliche Wärme gegeben.

Man aß schweigend. Die Gespräche fanden immer wieder zurück zu der Notwendigkeit zu helfen und welche Schwierigkeiten damit verbunden waren. Dr. Al-Mawardi erzählte, dass es sogar Versuche gegeben habe, Juden zur Konversion zu bewegen und muslimische Hochzeiten zu arrangieren; allerdings habe so etwas kaum Aussicht auf Erfolg, weil schließlich auch die in Berlin verbliebenen Araber nicht frei von Verfolgungen und Misshandlungen seien, wie man wisse. Bella scheiterte an dem Versuch, sich auch nur vorzustellen, mit einem Muselman verheiratet zu sein.

Die verhüllten Frauen huschten herein, nahmen halb leere Schalen vom Tisch und verschwanden lautlos. Nach wenigen Augenblicken kehrten sie mit frischen Speisen ebenso leise zurück. Bella blickte zu Frau Al-Mawardi und nahm an, dass sie kein Deutsch sprach oder nur wenig. Bis auf die arabische Begrüßung hatte sie nicht an den Gesprächen teilgenommen. Andererseits musste sie alles verstanden haben oder Bescheid wissen, wie sonst hätte sie zu ihr kommen und sie küssen können?

Eine kleine »verschworene Gemeinschaft« hatte das klare Ziel, *ihr* zu helfen. Sie war Joost begegnet, sie hatte Erika

Zwirner als Freundin gewonnen. Das alles schien damals zu viel, verglichen mit den herrschenden Lebensumständen, mit dem Unglück anderer in unmittelbarer Nähe. Der Plan, ausgerechnet ihr zu helfen, klang fantastisch und wenig aussichtsvoll. Da er Wirklichkeit war und kein Traum, fasste sie den Entschluss, dies »klare Ziel« mit aller Kraft ernst zu nehmen. Das Ziel, Ärztin zu werden. Sie war es denjenigen, die ihr halfen, schuldig – egal, welche Aussicht bestand, bis an das Ziel zu gelangen.

Sie biss sich auf die Lippen und sagte: »Bin ich's überhaupt wert?«

Alle blickten sie an. Unerwartet meldete sich Frau Al-Mawardi zu Wort. Ihr Deutsch war tadellos. »Ohne die Kraft unseres gemeinsamen Ziels wären wir hier in Berlin verloren. Es ist kein Riesenziel, aber jedes Haus besteht aus Steinen. Wenn ich einem Wesen von einem fernen Stern einen Ziegelstein zeige und erkläre, dass man daraus etwas bauen kann, das trocken und warm ist, wohnlich und schützend, würde es mich nicht verstehen. Erst wenn ich viele Steine beisammenhabe …«

Die herzhaften Gänge waren vorüber. Die verschleierten Frauen trugen Silberplatten mit Süßigkeiten herein. Frau Al-Mawardi erzählte Geschichten über kandierte Früchte, woher der Honigkuchen stammte und welch lange Reise der Safran habe hinter sich bringen müssen, um nach Berlin zu gelangen. In Bella, sie erinnerte sich gut, breitete sich ein fast vergessenes Gefühl von Sicherheit aus, das erst zerfiel, als sie die Wohnung verließen und man unten vor dem Haus die Straße betrat.

Den blonden Joost mit den schönen Händen sah Bella erst wieder, als in den Kastanien der Alleen bereits kleine, frischgrüne Blätter leuchteten. Der Krieg verschlang Menschen und Ressourcen in unvorstellbarem Ausmaß, und hätte die kleine »verschworene Gemeinschaft« zu diesem Zeitpunkt gewusst, was im Osten mit denjenigen passierte, die das Pech hatten, auf einen der Transporte zu geraten, hätte sie ihr Ziel vielleicht fassungslos aus den Augen verloren. Die Gerüchte von dort wurden immer grauenvoller. Um sich zu schonen, weigerte sich mancher, sie zu glauben. Bella eingeschlossen. Die Verfolgungen und Schikanen wurden schlimmer und schlimmer. Jedes Mal, wenn sie mit Erika die Mutter und die Oma besuchte, war es das Erste, worüber sie redeten. Am liebsten hätte sie sich jedes Mal die Ohren zugehalten.

Bella hatte sich in den ersten Tagen nach der Reparatur des Sterilisators insgeheim gewünscht, dass der Apparat wieder kaputtginge. Aber er arbeitete tadellos, und die Aussicht, Joost wiederzusehen, verblasste allmählich. Zum Glück kam es eines Tages zu einer kleinen, bemerkenswerten Kettenreaktion. Sie begann mit dem von Dr. Al-Mawardi erfolgreich operierten Herrn Lauth, der eines Abends nach Ende der offiziellen Sprechstunde in der Praxis zur Nachuntersuchung erschien, Bella sah und die Stirn in Falten legte. Ob ihr nicht wohl sei, sie sehe aus, als müsse man sich Sorgen machen. »Wenn es Ihnen schlecht geht, Fräulein Bella, gerate auch ich in Gefahr. Bitte, gestatten Sie mir, den Doktor zu fragen, was mit Ihnen ist, wenn Sie es mir nicht selbst sagen möchten.«

»Ich verbiete es Ihnen!«, rief Bella lachend.

Dr. Fareed hatte mitgehört. Er trat in die Diele und trocknete sich die Hände ab. »Sie ist unglücklich, weil unser Sterilisationsapparat partout nicht kaputtgehen will.«

Herr Lauth machte große Augen.

»Das ist ein bisschen kompliziert«, fügte der Arzt hinzu. »Sie versteht es selbst nicht. Kommen Sie erst mal zu mir!« Er zwinkerte Bella zu und schloss die Doppeltür. Die Nächste in der Reihe der Mitfühlenden wurde Erika, die von Dr. Fareed über den Kummer in Kenntnis gesetzt worden war. Es war ein Sonnabend.

»Ich werde Mocca benachrichtigen«, erklärte sie.

»Untersteh dich!«

»Sollen wir los? Ich hol schon mal das Motorrad.«

Die Fahrt dauerte zehn Minuten. Im Café des »Humboldt-Hauses« waren fast alle Tische besetzt. Mocca war sehr beschäftigt. Er sah die beiden und machte eine hastige Geste, dass sie an der Treppe warten sollten.

»Etwas trinken?«, fragte er im Vorübereilen.

Als er das zweite Mal vorüberkam, sagte er: *»Oh, I see! It's all about Joost!«* Dabei sah er Bella an. Sie fühlte, wie sie tomatenrot wurde.

»He said, he would come.«

Erika übersetzte. Bella fasste ihre Hand und wollte sie zum Ausgang ziehen. Mocca wischte Tische ab, verschwand, kehrte mit einer Karaffe Wasser und Gläsern wieder, wies ihnen einen frei gewordenen Tisch zu, trabte erneut davon. Als er die kleinen, goldenen Tassen brachte, grinste er immer noch oder schon wieder. Beugte sich zu Bella herab und sagte: *»Don't be so shy, darling!«*

Auch das wurde von Erika eingedeutscht. Bella knetete die Hände, hatte die Augen überall. Das Publikum im Café des »Islam-Instituts« war wieder erwartungsgemäß exotisch. Die meisten Gäste waren, dem Krieg zum Trotz, geduldete Geschäftsleute, Botschaftsangestellte, vielleicht Künstler. Man wusste allerdings, dass der Ort auch zu einem Treffpunkt für »Abgetauchte« und Leute ohne Papiere geworden war, zumindest für diejenigen, die es sich leisten konnten, Kleidung zu tragen, in der sie sich von den Geduldeten nicht unterschieden.

Sie, Bella, gehörte dazu! Sie trug Erikas Kleider; sie war die Angestellte eines geduldeten Arztes und verdiente eigenes Geld; sie hatte gut situierte neue Freunde gefunden – wie viel von der Bella, die vor einer Ewigkeit mal ein Lyzeum besucht hatte, steckte überhaupt noch in ihr? Von der einzigen Tochter eines Gemüsehändler-Ehepaars aus Mitte, dessen Vorfahren vor einer zweiten Ewigkeit in der Nähe von Potsdam »mit nichts in den Taschen« ansässig geworden waren, weil wiederum deren Vorfahren vor noch längerer Zeit vor einer der zahllosen Typhuswellen der vergangenen Jahrhunderte aus dem Osten geflohen waren.

Am Tisch gleich neben ihnen wurde Spanisch gesprochen. Hart gerollte R's. Es waren drei Herren in tadellosen Cutaways. Ihre Schuhe glänzten schwarz. Sie trugen steife Krägen und Fliegen. Ihre Hände waren gepflegt, die Oberlippenbärtchen beinah so sauber getrimmt wie Dr. Fareeds. Das schwarze Haar stark pomadisiert und streng nach hinten gekämmt. Vielleicht waren es Musiker oder Mitglieder des Vorstands einer argentinischen Firma, die mit den Nazis Geschäfte machte. Einer flüsterte manchmal, schaute nervös umher. Ein »Abgetauchter« wie sie selbst, fantasierte Bella – während sie zugleich die Treppe im Auge behielt, ob nicht Joost plötzlich heraufkäme und …

Mocca eilte an ihnen vorbei, nickte hinter sich und zischelte etwas, das Erika nicht verstand.

»Polizei?«, flüsterte sie und hob Rat suchend die Schultern.

Bellas Gefühle wirbelten so heftig durcheinander, dass ihr schwindlig wurde. Sie bezwang sich, starrte weiter zur Treppe, unsicher, wen sie jeden Moment würde heraufkommen sehen. Erst den blonden Jungen und dann die Polizei oder umgekehrt oder beide zusammen? – Niemand kam herauf. Die Spanier oder Argentinier schwiegen mit einem Mal. Auch sonst wurden alle Stimmen in dem Café mit einem Mal leiser, als hätte jemand den Lichtschalter geknipst, aber nicht, um die Lampen zu löschen, sondern die Geräusche.

Bella fühlte Erikas Fuß an ihrem Knöchel. Sie nickte dorthin, wo Mocca ein und aus ging. Von der Küche und vom Tresen her betraten zwei Männer das Café. Sie trugen einfache Straßenkleidung und machten ernste Gesichter. Sie gingen zu einem frei gewordenen Tisch und setzten sich. Entweder war es Polizei oder es waren Leute, die wussten, wie sensibel die Gäste des Cafés reagierten, sobald jemand das Café nicht über die vordere Treppe betrat.

Die Gespräche wurden wiederaufgenommen, die Blicke kehrten an die eigenen Tische zurück. Vom Spanisch sprechenden Tisch klangen wieder die rollenden Rs und harten Rachenlaute herüber.

Die beiden Männer winkten Mocca zu sich, bestellten, er schnellte zur Theke zurück. Was würde passieren, fragte sich Bella, wenn Joost gerade jetzt die Treppe heraufkäme? Hätte sie die Kraft und Nerven, zweifach unverdächtig zu wirken? Würde sie *seinem* Blick standhalten und den Blicken dieser Männer? Spätestens dann würden sie herschauen – egal, wie neugierig oder desinteressiert. Sie würde es aushalten müssen, irgendwie. Bella, die doppelt Gelassene, die zweifach Lässige, die ganz und gar Unverdächtige! Sie trank von ihrem Kaffee und hätte um ein Haar die Tasse fallen lassen. Verfolgte Mocca auf seinen eiligen Wegen zwischen Tresen und den Gästen, schüttete noch etwas Zucker in ihre Tasse, blickte zu den Herren im Cutaway hinüber. Rang Angst nieder, fühlte neue heraufwallen, Panik. Behielt die Treppe im Auge. Zwei Damen kamen herauf, dann ein einzelner Herr. Weit und breit kein blonder Schopf, keine schönen Jungenhände! Joost würde nicht mehr kommen. Enttäuschung kroch herauf, vermischt mit neuer Furcht, aber zugleich der Beruhigung, dass sie dann auch nichts würde beweisen müssen. Ihm nicht, ihr selbst nicht. Dennoch war nichts sicher, nichts, nichts: ob man hier ungeschoren herauskommen würde, ob nicht in just diesem Moment die Laube in Karow verwüstet wurde, weil die Mutter und die Oma verraten worden waren, ob nicht sogar der Großbauer in Strausberg, der den Vater versteckte, von jenem Dorfpolizisten längst angezeigt worden war und sich beide schon auf einem der Transporte nach Osten befanden.

Es war kein Anlass zu erkennen, aber mit einem Mal kam Unruhe auf. Die beiden Männer hatten die Beine übereinandergeschlagen und bedankten sich bei Mocca für den Kaffee, den er brachte. Sie waren nicht die Auslöser. Dennoch flog ein Gespenst durch den Raum. Und plötzlich hörte man Stimmen. Eine Gruppe deutscher Matrosen kam die Treppe herauf, ihre blau-weißen Krägen leuchteten, die weiten Hosen wehten um ihre Beine, sie lachten und redeten zwanglos. Einer der beiden Deutschen stand auf und ging zu ihnen. Man unterhielt sich, blickte umher, knisternde Stille breitete sich aus. Die Matrosen umringten den Mann. Ab und zu lugte sein schütteres Haar hervor. Dann passierte es: Mit Stiefeltrampeln ging es los. Das hässlichste Geräusch, das Bella kannte. Heute noch. Der Lärm dröhnte vom Fuß der Treppe herauf, noch ehe etwas zu sehen war. Im Café wurde es schlagartig still, alle Köpfe wandten sich um. Ein Dutzend Braunhemden stürmte herauf, jagte dicht vorüber. Die Matrosen wurden eingekesselt, die Stiefelträger zogen Stöcke aus ihren Gürteln. Die Bilder gingen Bella nie mehr aus dem Kopf, auch das Gebrüll, die Schreie. Der Mann, den die Matrosen umringten, lag mit blutüberströmtem Gesicht am Boden, die braunen Schläger prügelten weiter auf ihn ein. Alle blickten angstgelähmt, niemand hätte gewagt, auch nur ein Wort zu sagen. Man besaß keine Knüppel, trug keine Stiefel, auch hätte man wohl nicht gewusst, wie man zuschlagen musste. Man hätte alles falsch gemacht. Man war keine »Volkgemeinschaft«, es fehlte der Schwur, der Glaube an den »Führer«, das Gefühl der Überlegenheit, die Überzeugung, dass man immer recht habe, dass man das Recht sei. Herzen, Köpfe, Hände waren leer. Es gab nur angststarr schauende menschliche Schatten, die Kaffeetassen hielten, Kuchen im Mund hatten und nicht mehr wussten, wie man kaut oder herunterschluckt. Es gab nur Umrisse von Personen, schneidende Furcht, pochende Schläfen, die Angst ließ alles zerfließen wie ein zerstochenes Auge …

Bis zu dem Überfall hatte Bella immer wieder mal gehofft, dass alles besser werde, irgendwann, irgendwie. Mit dem Überfall auf die Matrosen war ein Teil ihrer selbst halb totgeschlagen worden. (Einer von ihnen starb an seinen Verletzungen.) Als sie eine Zeit später nach Karow kam, strich die Oma ihr das Haar glatt. Was sie habe, ob sie krank sei, sie wirke so verändert. »Das Kind ist weg«, musste sie erwidern. »Die kleine Bella gibt's nicht mehr.«

Bella hatte fest geschlafen, wie lange, wusste sie nicht. Sie wurde wach und war allein. Ihre letzte Erinnerung war, dass Patrick ihr die Kissen zurechtgelegt, die Decke ausgebreitet und ihr bis zur Nase hochgezogen hatte. Wie er aus dem Ruhezimmer gegangen war, hatte sie schon nicht mehr mitbekommen.

Da war als Erstes gleich wieder der Schreck über das Desinteresse der anderen an »Berlin«. Wie leer und sinnlos es in der Wahrnehmung der anderen diese Jahre hatte werden lassen. Verschliffen, ausgeblichen, ausgehöhlt. Und das Desinteresse war nichts Böswilliges; niemand wollte sie kränken oder verletzen. Was die Sache nur verschlimmerte und es unmöglich machte, etwas zu ändern. Und vielleicht war die »arabische Rettung« wirklich nicht so außergewöhnlich, wie sie zu glauben gewohnt war. Tausenden Juden war inmitten des Nazi-Terrors geholfen worden – nicht von Arabern, aber darauf kam es nicht an. Es stellte sich die Frage, was sie, Bella, in der Arena der Familie vor diesem Hintergrund überhaupt noch für eine Rolle spielte. Ihre Zweifel, als ganze Person wahrgenommen zu werden, spiegelten die Realität; die anderen waren im Recht.

Wer ist Doktor Bella Servos eigentlich noch? Für die Enkel ein Schatz, schön. Aber für die Erwachsenen? War die Prognose, eines Tages aus Mangel an Wahrnehmung durch andere für tot erklärt zu werden, womöglich längst Gegenwart? Lebte sie schon als bloßer Umriss, als Hülle, deren Inhalte über die Jahre entwichen waren wie die Luft aus einem alten Ballon? Der Gedanke hinterließ eine lähmende Traurigkeit, ein eisernes Angstgewicht wie damals in Berlin. Aber da war sie jung und verliebt gewesen. Jetzt hatte sie nicht einmal mehr genug Zukunft, irgendetwas zu hoffen. Sie lag still da, bewegte sich nicht, sie konnte sich nicht bewegen. Und wenn sie jetzt liegen bliebe, würde irgendwann jemand hereinkommen und den anderen mitteilen, dass »die arme alte Grannie von uns gegangen« sei.

War der Blick aufs Morgen und Übermorgen nicht überhaupt der Motor jeden Lebensglücks? Etwa der Augenblick, als sie gegen Ende der Atlantikpassage an einem frühen Morgen an der Seite ihres Vaters die Treppe aus dem Unterdeck heraufgekommen war, nicht ahnend, was sie oben erwartete. Die Eisentür öffnete sich und in der Ferne lag die Skyline der gewaltigen Stadt, das glänzende Lichtspiel ihrer Zukunft! Die Sonne ging soeben hinter ihnen auf und ließ die fernen Fassaden vor ihnen golden, feuerrot und grünlich leuchten, so hell und sprühend, dass ihr fast das Herz zersprungen war.

Zehn Tage lang waren sie nur von Wasser umschlossen gewesen. Launisches Wetter hatte nicht nur Bella seekrank gemacht und schon der schwächste Duft von Toast und gebratenem Speck war zu einer unbeschreiblichen Qual geworden; jedes Mal war sie aus der Schiffsmesse nach draußen zur Reling gerannt. Und nun lag dort die Stadt, endgültige Rettung und Freiheit – das Leben, das *neue* Leben!, hatte sie immerzu denken müssen und sich fest an den Vater gedrückt, der ihr nun doch ihren großen Wunsch erfüllt hatte, wenn auch unter anderen Umständen und nicht als die exklusive Reise mit ihm allein, die ihr als Kind versprochen worden war. Die Ankunft in Amerika, das Glück, leben zu dürfen, der Anblick der morgenglühenden Küste waren ein wichtiger Trost gewesen, ein so dichtes Gefühl, dass sie es nie vergessen hatte.

Woraufhin sie schnell merkte, dass nur sie das Glück so heftig empfand. Eltern und Oma erlebten den Verzicht auf die Heimat anders. Sie nahmen in der Folgezeit weder die Sprache noch irgendwelche hiesigen Gewohnheiten an, gewöhnten sich nie an die immense Ausdehnung der Metropole, an die Hautfarben der Welt und überhaupt an die schon damals enorme Schnelligkeit des amerikanischen Lebens, die sogar das Berliner Getriebe während der Weimarer Jahre übertraf. Am liebsten wären sie trotz allem nach Deutschland zurückgekehrt, an den Ort schlimmster Verfolgung, hätten es sich aber wohl nicht einmal selbst eingestanden. Also igelten sie sich ein und blieben genauso ängstlich, schreckhaft und wortkarg, wie sie inmitten des Terrors geworden waren.

Zwar lebte man in der Lower East Side endlich wieder zusammen und teilte sich drei Zimmer mit bescheidenem Komfort, gewann auch Freunde aus der Gemeinde, machte Besuche und unternahm Dampferfahrten nach New Jersey oder Busreisen durch Long Island – doch die Herzen schienen weder Berlin richtig verlassen noch die Ostküste der Vereinigten Staaten von Amerika je wirklich erreicht zu haben. Und nur weil sie, Bella, jung war, hatte sie die Chance gehabt, zur Amerikanerin zu werden.

Es ist die uns verbleibende Zeit, der Zukunftsraum, in den wir hineinleben, der darüber entscheidet, wie viel Wert wir uns selbst und dem Leben zumessen. Verglichen mit den Eltern damals (und deren Zuviel an Vergangenheit und Zuwenig an Zukunft), blickte sie, Bella, heute in einen noch viel kürzeren Zeitraum, der ihr blieb. Ihre Zukunft war ein Fliegenschiss, zu wenig jedenfalls, um ad hoc neue Zufriedenheit zu generieren!

Der leise durch die Zimmertür dringende Liftgong im Flur befreite sie aus ihrer entwürdigenden Katalepsie und ließ sie aufstehen. Ein leichter Schwindel war zu überwinden, dann stellte sich der Gedanke ein, dass es das Beste wäre, sich mit den ätzenden Neuigkeiten und Einsichten dieses Familientreffens so schnell wie möglich zu arrangieren. Sie horchte nach Schritten und Stimmen hinter der Tür. Wo waren eigentlich die Kinder? Hatte man sie aufgestöbert? Es war draußen immer noch so verdächtig still wie vorhin, als sie mit Pat und Sinéad aus der Lobby heraufgekommen war.

Sie ging zur Tür. Im selben Moment klopfte es. Draußen stand Louise. »Die Kinder sind unauffindbar. Unten hat sie auch niemand gesehen.«

Vor Bella tauchten dümmliche Szenen auf, Erdspalten, die ganze Kinderhorden verschlangen, Schichten von Jenseits, Meta-Wirklichkeiten, die Menschen in Stephen-King-Manier spurlos verschwinden ließen und offenbarten, wie dünn die Haut der sichtbaren Realität war.

Sie fasste den Entschluss, sich ihre »Befindlichkeitskrise« nicht anmerken zu lassen. Louise und die anderen würden nicht mal ein Stäubchen dessen verstehen, worum es dabei ging. Man würde die arme alte Grannie bloß noch früher für leider nicht mehr »unter uns weilend« erklären und einen Bestatter benachrichtigen.

»Du machst dir aber doch nicht wirklich Sorgen?«, fragte Bella und merkte, dass sie wieder zu Kräften kam. »Die Kids sind alt genug, um auf sich selbst aufzupassen, zumal, wenn sie zusammen sind. Die haben sich versteckt, um uns eins auszuwischen. Als hättet ihr das früher nicht auch getan! Mit größtem Genuss, wenn ich mich recht erinnere. So lange, bis euer Vater und ich uns fast in die Hosen gemacht haben vor Angst und schon den Telefonhörer in der Hand hatten.«

»Aber Chelsey!«

»Eve und Clint sind bei ihr.« Das Mutzusprechen tat ihr selbst gut, merkte Bella.

Sie traten auf den Flur hinaus.

»Ich bin nicht nur wegen der Kinder hier«, erwiderte Louise. »Nigel ist vollkommen betrunken und hat sich mit dem Kellner fast eine Prügelei geliefert. Ich glaube, du bist die Einzige, auf die er noch hören würde.«

»Ausgerechnet ich?«

»Er nimmt dich sehr ernst, Mom. Sonst würde er dich nicht so quälen.«

Das zu hören heiterte Bella ebenfalls auf. Der Spieß ließe sich umdrehen: Nigel war ein Feind auf Augenhöhe.

»Hat das Hotel ein Kino?«, fragte sie und dachte an Pats Bemerkung, als sie hochgekommen waren. »Die Kids haben eine Nase für so was. Ich komme mal mit.«

Sie betraten den Lift. Bella freute sich. Man brauchte sie also doch noch ein bisschen. Und lieber als Nothelfer denn als jammernde Überlebende!

»Er ist verzweifelt, dein Nigel, wenn du mich fragst«, stellte sie fest, als sich die Tür geschlossen hatte. Wieder Pianoklimpern von überallher und jenes verstörend richtungslose Schweben. »Er vereint auf sich alle Eigenschaften, die man nicht haben möchte. Er ist kein Jude, halb deutsch, schwarz und ein Besserwisser vor dem Herrn. Das sind Strafen von Hiob'schem Kaliber.«

Na endlich: Louise grinste, wenn auch kurz. Unten kam es Bella so vor, als würden die beiden Flügel der Lifttür allein von Nigels Stimme auseinanderbewegt. Sein Geschrei quoll herein und füllte den Spiegelkubus schneller, als Louise und sie selbst auch nur einen Fuß auf den Boden der Lobby setzen konnten. An der Rezeption hatte sich ein Grüppchen ratlos und verlegen dreinschauender Hotelangestellter versammelt. Man spähte in Richtung Couchen und Sessel. Von dort kam der Lärm.

Sinéad löste sich aus einer zweiten Gruppe, die in Nähe der Bar stand. »Sie holen die Polizei. Dieser Idiot hört einfach nicht auf!«

Nigel saß allein in seinem Sessel und wetterte ungezügelt. Er wirkte auf Bella wie ein entthronter König, der noch einen

Trumpf im Ärmel hatte. Da keiner wusste, was es war, wagte sich niemand in seine Nähe. Gleichwohl schien seine Macht gebrochen, das Reich verloren, der Sieg der Rebellen gewiss.

Sie ging ohne Zögern auf ihn zu. Er sah sie und unterbrach seinen Redefluss, der aus allerlei Beschimpfungen bestanden hatte, vielerlei Flüchen und Tiernamen im Wechsel mit dem Zeigen des Mittelfingers.

»Aha, die Geheimwaffe des Gegners! Die tödliche Bella tritt auf den Plan. Bitte, setz dich, meine Liebe! Dein schwieriger schwarzer Schwiegersohn ist im Begriff, sich sein Grab zu schaufeln. Ich bin froh, dass du mir dabei Gesellschaft leisten willst ... Wir mögen uns auf eine bizarre Weise, habe ich recht?«

Bella nahm Platz. Nigel scannte den Raum, entdeckte Louise und rief: »Du hast recht, Grannie mag mich irgendwie!« Er blickte Bella an. »Ich hab's nicht glauben wollen. Schließlich hab ich mich oft genug danebenbenommen.« Er nahm eines der leeren Gläser vom Tisch und ließ sich die letzten Tropfen in den Mund rinnen.

»Der Barmann will mir nichts mehr geben«, jammerte er. »Sie haben die Polizei gerufen, und weil ich ein Nigger bin, wirst du gleich Zeugin eines New Yorker Showdowns, der sich gewaschen hat, das verspreche ich.«

»Wenn du einfach die Klappe hältst, passiert überhaupt nichts, das verspreche *ich* dir.«

»Ich will aber, dass was passiert. Hab lange genug die Klappe gehalten!« Damit fasste er in die Innentasche seines Sakkos und holte eine Pistole hervor. »Die hat Clint mir geliehen ... Eastwood.«

»Nigel, du bist verrückt!«

»Klar!«

»Tu die sofort weg!«

»Nee, war nicht Eastwood, sondern dein Enkel, mein Neffe!« Er hielt die Waffe hoch und drückte ein paarmal den Abzug.

Das leise Plastik-Klicken verlor sich im Raum. Von überallher drangen Raunen und Flüstern herüber.

»Tu sie weg, Nigel Jespersen!«, rief Louise. »Du machst dich lächerlich, das weißt du genau.«

»Zu Diensten, Mylady!«, antwortete er und fuchtelte weiter mit der Pistole herum. »Ist ja mein Job: mich lächerlich machen … seit acht Jahren.« Er wandte sich wieder Bella zu, beugte sich vor und sagte unerwartet leise: »Mein Großvater mütterlicherseits wollte mich ›Bimbo‹ nennen, das hat er ganz ernst gemeint.« Er hielt sich die Waffe an die Schläfe. »Soll ich abdrücken, Bella? Opas Ehefrau, meine Großmutter, weigerte sich, mich zu berühren. Ich weiß noch, wie sie in einer Art Sicherheitsabstand um mich herumlief. Sie sprach mich nie direkt an, sondern sagte *das da* oder *es*. Ich war fünf oder sechs Jahre alt.«

Bella hatte nicht den Eindruck, dass er »vollkommen betrunken« war. Er war verzweifelt, genau wie sie vermutet hatte. Kurz entschlossen stand sie auf und marschierte zur Bar.

»Wo willst du hin, Geheimwaffe?«, rief er ihr nach. »Lass mich nicht im Stich!«

»Munition, mein Junge!«, antwortete sie. »Wir wollen doch Krieg führen, oder nicht?«

Der Barkeeper sah sie kommen und schüttelte schon den Kopf. Bella atmete tief durch und legte beide Hände auf den Tresen. »Ich bin Ärztin, und *ich* entscheide, wie viel Alkohol dieser Mann trinken darf.«

Der Mann stellte zwei frische Gläser hin und nahm eine Flasche zur Hand. Goss ein, verzog das Gesicht.

»Ich danke Ihnen sehr.« Bella nahm die Gläser und kehrte zu Nigel zurück.

Es dauerte keine Minute, bis der Manager erschien. »Entschuldigen Sie vielmals, Lady, aber ich muss Sie wirklich bitten …«

»Nein«, unterbrach Bella ihn.

»Bitte, ich muss auch an unsere anderen Gäste denken.«

»Wir stören niemanden mehr«, erwiderte sie. »Wie Sie hören, hat mein Schwiegersohn aufgehört zu schreien. Was er da hat, ist ein Kinderspielzeug.« Damit hob sie ihm ihr Glas entgegen und nahm einen tapferen Schluck von dem Zeug. Sie hasste Whiskey. Der Mann brummelte in sich hinein und ging ohne ein weiteres Wort zu seinen Angestellten zurück, in deren Nähe sich auch der erwachsene Rest der Familie aufhielt.

»Ich nehme an, ich tue dir leid«, sagte Nigel.

»Wäre das schlimm?«

»Wir Schwarzen mögen das nicht.«

»So schwarz bist du gar nicht, Schwiegersohn. Ich bin übrigens nicht so jüdisch, wie ich vielleicht sein sollte, und du bist auch nicht der Verlierer, als den du dich stilisierst. Mein Mitgefühl hält sich in Grenzen.« Sie prostete ihm zu. »Auf den Weltfrieden!«

»Du bist verdammt kompliziert, Bella.«

»Komisch, Oz hat das auch behauptet.« Sie trank und schüttelte sich. »Da fällt mir ein, dass du noch ein Geheimnis mit dir herumträgst. Es betrifft Oz.«

»Ich hab nicht seinen Namen genannt ... Es wird dich kränken.«

»Als hätte dich das je gekümmert!« Sie lachte, zügelte sich aber sofort. Aus dem Augenwinkel sah sie, wie Sinéad sich als Erste aus der Familiengruppe löste, um an die Bar zu gehen.

»Willst du's wirklich hören?«

Sie holte Luft und sagte Ja.

»Du hast immer erzählt, dass dein Mann nach Kennedys Ermordung nie für die Johnson-Administration tätig gewesen sei, insbesondere Mitte der Sechzigerjahre. Oz hätte gegen Johnson gewettert, von wegen Vietnam. Oz, der Friedensfreund!«

In Bella zog sich etwas zusammen.

»Ich habe etwa zwei Dutzend Papiere gefunden, hieb- und stichfestes Zeug. Oz' Paraphen in sieben Entwürfen eines Resolutionsantrags für den Kongress. Als der Antrag später durchging, wurden damit sämtliche militärischen Maßnahmen und Einsätze des Vietnamkriegs bis 1973 legitimiert. Du weißt, dass die USA Nordvietnam nie offiziell den Krieg erklärten. Das ist alles mit politisch-juristischen Tricks über die Bühne gegangen. Dein Ehemann hat weit über seinen Tod hinaus eine Menge Unheil angerichtet. Gelinde gesagt.«

Er trank und redete weiter.

»Ich finde es zumindest verstörend, dass Oz noch während seiner Zeit mit Kennedy Kontakt zu Johnson suchte. So sieht es leider aus. Als hätte er geahnt, dass etwas Schlimmes passieren würde. Nach dem Attentat begannen Johnson und McNamara sofort damit, den Kriegseintritt zu planen. Natürlich waren sie an politisch-juristischen Möglichkeiten interessiert, sich zu legitimieren. Der Tonkin-Zwischenfall, wenn dir das was sagt, wurde zum Sprungbrett. Nordvietnamesische Schnellboote beschossen unsere Kriegsschiffe. Diese Lappalie wurde offiziell so weit aufgeblasen, bis das nötige Gewicht vorlag, um daraus einen robusten Anlass zu zimmern, in den Krieg einzugreifen.«

Nigel schien zu genießen, was er da tat!

»Das erste Dokument ist auf den 2. Januar '63 datiert.«

»Nicht Oz«, erwiderte sie. »Die Kanzlei! *Baxter & Baxter*. Oz und die Kanzlei, das ist nicht dasselbe!« Bella merkte, dass sie ihre Tränen nicht länger würde zurückhalten können, und stand auf.

»Rennst du weg?«

»Wundert dich das?«

»Ich weiß, dass du tough bist, Bella. Tu nicht so!«

»Offenbar nicht tough genug für einen Gegner deines Formats«, zischte sie und stand unschlüssig vor ihm. Bestimmt guckten schon alle her und fragten sich, was hier plötzlich los war. Ein paar Herzschläge lang war sie entschlossen, an die Bar zu flüchten – kam sich aber feige vor. Feige wie Oz, der ihr die Wahrheit verschwiegen hatte!

»Ich sag ja nicht, dass er den Vietnamkrieg auf dem Kerbholz hat«, quälte Nigel weiter. »Ich finde es nur nicht richtig, wenn über jemanden in höchsten Tönen geredet wird und man sich selbst ganz mickrig dabei vorkommt, und die Wahrheit ist eine ganz andere. Das nennt man Scheinheiligkeit. Setz dich bitte wieder hin, Bella! Die andern lachen sich ins Fäustchen: Guck mal, werden sie denken, sogar die Alte kriegt diesen Idioten nicht in den Griff!«

Sie nahm wieder Platz. Sie würde also ein neues Lebensgefühl benötigen. Sie würde von nun an morgens wach werden und als Erstes an Oz denken, an Vietnam, an John Lennon. Und das hatte ihr Nigel eingebrockt! Ihr Leben würde sich ein zweites Mal teilen, in ein Vorher und ein Danach. Wie damals, als sie und die Familie von einem auf den andern Tag das Haus in Berlin-Mitte hatten verlassen müssen und sie eine Weile nicht begriff, wieso das überhaupt statthaft war und warum sie nicht dort bleiben konnte, wo sie geboren worden und aufgewachsen war und sich das Leben bis vor einiger Zeit so normal und selbstverständlich angefühlt hatte wie der Wechsel von Tag und Nacht, Winter und Sommer.

»Etwa ein Jahr nach den ersten Protokollen und Entwürfen zu dem späteren Resolutionsantrag für den Kongress, die Oz' Namenskürzel tragen, wurde in Vietnam der buddhistische General Minh mit Johnsons Zustimmung gestürzt. Big Minh, wie man ihn nannte, hatte eine Einigung mit dem Vietcong angestrebt. Unser Präsident allerdings glaubte den Krieg gewinnen zu können, obgleich er während des Wahlkampfs versprochen hatte, keine Bodentruppen nach Vietnam zu schicken. Wir wissen, was aus all dem wurde. Johnson stützte sich auf die besagte mit Lügen und Verschweigen herbeigeführte Tonkin-Resolution vom August '64 und begann mit den Bombardements. Eines der Dokumente, die ich gefunden habe, fällt in die Zeit nach der Tet-Offensive 1968, als sich das Blatt des Kriegs gegen uns wendete und die Welt das wahre Gesicht dieses Sündenfalls erkennen musste. Spätestens da hätte Oz sich herausziehen müssen, finde ich. Er drehte kein wirklich großes Rad bei *Baxter & Baxter*, Bella, das ist mir schon klar. Aber er steckte mit drin, daran besteht kein Zweifel.«

Nigel redete und redete, und sie wünschte sich, das Hier und Jetzt würde wie bei einer Drehbühne einfach verschwinden und bitte eine neue Spielszene erscheinen, eine unverdorbene, auf der die letzte Viertelstunde noch einmal von vorn beginnen konnte. Sie stand vor drei Abgründen: Niemand nahm sie mehr für voll, weil sie alt war; für die Berliner Vergangenheit interessierte sich keiner mehr; und nun wurde ihre eheliche Beziehung torpediert. Da hat sie sich gerade wieder ein bisschen gefangen und Mut geschöpft, und nun kommt Nigel und verpasst ihr eine Ohrfeige von ganz anderem Kaliber …

»Darf ich …?«

Sinéad stand hinter ihr. Bella bedeutete ihr, dass sie sich setzen solle, und wischte sich die Augen trocken. »Entschuldige, Liebes, es geht mir nicht gut.«

Man winkte den Kellner heran, der Nigel verziehen zu haben schien, und bestellte Cocktails. Es ärgerte Bella, dass sie jetzt eine so düstere Stimmung verbreitete, fand aber nicht die Kraft, sich zu erklären. Auch Nigel gab sich nun einsilbig, unklar, ob aus Rücksicht oder aus Einsicht, was er da angerichtet hatte, oder weil er nach seinen Ausfällen auch einfach nur erschöpft war. Schließlich fanden sich auch Mike und Ian ein, zogen Sessel heran, während Patrick, Grace und Louise an der Bar weiter eine Diskussion ausfochten, die so lebhaft wurde, dass vor allem Louises bei Aufregung immer etwas spitze Stimme silbenweise herüberklang. Man stritt über Themen der Kindererziehung, Entwicklungsschübe, Freiräume und Verbote, frühzeitige Krisenintervention – Dinge, die Bella eigentlich interessierten. Jetzt ließ jeder der Begriffe sie vollkommen kalt, ja es mischte sich eine unerklärliche Abscheu hinein, eine Überheblichkeit, die sie gar nicht von sich kannte. Am liebsten wäre sie hingegangen und hätte erklärt, dass jede pädagogische Liebesmüh vergeblich sei, weil sich am Ende doch nur Gier, Eigennutz und all die anderen Erzsünden durchsetzten, dass Welt und Menschen zutiefst böse seien und sie selbst auch nur aus Lügen und Verfehlungen jedweder Art zusammengesetzt sei.

Sie erforschte Ians und Mikes Mienen, suchte darin deren Misstrauen Nigel gegenüber, der noch vor wenigen Minuten randaliert hatte und nun dasaß, als könnte er kein Wässerchen trüben. Seit Nigel Oz' Geheimnis gelüftet hatte, fühlte sie sich, als verlöre das wichtigste Organ ihres Körpers, ihre Haut, immer mehr seine schützende Wirkung. Sie wurde durchlässig, ihre Verletzlichkeit wuchs von Minute zu Minute, begleitet von einem Rauschen im Kopf, das zunahm, bis sie sich an die Ohren fasste und Sinéad sie erschreckt fragte, ob alles okay sei. Bella schaffte es zu lächeln. Die Cocktails wurden gebracht. Sinéad bot ihr an zu probieren, es schmeckte; sie lehnte es dennoch ab, einen eigenen zu bestellen, und wich auf Tonic Water aus. Das Rauschen wurde zum Klopfen, sie konnte kaum mehr verstehen, was geredet wurde, und hatte ein Gefühl, als schnitten Licht, Geräusche, die Rauheit des Sesselstoffs quer durch sie hindurch, als würde sie von allen Empfindungen durchstrahlt, Hunderte Risse und Wunden entstanden, durch die das Außen in sie eindrang, während ihre Seele ausfloss wie das Gelbe eines weich gekochten Frühstückseis.

»Ich löse mich auf«, sagte sie mitten in ein Gespräch zwischen Nigel und Mike hinein, bei dem es um die Frage ging, ob grüne Tomaten giftig seien. »Ich verliere meine Form, es gibt keine Grenze mehr zwischen dem Universum und mir. Ich weiß nicht mehr, wo ich beginne und wo ich aufhöre ...«

Ian stand auf. »Wir holen einen Arzt, Bella.«

»Ich bin Ärztin!« Sie musste schmunzeln, und vielleicht wäre es ein Lachen geworden, wenn ihr nicht plötzlich wieder die Frage eingefallen wäre, die der Schreck verschüttet hatte. »Wo sind denn nun eigentlich die Kinder?«

Niemand hatte eine Antwort. Nigel meldete sich. Er meinte Eve und Chelsey gesehen zu haben, wie sie vorhin in Begleitung von Mike den Flur in Richtung Rezeption gegangen seien.

»Mit mir?« Mike schüttelte den Kopf.

Louise sah Bella an. Auf Louises Stirn zeichneten sich Flecken ab, ihre Lippen wurden weißlich.

In Bella drängten sich Erinnerungen vor. Es hatte mit den Kindern zu tun … Spätsommer 1945. Jene Freude vom frühen Morgen ihrer Ankunft, das pralle Gefühl beim ersten Anblick der immensen Stadt – sie hatte nicht lange vorgehalten. Der Dampfer erreichte Ellis Island, dann waren die langen Stunden des Schlangestehens und Wartens in der großen Halle inmitten Hunderter unsauberer und einem unentwegt zu nahe kommender Schicksalsgenossen gefolgt und die entwürdigenden Befragungen und Untersuchungen durch amerikanische Beamte und Ärzte.

Bella erinnerte sich gut, wie sie irgendwann vor einer Dame im langen weißen Kittel stand, die sie aufforderte, ihre Kleider abzulegen. *Take off your clothes, underwear, too.* Bella verstand kein einziges Wort. Also wurde der Satz so oft wiederholt und schließlich von Handgreiflichkeiten begleitet, bis sie begriff, die Augen schloss und sich die Bluse aufknöpfen ließ. Sie war keineswegs einverstanden, sah aber ein, dass die Prozedur eine Voraussetzung für das Erlangen der Freiheit bildete, für den Eintritt ins neue Leben, für das Betreten der Riesenstadt, deren Silhouette jenseits des Hudson immer wieder für Momente durch eines der Fenster zu sehen war – und einen starken und verstörenden Sog ausübte.

Die abgerissene Liebe zu Joost, der Abschied von Kamal und

Erika, die »arabische Rettung« vor den Nazis – das alles hatte ihre Seele in einander widerstrebende Teile gerissen, so schien ihr, und vielleicht hatte sie es nur dieser Zerrissenheit zu verdanken, dass sie während der Überfahrt nie auf den Gedanken gekommen war, eine »Dummheit« zu machen. Man konnte überall unbeobachtet und ungehindert an die Reling des Schiffs treten. Während der Passage musste so etwas mindestens zweimal passiert sein. Natürlich nachts. Man hatte es daran gemerkt, dass am Morgen eine Anzahl weinender Menschen, Erwachsene und Kinder, jeden Winkel sämtlicher Decks durchsuchte und bis zur Mittagsglocke die Namen ihrer vermissten Lieben in verborgene Winkel oder Luken rief.

Auch im Umfeld der Einwanderungshalle war es damals zu Verzweiflungstaten gekommen, namentlich unter denjenigen Emigranten, denen aus den verschiedensten Gründen die Einreise und das Betreten eines der Fährboote verweigert wurde. Familien wurden auseinandergerissen. Die Panik und besinnungslose Wut von Eltern, Großeltern, Kindern und Geschwistern, von Verwandten und Verlobten zogen blutige Überfälle auf das amerikanische Behördenpersonal, aber auch auf Unbeteiligte nach sich. Erleichterung hatte auch Bella erst empfunden, als sie erneut an einer Reling gestanden hatte und auf die kleiner werdende Insel zurückschaute. Die Eltern und Oma hatten in der Kajüte Schutz gesucht. Der Bug der Fähre war auf Manhattan gerichtet, auf das Unikum mit seinem famosen Wald rötlich, bläulich, grau schimmernder Himmelskratzer, deren Größe aus der Entfernung gar nicht einschätzbar und überhaupt erst später sozusagen wirklich geworden war – nachdem Bella wieder festen Boden unter den Füßen gefühlt und irgendwann eine Hand auf die erstaunlich glatten Fassadensteine eines der Wolkenriesen gelegt hatte.

Sie verliebte sich ein zweites Mal – anders, aber genauso entschieden. In die Vielfalt, in das millionenfache Zugleich dieses Neben-, Über- und Ineinanders von Verkehr und Menschen, der Unzahl atemloser Wege, Ziele und Schicksale. Sie hatte sofort den Wunsch verspürt, an diesem Wettstreit teilzunehmen, eine der vielen zu werden. Alles war bedrohlich, aber auch wunderbar, Herausforderung und Schreckgespenst in einem.

Wirkliche Not hatte es in New York City für sie und die Familie vom ersten Tag an nicht gegeben. Die jüdische Gemeinde half zu Beginn bei allem, Wohnung, Kleidung, Kontakte. Es war nichts Berauschendes, aber wer hatte das erwartet? Bella erhielt sogar etwas Taschengeld, mit dem sie sich in der Stadt bewegen konnte. Die erste Wohnung lag in der Montgomery Street, und wenn sie sich aus dem Fenster lehnte, sah sie das Wasser, die Schiffe und jenseits die Häuser in Dumbo, Brooklyn. Ein paar Nächte in den ersten Wochen waren so heiß, dass sie sich draußen auf den rostigen Balkon unter die Feuerleiter legte. Moskitos peinigten sie. Sie dachte an Joost und schrieb ihm den ersten Brief.

Wenn du nach Norden gehst und sieben Stunden geradeausläufst, bist du immer noch in dieser verrückten Stadt. Vor ein paar Tagen steckten die höchsten der Häuser mit den Köpfen in den Wolken, wie ausgewischt. Wenn du mir nicht glaubst, kannst du ja herkommen und es dir selbst ansehen …

Dass sie nicht länger Deutsche sein und Amerikanerin werden würde und wollte, erkannte sie schnell, und darin unterschied sie sich von den Erwachsenen. »Wollt ihr denn zurück?«, fragte Bella verwundert. Dass sie keine Antwort erhielt, spiegelte für sie die Unsicherheit oder das Unvermögen, von der Vergangenheit einfach mal in die Zukunft zu springen, wie sie das für sich selbst nannte. Zum Lichterfest im November fühlte sie sich schon ziemlich »amerikanisch«. Es mochte Einbildung gewesen sein. Später erkannte sie, wie hilfreich ihre bejahende Haltung gewesen war und dass sie den neuen Lebensweg sonst nicht so leicht hätte beginnen können.

Leicht und einfach war damals allerdings nichts gewesen. Ihre erste Arbeit fand sie durch Vermittlung der Gemeinde in einer Näherei in Brooklyn Heights. Für ein paar Dollar die Woche lief sie morgens im Dunkeln über die Brücke und saß um sieben Uhr vor ihrer Maschine. Es war ein großer, fast luftloser Kellerraum, und wenn sie ihn verließ, war die Sonne wieder verschwunden und die Brücke dasselbe finstere Gerippe wie am Morgen.

Am Schabbat schlief Bella nicht aus, sondern nutzte die Zeit, um mit der Subway etwa an den Hudson zu fahren, Battery Place oder South Ferry, die Gegend, wo die höchsten Häuser dicht an dicht standen und noch mehr Verkehr und Weltgetriebe zu herrschen schienen als in Nolita oder Chinatown. Das Gewimmel veränderte sie, die Menschen- und Autoströme, es war das Gegenteil von Berlin. Dort, versteckt, hatte sie manchmal tagelang kein einziges Wort gesprochen.

Bereits auf dem Atlantik hatte sie solches Eintauchen in die Menge als etwas Befreiendes und geradezu Belebendes, aber auch Schützendes wahrgenommen, ja schon zu Zeiten, als sie noch mit Leni und Sarah über den Ku'damm flaniert war. Sie war und blieb durchaus Bella, das Individuum, aber sie zerfloss zugleich in der Menge und verschwand. So auch in den Schluchten der Metropole. Bei guter Sicht betrat sie die *Staten Island Ferry* und ließ sich hinüberbringen – nur, um von drüben zurück auf die Skyline ihrer neuen Heimat zu blicken. Dort!, sagte sie im Stillen zu sich, dort liegt dein Glück, du musst es nur erkennen und aufheben!

In der Näherei hatte sie Maggie kennengelernt, *Mighty Maggie*. Sie war älter und deutlich größer und kräftiger als sie selbst, arbeitete aber nicht an einer der Nähmaschinen, sondern stickte mit der Hand speziell bestellte Monogramme in die Brusttaschen, Manschetten und Krägen gewisser Hemden.

Maggie hatte deutsche Verwandte, war aber schon vor mehr als zehn Jahren nach Amerika gekommen. Als Bella sie eines Tages fragte, ob sie in der Pause nicht gemeinsam in den Deli an der Ecke gehen könnten, sagte sie überraschend Nein. »Keine Zeit. *Muss die Zwillinge suchen …*«

Der Satz hatte Bella damals lange beschäftigt. Und er hallte auch jetzt in ihr wider, ein halbes Jahrhundert später – in dem Moment, als Mike gerade den Kopf schüttelte. *Er* sei das nicht gewesen, den Nigel da vorhin mit Eve und Chelsey gesehen zu haben glaubte.

»Aber wer ist dann bei ihnen gewesen?«, fragte Louise. Ihre Stimme klang dünn. »Und wo sind sie jetzt hin?« Sie blickte sich um. »Der Hotelmanager … er war doch eben hier bei euch, oder nicht?«

Nun war auch Bella alarmiert. Das Gefühl mischte sich heillos mit Maggies Geschichte. Maggie erschien ihr als Verkörperung von Kraft und Schutz. Es hatte nichts mit Vernunft zu tun gehabt, es war eine Herzenssache gewesen, wie die mit Joost, nur ohne jene Art von Verliebtheit.

Wenn Bella am Morgen den Keller betrat und neben Maggie Platz nahm, schien jedwede Gefahr der Welt ihre Bedeutung zu verlieren. Erklären hätte sie es nicht können. Nach Feierabend gingen sie zusammen zur Haltestelle, und niemand, davon war Bella überzeugt, hätte ihr auch nur ein Haar krümmen können – weil *Mighty Maggie* bei ihr war und sie bei ihr.

Wenn sie zusammenhockten, redeten sie über Schauspieler, Mode oder die Rezepte ihrer Großmütter – wie Spreewaldgurken einzulegen sind. Über die Puppen, die Maggie zu Dutzenden sammelte. Dass es gelte, irgendwelche Kinder, Zwillinge, zu suchen, wurde nicht wieder erwähnt und blieb ein Geheimnis, mit dem Bella sich aufgrund eines ungenauen Gefühls abfand – bis Maggie ihr eines Tages ein Päckchen zeigte, das sie auf dem Postweg per Schiff nach Bremen und dann weiter nach Osten senden wolle. »Für meine beiden Nichten.« Ob dort ihre Verwandten lebten, wollte Bella wissen. Maggie ergriff Bellas Hände und drückte sie so fest, dass es wehtat …

Bella fand erst in die Gegenwart zurück, als sie schräg über sich das Vogelgesicht des Hotelmanagers erkannte.

»Bitte sehr, ein halbes Dutzend Kinder verschwindet nicht einfach, erst recht nicht in unserem Hotel. Wann und wo wurden sie denn das letzte Mal gesehen?«

Louise und Sinéad erteilten Auskunft. Der Manager wandte sich einem seiner Angestellten zu, der auf die Gruppe zukam. »Das ist unser Hausdetektiv. Er wird Ihnen bestätigen, dass es keinen Grund gibt, sich zu ängstigen.«

Der Detektiv war untersetzt und hatte ein so rotes Gesicht, dass Bella ohne Zögern Hypertonie diagnostizierte.

»Die sind im Kino«, sagte er.

»Sie haben sie gesehen?«, forschte Louise nach.

»Nein, ich nehme es an.«

Bella empfand dennoch Erleichterung. »Na bitte«, fügte sie schnell hinzu. »Es gibt tatsächlich ein Kino im Haus, Louise, und dort werden sie auch sein.«

Die Tochter verbarg ihre Skepsis kein bisschen. Die drei Diskutanten von der Bar kamen heran; die Funken der Unruhe waren bis zu ihnen gesprüht. Der Manager und der Detektiv kehrten zur Rezeption zurück, um dort das Personal zu befragen. Alle folgten. Die Befragung verlief ergebnislos, auch das Kino war leer. Jetzt musste Bella sich doch zusammennehmen, ungewiss, wie sie sonst reagieren würde. Sie spähte zu Louise. Die Flecken auf deren Wangen und der Stirn traten noch deutlicher hervor.

Nigel, der im Hintergrund geblieben war, meldete sich mit behutsamer Stimme und machte darauf aufmerksam, dass alles, was man gegenwärtig wisse, kein Grund zur Beunruhigung sei. »Ich habe Eve und Chelsey zwar mit jemandem gesehen und offenbar war es nicht Mike, aber die anderen fünf sind auch verschwunden. Das sieht eher nach einem Zusammenhang aus, den wir jetzt nur nicht sehen können. Ein Fremder verlässt das Hotel ja nicht zweimal nacheinander mit Kindern, die nicht zu ihm gehören, ohne dass es jemandem auffällt.«

Es war klar, dass er Louise beruhigen wollte. Alle. Die Wirkung aber fiel nicht einheitlich aus. Die Männer, beobachtete Bella, schienen geneigt, ihm recht zu geben, während die Mienen der drei Frauen zwischen Misstrauen und Ablehnung zu pendeln schienen. Also warf sie sich auf die männliche Seite und bekräftige Nigels These, machte sogar ein paar Schritte auf ihn zu, um ihrer Haltung etwas Räumliches zu geben.

Damals, während der ersten Zeit in New York und ihrer Freundschaft mit Maggie, hatte sie oft eine Gelegenheit gesucht, ihre Sympathie auch physisch zu äußern, indem sie hier und da, dann und wann Maggies Arm oder ihre Schulter berührte. Es war jedes Mal, als übertrüge sich etwas von deren Kraft auf sie selbst, als wären ihre Glieder elektrische Leiter gewesen, durch die sich die Energie von einer Seelenbatterie in die andere übertragen ließ. Ob Maggie diese Dinge genauso empfand, wagte Bella nicht zu fragen. Sie schwieg auch bezüglich anderer privater Dinge, die sie gerne gewusst hätte. Jenes Päckchen für die Nichten beispielsweise. Dennoch kam es einmal zur Sprache. An Weihnachten hatte Maggie Bella zu sich eingeladen. Bella erinnerte sich gern an die geschmückten Berliner Straßen und Häuser, erst die Nazis und ihr Krieg machten später damit Schluss. Obwohl es zu Hause kein Weihnachten gegeben hatte, hatte sich einiges von der allgemeinen Stimmung früh in ihrer Kinderseele festgesetzt. Und als Maggie ihr hier in New York ein Stück Truthahn auf den Teller legte, neben dem eine mit einer fröhlichen Schleife umwundene Schachtel lag, kam Bella die Frage in den Sinn, ob jenes Päckchen an die Verwandten eigentlich in Bremen und schließlich »im Osten« eingetroffen sei. Maggie war bleich geworden.

Danach ließ Bella diese Dinge auf sich beruhen. Bis ihr die Lösung des Rätsels eines Tages wie aus dem Nichts und mit einem heftigen Schreck in die Glieder gefahren war. Nur ein Verdacht. Die Themen »Nichten«, »Zwillinge« und »Osten« waren etwas Unaussprechliches, ein Tabu – und sie war später und bis heute überzeugt, dass Maggies Antwort, hätte Bella sie befragt, Birkenau gewesen wäre, die Baracken 12 und 15, die »Forschungen« des Dr. Mengele.

»Bitte, verständigen Sie die Polizei!«, sagte Louise zu dem Hotelmanager.

Polizei ist nicht gut, dachte Bella sofort. »Das sollten wir lieber selbst regeln. Jetzt mal keine Panik!«

Louise blickte zornig. »Was redest du da, Mom?« Ihr Blick suchte Verbündete.

Bella spürte, dass jetzt wieder so ein Moment war, in welchem ein Stück von ihr plötzlich unsichtbar werden konnte.

»Nigel hat recht, es ist unnötig«, erwiderte sie.

»Und wer bitte soll uns helfen?«

»Ich weiß es nicht, Louise!«, fuhr Bella sie an. Dann sagte sie nichts mehr, antwortete auch nicht mehr auf die Frage des Managers, ob sie sich hinlegen und ausruhen wolle. Wenn alte Leute schwierig werden, müssen sie sich hinlegen! Dabei waren alle erschöpft, Bella konnte es in den Gesichtern sehen. Sie schwieg, und fertig. Dachte an Oz, *musste* an Oz denken. Sie hatte so ein Gefühl, dass die Kinder okay waren, dass sie den Alten einen Streich spielten und sich irgendwo kaputtlachten. Oz war das Problem! Ein bitteres. Oz der Lügner, Oz der Verschweiger, Oz der Scheinheilige des Völkerfriedens …

Ein paarmal waren Erika und Bella damals auch bis nach Strausberg rausgeknattert. Der Vater freute sich. Er hätte kein besseres Versteck finden können als bei dem Großbauern. Immer wieder sei Polizei aufgetaucht, erzählte er, und habe herumgeschnüffelt. Einmal sei es sogar die Gestapo gewesen. Der Bauer habe ihn versteckt. Die Nazis hätten große Worte gespuckt und nicht mit Drohungen gespart. Sie kamen aus der Gegend und natürlich habe der Bauer sie gekannt. Das letzte Mal seien sie so plötzlich aufgetaucht, dass kein Verstecken mehr möglich gewesen sei. Die Männer hätten mit einem Mal in der Stube gestanden. Da sei der Bauer überraschend verschwunden. Die Männer hätten nicht recht gewusst, was sie tun sollten. Als sie ratlos die Stube verließen, um wieder herumzuschnüffeln, hätte der Bauer mit einer Mistgabel in der Hand draußen in der Diele gestanden. Kein einziges Wort sei gefallen. Blicke und Stimmen der Männer seien schmal geworden, als sie sich dünnemachten.

Die Erinnerung daran klang heute leicht und ulkig, fiel Bella auf. Aber leicht war nichts gewesen, schon gar nicht ulkig. Derselbe Großbauer beispielsweise wurde gegen Kriegsende das Opfer eines Prangerumzugs, den der örtliche NSDAP-Vorstand organisierte und bei dem man ihn mit einem Schild um den Hals halb nackt durch den Schnee trieb und mit Jauche begoss. Er hatte polnischen Zwangsarbeitern unerlaubte Essensrationen zukommen lassen. Als er dem Vater half, war Bella sechzehn, die Shoah hatte damals erst begonnen, in Kiew zum Beispiel. Man ahnte etwas, wusste aber wenig, konnte sich Illusionen hingeben. Das tat man auch, solange es noch möglich war.

Joost Gattermann begegnete sie erst wieder, als Mocca seinen zweiundzwanzigsten Geburtstag feierte. Der Überfall auf das Café lag etwa eine Woche zurück. Sie war noch sehr aufgewühlt, und auch Mocca hatte erklärt, dass ihm eigentlich nicht nach Feiern zumute sei, er aber auch nicht wolle, dass nichts passierte.

Erika konnte nicht mitkommen und so hatte auch sie, Bella, das Haus nicht verlassen wollen. Erika überredete sie und brachte sie nach langem Hin und Her mit der Maschine zu der Adresse. Sie versprach, sie wieder rechtzeitig abzuholen.

Es war ein mehrstöckiges Haus in einer Gegend zwischen Wilmersdorf und Dahlem, in der sie nie zuvor gewesen war. Ihre Unentschiedenheit, ob es klug sei, überhaupt dort hinzugehen, war nicht überwunden. Sie blieb eine Weile vor dem Eingang stehen, bevor sie den altmodischen Klingelgriff zog. Hinter der breiten Tür ging Licht an, Schritte wurden lauter. Bellas Herz paukte bis in den Hals, ihre Hände waren feucht, und wenn jetzt ausgerechnet Joost die Türe öffnete, würde sie ihm ihre verschwitzte Rechte unmöglich so entgegenstrecken können. Sie rieb sie hastig über den festen Stoff des Kleids, das Erika ihr gegeben hatte. »So wird er dich mögen, du siehst wunderbar aus!«

Irgendwie stand hier nur die halbe Bella vor der Tür. So fühlte es sich an. Das Verlieben war nur in einer Hälfte ihres Herzens passiert. Der anderen war es nicht recht gelungen, vor einer Woche das Café zu verlassen. Sie saß dort immer noch mit der Mokkatasse in der Hand, sah das Blut, hörte die Schreie und zitterte wie Espenlaub.

Die Tür wurde entriegelt. In dem Spalt sah sie ein Gesicht,

das ihr einen solchen Schreck einjagte, dass sie zurücksprang. Sie bat stotternd um Entschuldigung. Das Gesicht war über und über mit Wundpflastern bedeckt, an den freien Stellen war die Haut grün, blau und violett. Die Lippen waren aufgeplatzt, verschorft.

Die Tür wurde ganz geöffnet. Es war der Mann aus dem Café, der als Erster inmitten der Matrosen am Boden gelegen hatte.

»Sie wollen zu Ronjon«, sagte er fast unverständlich. »Wartet oben.«

Bella wusste nicht, wer Ronjon sein sollte. Nach einem Jungen namens Mocca konnte sie nicht fragen, also sagte sie nichts und trat ein. Der Mann spähte die Straße in beide Richtungen hinauf, dann schloss er die Tür.

»Ich war in dem Café, als es passierte«, sagte sie.

Er nickte und ging wortlos in seine Wohnung zurück.

Bella nahm die Treppe und hörte die Türkette klirren. Oben musste sie ihren ganzen Mut zusammennehmen, bis sie klopfte.

Mocca öffnete. Bella merkte, dass er allein war, keine Spur von einer Geburtstagsfeier mit Freunden. Er beruhigte sie in seiner lustigen Mischung aus gebrochenem Deutsch und fließendem Englisch, sie sei zu früh. Er holte ein Glas selbstgemachte Limonade. Es gab einen Balkon, von dem aus man in einen düsteren Hof schaute. Bella hatte nicht den Mut, nach Joost zu fragen.

»*The man that opened the door …*« Er zeigte nach unten. »*Bruno. He hates Hitler.*« Er hielt sich die Handkante an den Hals und schnitt sich die Gurgel durch. »*Very brave man, Bruno. He and his friends.* Sehr tapfer. Ich, *no!*«

Bella lag auf der Zunge zu sagen, dass sie Jüdin und selbst auch nicht sehr tapfer sei. Bis auf die Motorradfahrten mit Erika führte sie seit Wochen ein einfaches Leben in relativer Sicherheit. Abgetaucht. Es entsprach dem Plan der »verschworenen Gemeinschaft« um Dr. Fareed. Erika begleitete sie morgens und abends die wenigen Meter bis zur Praxis und zurück. Die Patienten kannten und schätzten sie als Fräulein Bella, und wenn sich jemand nach einer erfolgreichen Behandlung beim Doktor bedankte, wurde auch sie nicht vergessen. Einmal lag ein Päckchen im Labor, darin war ein großes Stück frische Landbutter, von der sie die Hälfte nach Karow mitnahm, die andere landete in Erikas Küche.

»*The ›Führer‹ hates us: You, Erika, brave Bruno downstairs and myself.*« Er wiederholte seinen gespielten Gurgelschnitt. »*My father loves the ›Führer‹. No good, Bella.* Sehr schlecht.«

Bella entschied sich, ihm zu vertrauen. Wie sonst sollte Freundschaft entstehen? Vertrauen gegen Vertrauen!

»Ich bin Jüdin. Joost weiß es nicht. Bestimmt geht er mir aus dem Weg, wenn er es erfährt.«

Ronjon verschwand und kehrte mit neuer Limonade zurück. Bella blieb auf dem Balkon. Hinter Ronjon tauchte dieser Bruno auf. Er kam heraus und stellte sich neben sie ans Balkongeländer.

Ronjon griff das Gespräch wieder auf. »*So you're jewish. Okay.*«

»Ich bin Jüdin.« Die Wiederholung richtete sich an Bruno.

»Ohne Stern? Geht das überhaupt?« Er lächelte. Man sah, dass es ihm wehtat. Bella schätzte ihn auf dreißig, vierzig, ziemlich alt jedenfalls. »Sind Sie die Tochter privilegierter Eltern?«

»*She cooks her own privileges*«, sagte Ronjon und verließ den Balkon. Es hatte wieder geklopft.

»Er meint, Sie stellen sich Ihre eigenen Sonderrechte aus«, übersetzte Bruno. »Interessiert mich wirklich: ob Sie den Stern tragen müssen oder nicht. Gibt's auch abnehmbare?«

Bella antwortete, dass es nicht erlaubt sei, ohne zu gehen. In jüngster Zeit habe man Juden so gut wie alles verboten.

»Noch ein Jahr«, sagte Bruno, »dann wird es in Deutschland

keine Juden mehr geben.« Er blickte sie an. »Sie waren in dem Café?«

»Mit einer Freundin.«

»Was haben Sie gedacht?«

»Ich hatte Angst.«

»Ich auch. Wir dachten, wir seien dort sicher.«

»Ronjon sagte, ein Matrose sei gestorben.«

»Otto. Dreiundzwanzig Jahre. Kluger Kopf, unzählige Pläne. Alleinstehende Mutter, Witwe. Kann sein, dass sie sich was antut, jetzt …«

Der Verletzungen wegen konnte Bella nicht sehen, wie er eigentlich aussah, was für ein Gesicht das war. Aus dem Café, vor dem Überfall, hatte sich kein Bild erhalten.

»Woher nehmen Sie Ihren Mut?«, fragte sie.

»Woher nehmen Sie Ihren?«

»Ich bin nicht mutig.«

»Dito«, erwiderte er.

Man hörte Stimmen, die näher kamen. Bella sah durch die Tür ins Zimmer, ihr Herz stolperte. Joost und Ronjon standen mit dem Rücken zu ihr beisammen. Sie sah das blonde Haar, das er im Nacken länger trug, als es üblich war.

»Aha!«, machte Bruno.

Sie wurde feuerrot.

Joost drehte sich um und kam auf den Balkon. »Sieh mal an! Der Sterilisationskasten mit dem kaputten Kondensator! Läuft das Ding noch? Arbeiten Sie dort in fester Anstellung? Ist er ein guter Arzt? Meine Mutter sucht einen neuen, glaube ich.«

»Sie lassen einem ja nicht mal Zeit, auch nur eine einzige Antwort auszudenken. Ihre erste Frage hab ich schon vergessen.«

»Eine fehlt noch: Haben Sie Lust, mit mir nach Potsdam zu fahren, dort gibt's einen Rummel?«

»*No, she will not*«, antwortete Ronjon, bevor sie den Mund auftun konnte. Er verteilte neue Gläser mit Limonade.

»Wir kennen uns nicht«, sagte sie.

»Stimmt nicht.«

»Ich tauge nichts im Freien unter der Sonne.«

»Eine Hautkrankheit?«

»*Yes*«, antwortete wieder Ronjon.

»Ich bin Jüdin«, stellte Bella ein drittes Mal klar.

»Ja, das ist eine ordentliche Krankheit! Wo ist denn Ihr Krankheitsabzeichen? Haben Sie keine Lepraklapper, um die Welt vor Ihrem Zustand zu warnen?« Joost kam ganz nah an sie heran, er roch ausnehmend gut. »Was ist nun mit Potsdam?«

Bella war nah daran, laut loszulachen. Auf dem Balkon war es kühl geworden. Kaum waren alle drinnen, saß Joost neben ihr. Sie bebte innerlich, rang im Stillen mit Worten, was sie ihn fragen, ihm sagen könnte. Es gab Kognak, der ihr nicht schmeckte. Sie solle erklären, wieso sie ohne Stern umherlief. Immer wieder kroch Angst herauf, sie schaute Bruno in das misshandelte Gesicht und machte sich bewusst, mit wem sie hier zusammensaß und wie riskant das im Grunde war. Trotzdem!, dachte sie. Trau dich, Bella! Trau dich jetzt! Sie wünschte sich, mutiger zu werden, den Mut zu haben, den sie den anderen zusprach. Schielte zu Joost, konnte gar nicht glauben, dass sie hier neben ihm saß und er wollte, dass sie mit ihm auf einen Rummel ging. Was für ein Glück! Der Kognak wirkte ein bisschen. Joost rauchte. Es gefiel ihr, wie er das Gesicht eines amerikanischen Gangsters machte und mit dem Zeigefinger auf Ronjon schoss und wie der zu Boden ging und stöhnte. Sie waren albern und es tat gut. Nur Bruno blieb ernst, tippte sich an die Stirn. »Kinder!« Er trank den meisten Kognak. »Betäubt die Seele. Und die Fresse tut dann auch nicht so weh.«

Als Erika sie abholte, brachte Joost sie an Ronjons Wohnungstür.

»Wir machen das«, sagte er mit entwaffnender Gewissheit. »Das mit dem Rummel in Potsdam, Bella. Versprich es mir!

Wir müssen es schnell tun, bevor die Welt untergeht, verstehst du? In einer sternlosen Nacht ...« Er hielt sie fest und küsste sie auf die Wange. Da wäre sie fast erstickt vor Aufregung.

Während der Motorradfahrt brachte sie kein einziges Wort heraus. Vor jeder Kurve rief Erika ihre Fragen in den Fahrtwind. Ob sie ihn getroffen hätte, was er gesagt habe, wie viele Freunde gekommen seien, ob Mocca mehr von sich erzählt habe – ob sie überhaupt noch auf dem Sozius säße.

»Ronjon!«

»Was?«

»Mocca heißt Ronjon! Hat einen Inder zum Vater.«

Nachdem sie vor dem Haus angekommen und abgestiegen waren, nahm Erika Bellas Gesicht in beide Hände und sah sie prüfend an.

»Mannomann!«

Beide mussten lachen.

»Du willst jetzt bestimmt nicht alleine sein bei dir oben«, sagte Erika und nahm sie mit in ihre Wohnung. Sie setzten sich in die Küche und Erika machte Tee aus selbstgepflückten Hagebutten.

»Du hättest mich gar nicht erst zu Ronjon bringen dürfen«, sagte Bella.

Erika bat sie, Kamal und dem Ehepaar Al-Mawardi gegenüber nichts davon zu sagen. Sie würden sich Sorgen machen, weil solche Bekannten und Verbindungen gefährlich seien.

»Es genügt, wenn wir beide es wissen. Und der Rummel in Potsdam, bei so was gibt es regelmäßig Kontrollen. Man weiß nie, was passiert.«

Bella erklärte, dass sie Joosts Angebot bereits abgelehnt hätte – schweren Herzens. Erika nahm sie in den Arm.

»Als ich Kamal kennenlernte, oder besser, nachdem er mir nicht mehr von der Seite wich, bekam ich überall Ärger. Meine Eltern maulten, viele Freunde meldeten sich nicht mehr und ich verlor meine Arbeit. Ich war im Büro eines Architekten angestellt. Der Chef war selbst scharf auf mich, und als ihm zugetragen wurde, dass ich einen Araber hätte, hat er mir das Leben so lange zur Hölle gemacht, bis ich freiwillig gegangen bin. Kamal zu lieben ist anstrengend. Aber wenn Joost diesen Bruno und die Matrosen kennt und mit ihnen Umgang hat, ist das sogar lebensgefährlich.«

»Wie Jüdin-Sein.«

»Du gefährdest auch deine Eltern.«

In Bella zog sich eine hässliche Wut zusammen, eine Gekränktheit, deren Herkunft sie sich zuerst nicht erklären konnte. Erikas Hinweis auf die Eltern erschien ihr unfair, für eine Weile war sie ihr sogar ein bisschen böse. Sagen mochte sie nichts, sie wollte nicht undankbar erscheinen. Ihre Gefühle verwirrten sie. In der Nacht träumte sie von Joost, es war das erste Mal.

Aus Trotz entschied sie sich dann doch für Joost und Potsdam. Er hatte bei Ronjon beiläufig erzählt, dass seine Arbeit ihn kreuz und quer durch die Stadt führe. Zum Beispiel müsse er regelmäßig zum OKH, zum »Oberkommando des Heeres«, höchste Geheimsache, er erhalte einen Passierschein und tausche an irgendeiner Hollerithmaschine, mit der sie Lochkarten für ihre Rechenautomaten herstellten, eine altersschwache Sicherung oder ein gebrochenes Stromkabel aus. Solche Dinge eben. Jedenfalls habe er schon oft Gelegenheit gehabt, den Nazi-Idioten eins auszuwischen. Sabotage. Er war also doch verdammt mutig. Bella sah nicht ein, wieso sie ihm nicht genauso vertrauen sollte wie allen anderen Hilfsbereiten und Verschworenen, die sie genauso flüchtig kannte – und wiedersehen wollte sie ihn schließlich sowieso.

Als sie von Erika abgeholt worden war und Joost sie zur Tür gebracht hatte, rief er ihr »Alexanderufer!« hinterher. Sie hatte ihm von den Freundinnen und dem geheimen Briefkasten erzählt und ihn gefragt, ob er auf einer seiner Reparatur-Touren, wenn er ohnehin in der Nähe wäre, in der Straßenpumpe nachschauen könnte. Tatsächlich fand Erika ein paar Tage später in ihrem eigenen Postkasten einen Umschlag, auf dem *Bella* stand. Bella öffnete ihn mit klopfendem Herzen und fand einen Brief von Sarah und Leni, daneben einen Zettel mit Joosts Unterschrift und einem gemalten Herzchen, das mit ein paar kleinen hingeworfenen Strichen zu beben schien ... *Sonntagmorgen, acht Uhr, »Humboldt-Haus«, Fasanenstraße.*

Joost brachte eine Aufgeregtheit in ihre Welt, die Bella nicht kannte. Sie war es gewohnt, am Morgen als Erstes an die Nazis und alle Bedrohungen zu denken. Das verfolgte sie meist bis ins Labor, wo erst die Arbeit sie ablenkte. Nun wurde sie morgens wach und dachte an Joost! Ihre Ängste schienen sich vor ihm zu verstecken, es war ein wunderbares Gefühl, und auch wenn es nur Einbildung war, schöpfte sie neuen Mut, gegen den doch auch die »verschworene Gemeinschaft« gewiss nichts hätte einwenden können.

Aus dem Brief der beiden Freundinnen erfuhr Bella, dass sich in Brigitte Nöltes Familie eine Tragödie ereignet hatte. Die selbstbewusste Britt mit dem unantastbaren Vater, der ein bekannter Anwalt war. Nachdem dessen Kanzlei auf der Lietzenburger Straße verwüstet worden sei, habe man ihn verhaftet. Lange, qualvolle Wochen sei nicht zu erfahren gewesen, wo er sich befunden hätte. Dann habe eines Tages ein Bote einen Pappkarton abgegeben, in welchem sich seine Kleidung und diejenigen Sachen fanden, die er bei der Festnahme bei sich getragen habe. Die Kopie eines Totenscheins habe dabeigelegen. Vier Tage später habe sich Britts Mutter das Leben genommen. Brigitte selbst sei nicht wieder in die Klasse gekommen. Die Geschichte habe sich wie ein Lauffeuer über den Schulhof verbreitet, las Bella weiter – und heulte drauflos. Spätestens jetzt hätte sie Erikas Trost gesucht, wenn das mit Joost nicht gewesen wäre.

Als sie dann an dem von Joost genannten Sonntagmorgen an Erikas Wohnungstür vorbei die Treppe nach unten schlich, war ihr klar, dass sie etwas Verkehrtes tat. Auf der Straße waren kaum Leute zu sehen, niemand beachtete sie. Sie hielt sich dicht bei den Häusern, bereit, jeden Moment einen Hauseingang zu betreten, als wohnte sie dort. Sie achtete auf Motorengeräusche, spähte an jeder Ecke die Straße hoch, bevor sie weiterging oder irgendwo einbog. Es war kalt, kaum Wind, eine abweisende, grau in grau abgestufte Welt aus formlosem Himmel, bossiert vorquellenden Hausfassaden und nassen Trottoirplatten. Hier und da, entfernt, wenige dunkle Mäntel, Hüte, hart klackernde Schritte von schwarzen Schuhen. Keine Stiefel. Bella trug keinen Stern.

Es war das erste Mal, seit sie für Dr. Fareed arbeitete und über Erika wohnte, dass sie sich eine solche Freiheit herausnahm. Das Gewissen biss. Auf dem Sozius des Motorrads wischten Straßen und Gefahren an ihr vorüber, jetzt bewegte sie sich wie eine streunende Katze. Jeder Schritt war genau zu bedenken, jeder Blick konnte etwas offenbaren, das sie bereuen ließ, die Sicherheit des Zimmerchens auf eigene Faust verlassen zu haben. Aber die Lust, Joost wiederzusehen, war größer als die Angst. Bella lief kopflos und mit prall gefülltem Herzen durch die Straßen und wollte nichts wissen von Leichtsinn und Gefährdung ihrer selbst und anderer. Jeder Meter, den sie schaffte, ließ die Verheißung des Glücks anwachsen und das Risiko kleiner erscheinen.

Um zur Fasanenstraße zu gelangen, musste sie den Ku'damm überqueren. Ein bisschen Verkehr war dort immer. Uniformierte patrouillierten. Im schlimmsten Fall würden ihr betrunkene Braunhemden begegnen, vor denen niemand sicher war, die in ihrem Größenwahn selbst vor Prügeleien mit der Polizei nicht zurückschreckten oder am helllichten Tag in Kioske und Wirtschaften einbrachen, um Schnaps zu stehlen.

In einer Hofeinfahrt blieb sie stehen und sah den Damm

rauf und runter. Bis sie begriff, wie dumm und auffällig es aussehen musste. Also marschierte sie los – und stolperte! Ein Mann eilte herbei und half ihr auf die Beine. Mit glühendem Gesicht und außer Atem brachte sie ein Danke heraus und machte eine Geste, die ihm zeigte, dass sie alleine stehen und gehen konnte. Er entschuldigte sich, lüftete seinen Hut und ging weiter. Niemand sonst beachtete sie, also ging sie schnell auf die andere Seite und entschloss sich, einen Umweg zu nehmen. Sie folgte der Knesebeckstraße bis zur Lietzenburger und bog von Süden in die Fasanenstraße ein. In einem Hauseingang war ein hoher Stapel Kisten abgestellt worden. Dort ging sie in Deckung und hoffte, dass niemand ausgerechnet jetzt das Haus verließ. Das »Humboldt-Haus« lag verwaist gegenüber in seinem großzügigen Garten. Von Joost keine Spur.

Nach ein paar Minuten drängten erste Zweifel vor. Womöglich hatte er es gar nicht so ernst gemeint oder ein Unfall war passiert oder er war festgenommen worden. Überhaupt wurde ihr die Lage plötzlich bewusster als bisher, welcher Gefahr sie sich aussetzte, wie unmöglich und dumm es war, sich unter den gegebenen Umständen in einen Jungen zu verknallen, wie verkehrt und verquer sie lebte, wie feindlich das alles mit einem Mal erschien und ja auch war … Die Gedanken und negativen Gefühle rissen nicht ab. Ein Geräusch ließ sie hochschrecken, aus Richtung Fasanenplatz knatterte ein Motorrad heran, wurde langsamer und bremste. Erika ließ den Motor laufen. Bella ergab sich sofort. Sie konnte ihr kaum in die Augen sehen. In einem einzigen Gedankensturz begriff sie endgültig, wie viele Menschen sie mit ins Unglück hätte reißen können.

Nach wenigen Minuten hielten sie vor dem Haus an. Es waren jetzt mehr Leute auf der Straße, vereinzelte Autos fuhren vorbei, ein Mannschaftswagen mit Uniformierten passierte dröhnend und bog in die nächste Querstraße ein.

Erika machte Frühstück. Sie schwiegen. Bella hatte keinen

Appetit und wies sogar den Tee zurück. Es fühlte sich an, als habe jemand Gift in ihr Leben geschüttet. Ihr war klar, dass es niemand anderes gewesen war als sie selbst!

Auch in den folgenden Tagen ging es ihr schlecht. Ihr war, als trüge sie Bleigewichte mit sich herum. Von der gewohnten Vorfreude auf die Arbeit im Labor war nichts übrig. Sogar das Zwergenzimmer fühlte sich mit einem Mal so eng an, wie es tatsächlich war. Bis zu ihrer Entlarvung und Vernichtung, davon war sie überzeugt, würde sich der Rest des Lebens in diesem Gefängnis zwischen der Kammer und dem Labor abspielen. Bessere Aussichten gab es nicht, sie würde niemals Ärztin werden. Und weshalb sollte es ihr auch besser ergehen als den zahllosen anderen Juden, die jeden Tag überall spurlos verschwanden?

Sie begriff obendrein, dass sie auch Joost gefährdete. Dass er kein Jude war, schützte ihn nicht vor Verfolgung und Strafe, wie man an Britt Nöltes Vater hatte sehen können. Der Verzicht auf ihre Liebe war moralische Pflicht – so oder ähnlich würde sie es Joost erklären, und vielleicht hatte er selbst schon erkannt, dass ihre Freundschaft nichts als ein gefährlicher Irrweg war.

Morgens zwang sie sich aufzustehen, wusch und kämmte sich, zog sich an und ging pünktlich nach unten, um das verabredete Zeichen an Erikas Wohnungstür zu klopfen. Man frühstückte schweigend. In der Praxis schlüpfte sie flüchtig grüßend an Dr. Fareed vorbei, der schon im Sprechzimmer am Schreibtisch saß, verschanzte sich im Labor, wo sie viel zu fahrig mit den Vorbereitungen der ersten Untersuchungen begann. Die Unruhe reichte bis in ihre Hände. Sie verschüttete etwas und wischte es gehetzt und hinter sich blickend weg, aus Furcht, abermals ertappt zu werden.

Sie waren also die letzte Person, die die Kinder in der obersten Etage gesehen hat«, wiederholte der Polizist.

Es war genau das, was Bella ihm gerade erklärt hatte. Vielleicht musste er alles zweimal hören, um es zu begreifen. Sie blickte auf die Handfeuerwaffe, die weit ausladend an seiner Hüfte hing wie ein horrender phymatöser Tumor.

»Hat es dort oben irgendwelche Anzeichen gegeben, aus denen sich Schlüsse ziehen lassen?«

»Hätte es sie gegeben, wären sie von mir gezogen worden«, erwiderte sie patzig. Der Beamte wechselte die Farbe und drehte seine Schirmmütze, die er in den Händen hielt.

»Sie können ruhig freundlich bleiben, Lady. Ich bleibe es auch.«

Sie entschuldigte sich. Der Mann hatte natürlich recht; sie war einfach wütend und enttäuscht, und das hatte nichts mit ihm zu tun oder mit dem Verschwinden der Kinder, nicht mal mit Nigel, sondern einzig und allein mit Oz und ihrer eigenen Naivität damals oder Leutseligkeit oder auch Blödheit …

»Ich glaube nicht, dass jemand sechs Jugendliche und ein Kind aus einem Hotel lockt«, erklärte sie.

»Mit Glauben kommen wir nicht weiter, Lady.« Jetzt wurde dieser Kerl ziemlich kess, fand sie. Aber vermutlich hatte sie selbst dafür gesorgt, also hielt sie die Klappe.

Louise saß drüben im Sessel und heulte vor Angst, während Nigel, Ian und seine Brüder auf sie einredeten und sie dabei umkreisten wie die Monde den Jupiter. Der Manager mit dem Vogelgesicht wies darauf hin, dass man das Gebäude durchsucht und das Personal befragt habe. Seine zunehmende Nervosität trieb ihm den Schweiß auf die Stirn.

»Die tauchen von alleine wieder auf«, sagte sie halblaut zu dem zweiten Polizisten. Er sah sie nicht mal an, auch der erste hörte nicht zu. Also erhob sie sich von dem Stuhl, auf dem »auszuruhen« man sie genötigt hatte – und fasste den Entschluss, den Ort der Untersuchung zu verlassen. Weil sie ohnehin so gut wie tot war! In der Wahrnehmung aller war sie nur noch ein winziger Bruchteil der alten Grannie. Das letzte Hundertstel des einst vollgültigen Menschen Bella Servos würde in Bälde vor den Augen aller verglimmen wie ein Zündholzköpfchen. – *pfft* – Ein Rauchwölkchen würde sich emporkräuseln – das Ende ihrer Erdenexistenz. Dann komm ich zu dir, Oz! Dann wird ein Hühnchen gerupft, worauf du dich verlassen kannst …!

Sie ging zum Lift, niemand hielt sie auf, weil sie offenkundig unsichtbar geworden war. Die Tür glitt leise rauschend auf. Drinnen drückte sie eine Taste. Sie wollte nach oben und sich noch einmal die Ruhe des Couchzimmers gönnen, bis der Trubel vorüber war. Ihre Angst um die Kinder hatte sich verkrochen. Die Türflügel schlossen sich; sie war gefangen, das Piano klimperte, und wieder hätte sie schwören können, dass sich der Kasten keinen Zoll bewegte, weder hoch noch runter.

Als sich die Tür wieder öffnete, blickte Bella irritiert auf eine grau gestrichene Betonwand. Davor ein Boden, den man aus Tiefgaragen kennt. Die Wand trug die Spuren von Schalholz, auf dem sich Äste, Risse und die regelmäßige Zeichnung einer Bandsäge spiegelten, alles im selben leblosen, hellen Grau. Surrende Neonleuchten. Sie hatte die falsche Taste gedrückt. Seltsam, dass alle Keller ähnlich rochen. Ein bisschen wie die Näherei in Brooklyn Heights vor einer Ewigkeit.

Sie trat in den Gang. Das Klavier verstummte, stattdessen

drang von weit her ein unregelmäßiges Klingeln heran, ein Glöckchen, das ihr bekannt vorkam, ohne dass sie es gleich hätte zuordnen können. Dazwischen Rufe, helle Stimmen. Sie genoss die sofort hochspringende Erleichterung und Freude und marschierte los. Natürlich wäre es nur fair und gerecht gewesen, die andern ohne Verzug zu beruhigen, schon um Louises Tränenfluss zu stoppen. Bella bog dennoch erst mal um die Ecke. Auf die wenigen Minuten kam es jetzt auch nicht mehr an. Mit einem Schlag fiel Bella ein, was für ein Glöckchen sie da hörte. Es war ein alter Flipper, ein Pinball-Automat. Sie hatte sich mit Oz ganze Schlachten geliefert, und nie hatte sie ihn davon abhalten können, den Apparat unzulässig zu stoßen und zu kippen, um die Kugel ans Ziel zu lenken.

Eine der hinteren Stahltüren des Kellergangs stand offen. Man hörte das wohlvertraute Stakkato des Klackens und Schlagens der Federscheiben, wenn die Stahlkugel sie berührte und abgestoßen wurde. Sie lugte hinein. Es schien eine Werkstatt zu sein. Überall standen vollgepackte Regale und Metallschränke. Eine Werkbank nahm den größten Teil einer Wand ein, an der eine Lochtafel mit allen erdenklichen Werkzeugen und Schraubenkästen hing. Es gab eine Standbohrmaschine und sogar eine kleine Drehbank. Hier herrschte der Haustechniker – doch auch der Schatz eines Sammlers, denn in dem Raum stand nicht nur ein betagter Flipper, Bella zählte sechs der Pinball-Automaten aus der elektromechanischen Ära mit knallbunten Leuchtglasscheiben, überladen mit üppig proportionierten Damen im Trucker-Stil und Weltraumvehikeln im Jules Verne- und Jahrmarkt-Design aus der Zeit vor *Star Wars*. Bella trat einen Schritt nach vorn und Eve erspähte sie als Erste.

»Grannie! Grannie! Chelsey ist Champion! Die Pinball-Queen!«

Alle quasselten gleichzeitig los. Es stellte sich heraus, dass Eve mit Chelsey in die Lobby hinuntergefahren war und sie dort Nigel herumtoben gehört hatten. Chelsey habe echt Angst bekommen, berichtete Eve, woraufhin sie sich beide versteckt hätten. Der Haustechniker habe sie entdeckt und sei auf die Idee gekommen, die verängstigte Chelsey damit abzulenken, dass er den Kindern seine Pinball-Sammlung zeigte, und nach und nach seien alle anderen hinzugeholt worden.

»Wir hatten richtig Angst, als wir Onkel Nigel schreien hörten«, berichtete Clint. »Aber das absolut Irre ist, als wir dann hier unten zu spielen anfingen ... Chelsey hat uns alle an die Wand gespielt, so was hast du noch nie gesehen ...«

Chelsey wurde auf eine Kiste vor dem Automaten beordert. Sie grinste und legte die Hände an die Knöpfe links und rechts. »Grannie, ich bin Pinball-Queen!«

Clint schoss für sie die Kugel ab und Bella staunte wirklich. Das Kind reagierte so schnell auf jede Bewegung der Stahlkugel, dass die Kugel nicht einmal in die Nähe des Ausgangs kam. Der Score kletterte und kletterte, Chelsey jauchzte. »Pinball-Queen, Grannie!« Es schien ihr nicht die geringste Mühe zu bereiten.

»Wie hast du uns eigentlich gefunden, Grannie?«, wollte Clint wissen.

»Ich hab den falschen Knopf gedrückt. Die oben denken, dass man euch entführt hat. Sie haben die Polizei gerufen.«

»Wir bleiben erst mal hier unten«, verfügte Eve und erntete Beifall.

»Könnten wir nicht so tun, als hätte uns tatsächlich jemand gekidnappt?«, schlug Clint vor. »Wir schreiben einen Erpresserbrief und fordern zehntausend Dollar. Damit fliegen wir nach Vegas und knacken mit Chelseys Hilfe sämtliche Pinball-Automaten der Stadt.«

Für einen Augenblick erschien Bella die Idee brauchbar – als Werkzeug einer kleinen Rache für das Ausmaß der Ignoranz, die sie vonseiten aller bei diesem Treffen (mit Ausnahme der Enkel) spürte und die vielleicht tiefgreifender war, als sie es sich eingestehen konnte. Ein Denkzettel, dessen Schärfe und Grausamkeit ihr natürlich ebenfalls klar war.

»Das können wir den Eltern nicht antun, Clint, sie würden sich zu Tode erschrecken. Onkel Nigel allenfalls, weil er euch diesen Schreck bereitet hat.« Sie wischte mit der Hand über eine unsichtbare Zeitungsschlagzeile. »*Pinball-Queen Chelsey (8 Jahre alt), zockt Vegas-Spielhölle ab!*«

Alle jubelten.

»Aber ihr wisst ja«, setzte sie schnell hinzu, »Erwachsene sind langweilig und müssen immer vernünftig sein, und ich bin verdammt *erwachsen*, glaubt mir!«

Die Kinder fügten sich mit genüsslich gespielter Enttäuschung und kehrten zu Chelsey zurück, die weiter abräumte und jauchzte. Bella stahl sich auf den Flur hinaus, achtete im Lift auf die richtige Taste und kehrte in die andere Wirklichkeit zurück, keineswegs in die bessere, nicht mal in die vernünftigere.

In der Lobby kam Louise auf sie zu. »Hast du dich noch mal ein bisschen hingelegt, Mom? Gut so. Die Polizisten haben sich aus dem Staub gemacht, und der Manager ist auch keine Hilfe, was die Kinder betrifft, von unseren Männern ganz zu schweigen.« Ihre Augen waren immer noch verheult.

Bella nahm sie am Arm und zog sie auf die Seite. Der Rest der Familie besetzte nach wie vor die Sesselgruppe.

»Hör mir mal zu, Louise, und mach jetzt vor lauter Glück keinen Aufstand! Dein Gatte soll ruhig noch ein bisschen schmoren, wenn er es überhaupt tut. Die Kinder sind im Keller und spielen dort an den Flippern des Hausmeisters. Ich hab sie zufällig entdeckt.«

Louises Mienenspiel wechselte Form und Farben wie ein Kaleidoskop. Bella erklärte so knapp wie möglich, was passiert war. Sie gingen zur Bar und bestellten sich Drinks. Louise stürzte ihren sofort herunter und bestellte einen neuen. Damit taperte sie los und blieb vor der Sitzgruppe stehen.

»Sie sind im Keller.«

Alle wandten sich ihr zu.

»Na bitte!«, sagte Nigel und grinste.

Louise prostete ihm zu. »Sie sind vor dir abgehauen, vor deiner Randale. Haben sich geschämt, nehme ich an. Chelsey hat sich zu Tode erschreckt.«

»Sie lebt aber noch, oder?«

»Arschloch!«

Ian wandte sich um, streckte den Arm nach Louise aus, um sie zu beschwichtigen. Sie ignorierte ihn. »Es hätte auch etwas Ernstes sein können ...«

Bella behielt Nigel im Auge. Er war bleich geworden, schien aber bemüht, sich die Gefühle nicht anmerken zu lassen. Sie durchschaute ihn, natürlich hatte er sich Sorgen gemacht. Plötzlich stellte er sein Glas hin, stand aus dem Sessel auf und marschierte in Richtung Rezeption davon. Auf Höhe des Eingangs bog er ab und ließ sich von der Drehtür nach draußen befördern.

Bei der Sitzgruppe hub eine Diskussion über die Wahrscheinlichkeit von »etwas Ernstem« an. Irgendwann redeten alle durcheinander. Bella entfernte sich, suchte die Nähe der Drehtür, in der Hoffnung, dass man ihr Weggehen übersah.

Nigel stand draußen und rauchte. Die Straße war dreispurig, der Verkehr dröhnte vorbei, man roch die Abgase, Passanten strömten vorüber, wichen Bella aus, die im Wege stand. Nigel stand nah am Bordstein, reglos wie ein Golem. Als er Bella kommen sah, kam er in Bewegung.

»Bella, ich bin das Arschloch, hast du doch gerade gehört.«

»Chelsey hat einen solchen Schreck bekommen, dass sie vor dir in Schutz genommen werden musste«, antwortete sie laut genug. Der Verkehrslärm hatte etwas Angreifendes.

»Wusstest du, dass die Kinder trotzdem auf deiner Seite sind? Sie wissen über alles Bescheid. Eve sagte mir vorhin, dass du dich immer sehr liebevoll um Chelsey kümmerst.

Nicht, dass ich daran gezweifelt hätte, aber dass es die Kinder auch so sehen, ist doch schön, oder nicht?«

Er drückte die halbe Zigarette in die Erde eines Blumenkübels. Er traute ihrer friedlich scheinenden Annäherung nicht recht. Wie auch? Bella fühlte den Lärm auf der Haut. Sie trat näher an den Bordstein heran, blickte die Avenue nach Norden hoch. Man sah es nicht, aber man wusste, dass diese eine Straße über Meilen hin schnurgerade war. Die Häuser links und rechts hörten nicht auf. Eine einzige Straße wie eine gestreckte mittlere Kleinstadt.

»Mal im Ernst, Nigel. Wenn du jetzt auch noch eingestehen würdest, dass du das mit Oz und Johnson frei erfunden hast, könnten wir Freunde werden.« Sie bemühte sich, freundlich zu klingen. Das war kein Angriff.

»Tut mir leid, Bella. Ich kann mir vorstellen, dass du dir das wünschst.«

Es fühlte sich an, als schüttete er ihr einen zweiten Eimer Eiswasser über den Kopf. »Jetzt hast du wieder deinen Spaß, weil es mir schlecht geht.« Sie wusste, was er gleich sagen würde: Fakten, Bella, das sind Dokumente, keine Emotionen, das ist Wissenschaft, Material, das sich nicht einfach aus der Welt tilgen lässt …

Er holte eine neue Zigarette aus der Packung und zündete sie an. Er tat ein paar Züge, sah sie dann an. »Dein Mann ist Johnson hinten reingekrochen, Bella. Je eher du dich damit abfindest, umso besser. Es geht mir *nicht* gut, wenn es dir schlecht geht. Denk dir nicht immer solche Dinge aus!«

Sie nickte erschöpft. Oz, wie soll ich dich jetzt noch retten? Wir haben uns geliebt, wir haben einander vertraut, wir haben zwei wundervolle Töchter hingekriegt – und jetzt kommt dieser Nigger und macht alles kaputt … »Weißt du, dass ich im Stillen schon mal ›Nigger‹ zu dir gesagt habe? Ausgerechnet ich sollte so was wirklich nicht tun.«

»Tu ich ja selbst, Bella. Das Wort hat Gewicht, einen historischen Wert. Es ist nicht austauschbar. Es hat keinen Sinn, politisch korrekte Euphemismen zu bemühen, solange Polizisten jede Woche irgendwo einen von uns abknallen … Sie schießen *Nigger* tot, Bella, keine Schwarzen, keine Afroamerikaner. Eine Ratte ist eine Ratte, auch wenn du sie Nagetier nennst.«

»Hast du gewusst, dass deine Stieftochter eine besondere Begabung hat? Chelsey spielt am Flipperautomat jeden an die Wand.«

»Gibt's die Dinger noch?«

»Im Keller des Hotels stehen sechs alte Kästen, einer schöner als andere. Ich habe zugeguckt, wie Chelsey die Kugel herumjagt, als ob das Ding auf Schienen rollt, sag ich dir. Das Kind ist deutlich schneller als die Maschine.«

Nigel blickte sie länger an. Dann sagte er: »Kannst du dich dran erinnern, als sie zur Welt kam und wir uns fragten, warum sie so viel heller war als Milli? Ich hab einen Schreck bekommen. Dann hab ich mir gesagt, na ja, du selbst hast auch nur die Hälfte vom Unglück abbekommen. Sie hat noch mehr Glück gehabt als ihre Schwester, dachte ich … ja, ihre Halbschwester.«

Er rauchte hastig.

»Du musst mal aufhören, dich selbst in die Pfanne zu hauen. Ich wünsche mir, du würdest deinen Stolz wiederfinden. Du musst kein besserer Mensch werden, Nigel …« Sie lachte. »Vorhin war ich sehr wütend, ich hatte Lust, dir richtig wehzutun, ich meine, so richtig kriminell. Ich würde es nie tun, aber alleine der Impuls ist doch bedenklich, oder?«

Er sah sie forschend an.

»Ich bin nicht so edel, wie du denkst. Vermutlich habe ich mir mein Unglück damals selber eingebrockt. Ich habe Oz schließlich von Dr. Fareed erzählt, und er wollte bestimmt nicht schlechter dastehen als mein makelloser Lebensretter. Ich selbst habe die Grundlagen für Oz' Unehrlichkeit geschaffen. Der Mythos Kamal Fareed hat ihn unter Druck gesetzt.«

»Du willst Oz seine Johnson-Sünden vergeben?«

»Ich würde sehr gern.«

Er wartete, bis sie ihn anblickte. »Da ist leider noch mehr im Busch, Bella.«

»Nein, bitte!«

»Schlimmer geht immer, das weißt du doch. Es betrifft aber die Kanzlei *Baxter & Baxter* als solche, da war er meines Wissens noch nicht dabei. Bescheid gewusst wird er trotzdem haben. So was klingt immer irgendwie nach in einem Unternehmen.«

»Ich will es nicht hören, Nigel!« Bella hätte sich am liebsten die Ohren zugehalten, sie wünschte sich, dass eine nicht endende Reihe Schulbusse vorüberfahren möge. Sie konnte auch nicht einfach losheulen, was vielleicht geholfen hätte. Jetzt kam ein neuer Eimer Eiswasser …

»Die US-Besatzer haben in den frühen Fünfzigerjahren in Deutschland Verhörmethoden ausprobiert, die auf Techniken der Nazis zurückgingen. Sehr unschön, sehr, sehr schmutzig.«

Bella ahnte: Oz würde nun rettungslos verloren sein, er würde lichterloh irgendwo in ihrem Herzen verbrennen. Nigel neben ihr hielt einfach nicht den Mund, redete weiter und weiter – von Menschenversuchen mit Phenol und verschiedenen Chloriden unter tatkräftiger Mithilfe eines höchstrangigen Nazi-Arztes mit Namen Kurt Blome, der durch Intervention der CIA trotz erdrückender Beweise in Nürnberg freigesprochen worden sei, offenbar, weil man beabsichtigte, sich seines horriblen Know-hows zu bedienen.

»Amerikaner? Wir selbst?«, fragte Bella ungläubig.

»Weiße US-Amerikaner«, antwortete Nigel und ließ den zweiten Zigarettenrest in der Erde des Blumenkübels verschwinden.

Es wird noch so weit kommen, überlegte sie, dass ich mich

bei Oz entschuldigen muss, dass ihm mein Bericht über die »arabische Rettung« zur erdrückenden Last wurde, indes er selbst, mein Oz, sein Geld in einer Kanzlei verdiente, die für Menschenschinder tätig war, für Kriegstreiber und allerlei Teufel in Menschengestalt.

»Oz konnte mir nichts beichten. Hätte er's getan, wäre er vor lauter Scham erstickt, und ich wäre daran schuld gewesen.«

Nigel lächelte bitter. Er schien genau zu wissen, was ihr durch den Kopf ging.

»Dieser Kurt Blome war ein einflussreicher nationalsozialistischer Arzt«, erklärte er beinah schreiend, um gegen den Krach anzukommen. »Er hatte allerlei Experimente an Häftlingen mit Krankheitserregern und anderen Stoffen auf dem Kerbholz, sollte aber nach seiner Entnazifizierung hier in die USA einreisen, um für die CIA zu arbeiten. Das kam nur deshalb nicht zustande, weil sich der US-Konsul in Deutschland weigerte, ihm das Visum auszustellen. Später lebte und praktizierte Blome unbehelligt in irgendeiner westdeutschen Stadt, wo er '69 starb.«

»Oz' Todesjahr«, sagte Bella mit tauber Zunge.

»Ja, stimmt«, sagte Nigel. Sie hörte es gerade noch, bevor erneut ein gelber Bus jedes andere Geräusch einsog und zerdröhnte. Als er vorüber war, sagte sie: »Darf ich dir eine Frage stellen?«

Er blies Qualm in die Luft.

»Als du erfuhrst, dass Chelsey nicht deine Tochter ist …« Ihr ging die Puste aus, sie japste.

»Ich war *nicht* erleichtert, wenn du an so etwas denken solltest. Es fühlte sich an, als hätte man sie mir aus den Händen gerissen. *Geh weg hier, sie gehört dir nicht!* Ich hab geheult, heimlich. Louise gegenüber konnte ich das nicht zeigen. Ich hab mich betrogen gefühlt, dass Chelsey nicht mein Kind sein sollte. Vielleicht hätte ich mich umgebracht. Chelsey selbst hat mich gerettet. Sie war ja doch mein Kind. Du kannst sie dir nicht einfach wegnehmen lassen, hab ich mir gesagt, verstehst du?«

»Und wie!«

»Und dann … was würde Bella sagen zu so einer Fahnenflucht? Bella, die Davongekommene, die Unberührbare! Du bist wirklich ziemlich erdrückend. Ich hatte Angst vor dir, also lebe ich noch!« Er lachte sie an. Sie war beeindruckt. »Genau so wird Oz auch gedacht haben! Einer Unberührbaren kann man nichts beichten, ohne dass man sich verbrennt, die darf man nicht enttäuschen.« Sie lächelte zurück. »Wir hätten beide schweigen müssen, Oz, ich aber auch. Wir haben es uns gegenseitig schwer gemacht. Er mir mit seinen Affären, ich ihm mit meiner Vergangenheit.« Den letzten Satz hatte sie fast herausschreien müssen, so dicht wurde der Verkehr.

»Ist doch verwunderlich, oder, dass wir einander hier an diesem vollkommen unmöglichen Ort solche Dinge erzählen.«

»Lärm und Dreck haben eine reinigende Wirkung«, erwiderte er. »Das Leben ist paradox. Da fällt mir mein Großvater ein … der Mann, der mich Bimbo nennen wollte. Er trug eine Haarlocke von Hitler in seiner Brieftasche mit sich herum, jedenfalls behauptete er das. Er war kein Dummkopf und sogar ein ausgewiesener Spezialist für Patentrecht und außerdem Autografensammler. Er besaß einen illustrierten Brief von Sydney Parkinson, einem botanischen Zeichner, der mit Cook um die Welt gesegelt war. Manchmal saß ich auf dem Schoß vom *Baas*, so wurde der Großvater genannt. Er roch nach Zigarren und hielt mich mit spitzen Fingern fest, wie man so sagt. Er lachte viel, aber vor mir ekelte er sich.«

Nigel redete weiter. Bella war damit beschäftigt, zu begreifen, wie das zusammengepasst hatte: Enkel, Ekel, Haarlocke!

»Nigel, ich …«

Der dritte Zigarettenstummel verschwand im Erdreich des Kübels. Bella hatte ihm sagen wollen, dass sie ihn mochte. Es wäre nicht schwer gewesen, drei, vier Worte, die jeder Mensch aussprechen und verstehen kann.

»Du wolltest was sagen …«

Sie winkte ab. »Hab's vergessen.«

»Schade.«

»Als ich nach dem Krieg aus Deutschland hierherkam, hatte ich eine Freundin. Maggie.« Sie spürte, dass sie ihm diesen Einblick gestatten konnte und wollte. »Wir arbeiteten zusammen in einer Näherei drüben in Brooklyn. Sie war ein bisschen älter als ich. Ihre Familie stammte auch aus Deutschland. Wenn wir zusammen waren, fühlte ich mich unbesiegbar, unangreifbar. Vielleicht hatte es damit zu tun, dass ich während der Kriegsjahre zu angreifbar gewesen war und mich zu verletzlich gefühlt hatte.«

Nigel zog bereits an einer neuen Zigarette. Sie hatte gar nicht gewusst, dass er ein solch leidenschaftlicher Raucher war. Ab und zu traf sie eine der bläulichen Schwaden, es roch gut inmitten des Drecks der Autos. Sie hatte vor zwanzig Jahren aufgehört, nachdem eine zunächst bedrohliche Lungengeschichte glimpflich verlaufen war. Aber sie erinnerte sich gut, wie schwer vorstellbar es bis dahin gewesen war, ohne Zigaretten zu leben.

»Hier in New York hatte Maggie keine Familie. Ich habe auch nie erfahren, unter welchen Umständen sie in die USA gekommen war. Sie war keine Jüdin. Sie fiel manchmal in seltsame Zustände, dann machte sie mit Armen und Händen Bewegungen wie eine Puppenspielerin, die Szenen und Gesten probt. Maggie war überzeugt, dass man sich vor ihr ekelte, und es gelang mir lange nicht, sie vom Gegenteil zu überzeugen.«

»Aber du hast es hingekriegt.«

»Irgendwann vertraute sie mir.«

Sie überlegte, wie sie Nigel zeigen konnte, dass sie ihm nicht immer misstraute.

»Darf ich dir mal sagen, dass ich dich bewundere?« Sie behielt ihn im Blick. Er merkte es, sah aber weiter in den Verkehr. »Dafür, dass du das all die Jahre so durchgehalten hast, *ausgehalten* … in Chelseys Interesse.«

Sie hoffte, dass es ihm guttat, so etwas zu hören. »Du magst sein, wie du willst, Nigel Jespersen, allein *das* macht dich zu einem wertvollen Menschen.«

Er schmollte gespielt.

»Wir wollten dich erpressen, die Kinder und ich«, gestand sie plötzlich und stieß ihn freundlich an. »Wir wollten einen Erpresserbrief fingieren, als Kindesentführer, und eine Forderung von zehn Riesen stellen. Mit der Kohle wollten wir alle zusammen nach Vegas fahren und Chelsey die Einarmigen Banditen knacken lassen.«

»Hat Stil«, lobte er. Sein Lächeln schillerte wie der moleküldünne Ölfilm auf dem feuchten Asphalt vor ihnen.

Was bedeutete es eigentlich, dass sie beide hier in diesem verrückten Verkehr standen und sich Wahrheiten sagten, während das »McInnes« hinter ihnen ein kleines Vermögen kassierte, um ihnen jede Möglichkeit für Ruhe und Komfort zu bieten? Benötigten sie die Irritation, den Widerstand, um konstruktiv miteinander umzugehen? Waren Dreck und Krach die Katalysatoren, die ihre widerspenstigen Temperamente neutralisierten? Die beiden Ohrfeigen spielten fast kein Rolle mehr – und das, bitte sehr, nach seinem Attentat auf Oz und während er mit neuen Enthüllungen die Zerstörung ihrer ehelichen Erinnerungen kaltblütig weiterbetrieb – die, wenn sie ehrlich war, keineswegs so makellos waren, wie sie, Bella, andere glauben machen wollte. Oz war nie der Idealist gewesen, als der er sich ausgegeben hatte. Er war Jurist gewesen – ein eigener Menschenschlag, der sich professionell mit der »Gleichzeitigkeit und Harmonisierung gegensätzlicher Moralvorstellungen« beschäftigte, wie er einmal selbst erklärt hatte. Das war Äonen her – als sie sich kennengelernt hatten. Aber sie wäre im Traum nicht darauf gekommen, dass solche

Formulierungen der Kokon einer verschämt-verheimlichten Verbandelung mit der Johnson-Administration waren. Sie hatte gewusst, dass die Kanzlei *Baxter & Baxter* beileibe kein Engelschor war, der das Loblied auf die Menschlichkeit und Gerechtigkeit gesungen hätte. Aber so etwas?

Von der Johnson-Kumpanei hatte sie wirklich nichts geahnt. Musste sie Nigel nicht dankbar sein, dass er den Schneid hatte, sie aus den schwindelnden Höhen der Verklärung in die Klamm einer ernüchternden Wahrheit zu stoßen? Natürlich gab es jetzt Gedankenbrüche und Seelenzerrungen. Aber alles besser als das Bestehen auf einem Ehebild, das nicht stimmte.

»Kinder lieben die Wahrheit. Denen ist es piepegal, ob es sie objektiv überhaupt gibt oder nicht«, sagte sie.

Nigel schaute sie an und gab ihr zu verstehen, dass er nichts verstanden hatte. Der Lärm hatte das meiste geschluckt. Bella schüttelte den Kopf und winkte ab.

»Du vergisst, Bella, dass der moderne westliche Rechtsstaat im Wesentlichen eine juristische Konstruktion ist«, rief er wie auf ein Stichwort. »Es erfordert viele kleine Räder, ihn zu bewegen.«

»Wie Oz.« Vermutlich hatte er auch jetzt wieder recht – der Herr Doktor und Historiker. Schade. Sie war so nah daran gewesen, ihm ausdrücklich ihre Freundschaft anzubieten, aber er redete und redete … In einer fließenden Bewegung drehte Bella sich um, durchschritt die luzide Rauchwolke, die Nigel umwehte, und ging, ohne zurückzublicken, zur Drehtür. Während Nigel, Krach und Dreck hinter ihr zurückblieben, wurde sie von einer so scharfen, plötzlichen Empörung übermannt, dass sie den ersten Sessel der Lobby ins Visier nehmen musste mit dem bangen Gefühl, es bis dorthin vielleicht gar nicht mehr zu schaffen, ohne vorher die Besinnung zu verlieren. Ein Stechen in der Brust jagte ihr einen gehörigen Schreck ein. Es ist so weit! Der Satz drehte sich noch im Kopf, als sie schon saß, die Augen schloss und kaum Luft bekam – und im Augenwinkel Louise kommen sah. Hinter ihr die andern. Alle durcheinanderredend – wo sie, Bella, gewesen, wieso sie von draußen gekommen sei, ob etwas passiert wäre, ob sie sich »irgendwie komisch« fühle und man den Hotelarzt rufen solle.

So viel guter Wille tat ihr jetzt gut. Sie gab sich ihm »leidend« hin und beließ die Situation für einen Moment durch beharrliches Schweigen in der Schwebe. Die Familie fing sie auf und genau das war ihre ehrenvollste Aufgabe. Das hast du noch nicht verstanden, Nigel, vielleicht hast du es nie richtig erfahren und gelernt. Dass die Familie ihre Mitglieder schützt – zum Beispiel vor Attacken wie deiner …

Sinéad wollte wissen, wo Nigel war. Den hat der Teufel geholt!, dachte Bella, sagte aber nichts. Man befragte einander, und da niemand bemerkt hatte, wie er und sie die Lobby verlassen hatten, rätselte man.

Louise begriff als Erste, was passiert sein könnte. »Er hat dich wieder angegriffen, Mom, stimmt's? … Jeder hier findet es schrecklich, wie er sich aufführt.«

Bella entschloss sich nun doch zu reden. »Nigel hat recht.«

»Wie bitte?«

»Er sieht eben genau hin, dafür wird er bezahlt. Er sieht allerhand Risse in den Dingen und ist empört und enttäuscht. *Das* macht ihn manchmal böse.«

»Klar, und der Rest der Welt ist blind!«, versetzte Louise gereizt. »Wieso nimmst ausgerechnet du ihn plötzlich in Schutz?« Sie blickte suchend umher, irgendwann auch zur Drehtür.

»Steht er dort draußen und raucht?«

»Dein Vater hat sich Johnson angedient, als der mit seiner schmutzigen Vietnampolitik anfing.« Die Worte gingen Bella mit überraschender Leichtigkeit über die Lippen. »Die Kanzlei, für die er tätig war, *Baxter & Baxter*, steckte bis zum Hals im Regierungskuddelmuddel jener Tage.«

Grace mischte sich ein. »Das ist über vierzig Jahre her!«

Bella merkte, dass sie wieder zu Kräften kam. Alle standen

nah um sie herum, schienen aber schon ein Stückchen von ihr abgerückt zu sein und machten Gesichter, als stiege ein unangenehmer Geruch von ihr auf. Patrick blähte die Wangen und legte die Stirn in Falten. Seine Brüder tuschelten, beschworen den Leprechaun oder gossen flüsternd keltische Hexenflüche über Nigel aus. Weil sie ihn sowieso nie so richtig hatten leiden können, überlegte Bella.

»Vierzig Jahre ändern nichts, mein liebes Kind. Es hat mit der Welt zu tun und der Wirklichkeit und damit, dass alles gleichzeitig passiert, wir aber nur zwei Augen haben, die vorne im Kopf stecken. Es geht nicht um Gefühle. Hättest du je dein Gehirn eingeschaltet, wärst du schon lange selbst darauf gekommen.«

»Danke sehr, Mom!« Grace' Miene spiegelte die erlittene Kränkung.

Louise stand ihr sofort zur Seite. Die beiden hatten schon als Kinder immer zusammengehalten, wenn es heikel geworden war. Bella gefiel diese Solidarität, sie freute sich im Stillen.

»Ich fasse es nicht, Mom«, begann Louise. »Wir feiern hier ein Familientreffen und du legst die alte Vietnamplatte auf. Daddy war Jurist und hat damit sein Geld verdient. Vielleicht hast du ja auch mal einen Patienten behandelt, der beileibe kein netter Mensch war. Nigel verdient sein Brot mit Nachforschungen, die dich ärgern, aber das ist nun mal sein Job. Er könnte natürlich nett sein und die Klappe halten, tut er aber bedauerlicherweise nicht. Schließ einfach Frieden damit!«

»Ja, und so drehen sich überall kleine unschuldige Räder und halten alles am Laufen«, antwortete Bella mit einer Festigkeit und Überzeugung, die sie selbst erstaunte. »Jeder geht seinen Weg und eigentlich wäre auch nichts daran auszusetzen, wenn es nicht Dinge wie Vietnam gäbe, den Nahen Osten, Irak und die afrikanischen Länder, die nicht auf die Beine kommen, weil wir dort *helfen* … Die Frage ist nur, wem eigentlich?

Dein Vater hat sich mir gegenüber als Friedensfreund aufgespielt, während er als Jurist Unglück in die Welt brachte, um es vorsichtig auszudrücken. Das verletzt mich auch heute noch, nach einer Ewigkeit …«

»Ach komm!«, maulte Grace. »Woodstock ist passé …« Ihr Ton war ungeschickt ironisch.

»Dein Gesichtskreis, liebe Tochter, scheint den Umfang eines Marmeladenglasdeckels zu haben«, fauchte sie angriffslustig. »Selbst dir hätte auffallen dürfen, dass unsere schönen Zusammenkünfte längst nicht mehr den Zweck erfüllen, den ihr damals als Kinder klug und sensibel im Auge hattet, Louise und du. Es ist jedenfalls lange her, dass ich den Eindruck hatte, es ginge dabei um Berlin und mein Überleben und euer Leben. Ich höre mir den Satz heutzutage von euch an und merke, wie immer mehr Desinteresse und Langeweile durchsickern, wenn ihr ihn sagt.« – Uff! Das musste endlich mal raus! Beinah hätte sie zufrieden gegrinst, sie konnte es sich gerade noch verkneifen, um die gute Wirkung nicht zu verwässern.

Der Brocken war jedenfalls raus und die Familie würde ihn schlucken müssen. Selbst die ohnehin distanzierten irischen Herrschaften, die jetzt noch mehr Abstand suchten, so schien ihr. Ian war bleich geworden. Bella spürte schon seit der Offenlegung seines und Louises »Geheimnisses«, dass er mit seinem Gewissen rang und offenbar damit rechnete, dass ihm vonseiten seiner plötzlich eingeweihten Pseudo-Schwiegermutter früher oder später eine gepfefferte Reaktion ins Haus stand. Sie empfand kein Mitleid. Sollte er ruhig ein bisschen leiden! Sollten sie alle ein bisschen schmoren, die »jungen« Leutchen inmitten ihrer Karrieren und Affären!

»Ich habe Verständnis dafür, dass ihr heute andere Sorgen habt und die Geschichte weit zurückliegt«, fuhr sie zornig fort. »Aber wenn ich erlebe, wie wenig ihr gewillt seid, die ›arabische Rettung‹ – die ja nicht nur meine, sondern auch eure Rettung war – überzeugend an die nächste Generation weiterzugeben, den Stab an die Kinder weiterzureichen, dann wird mir unheimlich zumute.« Ihre Stimme zitterte, sie musste sich zusammennehmen.

Sie wollte nicht weich werden, sie musste zeigen (und zeigte ja auch), dass sie die Kraft hatte, der Vergangenheit fest in die Augen zu blicken, die ganze Welt musste diese Kraft aufbringen und am Leben halten.

»Es macht mich traurig zu erleben, dass die einzige Person, die den Satz überzeugend sagte, Chelsey war. Habt ihr das nicht gemerkt? Dem Kind können wir keinen Vorwurf daraus machen, dass ihm der Satz nur Hülle ist, eine schmückende Melodie. Aber damit hat Chelsey gerade das auf den Punkt gebracht, was euch beileibe nicht gestattet ist, wie ich meine. Dass man nämlich nichts spürt, wenn ihr ihn sagt, den Satz. Nicht das Geringste!«

Nachdem alle betreten geschwiegen hatten, meldete sich Grace. »Wir haben uns doch alle über Chelsey gefreut und jetzt machst du es kaputt.«

»Macht sie nicht«, erwiderte Patrick. »Du hast nicht zugehört. Sie hat gesagt, dass Chelsey den Satz als bloßen Schmuck genossen hat, sie aber als Einzige dazu berechtigt ist.«

»Ist doch Quatsch!«, zischte Grace.

»Das ist überhaupt kein Quatsch. Wir sind bequem geworden. Unser Wohlstand beduselt uns. Wir verdienen prima und der Rest der Welt und wo wir herkommen, ist uns egal.«

»Sieh mal an! Schwager Patrick denkt nach!« Es war Nigels Stimme. Er war unbemerkt vom Eingang des Hotels hergekommen und hatte sich im Hintergrund gehalten. »Und recht hat er: Das Schulgeld für Clint und die beiden Mädchen will nun mal bezahlt werden und Grace möchte sich vielleicht noch ein zweites Mal die Nase operieren lassen …«

»Idiot!« Grace zeigte ihm einen Vogel und stapfte in Richtung Bar davon, wo sie sich deutlich vernehmbar einen Gin Tonic bestellte.

»Ist das heute der Tag der Wahrheiten und Skandale?«, fragte Louise.

Die Iren, abgesehen von Pat, schwiegen verunsichert. Sinéad hüstelte, Ian knetete die Hände, Mike blickte Grace hinterher, und Bella ahnte, dass auch er sich gleich aus dem Staub machen würde.

»Grace hat sich operieren lassen?« Bella war durchaus ein bisschen bestürzt und spähte zu Patrick rüber, der schmallippig dastand.

»Als wir im vorigen Jahre die neun Wochen am Stück in Dublin waren.«

Jetzt begriff Bella, warum ihre Tochter nach der Rückkehr so eigenartig anders ausgesehen hatte. Der Wandel war so wenig dingfest zu machen gewesen, dass sie, Bella, es nie angesprochen hatte. Auf eine kosmetische Operation wäre sie im Traum nicht gekommen. »Ich hab nichts gesehen.«

»Grace hat's gesehen«, versetzte Pat. »Das reicht vollkommen ...«

Die Kinder preschten vom Lift heran. Das Geschrei übertönte alles. Chelsey rannte vorneweg und rief: »Pinball-Queen, Pinball-Queen ...!«

Als sie Nigel entdeckte, flog sie auf ihn zu und breitete die Arme aus. Er fing sie auf und drehte sich. Chelseys Beine sausten wie Rotorblätter durch die Luft. Ian und Louise mussten wegspringen, um nicht erwischt zu werden. Sinéad trieb das Karussell klatschend an. »Schneller, schneller!«

Bella brauchte eine Zeit, bis der Spaß vor die Enttäuschung treten konnte, die sich festgebissen hatte und mit der sie noch würde weiterkämpfen müssen, wenn der süße Überfall verklungen war.

Der Krieg zehrte weiter an allem und jedem. Die Fronten im Osten und Westen bewegten sich nur schwerfällig, das Stocken erstickte die Hoffnung auf ein Ende des Terrors. Täglich kamen zu den alten zahllose neue Schikanen und Erschwernisse des Lebens hinzu. Juden war jetzt der Kauf von Blumen untersagt, sie durften keine Bahnhöfe betreten, überhaupt war es – Juden wie Nicht-Juden – untersagt, eine Reise nur aus Vergnügen anzutreten. Von einer »Arierin« verlangte man einen »Eisenschein«, wenn sie ein paar Haarklämmerchen kaufen wollte. Die Nazis waren verrückt. Für Juden trat das Verbot in Kraft, bestimmte Parks und Gartenanlagen zu benutzen, sie durften zu Hause keine Lebensmittel lagern und waren gezwungen, nur dasjenige aufzubewahren, was sie bis zum nächsten Einkauf verbrauchten. Fisch war in jüdischen Haushalten verboten, beim Einkauf oder sonstigen Besorgungen durften Juden keine Warteschlangen bilden oder sich in eine Schlange stellen. Es war ihnen verboten, für eigene Zwecke einen Handwerker in die Wohnung zu holen, und an der Wohnungstür musste außen neuerdings für alle sichtbar der Stern zu sehen sein. Die Befestigung des Sterns an der Kleidung hatte so zu erfolgen, dass ein kurzfristiges Abnehmen nicht möglich war. Die Verwendung von Druckknöpfen und Sicherheitsnadeln zu diesem Zweck war untersagt.

»Wieso schütten sie nicht jedem von uns einen Eimer Farbe über den Kopf, die man nicht mehr abwaschen kann?«, bemerkte Bella, als sie einmal in der Praxis über diese Demütigungen redeten, und bewies damit, wie sie später einsah, dass sie das ganze Ausmaß der Bedrohung bis dahin noch nicht wirklich erkannt hatte.

Die Schlinge zog sich hinter ihrem Rücken mehr und mehr zu. Schließlich wurde auch die Schwelle der Voraussetzungen für die Enteignung von Häusern in jüdischem Besitz gesenkt – was Bella und die Familie im Besonderen betraf, denn ihr Vater hoffte immer noch, einen Käufer für das Haus zu finden, aus dem man sie verjagt hatte –, einen Käufer, der einen fairen Preis bezahlte, Geld, das ein Verlassen des Landes ermöglichen könnte.

Wie privilegiert Bella letztlich mitten in diesem Berlin unter der Obhut der »verschworenen Gemeinschaft« im Vergleich mit anderen leben durfte, wurde ihr wieder klar, als Erika und sie ein weiteres Mal nach Karow fuhren, um der Mutter und der Oma ein paar Lebensmittel zu bringen. Es passierte etwa vierzehn Tage, nachdem sie in der Fasanenstraße auf Joost Gattermann gewartet hatte, ohne sich darüber Gedanken zu machen, wie sehr sie sich und andere in Gefahr brachte.

Als sie die Gartenlaube betraten, saß die Oma in einem Winkel und weinte. Bella war sogleich alarmiert und glaubte, es gehe wieder um grausige Nachrichten und Gerüchte. Doch der Grund war ein anderer. Die Mutter hatte der Oma gebeichtet, dass sie vor lauter Hunger heimlich ein Stück vom Brot abgeschnitten hätte. Das Vergehen hatte ihr aber so im Magen gelegen, buchstäblich, erzählte sie, dass sie es nicht länger habe für sich behalten können. Als aber die Beichte erfolgte, gestand auch die Oma, dass sie dasselbe getan habe – schon viel früher. Man redete nun zu viert über den »Fall« und vergaß nicht, festzustellen, wie dringend es war, dass doch immer noch Ehrlichkeit herrschte und Vertrauen. Da höre man aus anderen Familien und Gegenden weit Schlimmeres.

Was Bella selbst betraf, so hatte sie während der brausenden

Fahrt auf dem Sozius wieder ein bisschen Selbstbewusstsein erlangt. Die vergangenen Nächte waren qualvoll gewesen. Joost war ihr weiterhin nicht aus dem Kopf gegangen, dazu die bevorstehende Pflicht, der kaum begonnenen Freundschaft ein Ende zu bereiten. *Wir müssen vernünftig sein.* Dieser oder ein ähnlicher Satz ließ sie keinen Schlaf finden. Sie sagte ihn sich hundertmal vor, doch tat es jedes Mal so weh, ihn auch nur zu denken, dass sie nicht wusste, wie sie das Gespräch in Wirklichkeit je überstehen sollte.

Dann, auf dem Motorrad und auf dem Weg nach Karow, war ihr ein hilfreicher Gedanke gekommen. Nämlich, dass es ihr nicht zustand, wegen solcher Gefühlsdinge unzuverlässig zu werden. Sie wog die Dinge nüchtern gegeneinander ab. Es gelang ihr wirklich. Die Familie und Tausende andere fürchteten um ihr Leben und sie machte sich Gedanken wegen eines blonden Jungen! Also fasste sie den kühnen Entschluss, sich die Gefühle zu verbieten. Sie untersagte sie sich. Sie hatte kein Recht, egoistisch zu sein, die anderen waren es auch nicht. Niemand. Mit der Kraft dieses Entschlusses fühlte sie sich besser und schöpfte im Fahrtwind und mit dem Knattern des Motors im Kopf für ein paar Minuten etwas Zuversicht.

Erst als sie langsamer geworden waren und in den staubigen Weg zur Laube einbogen, kehrten Angst und Unsicherheit zurück. Bis zu dem Moment, als sie die Oma weinen sah. Da besann sie sich neu und erzählte andeutungsweise, was in ihrem Herzen vor sich ging, und konnte auf diese Weise die Brotdiebstahl-Beichte von Mutter und Oma tatsächlich etwas entschärfen. Wie sehr benötigten sie alle damals solchen Zuspruch, auch wenn es nur Tropfen auf ein Gebirge heißer Steine waren! Für die beiden in der Karower Laube war das Versteck längst zum Gefängnis geworden, besonders für die Oma. Als junge Frau, als Berlin in den Zwanzigerjahren die Konkurrenz mit Paris und London nicht scheuen musste, hatte sie das Selbstbewusstsein besessen, ein oder zwei Mal in der

Woche ihre Hausarbeit liegen zu lassen und sich in den Großstadttrubel zu stürzen, das »Moka Efti« auf der Friedrichstraße zu besuchen oder eine amerikanische Bigband zu hören. Flanieren, Freunde treffen und in Cafés sitzen waren ihr zur zweiten Natur geworden, wie man sagt. Jetzt wusste Bella übrigens aus erster Hand, wie sich das damals angefühlt haben musste und dass solche Routinen gerade beim Älterwerden eine immer größere Bedeutung erlangten. Als die Oma sie einmal ins Vertrauen zog und sagte, dass sie noch verrückt würde »in dem Loch« und es ihr immer schwerer falle, ihren Helfern dankbar zu sein, wie es »die Umstände« nun einmal erzwangen, tat sie Bella unendlich leid. »Ich hasse *Umstände,* Bella. Ich war auch gar nicht gern schwanger und weiß gar nicht, was manche Frauen daran finden. Ich wurde zu fett und hässlich, um in die Stadt zu gehen. Der Ku'damm fehlte mir. Wie heute. Und wenn dann so ein Kind auf der Welt ist, hält es einen auch nur in Atem und schreit andauernd.« Dann umarmte sie die Enkelin. »Nur so ein wunderbares Mädel wie du, das taugt etwas.«

Ein andermal gestand sie Bella: »Manchmal hab ich eine Riesenlust, einfach zu türmen. Sag es aber nicht deiner Mutter! ... Wie die Verbrecher aus den Gefängnissen. Auch auf die Gefahr hin, dass sie mich abknallen ... Soll'n se doch! Endlich, endlich ...!«

Um mit Joost zu sprechen (und ihn wiederzusehen, Bella wollte es unbedingt), musste sie Erika bitten, mit ihr in die Fasanenstraße zu fahren. Der einzige Weg, die Verbindung aufzunehmen, war über Ronjon. Sie versprach Erika, die Freundschaft ohne Umschweife zu beenden (bevor sie überhaupt begonnen hatte). Gebrochen wurde das Versprechen allerdings bereits in dem Moment, als sie beide vom Motorrad zum Haus liefen und die Treppe zum Café hinaufgingen. Der Gedanke, dass Joost jetzt zufällig hier sein könnte, ergriff so sehr Besitz von Bella, dass sie alles um sich her vergaß. Als Ronjon dann oben vor ihr stand, wusste sie schon gar nicht mehr, was sie ihn hatte fragen wollen. Er sah es ihr an und sagte auf Englisch so etwas wie »*forever lost*« und dass sie im Herzen offenbar heimatlos geworden sei, der verlorenste Mensch in ganz Berlin. Damit hatte er recht. Wie sehr sie sich die Gefühle mit dem Verstand auch hatte austreiben wollen, vielleicht sogar ausgetrieben hatte – in dem Café zerfiel alle Vernunft zu Staub. Sie wurde so wütend, dass sie den indisch-finnischen Freund barsch anfuhr, weil er noch mal etwas auf Englisch sagte und sie es nicht verstand. Sie entschuldigte sich sofort und fühlte sich noch schlechter. Ronjon verzieh ihr und sie verabredeten den Zeitpunkt für ein Treffen mit Joost in Ronjons Wohnung.

Erst draußen wurde ihr richtig klar, wie nah sie daran war, ein zweites Mal alle um sie her zu enttäuschen. Wenn es ihr nicht gelingen würde, sich schleunigst wieder auf das Wesentliche zu konzentrieren, kam das einem Verrat gleich. Der Verlust ihrer bisherigen Zuverlässigkeit und Sorgfalt hätte bedeutet, dass sie nicht nur für Dr. Fareed nutzlos wurde, sondern für alle, die ihr nahestanden und gewaltige Risiken auf sich nahmen, um ihr zu helfen. Erika spürte die Not, nahm sie in den Arm und wartete, bis sie die Kraft fand, sich zusammenzunehmen. »Ist gut, ist ja gut. Danke«, flüsterte Bella und wischte sich die Augen trocken. Schließlich stiegen sie auf und knatterten los.

Wie genau sich Erika in Bellas Verzweiflung hineinfühlte, zeigte sich, als sie von der Fasanenstraße aus geradewegs zum Briefkasten in der Straßenpumpe am Alexanderufer fuhr und ihr zuredete, eine Nachricht zu hinterlegen. Das sei sie Leni und Sarah ohnehin schuldig, und damit hatte sie recht. Bella schrieb, dass es ihr gut gehe und sie sich sehr über den jüngsten Brief gefreut habe und hoffe, dass weitere folgten, die sie auf den neuesten Stand der Dinge im Lyzeum brächten. Die Briefe gäben ihr das Gefühl, schrieb sie, trotz allem immer noch dazuzugehören und zu wissen, *wohin der Keese rollt.* Die Empfindungen, während sie das Blatt vollkritzelte, wechselten im Wettlauf mit dem Himmel, wo der Wind die Wolken hetzte und ruhelos für Licht und Schatten sorgte.

Während sie dahockte und schrieb, schlich sich Joost wieder ein. Hätte sie mehr Papier und Zeit gehabt, wäre eine Gefühlsbeichte entstanden. Es war keine Frage, dass Sarah und Leni ein brennendes Interesse daran gehabt hätten. Was war schöner, als seine Sorgen, Ängste und Hoffnungen in der Liebe mit den besten Freundinnen teilen zu können? Niemand sonst verfügte über einen so wertvollen Schatz an Verständnis, Teilnahme und womöglich eigener Erfahrung. Der Brief wurde in der Pumpe versteckt, Bella legte einen großen Kieselstein dazu, den sie vorher küsste, und nahm wieder auf dem Sozius Platz. Die kleine Botschaft an die Freundinnen entpuppte sich als Hilfe in ihrem Bemühen, die Konzentration und Freude an der Arbeit wiederzuerlangen. Im Labor warteten einige Untersuchungen auf sie, und auf dem letzten Stück der jedes Mal herrlichen Motorradfahrt spürte sie wieder Funken der gewohnten Vorfreude, mit der Arbeit zu beginnen und ihrer Verantwortung gerecht zu werden.

Das Wartezimmer war voll. Bella warf einen flüchtigen Blick hinein und erkannte einige der regulären Patienten. Die *Aquarienfreunde* erschienen weiterhin erst, wenn der letzte »Ordentliche« die Praxis verlassen hatte. So auch der gerettete Uhrmacher Herr Lauth, der für eine Nachuntersuchung vorgesehen war und dem es nach der gleichsam illegalen Operation seiner Milz in der Charité unter Leitung des Unfallchirurgen Dr. Al-Mawardi wieder besser ging. Lauths Erscheinen war bereits für den Vorabend verabredet gewesen, er war jedoch nicht gekommen.

Kamal Fareed und Erika hatten neben dem Ehepaar Al-Mawardi noch andere Freunde, die meisten waren Ägypter.

Einige hatten in der diplomatischen Vertretung gearbeitet und verfügten über einen gewissen, nicht sehr weitreichenden, aber zuweilen doch nützlichen Einfluss innerhalb der unteren Hierarchien einiger Berliner Amtsstuben. Etwa wenn es galt, nicht »arischen« Personen Papiere auszustellen etc. Bedeutender allerdings war die Tatsache, dass die Vertretung weiterhin jenes eigene Automobil unterhielt, das von Hadschi Hasib, der auch zum Kreis der Freunde zählte und ein Angestellter der Vertretung gewesen war, wie dessen Eigentum gehandhabt wurde. Er hatte die Rolle des Chauffeurs übernommen, kümmerte sich aber auch um die technische Wartung des Fahrzeugs. Wann immer Dr. Fareed mit Blick auf die Praxis und ihre Patienten einen Weg zu bewältigen hatte, für den Straßenbahn, Bus und S-Bahn ungeeignet erschienen, fuhr Erika mit dem Motorrad zu Hasib nach Hause und kehrte mit der Limousine zurück. Mit seinem besonderen Kennzeichen bot das Auto den Vorteil, dass man in Kontrollen meist durchgewunken wurde, was sich für die *Aquarienfreunde* schon einige Male als nützlich erwiesen hatte. So beschloss man auch jetzt, vorsorglich und für den Fall, dass Herr Lauth auch nach diesem Praxisschluss nicht auftauchen sollte, die Limousine zu holen, um ihn im Bedarfsfall in seiner Wohnung aufzusuchen.

Der Beschluss wurde um die Mittagszeit gefasst. Der Wagen stand vor der Tür und Bella hatte bereits einen Teil ihrer Arbeit mit aller Sorgfalt erledigt.

Es ging ihr besser. Joost Gattermann hatte sich in einen weiter hinten gelegenen Bezirk ihres Bewusstseins zurückdrängen lassen. Er durfte einfach nicht so sehr ihr Leben und ihr Gemüt bestimmen, und als Erika Bella gegen Mittag in die kleine Küche rief, wo sie Tee gekocht hatte, schaffte diese es sogar, ein paarmal zu lächeln, woraufhin Erika erklärte, nie Zweifel gehabt zu haben, dass sie, Bella, »wieder zur Vernunft kommen« würde. In ebendiese Unterhaltung platzte Dr. Fareed unerwartet hinein und brachte alles zum Stillstand. Er blickte erst Erika, dann Bella an und sagte sehr leise, fast flüsternd: »Ramses ist der Meinung, im Wartezimmer sitze ein Wolf. Er trägt eine Schafspelzjacke und sieht anämisch aus.«

Bella und Erika begriffen sofort, was er meinte. Erika ging in die Diele, von der aus die Türen ins Wartezimmer und in den Konsultationsraum führten. Nach wenigen Augenblicken kehrte sie zurück.

»Polizei?« Sie flüsterte ebenfalls.

»Sie fühlen uns auf den Zahn«, meinte Dr. Fareed. »Es kann auch mit Herrn Lauth zu tun haben. Vielleicht sollte ich mal in der Vertretung anrufen oder in der Charité, ob Al-Mawardi etwas weiß.« Er verschwand in seinem Zimmer.

Bellas Mund war so trocken, es tat weh, sie konnte den Tee kaum schmecken. Es war ein bisschen, als hätte ein Riese die Welt mit einem Handstreich auf den Kopf gestellt. Eben noch hatte sie sich gefreut und jetzt ging vielleicht alles kaputt. Das Leben war wie aus dünnstem Glas geblasen, jeden Augenblick konnte eine Katastrophe eintreten. Die folgenden Minuten wurden zur Qual, weil klar war, dass jeder weiterarbeiten und sich in der Praxis bewegen und verhalten musste, als wäre nichts. Bella wartete. Die Zeit kroch dahin, nichts geschah. Auch aus der Diele und den Zimmern war kein Geräusch zu hören. Womöglich hatte der unbekannte Patient, der »Wolf«, auch unter den Wartenden bereits Misstrauen ausgelöst.

Dr. Fareed kam durch die Diele zurück. Er schloss die Küchentür und hatte Falten in der sonst glatten Stirn. »Al-Mawardi weiß nichts. Er rät uns, weiterzumachen und uns nichts anmerken zu lassen. Der Wolf muss den ersten Sprung tun.« Er ließ sich Tee einschenken und ging mit der Tasse in der Hand zum Wartezimmer. »Der Nächste, bitte!«

Bella nahm an, dass niemand es wagen würde aufzustehen, solange nicht der Fremde zu verstehen gab, dass er an der Reihe sei. Erleichtert sah sie durch die offene Tür, wie eine Frau in den Flur trat und dem Arzt folgte. Mit einem Blick zu Erika machte sie sich auf den Weg ins Labor. Dort ließ sie die Tür angelehnt, wollte hören können, aber nicht gesehen werden, und begann zu hantieren – längst nicht mehr so bei der Sache wie noch vor einer Viertelstunde.

Es war das erste Mal, dass ihre Angst sozusagen fest und schwer wurde. Als läge ein Stück Eisen in ihrer Brust; wenn sie auf eine bestimmte Weise atmete, schien es seine Form zu ändern.

Als die Patientin nach einiger Zeit aus dem Behandlungsraum kam, bewegte sich das Angstding. Bella drückte die Labortür ein wenig auf. Dr. Fareed folgte der Frau. Er verabschiedete sie und rief den nächsten der Wartenden auf. Diesmal sah sie einen Mann aufstehen, der vor zwei Tagen da gewesen war. Sie ging zu ihrem Arbeitstisch zurück, tupfte etwas Blut auf einen Objektträger und deckte es mit einem Glasplättchen ab. Ihre Gedanken schweiften ab. Wieso hatte ein Fremder so viel Macht über sie alle? Man *wusste* ja nicht einmal, ob er wirklich ein »Wolf« war, man glaubte es nur. Der Kerl saß dort im Zimmer und ahnte vielleicht gar nicht, welche Rolle ihm angedichtet wurde.

Das Präparat, das sie untersuchte, war in Ordnung, jedenfalls, was die Zahl der Leukozyten betraf. Sie stand auf und ging entschlossen zu Erika in die Küche. Dort schloss sie die Tür. »Wir wissen gar nicht, wer das ist, und machen uns schon verrückt.«

Erika gab ihr recht. Beim Verlassen des Labors hatte Bella kurz das Profil des Mannes gesehen. Eine starke Nase. Aber die Augen, ihren Ausdruck hatte sie nicht sehen können, den Blick, das Wichtigste, wenn man sich ein Bild von einem Menschen machen will.

»Wir ignorieren ihn«, fügte sie hinzu. »Wir tun es schon, wir beachten ihn scheinbar nicht, trotzdem übt er Macht über uns aus …«

In der folgenden Stunde sagte niemand im Wartezimmer

ein einziges Wort – außer Guten Tag oder Auf Wiedersehen. Von Zeit zu Zeit wurde Dr. Fareeds Zimmertür geöffnet, er verabschiedete einen Patienten und bat den nächsten zu sich herein. Der Fremde stand nicht auf. Bella wurde erneut nervös. Als der letzte »Ordentliche«, der nach dem Fremden in die Praxis gekommen war, dem Arzt ins Zimmer folgte, war klar, dass etwas unternommen werden musste. Erika verließ die Praxis und wollte versuchen, vom Hof aus durch die Einfahrt einen Blick auf die Straße zu riskieren, um eintreffende *Aquarienfreunde* frühzeitig warnen zu können – für den Fall, dass dieser Mann tatsächlich auf sie wartete.

Bella hatte ihre Untersuchungen abgearbeitet, räumte auf, reinigte Tische und Instrumente, so wie sie es jeden Tag machte. Zur Ruhe kam sie nicht, und solange Erika nicht zurückkam, würde es ihr auch nicht gelingen, die wachsende Nervosität zu zügeln. Es beschlich sie eine Ahnung, die sich nicht abwehren ließ. Sie musste dauernd daran denken, wie es wohl denjenigen ergangen war, von denen die Mutter in Karow erzählt hatte – unbescholtene Leute, die frühmorgens aus ihren Wohnungen geprügelt wurden, die miterleben mussten, wie man ihr Hab und Gut zerstörte, man es ihnen raubte, wie man sie angriff, schlug, verschleppte, ihr Leben zerstörte. Von einem Tag zum andern, von einem Moment zum andern. Solche Geschichten hatte sie sich angehört, aber es war ihr nie gelungen, in das Berichtete hineinzufühlen, es mit dem Herzen zu verstehen.

Als Bella das Geräusch des Schlüssels im Schloss der Praxistür hörte, war sie sicher, dass es Erika sei. Die Tür wurde geöffnet. Und tatsächlich: Erika trat durch die Tür – hinter ihr drei Männer. Es war nicht deren Äußeres, das Bella erschreckte, weder die Ledermäntel noch ihre Gesichter oder die schwarzen Handschuhe. Es war die Entschlossenheit, mit der sie die Räume betraten. Die Rohheit, mit der sie Erika und ihr befahlen, in der Mitte der Diele stehen zu bleiben. »Jetzt! Und Maul halten! Alle!« Die Kaltschnäuzigkeit, mit der einer die Zwillingstür des Sprechzimmers aufstieß und schreiend befahl, die ärztliche Untersuchung auf der Stelle abzubrechen. Das Lachen eines Zweiten, als er sah, dass der Patient kaum bekleidet war, sein kameradschaftlicher Klaps, den er dem vierten Mann der Truppe, dem »Wolf«, im Wartezimmer gab, als dieser aufstand und seinem Vorgesetzten knarrend Meldung machte, dass bislang nichts Besonderes gesprochen worden sei und niemand Verdächtiges die Praxis betreten oder verlassen hätte.

Bella fühlte die eisenschwere Angst. Vom Flur aus, durch die offene Labortür sah sie, wie der Vierte bereits sämtliche Glasschränke aufriss, Schubladen aufzog und durchwühlte. Sie hörte Reagenzgläser klirren, sah, wie sie zu Boden fielen und wie der Mann achtlos mit den Stiefeln die Scherben zertrat. Es schien weniger Mutwille zu sein als die Ziellosigkeit des Suchens, die vollkommene Unachtsamkeit, mit der die Zerstörung einherging. Wut und Angst lähmten sie zu ihrem eigenen Schutz.

Im Arztzimmer wurde der Schreibtisch geplündert. Bücher und Papiere bedeckten den Boden. Dazwischen verstreut lagen die Wochen- und Tageskärtchen des marmornen Tischkalenders, dessen schwerer Steinfuß zu Boden knallte und Bella einen neuen Schreck einjagte. Sie konnte nicht länger die Geräusche, die Stimmen dieser Männer ertragen, ihren Geruch, wenn sie dicht an ihr vorübergingen, und sie mochte die Verwüstung nicht mehr ansehen. Selbst eine anatomische Wandkarte wurde heruntergerissen. Der Arzt und Besitzer dieser Dinge ahnte nichts von alledem; er diente in der Ferne seinem Vaterland, währenddessen Büttel sich an seinem Eigentum vergingen.

Erika und Bella standen wehrlos in der Diele. Dr. Fareed hatte dem Patienten Unterhemd und Hemd gereicht und sich schützend vor ihn gestellt, beide angstbleich, reglos.

Plötzlich hämmerte eine Faust an die Praxistür. Man drückte nicht die Klingel, man trommelte gleich gegen das Holz. Einer der Männer öffnete. Zwei weitere Beamte trieben Herrn Lauth herein. Man stieß ihn rüde ins Wartezimmer und befahl auch ihm, in der Mitte des Zimmers stehen zu bleiben und »das Maul« zu halten. Drüben erfolgte der Umbau des Sprechzimmers in einen Verhörraum. Der Schreibtisch wurde leer gefegt. Der, der es tat, setzte sich dahinter auf den Drehstuhl. Ein Hocker wurde vor den Tisch gestellt, daneben die grelle Untersuchungslampe.

»Fareed! Herkommen!«

Der Arzt kam und setzte sich. Das Gesicht wie grauer Stein. Die Lampe wurde aufs Gesicht gerichtet.

»Sie sind doch Araber!«, begann der Beamte. »Als solcher sind Sie uns gar nicht so unsympathisch ... was die Juden betrifft. Sie haben drüben in Afrika dasselbe Problem, oder nicht?«

Plötzlich blickte er herüber. »Tür zu!«, brüllte er.

Sein Untergebener schloss die Doppeltür des Behandlungszimmers. Zwei der Männer blieben in der Diele. Sie holten sich Stühle und rauchten, Bella und Erika mussten stehen bleiben. Bella wusste nicht, wohin mit ihren Händen. Sie hingen kraftlos an ihr herunter und kamen ihr so nutzlos vor wie ihre Wut. Die Augen brannten, Kopf- und Schulterschmerzen meldeten sich, in ihren Ohren rauschte die Stille. Obwohl sie wusste, dass es nicht gelingen konnte, versuchte sie, etwas aus Richtung des Sprechzimmers zu hören. Die Stimmen drangen wie immer nur als kaum zu vernehmendes Rumoren durchs Holz. Der Verhörer schrie immer wieder. Erika fasste jedes Mal Bellas Hände und drückte sie. So verstrichen Minuten. Plötzlich wurde die Tür aufgerissen. Der Verhörer brüllte: »Sie da! Vereinskamerad, Fischfreund, Aquariumsgenosse, was immer Sie zu sein behaupten werden ...!«

Herr Lauth betrat die Diele und beugte sich vor.

Sein Gesicht hatte die Farbe des Türlacks, der Gipsdecke. Er schritt zitternd vorbei. Hinter ihm knallte die Tür zu. Nicht zu wissen, was drinnen vor sich ging, erschien Bella schwerer erträglich, als Zeugin zu sein. Ihre Fantasie malte Fratzen, dachte sich Misshandlungen aller Art aus. Auch kam ihr der Gedanke, dass es den Männern, die hier draußen auf sie aufpassten, womöglich langweilig wurde und sie den Ärger darüber an Erika und ihr auslassen könnten.

Die Tür zum Sprechzimmer wurde erneut aufgerissen. »Wer von Ihnen ist Erika Zwirner?«

Erika löste sich und ging hinüber. Noch bevor sie dort war, schrie der Beamte: »Können Sie bestätigen, dass dieser Herr *kein* Patient ist, sondern zu einem *Vereinstreffen* möchte?«

»Jeden Mittwoch«, sagte Erika. Heute habe man darüber sprechen wollen, wie man die Fische vor gewissen Mikroben schützen kann.

»Keine Details bitte, junge Frau! Meine Geduld ist erschöpft.«

Durch die offene Tür sah Bella Dr. Fareed auf dem Verhörstuhl sitzen. Sein Gesicht glänzte vom Schweiß, den die Behandlungslampe aus seinen Poren trieb.

»Hier will also niemand die Wahrheit sagen. Sie, Herr arabischer Doktor! Sagen Sie mal, wie nennen wir Sie eigentlich?« Er stand von dem Drehstuhl auf. »Da Sie kein Arier sind, kann ich nicht *Arzt* sagen. Jude sind Sie auch nicht, sonst käme *Krankenbehandler* in Betracht. Gesundmacher? Bauchaufschneider? Pillendreher?« Er lachte glucksend, stand so dicht vor Dr. Fareed, dass sein Speichel auf ihn niedersprühte.

Sie mussten verraten worden sein, überlegte Bella und schüttelte sich. Vielleicht ein »ordentlicher« Patient, der etwas beobachtet hatte. Überall wurde gespitzelt und abgeschätzt, ob und wie man die eigene Haut retten konnte.

»Oder soll ich Herr Doktor Noch-kränker-Macher zu Ihnen sagen? *Sie machen mich nämlich krank.* So krank, dass ich gleich auf diesen Tisch kotze.«

Kamal Fareed blickte starr auf den Boden.

Herr Lauth stand abseits. Seine Haltung wirkte erschöpft, hängende Schultern, der tief gesenkte Kopf. Erika stand bei ihm. Bella bildete sich ein, ihr die Angst um ihren Verlobten ansehen zu können. Wieder hatte sie die Berichte ihrer Mutter und der Oma in den Ohren. In Neukölln sei eine achtzigjährige Frau zu Boden geworfen und getreten worden – von jungen Männern! –, das war das Unvorstellbare, solcher Hass und das Ausmaß der Verachtung, vor der jedermann graute. Und was geschah erst bei den »Verschickungen« ganzer Familien in den Osten?

»Vermeiden Sie, dass ich kotze, Herr Doktor, und tun Sie es schnell!« Der Mann stellte sich noch dichter vor Dr. Fareed, der nicht wagte, den Blick zu heben. »Glauben Sie ernsthaft, ich ließe mich mit einem Vereinsmärchen und ein paar bunten Fischlein abspeisen?« Plötzlich machte er einen Schritt auf das Aquarium zu. »Weinhart, Ihre Luger!«

Der Untergebene zog seine Waffe aus dem Halfter. Sein Vorgesetzter nahm sie, entsicherte. Bella merkte, wie ihr das Blut gefror. Mit einem furchtbaren Knall explodierte das Glas, Wasser spritzte überallhin, bis zur Decke empor.

»Sauerei!« Der Schütze blickte einen Moment empört an sich herunter.

Der andere nahm die Pistole zurück.

»So, Herr Ägypter! Ist die Botschaft angekommen?«

Dr. Fareed tat keine Regung. In Bellas Kopf dröhnte der Schuss. Als der Lärm schwächer wurde, vernahm sie das leise Quatschen und Zappeln der Fische am Boden. Einen hatte die Wucht bis in die Diele und vor ihre Füße geschleudert.

»Ach herrje!«, rief der Verhörer. »Ihre armen kleinen Freunde ... Wären Sie denn jetzt so freundlich und nennen uns die Namen der Vereinskameraden und ihre Anschriften?« Er wartete eine Sekunde. »Vier oder fünf Patronen sind noch drin. Stimmt's, Weinhart?«

»Natürlich, Herr Kriminalinspektor!«

»Geben Sie schon her!«

Die Waffe wechselte wieder den Besitzer.

Erika weinte. Es war ein leises, fiependes Geräusch, wie ein Vögelchen. Sie schlug die Hände vors Gesicht.

»Da sehen Sie, was Sie anrichten!«, meckerte der Inspektor. »Am Ende wird Fräulein Zwirner behaupten, *ich* sei an alldem schuld. Dabei weigern *Sie* sich, dem Ganzen hier ein vernünftiges Ende zu bereiten. Man weint schon um Sie, mein Herr! Ich muss zugeben, ich beneide Sie. Und ja, ich leide mit, auch ich habe ein Herz. Es mag klein, verzagt und zerknittert sein, aber es schlägt und pumpt Menschenblut. Und wenn es sieht, wie einer Frau die Tränen über die Wangen laufen, leidet es mit.«

Er schwieg. Eine unpassende Stille kam auf. Die Fische lagen tot am Boden. Bella hatte plötzlich den Gedanken, dass Dr. Fareed diesen Erniedrigungen einzig und allein für sie standhielt. Damit sie verborgen bliebe. Den *Aquarienfreunden* würde er ohnehin nicht mehr helfen können. Selbst wenn er ihre Namen nicht preisgab, würde man sie doch früher oder später ausfindig machen. Von ihr hingegen ahnten sie nichts. Sie war der Schatz, den Dr. Fareed so verbissen hütete.

»Entschuldigen Sie bitte!«, sagte Bella. »Darf ich mich setzen?«

Sie musste dringend etwas trinken, ihre Kehle schmerzte, sie konnte kaum mehr sprechen.

»Weinhart!«

Der Untergebene sprang ins Wartezimmer und brachte einen Stuhl. Sie bedankte sich, setzte sich und fragte, ob sie auch etwas trinken dürfe. Auch dieser Wunsch schien erfüllt zu werden. Es war so seltsam, dass man ausgerechnet sie jetzt mit Rücksicht behandelte. Der Untergebene reichte ihr ein Glas Wasser. Sie wollte es zum Mund führen, aber in der Bewegung sah sie, wie der Inspektor sie vom Sprechzimmer aus fixierte. Er hob die Waffe und hielt sie an Dr. Fareeds Kopf.

»Wenn du trinkst, Mädel, drücke ich ab.«

Bella versteinerte. Dr. Fareed hatte seine Haltung nicht verändert. Erika nahm die Hände vom Gesicht und stützte Herrn Lauth. Beide starrten fassungslos auf die Pistole. Bella fühlte Panik hochsteigen. Die ganze Quälerei fand allein wegen *ihr* statt! Sie hatte es geahnt. Man wusste genau, wer sie war, sie hatte es nur nicht so schnell durchschauen sollen. Ihre Hand zitterte, das Wasserglas wurde schwer, sie bekam Angst, es nicht länger festhalten zu können. Wenn sie es fallen ließ oder abstellte, wenn sie auch nur die Hand bewegte, würde Dr. Fareed vor aller Augen sterben, und sie, Bella, würde es bis zum Ende ihres Lebens zu verantworten haben!

»Wir sind informiert«, sagte der Inspektor – jetzt in einem Ton, der für alle bestimmt zu sein schien. »Wir wissen genau, was hier los ist. Ich verstehe nicht, wie man immer noch glauben kann, sich ungestraft über den Willen des Führers hinwegsetzen zu können. Sagen Sie mal, Herr Ägypter, wie ist das denn bei Ihnen daheim? Ist Ihr König ein Mensch, der es liebt, wenn man sich seinen Anordnungen widersetzt?«

Bella vermochte nicht länger, das Glas ganz ruhig zu halten, und erwartete jede Sekunde einen zweiten furchtbaren Knall. Mit Dr. Fareed würde sie den Schutz der »verschworenen Gemeinschaft« verlieren, die Mutter und die Oma erhielten keine Hilfe mehr, Leni und Sarah würden das nächste Mal vergeblich zur Straßenpumpe laufen, um nachzusehen, ob eine neue Botschaft hinterlegt worden war.

Dieser Mann ist ein Mörder, stellte sie für sich fest. Vielleicht hat er schon mehr als einen Menschen getötet, und es wird ihm nicht das Geringste ausmachen, es wieder zu tun. Sie war noch nie in so bedrohlicher Nähe eines solchen Menschen gewesen, vielleicht mit Ausnahme des Überfalls auf das Café. Dort aber war es nicht um sie selbst gegangen. Von heute an würde sich das Leben anders, grundlegend anders anfühlen, die Welt würde eine andere sein. Der Mann sah aus wie ein

Buchhalter oder ein Schneider. Seine Hand hielt die Waffe vollkommen ruhig, wie eine Schere oder einen Brieföffner, er tat seine Arbeit wie jeder. Während Bella hinsah, achtete sie darauf, dass ihm das Beobachten nicht auffiel – und ihr kam der Gedanke, dass er sich alles in genau dieser Abfolge ausgedacht haben könnte, mit dem Ziel, das, was sie jetzt überlegte, so in ihren Kopf zu pflanzen. Wie eine Spirale, ein Gedankenstrudel, den sie selbst erzeugte. Er machte aus ihr seine Gedankengefangene. Er zählte darauf, dass sie sich, wenn sie das Glas fallen ließe, schuldig fühlen würde, und dass diese Schuld nach und nach Besitz von ihrer Seele ergreifen musste. Sie wagte nicht, die kleinste Bewegung zu machen, hielt so lange die Luft an, wie sie konnte, zwang die Hand zur Ruhe und wollte den Verstand zwingen, nicht länger zu glauben, ein Glas Wasser sei ein schwerer Gegenstand …

»Sehen Sie mal, jetzt denkt sie nach!«, sagte der Kerl. »Sie ist ein gescheites Kind, nicht wahr, Herr Ägypter? Sie fragt sich, warum ich es gestattet habe, dass sie auf dem Stuhl Platz nimmt, während ich jetzt verbiete, dass sie das Wasser trinkt. Die Antwort lautet: Weil die Leute aufhören müssen, sich darüber Gedanken zu machen, wieso das eine untersagt ist und etwas anderes nicht. Das Denken muss aus der Welt! Drei Viertel der Menschen sind dumm, das ist wissenschaftlich erwiesen. Sie mögen schlau sein und Erfahrung haben, aber sie sind nicht *intelligent*, haben wenig Fantasie und laufen jeden Tag Routinen ab, während sie glauben, etwas Neues zu erleben. Ich sage es im Vertrauen: Das Volk ist strohdumm. Selbstredend darf man es ihm nicht sagen, sonst fegt es die Regierungen weg wie Staub.« Er lachte gespielt. »Der Führer hat das erkannt. Er sagt dem Volke, dass es klug sei, und es ist dumm genug, ihm zu glauben. Er sagt ihm, dass es das Wertvollste, Wichtigste und Schönste in der Welt sei, und es ist eitel genug, ihm auch das zu glauben. Jedes Volk glaubt es und übersieht, dass alle anderen dasselbe tun.«

Wieder kam Bella ein bedrohlicher Gedanke. Was, wenn dieser Mensch nicht wusste, wer sie war und welche Rolle sie spielte, es aber durch einen Zufall morgen erfuhr? Musste er sich nicht seiner eigenen Beschränktheit bewusst werden und würde er sich dann nicht umso bitterer an ihr rächen wollen? Erneut geriet sie in eine Gedankenspirale, die der Inspektor sich für sie, für alle ausgedacht haben mochte …

Es klingelte an der Praxistür, gleichzeitig wurde geklopft – mit derselben übergriffigen Ungeduld, die schon die Peiniger gezeigt hatten.

Weinhart öffnete. Draußen stand ein Herr, den Bella flüchtig kannte. Er war ihr ein paarmal im Treppenhaus begegnet. Sie hatten einander gegrüßt. Ein Nachbar.

»Guten Tag!«, sagte er barsch. Es klang nicht im Geringsten vorsichtig, ängstlich oder gar unterwürfig. »Darf ich fragen, was Sie hier veranstalten? Feiern Sie ein Karl-May-Festspiel? Darf man vielleicht mitschießen?«

Der Inspektor ließ die Waffe sinken. Bevor er den Mund auftun konnte, blaffte der Nachbar ihn an. »Ich weiß nicht, wer Sie sind und was Sie hier in Dr. Schwertfegers Praxis verloren haben, mein Herr. Ich habe vor vier Minuten mit dem Büro des Herrn Oberreichsanwalt telefoniert und musste mich in aller Form dafür entschuldigen, dass seine mir von ihm ausgeborgten Akten in Sachen Maier gegen Wegberg versaut sind. *Versaut*, verstehen Sie? Das Wasser läuft unten die Wände meiner Kanzlei herunter und löst die Holzbeize der Möbel auf. Begreifen Sie überhaupt, was ich sage, Herr … Herr …?«

Der Inspektor blickte einen Moment entgeistert umher. Dann fing er sich und brüllte los: »Sagen Sie mal, Sie hirntotes Arschloch, was bilden Sie sich eigentlich ein? Wer sind Sie überhaupt?«

Der Nachbar wurde puterrot, holte Luft und schrie genauso kaltschnäuzig und in derselben Lautstärke zurück. »Dieses Telefon dort, mein Herr …« Er deutete an dem Mann vorbei ins

Arztzimmer hinüber. »Ich habe Dr. Schwertfegers Nummer durchgegeben, wie Sie sich denken können, schließlich läuft das Wasser von hier oben zu mir herunter … Dieses Telefon dort klingelt jeden Moment, und ich kann Ihnen nur dringlichst empfehlen, den Anruf entgegenzunehmen. Es wird das Reichsjustizministerium sein. Man wird von Ihnen sehr genau wissen wollen, was Sie hier treiben. *Sehr* genau, mein Herr, verlassen Sie sich drauf …!« Er starrte den Inspektor an und schüttelte den Kopf. »Mann Gottes, in Ihrer Haut möchte ich wirklich nicht stecken!« Damit ließ er den Beamten stehen, wandte sich zur Treppe und ging hinunter. Im selben Augenblick begann das Telefon zu läuten. Alle schauten in das verwüstete Zimmer und auf den Schreibtisch. Es dauerte einen Augenblick, bis der Inspektor seine Fassung wiederfand.

»Weinhart …!«, raunzte er.

Der Mann ging zum Schreibtisch und hob ab. Er horchte, verlor die Farbe und schlug die Hacken zusammen.

»Jawoll! Sofort …!« Er nahm den Hörer vom Ohr und hielt ihn dem Inspektor entgegen. »Das Reichsjustizministerium, Herr Kriminalinspektor …«

Dr. Fareed saß auf seinem Verhörstuhl unter der Lampe. Erika und der Patient bewegten sich nicht vom Fleck. Herr Lauth schwitzte stark, sein Atem rasselte leise. Bella hielt das Wasserglas in der Hand. Sie zitterte.

Das Telefonat dauerte nur Sekunden. Man hörte den Inspektor stammeln. »Ich habe ja nicht wissen können … Selbstverständlich … Ich kann nur vielmals um … Wenn Sie möglicherweise … Aber Sie müssen doch einsehen, dass ich …« Schließlich legte er den Hörer in die Gabel.

Mit einem Wink gab er das Zeichen zum Aufbruch. Herr Lauth wurde mitgeführt. Niemand redete mehr. Der Letzte warf die Tür hinter sich zu. Ihre Stiefelschritte verhallten im Treppenhaus.

Dr. Fareed stand auf. Bella sah ihm die Erschöpfung an. Er

ging ins Labor und kühlte sich das Gesicht. Jeder war damit beschäftigt, das Erlebte zu sammeln, seine Gefühle zu ordnen, die Vorgänge zu begreifen. Die Angst um Herrn Lauth zu ordnen. Erst, als man sich zusammen hinsetzte und jeder Gelegenheit hatte, ein paar Sätze zu sagen, meldete sich schließlich Dr. Fareed zu Wort.

»Da sehen Sie es, Fräulein Bella! Dieser Mann versuchte, die Pharaonen zu töten ... Aber so einfach ist das eben nicht ... Jetzt müssen wir erst mal Herrn Lauth helfen. Ich muss sofort telefonieren ...«

Später, es war bereits früher Abend und noch hatte niemand die Kraft, mit dem Aufräumen zu beginnen, legte er die toten Fischlein in saubere Nierenschalen, sang eines seiner orientalischen Lieder und umwickelte die kleinen Leichname wieder kunstvoll mit schmalen Stoffstreifen. Die Bestattung der Mumien fand im Hof statt. Bella und Erika heulten.

Die Wellen der Enttäuschung, ja auch Verärgerung, die Louise und Grace zu gleichen Teilen in Bella ausgelöst hatten – zum einen bezüglich des rituellen Satzes, zum andern infolge von Grace' verheimlichter Schönheits-OP –, setzten sich wie Trichinen in allen Fasern fest. Bella fand das Ganze, je länger sie darüber nachdachte, sogar schlimmer als Nigels intellektuelle Attentate auf Oz.

Während Chelsey noch mit Nigel herumtollte (jetzt unterstützt von ihrer Schwester Milli), die Hälfte der Restfamilie an der Bar stand und stritt, wie es schien, und Sinéad und Ian mit den andern Kindern Trivial Pursuit spielten, entspann sich ein innerer Dialog mit Oz, bei welchem dieser in einem Ausmaß »lebendig« zu werden drohte, dass Bella die Fantasie unterbrach. Sie sprach weiter mit sich selbst, was sie häufig tat, verstieg sich in Selbstdiagnosen, analysierte ihre Unfähigkeit, mit einer familiären Mehrheitsmeinung fertigzuwerden – und das, obwohl sie überzeugte Demokratin war. Nämlich die Mehrheitsauffassung anzuerkennen, dass ihre Vergangenheit nun mal *vergangen* war, und Schluss! Zugegeben, sie war gekränkt, verletzt, eitel, schwach. Sie hätte losheulen können. Wieder mal!

Möglicherweise litt sie an einer veritablen Altersdepression. Die Symptome wurden von ihr verdrängt, indem sie den schwarzen Peter ihren Töchtern und dem Rest der Welt zuschob. Hatte sie früher beruflich nicht die Erfahrung gemacht, dass etwa die Hälfte aller Patienten im höheren Alter derlei Neigungen zeigte, und war es zukünftig nicht ohnehin die heilige Aufgabe der Medizin, das Gebrechen des Alters endlich als ein unheilbares anzuerkennen, statt dem wachsenden Heer der Betagten und Greise die Gräuel der Apparate und medikamentösen Nebenwirkungen zuzumuten? Oz hätten die schnaufenden Automaten vielleicht helfen können. Für sie selbst wären sie nur bedingt tauglich. Mit einem Frösteln dachte sie an die Möglichkeit, dass ihre Töchter die handschriftliche Patientenverfügung, die sie ihrem Testament schon vor Jahren beigefügt hatte, missachten könnten. War es bei deren ethisch-moralischer Standfestigkeit nicht vorstellbar, dass sie im Ernstfall, gelähmt von ängstlichen Zweifeln und sentimentaler Gedankenlosigkeit, ihren Willen glattweg ignorierten? Wieso war sie eigentlich nie auf den Gedanken gekommen, diese ebenso lebens- wie todeswichtigen Dokumente in kompetentere Hände zu legen: in die ihres Schwiegersohns Patrick O'Duffy zum Beispiel? Oder sie einem Notar zu geben. Zwei dieser Experten kannte sie persönlich – einer hatte mit Oz in Princeton studiert, Mr. Eßwein, der im Meatpacking District eine einflussreiche Kanzlei unterhielt.

Doch egal, was sie dachte, erwog, diagnostizierte – immer entpuppte sich das Alter als kapitalste Störung, der nicht beizukommen sein würde. Sie war verwirrt, hielt den Knoten in der Hand und hatte nicht die geringste Ahnung, wie er zu lösen sein sollte. Es fehlte ihr an Zukunft, an Zeit und Raum, die früher vor ihr gelegen und es ermöglicht hatten, das Lasso auszuwerfen und ein Ziel zu fangen, es zu zähmen und auf seinem Rücken ins Leben zu galoppieren …

So ungestüm und laut, wie Chelsey eben noch mit Nigel und Milli herumgetollt hatte, löste sie sich plötzlich von den beiden und rannte auf Bella zu. »Pinball-Queen! Hunderttausend Punkte!« Sie warf sich in Grannies Arme, verstummte abrupt und schnurrte wie ein Tierchen, als wollte sie nachspielen, wie zwischen ihnen ein geheimnisvoller Strom aus Nähe und Zuneigung floss. Bella hielt das Kind fest. Chelsey grinste ihr Zaubergrinsen, mit dem sie auch ein Herz aus Granit würde erweichen können.

»Ihr zwei seid unzertrennlich, oder?«, sagte Ian, der den Spieltisch verlassen hatte und sich zu Bella setzte. Sie hatte geahnt, dass er sich früher oder später heranpirschen würde, um vorzufühlen, wie sie nach Offenlegung seines und Louises Geheimnisses zu ihm stand und was er von seiner Pseudo-Schwiegermutter zu erwarten hatte. Sie tat, als freue sie sich über sein Erscheinen, und sagte, dass sie auf nichts stolzer sei als auf Chelsey. »Sie ist so sicher und selbstbewusst geworden, lässt sich nichts mehr gefallen und wehrt sich ordentlich. Stimmt's, Liebling?«

Chelsey nickte emsig.

»Die Grannie und die Enkelin! Wir Kerle dagegen machen die Welt immer bloß kompliziert mit unserm Konkurrieren und Andere-Ausstechen. Oder ist das zu einfach gedacht?«

»Einfachheit ist Menschenrecht. Wie Essen, Bildung oder ein Dach über dem Kopf. Sie darf nur nicht missbraucht werden. Chelsey ist wunderbar einfach, aber sie weiß immer, worauf es ankommt, und ist rücksichtsvoll und achtsam.« Sie drückte das Kind noch einmal fest an sich und war ihm und Ian gleichermaßen dankbar. Es tat ihr gut, sich für einen Moment von den dunklen Gedanken zu befreien. Sie fasste sogar den Mut, sich ein wenig zu öffnen.

»Ich hab oft Angst, euch allen auf die Nerven zu fallen. Du weißt schon, mit dem Satz und dass ihn jeder auf eine bestimmte Weise sagen muss. Vielleicht liegt Berlin wirklich zu weit in der Vergangenheit.«

Ian schüttelte den Kopf. »Alle lieben dich, Bella, das weißt du doch, und ich will jetzt nicht bloß schön Wetter machen, weil du das mit Louise und mir erfahren hast. Nigel ist ein bisschen speziell, na gut. Du darfst uns andere aber bitte nicht mit ihm in einen Topf werfen. Ich weiß auch nicht, warum er dich immer malträtieren muss.«

Sie hatte richtiggelegen mit seinem schlechten Gewissen. Dass er jetzt allerdings eine Schwelle zwischen sich und Nigel einzuziehen versuchte, kreidete sie ihm im Stillen an. Sie musste sich vor ihm in Acht nehmen. Gerade noch hatte ihr die Beichte auf der Zunge gelegen, dass nach ihrem Tod sicher alle entlastet sein würden, weil niemand mehr ein weiteres Treffen einfordern würde. Stattdessen sagte sie absichtlich ein bisschen wehleidig: »Ich dachte all die Jahre, dass die Erinnerungen an Berlin nicht bloß für mich etwas Bedeutsames sind und dass ihr mich versteht.«

»Wir verstehen dich doch!«, entgegnete er – etwas zu flink, wie sie fand.

Chelsey löste sich von Bella, hockte sich neben ihren Sessel, sprang sofort wieder auf, turnte über die Nachbarsessel, wo sie Nigels Jackett herunterriss, das er dort liegen gelassen hatte, legte es wieder zurück und sprang zur nächsten Sitzgruppe.

Ich glaube nicht, dass ihr mich versteht, hätte sie ehrlich sagen sollen. Ich glaube nicht mal, dass ihr gewillt seid, mich zu verstehen. Ihr seid zu jung.

Statt es zu sagen, neigte sie den Kopf. »Ich kann mir denken, wie schwer es ist, sich in das alles damals hineinzuversetzen.«

»Ich versuche es«, behauptete Ian. »Wir sind Juden, Bella. Natürlich sind wir immer irgendwo damit beschäftigt ...«

Wie dreist er log! Wollte gut dastehen und schien nicht mal auf die Idee zu kommen, dass man ihm das Schönreden an der Nasenspitze ansehen könnte. Er hatte nicht die geringste Ahnung, konnte er gar nicht, dieser Kelte, keinen Schimmer hatte er! Und sie, Bella, musste obendrein Verständnis für ihn aufbringen, für alle, Juden oder nicht. Wie bei Oz, der ihr seine

Verstrickungen verschwiegen hatte, weil er von ihr und ihrem Schicksal wahrscheinlich regelrecht erdrückt worden war. Mundtot gemacht. Niemand hatte eine Vorstellung davon, was damals passiert war. Aber jeder glaubte, dass es sich nicht gehöre, seine Ahnungslosigkeit einzugestehen oder auch nur anzudeuten: Ja, Bella, ich weiß nicht, wie du dich in Berlin gefühlt haben musst, welche Ängste du hattest, wie viele kleine Tode du gestorben bist, bevor du nach einer Ewigkeit endlich in Sicherheit warst … So etwas wagte niemand zu sagen, es wäre unanständig und verletzend, aber sie selbst war die prima causa dieser verlogenen Schauspielerei und eines Hexenkreises, dem sie nur würde entrinnen können, wenn sie den Mut aufbrächte, die Flucht nach vorn anzutreten und ihre Vergangenheit als endgültig vergangen zu deklarieren, ad acta zu legen – vor sich selbst, vor der Familie, vor der ganzen Welt! Was jedoch ebenfalls unmöglich war, weil es nicht weniger unanständig wäre und unerträglich – für die Überlebenden der Lager nämlich, von deren Leid sie selbst wiederum nicht den geringsten Schimmer hatte.

»Ich weiß nicht, ob ich die Kraft aufbrächte, meine Erinnerungen ein für alle Mal irgendwo zu verschließen. Euch gegenüber wäre es eigentlich nur fair und richtig. Ihr tragt die Last der Vergangenheit mit. Ich gehe euch damit auf die Nerven. Doch, natürlich.«

Obgleich sie sich wünschte, dass Ian widerspräche, tat ihr sein Schweigen jetzt nicht so weh, wie sie erwartet hatte. Er verzog den Mund, und sie merkte, dass er in Gedanken bereits woanders war. Er berührte sein Kinn. Zum ersten Mal fiel ihr auf, wie sehr seine Hände denen von Rasmus glichen; es waren keine »Manualhände«, aber ihre Länge und Schlankheit, die Feingliedrigkeit waren überraschend; merkwürdig, dass es ihr bisher nie aufgefallen war. Er drehte den Kopf, schaute Chelsey an, lächelte. Das Kind blickte weg. Louise hatte guten Geschmack bewiesen, als sie Ian ihrem Nigel vorgezogen hatte.

Nigel sah gut aus, keine Frage, aber die Züge waren vergleichsweise grob, während Ians weicher wirkten, trotzdem markant, ein bisschen der jugendlich-mädchenhafte Marlon Brando mit einem Schuss Sean Connery.

»Ich hatte nach dem Krieg hier in New York eine Freundin. Maggie. Sie hatte auch eine Familie in Deutschland gehabt, und ich glaube, es gab zwei Nichten, Zwillinge, die man verschleppt hatte und die Doktor Mengele in die Hände gefallen sind. Genau weiß ich es leider nicht, weil ich mich nicht traute, Maggie zu fragen. Ich hätte es tun sollen. Vielleicht wäre es ihr eine Hilfe gewesen, wenn wir darüber geredet hätten. Diese Last der Vergangenheit meine ich, Ian. Wir waren beide Opfer, Maggie und ich. Ich hätte ihr vielleicht helfen können …« Sie war nicht sicher, ob er sie verstanden hatte. »Ich habe geschwiegen, weil Maggies Schicksal mein eigenes zu überrollen schien. Vielleicht passiert so etwas öfter, als wir glauben.«

Sie merkte, dass er überfordert war.

»Grace wollte aus der Operation in Dublin kein Geheimnis machen«, sagte er, und der abrupte Themenwechsel war Beleg für die Überforderung, die sie verkörperte. »Sie hatte Angst, du würdest es nicht gut finden und wärst prinzipiell dagegen oder so und dass ihr darüber in Streit geraten könntet. Sie hat eigentlich nur Rücksicht genommen …«

Er flüchtete mit diesem thematischen Haken, bevor das Gespräch noch tiefer in die »arabische Rettung« vordrang oder gar in Mengeles Lagerbaracken. Weil Davongekommene und Überlebende eben keine normalen Menschen sind, weil sie kein Verständnis mehr aufbringen können für die einfachen Probleme des Lebens. Das denken alle. Weil sie Dinge erlebt haben, die auf einem anderen Planeten, in einer unbekannten Sprache und in einem fremden, andersfarbigen Licht passierten. Für sie selbst traf das aber nicht zu.

Sie sah ihn freundlich an. »Wenn wir später alle gemeinsam zu Abend essen, werde ich ein paar Worte sagen müssen.«

Ian schien irritiert. Er verstand wohl nicht, was sie meinte, dass es zwischen ihnen beiden eine fatale Kluft gab.

»Denk nur mal an deine Vorfahren! Du kommst aus einem Land, dessen Geschichte aus nichts als Unterdrückung, Not und Hunger besteht. Jetzt stell dir vor, du hättest es selbst noch miterlebt, und überall, wo du hinkommst, brächte man dir Mitgefühl und Verständnis entgegen, so viel, dass niemand mehr wagt, dich zu fragen, ob du lieber Marmelade oder was Herzhaftes zum Frühstück isst oder wie dir Woody Allens jüngster Film gefallen hat! Ich weiß, ich übertreibe. Aber das Prinzip …«

»Du denkst, wir interessieren uns nicht für dich?«

»Die Grannie ist in erster Linie das alt gewordene Mädchen, das um Haaresbreite ermordet worden wäre.«

»Aber worüber sprechen wir denn, wenn ich zu Besuch bin und wir uns zu Hause treffen? Etwa nicht darüber, was Chelsey neuerdings kann oder dass Milli jetzt einen Freund hat, der nicht Breakdancer oder Sprayer werden will, sondern sich erstaunlicherweise für Biologie interessiert? … Du tust uns Unrecht, Bella!«

Sie musste lachen. »Ich merke, dass ich dich quäle mit diesem Zeug.«

Chelsey rannte in Richtung Rezeption. Bella folgte ihr mit dem Blick. Als das Kind vor der Theke stehen blieb, wandte sie sich wieder Ian zu.

»Das mit Louise und dir geht mich ja eigentlich nichts an. Aber ich denke, dass ihr auch das für euch behalten habt, weil es da eben diese alte, gebeutelte Bella gibt, die die Shoah überlebte. Alle anderen haben es gewusst.«

Er schüttelte den Kopf – allerdings so zaghaft, dass es einer Zustimmung gleichkam. »Sag ja, Ian, du bekommst Bewährung statt Haft!« Humor tat beiden gut.

»Mir war's immer peinlich, wenn ich herkam und wusste, dass du es nicht weißt. Ich frage mich immer noch, wieso du es nicht doch über ein paar Ecken erfahren hast in all der Zeit, und wieso alle dichtgehalten haben.«

»Du denkst an den Burschen, dem ich heute Morgen zwei Ohrfeigen verpasst habe. Mach Nigel nicht schlechter, als er ist! Die Dinge, die er erzählt, haben leider immer Hand und Fuß. Er ist vielleicht der Einzige, der die arme davongekommene Bella gewissermaßen neutral sieht, nicht immerzu die Davongekommene, dafür bin ich ihm sogar dankbar. Ich hab's selbst erst mal begreifen müssen, verstehst du?«

Sie suchte Nigel mit den Augen drüben zwischen den Streithähnen an der Bar. Er redete mit Armen und Beinen auf Grace ein, wie es schien. Ihre Stimme durchschnitt immer wieder seinen angenehmen Bariton.

»Darf ich dich was fragen, Ian? Führt ihr beiden so etwas wie eine zweite Ehe hinter der ersten? Wie muss ich mir das vorstellen? Seid ihr glücklich?«

»Nicht sehr ... wie denn auch?«

Sie hatte erwartet, dass er die Beziehung verteidigte, überhöhte, verklärte, etwas, das den Aufwand und das Durcheinander lohnenswert hätte erscheinen lassen.

»Wir lieben uns«, fügte er leise hinzu. »Aber dieses Provisorium ...«

»Chelsey?«

»Nigel behält sie vollkommen für sich, sie ist sein Pfand. Er liebt sie und das respektiere ich, ich muss es respektieren. Ich glaube, sie mag mich nicht sehr.«

»Unsinn. Du bist ihr Vater.«

»Biologisch. Wenn wir alle zusammen sind, sitzt sie grundsätzlich zwischen Milli und Louise, niemals direkt neben mir. Es tut mir weh. Natürlich hat's auch damit zu tun, dass ich viel zu unregelmäßig über den Teich komme.«

Und das seit sieben Jahren!, dachte Bella unwillkürlich. Er tat ihr leid. Sieben Jahre ... eine Ewigkeit. »Ist das so was wie eine halb erfüllte Liebe zwischen euch?«

Ian sagte ohne Zögern Ja.

»Das Gleiche wie zwischen Joost und mir … Du weißt, wer das ist, oder?«

Er hob die Schultern. »Louise hat mir davon erzählt. Nicht viel.«

»Wir waren die Berliner Königskinder. Wir verliebten uns vom Fleck weg und wussten im selben Moment, dass es ausgeschlossen war. Wir hatten nicht mal die Chance, richtig Romeo und Juliet zu spielen. Am Ende des Krieges reiste ich mit meinen Eltern hierher. Er blieb lange in Berlin, bevor er hier auftauchte.«

Ian schwieg taktvoll und damit schenkte er Bella Raum und Mut. Sie teilten ein ähnliches Schicksal, wer hätte das gedacht? Er sah in diesem Moment außerordentlich gut aus, fiel ihr auf. Das Connery-Brando-Gesicht wollte nicht so recht zu der Verlegenheit passen, die sie ihm ansah, aber auch das machte ihn interessant. Von den drei Dubliner Brüdern war er entschieden der attraktivste. Mike fiel am weitesten zurück – und doch hatte er die Schönheit aus Sligo abgekriegt: Sinéad.

»Wie seid ihr eigentlich zusammengekommen, Louise und du?«

»Das war im hässlichsten Warteraum der Stadt. Wir warteten auf neue Autopapiere. Nigel konnte nicht, hatte in Washington zu tun, und ich bin mit Louise und Milli hingefahren. Milli war in Chelseys jetzigem Alter und hatte ihre Barbie-Familie mitgenommen. Sie spielte damit und war ein bisschen laut. Wir warteten ja alle bloß. Irgend so ein Typ regte sich künstlich auf, und ich sagte ihm, dass das nun mal so sei mit Kindern und dass wir ja nicht in der Carnegie Hall säßen bei Artur Rubinstein oder so … Da wurde er frech, stand auf und wollte mit mir vor die Tür gehen. Ein Vollidiot. Ich versuchte, ihn zu beruhigen, aber es nützte nichts, er wollte es wissen, hatte schlechte Laune, was weiß ich. Wir gingen raus und nach einer Minute war ich wieder drin und Milli spielte ungestört weiter und keiner sagte mehr was. Das fand Louise irgendwie heldenhaft oder so.«

»Kann ich verstehen«, sagte Bella.

»Ich hab dem nichts getan. Ich hab ihm klargemacht, dass er wieder mit reinkann, wenn er Ruhe gibt, ansonsten … Na ja, er hat die Beine in die Hand genommen und weg war er. Das war alles.«

»Großartig!« Bella sah alles lebendig vor Augen. »An Louises Stelle wäre mir das auch passiert.«

»Was?«

»Ich hätte mich auch ein bisschen verliebt.«

Ian lehnte sich schmunzelnd zurück und ließ einen Moment verstreichen. Dann sagte er mit weicher Stimme: »Erzähl mir von dir und Joost!«

»Als wir uns kennenlernten, war er Elektrikerlehrling. Er tauchte mit seinem Werkzeugkasten in der Arztpraxis auf, in der Dr. Fareed mich arbeiten ließ, und rettete uns. Ohne ihn hätten wir keine Patienten behandeln können, wer weiß, welche Folgen es gehabt hätte. Durch ihn wurde ich selbstbewusster. Meine Eltern hätten gesagt, er hat mir Flöhe ins Ohr gesetzt. Zum Beispiel wollte ich einmal eine Gruppe Braunhemden überfallen, alleine, und mit einem Messer in der Hand so viel Schaden anrichten, wie ich konnte. Ich war jung und sehr, sehr zornig …«

»Habt ihr euch nie geküsst?«

»Das schon. Aber es war eine Origami-Liebe. Hübsch anzusehen, lieb gefaltet, aber leider zu verletzlich und federleicht. Jeder Windhauch konnte sie wegwehen. Dabei lebten wir mitten in einem Wirbelsturm, der die Asche von Millionen fortblies … Verzeih mir, ich werde pathetisch!«

Ian beugte sich vor und nahm ihre Hand. Seine war weich, trocken und warm. Die Berührung nahm sie kaum wahr, es war, als wöge seine Hand nur ein paar Gramm – als sei sie aus Papier.

»Wenn ich in Joosts Nähe war, fühlte es sich an, als entdeckte ich einen unbekannten Teil von mir selbst. Ich fand mich selbst. Als ich damit fertig war, musste ich auf ihn verzichten. Ich blieb als Bruchstück zurück, fuhr als Bruchstück über den Atlantik, lernte als Bruchstück Maggie und die anderen Freunde kennen, die ich hier fand. Erst als ich Oz traf, fühlte ich mich wieder zusammengesetzt und ganz …«

»Eine Zeit lang«, sagte Ian.

»Du kennst es auch?« Sie zog ihre Hand unter seiner hervor. »Holst du mir ein Glas Wasser? Ich vertrockne.«

Er stand auf und kehrte mit zwei Gläsern zurück. Von der Bar her klangen weiterhin die Stimmen der Debattanten herüber. Nigel vorneweg, dann Grace, aber auch Pat und Louise, Mike und Sinéad und für Momente alle zugleich wie bei einem Stück sogenannter Musique Concrète, unterlegt mit dem Geklimper aus den versteckten Lautsprechern. Ein Klanghörspiel, wie man es nachts auf den Kultursendern der Stadt hörte, die Bella manchmal laufen ließ, wenn sie nicht schlafen konnte.

Kantor Rasmus hatte sie einmal in New Haven zum Konzert eines Kollegen mitgenommen, der sich mit elektronischer Musik beschäftigte. Es hatte sie erstaunt, welche Klänge sich mit einem vor Ort aufgetürmten Gerätepark erzeugen ließen. Zu Hause in New York hatte sie Oz später ein paarmal zu ähnlichen Veranstaltungen überredet und es als ästhetische Erziehung aufgefasst.

»Wir waren uns sehr nah, Joost und ich«, sagte sie. »Er ist vor ein paar Tagen gestorben …«

Die Worte erschreckten sie selbst noch einmal. Bisher hatte sie einigermaßen erfolgreich vermieden, überhaupt daran zu denken. Hatte sich Schutz suchend verboten, etwas zu empfinden, nachdem ihr am Freitagmorgen, unmittelbar vor der Fahrt zum »McInnes«, bei gewohnter Durchsicht der ›New York Times‹ sein Name ins Auge gesprungen war. Ihr Herz hatte für einen Moment stillgestanden. Was sie überflogen hatte, war ein hastiger Nachruf, der ein paar seiner Bühnentitel nannte, die wohl nur Theaterenthusiasten etwas sagten. Immerhin hatte er zweimal den »Pulitzer« in der Sparte Drama geschafft. Zufrieden war er nie gewesen. Klug, ja, auch ehrgeizig. Aber nie skrupellos genug für den großen Ruhm. Joost Gattermann war tot. Ihr Joost! Sie hatte gleich gespürt, dass sie lange brauchen würde, um es zu begreifen – es überhaupt zu glauben.

Ian schwieg. Sein Blick zeigte Anteilnahme, für die sie ihm stumm dankte.

Sie riss sich zusammen, trank das Wasser und horchte noch einmal in Richtung des Tohuwabohus drüben an der Bar. Es kam ihr vor, als sei es heftiger geworden. Das Piano wurde verschluckt, sogar das Stimmengewirr von der Lobby her, wo soeben eine Reisegruppe eintraf. Der Chef der Hotelpagen versammelte die Helfer um sich.

Bella wandte sich um, Ian ebenso. Es waren asiatische Touristen, zwei Dutzend mindestens. Der zunehmende Lärm war irritierend und ärgerlich. Sie hätte Ian gerne gesagt, wie wohl sie sich in seiner Gegenwart fühlte und dass er einer grimmigen alten Frau mit dem Gespräch durchaus eine Freude bereitete.

Sie stellte das Glas hin und merkte, wie ruhig ihre Hand geworden war. Vorhin war noch der leichte Tremor zu spüren gewesen, den es schon lange gab und der ihr zuweilen Sorgen machte. Ein lautes Poltern schreckte sie auf. Drüben an der Bar schien etwas umgefallen zu sein. Auch Ian streckte den Kopf in die Höhe. Offenbar war Nigel mit seinem Hocker zu Boden gestürzt. Die anderen standen um sie herum, man gestikulierte, Stimmen überschlugen sich. Plötzlich und in dieses Durcheinander hinein sprang aus Richtung der Lobby und des Touristengewimmels ein anderes Geräusch herüber: Chelseys Kinderstimme, die Bella aus ihrem Sessel hochfahren ließ.

»Pinball-Queen! … *Hände hoch, Hände hoch!* … Pinball-Queen …!«

Zwei Sekunden lang war in der dichten Menschen- und Gepäcktraube nichts zu erkennen. Bis Bella die Pistole sah. Über den Köpfen der Leute schwebte Clints schwarze Spielzeugwaffe. Es *durfte* bitte keine echte sein! Chelsey musste sie aus Nigels Sakkotasche stibitzt haben! – Bella sah Chelseys Hände, ihre Arme und schließlich die ganze Gestalt. Die Leute sprengten auseinander, flüchteten in alle Richtungen vor dem Kind, gellende Schreie zerschnitten den Raum, ein paar Leute warfen sich auf den Boden, und schließlich flog die Tür des Managerbüros auf, sie knallte laut wie ein Schuss gegen die getäfelte Wand und löste eine neue Welle spitzer Schreie aus. Der Hotelmanager mit dem Vogelgesicht tauchte auf. Chelsey sah ihn und zielte. Der Mann erstarrte, wurde bleich.

»Es ist ein Spielzeug, ein Spielzeug!«, rief Ian. Auch Nigel war wieder auf den Beinen.

»Eine Plastikpistole …!«

Entspannung machte sich breit, Erstaunen, auch Empörung, man stellte Fragen, die Leute rafften sich vom Boden hoch. Man erkannte allmählich, mit wem man es zu tun hatte, mit einem Down-Kind, das unbeaufsichtigt gewesen war und seine Freude hatte, die Leute zu erschrecken.

Ian war schon auf Weg zu ihr hin, zögerte, weil er sah, dass Nigel vor ihm schneller war. Er nahm Chelsey in den Arm und redete mit ihr. Touristen umringten sie, kümmerten sich wieder ums Gepäck, suchten hier und da Versprengte und bildeten neue Grüppchen, die sich erneut dem Einchecken zuwandten.

Bella beruhigte sich, das Herz hatte ihr bis in den Hals geschlagen. Der Manager blickte finster und würde ihr, Bella, und der ganzen Familie jetzt endgültig eine saftige Abmahnung an den Hals hängen. Sie nahm sich trotzdem vor, es weitgehend zu ignorieren. Wenn ihm die Nerven fehlten, einer solchen Situation mit ruhigem Blut zu begegnen, hatte er ein weiteres Mal bewiesen, dass er für ein Haus wie das »McInnes« nicht die erforderliche Qualifikation besaß.

Sie wandte sich ab und ging zur Sesselgruppe zurück. Ian hatte sich bereits gesetzt, hielt die leeren Gläser hoch und fragte, ob er noch etwas zu trinken holen solle.

»Gin Tonic«, sagte Bella. »Brauche ich jetzt dringend.«

Er stand wieder auf und ging fort. Bella schaute ihm nach. Ihr Blick blieb an der Drehtür haften, die soeben von zwei Polizisten in Bewegung gesetzt wurde. Nicht dieselben vom Mittag, stellte Bella fest und wunderte sich einen Moment, dass die Cops schon da waren, obwohl seit dem Vorfall erst ein oder zwei Minuten vergangen sein konnten. Einer der Angestellten musste sie im ersten Anflug von Panik gerufen haben.

Die Uniformierten hielten Ausschau. Alles passierte so schnell und eng verzahnt, dass Bella später nicht mehr sicher war, was wie und wann genau aufeinanderfolgte. So viel erinnerte sie: Die Cops spähten durch die Lobby, während Nigel sich von Chelsey das Spielzeug aushändigen ließ, die es ihm aber sofort wieder wegschnappte und wütend schrie, als er ihr die Plastikwaffe ein zweites Mal abnahm – jetzt aber in die Höhe hielt, damit das Kind sie ihm nicht noch einmal aus den Händen reißen konnte. In dem Moment zerriss der erste Schuss die Luft, ein zweiter folgte. Nigel griff sich staunend an den Bauch und stürzte nieder. Die Leute stoben auseinander, wieder überall Geschrei, viele warfen sich zu Boden. Und Chelseys weißgrelles Kreischen. Bella konnte es noch Wochen später hören, wenn die Bilder wieder hochkamen: das Blut, Nigels fokusloser Blick, die Art, wie er sich krümmte, sein Körper bebte, die Gesichter der Touristen, Louises und Sinéads Schreie, und wie die Kinder in einiger Entfernung standen und nicht fassen konnten, was sie sahen. Schließlich die Pistole in der Hand des Cops und wie er mit dem Fuß das Spielzeug wegtrat, wie es an die Metallkante des Tresens schlug und hochsprang und jetzt jeder merkte, dass es Plastik war – und immer wieder Nigels Blut, als schwarzer Umriss auf den Linien des Parketts.

Es war verblüffend, wie genau gewisse Geschehnisse, Geräusche, Ängste die Erinnerungen aufleben ließen. Als gebe es gedankliche Seilzüge zwischen heute und damals, New York und Berlin. Verblüffend ja, aber nicht verwunderlich, dass jetzt ein Pistolenschuss das Echo eines längst verklungenen auslöste …

Ein paar von Dr. Fareed kurz nach Verwüstung der Praxis geführte Telefongespräche führten damals (überraschenderweise) dazu, dass Herr Lauth kurz nach seiner Verhaftung wieder freikam. Als er dann jedoch zur nächsten Untersuchung erschienen war, wurden die Zeichen neuer Misshandlungen offenbar. Der operierte Milzriss hatte sich entzündet, innere Blutungen traten ein. Dr. Fareed verordnete Penizillin, das aber nur wenig Wirkung zeigte. Erika begleitete den Patienten nach Hause, holte ihn ab, ein paarmal kaufte sie für ihn ein, brachte die Wohnung in Ordnung. Der Uhrmacher wurde nicht gesund. Er verstarb am selben Tag, als die Geldsendung eines Verwandten aus Italien in Berlin eintraf, die für seine Flucht nach Frankreich vorgesehen war.

Die Wiederherstellung der Praxisräume nahm Wochen in Anspruch. Nicht alle Spuren der Zerstörung ließen sich beseitigen, das bekam insbesondere Bella in ihrem Labor zu spüren, wo ein paar wichtige Gläser und Instrumente fehlten. Patienten mussten länger auf ihre Ergebnisse warten als bisher. Der mitgeschädigte Advokat aus der unteren Etage erklärte sich dankenswerterweise bereit, sämtliche Schäden zu protokollieren, um Dr. Schwertfeger, sobald er von der Front zurückkäme, die notwendigen Auskünfte zu erteilen, vor allem auch, um im Streitfalle eventuellen Regressforderungen Dr. Fareed gegenüber entgegentreten zu können.

Auf ihrem Weg zur Praxis sahen Erika und Bella eines Morgens schon aus der Entfernung, wie ein Mann einen großen gläsernen Kasten über die Straße trug. Als sie hereinkamen, stand das neue Aquarium bereits auf seinem Tisch im Sprechzimmer. Daneben schimmerte ein Erlenmeyerkolben mit breitem Hals, ein sogenannter Maulaffe, in welchem zwei Fischlein schwammen. Dr. Fareed führte Bella zum Aquarium und sah sie erwartungsvoll an.

»Sie müssen es so sehen: Pharaonen sind Gottkönige und können jede Gestalt annehmen, in der sie ihre Macht über die Menschenwelt unauffällig ausüben können.«

Der Glaskasten wurde mit Sand, Pflanzen und schließlich Wasser gefüllt und die beiden Reinkarnierten bezogen ihren neuen Regierungssitz.

»Das mit den versauten Gerichtsakten war sowieso nur ein Witz, verglichen mit dem, was passieren würde, sollte Amenophis II. eines Tages Ernst machen«, fügte der Arzt hinzu. »Dann möchte ich wirklich nicht in der Haut dieses Kriminalinspektors stecken. Was die ›verschworene Gemeinschaft‹ anstrebt, kann nur mithilfe der Pharaonen gelingen. Ich habe Ihnen das nicht früher gesagt, Fräulein Bella, weil ich immer damit gerechnet habe, dass wir früher oder später von einer solchen Praxisdurchsuchung überrascht werden. Jetzt stellen Sie sich doch mal vor, Sie hätten gewusst, dass unser Glück von den Fischen abhängt! Sie hätten sich zu Tode geängstigt nach dem Pistolenschuss, oder nicht?« Er lächelte und berührte sein Oberlippenbärtchen.

Er hatte die freundlichsten Augen, die Bella je gesehen hatte. Sie glaubte ihm oder genauer gesagt: Sie beschloss, ihm zu glauben. Irgendetwas sagte ihr, dass es notwendig sei, diesem Mann noch mehr Vertrauen entgegenzubringen, als sie ohnehin empfunden hatte. Es war richtig und gut, und Nigels aktueller Verdacht, dass Dr. Fareed damals nicht alleine handelte, war gewiss nicht falsch. Der halb schwarze Schwiegersohn war ungeachtet dessen trotzdem ein Klugscheißer vor dem Herrn! Der nun am Boden lag und eine so brandheiße Angst um ihn freisetzte, dass Bella schwindelig wurde und sich hinsetzen musste, flankiert von Ian.

Wie sehr verliebt sie damals gewesen war, merkte sie ein paar Tage später auf Erikas Sozius. Sie fuhren zu Ronjon. Die Aufregung und der Bammel vor dem Treffen mit Joost schüttelten sie zusätzlich durch. Sie hatte ihn nach den vergangenen Schrecken in den Schatten einer Art freiwilligen Entsagung verbannt. Wenn Abertausende um ihre nackte Existenz bangen mussten, konnte sie nicht verknallt sein. Sie war es trotzdem, was sonst?

Der Gedanke an die Not der vielen anderen riss sie fast in Stücke. Die öde und sinnlose Frage, warum ausgerechnet sie verschont wurde, ließ sie nicht zur Ruhe kommen. Überall gab es nur Unglück, während sie im Glück schwamm. Das war übertrieben, aber es entsprach in etwa dem damaligen Gefühl (oder besser: ihrer Gefühlserinnerung, der sie indessen zunehmend misstraute). Die Gestapo hatte sie nicht geholt, die Gartenlaube in Karow war bislang unentdeckt geblieben. Der Vater flocht für einen einflussreichen Großbauern Körbe. Man lebte *immer noch*!

Das Zugleich aller Dinge, Geschehnisse und Schicksale hatte Bella schon als Kind verstört. Im Augenblick ihres eigenen Erlebens geschahen andernorts Millionen Dinge, böse und gute. Überall. Pausenlos. Schmerzen, Glück, Hoffnung, Verzweiflung, Tränen, Katastrophen, rettende Zufälle. Die banale Tatsache, dass jeder die Welt von seinem Standpunkt aus erlebt, irritierte sie, und für eine Weile hatte sie die Vorstellung, dass die Schöpfung nichts anderes sei als die Summe dieser erlebten Mittelpunkte. Einer dieser Mittelpunkte nun, im Jahre 1942, hieß Bella, war jüdisch, fuhr auf dem Sozius eines Motorrads durch die Straßen von Berlin und war mit ihren bald siebzehn Jahren bis über die Ohren in einen »arischen« Jungen mit schönen Händen verliebt. Den sie gleich treffen würde, um ihm zu sagen, dass es nichts werden konnte mit ihnen beiden. Verzicht lautete die Devise. Doch mit sechzehn hat man noch nicht gelernt, richtig zu verzichten.

Nachdem sie das Motorrad abgestellt und an der altertümlichen Klingel gezogen hatten, wurde die Haustür, wie schon bei Bellas erstem Besuch, von Bruno geöffnet, der sie die Treppe hinaufschickte. Er begrüßte sie mit distanziertem Lächeln. Die Spuren der Schlägerei in seinem Gesicht heilten ab. Bella stellte sich vor, dass er es albern und dümmlich fand, dass sie in Joost verknallt war. Dabei hatte sie nicht mal eine Ahnung, ob er es wusste! Wahrscheinlich war sie für ihn irgendeine Göre, von der er im Interesse seiner Widerstandskreise nur hoffen konnte, dass ihr niemand auf den Fersen war.

Sie gingen hoch und klopften. Ronjon bat sie herein. Erika war mit heraufgekommen, weil sie der »verschworenen Gemeinschaft« über das Treffen Bericht erstatten wollte und um zu bezeugen, dass von Joost keine weitere Gefahr ausging, jedenfalls keine, die vermeidbar wäre. »Für deine Gefühle kannst du nichts«, hatte sie erklärt, »wir aber auch nicht, Bella.«

Das hatte sie kapiert. Ihr Verstand hatte begriffen, dass weder sie noch Joost aus einer solchen Freundschaft unbeschadet hervorgehen konnten. Das Herz widersprach. Sie riss sich nach Kräften zusammen, wollte tun und sein, was erforderlich war. Doch was bedeutet das für eine Sechzehnjährige, in der jede Faser für das Verliebtsein, die Romantik und ein bisschen Abenteuer aufs Äußerste gespannt ist?

Als Bella die Wohnung betrat und ihr das Herz bis zum Hals schlug, äugte sie gleich überallhin.

»*He's not here yet, Bella*«, sagte Ronjon. Sie verstand ihn ohne Erikas Hilfe.

Ihre Aufgeregtheit war so stark, dass sie gleich erst mal ein Glas Wasser umstieß, das auf dem Tisch neben dem Stuhl stand, den Ronjon ihr anbot. Er beruhigte sie, holte ein Tuch. Es war ihr unaussprechlich peinlich. Im selben Moment hörte sie Stimmen und Schritte vom Treppenhaus her. Die Zeit blieb stehen – als würde ihr das Schicksal die Chance geben wollen, einen klaren Gedanken zu fassen. Für einen Moment erstarrte alles um sie her. Bis Ronjon die Wohnungstür weit öffnete, die er gerade hatte zumachen wollen.

Joost kam die Treppe herauf und lächelte. Der Weltmittelpunkt, den sie bildete, verschmolz augenblicklich mit Joosts. Ihre Welt verdoppelte sich: Joost schaute aus ihr heraus auf dasselbe wie sie, sie teilten sich Standpunkt und Blickwinkel. Er fühlte wie sie, sie blickte wie er. In ihr dehnte sich eine Bella-Joost-Welt aus, eine Illusion, die alles durcheinanderbringen musste.

»Guten Tag, Joost«, sagte sie. »Wir dürfen unter keinen Umständen nach Potsdam auf den Rummel fahren.« Mehr brachte sie nicht heraus. Blickte Erika an, ob sie es gut gesagt hatte. Drehte sich weg, rannte ins Nebenzimmer und stellte sich so, dass ja niemand sie sah. Vor allem Joost nicht. Ein Blick von ihm hätte sie zu Kohle verbrennen lassen. Er kam ihr nach, es fühlte sich furchtbar an.

»Wir sind so was von einem Klischee, Bella. Du weißt schon, Romeo und Julia, die Königskinder und diese ganzen Märchen.«

Sie spürte, dass er näher kam, schaffte es aber nicht, sich zu ihm hinzudrehen.

»Wenn sich zwei verlieben«, sagte er, »ist das, als würde man zwei Herzen mit aller Gewalt ineinanderstecken. So richtig, verstehst du? Eins der beiden geht immer kaputt, meistens beide.«

Sie fühlte seine Hand an ihrem Arm. Entweder war jede Faser darin abgestorben oder die Gelenke mussten jeden Augenblick explodieren.

»Ich weiß auch nicht, was wir tun sollen, Bella. Es reicht ja nicht, einfach nur *nicht* nach Potsdam auf den Rummel zu fahren. Wir können nicht mal wegrennen wie Kinder oder die Köpfe in den Sand stecken. Die Nazis wühlen sich auch durch den Sand, und zwar so lange, bis sie alle haben.« Seine zweite Hand berührte ihren anderen Arm. Er hielt sie fest, als hätte sie jeden Moment umfallen können. Und die Gefahr bestand!

Wie oft hatte sie sich vorgestellt, wie es wäre, mit ihren die Lippen eines Jungen zu berühren? Leidenschaftlich. Wie warm und feucht, zart oder rau wären sie wohl? Jedes Mal durchfuhr sie eine Kaskade wühlender Ungeduld und die Frage, ob sich die Empfindungen nicht überallhin ausbreiten und verstärken würden. Und bis zu welchem Punkt? Wie das Sichausbreiten und Stärkerwerden beschaffen sein könnte, war ihr schleierhaft.

Joost drehte sie an den Schultern herum, sie ließ es willenlos geschehen. Wie aus dem Nichts strömte Traurigkeit in sie hinein. Welchen Sinn sollte es haben, jetzt noch hierhin oder dorthin zu gehen, überhaupt noch irgendetwas zu tun, weiterzuatmen? Wenn sie ihm jetzt einen Korb geben musste! Selbst der Wunsch, Ärztin zu werden, geriet unter die Räder dieser überfallartigen Resignation und Mattigkeit. – Er zog sie an sich. Sie begriff, dass er jeden Moment ihren kindlichen Wunsch nach einem ersten Kuss erfüllen würde. Aber der Himmel über ihnen war der falsche, der Boden, auf dem sie standen, die Luft …

Sie drückte ihn sacht von sich weg. Er ließ sie sofort los. Sie gingen zu den andern zurück und redeten über den Krieg, über die Lager im Osten und hundert andere Scheußlichkeiten. Später wurde ihr klar, dass sie sich in der riskantesten Gesellschaft befand, in die ein junges verknalltes Ding geraten konnte. Dennoch war sie nicht fähig, sich so weit zu kontrollieren, dass der Kopf nicht ins Herz hineinfuchtelte und die Gefühle den Verstand in Frieden ließen und umgekehrt. Sie biss die Zähne zusammen, alle taten das, und spielte die Tapfere, lachte (mühevoll), wenn Ronjon etwas Ulkiges sagte, oder nickte Erika zu, wenn sie neugierig herschaute, ob alles in Ordnung sei.

»Alles *okay*«, sagte sie ein paarmal und sprach es so englisch aus, dass Ronjon sie lobte.

Irgendwann wurde sie von Joost sacht in das andere Zimmer gezogen. »Entschuldigung, ich wollte dich vorhin nicht …«

Sie tat, als wisse sie nicht, was er meinte.

»Wir haben zwei Möglichkeiten«, sagte er. Alle hörten durch die offene Zimmertür zu, sie wurde feuerrot. »Wir können *vernünftig* sein oder wir lassen genau das sein. Wir fassen uns an den Händen und rennen in den ersten SA-Trupp hinein, der uns draußen entgegenkommt. Du sagst ihnen, dass du Jüdin bist, und ich, dass ich der größte arische Nazi-Hasser Deutschlands bin. Vielleicht kriegt einer von denen einen Herzschlag, weil er so was einfach nicht für möglich gehalten hat. Ich ziehe mein Messer und wirbele es einem anderen in den Bauch und du hast eine Pistole und schießt zwei tot. Das macht zusammen vier, mehr schaffen wir nicht. Aber wir hätten es zusammen getan … *gemeinsam*, verstehst du? Es wäre ein Zeichen für die ganze Welt, die Gymnasiasten lesen es in hundert Jahren in den Geschichtsbüchern.«

»*Joost, the poet!*«, bemerkte Ronjon. »Nix glauben, was er redet, Bella, *please*! *Too much fantasy. He's crazy.*« Er hob die Hand über den Kopf und zeichnete Kreise und Wirbel in die Luft.

Erika schaute besorgt. Während man weiter über alle möglichen Dinge redete, Tee und Limonade trank, war Bella beschäftigt. Sie glaubte verstanden zu haben, was er sagen wollte. Dass der Feind größer war, als sie ihn einschätzte, übermächtig, und dass ein solch außergewöhnlicher Feind außergewöhnliche Gegenwehr erforderlich machte. Sie entsann sich später, dass der Abschied von Joost an jenem Tag als Zorn in ihr Herz kroch und sich dort versteckte. Er hatte eine Saat in sie gelegt, und während ihr Verstand sich von der Liebe loszumachen versuchte, entstanden Bilder, Visionen. Sie gingen Hand in Hand durch eine Straße, wieder und wieder, und jedes Mal fühlten sie sich vereinter, stärker, unangreifbarer. Sie wurden Soldaten und waren bereit, Rache für das Meer erlittenen Unrechts zu üben. Der Rachegedanke ergriff mehr und mehr Besitz von ihr. Ihre gewohnte Zurückhaltung wich einer hässlichen Direktheit, und eines Tages sagte Dr. Fareed zu Erika: »Wohin ist denn unsere freundliche, liebenswerte Kollegin Bella verschwunden?«

Bella arbeitete im Labor und hörte es. Es war ihr unangenehm. Sie gewann dennoch keine Kontrolle über den Zorn. Wir sind eins, flüsterte sie, auch wenn die halbe Stadt uns trennt und wir uns nicht sehen dürfen. Sie spürte ihn in ihrer Seele, sie fühlte ihn mit jedem Atemzug in sich.

Etwa zwei Wochen später hatte man einen ernsthaft erkrankten Aquarienfreund aus Dahlem zu versorgen. Dr. Fareed hatte einen Spezialisten zurate gezogen, zu dem der Patient gebracht werden musste. Erika hatte keine Zeit, also bat er Bella, Hadschi Hasib zu begleiten, der den Krankentransport mit der Limousine der ägyptischen Vertretung durchführen würde.

Hasib war instruiert und wusste genau, welches Risiko er einging, wenn er half. Bella kannte ihn von vergangenen Fahrten, und sie erinnerte sich gut, dass er während des Essens bei den Al-Mawardis neben ihr gesessen und ein wenig unangenehm geschmatzt hatte. Er war schmächtig und hatte ein Jungengesicht, aber in seinen Augen aus Kohle funkelte es. Sein

Deutsch war dürftig und schwer verständlich. Er rauchte ununterbrochen und hustete beängstigend, die Finger seiner Rechten waren so braun und rissig wie der Tabak der morgenländischen, oval geformten Zigaretten.

Hasib holte sie von der Praxis ab. Der Spezialist arbeitete im Osten Berlins, also hatten sie eine ziemliche Rundreise zu bewältigen, die sie gegen den Uhrzeigersinn von Charlottenburg nach Dahlem und dann in Richtung Rummelsburg führte. Der Patient hatte es an der Lunge. Dr. Fareed bezweifelte, dass der Kollege wirksam würde helfen können. Versuchen müsse man es trotzdem, hatte er erklärt und sich unverzüglich mit Hasib in Verbindung gesetzt. Außerdem wolle er sich nicht irgendwann peinliche Fragen stellen lassen – dabei hatte er auf das neue Aquarium gezeigt. »Die beiden Gottkönige haben mich im Blick!«

Die zwei bisherigen Touren mit Hasib hatten Bella Freude gemacht. Diesmal kam er ihr vom ersten Moment an seltsam vor. Während er neben ihr lenkte und den Schalthebel betätigte, sah er sie ab und zu an. Sobald sie zurückblickte, schaute er weg. Sie fragte, ob etwas sei. Er schüttelte den Kopf und blieb eine Weile auf die Straße konzentriert. Sie durchquerten Wilmersdorf. Vor Dahlem fing er wieder an, sie anzusehen. Plötzlich sagte er: »Du musst mich heiraten.«

Sie glaubte ihn nicht richtig verstanden zu haben.

»Wir müssen heiraten. Bin ein guter Mann.«

Bella verkniff es sich, laut loszulachen. Etwas Gehässiges spukte ihr durch den Kopf. Hasib war mindestens zehn Jahre älter als sie. Er war zwar freundlich und laut Dr. Fareed vor allem zuverlässig und vertrauenswürdig, aber eine nähere Bekanntschaft mit ihm wäre ihr im Traum nicht eingefallen. Sein Mund war hässlich, zerklüftet, und sie mochte den Klang seiner Stimme nicht.

»Heiraten«, sagte er und zeigte auf sich. »Moslem. Gut.«

Sie zuckte mit den Achseln und wies ihn darauf hin, dass sie zu jung sei, um überhaupt eine Erlaubnis zu erhalten, ganz abgesehen von allen anderen widrigen Umständen!

»Moslem«, wiederholte er. »Kein Problem. Ihr Freund ist Christ!«

Damit jagte er ihr einen gehörigen Schreck ein. Woher wusste er von Joost? Was wurde hinter ihrem Rücken geredet?

»Sie *müssen* heiraten! Mich. Gut für Sie.«

Er schien so sehr von seiner Idee überzeugt zu sein, dass es klang, als handelte es sich um eine beschlossene Sache – um ein nicht bloß von Hasib ausgedachtes Vorhaben.

Sie schwiegen eine Weile. Bellas Anspannung löste sich nicht, bis er in Dahlem in eine Hofeinfahrt steuerte, vor einem Kellerniedergang anhielt und den Motor ausstellte.

Dem Patienten ging es schlecht. Mithilfe von Nachbarn bugsierte man ihn aus seiner dürftigen Kellerwohnung und lagerte ihn so im Fond des Wagens, dass er einigermaßen atmen konnte. Auf dem Weg nach Rummelsburg bat er mehrfach, dass man bitte langsamer fahre, weil ihm die Erschütterungen Schmerzen in der Brust bereiteten. Schließlich fuhr Hasib so langsam, dass andere Autos sie überholten und Bella Angst bekam, dieses Schleichen könnte auffallen und sie in Schwierigkeiten bringen.

Während der Krankenfahrt blickte Hasib sie nicht mehr an. Doch kaum war der Patient in die Praxis des Spezialisten gebracht worden, fing er erneut an, ihr umständlich klarzumachen, wie sehr sie ihm gefalle und dass er sich darauf freue, ihr Ehemann zu werden. Bella wusste nicht, ob sie lachen oder wegrennen sollte.

»Kann es sein, dass hinter meinem Rücken alles verabredet wurde?«, fragte sie schließlich. Er bestätigte es ohne Umschweife. Dr. Fareed hätte den Entschluss gefasst, sie »unsichtbar« werden zu lassen. Wenn sie eine verheiratete Muslimin würde, sei es für die Behörden schwerer, sie als Jüdin zu verfolgen. »Nur Spiel«, fügte er hinzu. »Aber ich bin guter

Mann!« Er wiederholte es unbeeindruckt, während sie den Kopf schüttelte.

Erst schwach, dann deutlicher schlich sich eine neue Beunruhigung in ihre Gedanken. Sie war in ihrer Lage wehrlos, und wenn es zutraf, dass Dr. Fareed diesen Plan verfolgte, würde sie sich kaum weigern können. Zumal er vielleicht recht hatte und eine solche Heirat doch etwas mehr Sicherheit bedeutete. Sie merkte, wie sich eine bedrohliche Hitze in ihr ausbreitete, eine ängstliche Ahnung, dass sie sich tatsächlich bald an der Seite Hasibs als seine Ehefrau wiederfinden könnte. Nicht vorstellbar. Als seine Gattin und womöglich doch nicht bloß als »Spiel«, sondern mit allen Konsequenzen.

Denn wie sollte sie sicher sein, dass er die Ehe nicht generell für etwas sehr Ernsthaftes und als legal zu Vollziehendes ansah? Auch eine solche »künstliche«. Zumal sie, Bella, ihm so sehr gefalle, wie er nicht müde wurde zu erklären. Es erschreckte sie, sich vorzustellen, sie *müsse* sich von Hasibs stark behaarten Händen etwa berühren lassen.

Nach einiger Zeit wurde der Kranke zu ihnen herausbegleitet. Sie platzierten ihn wieder im Fond des Wagens und fuhren los. Sofort bat er wieder, dass man langsamer fahre, was Hasib beherzigte. Bella hörte, wie die Pneus auf den Pflastersteinen schmatzten. Es war seltsam, je länger sie dem Geräusch Aufmerksamkeit schenkte, umso stärker wurde ihr Befremden bei der Vorstellung, als Muslimin zu leben. Sie dachte an Frau Al-Mawardi. Diese aber war die Ehefrau eines erfolgreichen Chirurgen. Hasib war ein einfacher Angestellter. Sie, Bella, würde sich als dessen Eheweib also in der Rolle eines jener verhüllten Irrwesen und gesichtslosen, beinah unsichtbaren Gespenster wiederfinden, die lautlos durchs Zimmer gehuscht waren und Speisen serviert hatten.

Als sie in den Dahlemer Hinterhof rollten, hatten sich Bellas Bedenken derart gefestigt, dass auch ihr selbst das Atmen schwerfiel. Man transportierte den japsenden Patienten in seine feuchte Kellerwohnung und kehrte zur Praxis zurück. Während der Fahrt sprachen sie kaum ein Wort. Hasib spürte offenbar, dass etwas nicht stimmte, und sagte den unbeholfenen Satz vom »guten Mann« noch einmal. Das machte es nur schlimmer. Als Dr. Fareed ihm für seinen Fahrdienst dankte und Bella sich von ihm verabschieden konnte, war sie erleichtert. Die Angst vor ihm hatte sie so übermannt, dass sie sich am Abend im Dachzimmer erschöpft und weinend aufs Bett warf.

Weil es um Leben und Tod ging, bohrte sich die Angst vor Hasib tiefer und tiefer. An einem Morgen wurde sie wach und spürte, dass sie den Weg zur Praxis heute nicht an Erikas Seite würde gehen können. Sie hatte keine Zukunft mehr. Entweder würde man sie entlarven und verhaften oder sie fiel Hasib zum Opfer. Panik überfiel sie. Sie zog ihren Mantel an, der Stern war gut sichtbar und sollte es sein. Sie ging leise an Erikas Wohnungstür vorbei. Auf der Straße ließ sie die Haustür fast lautlos ins Schloss gleiten. Niemand sollte sie bemerken – und keiner würde sie vermissen, davon war sie überzeugt. Hasib allenfalls, und selbst er würde sie schnell vergessen haben wie alle andern, für die sie nichts als eine Last war. Hätte sie eine Möglichkeit gesehen, sich jetzt mit Joost in Verbindung zu setzen, sie hätte es getan. So aber musste sie die Entscheidung allein treffen – den Entschluss, ein wichtiges Zeichen zu setzen.

Sie ging die Pfalzburger Straße hinauf. Vielleicht hatten doch die Pharaonen ihre winzigen, aber umso mächtigeren Flossen im Spiel. Etwa fünfzig Meter entfernt kamen ihr Braunhemden entgegen, sieben Mann – als hätten die Fischlein sie herbeordert. In ihrer Manteltasche fühlte sie den Griff des Obstmessers, mit dem sie gelegentlich die überwinterten Äpfel aus Erikas Garten zerschnitt. Sie sah in die Gesichter der Männer und war überzeugt, dass sie schaffen konnte, was sie vorhatte. Zwar fehlte ihr jede Vorstellung davon, wie sie dazu fähig sein sollte, aber der Gedanke, dass sie dann in ein paar Minuten ohnehin nicht mehr am Leben sein würde, zwang sie geradezu, es für machbar und möglich zu halten.

Sie gingen aufeinander zu. Bella versuchte, nicht langsamer zu werden. Hatten sie den Stern am Mantel schon gesehen? Was ging in diesen Leuten vor? Sie glaubte erkennen zu können, wie sich in den Mienen spiegelte, wer und was sie für diese Kerle war. Nichts, Unrat. Es trennten sie nur noch ein paar Meter; es gelang ihr trotzdem, ein freundliches Gesicht zu machen, sie trat den Braunhemden entgegen, ohne vom Trottoir herunter auf die Straße zu gehen, wie es als Jüdin ihre »Pflicht« war. Stattdessen hielt sie das Messer in der Tasche fest in der Hand. Ihr Atem wurde kurz, das Herz raste. Ihr war, als liefe sie auf eine furchtbare Glut zu, die ihren Körper jeden Moment in Flammen aufgehen lassen musste. Was würden die Männer tun? Sie vom Gehweg heruntertreten, prügeln, anspucken, beleidigen oder sofort totschießen? Sie musste schneller sein. Einer trug einen Gürtel mit Pistolenholster.

Der Erste blieb stehen und starrte sie an. Sofort stoppten auch die anderen.

»Jetzt sag mal! Haben wir so was schon erlebt?«

»Na, die hat Mumm!«, rief ein anderer.

»Was tun wir mit ihr?«

Ein Dritter antwortete: »Was Schönes. Sie will's ja, siehst du doch!«

»Verbrennen!«

Sie pfiffen und johlten, bis sich in der Nähe die ersten Gardinen hinter den Fenstern bewegten.

»Wir lassen sie laufen«, schlug der mit dem Holster vor und öffnete die Lederklappe.

Alle schienen einverstanden. Der Kreis, der sich um Bella gebildet hatte, öffnete sich. Drei standen so nah vor ihr, dass sie den Schweiß roch. Ihre Hand in der Tasche war feucht und glitt über das Holz des Messergriffs. Mit einem Schlag merkte sie, dass sie unfähig war, es zu tun. Panik erfasste sie. Der Mann fasste an die Waffe im Holster – da hörte man das Auto. Alle hörten es, alle wandten sich um. Es kam die Straße herauf, viel zu schnell und genau auf sie zu. Man sprengte auseinander. Bella reagierte schnell, sah eine offene Haustür und rannte hinein. Hinter ihr krachte und klirrte es. Der Flur führte in einen Hof und schließlich in einen Schuppen, wo sie Luft holte und horchte. Der Lärm der Straße drang bis zu ihr.

Etwa eine halbe Stunde lang muckste sie sich nicht. Dann schlich sie sich draußen vors Haus, spähte die Straße hinauf. Eine Frau schob einen Kinderwagen, zwei Männer mit Rucksäcken standen neben einer Litfaßsäule und unterhielten sich. In der Ferne bellte ein Hund.

Ihre rechte Hand blutete. Im Wegrennen hatte sie die Klinge berührt. Mir ist ein Wunder geschehen!, flüsterte sie, wiederholte die Worte im Kopf.

Als sie die Praxis betrat, war Erika da. Sie sei enttäuscht, dass sie, Bella, so wenig Vertrauen hätte. Bella erfand eine Notlüge, um die Handverletzung zu erklären. Sie spürte, dass ihr niemand glaubte. Niemand bohrte nach. Dr. Fareed blickte sie an und strich über den Oberlippenbart.

»Hasib wurde verhaftet.«

Bella fuhr zusammen.

»Er ist schon wieder auf freiem Fuß. Die Limousine ist auf dem Weg hierher *ausgebrochen*, so sagt man doch, oder? Er ist gegen einen Baum geprallt und hätte um ein Haar eine Gruppe junger Männer erwischt, die gerade noch wegspringen konnten. Er sagt, eine junge Frau hätte bei ihnen gestanden. Es habe ausgesehen, als hätte sie die Flucht ergriffen … Ich hatte ihn am frühen Morgen wegen einer weiteren Krankenfahrt angerufen. Nun ist der Wagen kaputt und der Patient muss warten.«

»Wir fahren mit dem Motorrad hin«, schlug Erika vor.

Alles muss Teil eines Pharaonenwunders gewesen sein, erklärte Bella es sich später selbst. Sie war so gut wie tot gewesen, und plötzlich hatte jemand die Gefahr wie mit einem Schwamm von der Tafel gewischt – als hätte sie nie die Idee gehabt, nie diesen Fehler begangen, sich nie mit Absicht in Lebensgefahr gebracht in dem Glauben, eine Heldin werden zu können.

Hasib hatte sie gerettet. Wieder ein Araber. Sie flüchtete ins Labor und begann trotzig zu arbeiten. Dr. Fareed kam herein. Er sei ihr nicht böse, sagte er. Genau wisse er ja nicht, was vorgefallen sei, aber das wäre nun sowieso egal.

»Wenn ich es richtig sehe, hatten Sie großes Glück. Oder man hat Sie im Auge, Fräulein Bella. Dass Sie diesen jungen Mann trotzdem wiedersehen sollten – den Elektriker, wie hieß er noch? –, daran glaubt auch Amenophis II. Ja, ja, er war auch mal jung und verliebt!«

Bella fand keine Worte.

»Ich weiß, was Sie denken. Warum soll ein Pharao ausgerechnet einer Jüdin helfen? Die Antwort lautet, weil er gar nicht weiß, was eine Jüdin ist. Juden, Muselmanen, Israelis, Palästinenser, Irokesen, Christen, Schnürsenkelverkäufer, Ölsardinen. In seinem Alter weiß man das nicht mehr, es ist ihm piepegal. Er tut's und wir verstehen es nicht. Ende!«

Sie wollte nicht immer wieder in dieser Weise durchschaut und verstanden werden.

»Wieso gestatten Sie mir nicht, Sie einmal zu hassen, Herr Doktor? Nur eine Minute lang!« Damit sprang sie vom Laborstuhl hoch und rannte in die Diele. Die Leute im Wartezimmer schauten erschreckt, die Türen standen offen.

»Ich habe ihn herbestellt!«, rief der Arzt ihr nach. »Diesen Joost … Die Behandlungslampe ist kaputtgegangen. Die Glühbirne habe ich schon ausgetauscht, daran liegt es scheinbar nicht.«

Nigels Mutter hieß Hannelore Bremshey und lebte in einem Münchener Altenstift. Bella war die Einzige, die den Namen akzeptabel aussprechen konnte, und auch sonst war ihr Deutsch nicht so verkümmert, wie man nach all der Zeit hätte vermuten können. Folglich einigte man sich darauf, dass sie die hochbetagte Dame telefonisch über den grausigen Vorfall in der Hotellobby und den gesundheitlichen Zustand ihres Sohnes in Kenntnis setzen solle.

Der Kontakt zwischen Sohn und Mutter bestand, wie Bella wusste, seit vielen Jahren nur mehr auf behördlicher oder anwaltlicher Ebene, etwa wenn es um Dinge wie alte Erbschaftsstreitigkeiten oder den Verbleib der Greisin in dem Altenheim gegangen war. Das Schweigen reichte fast zwei Jahrzehnte zurück, als nämlich Nigel sich entschloss, seinem Geburtsland in Richtung USA den Rücken zu kehren. Dort lebte damals noch sein Vater, dessen Beziehung zu Hannelore nach deren Niederkunft mit dem Sohn nur achtzehn Monate gedauert hatte – zwar durch Heirat legitimiert, nicht aber »von haltbarer Liebe gesegnet«, wie Nigel es einmal ausgedrückt hatte. Nach der Scheidung von Sergeant Jasper Jespersen hatte Hannelore wieder ihren Mädchennamen angenommen.

Der Entschluss, Deutschland und die Mutter hinter sich zu lassen, war zustande gekommen, weil die Mutter »nicht mal symbolisch« bereit gewesen sei, sich von ihrer Familie zu distanzieren, deren Oberhaupt, ihr Vater, als Kleinfabrikant den

Makel »unheilbaren Nazitums« an sich habe haften lassen. Dessen »Klitsche«, eine Hinterhoffabrik mit elf Angestellten, hatte Anstecknadeln hergestellt, Hakenkreuze und anderes. Nach dem Krieg hatte Herr Bremshey die Produktion kurzerhand auf Ansteckkreuze für die Revers von Pfarrern umgestellt. Seine Entnazifizierung habe er zustande gebracht, indem er einem jüdischen Arzt und dessen Familie im selben Mehrfamilienhaus, das er diesem 1937 zu einem lachhaften Preis abgeluchst hatte, nach dessen Rückkehr aus Israel eine Wohnung vermietete und es vor der Kommission mithilfe bereits »rein gewaschener Freunde« als Geste ehrlicher Versöhnung hatte erscheinen lassen.

Nigel schämte sich dieses familiären Hintergrunds, und dies gehörte Bellas Ansicht nach mit zu den Ursachen seiner Widerborstigkeit und des regelmäßigen Fehlbenehmens, das man von ihm kannte und das ihn nicht eben liebenswert erscheinen ließ. Es lag Jahre zurück, dass er einmal die einzige Fotografie gezeigt hatte, die er von seiner deutschen Familie besaß. Man sah etwa ein Dutzend Personen. Alle lachten darauf, was für damalige Fotoaufnahmen noch recht ungewöhnlich war. Der alte Bremshey schien am meisten Freude zu haben. Er überragte alle, hatte eine hohe Stirn, aber so gut wie keine Lippen. Zwei Jungen trugen Lederhosen und zeigten schlechte Zähne. Hannelore hielt Nigel auf dem Schoß, der vier oder fünf Jahre alt war. Sie trug ein Sommerkleid und hatte blondes, welliges Haar und eine Spur zu weit auseinanderstehende Augen für das runde, aber hübsche Gesicht.

Dieselbe Frau ging nun in München auf die neunzig zu, war aber, soweit man wusste, bei klarem Verstand. Nur beweglich war sie nicht mehr und wurde von bezahlten Pflegern im Rollstuhl durch die Münchener Au geschoben. Das Stift war kostspielig und hatte bereits einen großen Teil des Bremshey'schen Vermögens verzehrt, wie Nigel ohne Aufforderung durch einen Anwalt erfahren hatte. Ansprüche hatte er nie gestellt und sich auch aus den Erbschaftsstreitigkeiten herausgehalten, die die Familie seit dem Tod des alten Bremshey seit fast einer Ewigkeit umtrieben. Zur väterlichen Familie im Süden New Jerseys hatte Nigel überhaupt keine Verbindung. Die letzte, nun neun Jahre zurückliegende Nachricht war eine telegrafische Mitteilung gewesen, dass Jasper Jespersen bei einem Zugunglück ums Leben gekommen sei.

Für das anstehende Telefonat mit Hannelore Bremshey rief sich Bella ein paar fast vergessene deutsche Wendungen ins Gedächtnis zurück, schob das Ganze aber vor sich her. Vonseiten der Ärzte war jederzeit mit Neuigkeiten zu rechnen. Alle waren entsprechend aufgewühlt und ängstlich.

Eine sechsstündige Notoperation hatte gezeigt, dass infolge des zweiten Steckschusses aus der polizeilichen Dienstwaffe Peripheriegewebe des Pankreas zerstört worden war. Dieser Umstand verbot, Nigels Zustand mit »über den Berg« zu bezeichnen. Als Medizinerin wusste Bella nur zu gut, dass Schädigungen derlei Art unerwartete Komplikationen nach sich zogen, selbst dann noch, wenn sich der Patient dem Anschein nach auf dem Wege der Besserung befand. Die Bauchspeicheldrüse übte zu viel Einfluss auf zu viele Stoffwechselvorgänge aus, als dass nicht auch die kleinste Störung erhebliche Folgen nach sich ziehen konnte. Umso mehr war Bella bemüht, Louise und den Kindern etwas Trost und Hoffnung zu schenken und das Wissen darüber, wie kritisch die Lage eigentlich war, erst einmal nicht durchscheinen zu lassen. Für die Kinder hatte sie noch am Abend eine Kollegin gewinnen können, mit deren Hilfe in einem abgelegenen Zimmer der Klinik für Ablenkung gesorgt worden war.

Jetzt brach der Morgen an. Weder Louise noch sie selbst hatten Schlaf gefunden, obwohl die Oberschwester noch während der OP ein Räumchen am Ende des Flurs für sie hatte aufschließen und herrichten lassen.

Louise empörte sich immer wieder über das, was sich am

Abend im Hotel nach Eintreffen des FBI ereignet hatte. Der vogelgesichtige Hotelmanager und sein Detektiv hatten an dem Randalierer Nigel übel Rache geübt und den Beamten gegenüber erklärt, sie hätten beide nicht erkennen können, ob die Waffe in der Hand des Gastes echt gewesen sei oder nicht – und ja, sie hätten sich bedroht gefühlt, durchaus, natürlich.

Hinzu kam, dass die Befragung aller Anwesenden in der Lobby zu unterschiedlichen Meinungsgruppen geführt hatte. Die einen hätten die Waffe gesehen und wollten bemerkt haben, dass sie nicht echt war; eine andere Gruppe erklärte das Gegenteil, eine dritte bestand darauf, dass der Mann seine Waffe (echt oder nicht) auf die beiden Cops gerichtet und gezielt hätte. Letztere Zeugengruppe habe man, Louises Beobachtung zufolge, mehrfach und mit besonderer Aufmerksamkeit angehört. Bella war geneigt, Louise Glauben zu schenken. Eine Krähe hackt der andern kein Auge aus. Sie dachte an Nigels Feststellung vom Nachmittag, dass die Cops keine »Schwarzen« oder »Afroamerikaner« erschießen, sondern »Nigger«. Louise kühlte ihre Augen mit einem eiswassergetränkten Tuch.

»Mom, was tue ich denn, wenn … Ich darf gar nicht daran denken … Was soll ich den Kindern sagen? Wie soll es überhaupt weitergehen?«

Bella hörte stumm und hilflos zu. Sie waren beide übermüdet. Grace war mit den Iren und den Kindern für die Nacht im Hotel geblieben. Bella rechnete damit, dass sie bald allesamt auftauchen und für weitere Unruhe sorgen würden. Sie schlug Louise vor, sich in dem kleinen Untersuchungsraum am Flurende noch etwas hinzulegen, erbat sich im Schwesternzimmer eine Tasse Tee und suchte sich eine ruhige Ecke.

Kaum hatte sie sich hingesetzt, merkte sie, welchen Bammel sie selbst vor der bitterbösen Nachricht hatte, die sie jede Minute treffen konnte. Zwar war sie es gewohnt, ihre Gefühle hintanzustellen, das war Berufsroutine. Aber wie damals im

Falle von Chelseys Geburt wäre es auch hier schwieriger, weil wieder die Familie involviert war. – Du *musst* es schaffen, Nigel! Allein um der Polizei zu zeigen, dass es Grenzen gibt.

Kaum hatte sie den Tee ausgetrunken, als es mit der Ruhe Essig war. Zwar kam nicht die Familie, aber eine Schwester führte zwei Herren in dunklen Anzügen zu ihr.

»Doktor Servos?«

Bella grüßte so kurz angebunden, wie es gerade noch verzeihlich war.

Sie war knapp davor gewesen, auf ihrem Stuhl einzunicken. Irgendwie schaffte sie es, die letzten Reserven zusammenzuraffen, musterte den Besuch, der jetzt dicht vor ihr stand, prüfte die Hände, um sich ein Bild zu machen. Der Zustand der Nägel sagt eine Menge über einen Menschen aus ...

»Entschuldigen Sie, wir haben ein paar Fragen wegen des Vorfalls gestern Abend.«

Die Hände des einen waren akzeptabel, die des anderen tadelnswert. Die Nägel vor allem, nicht wirklich sauber und an manchen Stellen eingerissen.

»Mein Schwiegersohn kämpft mit dem Tod.«

Es war klar, dass die Beamten von einer internen Ermittlungsstelle der Polizei kamen. Ihre Aufgabe würde es sein, die schießwütigen Kollegen aus der Schusslinie der Staatsanwaltschaft zu bugsieren.

Bella ließ sich die Ausweise zeigen.

»Fragen Sie, bitte! Ich war anwesend, Gentlemen. Ein Streifenpolizist hat zweimal auf meinen Schwiegersohn geschossen, ohne vorher auch nur ein einziges Wort an ihn zu richten. Um es vorweg zu sagen: Es hatte am Nachmittag eine unschöne Szene gegeben, über die der Hotelmanager zu Recht nicht erfreut war. Er und sein Detektiv erlebten mit, wie mein Schwiegersohn mit einer Plastikpistole herumfuchtelte. Das war leichtsinnig und dumm. Der Manager und sein Detektiv wussten also, dass es dieses Spielzeug gab, und zwar auch, als

Mr. Jespersen versuchte, seiner Tochter dieselbe Plastikwaffe abzunehmen, weil sie Unsinn damit machte. Er war also umsichtig genug, ohne Zögern einzugreifen.«

Der mit den sauberen Nägeln hatte einen leichten Sprachfehler, vielleicht etwas mit dem Gaumen. Manche seiner Silben enthielten hohe Zischlaute.

»Können Sie uns sagen, warum Mr. Jespersen die Waffe auf die Beamten richtete?«

»Er hat sie nicht auf die Beamten gerichtet und es war keine *Waffe*.«

»Das wurde von verschiedenen Zeugen aber ausgesagt.«

»Dann haben die sich geirrt oder gelogen.«

»Sechs Zeugen, Doktor, die in keinerlei Beziehung zueinander stehen.«

»Das ändert nichts an der siebenten Zeugenaussage, nämlich meiner: Mein Schwiegersohn hat die Waffe *nicht* auf die beiden Cops gerichtet. Seine Tochter ist behindert, sie fuchtelte mit dieser Plastikpistole herum. Mr. Jespersen *musste* eingreifen und ihr das Ding aus den Händen nehmen. Er brauchte zwei Anläufe. Mag sein, dass er das Spielzeug dabei einmal hochhielt, damit Chelsey es ihm nicht wieder wegreißen konnte. Alles kein Grund, auf jemanden zu schießen ... *zweimal hintereinander*!«

»Wenn man nicht weiß, dass es ein Spielzeug ist, Ma'am ...«, wandte der Gepflegte ein. »Es hat jedenfalls und offenkundig für jedermann in der Lobby *gefährlich* ausgesehen. Es wurde geschrien, einige Gäste haben sich zu Boden geworfen.«

»Ja, die Blinden!«, versetzte Bella. Ihr war klar, sie musste jetzt die Nerven behalten und freundlich bleiben, spürte aber, wie Kraft und Wille schwächer wurden.

»Jemand muss sich bedroht gefühlt haben, sonst wäre nicht die Polizei benachrichtigt worden«, sagte der Nachlässige und vergrub die Hände in seinen Hosentaschen, was ungezogen und überheblich wirkte.

»Und da die beiden Beamten nun mal hereinkamen«, fuhr er fort, »oblag es Ihrem Schwiegersohn, in dieser ausgesprochen heiklen Situation besonders vorsichtig zu sein. Es war optisch eine Faustfeuerwaffe im Spiel, Ma'am. Bitte, versetzen Sie sich in die Lage der Männer! Sie betreten die Lobby, die Leute schreien, weil da jemand eine Pistole hat …«

Noch dazu ein Nigger!, ergänzte Bella im Stillen. Sie konnte gleichsam hören, wie alle es dachten – die Cops gestern Abend und jetzt die beiden Beamten vor ihr. Zwei gut frisierte Burschen, Ende dreißig, weiße Hemden, gestreifte Krawatten, blaue Sakkos, ein bisschen wie Pharmavertreter, die auch immer erst nach Rasierwasser duften, aber sobald man ihnen nahe kommt, den leeren Magen ausdünsten oder an offener Karies leiden …

»Wir möchten Ihrem Schwiegersohn nichts anhängen«, sagte der besser Manikürte. »Allerdings müssen wir uns ein genaues Bild machen und letztlich bewerten, inwieweit die Kollegen in dieser Notlage angemessen reagiert haben.«

»Es war keine Notlage! Eine Notlage wäre es gewesen, wenn es eine *echte* Waffe gewesen wäre.«

»*Subjektiv* war es eine Notlage.«

»Ihnen wäre es offenbar sehr lieb, wenn Sie so viele Zeugen wie möglich finden könnten, die eine solche Notlage erlebten, kann das sein? Wenn Mr. Jespersen stirbt, werden wir die beiden Polizisten wegen Totschlags verklagen. Ihnen geht es nicht um die Wahrheit, Ihre Behörde hat Angst, dass man den Beamten einen schwerwiegenden Fehler nachweist.« Sie schwieg. Jetzt hatte sie sich doch weiter vorgewagt, als sie wollte.

»Sie lehnen sich ziemlich weit raus, Lady«, sagte der Lässige und holte die Hände aus den Taschen.

»Und Sie fühlen sich im Recht, weil mein Schwiegersohn ein Schwarzer ist.«

Eine Pause entstand. Die Schwestern schielten her. Der Flur

war zu kurz, als dass sie nicht schon jedes bisher gesprochene Wort hätten mithören müssen.

»Wenn Sie nicht mit uns zusammenarbeiten wollen, nehmen wir das zur Kenntnis. Ist Mr. Jespersens Ehefrau im Haus?«

Bella verneinte.

»Jetzt lügen Sie, Ma'am! Wir wissen es. Als Zeugin sind Sie jedenfalls nicht sehr vertrauenswürdig.« Er wandte sich an eine der Schwestern. »Welches Zimmer?«

»Sie schläft!«, rief Bella empört. »Was fällt Ihnen ein? Ist sie in Ihren Augen verdächtig, weil sie einen *Nigger* geheiratet hat?«

»Ihre Unterstellungen werden wir ins Protokoll aufnehmen müssen. Ihr Alter werden wir Ihnen zugutehalten.«

Eine junge Schwester führte die beiden zum Untersuchungszimmer, in das Louise gegangen war. Bella folgte ihnen, blieb im Türrahmen stehen. Louise saß auf dem Bettrand und hatte das zerknüllte Bettzeug auf dem Schoß. Die Beamten verstellten Bella den Blick.

Louise beugte sich vor, um sie zu sehen. »Waren sie auch bei dir?«

Der Ungepflegte wollte die Tür schließen. Bella hielt den Knauf in der Hand, als sie sagte: »Die Gentlemen haben den Auftrag, uns mundtot zu machen. Sie wissen genau, dass sich ihre Kollegen strafbar gemacht haben. Nicht das Opfer steht diesmal unter dem Schutz der Polizei, sondern der Täter.«

»Ma'am, Sie sollten wissen, dass wir nur eingeschränkt verpflichtet sind, Rücksicht zu nehmen, beispielsweise auf Ihr Alter, oder auch nur höflich zu sein. Wenn Sie nicht aufhören, uns zu beleidigen und uns bei der Ausübung unseres Dienstes zu behindern, haben wir das Recht, geeignete Maßnahmen zu ergreifen. Würden Sie jetzt so gut sein und die Türe schließen? Von außen!«

»Nein!«

»Wir könnten Sie festnehmen, Lady.«

»Tun Sie's!« Sie streckte die Hände vor, um sich die Handschellen anlegen zu lassen. »Ihre Fingernägel sind übrigens eingerissen und schmutzig, Sir. Wenn Sie die Staatsgewalt der Vereinigten Staaten von Amerika repräsentieren möchten, muss ich Ihnen dringend empfehlen, an Ihrer äußeren Erscheinung zu arbeiten. Als eine Steuern zahlende Mitbürgerin, die während ihres Berufslebens auch für Ihr Salär mit aufgekommen ist, denke ich, dies erwarten zu dürfen.«

Die Worte durchliefen sie heiß und kalt. Es fühlte sich an, als wäre sie in die Sechzigerjahre zurückkatapultiert worden, als man mit Cops ausgesprochen vorsichtig umgehen musste und eine Ansprache dieser Art ernsthafte Folgen gehabt hätte – auch für Weiße. Sie saß wieder auf dem Sozius von Oz' geliebter Harley, auf dem Weg nach Washington. Tränen in den Augen. Vom Fahrtwind, von der Erinnerung an Erika in Berlin, von den Napalm-Fotos aus Vietnam, die damals die Runde machten. Sie hatte eines Morgens nicht mehr den Toaster runterdrücken können. Jedes Mal, wenn eine Brotscheibe hochsprang, hüpften diese Pressefotos mit heraus. Damals war es noch möglich, auf den nahen Parkplätzen des Pentagons Demonstrationen abzuhalten, ohne gleich verjagt zu werden. Sie sei zwar sentimental, hatte Oz erklärt. Aber hinfahren müsse man dennoch und zeigen, dass Vietnam ein Fehler war. Oz, der friedliebende Oz! Und nun kommt Nigel daher und …

Die beiden Beamten hatten sie eine Sekunde ausdruckslos angesehen, ungläubig wohl, dass jemand es wagte, so etwas zu sagen. Der Beleidigte betrachtete seine Hände, dann schob er Bella mit einem kräftigen Stoß auf den Flur hinaus und knallte ihr die Tür vor der Nase zu.

Sie ging zum Schwesternzimmer zurück. Oz spukte ihr durch den Sinn. Alles, was Nigel über Oz entdeckt hatte, war passiert, *bevor* der Blumengruß an Lennon ging (wegen der Rückgabe des Member-Ordens), *bevor* Oz einem der Redakteure des ›Time Magazine‹ einen offenen Brief geschrieben hatte, der ein Dutzend vernünftiger Gründe enthielt, warum Lyndon B. Johnson unverzüglich sämtliche Truppen aus Vietnam abziehen sollte, und *bevor* Oz zugestimmt hatte, nach Washington zu fahren und an der Demo teilzunehmen. Oz, der Friedensheld, der sich offenbar nicht getraut hatte, ihr die Wahrheit über sich zu sagen – weil sie selbst mitten aus einem furchtbaren Krieg gekommen war. Sie hatte ihm den Mut geraubt!

Plötzlich wurde ihr bewusst, wie sehr sie sich um Nigel sorgte. Die Angst um ihn drängte Oz aus ihrem Kopf, und sie entschied sich, noch einmal zur Intensivstation hinüberzugehen. Sofort paukte das Herz drauflos. Die Oberschwester kam zufällig den Gang herauf, machte ohne Umschweife kehrt und schloss ihr die Stationstür auf. Drinnen summte es elektrisch, die Pumpen schnauften. Die diensthabende Schwester thronte vor dem leicht erhöhten Kontrollpult wie die Hüterin eines Olymps schlafender Götter, die über Kabel und Schläuche mit der Welt verbunden waren. Nigel bildete ihre Mitte, lag etwas erhöht, als hätten die andern ihn als ihren Besten und Mächtigsten erkoren. Seine dunkle Haut war ungewohnt grau und gab ihm das Aussehen eines mit Folie überzogenen Kunstwesens, einer Nachbildung. Die Nigel-Hülle atmete.

Bella fühlte den Puls. Er war kraftlos und langsam. Sie ging zum Pult und ließ sich das Krankenblatt zeigen, überflog einige Parameter, die sie aber schon kannte. Ihre Beunruhigung nagte. Hier lag weder ein schlafender Gott noch ein künstlicher Mensch, sondern Chelseys Vater, wenn auch nicht der biologische; hier lag Louises Ehemann, aber auch ein schrecklicher Störer und Ans-Licht-Zerrer – im Ganzen aber ein grundehrlicher Kerl, der die Schnauze voll davon hatte, im gesellschaftlichen Ozean von Doppelmoral und Scheinheiligkeit weiterhin eine gute Figur zu machen.

Wäre sie dreißig Jahre jünger, hätte er ihr vielleicht auch

sehr gefallen. Gerade weil er sie zwang, darüber nachzudenken, ob die Männer in ihrem Leben die richtigen gewesen waren. Oz, Rasmus, sogar Joost, den sie lustvoll verklärte, was sonst? Wieder die alte Kinderfrage nach der wirklichen Wahrheit und der gescheiterte Gottesbeweis vor dem Hintergrund, dass wir alle nur einen Schnipsel dessen sehen und fühlen, was es gibt. Womöglich würde sie bald nicht bloß die furchtbare Aufgabe haben, Louise zu sagen, dass ihr Mann nicht mehr lebte, sondern auch, dass er der Bessere gewesen sei. Und dass ihr Neuer, Ian, vermutlich auch bloß so ein »Netter« war, vermeintlich Ehrlicher. Einer wie Oz eben, so lala, akzeptabel. Wenn dagegen Nigel etwas tat oder sagte, hatte das Konsequenzen, beschwor es Entscheidungen herauf, wurde man gezwungen, eine unangenehme Nabelschau zu beginnen, in deren Folge schmerzhafte Einsichten zutage kamen …

Sie hielt sein Handgelenk fest, es *lebte* und sollte bitte, bitte weiterleben – allein schon zu Chelseys Wohl und Nutzen, für die dieser Mann so entschieden gut war, für die er all das acht Jahre lang auf sich genommen hatte. War Louise eigentlich klar, welches Geschenk er ihr seit einer Ewigkeit machte?

»Wir haben leider nichts Neues, Frau Kollegin«, sagte jemand von der Tür her. »Wenn ich ehrlich sein soll …«

Der Arzt schüttelte den Kopf. »Wir müssen mit der Bildung von Fisteln rechnen und haben für den Fall bereits eine Etappenlavage ins Auge gefasst. Alles nicht schön, er braucht Glück, und nicht zu wenig. Wir haben uns erst mal für ein künstliches Koma entschieden.«

Bella wusste, dass die avisierte Reinigung des Bauchraums eigentlich Routine war, in Nigels Fall war sie sowieso mit einer fraglichen Prognose verbunden.

Sie hielt weiter Nigels Hand und beobachtete den hüpfenden Lichtpunkt des Oszillogramms. Der Arzt ging zu einem der anderen Patienten. Bei der Tür drückte Bella den Öffner und trat auf den Flur hinaus. Vor dem Schwesternzimmer kamen ihr die beiden Beamten entgegen. Im Vorübergehen drehte sich der Ungepflegte um und schnupperte gespielt.

»Ich hatte 'ne Großmutter, die ich nicht leiden konnte. Sie roch nach Tod!«

Am Flurende blickte er ein zweites Mal zurück. »Die Behörde lässt sich nichts gefallen, Lady!«

Die Behandlungslampe war kaputtgegangen. Dr. Fareed hatte erst selbst versucht, sie wieder ganz zu machen. Es fand sich eine Ersatzglühbirne, aber damit war es nicht erledigt, also hatte er sich mit Joost in Verbindung gesetzt. Als der am Morgen mit dem Werkzeugkasten durch die Praxistür kam, duckte sich Bella, versuchte, zwischen Blutproben und Reagenzgläsern unsichtbar zu werden.

Er kam ins Labor und strahlte, als gäbe es weder den Krieg noch die Nazis oder das Verbot, dass sie beide in Potsdam auf den Rummel gingen. Es war nicht auszuhalten. Der Irrwitz, sich gezielt einer Truppe Braunhemden in den Weg zu stellen, hatte sie fast das Leben gekostet – diese riesige Dummheit, mit der sie »beweisen« wollte, dass ihre beiden Seelen in einer Art mystischen Einheit lebten. Hadschi Hasib Ben Fouad, niemand sonst, hatte ihr im letzten Augenblick das Leben gerettet.

Jetzt ahnte sie erst recht, dass sie ihn würde heiraten müssen, weil er es verdient hatte und weil es für das Ziel der »verschworenen Gemeinschaft« womöglich doch von Nutzen war. Und jetzt marschierte Joost Gattermann hier herein, stellte seinen Werkzeugkasten mitten in die Diele und strahlte Licht und Wärme ab, als hätte jemand die Klappe eines Ofens aufgemacht.

»Ich hab furchtbar viel zu tun, Joost«, sagte sie heiser.

»Ich auch, Bella. Hast du mal ein Blatt Papier und einen Bleistift?«

Sie reichte ihm beides. Er strich das Papier glatt und schrieb.

»Was ist das?«

»Wirst du schon sehen.« Er gab ihr den Stift zurück, faltete das Blatt so oft zusammen, dass es nur noch ein festes, kleines Päckchen bildete, und hielt es ihr entgegen. »Versprich mir, dass du es erst heute Abend liest, wenn du zu Hause bist!«

Sie musste lachen.

»Das tut sie, Herr Gattermann«, sagte Dr. Fareed, der im Türrahmen erschienen war. »Wenn Sie jetzt vielleicht ...«

Joost nahm den Kasten und trug ihn ins Behandlungszimmer. Die Doppeltür blieb offen. Bella schaute quer durch die Diele zu, wie Dr. Fareed die defekte Lampe aus einer Ecke holte und ins Licht der Stehlampe stellte, mit der er seit zwei Tagen behelfsmäßig auf die Mandeln seiner erkälteten Patienten leuchtete. Es dauerte eine Minute, dann hatte Joost den Lampenkopf vom Ständer getrennt und auseinandergeschraubt. Aus der Entfernung sah Bella, wie er ein Kabel aus dem Innern zog. Dr. Fareed stand daneben, berührte sein Oberlippenbärtchen und reichte ihm nacheinander den Schraubendreher und eine Abfolge unterschiedlicher Zangen. Das Kabel wurde durchtrennt, weil es an einer Knickstelle »gebrochen« sei, erklärte Joost. Nach ein paar Minuten stand die Lampe wieder an ihrer gewohnten Stelle und schien heller zu leuchten als je zuvor.

Während Joost sein Werkzeug zusammenräumte und Dr. Fareed sich für den prompten Noteinsatz bedankte, gelangte Bella zu der überraschenden, aber auch peinlichen Einsicht, dass ihrer leichtsinnigen Messerattacke nicht bloß romantisches Träumertum zugrunde gelegen haben könnte, sondern auch ein gehöriges Maß Eitelkeit. In dem Augenblick nämlich, als sie die Männer auf sich zukommen sah und den Schaft des Messers in der Hand gespürt hatte, war die Frage aufgetaucht, wie die Nachwelt über sie und ihr Opfer denken würde. Bliebe sie den Menschen als Heldin im Gedächtnis oder als leichtsinnige, dumme Göre?

»Du denkst, ich sollte dir gestatten, den Zettel jetzt zu lesen, oder?«

Sie zuckte die Achseln.

»Es ist nur unser Treffpunkt, morgen Abend. ›Moka Efti‹ um achtzehn Uhr. Ich weiß, dass es dir verboten ist. Aber du gehst ja auch mit deiner Freundin in Cafés … Bitte, Bella!«

Es war das schönste »Bitte«, das sie je gehört hatte. Dr. Fareed schaute herüber, also schüttelte sie artig den Kopf und sagte deutlich Nein. Als der Arzt wegsah, gab sie Joost ein Zeichen und flüsterte Ja. Er freute sich. Sie schaute zu, wie er sich von Dr. Fareed verabschiedete und die Praxis verließ. Wäre Erika da gewesen, wäre sie vor lauter schlechtem Gewissen gestorben. Der Arzt kümmerte sich wieder um seine Belange, bat einen Patienten ins Sprechzimmer und schloss die Doppeltür.

Bella ging zurück an die Arbeit. Es fiel ihr schwer, sich zu konzentrieren. Sie dachte an Hasib, den sie seit dem Vorfall nicht mehr gesehen hatte. Früher oder später würde er auftauchen, mit seinem hässlichen Mund, und abermals erklären, dass er ein guter Ehemann sei. Wie sollte sie sich bei ihm für ihre Rettung bedanken, ohne dass es wie eine Einverständniserklärung klang, dass sie Mann und Frau wurden? Wie und womit bedankte man sich überhaupt dafür, dass man weiterleben durfte?

Wenn Bella jetzt an diese Zeit zurückdachte, war es, als laufe sie über die Bühne eines längst beendeten Stücks, in welchem sie die Hauptrolle gespielt hatte. Sie erinnerte sich gut an die Texte, an zahlreiche Gesten und Haltungen. Die Gefühle aber schienen verloren zu sein. Sie wirkten in der Erinnerung porös, zu leicht und viel vager, als sie es damals (hoffentlich) gewesen waren. Ihre Empfindungen mussten schärfer, greller, schmerzhafter oder Glück bringender gewesen sein, als sie es jetzt nach all der Zeit für sich in Worte fassen konnte. Die Bilder und Vergleiche stimmten nicht, sie widersetzten sich der Beschreibung oder fanden in den Sümpfen der Vergangenheit keinen Halt.

Ähnlich unsicher war sich ihr Gefühlsgedächtnis mit dem heimlichen Treffen mit Joost. Nachdem gemeinsam mit Erika ein Krankenbesuch mit dem Motorrad nachgeholt worden war, kehrten sie zurück, und Bella schlich sich kurz darauf wieder ungesehen aus dem Haus.

Natürlich ging ihr die Frage durch den Sinn, ob das ein weiterer Leichtsinn mit ungewissem Ausgang wurde und ob nicht die Gefahr bestand, dass ihre Glückssträhne diesmal ein jähes Ende finden und man sie entlarven könnte. Der Krug geht so lange zum Brunnen, bis er bricht. Und wirklich wurde die Straßenbahn- und Fußstrecke bis zum Tiergarten ein einziges Pendeln zwischen Sehnsucht und Angst, Vorfreude und verfrüht aufspringender Reue.

Zu Beginn waren die Straßen leer, erst am Potsdamer Platz und in der Bellevuestraße wurde es belebt. Das bescherte immerhin die Sicherheit des Eintauchens in der Menge. Die Blicke der Leute schienen hier flüchtiger, weniger misstrauisch, desinteressiert. Während des gesamten Weges achtete Bella sehr darauf, nicht ins Visier eines der patrouillierenden Autos zu geraten, die stets langsam und nah am Trottoir fuhren und deren Insassen nach Sternträgern Ausschau hielten. Die Furcht war ein treues Tierchen, das kratzte und biss.

Mit dem ersten Schritt durch das Portal des Tanzcafés versteckte es sich kurzfristig, lugte aber schnell wieder aus den Mienen einiger Gäste, ihrem Spähen und Lachen oder aus gewissen Körperhaltungen hervor. Da half es schon, wieder einmal Britt Nölte zu spielen, den wiegenden Gang zu wagen, ihr hochmütiges Hinaufziehen der Brauen, die Art, wie sie kess die Lippen spitzte. Die arme Britt, was mochte aus ihr und ihrer Familie geworden sein? Bella ließ die Schöße von Erikas

Mantel über die Lehnen der Sessel fliegen. Das Herz trommelte.

Joost saß weiter hinten an einem Tisch gleich an der rückwärtigen Wand. Er sah Bella, sprang auf und verneigte sich keck, bevor sie überhaupt dort war. Er hatte ein Sträußchen Margeriten mitgebracht und tat, was alle taten und was niemand für ungewöhnlich halten konnte. Er half ihr aus dem Mantel, nahm dann ihre Hand und küsste sie, ohne sie zu berühren, wartete, bis sie auf dem von ihm an der Lehne vom Tisch gezogenen Stuhl Platz genommen hatte, und setzte sich erst selbst, nachdem er den Kellner erspäht und Blicke und Handzeichen ausgesendet hatte.

Bella erinnerte sich genau, dass sie während der ersten Minuten kein Wort hatte herausbringen können. Es fehlte die Luft. Panik kam auf, die sie sich aber nicht anmerken lassen wollte. Joost richtete Grüße von Ronjon aus und erzählte, dass es dem verletzten Bruno besser gehe, er aber weggezogen sei.

Plötzlich fragte er: »Dir geht's aber gar nicht gut, oder? Ich bestell Kaffee und ein Glas Wasser.«

Sie schüttelte den Kopf, lächelte mit Anstrengung, hätte ihm am liebsten alles gebeichtet – was für eine Eselin sie gewesen sei, weil sie sich eingebildet hatte, ihre beiden Seelen seien irgendwie miteinander verschmolzen und so weiter. So ein Kindskopf sei sie und habe damit alle in Gefahr gebracht, sich selbst am allermeisten. Ein paarmal holte sie tief Luft, knetete die Hände und machte den Mund auf wie ein Fisch. Aber mehr als ein neues angestrengtes Lächeln schaffte sie nicht.

Joost lehnte sich zurück, wartete, bis der Ober kam, und bestellte den Kaffee, das Wasser und etwas Gebäck.

»Es ist doch ziemlich verrückt«, sagte er, als der Kellner gegangen war, »dass wir uns gerade erst kennengelernt haben und jetzt schon auf unsere Zukunft schauen können und was da passieren wird … nämlich überhaupt nichts.«

Das jagte ihr einen gehörigen Schrecken ein und nahm ihr zusätzlich die Luft. Sollte sie das jetzt bewundern oder verabscheuen, wie er sie beide aus solcher Distanz und mit dieser Kälte betrachtete? Zugegeben, sie hatte nicht gehofft, dass sie einander die Hände haltend ihre Liebe gestehen würden, aber mit solcher Ironie und verletzender Nüchternheit hatte sie nicht gerechnet. Joost war also immer für eine Überraschung gut, wie es schien.

Eine Weile saßen sie nur da und wichen einander aus, wenn einer den andern anblickte. Als schon der Kaffee und das Gebäck auf dem Tisch standen, schaffte sie es endlich, etwas zu sagen.

»Dass wir keine Zukunft haben, ist das nicht etwas, was man zwar denkt, aber niemals sagen sollte? Jedenfalls versuche ich, mich irgendwie zu freuen, dass ich hier bin.«

»Ein bisschen wortkarg deine Freude, finde ich.« Er lächelte.

»Ich krieg hier keine Luft.«

»Soll ich fächeln?«

»Bist 'n richtiger Clown. Wir versuchen doch beide, das Beste draus zu machen, oder nicht? Da sagt man so was nicht, Joost. Nicht so.« Sie musste selbst lachen.

»Nicht wie?«

»So kühl.«

»Für uns ist Wärme sehr schädlich, das weißt du doch.«

»Du verstehst schon, wie ich es meine.«

»Das geht alles nur mit Humor und Abstand, Bella. Wir brechen die Regeln; wir treffen uns hier, gerade weil wir uns nicht treffen dürfen. Wir wissen beide, dass es eigentlich Quatsch ist, uns zu treffen, und sehr gefährlich.«

Sollte sie jetzt nicken? Das ließ sie schön sein …

»Der Punkt ist, wenn wir nichts täten, wär's nicht weniger gefährlich. Das heißt: Wir treffen uns *trotzdem*, haben in Zukunft aber *dennoch* nichts davon.«

Sie musste lachen. Er war ein komischer Kauz, dieser Joost.

»Das Geheimnis unserer Liebe versteckt sich folglich im Trotzdem.«

Da konnte man doch nur lachen. Sie wurde sofort wieder ernst und blickte ihn finster an, so finster und böse, wie sie konnte.

»Im Trotzdem?«

»Ja, das ist ein schöner Ort. Dort findet man eine Menge Trotzdem-Würde und Dennoch-Ehre. Sieh mal, wir können doch nicht wirklich Hand in Hand auf offener Straße in irgendeine Nazibande hineinlaufen und sie mit Messern attackieren, oder?«

»Klar!«, sagte sie und kriegte eine Tomatenbombe.

Sie befanden sich also im *Trotzdem*! Am liebsten hätte sie das jetzt laut in den Saal gerufen. Zwar war sie immer noch ängstlich, aber hinter der Furcht grinste jetzt die Gestalt dieses Trotzdem- und Dennoch-Dingsbums hervor, und es gefiel ihr allemal besser als die Fratze ihres heldenhaften Messerangriffs – von dem Joost bitte nie etwas erfahren durfte, sie würde vor Scham sterben und verzieh es sich jetzt schon doppelt und dreifach nicht, dass sie so blöd hatte sein können …

»Genießen wir die sogenannte Freiheit!«, sagte er und teilte den Kuchen in zwei Hälften.

Als Bella ihn aß und merkte, wie trocken er war und wie fad er schmeckte, begriff sie, dass man keineswegs nur in einem Café saß. Alle um sie her hielten sich bestimmt für frei und waren der Überzeugung, dass sie nur bezahlen und ihre Mäntel anziehen mussten, um hingehen zu können, wo sie wollten. Und natürlich stimmte das äußerlich. Dennoch befand man sich in einem als Ballsaal dekorierten Zuchthaus. Die Haft steckte tief in den Herzen, und egal, an welchen Ort des Universums jemand von hier reisen würde, er trüge die Gefängniszelle mit sich wie die Schnecke ihr Haus. Und in einer solchen Gefangenschaft konnte man eben nur mithilfe von Joosts Dennoch und Trotzdem leben, er hatte vollkommen recht! Er war wunderbar mit seiner Fantasie, dieser süße Spinner. Es fiel ihr überhaupt nicht mehr schwer zu lachen, und der Schiss, den sie eben noch gehabt hatte, schrumpfte auch schon ein bisschen.

Sie war gerade im Begriff, Joost zu fragen, ob ihr das Trotzdem auch erlaube, jetzt auf einen Stuhl zu steigen und allen zu sagen, dass der Kuchen nichts tauge – als sie ein paar Tische weiter eine Dame sah, die ihr einen Schreck einjagte. War das etwa Frau Dr. Gümerlich, Lehrerin am Lyzeum, die sie vor der Klasse einmal gefragt hatte, wieso sie sonntags mit den Eltern einen Ausflug an den Müggelsee unternommen habe, obwohl es Juden untersagt sei, an Sonntagen Ausflüge zu machen?

Bella hatte sich an keinen Ausflug erinnern können. Als sie es sagte, fuhr die Lehrerin sie an, sie solle ihr nicht widersprechen, auch das werde Konsequenzen haben. Ein solches Verbot hatte damals noch nicht bestanden. Die Gümerlich gefiel sich dennoch darin, Bella zu schikanieren, ließ nicht ab, und das Piesacken hatte erst ein Ende gefunden, als sich Britt Nölte plötzlich meldete und fragte, wann eigentlich der Unterricht weitergehen könne. Die Luft knisterte. Von jenem Tag an hatte die Klasse jedenfalls unter besonderer Beobachtung dieser Lehrerin gestanden.

Bella rückte ihren Stuhl so, dass sie vom Tisch der Dame aus nicht gesehen wurde.

»Wir müssen gehen. Jemand ist hier, der mich kennt und verraten wird.«

Kaum hatte sie sich einigermaßen versteckt, entdeckte sie noch jemanden. Dort saß ein Gemüsehändler aus Mitte, der ihrem Vater vor anderthalb Jahren das Haus der Familie hatte abluchsen wollen. Er hatte frech gedroht, eine Anzeige wegen »falscher Preisauszeichnung« oder »Überschreitung der Einkaufsbeschränkung für Juden« auf den Weg zu bringen, irgendwas werde sich schon finden. Es sei denn, der Kaufpreis des Hauses lasse eine solche Anzeige »nicht notwendig« erscheinen. Man könne sich einigen.

»Und da drüben sitzt ein ehemaliger Kunde meines Vaters, der sich unser Haus unter den Nagel reißen wollte. Irgendwie hat mein Vater es abwenden können.«

»Euch gehört ein Haus?«

»Vater wollte es verkaufen, zu einem Preis, für den er uns Schiffspassagen für die Flucht kaufen kann. Jetzt muss er sich verstecken, und sie werden uns das Haus einfach wegnehmen, wie sie's überall tun.« Sie fasste seine Hände. »Joost, können wir bitte gehen?«

»Bist du sicher, dass es diese Leute sind?«

Er hatte recht, sie wagte kaum hochzuschauen. Es war tatsächlich nicht wahrscheinlich, dass solche Leute ein Tanzcafé betraten, an dessen Wänden Emailleschilder hingen, auf denen *Swing tanzen verboten* stand. Am Abend, wenn es Musik gab, hielten sich hier viele nicht daran und jeder wusste es.

»Ich bin nicht mehr die Bella, die ich war. Ich weiß nicht, wer ich bin.« Sie prüfte, wie er es aufnahm. »Wenn du keine Blumen mehr kaufen darfst und du deine Katze umbringen lassen musst, weil es Juden verboten ist, Haustiere zu halten, bleibst du nicht dieselbe. Ich darf auch nicht auf dem Sozius von Erikas Motorrad mitfahren. Wenn sie mich erwischen, bin ich im Nu überhaupt nichts mehr.«

Sie hasste es, selbstmitleidig zu klingen. Doch sie fuhr fort: »Ich denke auch nicht an die Zukunft, unabhängig von uns und dass wir keine haben. Das Leben, das ich führe, hat mit meinem alten nichts mehr zu tun. Ich wohne nicht bei meinen Eltern, ich darf nicht im Park spazieren gehen, ich darf meine Freundinnen nicht mehr treffen oder mit dir nach Potsdam fahren, alles, weil ich Jüdin bin. Ich bin niemand mehr.« Sie blickte vorsichtig hoch. Erst in Richtung des Gemüsehändlers, fand ihn aber nicht. Dann zur Gümerlich, die ihr den Rücken zuwandte, sodass ihr in der Tat Zweifel kamen, ob es wirklich die Lehrerin war. Joost hatte recht, sie fantasierte, wurde paranoid.

»Mein Verstand funktioniert also auch nicht mehr richtig. Und mit so einer willst du dich abgeben? Ach nein, musst du ja gar nicht, wir haben ja keine Zukunft. Wie schön für dich!« Zum Glück musste sie nicht losheulen. Irgendetwas schenkte ihr mit einem Mal die Kraft, alles aus diesem Joost'schen Abstand zu betrachten. Sie hielt immer noch seine Hände fest, und er zog sie nicht weg, sondern drückte mit.

»Schau noch mal genau hin!«

Sie gehorchte. Der Kunde ihres Vaters erwies sich als ein ähnlich aussehender korpulenter Witzbold, der seine Tischnachbarn so zum Lachen brachte, dass sich der Ober am Kücheneingang umwandte und flüchtig das Gesicht verzog. Die Lehrerin war nach wie vor nichts als eine Frisur, auf der ein dürftiges Hütchen thronte. Obendrein saß sie ziemlich entfernt.

Bella beruhigte sich, sie schloss die Augen, zwang die Ruhe tiefer in sich hinein, indem sie langsamer und gleichmäßiger zu atmen versuchte.

»Neben der Trotzdem-Würde gibt es auch Dennoch-Freude«, sagte Joost.

Bella war froh, dass er wieder mit seinen Albernheiten anfing. Es lenkte sie ab. Gab es auch Trotzdem-Lust, Dennoch-Wetter, Trotzdem-Gurken …?

»Wenn die Erwachsenen uns junge Menschen so im Stich lassen«, fuhr er fort, »wenn sie uns statt Bildung und Hoffnung nur Gewalt und Hass beibringen, haben wir das Recht, sie und ihre Welt zu verachten. Wir nehmen uns die Liebe, die sie uns verwehren, und zeigen, dass wir uns das nicht gefallen lassen.«

Es klang wunderschön, und er sagte es mit einem Ernst und Zorn, der ihr gefiel.

»Und wie machen wir das?«

»Wir zahlen, ziehen unsre Mäntel an und sind frei. *Frei*, Bella!«

Was Bella am meisten gefiel, war das Theaterhafte. Man musste nichts glauben oder für wirklich halten, was Joost sagte. Es war ein bisschen wie bei Dr. Fareed und den Pharaonen. Man konnte beruhigt denken, dass es nur ein Spiel war.

Als sie das Lokal verließen, hatte sie Lust, der Lehrerin ins Gesicht zu lachen. Natürlich verbot sie es sich und folgte Joost schnell zum Ausgang, ohne sich umzudrehen.

Draußen spähte er die Straße aus, erst dann trat sie selbst ins Freie. Sie überquerten zügig die Tiergartenstraße und folgten dem ersten Weg in den Park. Sie brachen das »Judenverbot«, das nichts als Nazi-Frechheit war, hielten beide die Augen offen und waren darauf bedacht, anderen Passanten frühzeitig auszuweichen. Flirrend-zerzaustes Laub verdeckte den Himmel und saugte so viel Licht ein, dass nur Halbdunkel blieb. Bella genoss die stechend süße Freude, Joost neben sich zu wissen. Joost, Joost!

In der Ferne tauchten immer mal Spaziergänger auf. Joost fasste Bellas Arm und zog sie sacht in eine neue Richtung. Der Rand des Tiergartens öffnete seine Labyrinthe. Dichtes Buschwerk umschloss sie, hielt gefährliche Blicke ab. Was dann geschah, erinnerte Bella genau: Wie Kinder hielten sie einander bei den Händen und ließen im Gehen die Arme schwingen – hin und her im Takt ihrer Herzen. Was sie dachte, fühlte er, und was ihr wunderhaft erschien, dafür erfand er Worte. »Wir sind verwandt, Bella. Als wir geboren wurden, hielt die Welt den Atem an …«

»Ich hab eine solche Dummheit begangen«, gestand sie Joost und es machte ihr plötzlich gar nichts aus.

»Ah, du bist *doch* in einen jüdischen Jungen verliebt, wie sich das gehört! Ich hab's geahnt.«

Sie lachte. »Ich bin ohne dich mit einem Messer in der Tasche auf eine Horde Nazis zugelaufen. Es war deine Idee, und ich glaubte, allmächtig zu sein, und dass unsere Herzen eine heilige Einheit bilden. Ein Bekannter des Doktors rettete mir das Leben. Wieder ein Araber. Er kam in genau dem richtigen Augenblick und erschreckte die Männer mit seinem Auto. Ich hatte entweder ein Riesenglück oder die bunten Fische im Aquarium der Praxis hatten mich fest im Blick. Der Doktor behauptet, es seien wiedergeborene Pharaonen und Lenker der Welt.«

»Er kam mir gar nicht so verrückt vor. Du bist wirklich mit 'nem Messer auf die los? Kannst stolz drauf sein und hast übrigens recht: Ich war dabei, im Herzen sozusagen, ich erinnere mich. Es waren sieben Mann, Nähe Hohenzollernplatz, stimmt's?«

Bella stolperte und fing sich gerade noch. Das Gras war warm und kitzelte. Dicht vor ihr, zu nah, um ihn ganz scharf zu sehen, krabbelte ein grüner Käfer.

Bella erinnerte sich, wie sie damals auf Anhieb verstanden hatte, dass diese mystische Einheit auch etwas Körperliches bedeutete.

»Etwas Körperliches? Was um Himmels willen soll das denn gewesen sein?«, wollte Louise sofort wissen. Sie wollte alles ganz genau verstehen, jetzt, ein halbes Jahrhundert danach, ausgerechnet hier in der Klinik. Nigels Überleben hing weiterhin an einem sehr dünnen Faden. Vielleicht war es gerade dieser Druck, der sie, Bella, veranlasste, hier über Joost und den Tiergarten offener zu sprechen als sonst.

Selbstredend blieb sie Louise die Antwort schuldig. Zum einen, weil sie die Antworten selbst nicht genau kannte. Zum andern, weil einem Kind der Einblick ins Intimleben der Eltern nun mal verwehrt ist. Eine Selbstverständlichkeit! Also machte sie wieder ein paar Andeutungen, wie sie es schon im Fall New Haven und Rasmus getan hatte.

»Das im Tiergarten gehört in Jahwes Wohnstatt, mein Kind«, sagte sie. »Das sind Dinge, die wir nicht verstehen.«

Die Tochter legte die Stirn in verdächtig tiefe Falten. Sie war vorhin aus dem Zimmer gekommen, wo sie sich ausgeruht hatte und dann von den FBI-Männern gestört worden war. Hatte neben Bella hier im Klinikflur Platz genommen, wo sie nun beide warteten. Für den Fall, dass es Neuigkeiten gab.

»Joost Gattermann und der Tiergarten gehören in eine Welt, in der der Verstand des Menschen nun mal nichts verloren hat, damit wirst du dich leider abfinden müssen. Ich muss es auch.«

»Mom, was redest du da?«

Joost hatte sie berührt, und fertig. Er hatte nicht ihr Einverständnis abgewartet – und hätte es auch nie von ihr bekommen, unter gar keinen Umständen. Wie denn auch? Es passierte trotzdem.

»Es ist trotzdem passiert … *Im Trotzdem*«, sagte sie.

»Wie bitte?«

»Na *das*!«

Louise sah sie erschrocken an. »Nee!«

»Doch. Denkst du, ich erfinde es?« Bella amüsierte sich, dass sie nun doch einen Weg gefunden hatte, es zu sagen.

»Ich hatte Glück, wie immer damals. Ich hätte schwanger werden können. Mit sechzehn! … Bin ich aber nicht.«

»Mannomann!«, staunte Louise. »Und du hast es zugelassen, ich meine, du warst einverstanden?«

»Nein.«

»Wie bitte?«

»Nein«, wiederholte Bella.

»Er hat dich …?«

»Er war sehr taktvoll.«

»Aber du wolltest es nicht.«

»Ich hätte es nie gewollt. Allerdings hätte ich auch gar nicht gewusst, was ich niemals hätte wollen dürfen. Er hat es ja selbst nicht gewollt. Stell dich nicht dümmer, als du bist, Louise! Wir hätten beide Ja oder Nein zu etwas sagen müssen, von dem wir nicht die geringste Ahnung hatten. Er führte mich in ein Gebüsch, da waren wir allein, das Gras war trocken. Wir waren Kinder. Wichtig ist bloß, dass ich nicht schwanger wurde.«

»Mannomann!«

»Wieso kannst du nicht akzeptieren, dass es mir gefallen hat, obwohl ich zu Beginn ein bisschen Angst hatte? Solange ich Joost vor deiner Kritik in Schutz nehme, merkst du doch, dass es nichts Böses war, da spielt es doch gar keine Rolle, ob ich es wollte oder nicht wollte. Hast du denn bei deinem ersten Mal genau gewusst, womit du einverstanden sein solltest? Wie soll ich mir das vorstellen? Liest man vorher ein Buch, und erst wenn man es verstanden hat, liebt man sich? Wenn

Joost mich verführt hat, dann hat er es verdammt gut gemacht.«

»Aber es war dennoch irgendwie gegen deinen Willen, Mom.«

»Wer war's?«, fragte Bella plötzlich.

»Wer war was?«

»Wer hat *dich* verführt ... ohne dein Einverständnis?«

Louise verlor die Farbe, ihre Lippen wurden weiß. Bella erschreckte sich mit ihr. Die Tochter musste gar nicht weiterreden.

»Du hast auch so was erlebt, stimmt's? Leider nicht erinnernswert ...«

Louises Blick hatte einen bedenklichen Glanz bekommen.

»Wer?«

Bella griff nach Louises Händen und hielt sie fest.

»Kennst du nicht«, flüsterte die Tochter. »Übrigens gehört es sich nicht, dass wir hier über so etwas reden. Nigel kämpft um sein Leben und wir schwatzen über solchen Mist. Die Polizei hat uns ins Visier genommen, wir haben wirklich ernstere Sorgen, Mom.«

»Glaub ich nicht«, erwiderte Bella. Die vier Hände blieben fest ineinander. »Joost und der Tiergarten, mein liebes Kind, das war und ist kein ›Mist‹.«

In Zukunft würde sie sich nicht nur gegen Nigels Verunglimpfungen zur Wehr setzen müssen, sondern auch gegen die ihrer Tochter.

»Nigel überlebt oder er stirbt«, sagte sie hart. »Wir haben alle Angst um ihn, das ist Hilfe genug, und mehr können wir nicht tun. Hier sitzen und schweigen hilft ihm jedenfalls nicht.«

Louise hatte Tränen in den Augen, ihre Miene veränderte sich nicht.

»Erzähl's mir, Louise! ... Na los!« Bella bewegte die Hände mit denen der Tochter ermutigend auf und ab.

»Die Harfenlehrerin. Sie hieß auch noch *Angel* …«

Im Flur war es still geworden. Im Schwesternzimmer war niemand und es stand auch keine der Türen zu den Kranken auf.

Bella war verwirrt.

»Eine Frau?« Sie kramte im Gedächtnis nach, aber dort gab es keine Episode, in welcher ihre Mädchen privaten Musikunterricht gehabt hätten.

»Wie alt warst du denn? Es war bestimmt meine Schuld, weil ich nie zu Hause war.«

»Nein, Mom. Das letzte Jahr auf der Junior High … Es war ekelhaft, ich möchte nicht drüber reden, bitte! … Zeigst du mir, in welchem Zimmer die Kinder mit deiner Kollegin sind?«

Bella gab Louises Hände frei und stand mit ihr auf. Ein hässliches Gefühl kroch herauf, hundert Gedanken wirbelten ihr durch den Sinn. Die alten Konflikte zwischen Mutterrolle und Berufstätigkeit. Wie früh die beiden Mädchen nach Oz' Tod hatten selbstständig werden müssen und beispielsweise im Haushalt nacharbeiten mussten, was wegen der Dienste in der Klinik regelmäßig liegen geblieben war. Oder wie sie am Abend nach Oz' Tod Louise dazu überredet hatte, bei ihr zu schlafen, im selben Bett, wo der Tote noch vor ein paar Stunden gelegen hatte. Natürlich hatte sich ihr Gewissen daran wund gescheuert.

Sie ging voraus. Louise folgte ihr. Im Treppenhaus begegnete ihnen ein Arzt und grüßte flüchtig.

Die Kollegin hatte aus der pädiatrischen Abteilung Bastelmaterial herüberbringen lassen. Man war damit beschäftigt, die Umrisse der eigenen Hand auf Pappe zu malen und auszuschneiden. Milli unterstützte Chelsey, die es offenbar schon mehrfach geschafft hatte. An dünnen Leisten befestigt, war ein Ensemble von Stockfiguren entstanden – bunt angemalte Hände für ein kleines Theaterspiel. Über einer gespannten

Schnur hing ein buntes Tuch, über dem das Stück für Chelsey als Zuschauerin zur Aufführung gelangen sollte.

Dorothy, die emsige junge Kollegin, erinnerte Bella immer wieder ein bisschen an Maggie. Sie strahlte eine ähnliche Kraft aus, nicht nur, weil auch sie Maggies kräftige Statur hatte. In ihrem Ausdruck lag für Momente eine Melancholie, die Bella zugleich erschreckte und anzog. Im Umgang mit Chelsey konzentrierte sich Dorothys Blick, als wollte sie sagen: Zeig ihnen, was du kannst, dass du nicht schlechter bist als alle andern!

Während Bella zuschaute, wie Chelsey selbstvergessen und die Zungenspitze zeigend mit der Schere hantierte, stellte sich eine Fantasie ein, ein Horrorfilm, der Wirklichkeit hätte werden können. Wenn nämlich gestern, beim Eintreffen der Cops, nicht schon Nigel in der Lobby mit der Plastikpistole herumgefuchtelt hätte, sondern immer noch Chelsey. Was wäre passiert, wenn die Männer zwei Minuten früher ins Hotel gekommen wären? Wenn ... Eine Abfolge gespenstischer Bilder überflutete sie. Und zerrte die Frage herauf, was nach einer solchen Katastrophe von ihr überbliebe – wenn Chelsey etwas zustoßen sollte. Ob nicht auch hier sichtbar wurde, wie ausgehöhlt und federleicht sie geworden war nach dreiundsiebzig Jahren Leben, und dass sie sich bitte schön nicht wundern durfte, wenn man sie allenthalben übersah, überhörte, nur mehr fragmentarisch wahrnahm?

Es schüttelte sie. Louise fragte, ob etwas sei.

»Nichts«, erwiderte Bella und deutete auf Chelsey. »Sie ist eine Fee und zaubert überall das Beste aus den Menschen hervor. Auch aus Nigel.«

»Ihr habt euch wieder vertragen, Nigel und du?«

»Ich gebe ihm keine Ohrfeigen mehr.«

»Er behauptet ja von sich, eine *schwere Störung* zu haben. In seinen Adern fließe *deutsches Blut*, das sei auch der Grund, warum er sich das alles von Ian und mir gefallen lasse. Er lebe in dem Zwang, die kollektive deutsche Schuld an sich abzuwaschen, das sei vermutlich der wahre Grund, warum er in eine jüdische Familie eingeheiratet habe. Charmant, oder? Keine Sorge, ich hab ihm gesagt, wie geschmacklos ich so was finde.«

Bella musste sich erst zurechtfinden. Dann schüttelte sie den Kopf. Nigel war zu klug, an so einen Blödsinn wirklich zu glauben.

»Ich wusste gar nicht, dass er so viel raucht«, sagte sie, um Zeit zu gewinnen. Sie musste nachdenken, pendelte zwischen Verständnis und Empörung. Wieso verstieg er sich in diese Attacken und Frechheiten, war das die Rache für Louises Untreue, und sie fiel prompt drauf rein?

»Du müsstest mal an seinen Sachen riechen, wenn er nach Hause kommt«, erwiderte Louise mit hochgezogenen Brauen. »Ich werde diesen Mann nie wirklich verstehen«, fügte sie resigniert hinzu. »Man weiß nie, was man ernst nehmen kann und was nicht … Das Verrückte ist … nein …«

»Was denn?«

»In letzter Zeit haben wir uns zwischendurch wieder besser verstanden.«

»Gestern auf der Straße vor dem Hotel ist er mir plötzlich auch ganz vernünftig vorgekommen, jedenfalls hat er ein paar recht anständige Sachen gesagt. Hat mich nachdenklich gemacht. Der Grund, dass er sich das alles gefallen lässt, ist Chelsey. Nigel ist enttäuscht, von sich, von der Welt, von seinen Empfindungen der Welt gegenüber, vor allem von uns … Alles scheint sich gegen ihn zu richten und vielleicht stimmt das sogar. Wir hätten ihn anders bei uns aufnehmen sollen. Seine Hautfarbe bot uns eigentlich die Chance, uns in ihn hineinzuversetzen. Ich hatte damals in Berlin auch so etwas wie die falsche Hautfarbe. Er fühlt sich missachtet, verfolgt. Die Schwarzen sind Amerikas Juden, wer hat das noch mal gesagt? Der Vergleich stimmt nicht, weiß ich. Aber jedes Mal, wenn ich den Satz denke, muss ich im Stillen nicken, bevor ich Nein sage.« Ihre Verwirrung ließ nicht nach, sie wollte Nigel verteidigen, aber es fehlte das richtige Gefühl.

»Ich glaube auch gar nicht, dass er mich wirklich verletzen will, wenn er diese Dinge über Dr. Fareed sagt oder über Oz.«

Louise hakte sofort nach. Was er denn über ihn vorgebracht habe? Bella bereute, Oz auch nur erwähnt zu haben, wiegelte ab, schob Theodore Baxter vor, der genauso mausetot wie Oz und schließlich dessen Boss gewesen sei. Was immer Oz sich als Jurist auf die Seele geladen hätte, erklärte sie, Theodore habe damals die Last der prima causa getragen. »Die Kanzlei«, sagte sie statt »Oz«. Die Kanzlei sei in dies und das verstrickt gewesen, wovon sie, Bella, damals nichts gewusst habe.

Louise hakte nicht weiter nach – zumal Chelsey die Schere fallen ließ und strahlend ihre neu ausgeschnittene Papphand in die Höhe hielt.

Dorothy lobte sie, dann beugte sie sich zu Bella vor und flüsterte. »Vorhin fragte Chelsey, ob ihr Daddy in den Himmel kommt. Ich hab gesagt, dass wir uns hier alle sehr um ihn kümmern und dass es bestimmt noch ganz lange dauert, bis er dort hinmuss, wie wir alle einmal.«

Chelsey war das Flüstern nicht entgangen.

»Daddy ist im Himmel.«

Damit sorgte sie für einen gehörigen Schreck. Louise ging zu ihr und schloss sie in die Arme.

»Totgeschossen … und zittert immer.«

»Er ist hier bei uns, Chelsey, wir helfen ihm«, sagte Bella. »Hab keine Angst!«

Das Kind warf die Papphände auf den Boden und weinte.

»Sollen wir zusammen zu ihm gehen?« Bella war klar, dass weder Louise noch Dorothy die Idee für gut halten würden. »Er schläft drüben in einem Saal und wir dürfen ihn nicht wach machen. Aber hingehen und ihn besuchen können wir. Wenn du da bist, geht es ihm bestimmt gleich besser. Willst du mitkommen?«

Das Kind hörte mit Weinen auf und blickte Bella neugierig an. Es schniefte noch ein bisschen, machte sich dann von seiner Mutter los und hob die beiden Papphände auf. Damit ausgestattet, fasste es Bellas Hand und zog sie mit Kraft zur Zimmertür.

»Du willst mit ihr zur Intensivstation?«, fragte Louise.

Bella ließ sich wegzerren.

»Zu Daddy!« Chelsey blickte alle der Reihe nach an und fasste an den Türknauf.

»Ich komme mit«, verkündete Milli.

Dorothy legte die Stirn in Falten, presste die Lippen zusammen, verkniff sich aber jede Belehrung. Louise zuckte die Achseln. Bella überlegte einen Moment, sie beide zum Mitkommen zu animieren. Als sie Louises Ausdruck sah, schmolz die Idee. Sie folgte Chelsey auf den Flur. Milli überholte sie und rannte voraus.

Als die Oberschwester die drei kommen sah, begriff sie offenbar auf Anhieb, worum es ging, und kam an die Tür des Schwesternzimmers. Sie fasste in ihre Kitteltasche, holte ein großes Schlüsselbund hervor und klingelte damit wie ein Schulpedell. Dann deutete sie auf die ausgeschnittenen Papphände.

»Die hast du für deinen Daddy gemacht, das sehe ich. Hör zu, leider muss er noch ein bisschen schlafen, damit er wieder ganz gesund wird. Aber wir gehen trotzdem alle zusammen zu ihm und du legst das Geschenk auf sein Bett. Wenn er später aufwacht, freute er sich garantiert riesig.«

Chelsey strahlte, als hätte sie gerade ihre Geburtstagskerzen ausgepustet. Auf dem Flur blieb die Oberschwester an ihrer Seite. Vor der Tür zur Station überantwortete sie dem Kind feierlich den Schlüssel. Chelsey öffnete. Im Saal begann eine kleine Führung, die am Kontrollpult begann und vor Nigels Bett endete. Chelsey durfte die Papphände auf Nigels Bettdecke legen und seinen Arm streicheln.

»Siehst du den Lichtpunkt auf dem Schirm? Der ist vor Freude hochgesprungen. Schau, er hüpft immer weiter …«

Chelsey drehte sich zu Milli und Bella um und staunte. Selbst Milli schien zu glauben, dass sich Nigels Freude in dem EKG-Oszillogramm ablesen ließe.

»Jetzt müssen wir aber leider wieder gehen, Chelsey«, erklärte die Frau, »dein Daddy braucht sehr viel Ruhe.«

Alle wandten sich zum Ausgang. Kurz vor der Tür kehrte Chelsey unerwartet um. Bella wollte sie holen, wurde aber von der Oberschwester festgehalten. Das Kind hatte sich schon über Nigel gebeugt und flüsterte, nahm die Papphände von der Decke und führte damit eine Art Tanz durch die Luft auf. Es dauerte nur Sekunden, dann legte sie die Figuren hin und kehrte zurück.

»Sie hat gezaubert«, sagte Milli.

Chelsey erbat den Schlüssel, um wieder die Tür zu öffnen. Sie erhielt die Auskunft, dass es beim Verlassen der Abteilung nicht nötig sei. Sie durfte eine Taste drücken, die Tür glitt lautlos zur Seite.

»Wenn du später wieder hinwillst, meldest du dich bei mir.«

Chelsey machte einen Knicks.

»Du hast gezaubert?«, fragte die Oberschwester.

»Tut sie immer, wenn sie nicht weiterweiß«, antwortete Milli.

»Petze!«, fuhr Chelsey sie an und schlug nach ihr. Ihre Schwester sprang zur Seite, beide kreischten, eine Jagd begann, die erst vor dem Treppenhaus ihr Ende fand, wo Milli sich gefangen nehmen ließ. Bella musste daran erinnern, wo man sich befand.

»Was zauberst du denn sonst so?«

»Tiger, Nudeln, Krokodile, Engel …« Chelsey streckte beide Handflächen vor und rief: »Muherdmu!«

»Sie hat Zwi lebendig gemacht«, meinte Milli. »Er lief durchs offene Gartentor auf die Straße und wurde von einem Auto erwischt.«

»War das euer Hund?«

»Es ist unser Kater. Er lebt. Als wir ihn kriegten, hat er ein paar Wochen nur im Gästeklo in einem Karton gewohnt und sich nicht rausgetraut.«

»Und das Auto hat ihn verletzt?«, fragte die Oberschwester.

»Er war tot. Ich hab ihn angefasst, sein Herz hat nicht mehr geschlagen. Er atmete nicht mehr. Wir haben alle geheult, sogar der Autofahrer.«

»Und wie hast du das gemacht, Chelsey ... dass Zwi jetzt wieder lebt?«

»Muherdmu!«

»Sie hebt die Hände und hält sie flach dahin, wo sie zaubern will«, erklärte Milli. »Dann sagt sie ›Muherdmu‹. Keiner weiß, woher sie's hat oder was es bedeutet.«

»Du hast also Zauberkräfte.«

»Einmal ist während ihrer Lieblingsserie der Fernseher kaputtgegangen«, erzählte Milli weiter. »Sie sagte ›Muherdmu‹ und das Bild war wieder da.«

»Wenn ich hier mal nicht mehr weiterweiß, Chelsey, du darfst raten, wer sich umgehend bei *dir* melden wird?«

Chelsey strahlte.

Unten folgten die Kinder Dorothy in Richtung Cafeteria. Sie hatten Hunger bekommen. Bella und Louise strebten dem Warteraum am Kopf des Flurs zu. Essen war undenkbar; Bella ging zu vieles durch den Sinn.

Die Beinahe-Tragödie um Kater Zwi etwa. Während ihrer Besuche in Flemington war ihr vom Ab- und Wiederaufleben des Haustierchens nichts berichtet worden. Erneut kam die Furcht auf, dass alle nur so taten, als gehöre sie, die Grannie, dazu – um sie nicht zu verletzen, aus Rücksicht, schlimmer noch: aus Mitleid.

»Seit wann *zaubert* Chelsey denn?«, wollte Bella von Louise wissen.

»Da musst du die Kinder fragen, Mom. Sorry. Zu diesem Bereich ist auch mir der Zutritt verwehrt.«

Das hätte ein kleiner Trost sein können. Stattdessen wirkte es zusätzlich bitter, weil Bella sich stets als eine ausgewählte Vertraute der Kinder verstanden hatte. Offenbar war auch das Illusion.

»Die Oberschwester hat mir irgendwie Hoffnung gemacht«, fuhr Louise fort. »Wie sie über Nigel redete. Ging's dir auch so?«

Drinnen setzten sie sich. Der Raum strahlte eine anstrengende Kühle aus. Sie kroch einem sofort in jede Faser. Bella nickte knapp als Antwort, zog aber den Mund in die Breite.

»Verstehe«, sagte Louise.

»Doch, doch.«

»Sei bitte ehrlich, Mom!«

»Sie tun, was sie können, Louise, das siehst du doch selbst.« Sie wollte weg von dem Thema, wenigstens für einen Moment. Doch Louise ließ sich nicht weglocken, und plötzlich rutschte sie selbst wieder zurück in die Angst, aus der sie sich gerade herausgerettet hatte.

»Dir geht's selber nicht so gut, das seh ich doch«, stellte Louise fest. »Hab ich gleich gemerkt, als wir in die Stadt gekommen sind. Ich merke so was, Mom! Willst du mir erzählen, was los ist?«

»Nein.«

Das Nein tat Bella sofort leid, sie wollte nicht schon wieder griesgrämig sein. Aber jedes Gran Verstellungskunst kostete letzte Kraftreserven; sie konnte nicht mal mehr lächeln, es wurde ein schmerzliches Grinsen. »Man kann sich doch mal zusammennehmen!« So hatte der Lieblingsspruch der Eltern und der Oma gelautet, dieser schon fernen Generation von Menschen, die sich stets mit Leidenschaft zusammengerissen, die Zähne zusammengebissen, sich selbst und alle an die Kandare genommen hatten. Die Weltkriege steckten dahinter oder das neunzehnte Jahrhundert, das so tief in das grauenvolle zwanzigste hineingereicht hatte, das jetzt dem Ende entgegenging.

»Sei mir nicht böse, Louise! Ich bin nicht in der Stimmung …«

Mit »Stimmung« hatte ihre Verzweiflung allerdings nicht das Geringste zu tun. Als gelte es, einfach ihre Laune ein bisschen aufzuhellen, als genüge ein Anruf der Lottogesellschaft, juhu, Sie haben eine Million gewonnen, und schon lägen wieder Jahre und Jahrzehnte Zukunft vor ihr, jede Menge neue Chancen und Gelegenheiten, etwas zu beginnen. Nein! Sie wurde in ein paar Jahren achtzig, und Schluss … *Sof nigmar!*

»Soll ich ehrlich sein? Ich schleppe mich nur noch durch die Tage. Du denkst bestimmt, das ist Quatsch und ich soll mir die Zeit doch einfach schön machen, ich habe ja alles, Familie, Freunde, Geld. In deinem Alter hätte ich das auch gesagt.«

»Mom …«

»Wenn es mir zwischendurch nicht für eine Weile gelingt, mich abzulenken, mich über Chelsey zu freuen, über Nigel zu ärgern, wegen dir und Ian halb zu Tode zu erschrecken, dann schnürt's mir die Kehle zu. Ich bin nur noch ein Fünftel dessen, was ich war, Louise, die fehlenden vier Fünftel schwindele ich mir jeden Morgen irgendwie zusammen. Ich merke es, wenn ich mich an die ›arabische Rettung‹ erinnere.« Ihr wurde komisch. Ein Gefühl, als drehe sich die Welt wie eine Bühnenkulisse von ihr weg, während sie selbst stehen blieb. Oder war es umgekehrt?

»Mit sechzehn hatte ich die Kraft, mit dem Übermaß an Angst fertigzuwerden. Weil ich eine Zukunft hatte. Wenn du die Angst besiegst, sagte ich mir, kriegst du als Belohnung ein ganzes Leben.«

Sie sah, dass Louise Tränen in den Augen hatte, die sie, Bella, jetzt selbst weinen sollte und nicht konnte. Ihr Selbstmitleid blähte sich lustvoll auf, stülpte sich vor wie dieser obszöne Luftsack im Hals von Kröten oder Fröschen. Ihr Leben lang hatte sie Selbstmitleid verabscheut, und jetzt klebte es an ihr wie Kaugummi auf der Straße, in das sie früher oder später natürlich hatte treten müssen.

Sie lachte kurz und bitter und entschloss sich, das Thema zu wechseln. »*Angel*, eine Musiklehrerin? Eine Frau? Wie bitte habe ich mir das vorzustellen?«

»Am liebsten überhaupt nicht.«

»Hat sie dich gepackt und geküsst, oder was?«

»Ich hab gehofft, du denkst nicht mehr dran.«

»Du hättest dich mir anvertraut, wenn ich da gewesen wäre, oder?« Der Gedanke tat ihr körperlich weh. »Ich kann mich nur entschuldigen, Kind.«

Ein Sturzbach peinigender Erinnerungen durchtoste sie. Wie Louise einmal als Siebenjährige mehrere Stunden bei Wind und Wetter vor dem Haus hatte ausharren müssen, weil weder Mutter noch Schwester zur Stelle waren. Grace, die den Schlüssel um den Hals trug, hatte es vorgezogen, mit ein paar Freundinnen eine Geburtstagsfeier auf den Kopf zu stellen.

»Erzähl's mir, Louise, bitte!« Bella war nicht sicher, ob es je zuvor einen so intimen Moment zwischen ihnen gegeben hatte. Grace war die Redseligere von beiden und brachte es fertig, in einem Nebensatz zu verraten, dass Patrick ihr schon mal ziemlich gewagte Wäsche mitbrachte und erwartete, dass sie das Zeug auch trug, was eigentlich nicht ihr Ding sei. Und dass er zudem erklärt hätte, dass gerade dieses Nicht-so-ganz-einverstanden-Sein das »Interessante« daran sei. Das gehe sie nichts an, hatte Bella verlegen erklärt, was Grace mit »So 'n Quatsch!« abtat. »Du bist meine Mom und Ärztin, natürlich geht dich das was an. Dieser Mann ist gefährlich, Frau Doktor! Was, wenn er mir demnächst Handschellen zumutet?« Humor dieser Art war Grace' starke Seite, was man von Louise nicht sagen konnte.

Ein anderes Mal hatten beide Mädchen eine ganze Nacht allein zu Hause durchstehen müssen, als die Fabrik in Morningside Heights in die Luft geflogen war und über Stunden Dutzende Arbeiter mit grauenvollen Verbrennungen eingeliefert worden waren. Keiner der Nachbarn war zu Hause gewesen, dem sie wegen der Töchter hätte Bescheid sagen können. Die Gerüche und Geräusche in Fluren und Sälen der Klinik waren ihr nie ganz aus dem Gedächtnis gegangen. Während das Geschrei der Männer ihr fast den Kopf zum Platzen gebracht hatte, waren flackernde Horrorbilder der Mädchen entstanden, wie sie Büchsen öffneten, einen Topf auf den Herd stellten, Streichhölzer entzündeten und sich erfolglos abmühten, eine der oft wild hochfauchenden Gasflammen zu bändigen.

»Angel hat mich ein paarmal zu sich nach Hause eingeladen«, gestand Louise. »Ihr Harfenspiel war sehr schön.«

Bella starrte geradeaus, ängstlich, dass ein unbedachter Blick, eine falsche Regung die spinnwebfeine Atmosphäre zerreißen könnte.

»Sie war eigentlich nett. Ich mochte die Art, wie sie redete und erklärte.« Louise wartete, bis auf dem Flur ein Metallwagen mit Essgeschirr an der offenen Tür vorübergerollt war.

»Eines Tages bat sie mich nach dem Harfenunterricht um einen Gefallen. Sie hatte so eine große, tropische Pflanze mit riesigen Blättern, ich sollte auf eine Leiter steigen und oben den Staub herunterwischen, das hätte sie schon so lange nicht mehr gemacht. Ich war dreizehn, aber tatsächlich fast einen Kopf größer als Angel. Natürlich stieg ich auf die Leiter und machte es. Bis ich sah, dass sie mir mit einem kleinen Spiegel unter den Rock schaute. Ich wusste nicht, wie ich reagieren sollte, also reagierte ich überhaupt nicht und tat, als sei nichts. Ich schämte mich für sie mit, es kam mir vor, als hätte ich einen Anteil daran, dass sie eine bestimmt verbotene Lust empfand ... Sie hat mich nie angefasst.«

Eine Pause entstand und dehnte sich aus.

»Sie hat es jedes Mal gemacht, ich hab mich nicht gewehrt. Ich bin auf die Leiter. Sie hat einmal in den Spiegel geschaut, ist dann in die Küche gegangen und hat Kakao gemacht.«

Bella war bestürzt, wie wenig sie ihre Tochter kannte. Erst war sie ihr als Angsthäschen erschienen, als Duckmäuschen, dann hatte sich herausgestellt, dass sie seit Jahren erstaunlich selbstbewusst ein Doppelleben führte, und nun entpuppte sie sich als eine Erfahrene im Falle eines sexualisierten Übergriffs.

Waren alle Menschen solche Matroschkas, Zwiebelwesen voller Überraschungen und Schrecken? Oz auf jeden Fall, wie sich herausgestellt hatte. Und Nigel schien ebenfalls einen Kern zu haben, den zu entdecken sich womöglich lohnte. War sie selbst die Bella, die zu sein sie überzeugt war? Die Haut der Davongekommenen hätte sie bereits zum Teil abstreifen können; jedenfalls täte sie gut daran, ihrem Selbstverständnis und den Privilegien, was diese Rolle betraf, einmal gründlich auf den Zahn zu fühlen.

»Ist aber schön, dass wir jetzt so miteinander reden«, sagte sie.

Louise stimmte zu, griff nun überraschenderweise ihre, Bellas, altersfleckigen Hände und hielt sie fest. »Wir kennen uns wohl alle nicht so richtig.«

»Als Kind dachte ich, die Welt ist vielleicht nichts als die Summe aller sechs Milliarden Menschensichten aufs Leben, alle übereinandergelegt. Kein Wunder, dass wir nichts verstehen, uns selbst am allerwenigsten. Ich bin nicht ich, Nigel ist nicht Nigel, Grace ist nicht einfach bloß Grace ... Wir leben in einem riesigen ›Kuckucksnest‹ und jeden Moment kommt so ein Jack Nicholson um die Ecke ...«

Kaum hatte sie es gesagt, als Grace im Türrahmen erschien.

»Guten Morgen, ihr zwei! Die Kinder hab ich schon mal

vorne in der Eingangshalle gelassen. Sie plündern mit den andern die Automaten … Was ist? Habt ihr Amerika neu entdeckt? Ihr seht so wissend aus, da wird einem ja angst und bange … Wie geht's Nigel?«

»Nichts Neues«, antwortete Bella. Sie hörte sich selbst, und es klang, als hätte jemand Ketten um ihre Stimmbänder gelegt.

»Ihr habt Geheimnisse vor mir!« Grace versuchte, bedrohlich auszusehen. »Nichts Ernstes, oder?«

»Kein bisschen«, erwiderte Louise. »Ich habe ihr von Angel erzählt.«

»Ernst genug, finde ich!« Grace setzte sich neben Bella. »Hat sie dir auch gesagt, dass diese Frau ein paar Jahre später verklagt und verurteilt wurde? Eine Haftstrafe.«

Bella blickte Louise fragend an.

»Verführung Minderjähriger in mehreren Fällen … Ja, Mom, ich hatte Glück. Wie du.«

Die Schwestern Mager betrieben eine Heißmangel, von deren schmalen Schaufenstern aus man direkt auf Erikas Haustür hatte blicken können. Hasib, der »beste Bräutigam« und Lebensretter, nutzte den Umstand, und als Joost an Bellas Seite als Erster um die Straßenecke bog, sah er sofort, was los war.

Sie hatten den Tiergarten verlassen, waren umsichtig geblieben, misstrauisch vorausschauend, wer sie sah, wem sie begegneten. Und nun das! Vor Erikas Haustür standen ein Mannschaftswagen und zwei schwarze Limousinen.

Joost hörte Hasibs Pfiff, sah im Fenster der Schwestern den Wink und wusste, wie man sich retten musste. Zog Bella schnell in einen Hof, von dem aus man die rückwärtige Tür der Schwestern erreichte.

Erikas Wohnung war zu diesem Zeitpunkt bereits durchsucht worden. Man hatte ein Ausmaß an Verwüstung hinterlassen, dessen Beseitigung (wie die in der Praxis) einige Tage beanspruchen sollte. Daran teilhaben sollte Bella nicht mehr. Hasib empfing Bella und rettete sie ein zweites Mal. Im Hof stand das reparierte Auto der ägyptischen Vertretung.

»Sind Dr. Fareed und Erika verhaftet?«, fragte sie.

Hasibs Ja traf sie wie ein Schlag ins Gesicht. Was hatte sie gefühlt damals? War sie in dem Moment immer noch im Tiergarten und bei Joost gewesen? An Todesangst erinnerte sie sich jedenfalls nicht, sondern wieder bloß an Hasibs Mund …

Das Gedächtnis spielte ihr ein Bühnenstück vor: Personen

und Kulissen, Kostüme, Schminke und Perücken. Das eigene Innere aber, die vergangene Wahrheit war in Nebel getaucht. So würde sie es Nigel demnächst erklären, damit er sie endlich richtig verstand – wenn er wieder zu sich kam, wenn er die Schießerei überlebte!

Hasib hatte ein Köfferchen mit dem Nötigsten im Auto und zerrte an ihr, bis sie in Bewegung kam. Während sie einstieg, hörte sie Joost fragen, wo er ihren Vater ausfindig machen konnte. Es sei wichtig. Sie rief die Antwort hinter sich zurück, nannte den Hof des Großbauern in der Nähe von Strausberg – und wurde, obgleich sie sich bewegte, zu Stein, Hartholz, Porzellan.

Dann schien es, als trüge sie metallene Kleider (dieses Gefühl hatte sich gut erhalten), und jeder Fleck der Haut darunter brannte. Sie begriff, dass sie das Zwergenzimmer nicht mehr wiedersehen würde. Das Labor, die Praxis, »ihr« Mikroskop, die Reagenzgläser, Pipetten, Schalen, Objektträger, die Abdeckplättchen. Die Pharaonen, die Patienten und die Vereinsmitglieder der *Aquarienfreunde*. Dr. Fareed, das Ehepaar Al-Mawardi und Erika ... Bella wurde klar, dass sie ihr gewohntes Leben ein zweites Mal verloren hatte.

Hasibs Wohnung lag am Spittelmarkt. Während der Autofahrt wurde es dunkel.

Er parkte die Limousine nicht vor dem Haus, sondern ein Stück entfernt. Bella musste sitzen bleiben und warten, bis die Luft rein und keiner der Nachbarn in Sicht war. Hasib führte sie eilig durchs Treppenhaus in die zweite Etage und verriegelte die Wohnungstür mehrfach geräuschvoll von innen.

Bellas drittes Berliner Leben nahm seinen Anfang. Die Wohnung bestand aus drei großen Zimmern. Zwei waren durch eine große zweiflüglige Glastür getrennt. Sie durchschritten im ersten eine lackglänzende Art-déco-Welt und betraten durch die Tür ein noch Prunk sprühenderes Morgenland als in der Wohnung der Al-Mawardis. Hasib führte sie weiter in die Küche und stellte eine Silberschale mit kandierten Früchten vor sie hin.

»Du musst essen, alles, Bella. Willkommen, hier!«

Sie aß ein paar, lobte sie höflich und nahm, bereits innerlich erschöpft, auf dem Stuhl Platz, den er ihr anbot. Es gab sehr süßen Pfefferminztee aus Gläsern, den sie schon von den Al-Mawardis her kannte. Sie widersetzte sich seinen Angeboten nicht – teils, weil sie es in ihrer Lage für angemessen hielt, teils, weil sie sich zu müde und abgeschlagen fühlte, um Nein zu sagen. Stattdessen betrachtete sie Hasibs Gesicht, die Augen, das Kinn und natürlich wieder den Mund, wann immer er es nicht merkte, und versuchte, sich ein Bild von der neuen Lage zu machen. Sie würde Hasibs Wohnung erst einmal nicht verlassen können. Der Gedanke schnürte ihr den Hals zu.

»Fräulein Bella«, sagte er mit seinem arabischen Beiklang und sah sie ängstlich an. »Du fühlst dich schlecht. Angst. Du denkst, ich tu was. Nicht gut.«

Er goss neuen Tee in die Gläser. Hasibs Stimme klang zu laut, die arabischen Düfte in der Wohnung waren zu intensiv, das Licht der Kerzen schien zu hell. Hasib hatte sie eine nach der anderen entzündet, nachdem er die Fenster der Wohnung ordnungsgemäß verdunkelt hatte. Jedes Licht schien einen Halo, einen leuchtenden Kranz, zu haben, und hätte Bella damals bereits ihr späteres medizinisches Wissen besessen, hätte sie bei sich eine verfrühte Linsentrübung, grauen Star, diagnostiziert.

»Ich habe keine Angst«, schwindelte sie. Ein Angsttierchen kroch das erste Mal aus einer Ecke und bleckte die Zähne.

Er blickte sie an.

»Bitte, Herr Hasib, ich möchte nicht, dass Sie mich so ansehen.« Sie sagte es so freundlich, wie es ihr möglich war. »Es macht mich verlegen.«

»Herr Gattermann darf es …«

Sie erschrak. Lenkte den Blick auf ihre Hände, das Teeglas, die Tischdecke mit den gestickten Arabesken. Hasib hatte einen kleinen Koffer auf den Boden gestellt, den er von Erika erhalten hatte. Darin befanden sich ein paar Dinge für den Notfall, der nun eingetreten war.

Es stellte sich die Frage, wer die Mutter, die Oma, den Vater darüber informierte, was passiert war? Wie erfuhr sie selbst, was mit Dr. Fareed und Erika weiterhin geschah – an deren Unglück sie sich vermutlich mitschuldig gemacht hatte mit ihrer abermaligen Leichtfertigkeit aus Leidenschaft? Wieweit war Hasib über Joost und sie in Kenntnis gesetzt? Gab es eventuell Verhaltensanweisungen vonseiten der »verschworenen Gemeinschaft«, die er jetzt, da Dr. Fareed in Haft war, würde missachten können? Ein halbes Dutzend Rätsel und Ungewissheiten spukte ihr durch den Kopf. Konnte es sein, dass dieser Mann, der sie muslimisch ehelichen wollte, jetzt ohnehin auf nichts als seine eigene Einschätzung der Lage angewiesen war? In jedem Fall war sie von ihm abhängig, von dem, was er dachte, tat und fühlte. Bis auf Weiteres würde sie sich seinem Willen beugen müssen. Dieser Gedanke beunruhigte sie am meisten.

Hasib hatte sich entschuldigt und war im Flur verschwunden. Als er in die Küche zurückkam, trug er den weit wehenden Kamiz der Muselmanen, der bis aufs Schuhwerk herunterreichte und in seinem Fall an den Borten reich bestickt war. Sie hatte diese Kleidung gelegentlich im »Humboldt-Haus« gesehen. Hasibs Kleid war hellblau. Auf dem Kopf trug er einen leuchtend roten Fez mit an der Seite herunterhängender Troddel. Seine jäh veränderte Erscheinung erschreckte sie nicht. Sie merkte sofort, dass er sich anders bewegte als zuvor.

Er begann, mit Töpfen und Kasserollen zu hantieren, stellte ein Säckchen Reis auf den Tisch, holte Gemüse aus einem Schrank und fing mit Säubern und Schneiden an. Sie fragte, ob sie helfen könne.

»Ich will, dass du froh bist. Aber du bist nicht froh.«

Wenn sie tatsächlich verheiratet sein würden, musste sie dann damit rechnen, ihre gewohnte Kleidung nicht länger tragen zu dürfen? Frau Al-Mawardi und deren stumme, dienstbare Geister fielen ihr ein.

»Ich bin ein guter Mann.«

Wenn er es noch ein einziges Mal wiederholte, stand fest, dass er kein »guter Mann« sein konnte. So etwas behauptete man nicht, man *war* es oder eben nicht.

Das Essen war fertig. Er füllte die Teller. Sie aßen schweigend. Vielleicht hatte er ihre Gedanken erraten und verkniff sich weitere Selbstbeschwörungen. Vom ersten Moment an, gleich bei ihrer ersten Begegnung hatte sie gespürt, dass sie aus diesem Mann nicht schlau werden würde. Sie war ihm nun ausgeliefert – der Gedanke allein war geeignet, sie in Panik zu versetzen. Sie nahm sich zusammen, bezwang sich mit gepressten Lippen.

»Du lächelst?«

»Ich reiße mich zusammen.«

»Das tue ich auch, Fräulein Bella.«

Während sie aßen, gewann Bella Vertrauen. Hasib redete nicht weiter auf sie ein, sah sie nur ab und zu kurz an und blieb zurückhaltend, bis sie zu Ende gegessen hatten. Später räumte er das Geschirr vom Tisch und begann abzuwaschen. Er war ein arabischer Mann, aber er tat all diese Dinge selbst und hatte keine dienstbaren Geister um sich, wie es in diesen Ländern üblich war. Ohne Zögern stand Bella auf und ging ihm zur Hand. Auch hierbei wurde nicht viel gesprochen. Der Tisch, der Herd, die ganze Küche, alles wurde mit großer Sorgfalt gereinigt.

Schließlich geleitete Hasib sie höflich in das arabische Zimmer und bat sie, auf einem der niedrigen Polster Platz zu nehmen. Auf dem Kasten mit zierlichen Tischbeinen lag ein kleiner Teppich, den er herunterzog. Es war ein Grammofonapparat. Einen Augenblick hatte sie auf der Zunge, ihn nach Benny

Goodman zu fragen, dachte an die gemeinsamen Nachmittage mit Leni und Sarah und die Plattensammlung ihres Vaters.

Hasib hob den Deckel, lächelte Bella an und begann, in einem Extrafach des Möbels eine Sammlung Schallplatten zu inspizieren. Er zog eine heraus, entfernte den Umschlag und legte sie auf den mit grünem Samt bezogenen Teller.

Das Gerät war elektrisch betrieben, es begann leise zu surren. Hasib legte die Nadel auf, und aus dem Lautsprecher ertönte eine rau klingende Männerstimme, begleitet von arabischen Instrumenten. Die Musik wirkte nervös und unnötig übereilt, als hätte der Sänger für die Dauer des Liedes nicht die erforderliche Zeit gehabt.

Hasib bewegte sich nicht. Bella hörte zu. Die Musik gefiel ihr. Die Leichtigkeit der ungewohnten Rhythmen, die winzigen Sprünge der Noten, der übereilt klingende Gesang, all das verwehte ihre Bedenken nach und nach. Hasib stand da und horchte, blickte nicht weiter her, um etwa zu sehen, ob es ihr gefiele. Langsam trennten sich seine Arme vom Körper, die Hände hoben sich, seine Finger nahmen Verbindung mit der Musik auf. Er drehte sich um sich selbst, lächelte mit geschlossenen Augen. Erwartete er, dass sie aufstand und mittanzte? Oder hoffte er, dass sie seine Vorführung als Unterhaltung auffasste? Oder hatte bereits ihre Umerziehung begonnen, die Eingewöhnung ins Ungewohnte, ohne die eine Konversion und die muslimische Hochzeit mit ihm nicht glaubhaft durchführbar sein mochten? War es möglich, dass ausgerechnet Hadschi Hasib der heimliche Mittelpunkt der »verschworenen Gemeinschaft« war, die unablässig ihr Leben rettende Hauptfigur, die sich bislang, aus Bescheidenheit oder Sicherheit, nur nicht zu erkennen gegeben hatte?

Er tanzte. Seine Arme wirbelten umher, er drehte sich wie ein Derwisch. Bellas Blick erfasste die Grammofonnadel, in dem Moment glitt sie auch schon in die Endlosrille und tastete nur mehr leises Leiern und Knacken ab.

Hasib kam zu sich, atmete schwer. »Als Junge wollte ich Sufi werden. Einer meiner Onkel war Mönch. Ich wäre nicht glücklich gewesen damit. Gefällt es dir?«

Sie nickte schwach, wagte kaum hochzuschauen.

»Es gefällt dir nicht, Fräulein Bella. Es kränkt mich, dass du Angst hast.« Er fuhr in seinem unbeholfenen Deutsch fort, wiederholte sein Mantra, dass er ein guter Mann sei, und fragte, wieso sie nicht erkenne, wie viel Mühe er sich mit ihr mache. Er koche für sie – als arabischer Mann! Er respektiere sie und spüre dennoch, dass sie nur Verachtung für ihn übrighabe. Draußen herrschten nun mal die Nazis, und sie solle sich überlegen, ob sie seine Wohnung und die Ehe mit ihm als Gefängnis auffassen wolle oder als Schutzraum. Spätestens da hatte sie begriffen, dass ihr Hasib, dessen Wohnung und die Ehe unausweichlich bevorstanden.

»Und du hast echt als verheiratete Muslimin gelebt?«, fragte Ian kopfschüttelnd.

»Fast drei Jahre lang.«

»Und?«

»Und? Es war anstrengend ... als jüdische Berliner Göre, die als Kind höchstens zwei- oder dreimal eine Synagoge von innen gesehen hatte.«

»Wie lange ging das?«

»Bis Kriegsende.«

Sie saßen in Ian O'Duffys Leihwagen und befanden sich auf dem Weg von der Klinik zu Bellas Wohnung. Sie war ihm dankbar, dass er sich bereit erklärt hatte, sie nach Hause zu fahren. Ihr war nur noch elend vor lauter Müdigkeit; sie fühlte sich wie früher, wenn nach durchstandener Nachtschicht auf den Fluren immer noch Patienten in Notbetten auf ihre Erstuntersuchung warteten.

»Ich lebte in Hadschi Hasib Ben Fouads schönem Gefängnis. Die Welt draußen drehte sich fröhlich weiter ...« Sie erklärte den Ausdruck »evakuieren« und dass die Shoah in ihrem ganzen ungeheuerlichen Ausmaß im Frühjahr '42 noch nicht offen erkennbar gewesen sei – obwohl seit Ende '41 vielerorts schon in vollem Gange.

Ian konnte man bissige Unmöglichkeiten wie die »fröhlich« sich weiterdrehende Welt zumuten. Hoffte sie. Er war Ire. Sie blickte ihn prüfend von der Seite an.

»Das Wort *Ironie* kommt aus dem Irischen, oder?«

»Joyce hat es in Triest erfunden, wenn ich richtig informiert bin. Er wollte *Ironieminister* werden, aber sie haben ihn verjagt, diese Strohköpfe.«

Und nun das! Zwei Blocks hinter der Park Avenue waren sie in den Stau gefahren, keine Chance, umzukehren oder auszuweichen. Das zu erwartende Zeitfenster würde vermutlich groß genug sein, um die Geschichte der gesamten »arabischen Rettung« als gediegene Erzählung einzufassen. Um sie her hupte es. Offenbar gab es immer noch Mitbürger, die überzeugt waren, man könne eine riesige, festgekeilte Menge Blech und Stahl mit akustischen Mitteln auflösen und wieder in Bewegung setzen.

»Dr. Fareeds Idee war genial. Er hatte den richtigen Riecher und machte es wie Chelsey: Simsalabim!, und aus dem jüdischen Mädchen Bella wurde eine muslimische Ehegattin … Ich hatte immer Glück, überall tauchte so ein Wonderful Wizard auf, ein Zauberer: in Berlin als ägyptischer Arzt, flankiert von einem Schwarm bunter, schwimmender Pharaonen. Dann als elektrisierender Knabe mit schönen Händen und viel Mut. Drittens eben als tanzender Amateur-Derwisch mit dem Fimmel, sich als einen guten Ehemann auszugeben. Und schließlich, hier in New York, in Gestalt meines Ehemanns. Oz! Verblüffend, oder?«

Ian ließ den Wagen ein Stückchen rollen und bremste.

»Ich war eine Muslimin und die Welt drehte sich weiter. Die Nazis mordeten. Meine Eltern und die Oma wechselten die

Verstecke. Ich hatte Angst, manchmal Panik, alle hatten Angst. Die Angst war groß, breit, tief, schwer, blendend grell. Das kann man nicht erklären.«

Der Verkehr erstarrte ein weiteres Mal wie auskühlendes Wachs.

»Wir kommen hier nie mehr raus«, stellte Bella düster fest. »In der Nacht beginnt der ewige Regen, und dann geht irgendwann dieser Film los ... ›Blade Runner‹. Hitler hätte ihn gemocht.«

»Aber Rick Deckard hätte Hitler nicht gemocht.«

Bella nickte.

»Du bist ganz schön verrückt, Bella!«

»Oh ja!«– Natürlich war sie verrückt! Im Moment gab es keinen besseren Ort, um verrückt zu sein, und keine passendere Gesellschaft, in der sie sich jetzt hätte befinden können. In der Klinik lag Nigel auf Leben und Tod, und Ian und sie steckten in diesem Schlamassel fest, während die Müdigkeit auf ihr lastete wie der Ozean über dem Marianengraben. Sie schloss die Augen, und sofort sah sie Hasib in seinem langen warmgelben Kamiz vor sich, wie er sich mit ausgebreiteten Armen vor ihr drehte, dieser Möchtegern-Sufi, der es liebte, ihr Angst einzujagen.

»›Guten Morgen, jüdischer Engel!‹ Das war Hasibs Begrüßung, wenn ich in den ersten Wochen meiner Gefangenschaft in die Küche kam.«

»Und dann?«

»Dann setzte er seine ›Schaukel‹ in Bewegung, so nannte ich das damals. Er sorgte dafür, dass ich mich beruhigte, meine Angst weniger wurde. Aber sobald er merkte, dass ich Vertrauen fasste, drehte er den Spieß um.«

Plötzlich war da ein Gefühl, als würde sie Nigel betrügen. Während er um sein Leben kämpfte, stand in ihrer Erzählung fest, dass die jugendliche Bella den ganzen Nazi-Mist überleben würde. In Nigels Fall hatte sich der Tod keineswegs schon entschieden. Wieso quälte sie sich mit solch unsinnigen Gedanken? Wieder mal musste sie die Zähne zusammenbeißen, um nicht loszuflennen.

»Sag mal, weinst du?«

Sie schüttelte den Kopf, schaute schnell in die andere Richtung, durchs Seitenfenster zu dem Wagen, der rechts neben ihnen stand, genau in das Gesicht eines Mädchens, das etwa zehn Jahre alt sein mochte und zufällig auch herübersah. Ihre Blicke trafen sich. Es war dunkelhäutig, hatte Augen wie Kohlen und einen schönen, scharf umrissenen Mund. Mexikanerin vielleicht. Das Kind blickte Bella an und sah aus, als fühlte es mit, fühlte etwas, von dem es nichts wissen konnte, für das es sich nicht einmal interessieren würde. Egal, schien es sagen zu wollen, ich bin an deiner Seite, ich begleite dich! Bella war gerührt. Und obwohl die Rührung einen leise stechenden Schmerz enthielt, gesellten sich Freude, Dankbarkeit und das Bewusstsein wechselseitig geschenkter Würde hinzu. Bella lächelte als Erste, das Mädchen zögerte, dann antwortete es, unsicher, verlegen – für den Augenblick jedenfalls wertvoller als die gesamte New Yorker Börse.

Ian hatte seine Frage nicht vergessen. »Du weinst, Bella. Willst du erzählen, warum?«

»Nein … ich denke an Berlin, als ich ein junges Ding war … Und ich hab 'ne Scheißangst um Nigel.«

Die Wagenschlange rechts kam in Bewegung, das Mädchen geriet außer Sicht. Über den Häusern hing eine Glocke noch unbestimmten, konturlosen Sirenengeheuls, wie man es in der Stadt gewohnt war. Es drang bis in den Wagen vor, dessen Fenster geschlossen waren. Bella blickte Ian an und hatte den Eindruck, dass ihm etwas auf der Zunge lag, vielleicht eine Bemerkung zu Nigel oder was er über dessen Unglück dachte. Aber sie irrte sich, denn nach einer Weile fragte er: »Und dieser Hasib hat dir Schallplatten vorgespielt?«

Sein Interesse war ehrlich, entschied sie.

»Das war gleich am ersten Tag in seiner Wohnung, als ich noch gar nicht richtig begriffen hatte, was mit mir passierte. Er stellte sich in seinem langen arabischen Männerkleid hin und tanzte. Ich war sechzehn, er hatte mir das Leben gerettet. Aber er war erwachsen und hatte diesen dämlichen Tick, mir dauernd zu sagen, dass er ein guter Ehemann sei. Je länger du das hörst, umso weniger glaubst du es. Ich hatte keine Ahnung von Ehe, Liebe und überhaupt …«

»Sie haben dich mit sechzehn verheiratet?«

»Es gab eine richtige Hochzeitsfeier. Am Ende fehlten ein paar Papiere, um alles rechtskräftig zu machen. Ich war sozusagen halb verheiratet.«

»Aber er hat dich *ganz* angefasst.« Ian sah sie mit schmalen Augen an.

»Ich war seine Frau, so hat er es gesehen. *Er war ein guter Mann!*« Das sagte sie mit einem kräftigen Schuss Ironie.

Ian legte die Hände ans Lenkrad und bewegte es leicht. »Dann finde ich es tapfer von dir, dass du diese Araber trotz allem vor Nigel in Schutz nimmst, wenn er auf sie schimpft.«

»Ohne Hasib wäre ich tot.«

»Ohne Hasib hättest du deine Unschuld behalten.«

»Falsch! Das war ein anderer.«

Das Geheul draußen kam näher.

»Hasib Ben Fouad verstand sich als mein legitimer Ehemann. Ich war aber ein jüdisches Mädchen und Hitler ein riesiges Arschloch. Ich war zur falschen Zeit am falschen Ort und hatte trotzdem mehr Glück als die meisten. Du bist Ire, du weißt doch, wie das ist mit dem Glück und dem Unglück.«

Er schmunzelte.

»Ich wurde nicht ehelich missbraucht«, stellte sie klar. »Hasib hat mir nicht die Unschuld, sondern den letzten Nerv geraubt. Die Unschuld war schon futsch. Hasib war Hysteriker, würde ich sagen, und hätte prima in eine Psychologievorlesung gepasst, um den Studenten zu beweisen, dass das nichts spezifisch Weibliches ist.«

Der Verkehr weichte etwas auf, alle ruckelten ein paar Fuß weiter vor. Die Metaphysiker unter den Fahrern waren hörbar überzeugt, dass die Bewegung auf ihr Hupen zurückginge.

»Was meinst du mit Hysteriker?«

»Emotional unzuverlässig, labil, eine Mimose. Er heulte sofort los, wenn ich ihn angriff.«

»Du hast ihn angegriffen?«

»Nicht mit Fäusten. Wir schaukelten uns gegenseitig hoch. Er wollte zum Beispiel immer meine Hände küssen. Gut, man könnte sagen, ich hätte mir einfach die Hände waschen können, und fertig. Aber ich hab es nicht hingekriegt. Er kochte oder machte seinen Bürokram und urplötzlich packte er mich und griff sich meine Hände. Es gab jedes Mal ein Gerangel, ich schrie und er flennte gleich los. Versprach mir, es nie wieder zu versuchen, hielt sich aber nicht dran. Manchmal sprang er hinter einer Ecke hervor und überfiel mich regelrecht. Ich war nie sicher vor ihm. Nicht so, dass ich um mein Leben hätte bangen müssen. Aber er ließ mir keine Ruhe, und ich weiß heute noch nicht, wie bewusst ihm das war. Meine Lage damals war überhaupt schwierig. Dr. Fareed und seine Verlobte waren verhaftet worden, deshalb wurde ich Hals über Kopf bei Hasib versteckt. Mein nicht-jüdischer Freund Joost erzählte währenddessen *seinem* Vater, dass *mein* Vater ein Wohn- und Geschäftshaus in Berlin-Mitte zu verkaufen hätte und damit rechnen musste, dass man es ihm stehlen würde wie Tausenden anderer Juden. Ich erfuhr das alles erst später. Joosts Vater machte ein faires Angebot, hatte aber kein Geld und wollte sich bei seinem Vorgesetzten etwas leihen. Er arbeitete in einer Bank. Der Vorgesetzte fädelte die Vergabe des Kredits für den Kauf ein und sorgte sogar dafür, dass die Sache innerhalb der Firma nicht an die große Glocke gehängt wurde. Beide Parteien vertrauten dem Direktor schließlich, Joosts Vater und meiner. Sie machten sich Hoffnungen. Mein Vater suchte Kontakte zu Leuten, die über die allerletzten Mittel und Wege verfügten, Papiere zu bekommen, Schiffspassagen und so weiter. Ich kann mich erinnern, welche Aufregung herrschte. Die Oma weinte mehr als sonst, sie kam mit dem Wechsel zwischen Hoffnungsschimmern, Zweifeln und Schwarzsehen nicht zurande.«

Wieder ruckte man draußen allerorts ein Stück voran. Irgendwo musste etwas Ernsthaftes passiert sein, das Geheule hatte endgültig den orchestralen Charakter angenommen, der sich deutlich vom üblichen Jaulen einzelner Krankenwagen abhob, die sich immer irgendwo durch die Straßenschluchten drängelten. Es war ein herkunfts- und richtungsloses Durch- und Ineinander von Echos und Echofetzen und es verhieß nichts Gutes. Bella kurbelte ihre Scheibe einen Spalt herunter und blickte Ian an.

»Klingt nach mindestens zwei Stunden.«

Von der Klinik bis zu Bellas Apartment in Rose Hill hätten sie normalerweise nicht länger als eine halbe Stunde gebraucht. Jetzt drohte die Reise ozeanische Ausmaße anzunehmen. Ian blickte sie immer wieder kurz an, sagte aber nichts. Sie musste zu Ende erzählen, scheute es aber, weil sie spürte, wie nah sie daran war, loszuheulen. »Hilft aber nichts«, sagte sie laut in das Geheule. Er lachte, schwieg aber unbeirrt weiterhin und schien zu wissen, was in ihr vorging.

»Natürlich passierte das, was passieren musste, ich muss es kaum mehr sagen, oder? Das Miststück von Bankdirektor hatte im Hintergrund alles für sich selbst vorbereitet und zurechtgelegt. Er musste nur noch an ein paar Fäden ziehen, und fertig. Joosts Vater landete im Gefängnis und mein Vater verlor das Haus für einen Spottpreis. Geschichte zu Ende. Punkt …«

Einen Moment lang drangen nur die Echos von draußen herein.

»Kann es sein, dass wir momentan beide ungefähr gleich weit weg von zu Hause sind?« Sie dachte dabei keineswegs an das kleine Hotel in Hell's Kitchen, das hier in New York seit Langem zu Ians zweiter Heimat geworden war. »Du von Dublin, ich von Rose Hill.«

Er grinste. Wie gut, dass Ian sie fuhr und nicht eine ihrer humorlosen Töchter.

»Wäre der Hausverkauf in Berlin zustande gekommen«, stellte sie fest, »hätte ich ein anderes Leben gehabt.« Sie schüttelte sich angesichts dessen, was die Erwägung gedanklich nach sich zog. »Wie heißt es noch? Die ›Kontingenz der Welt‹, die Allgewalt des Zufälligen, das Universum der Möglichkeiten, der Terror der Willkür, der Blick ins Risiko. Joost nannte es KdW, wie das berühmte Berliner Kaufhaus. Da war er aber schon Joe Gatterford und von dem Berliner Elektrikerlehrling nichts mehr übrig. Die KdW also, der Hausverkauf, hätte mich wohl früher hierher gebracht, ich hätte ganz andere Menschen kennengelernt, einen anderen Ehemann gefunden, andere Kinder zur Welt gebracht oder gar keine. In Wahrheit ist das Leben fragil wie ein Spinnennetz und nur rückblickend so schön festgeschweißt und zusammengenietet wie die Brooklyn Bridge. Ein einziger Windhauch kann alles zum Zittern und Bersten bringen. Auch jetzt noch, jede Sekunde, und futsch ist die Vorstellung vom sicheren Leben, die man sich unentwegt zusammenwerkelt.«

Sie biss wieder die Zähne zusammen, um eine sentimentale Welle abzuwehren. So weit war sie noch nicht, in Ians Gegenwart wirklich zu weinen. Sie hätte Müdigkeit, Erschöpfung vorschützen können, bestimmt hätte er es verstanden. Aber auch das behagte ihr nicht. Im Moment zog sie es vor, weiter die Toughe, Kampferprobte zu spielen, die sich so schnell nicht auf die Bretter legen lässt.

»Ließ sich das Eigentum von Juden später nicht zurückfordern?«, fragte er. »Womöglich heute noch?«

»Sobald Kaufverträge vorlagen, wurden und werden solche Forderungen angefochten, dann dreht sich alles um die mehr oder weniger sittenwidrigen Geldsummen. Mein Vater wurde hier in New York krank und ist nie wieder richtig auf die Beine gekommen. Von unserm Haus in Berlin-Mitte waren bei Kriegsende nur noch der Keller und das Grundstück übrig. Es gab eine Entschädigung, glaube ich. Geld ersetzt nichts. Im Grunde hat Joosts Vater die Hauptzeche bezahlt. Sein Vorgesetzter brachte ihn ins Gefängnis. Es blieb beim Zweikampf dieser beiden Bankangestellten, mein Vater wurde da merkwürdigerweise nicht mit reingezogen. Die Nazis fanden heraus, dass Joosts Vater aus einer alten Kommunistenfamilie kam. Er starb in einem der Lager in Polen. Joost fand das alles erst später heraus und schrieb es mir in einem Brief, der mit dem Satz begann: *Meine liebe Bella, bevor du weiterliest, musst du mir schwören, dein Gewissen in Frieden zu lassen …* Eine wunderbar absurde Forderung, oder nicht? Ein *Briefschwur,* das ist Poesie! Joost hatte viel Fantasie, er war ein Filou, wahrhaftig.«

»*Er* ist das gewesen … das mit der verlorenen Unschuld … Verzeih mir bitte!«

Bella machte eine Geste des Einverständnisses und dass sie genügend Vertrauen habe. Sie horchte wieder auf das wirklich beunruhigende Konzert der Sirenen und der nicht müde werdenden Autohupen-Magier.

»Wenn ich dir alle Umstände beschreibe, das mit der verlorenen Unschuld, du glaubst es mir nicht. Sagen wir mal so: Zum Verlust meiner Unschuld kam ich wie die Jungfrau zum Kinde. Louise kauft mir das auch nicht ab. Recht hat sie. Ein Kind *bekommt* man, die Unschuld *büßt man ein.*« Sie lachte von Herzen, es gelang einwandfrei. »Und wer will ernsthaft behaupten, die Welt sei *nicht* vollkommen absurd? Die in Berlin war es auf jeden Fall, und die hier ist auch nicht schlüssiger, finde ich … Was ist los da vorne? Ist irgendwo ein Hochhaus umgekippt? So was wie das New-York-Domino, davor warnen sie doch immer. Fällt eins um, fallen alle um, weil sie zu dicht stehen.«

Ein Stück weit voraus blinkten zahllose Feuerwehr-Warnleuchten. Die Welt der Straßenschluchten ließ ein einziges Sirenenechokonzert erklingen. Bellas Blick verlor sich in den Hausfassaden, im Gewirr einiger Flaggen, deren Länge schwer zu schätzen war, weil sie in großer Höhe hingen. Stars and Stripes und das australische Blau mit seinem Kreuz des Südens, vielleicht die Botschaft …

»Alle von damals sind tot. Dr. Fareed, Erika, Hadschi Hasib und die Al-Mawardis bestimmt auch, die waren alle hundert Jahre älter als ich, und die *Aquarienfreunde* sowieso, Dr. Fareeds besondere Patienten. Alle mausetot. Und nun auch Joost. Wäre ich nicht so eine Kratzbürste, hätte mich das alles längst selbst umgebracht. Aber zum Glück bin ich eine manchmal zynische und vor allem *davongekommene* Kratzbürste. Es ist kein Wunder, dass mir alle aus dem Weg gehen. Ich würde es auch tun.«

»Bella! Bitte!«

Sie lächelte. »Du sagst wenigstens nicht *Grannie!* Alle sagen immer nur *Grannie, Grannie!* und fragen sich, wieso ist sie so? Warum hält sie nicht einfach den Mund und genießt ihr bisschen Leben, das sie noch hat? Aber wenn sich die Verheißungen der Jugend und der sogenannten besten Jahre eines Tages in eine Kette nüchterner Tatsachen verwandeln, lernt man, wie zart die Pflänzchen immer noch sind, von denen man immer glaubte, sie seien erwachsene Bäume, die einem Halt geben. Du sitzt auch nur hier und hörst mir zu, weil du nicht wegkannst, mein lieber Ian. Das ist die Wahrheit! Da vorne kippen vielleicht die Hochhäuser um, und ich bin ihnen dankbar, weil ich dir deshalb hier mein Herz ausschütten kann.« Die starke Bella in ihr hatte alles im Griff, jeder Anflug von Sentimentalität wurde im Keim erstickt. Sie konnte Ian anschauen, ohne auch nur den Hauch von Angst, unerwartet loszuheulen.

»Geschafft!«

»Was?«, fragte er.

»Deine Notlage ausgekostet und ordentlich gejammert.«

»Ich hab noch nie in meinem Leben jemandem so gerne beim Jammern zugehört. Im Ernst. Ich werde nicht schlau aus dir, Bella. Aber das ist es gerade …«

Sie merkte, wie gut es ihr tat, sich in dieser zugleich etwas peinlichen Weise zu stilisieren.

»Findest du nicht, dass ich kokettiere? Ich meine, mit meinem Lebensunglück. Ich geniere mich, wenn ich merke, wie tief ich in der Rolle der Überlebenden stecke.«

»Du bist eine!«

»Ich hab nie ein Lager von innen gesehen.« Sie spähte über die zahllosen Autodächer nach vorne und fragte sich erneut, was passiert sein könnte. »Es war kein Zuckerschlecken, beileibe nicht. Aber wenn ich neben den andern in der Gemeinde sitze, spüre ich, dass sie mich nicht ganz für voll nehmen. Mir ist nichts Schlimmes passiert, Ian. Ich wurde reich beschenkt, mit Leben und Gesundheit, mit Überleben, mit dem Ausbleiben gar nicht vorstellbarer Schmerzen. Was für ein Geschenk! Und auch mit Joost hatte ich Glück. Er hatte Zugang zu meiner Seele, verstehst du? In Hasibs Fall dagegen hätte es übel ausgehen können. Das Beste an ihm war, dass er den pragmatischen Kern unserer Verbindung respektierte. Auch das war ein Geschenk. Schlimm wäre gewesen, wenn er das Wunder meiner Verwandlung allzu ernst genommen hätte, wenn er mir Allah hätte nahebringen wollen oder so etwas. Ist doch denkbar. Später überlegte ich, ob er nicht an seiner Aufgabe gescheitert war, die man ihm mit meiner Konversion und der Heirat überantwortet hatte. Er geriet in einen Rollenkonflikt. Hier seine Zeugenschaft, dass mein Bekenntnis *La ilaha illa Allah* – es gibt keinen Gott außer Allah – echt und inbrünstig genug sei, um gültig zu werden, dort sein Wissen, dass meine Worte nichts als Notlügen waren. Er steckte in der Klemme: Entweder machte er sich vor Allah schuldig oder dieses jüdische Mädchen an seiner Seite fiel den Nazis zum Opfer. Er war nicht sehr religiös, glaube ich, aber gläubig genug, um diesen Zwiespalt zu empfinden. Und noch etwas ist möglich: dass Hasib mich ehrlich begehrte, dass er aber auch gemerkt hatte, dass er mich nicht gewinnen konnte, weil ich nur Joost im Herzen hatte. Ich war verliebt und dachte immerzu an ihn, obwohl es unaussprechlich wehtat. In dem Wohnungsgefängnis.«

»Hör auf, Bella! Ich krieg eine Gänsehaut nach der andern. Und man kann einfach so zum muslimischen Glauben übertreten?«

»Wer Moslem sein will, muss die *Schahada* sprechen. Das Glaubensbekenntnis. Entscheidend ist, dass man es aufrichtig und glaubend tut, sich ehrlich bekennt. Ob du Moslem geworden bist oder nicht, kannst nur du selbst wissen. Das ist in anderen Religionen nicht anders, aber dort gibt es wenigstens eine Reihe äußerlicher Dienste und Rituale. Es gibt eine Taufe oder eine *Bat Mizwa*. Um sich für Allah zu entscheiden, braucht es nur sieben Worte, die sagst du, und fertig.«

»Und du hast sie gesprochen?«

»Natürlich.«

»Bist aber Jüdin geblieben.«

»Sowieso.«

»Und Hasib wusste es.«

Sie nickte und empfand sogar nach all der Zeit noch einen Hauch Scham, dass sie diesen Schwindel begangen hatte – hatte begehen müssen.

»Und die Hochzeit?«

»War auch nur ein Theaterstück. Es wurde ein Fest gefeiert.«

Um sie her hatten einige Leute ihre Autos verlassen und

streckten die Hälse. Bella lehnte sich zum Seitenfenster raus. Schräg hinter ihr stand ein hochgewachsener Kerl und spähte nach vorne.

»Können Sie irgendwas erkennen?«

Er schüttelte den Kopf. Weiter vorne hatte sich jemand auf die Ladefläche seines Pick-up gestellt.

»Den frag ich auch mal. Ich bin todmüde, Ian. Wenn ich gleich mitten in der Bewegung erstarre, ist das kein Blitzfrost wie in ›The Day After Tomorrow‹, sondern meine tödliche Erschöpfung.« Sie stieg aus und tat die wenigen Schritte bis zu dem Mann auf der Ladefläche.

»Sehen Sie was?«

»Eine Menge Blaulicht, aber es bewegt sich nichts.«

»Stehen die Häuser noch? Vielleicht ist der Mond auf die Erde geknallt. Ich will nach Hause …«

Der Mann grinste. »Ich frag mich auch oft, was wir eigentlich machen, wenn es hier mal richtig kracht. New York City. Wir leben in der Vorhölle, Lady, weiß doch jeder!«

Bella kehrte zu Ian zurück und ließ sich in den Sitz fallen. »Haben wir ein Radio?«

Er schaltete es an und suchte ein paar Sender ab. Musik, Gequassel, Werbung. Er machte wieder aus.

»Bella, stimmt das, was ich vermute, dass du mit deinem Leben auf Kriegsfuß stehst?«

»Nigel hat gestern die Zündschnur gelegt und dafür zwei Ohrfeigen kassiert. Aber das Verrückte ist, ich bin ihm dankbar. Durch ihn habe ich begriffen, dass meine Berliner Erlebnisse zwar wertvoll sind und nichts falsch daran ist. Aber ich möchte zum Beispiel nicht zusammen mit Lagererfahrenen auf einem dieser Podien sitzen. Ich musste Hasib ertragen, schlimm genug, aber ich bin nicht Mengele entkommen oder so was.«

»Sehe ich nicht so. Wie fändest du es, wenn ein Ire sich im Vergleich mit den Tausenden Verhungerten schlecht fühlte, bloß weil er's geschafft hat, auszuwandern? Ich finde, *die Briten* sollten sich mal ordentlich schuldig fühlen und natürlich die Deutschen, das ist ihre historische Pflicht. Was nicht heißt, dass ich meine Hamburger Freunde nicht gut leiden kann.«

»Ich will aber nicht alle um mich her zu ehrfürchtigem Schweigen bringen mit meiner Vergangenheit, genau das passiert jedes Mal. Nigel ist der Einzige, der nicht die Klappe hält.«

»Nigel ist ein Quengelarsch. Verzeihung! Ich bin der Letzte, der das sagen darf.«

»Ja, aber er ist auch ein schlauer Historiker und weiß zum Beispiel, dass beide Betroffene eines Konflikts ihre Opfer- und Tätergesichter im Spiegel anschauen müssen.«

»Du bist keine Täterin, Bella. Ich bitte dich! Wir sind Juden!«

»Doch. Als Unterlegene und Geschädigte bin ich es in dem Sinne, als ich mich reflexartig rächen möchte. Für die Überlebenden der Lager hat das seine Berechtigung, dann ist man für immer herausgefallen aus der Gemeinschaft.« Manchmal wünschte sie sich, dass es wirklich schlimm gewesen wäre – und natürlich war es schlimm, aber sie erinnerte sich nicht zuverlässig. Wenn jemand fragte, ob sie vor Angst nicht fast gestorben sei, wich sie aus oder sagte Ja, weil man an dieser Stelle Ja zu sagen hat. Irgendjemand, irgendetwas musste während der langen, langen Zeit einen Vorhang zugezogen haben …

»Was unseren Freund Nigel betrifft, lieber Ian, kann ich dir sagen, was passieren wird, wenn er heute Abend oder morgen aufwacht und ich sein Zimmer betrete. Er wird sagen: Schlimmer geht immer, Bella! Dann führt er mich in den nächsten Höllenkreis seiner Bloßstellungs- und Entlarvungsorgien, um mich zur Weißglut zu bringen. Er will auch bloß Rache. Dafür, dass wir ihn nicht bei uns aufgenommen haben. Ich wette, er weiß genau, was er tut – und dass er es speziell mit mir tun darf, weil ich *nicht* dazugehöre, obwohl ich eine Überlebende bin. Weil ich verschont wurde. Ich bin keine Überlebende, ich bin eine Davongekommene. Das ist was anderes.«

»Bella, natürlich haben wir Nigel bei uns aufgenommen.«

»Ich fürchte, er sieht das anders. Er ist weder Jude noch ein Weißer. Er glaubte, dass er scheitern musste, und hat Louise trotzdem geheiratet. Mutig. Der halbe Deutsche in ihm sehnt sich nach Vergebung, der halbe Schwarze fühlt sich verachtet. Niemand ist fähig, die andere Wange hinzuhalten und seinen Feind zu lieben. Nicht mal die Iren, stimmt's?«

Weiter vorne bewegte sich etwas. Das Hupkonzert schwoll wieder an.

»Meine Güte, da muss was wirklich Ernstes los sein, Ian. Müssen wir uns Sorgen machen?«

Der Wohnungstür-Buzzer riss Bella aus dem Schlaf. Mit diesem Ding stand sie seit dem Kauf des Apartments auf Kriegsfuß, nachdem die Mädchen aus New York fortgezogen waren. Die Preise hatten damals noch in einem plausiblen Verhältnis zum Einkommen normal erwerbstätiger Menschen gestanden.

Der lärmende Buzzer hatte ganze Generationen angestellter Hausmeister an den Rand des Wahnsinns gebracht, weil er einfach nicht auffindbar war. Das Ding war beim Bau des Hauses offenbar irgendwo im Innern der Wand in Nähe des Müllschachts installiert worden, wobei man vergessen hatte, eine Klappe oder Abdeckung anzubringen. »Der Maurer muss beim Bau des Hauses einen Clown verschluckt haben«, hatte einer der Handwerker kopfschüttelnd erklärt, nachdem auch er erfolglos versucht hatte, das in der Wand schnarrende Unikum für immer zum Schweigen zu bringen.

Bella schälte sich aus den Decken, in die sie sich gewickelt hatte, und schaute auf die Uhr. Sie hatte vier Stunden geschlafen. Das Telefon hatte *nicht* geklingelt, folglich gab es noch keine Neuigkeiten, die Nigel betrafen.

Ian und sie hatten geschlagene zwei Stunden in dem rätselhaften Stau verbracht, und es war zwischen ihnen noch einiges zur Sprache gekommen im Rahmen der Zwangsgemeinschaft, die sich als Glücksfall entpuppt hatte, als Überraschung, die ihre bisherige Meinung über den »irischen Butler«, wie sie ihn im Stillen nannte, grundlegend modifiziert hatte.

Als sie die drei O'Duffy-Brüder im Zuge von Grace' Hochzeit 1983 kennengelernt hatte, waren sie von ihr einer etwas hastigen, aber notwendigen Musterung unterzogen worden. Bräutigam Patrick hatte sich als gutmütiger Dauerredner erwiesen und Mike als hässliches Entlein an der Seite der damals noch schöneren Sinéad. Ian hingegen hatte den Eindruck erweckt, als hätte er gerade eine Ausbildung zum Butler absolviert: seine Aussprache war tadelloses *Queen's English*, er war zurückhaltend, eher schweigsam, fast zu höflich und rücksichtsvoll. Unterschiedlicher hätten drei Brüder gar nicht sein können – und Bella würde sich auch heute noch nicht wundern, wenn zur Welle der jüngsten familiären Enthüllungen eine weitere hinzuträte, derzufolge der Vater der drei keltischen Jungs, seines Zeichens Besitzer einer großen Dubliner Druckerei, vor Zeiten zwei Mätressen unterhalten hätte, die von ihm schwanger geworden wären und den Kampf um ihre illegitimen Sprösslinge verloren hätten – *einen* leiblichen Sohn wenigstens wollte Bella in dieser (zugegeben ungezügelten) Fantasie dem betrogenen Eheweib immerhin zugestehen. *Iren* eben!

Sie legte die Decken zusammen, tat es langsam und sorgfältig. Die Wohnungstür musste sie nicht öffnen. Es hatte zweimal kurz und hässlich aus dem Müllschacht in die Zimmer hineingebuzzt: das Zeichen, dass die Nachbarin Bellas Post mit heraufgebracht und ihr vor die Tür gelegt hatte.

Im Bad stellte Bella altersgemäß unüberzeugt das wieder her, was Liegen und Schlafen äußerlich verwüstet hatten. Natürlich würde sie eine boshafte Vision wie die von den Dubliner Mätressen nie und nimmer aussprechen, und sie gestand sich auch ein, dass die ganze Idee mehr als geschmacklos war. Ja, sie empfand sogar einen Anflug von Scham, wenngleich das im Grunde unangemessen war in Anbetracht dessen, was ihr selbst seit gestern an Familiär-Brisantem zugemutet wurde. Überdies war sie überzeugt, dass die Iren genügend Humor hatten, um mit Späßen solcher Couleur umzugehen, egal ob Christen, Kelten oder Juden – *Iren* eben!, wiederholte sie im Stillen.

Sie löste sich vom Spiegel, ging in die Küche und schaltete das Radio ein, hörte wie üblich nur mit halbem Ohr zu. Das Gedudel gehörte zur Wohnungsatmosphäre wie die Möbel, die Teppiche, der Geruch des Toasters am Morgen, das leise Brummen der Aircondition. Richtige Stille, soweit New York sie überhaupt je aufkommen ließ, wirkte immer schon beunruhigend.

Sie machte Kaffee. Die Musik endete, es folgten die Fünfuhrnachrichten.

Die Rede war von Kriminalstatistiken, die von Top-Polizisten seit Jahren aus Prestigegründen frisiert worden seien. So habe etwa Atlanta vor zwei Jahren angeblich einen drastischen Rückgang von Rechtsbrüchen zu verzeichnen gehabt. Ziel der illegalen Aufhübschung sei es gewesen, die Stadt olympiareif erscheinen zu lassen. Hier und dort seien sogar Beamte von Polizeiführern angewiesen worden, Straftaten zu vertuschen, um eine Erfolgsaura zu erzeugen.

Als Zweites folgte die Berichterstattung über eine Serie von Bombenanschlägen auf US-Botschaften in Daressalam und Nairobi, die sich bereits am Vortag ereignet und über zweihundert Tote und Tausende Verletzte nach sich gezogen hätte. Bella hörte zum ersten Mal davon. Man verdächtige ein islamistisches Netzwerk namens Al-Qaida. Was immer das sein sollte! Am Vormittag seien (erstaunlicherweise) hier in New York in diesem Zusammenhang mehrere Wohnungen und Geschäftsräume durchsucht worden, was zu erheblichen Verkehrsstörungen geführt habe. Bella merkte auf. Der Polizeichef der Stadt kam zu Wort und erklärte, dass man mit Anschlägen dieser Art in Zukunft womöglich auch in den USA rechnen müsse. »Ein sehr beunruhigendes Signal für die Zukunft«, schloss er. – Es folgten weitere News, dann wieder Werbung und Musik.

Als sich der Stau aufgelöst hatte und man an die Straßenkreuzung gekommen war, wo man zuvor die Blaulichter hatte blitzen sehen, war dort schon nichts Genaues mehr zu erkennen gewesen. Kein Haus war umgekippt. Ian hatte sie in Rose Hill abgesetzt. Sie war an Jack dem Portier vorbei zum Lift gegangen. Auf dem Weg nach oben hatte sie längst nicht mehr an die Frage nach der Ursache für das Verkehrschaos gedacht, hatte nur noch hastig aufgeschlossen, Jacke und Schuhe hingeworfen, die Wolldecken geholt und sich auf die Couch gelegt, wo sie sofort tief eingeschlafen war.

Während sie jetzt den Kaffee trank, nahm sie wahr, wie sich ihre Unruhe wegen Nigel neu zusammenbraute. Ihr Blick streifte das Telefon, das von einem grellgelben Sonnenstrahl getroffen wurde, als wollte die »Kontingenz der Welt« sie daran erinnern, dass die Gefahr keineswegs gebannt war und sie sich weder in Sicherheit wiegen noch von allzu großer Hoffnung trösten lassen dürfe. Wenn es *jetzt* losklingelte, dachte sie einen Moment, würde sie einen Herzschlag bekommen. Dass sie damals in Berlin nicht hundertmal am Tag vor Schreck und Angst gestorben war, hatte mit dem Jungsein zu tun gehabt und dass der Organismus zu Beginn des Lebens noch keine zu engen Gefäße oder das Verklumpen des Bluts kennt und mit Unbilden aller Art besser zurande kommt als das welke Gewebe einer Dreiundsiebzigjährigen. Das Beste wäre, wenn sie gleich jetzt entschied, wann sie in die Klinik zurückfahren würde, nämlich möglichst bald, damit die Angst vor dem Telefon nicht den ganzen Abend anhielt.

Der verhasste Buzzer meldete sich schon wieder, abermals zweimal kurz. Diesmal musste sie öffnen. Ihre Nachbarin Teresa war über das Familientreffen im Bilde, sie war neugierig und würde um ein Ei oder eine Tasse Mehl bitten, in der Hoffnung, auf einen Tee hereingebeten zu werden.

Teresa lebte genauso allein wie sie, war zwar sieben Jahre jünger, doch das machte sie auch nur zu einer sechsundsechzigjährigen alleinstehenden Frau. Bella ging zur Tür, rief den Namen, um sicherzustellen, dass es wirklich die Nachbarin war. Dann öffnete sie.

Teresa schritt ohne Zögern an Bella vorbei und drehte sich erst um, als sie schon mitten in der Diele stand.

»Wo trefft ihr euch denn dieses Jahr?«

»*Guten Tag*, Teresa!«, antwortete Bella in spitzem Ton. »Im ›McInnes‹.«

»Oh! Ich glaube, Victor kannte den damaligen Küchenchef. Ist wahrscheinlich auch längst tot. Machst du mir einen Tee? … Vertragt ihr euch?«

»Ja und nein.«

Bella schloss die Tür und ging voraus in die Küche, die mit zwei Leuten schon überfüllt wirkte. Sie setzte Wasser auf.

»Es ist was passiert.«

Teresa setzte sich und blickte forschend.

»Nigel wurde angeschossen.«

»Ist das der Schwarze … der Deutsche?«

Bella bejahte und fasste die Schießerei und die Umstände so knapp wie möglich zusammen.

»Sie mussten ihm zwei Kugeln aus dem Bauch operieren. Eine davon hat eine sehr kritische Stelle erwischt. Die Prognose ist schwierig. Ich habe Angst, dass das Telefon klingelt …«

Teresa nahm sie in die Arme. Bella genoss es kurz, dann löste sie sich. »Ich muss heute Abend noch mal hin.«

»Ich fahr dich, Bella Darling. Wo liegt er denn?«

»Im ›Beth Israel‹. Ich hab mich mit ihm gestritten, das macht alles noch schlimmer. Er redet alles schlecht, was mir lieb und teuer ist. Meine Vergangenheit, Berlin, Oz. Er soll einfach aufhören und diese Dinge für sich behalten.«

»Also sind es bloß Lügen?«

»Leider nicht. Er kränkt mich. Er merkt, dass ich alle bloß quäle mit dem, was ich damals erlebt habe. Es ist so lange her, dass es keiner mehr hören will. In der Familie, wenn wir uns treffen, sagen wir immer diesen Satz, weißt du? Dass es keinen von uns gäbe, wenn nicht die Araber damals … du weißt schon. Ich glaube, es setzt alle nur unter Druck. Schon Oz damals, am Beginn unserer Ehe.«

Das Wasser kochte. Bella füllte die Tassen, die Teebeutel wirbelten umher.

»Jetzt hast du Angst, dass ihr euch nicht wieder versöhnen könnt, Nigel und du«, erkannte Teresa. »Wenn du jetzt hinfahren möchtest, sag einfach Bescheid!«

Bella wischte sich das Gesicht, roch den Tee. Lieber hätte sie sich Kaffee gemacht. Teresa vertrug keinen Kaffee, sie vertrug so gut wie nichts, kein Weizenmehl, keinen Milchzucker, keine Nüsse; es war ein Wunder, dass sie es schaffte, sich zu ernähren. Sie war generell empfindlich und hatte das Problem, dass es für sie keine Familie gab, in der sie hätte Halt finden können, weder Kinder noch Geschwister, keine Neffen oder Nichten.

Es hatte einen Ehemann gegeben, Victor, Polizeibeamter, der vor elf Jahren bei einem Unfall ums Leben gekommen war; übrig geblieben war ein grimmiger Kater namens Bogart, der umgerechnet deutlich älter als Teresa sein musste, weil er sich so gut wie nicht mehr bewegte und ebenso wie sie kaum etwas Essbares vertrug. Verglichen mit Teresa hatte sie eigentlich keinen Grund, ernsthaft zu klagen, und vielleicht waren es nur die Lebensumstände der Nachbarin, warum Bella es zuließ, von ihr als Freundin betrachtet zu werden. Zu nah mochte sie die Ärmste nicht an sich heranlassen. Immerhin war es ihr bislang gelungen, Teresas Versuche zu neutralisieren, sie zur Mitgliedschaft in einem ihrer zahllosen Damenclubs zu überreden, in deren Vorständen Teresa unermüdlich wuselte. Die Teilnahme im *New-Hampshire-Women's-Club* reichte Bella vollkommen, und sie achtete sorgfältig darauf, dass die Nachbarin nichts davon mitbekam. Mit grausamer Sicherheit wäre Teresa auch dort eingetreten.

»Erzähl mal, was die Bundespolizei nach der Schießerei im Hotel gesagt hat«, drängte Teresa. »Das FBI war auf jeden Fall da, nehme ich an. Wenn es heikel wird, hält sich das städtische Department gerne raus. Victor hat es mir hundertmal erklärt: Wenn solche Dinge passieren, halten sie zusammen wie Pech und Schwefel. Die Verantwortlichen werden aus dem Verkehr gezogen, damit sie nicht noch mehr Blödsinn machen. Als Victor im Dienst war, ist das manchmal alle drei Wochen passiert. Ich überlege schon die ganze Zeit, wen ich anrufen könnte. Fitzgerald oder Miller. Die denken bestimmt, ich bin längst genauso mausetot wie Victor, und kriegen einen Herzschlag. Das war ein prima Kollegen- und Freundeskreis damals.«

Bella schilderte das Verhalten der beiden Beamten in der Klinik. »Stell dir bitte vor, was hätte passieren können, wenn nicht Nigel, sondern immer noch das Kind dieses Spielzeug in der Hand gehabt hätte! Die beiden Cops kommen in die Lobby und Chelsey zielt auf sie …« Das Atmen fiel ihr plötzlich schwer. Als hätte das, was sie vor Augen sah, die Luft zäh und schwer gemacht. »Die üben Druck auf uns aus, sie haben mir ganz offen gedroht, Teresa. Ich wette, wenn ich nachher hinkomme, stehen sie schon wieder auf dem Flur. Die wissen genau, dass ihre Kollegen Mist gebaut haben.«

Als sie damals hierher nach Rose Hill gezogen war, hatten Teresa und Victor bereits im Haus gewohnt. Die Annäherung zwischen Teresa und ihr hatte sich erst nach Victors Tod entwickelt. Bis dahin grüßte man sich, wechselte ein paar Worte über das Wetter, die Stadt, den Verkehr. Ein paarmal hatte es gegenseitige Besuche gegeben.

Victor war etwas jünger gewesen als Teresa und durchaus attraktiv. Allerdings wurde seine linke Wange von einem erbsengroßen Fibrom entstellt, das Bella gleich beim ersten Anblick vor die Frage gestellt hatte, wieso er es sich nicht längst hatte operieren lassen, ein Eingriff, der simpel und gefahrlos verlaufen wäre. Überhaupt war Teresas Ehemann für gewisse Irritationen gut gewesen, die Bella seiner Witwe gegenüber verschwieg.

Die Erinnerung an Victor hatte sich lebhaft erhalten. Es war vorgekommen, dass er am Morgen zeitgleich mit ihr die Wohnung verlassen hatte und man den Aufzug gemeinsam benutzte. Er grüßte höflich und ließ ihr den Vortritt. Im Lift hatte er sich gleich das erste Mal eine Nuance zu nah neben sie gestellt. Zunächst schwankte sie zwischen Irrtum und Einbildung. Doch die Nähe wiederholte sich, und eines Tages war die Überzeugung entstanden, dass der Nachbar und Polizeibeamte mit Kalkül handle und dabei so geschickt vorging, dass Bella stets unsicher blieb, wie dieses Zu-nahe-Kommen zu interpretieren sei.

Ein direktes Ansprechen und Zurechtweisen wäre peinlich gewesen. Victor hätte sich überrascht geben können, ahnungslos, missverstanden, empört gar oder gekränkt; am Ende hätte sie sich blamiert. Also schwieg sie, bis sie es eines Tages vorzog, in dem Augenblick, in dem sie draußen im Flur die Kette der nachbarlichen Wohnungstür klirren zu hören meinte, flink das Treppenhaus zu wählen – anders gesagt: vor Victor zu fliehen. Meist gelang ihr das auch, zwischendurch aber nicht, und dann standen sie wieder zu dicht nebeneinander im Lift. Seinen Mund umspielte dieses Lächeln.

Jahre später, lange nach Victors Tod, hatte sie Teresa einmal wegen des Fibroms angesprochen; die Unterhaltung war irgendwie darauf zugesteuert, und eine alte, fast vergessene Wut auf ihn meldete sich zurück. »Warum hat er's nicht einfach wegmachen lassen?« – Teresa hatte sie erschreckt angesehen und zu weinen angefangen.

»Es wäre schön, wenn du uns helfen könntest«, sagte Bella jetzt und musste sich räuspern.

Ihre Tasse war leer, sie stand auf.

»Wenn du Victors frühere Kollegen einmal fragen könntest, ob sie irgendwie intern herausfinden können, ob es irgendeinen Sinn hat, sich zu wehren. Sie werden Nigel die Schuld in die Schuhe schieben. Er verdient das Geld für die Familie. *Er* ist das Opfer, verstehst du? Und wenn es stimmt, dass das FBI schon mal über Leichen geht, um die eigenen Leute zu schützen …«

Wie die »Familie« in Wahrheit beschaffen war und welche moralischen Freiheiten man sich dort herausnahm, verschwieg sie lieber. Wer wollte wissen, ob derlei Nachrichten nicht geeignet waren, die Hilfsbereitschaft der eher biederen Teresa zu untergraben.

»Er hat doch bestimmt Anspruch auf Schmerzensgeld oder irgendeine Entschädigung … Weißt du was, ich mach mich ein bisschen frisch und zieh mich um, und dann fahren wir schon mal los in die Klinik. Ich kann hier nicht mehr warten, und wenn das Ding dort klingelt … Gib mir zehn Minuten!«

Teresa war einverstanden. Bella hörte, wie sie die Wohnungstür zuzog. Es wurde still. Die Stille verfolgte sie bis ins Bad, tauchte warnend hinter ihrem Spiegelbild auf und rief ihr ins Gedächtnis zurück, dass ihre damalige Wut auf den übergriffigen Victor keineswegs so klar und eindeutig gewesen war, wie sie sich hier vorzumachen versuchte. Überhaupt nicht!

Natürlich hatte die zudringliche Nähe im Lift etwas Übergriffiges an sich gehabt. Aber hätten sich die »Übergriffe« nicht auch als Komplimente verstehen lassen können? Wie viele erfolgreiche Ehen hatten ihren Ursprung in einer ebensolchen, von sich aus zweideutigen Begebenheit? Wenn sie jetzt also ehrlich in den Spiegel blickte, musste sie sich eingestehen, dass sie damals zerrissen gewesen war, was Victors Verhalten betraf. Sie hatte sich belästigt fühlen *wollen*, weil sein Verhalten nicht ihren Vorstellungen entsprochen hatte, ihren Wünschen, wie ein Mann sich ihr zu nähern hätte. Als sie dann begonnen hatte, vor ihm davonzulaufen und das Treppenhaus zu benutzen, war es zu spät gewesen. Der Mut, es einmal drauf ankommen zu lassen, war erkaltet. Aber eigentlich nur, weil eine Mischung aus Stolz, Eitelkeit und moralischem Übereifer sie verleitete, ihn einer Grenzüberschreitung zu bezichtigen. *Das* war in Wahrheit der Hauptgrund, warum sie es Teresa nie erzählt hatte. Die Angst, dass Victors Witwe sie angeschaut und gedacht hätte: Du schwindelst! Er hat dir gefallen!

Sie zog sich aus, wusch sich, suchte neue Sachen heraus, ordnete das immer schütterer werdende, längst weiße Haar und kämpfte mit dem hässlichen Gefühl einer gegen sie selbst gerichteten Verachtung. »Nigel! Wehe, du stirbst!«, sagte sie laut, beschwörend. – Ihm lastete sie ja auch niedere Beweggründe für seine Angriffe auf sie an, dabei hatte sie keine Ahnung, warum genau er es tat, ob es wirklich nur Rache dafür war, dass er sich in der Familie nicht heimisch fühlte. Sie wusste es sowenig, wie sie von sich wusste, warum sie damals vor Victor ins Treppenhaus geflüchtet war.

Oder wusste sie es doch? Je länger und genauer sie sich an ihn erinnerte, umso drängender wurde es, Korrekturen des Erinnerten vorzunehmen. Die Nervosität, die seine Nähe in ihr ausgelöst hatte, war oft noch da gewesen, wenn er längst in die Garage verschwunden war und sie im Bus saß.

Es war das erste Mal seit Oz' Tod gewesen, dass ihr Gefühle dieser Art zu schaffen gemacht hatten. Als junge, alleinerziehende Frau hatte es in ihrem Witwenleben hauptsächlich Pflichten gegeben. Die Eltern hatten sie unterstützt, so gut sie konnten. Die Versuche einiger Kollegen, sich mit ihr anzufreunden, hatte sie abgetan, voreilig, leichtsinnig, wie sie heute wusste. Hilfe, Zuwendung, Liebe, Nähe – das alles wäre ihr eigentlich sehr willkommen gewesen. Das Leben damals war ein dichtes Gewebe aus Diensten, Einkaufen, Kochen, Waschen, Zuhören, Trösten, Beschwichtigen, Loben, Schlafen, Nähen.

Alles war nach außen gerichtet, auf die Kinder, die Eltern, die Klinik, nichts bewegte sich auf sie selbst zu. Und daran hatte sich auch nichts geändert, als Louise und Grace fortgezogen waren. Sie hatte vergessen, was man mit freier Zeit macht. Victors Attraktion hatte sie verstört wie das nächtliche Erscheinen eines Meteors. Drohung statt Verheißung. Er prallte am Gewebe ihrer Gewohnheiten ab. Er stand in dem Aufzug neben ihr, sie atmete seinen Geruch (der sie keineswegs abstieß), sie spürte seine Blicke, hörte die Atemzüge – und verriegelte ihr Herz wie eine Hotelzimmertür.

Die Stille der Wohnung zwängte sich zu ihr ins Bad, spreizte sich, knisterte, vermengte sich mit dem tinitösen Fiepen im Kopf, das jedermann kennt, und überreizte ihre Wahrnehmung. Als in der Diele das Telefon losschrillte, fiel ihr der Augenbrauenstift aus der Hand. Die Brösel der Spitze auf dem Keramikweiß des Beckens erschreckten sie fast mehr als das Geräusch. Sie rannte halb bekleidet los, mit bedrohlichem Herzschlag im Hals, und hob den Hörer ab.

Es war Teresa, Bella konnte es kaum fassen. Ob man auf dem Wege zur Klinik »flugs« bei Kater Bogarts Tierarzt vorbeischauen könne, der ein neues Vitaminpräparat vorrätig habe. Als hätte Teresa vorhin nicht mitbekommen, welche Angst Bella davor hatte, dass die Klinik sich meldete.

Bella maulte ein Ja in die Muschel. Teresa bedankte sich flötend und legte auf. – War das Absicht gewesen, Gedankenlosigkeit, Dummheit? Das Zeug für Bogart konnte sie doch auf dem Rückweg nach Hause abholen! Gäbe es diese verstörenden Gedanken an Victor nicht, hätte sie vielleicht die Kraft gehabt, Teresa sehr deutlich zu fragen, ob sie eigentlich noch alle Tassen im Schrank habe. Aber es gab diese Erinnerungen nun mal und die Enge in dem Aufzug und das versteckte Interesse an Teresas Ehemann – trotz des Fibroms, das sich mit einem kleinen Schnitt »flugs« hätte wegmachen lassen. Dann wäre Victor nämlich ein verdammt gut aussehender Kerl geworden – viel zu gut für Teresa. Sie *musste* jetzt ein bisschen bitter und gehässig sein.

Sie schmiss den Hörer auf den Apparat, dass man die Glocke darin hörte, und kehrte ins Bad zurück. Am liebsten hätte sie auf den Spiegel gespuckt. Zorn, Enttäuschung und Wut mischten sich.

Kurz entschlossen erneuerte sie die Spitze des Stifts und beendete den Rest der sinnlosen Wiederherstellung. Zog sich an, griff hastig ihre Tasche und verließ die Wohnung. Ging nicht zu Teresas Tür, um zu klopfen, und drückte auch nicht den Aufzugknopf, sondern schlüpfte ins Treppenhaus und flüchtete. Wie damals.

Im Foyer grüßte sie Jack. Die Glastür teilte sich. Draußen trat sie an den Bordstein, hob einen Arm und winkte dem ersten Taxi zu, das sie aus der Ferne näher kommen sah.

»Sieh mal, was deine Tochter für dich gebastelt hat!« Bella berührte mit der gebotenen Vorsicht Nigels Arm unterhalb der Stelle, an der der Venenzugang in den Verband tauchte.

»Das sind zwei Zauberhände aus Papier. ›Muherdmu!‹ So lautet Chelseys Zauberspruch. Damit wird sie dich wieder auf die Beine bringen.«

Sie hatte mit Absicht »deine Tochter« gesagt.

Nigel bewegte die Lippen.

»Sie kommt gleich, will dich unbedingt sehen … Die Sache hat uns allen einen höllischen Schreck eingejagt. Jedenfalls freue ich mich, dass ich mich bald wieder mit dir streiten kann.«

Er kriegte ein Lächeln zustande und versuchte etwas zu sagen. Probierte es wieder und wieder, so lange, bis Bella es verstand.

»Wer lügt, muss ins Drachenmaul zurück.«

Sie wusste nicht, worauf er anspielte.

»Wir fangen einfach noch mal von vorne an«, sagte sie. »Ich

meine unser Familientreffen. Wir tun so, als hätten wir dieses Wochenende alle keine Zeit gehabt.«

Er blinzelte erst sie an, dann die diensthabende Ärztin, die am Bettende stand – eine blutjunge, indisch aussehende Frau, die Bella auf dem Weg vom Schwesternzimmer hierher ihr vermutlich komplettes Wissen über die Pathologie des Pankreas und die mit Nigels Verletzungen verbundenen Gefahren mitgeteilt hatte. Und dies, obwohl die Oberschwester Bella als Kollegin vorgestellt hatte.

Nigels Zustand hatte sich leicht verbessert. Er grinste prompt ab und zu, spielte mit den Mundwinkeln und wollte vielleicht beruhigende Signale aussenden.

Die Ärztin blickte Bella an. »Vorhin haben übrigens zwei Polizisten nach Ihnen gefragt.«

Als sie das Taxi bezahlt und die Eingangshalle betreten hatte, waren die beiden geradewegs auf sie zumarschiert. Ohne Gruß oder auch nur die Spur von Freundlichkeit hatten sie »zum Gespräch« gebeten. Bella hatte die Rolle der beschäftigten Ärztin zu neuem Leben erweckt, was einwandfrei funktioniert hatte. Man verabredete eine Uhrzeit. Auf dem Weg zum Schwesternzimmer war sie dann allerdings von der Reue eingeholt worden, dass sie Teresa verprellt hatte, wohl wissend, dass die Sache mit dem FBI, den internen Ermittlern, oder was immer diese Leute darstellten, vermutlich nicht glimpflich und ohne Stress verlaufen würde.

Der Pager der Ärztin piepste. »Ich lasse Sie mal allein, Frau Kollegin, die Pflicht ruft.« Sie schaute auf Nigel und die Geräte hinter ihm. »Ich denke mal, wir dürfen ganz zuversichtlich sein …«

Bella dankte ihr. Nigel hatte die Augen geschlossen, seine Lippen bewegten sich weiter, als redete er zu sich selbst. Die Intensivschwester kam herunter, prüfte ein paar Einstellungen an den Apparaten und kehrte an ihren Regierungssitz zurück.

Die Reue wegen Teresa wallte erneut hoch. Bella wusste, wie schwierig es sein konnte, die Gunst ihrer vielleicht wichtigsten Alliierten gegen die beiden Beamten wiederzuerlangen. Eine Geburtstagsfeier kam ihr wieder in den Sinn, bei der sie Teresa tatsächlich hatte bitten müssen, einfach mal eine Weile die Klappe zu halten. Teresa stellte sich gerne in den Mittelpunkt und zog mit schneidender Stimme alle Aufmerksamkeit auf sich. Nach und nach hatte sich auf den Mienen der Gäste, Freunde und Kollegen Verärgerung abgezeichnet. Bella war ganz einfach der Kragen geplatzt. Es hatte Tage gedauert, bis Teresa nicht mehr beleidigt war.

Kaum war die Stationstür hinter der jungen Ärztin zugeglitten, als sie sich erneut öffnete. Dorothy und die Kinder erschienen. Offenbar hatte sie gute Vorarbeit geleistet, denn alle tuschelten und schlichen rücksichtsvoll, als gelte es, einem schlummernden Raubtier zu entkommen. *Merry Gloom Chelsey* hatte rote Augen. Bella wusste sofort, dass sie geweint hatte. Es habe einen belanglosen Streit zwischen ihr und Milli gegeben, berichtete Dorothy, weshalb Milli fehle und es vorziehe, in einem der Besucherzimmer zu schmollen.

Chelsey machte Grimassen und pirschte sich zum Krankenbett vor.

»Papa, bist du tot?«

Nigel machte die Augen auf und flüsterte. »Ich stehe gleich auf und dann gehen wir zur Bank … wir holen uns einen Berg Geld … damit kaufen wir *Disney World* … du weißt schon, am Times Square …« Er schüttelte Bellas Hand von seinem Arm herunter.

Das Kind blickte Bella an. »Müsst ihr kämpfen?«

»Wir haben nicht gekämpft, Schatz. Wie kommst du darauf?«

»Sie hat immerhin zugesehen, wie du Onkel Nigel geohrfeigt hast«, erklärte Clint lässig.

»Ja, aber das war doch nicht so gemeint.« Bella ärgerte sich selbst über die dumme, hilflose Antwort. »Ich war einfach ein bisschen wütend.« Dieses Herunterspielen half auch nicht weiter. »Es hat ihm jedenfalls nicht wehgetan.«

»Doch! ... Lüg sie nicht an!« Nigel japste.

»Chelsey hatte bis dahin noch nie gesehen, wie jemand eine Ohrfeige kriegt«, behauptete June zu wissen.

»Stimmt das, Chelsey?«, fragte Bella.

»Müsst ihr kämpfen?«

»Nein, überhaupt nicht! Du musst keine Angst haben. Wir streiten manchmal ein bisschen, so wie du und Milli. Manchmal ist man doch wütend, oder nicht?«

»Die Cops«, antwortete das Kind.

»Die Cops haben einen Fehler gemacht. Es passiert nicht wieder, das verspreche ich dir.« Bella nahm Chelseys Hand, zog sie behutsam zu sich und legte die Arme um sie. »Dein Daddy wird wieder gesund und dann macht ihr wieder schöne Sachen. Du hast doch gehört, was er gesagt hat.«

»Disney World.«

»Na siehst du!«

»Müsst ihr kämpfen?«

»Nein, Liebes, nein!«

»Ich hab Angst ...«

Bella drückte sie reuevoll.

»Grannie kämpft gern«, flüsterte Nigel. »Sie will mich aber nicht ganz kaputt machen, glaube ich. Nur ein bisschen.«

»Was redest du denn da?« Bella bezwang sich sofort und ließ es freundlich klingen.

»Müsst ihr kämpfen?«, wiederholte Chelsey beharrlich.

Bella glaubte zu sehen, dass Nigel etwas Farbe bekommen hatte. Die Lippen waren dunkler geworden, der Blick fester. Sie wünschte es ihm sehr, auch wenn er sich gerade wieder danebenbenahm.

»Kämpfen, kämpfen!«, echote Chelsey.

»Komm mal zu mir her!«, hauchte Nigel und versuchte, die

Hand nach ihr auszustrecken. »Hör zu ... wenn wir *Disney World* gekauft haben, laden wir alle Kinder von New York ein ... und jedes darf sich ein schönes Geschenk aussuchen und mit nach Hause nehmen ...« Er musste dauernd Atempausen einlegen. Wieder schnappte er nach Chelseys Hand.

»Müsst ihr kämpfen?«, fragte das Kind und machte dabei das Flüstern nach, blickte zu den andern hoch. »Ist Daddy tot?«

»Um Himmels willen, nein!«

»Doch. Daddy ist tot ...«

»Nein, Chelsey!«, rief Clint und ging auf die andere Seite des Bettes. »Komm her und guck selbst! Er hat die Augen auf. Er ist nicht tot ... Onkel Nigel, Chelsey hat Angst, du musst aufhören damit. Wenn du weiter so 'n Mist machst, kriegt sie noch mehr Angst.«

Dorothy mischte sich ein. Auch die Intensivschwester war aufgestanden.

»Ich habe den Kindern draußen gesagt, dass wir nur ein paar Minuten bleiben können, und ihnen erklärt, dass der Patient nicht allein hier liegt und auf dieser Station eigentlich gar kein Besuch von so vielen Leuten erlaubt ist. Wenn ihr weiter so miteinander redet, müssen wir gehen.«

Nigel drehte den Kopf zurück und sah Dorothy an. »Wäre für alle besser gewesen ... wenn die Cops *richtig* getroffen hätten.« Seine Stimme zischelte, er holte Luft. »Bella hätte endlich Ruhe vor mir ...« Er schloss die Augen, das Reden war zu anstrengend für ihn.

Bella versuchte, die Nerven zu behalten. Was sollte sie tun? Ihm eine dritte Ohrfeige verpassen, eine vierte und fünfte, hier zwischen Leben und Tod? Dorothy und die Schwester verständigten sich professionell. Der Besuch war beendet. Clint wollte seinem Onkel die Hand geben, das wurde ihm wegen der Ansteckungsgefahr untersagt. Dorothy lenkte die Kinder zu der automatischen Tür, Chelsey durfte die Taste drücken.

Bella blieb auf dem Stuhl sitzen, den die Schwester ihr freundlicherweise neben Nigels Bett gestellt hatte, als sie hereingekommen war. Wieso sie nicht auch gehe, wollte Nigel wissen. Sie ignorierte ihn, tat, als höre sie nicht, was er flüsterte. Ließ etwas Zeit verstreichen und sagte dann: »Ich bin noch hier, Nigel, ganz einfach hier bei dir …«

Er sammelte sich, schloss die Augen. Schließlich sagte er einigermaßen normal: »Du *kannst* nicht gewinnen, Bella … Ich *will* es nicht.« Er sank in die Erschöpfung zurück.

Die Schwester intervenierte, sie könne es nicht weiter verantworten und müsse leider darum bitten …. Bella stand auf und entschuldigte sich. Beugte sich noch einmal zu Nigel hinunter. »Ich kümmere mich mal um die Polizei. Diese Leute behaupten, dass du unvorsichtig gewesen seist und dass sie schießen mussten, um Schlimmeres zu verhindern.« Sie berührte seinen Arm. Er zuckte zurück.

»Ich bitte dich, Nigel, hat dir noch niemand gesagt, wie groß das Heer deiner Schutzengel sein muss, dass du noch lebst? Oder haben sich deutsche schwarze Christen die Hilfe des Himmelreichs für immer verscherzt, weil sie zu kalt und garstig sind?« Sie wandte sich ab. Als die Tür aufglitt, hörte sie hinter sich einen leisen Pfiff. Es war unklar, ob jemand Lebendiges dahintersteckte oder eines der Geräte.

Draußen im Flur zwängte sich das lauter werdende Gejaule eines Rettungswagens durch die Fenster herein. Die Echos schnitten Teile heraus, fügten alles neu zusammen, zerrissen es abermals.

Nigels Angriff tat Bella weh. Wie lange wollte er noch provozieren? Bis alle ihn verachteten, ausgenommen Chelsey? Bella hatte einfach keine Lust mehr, länger über ihn nachzugrübeln. Sie wühlte zornig in ihrem Gedächtnis – und Maggie kam zum Vorschein. Als sie vor ein paar Wochen Louise und die Kinder in Flemington besucht hatte und bei einem Spaziergang um eine Straßenecke gebogen war, hatte sie an Maggie denken müssen.

Mighty Maggie. Unglücks-Maggie! Auslöser war der Blick auf eine lange Reihe baugleicher älterer Wohnhäuser gewesen, deren Ziegelfassaden und schwarz gestrichene Türen, Fenster und Rahmen sie an die Gegend denken ließen, in der Maggie damals etwa zwei Jahre lang gewohnt hatte. Bevor das Unglück geschah.

Die ersten der dreistöckigen Häuser in Flemington mit ihren hellen Sandstein-Fensterstürzen und bossierten Simsen ließen alle Details erkennen. Neuenglischer Baustil der Zwanzigerjahre, vielleicht noch älter. Doch je weiter der Blick der Straßenflucht folgte, desto mehr gerieten die Einzelheiten außer Sicht, und am Ende des Blocks war nichts als ein gedrängtes Ineinander senkrechter Linien und Flecken zu erkennen gewesen. Mit einem Mal begriff Bella, dass sie in ähnlicher Weise in die perspektivische Flucht ihrer gelebten *Jahre* blickte, die sich alle in ihre Erinnerung zwängen mussten. Kein Wunder also, dass der Anfang nicht mehr ganz so genau zu erkennen war. Und kein Wunder, dass ihr das jeweils vergangene Jahr schneller vergangen zu sein erschien als die Jahre davor. Das Gedränge wurde zu groß!

Als Bella bald nach ihrer Ankunft aus Deutschland Maggie kennenlernte, wohnte sie in einem kleinen Zimmer, zu dem ein unbeheizter Dachboden gehörte. Man stieg eine Treppe hoch, öffnete die Tür zum Söller und blickte auf ein Heer großer und kleiner liebevoll bekleideter Puppen, die dicht an dicht auf dem rohen Holzboden standen. Ihre Gesichter waren dem Besucher zugewandt.

Es waren genau einhundertzwei Puppen. Maggie behauptete, den Namen jeder einzelnen zu kennen, ihre Herkunft und den Tag, an welchem sie zu ihr gekommen war. Sie bildeten, erklärte sie, den Materialpool ihrer geplanten Puppenklinik, das Ersatzteillager. Sie schaue sich auch schon nach einer geeigneten Location um. »In der Gegend um Little Italy, ein hübsches Ladenlokal mit einem großen, hellen Schaufenster, durch das die Kinder im Vorübergehen sehen können, wenn ich an meinem Werkstatttisch sitze und die ausgeleierten Gummibänder an den Gliedmaßen ihrer erkrankten Lieblinge erneuere.«

Es war Maggies großer Traum, und wenn sie davon erzählte, tat sie es in einem Ton, als stünde die Geschäftseröffnung unmittelbar bevor. Dabei war sonnenklar, dass ihr Gehalt als Näherin nicht im Entferntesten ausreichen würde, um die erforderliche Investition zu stemmen. Ergo: Sie brauchte einen Bankkredit, der ihr allerdings schon zweimal verwehrt und an die Auflage geknüpft worden war, einen männlichen Kompagnon zu benennen. Ohne den könne und werde man ihr als Frau die Bedienung der fälligen Zinsen nicht zutrauen. Jedes Mal, wenn sie es erzählte, stiegen ihr Wuttränen in die Augen.

Bella mochte Maggie wegen ihrer Sanftmut; die aber konnte sich im Nu ins Gegenteil verkehren. »Wie stellen diese bescheuerten Banktypen sich das vor? Muss ich erst einen Kerl liefern, der Puppen liebt? Was soll ich mit so einem?« Dann schimpfte sie, dass sie auf das Geld der Bank scheißen und den Mietvertrag, sobald ihr ein Objekt zusage, trotzdem unterschreiben würde. »Das klappt schon irgendwie. Wenn ich meine Puppen erst mal dort habe und die Leute sie durchs Fenster sehen, rennen sie mir die Tür ein, du wirst sehen.«

Bella hatte ihr geduldig zugehört und genickt. Hätte sie gestehen sollen, dass sie Puppen noch nie hatte leiden können. Die Oma hatte ihr ihre eigene, seit ihrer Kindheit sorgsam aufgehobene geschenkt und extra neue Kleider genäht. Isabella. Sie war hässlich, und Bella hatte nie mit ihr gespielt. Viel lieber hatte sie aus Vaters Werkzeugkasten Nägel und einen Hammer geholt und hinten im Hof so lange damit geübt, bis kaum mehr einer der Zweizöller umknickte und sie es schaffte, einen Drahtstift mit drei, vier sauberen Schlägen bis zum Kopf in einen Balken zu treiben.

Maggie hatte ihr leidgetan. Später machte sie sich Vorwürfe. Sie hätte sie warnen müssen, ihr sagen sollen, dass es ein viel zu großes Risiko barg, ohne Geld Mietverträge zu unterschreiben, vor allem aber, sich mit Wildfremden auf Geschäfte einzulassen. Doch vermutlich hätte es sowieso nichts bewirkt. *Mighty Maggie* war ihrem Traum wehrlos erlegen.

Unter den Puppen befand sich ein Zwillingspaar. »Die beiden sind auf keinen Fall Teil des Ersatzteillagers. An die beiden kommt mir keiner ran, Bella, nicht an die beiden.«

Wie Maggie den »Baron« kennengelernt hatte, wusste Bella nicht. Eines Abends, als sie die Kellerfabrik verließen, stand er mit einem Strauß rot glühender Rosen am Eingang.

Der Baron. Seinen richtigen Namen hatte sie vergessen. Die Waffe, mit der er Maggie für sich einnahm und niederstreckte, war die Bescheidenheit. Er trüge in der Tat von Geburt an den

Titel eines Barons, erklärte er, nutze ihn aber nicht. Oder: Er sei sehr wohl gebildet, hasse es aber, sich überall damit hervorzutun; natürlich verfüge er über Geld und Besitz, ziehe es jedoch vor, sein Leben in stiller Einschränkung zu meistern. Seine Kleidung, seine Ausdrucksweise, sein Benehmen – alles spiegelte diese Philosophie der Zurückhaltung in beeindruckender Weise. Er habe keinerlei Talent fürs Geschäftsmäßige, gestand er Maggie, verstehe rein gar nichts von den Professionen dieser Welt, sei auch kein schöner Mann, beileibe nicht, doch wenn man all dies wisse und in Betracht ziehe, verkehrten sich die Mängel und Defizite letztlich in ihr Gegenteil. Vertrauen und Ehrlichkeit hielten die Welt beisammen, nicht Mammon und Materie. Nein, er möge keine hübsch angezogenen Puppen, jedenfalls nicht sonderlich; er hasse es, mit Bankleuten zu sprechen, wozu auch?, und nein, er stehe nicht gerne früh auf, um einem geregelten Broterwerb nachzugehen, es sei auch unnötig, denn mit dem Bescheidenen, was ihm seine Familie mitgegeben habe, komme er vorzüglich aus.

In der Kunst solcher Selbstverklärung war der Baron ein Virtuose gewesen. Er vergaß auch nicht, die »verständlichen Zweifel« zu erwähnen, die jeden Fremden beim ersten Kennenlernen beschleichen müssten. Er wisse, dass er die Frage provoziere, ob seine Demut nicht eine Finte oder Verschlagenheit sei. Indem er diese Taktik der Flucht nach vorn anwendete, hatte er Maggie damals im Handumdrehen verzaubert. Sie wankte ein paar Wochen, dann begann ihr Misstrauen im selben Sand zu versickern, den der Baron ihr in die Augen streute – übrigens auch ihr, Bella, die gegen den fatalen Redekünstler ebenfalls nicht ganz immun gewesen war.

Jeder andere Betrüger hätte Maggies blinden Eifer verstärkt, indem er ihr gut zugeredet hätte. Der Baron war klüger. Er wusste, dass er ihr Bestreben noch weiter reizen konnte, wenn er sie zu bremsen versuchte. Also beschwor er Risiken, warnte vor Verlogenheit und Niedertracht der Bankangestellten, erzählte Geschichten über Vermieter, die ihre Opfer mit wilden Renovierungsversprechen zur Vertragsunterschrift verleiteten, zählte hundert Hindernisse auf, die sich ihr, der Geschäftsfrau Maggie, in den Weg stellen würden, sobald sie ihre Unternehmung begänne, und riet ihr schließlich rundheraus, die Finger von dem »Abenteuer« zu lassen. Schließlich wartete er ab, wissend, dass er die Ernte bald würde einfahren können.

Es dauerte nicht lange, und Maggie stellte ihn vor die Wahl: Entweder würde er sie auf der Stelle zur Bank begleiten, um sich dort als ihr Teilhaber zu präsentieren, oder ihre Bekanntschaft und Freundschaft wären beendet.

Der Kredit wurde bewilligt. Maggie schwebte im Glück. Im Handumdrehen hatte sie einen Laden in Little Italy gefunden. Bella und sie strichen bis tief in die Nächte die Wände, schrubbten den Boden, stellten Stühle, Tische und Schränke auf, dekorierten das Fenster zur Straße, richteten eine kleine Küche ein und kochten Tee. Schließlich wurden die Puppen aufgestellt, Werbezettel verschickt und Einladungen zur Eröffnung an die Nachbarn verteilt. Wie froh und stolz waren sie beide, als sie das erste Mal nach geschaffter Arbeit in dem sonnendurchfluteten Laden saßen!

Der Baron lächelte jovial, rauchte und zählte die in die Wege geleiteten Geschäfts- und Handelsverbindungen auf, Soundso in der Bronx, die Firma XY in Brooklyn, ein begehrter Schaufenstergestalter in der Upper Westside. Sie alle, behauptete er, benötigten Puppen für die unterschiedlichsten Zwecke. – Die unantastbaren Zwillinge hatten einen Ehrenplatz erhalten, im Fenster, für das Publikum. Maggie sperrte sie für jede andere geschäftliche Verwendung.

Bella hatte Maggie noch nie so gelöst und zufrieden erlebt. Später erst meinte sie, sich erinnern zu können, schon da ein Gefühl abgewehrt zu haben, dass etwas nicht stimmen konnte – eine Aura wie fliegende Fledermäuse, lautlos schwirrende Vorahnungsgespenster. Ein paarmal war sie Zeugin geworden, wie der Baron beiläufige Fragen zu den Zwillingen gestellt hatte. Unverdächtiges. Bei jeder Erwähnung der beiden Puppen war Maggie zu ihnen hingegangen, hatte den Sitz ihrer Hüte korrigiert oder an den Kleidchen und Ärmelchen gezupft.

Die Bank hatte zunächst nur das Geld für die ersten fünf oder sechs Wochenmieten bewilligt, für die Auszahlung des Gesamtkredits wartete man die Fertigstellung des Ladens ab. Als die Eröffnung kurz bevorstand, wurde das Geld an Maggies männlichen Kompagnon ausgezahlt. Am Morgen der Geschäftseröffnung fehlten die Zwillinge im Fenster. An ihrem Platz lag der Kadaver einer Katze, deren Augen leere Höhlen waren.

Maggie wurde ins Krankenhaus gebracht. Bella besuchte sie fünf oder sechs Tage lang nach Feierabend, brachte ihr Kuchen und warme Bagels. Maggie sprach kein Wort. Der »Baron« tauchte nicht wieder auf und blieb für immer verschwunden. Er war, wie Bella später erfuhr, seit Langem polizeibekannt gewesen und hatte einige Zeit in Gefängnissen in Maine und New Jersey verbracht.

Das Gefühl, eine Vorahnung gehabt zu haben, war Bella schon früher nicht fremd gewesen. Nach dem *La ilaha illa Allah* in Berlin etwa und ihrer Verheiratung mit Hadschi Hasib in Anwesenheit von Frau Al-Mawardi, einem Imam und dessen Diener. Auch nach Oz' Tod und nach einem Greyhound-Busunfall, dem sie knapp entronnen war. Jedes Mal hatte sich im Nachhinein der Eindruck gefestigt, vorher etwas »bestimmtes Unbestimmtes« gefühlt zu haben. Eine Aura eben. Bildet man sich solche Vorahnungen ein, weil jedes Erleben einen Schlagschatten zurück in die erinnerte Vergangenheit wirft? Waren auch gestern, kurz vor Nigels Unglück, derlei Vorahnungsfledermäuse umhergehuscht?

Als Bella damals, etwa zwei Wochen nach der geplanten Geschäftseröffnung, mit dem Hausverwalter und zwei Polizisten vor Maggies Laden gestanden hatte, war es wohl ein ganzer Schwarm gewesen. Jeder Herzschlag fühlte sich an, als triebe er einen der Zweizöller aus Vaters Werkzeugkiste in ihren Kopf. Das Fenster zur Straße war verhängt. Bella hatte bis dahin tagelang vergeblich an die Tür geklopft, gerufen, war zurückgekehrt und hatte Angst gekriegt.

Der Verwalter öffnete die Tür. Die ersten Schritte in den Laden waren wie das Betreten eines Traums gewesen. Alle Sinneswahrnehmungen zerfielen, überschnitten sich. Farben drängten sich in die Geräusche, der Gestank mischte sich in das, was sie vor sich sah – etwas nie zuvor Gesehenes.

In der Mitte des düsteren Raums ragte eine Gestalt bis zur Decke hoch, eine aberwitzige Skulptur, ein sperriger Riese mit Schädel und Bauch. Ein kunstvoll aus Puppenteilen zusammengefügter Körper, bestehend aus angewinkelten Beinen und Armen, Köpfen und Kleidchen – ein Golem aus festem Zeltstoff und hundert Puppen gefügt, die ihre Hände, Füße und Gesichtchen Hilfe suchend in die süßlich stinkende Luft vorstreckten.

Eine Weile hatten alle nur darauf gestarrt, nichts verstanden, nichts gefühlt. Einer der Polizisten ging zum Fenster und zog die Tücher weg. Licht fiel herein. Der andere griff einen Puppenarm wie einen Türknauf. Der Leib des Golem ließ sich öffnen. In seiner engen Bauchhöhle kauerte Maggie, die Augen geschlossen, der Mund ein Strich, das Gesicht mit Henna eingefärbt. Der Kopf lag seitlich abgestützt. Ihr Ausdruck war Erstaunen, als hätte sie im Sterben etwas Überraschendes erblickt.

Das Krankenwagen-Gejaule von draußen hatte aufgehört. Der Klinikflur war leer. Man hörte Stimmen – unbestimmbar, woher. Unter einem der Fenster stand eine Bank, zu der ging Bella hin. Sie setzte sich und fühlte, wie die Müdigkeit erneut ihre Glieder lähmte und in den Augen stumpfes Brennen erzeugte. Nigels Zustand verfolgte sie, sie machte sich Sorgen – der letzte Blick der Intensivschwester, als sie vorhin die Station verlassen hatte. Waren es die Erinnerungen an Maggie, die das alles noch düsterer erscheinen ließen?

Ihr bizarrer Tod hatte eine tiefe Scharte hinterlassen. Die Freundin, ebenso wie Joost, hatte eine eigene verborgene Erinnerungsschublade bekommen, die Bella über all die Zeit hatte geschlossen halten können. Weder ihren Eltern damals noch Oz später oder den Töchtern hatte sie je von Maggies erschütternder Inszenierung erzählt. Vielleicht, weil sie sich selbst als ihre eigene Zuhörerin kein einziges Wort geglaubt hätte. Das Theaterhafte von Maggies Aktion ließ den Vorfall »unerzählbar« erscheinen – wie das Joost-Erlebnis im Tiergarten, mit welchem sie Louise verunsichert hatte.

Noch erschreckender als der monströse Puppengolem hatte Maggies Gesicht auf Bella gewirkt, die Färbung mit Henna, das eindringliche, eindringende Rot als Botschaft und Anklage. Die Obduktion ergab, dass sie Tabletten genommen hatte, in der engen Höhle wohl auch im Schlaf erstickt war. Die Henna-Botschaft, davon war Bella überzeugt, war an den Baron gerichtet. Er hätte als Erster die Ladentür öffnen, den Puppenarm bewegen und ins Gesicht seines Opfer blicken sollen.

Dass es Henna gewesen war, hatte Bella auf Anhieb erkannt und sie an Frau Al-Mawardi denken lassen. Was für eine Freude es gewesen war, als die freundliche Dame in Berlin nach den ersten Wochen in Hasibs Wohnungsgefängnis auf einmal unerwartet in der Diele gestanden hatte. Das war, als Bella sich schon längst nach gekochten Kartoffeln und Sauerteigbrot sehnte, weil sie Hasibs Reisgerichte nicht mehr essen und riechen konnte, den Kreuzkümmel, das ihren Mund entflammende Harissa und das Fladenbrot, das er fast täglich mit nach Hause brachte. Die Chirurgengattin hatte sogar einen von Erika gebackenen Kuchen dabei, der Nüsse enthielt. Himmlisch! Irgendwann zog sie ein kleines Henna-Fläschchen aus der Tasche. »Für Sie, Fräulein Bella. Ich zeige Ihnen, was man damit macht.«

Einige Zeit später war der Imam mit einem Moscheendiener, dem Muschidd, erschienen, der eine Ledertasche trug. Der Imam hatte lachende Augen, und während Hasib in der Küche in dessen Gesellschaft das Festessen zubereitete, erfuhr Bella von Frau Al-Mawardi, wie es »draußen« um Dr. Fareed und Erika bestellt war. Die Nazis hätten sie aus der Haft entlassen, aber man müsse sich um beider Gesundheit Sorgen machen. Ihr Gatte habe Erika und Kamal untersucht. Der Doktor leide unter einem Trauma der Halswirbelsäule; er selbst gebe keine Auskunft, wie es dazu gekommen und was im Gefängnis geschehen sei. Dass er schweige, sei entweder die Folge der Einschüchterungen oder es handle sich um eine Bedingung für die Freilassung der beiden. Die »verschworene Gemeinschaft« behalte die Entwicklung im Auge. Erika habe bereits zweimal neue Verstecke für Bellas Familie besorgt. Ob Hasib ebenfalls ein Mitglied der Gruppe sei, wollte Bella wissen. Frau Al-Mawardi antwortete nicht.

»Behandelt er Sie gut?«

Bella wartete zwei Herzschläge ab, dann sagte sie Ja. Frau Al-Mawardi erklärte dem Muschidd des Imam, dass man die Feier bescheiden halten müsse. Die Schahada, das Bekenntnis zu Allah, und die Eheschließung betrachte sie, wenn es gestattet sei, als ein und dasselbe, solange die Worte mit ganzer Seele und wahrhaftig gesprochen würden. Der Muschidd hatte keine Einwände und sprang innerhalb seiner Sätze zwischen Arabisch und Deutsch, als könnte er sich nicht entscheiden, was ihm lieber war.

Bella hätte sich damals am liebsten davongeschlichen, in der Toilette eingeschlossen. Die nicht zu vermeidende Unaufrichtigkeit und Verlogenheit der Veranstaltung bereiteten ihr Sorgen. Obgleich sie eigentlich nicht gläubig war, schlich sich die

Frage ein, ob nicht doch eine wie auch immer geartete Strafe aus dem Jenseits über sie verhängt werden könnte – obwohl sie nur ihre Haut zu retten versuchte.

Ihr fiel jetzt ein, was Oz einmal kurz nach ihrer Hochzeit gewitzelt hatte. Ihr sei hoffentlich bewusst, dass sie Bigamie betreibe; es spiele keine Rolle, *warum* und *wie* sie mit diesem Hasib vermählt worden sei, sondern nur *dass*. Die harmlos gemeinte Einlassung hatte ihr eine fein gewebte Angst beschert, die sie meistens ignorieren konnte. Meistens.

In ihrer Erinnerung war nur dieser Tag ihres Bekenntnisses und der Hochzeit klar umrissen erhalten geblieben. Die übrige Zeit mit Hasib nicht. Alles zu lange her, zu weit entfernt. Ein unentwirrbares In- und Durcheinander von Angst, Wut, Ratlosigkeit, Fluchtgedanken, Ekel, flüchtiger Freude, Überdruss, Klaustrophobie und Langeweile. Ob es auch Spuren von Vertrauen, Mitgefühl, Wohlbefinden, Behaglichkeit mit Hasib gegeben hatte, wusste sie nicht mehr. Sie nahm an, dass alles Gute ihrer Dauer-Enttäuschung und dem Ekel vor Hasibs Mund zum Opfer gefallen war oder der Tatsache, dass er sich weigerte, ihre Briefe an Leni und Sarah zur Straßenpumpe am Alexanderufer zu bringen, oder dass er ihr Bücher mitbrachte, die ihr nicht gefielen. Dass er Stoff und Nähzeug besorgte, wo sie die Schneiderei doch schon auf dem Lyzeum gehasst hatte. Und dass er auch ihre Briefe an die Eltern und an Joost nicht hatte mit nach draußen nehmen wollen.

Die eigentliche Feier begann damit, dass der Imam die Brautleute fragte, ob sie sich am Vortag gemäß der Sitte gemeinsam gereinigt hätten. Darauf antwortete Bella Ja – womit die Unaufrichtigkeiten ihren Anfang genommen hatten. Sie hasste es vom ersten Moment an, diesen strengen, gut gesinnten Mann zu belügen. Und doch musste sie es tun, wenn sie sich und alle nicht wieder gefährden wollte. Es hatte nicht die Spur einer gemeinsamen Reinigung, in welcher Form auch immer, gegeben, und sie, Bella, hätte es abgelehnt, sich auch nur vorzustellen, wie dieser Vorgang üblicherweise vonstattenginge. Hasib hatte ihr gesagt, dass die Frage gestellt und von ihnen beiden bejahend beantwortet werden müsse, und sie hatte sich einverstanden erklärt. Von den Gefühlen, die sie in Gegenwart des Imams beschleichen sollten, hatte sie da noch nichts geahnt.

Der Imam war der Einzige in dem arabischen Zimmer, der an die Ehrlichkeit der Anwesenden und die Echtheit der religiösen Vorgänge glaubte. Alle andern, der Moscheendiener inbegriffen, waren mit den besonderen Umständen vertraut und teilten die Hoffnung, dass Allah in seiner uferlosen Güte und Macht die Notwendigkeit einer solchen Versündigung gelten lasse. Sie würde die entscheidenden Worte sprechen, sie aber nicht ehrlich meinen. Bella nahm sich vor, das Gesagte als bloßen Klang aufzufassen, als eine Folge von Lauten, die ihr Mund formte, die aber keine Bedeutung hatten. War das überhaupt möglich? Verlieren Worte, die andere verstehen, ihr Gewicht, nur weil der Sprecher nicht an sie glaubt oder sie unbeholfen ausspricht? Wenn das Bekenntnis in der Kraft der Worte lag, schlummerte die Wirkung allein im Sagen. Im Sprechen wurde ihre Kraft bedingungslos freigesetzt; folglich gab es zwei Möglichkeiten: Sie sagte den Satz und *bekannte* sich damit, ob sie es wollte oder nicht. Oder sie schwieg, und der Imam konnte und würde sie nicht als Muslimin anerkennen.

Frau Al-Mawardi zog Bella in die Gegenwart zurück. Zu Beginn würden die Voraussetzungen geprüft, erklärte sie, die eine Nikah, eine muslimische Hochzeit, grundsätzlich durchführbar machten: die Reinigung, dann die Morgengabe oder Mahr und schließlich die »Abwehr des bösen Blicks« mithilfe des Henna-Fläschchens. Mit dem Henna würde sie, Frau Al-Mawardi, als Zeugin der Vermählung, ihr, der muslimischen Braut, einen Finger oder, wenn sie es wünsche, die Hand oder den Arm verzieren. Es geschehe, wie gesagt, alles ein wenig zusammengedrängt. Normalerweise erstrecke sich eine Nikah über mehrere Tage: den Henna-Tag, den Tag der eigentlichen Hochzeit und das Djilwa des dritten Tages, die Entschleierung und damit der Höhepunkt des Festes, wenn der Bräutigam seine Braut in der Öffentlichkeit das erste Mal in ihrer ganzen Schönheit erblicken und betrachten dürfe.

Bella hielt das Henna in der Faust wie einen rettenden Götzen. Sie schaute zum Imam, der irgendwelche Gegenstände bereitlegte, sich wohl unbeobachtet fühlte, denn plötzlich machte er ein mürrisches Gesicht. Bella spürte auch hier jene Aura, ein warnendes Vorgefühl, störende Schwingungen, Wellen, die sich in ihr normales Empfinden mischten und es beugten wie geschliffenes Glas das Licht.

Die Morgengabe, die der Bräutigam entrichten müsse, habe man auf etwas Symbolisches reduziert, fuhr Frau Al-Mawardi fort. Hasib bestehe darauf, ihr einen Ring zu schenken. Auch mit dieser Abweichung vom Üblichen werde der Imam sich großzügig einverstanden erklären, das müsse man anerkennen.

»Er versteht uns übrigens nicht«, setzte sie hinzu. »Er spricht kein Wort Deutsch. Ich habe ihm mehrfach bestätigen müssen, dass alles mit rechten Dingen zugeht. Er nimmt alles sehr ernst. Das heißt, Bella, Sie müssen sich die größte Mühe geben und den Anschein erwecken, dass es auch Ihnen ernst ist und Sie bereit sind, Jahwe gegen Allah auszutauschen, um es hart zu sagen.«

Zu dem Zeitpunkt hatte Bella keinerlei Zweifel gehabt, einen solchen Tausch problemlos hinzubekommen. Was für einen Tausch überhaupt? Von der frühpubertären Beschäftigung mit der Gottesfrage war nichts als eine nebulöse Vermutung geblieben, dass es irgendeine übergeordnete Ordnungsmacht geben müsse – oder dass es besser wäre, es gäbe sie. Das kam davon, wenn Eltern und Umfeld nicht religiös erzogen. Bellas Vater hatte das spirituelle Vakuum mit dem Traum von der

Gleichheit aller Menschen füllen zu können geglaubt. Religion war ihm verdächtig erschienen, und dass ein Mann vier Frauen heiraten durfte, war auch für Bella damals etwas eher Unanständiges gewesen, und selbst heute wirkte Louises Gefühlsbigamie mit Ian und Nigel auf sie eher egozentrisch und exotisch als vernünftig.

Frau Al-Mawardi öffnete die kleine Flasche, legte Bellas linke Hand mit dem Rücken nach oben auf ein Tuch und begann, mit einem winzigen Pinsel das Henna aufzutragen. Auf dem Ringfinger entstanden Muster wie Insektenflügel, nähgarndünne Wirbel, Kreise, Punkte, Bögen, Monde, die sich kompliziert ineinanderflochten. Die Hand lag schließlich da wie ein Schmuckstück, das man sich anheften mochte. Eigentlich sei die Abwehr böser Blicke ja ein ziemlicher Unsinn, bemerkte die Dame leise, als sie fertig war. Jeder Muslim wisse doch, dass es keinen anderen geisterhaften Blick als den Allahs gebe. Aber so seien die Gläubigen nun mal.

Bevor die Vermählung vorgenommen werden könne, müsse Bella eingekleidet werden, lautete die nächste Information. Frau Al-Mawardi bat Bella, sie in ihr Zimmer zu führen. Als sie es eine halbe Stunde später verließen, trug die Braut ein langes seidenes Kleid und ein lila Kopftuch. Bella musste auf einem Stuhl Platz nehmen. Der Imam betrachtete sie. Dann sagte er mit monotoner Melodie einen arabischen Satz, der in den Gesichtern Zufriedenheit erzeugte.

»Jetzt!«, sagte Hasib von der Seite und meinte den Satz, den sie auswendig gelernt hatte, die Schahada, das Versprechen an den Himmel. Statt ihn zu sagen, fühlte sie, wie ein Frösteln über sie hinkroch, das so eindringlich war, dass sie es nicht abwehren konnte. Alle Härchen des Körpers richteten sich auf, es war, als striche Luft über sie hin, und für die Dauer einiger Atemzüge wusste sie nicht, ob es ein unangenehmes Gefühl war oder nicht.

Der Imam wiederholte den Wortlaut, legte eine Hand an

Bellas Schulter und blickte sie an. Jetzt!, dachte sie selbst, brachte aber kein Wort heraus. Hatte sie verlernt, sich zusammenzunehmen, sich nicht wegführen zu lassen von dem, was sie wollte oder musste? Der gute Mann sprach die Aufforderungsformel ein drittes Mal und wartete.

Etwas Ähnliches sollte ihr ein paar Jahre später wieder passieren. Als sie nämlich Zeugin wurde, wie Maggies Leichnam von zwei Helfern mühsam aus dem Puppengolem geborgen wurde. Er hatte sich verklemmt, und als er endlich, grauslich verrenkt, auf dem Boden lag, umsäumten ihn ein Dutzend aus dem Innern des Riesen gerissene Ärmchen und Beinchen. In ihrer gesamten ärztlichen Laufbahn hatte Bella nie wieder solch lähmende Ohnmacht und Trauer empfunden.

Sie schwieg immer noch. Der Imam verlor die Geduld. Bella sah, dass er nicht gewillt war, seine heiligen Worte ein viertes Mal sinnlos aufzusagen. Wenn es ihr jetzt nicht gelang, den Mund aufzutun, würde Frau Al-Mawardi sich die Mühe ihrer Verzierarbeit umsonst gemacht haben. Bella atmete tief ein, presste so viel Luft in ihre Lungen, wie sie konnte. Dann schaffte sie den Anfang. »*La ilaha …*« Verstummte wieder, atmete. »*… illa Allah …*«

Die Miene des Imams hellte sich auf. Er sagte seinen Satz. Bella holte wieder Luft. »*La ilaha illa Allah …*« Sie schloss die Augen. »*Muhammad rasul Allah.*«

Die Erleichterung aller Anwesenden knisterte geradezu. Hasib strahlte. Frau Al-Mawardi machte eine sanfte anerkennende Verbeugung. Der Imam murmelte zustimmend und machte sich wieder an seinen sakralen Gegenständen zu schaffen, wohl um dem Vorgang den letzten Schliff zu verleihen. Bella fühlte Tränen in den Augen.

Nun kam überall Geschäftigkeit auf. Der Moscheendiener rückte zwei bequeme Sessel in die Zimmermitte. Das Brautpaar nahm darauf Platz. Bella fühlte Schwindel, Omas »Triesel«, sie bezwang ihn, bat um ein Glas Wasser, das ihr umgehend gereicht wurde. Plötzlich winkte der Imam Frau Al-Mawardi zu sich. Sie redeten. Der Muschidd erhielt ein Handzeichen und begann überraschend, die Utensilien einzupacken. Schließlich wandte sich der heilige Mann von Frau Al-Mawardi ab und verließ ohne ein weiteres Wort das Zimmer. Bella hörte die Wohnungstür zufallen. Sie war ratlos, blickte Hasib an, dann Frau Al-Mawardi.

»Er hat es bemerkt.«

»Ich werde keine Muslimin und keine Ehefrau?« Bella empfand Reue. »Ich habe mich falsch verhalten.« Es sei ihre Ungeschicklichkeit, es tue ihr leid.

Frau Al-Mawardi bat Hasib um ein Glas Tee. Er verschwand in der Küche und kehrte mit einem Tablett zurück, auf dem vier gefüllte Gläser standen. Jetzt werde man erst mal überlegen, was zu tun sei, meinte der Muschidd. Immerhin sei man im Besitz aller erforderlichen Papiere. Im Grunde müsse nicht der Imam persönlich die Bestätigung leisten, das dürfe auch jeder andere Moslem tun. Der Imam werde die Eigenmächtigkeit zwar nicht gutheißen, fuhr der Muschidd fort, aber er verstehe die vorliegende Notlage durchaus. Die deutsche Regierung sei nicht gut zu Göttern, egal, welchen Namen sie trügen.

Er trank seinen Tee, öffnete die Ledertasche und holte die Papiere und ein Tintenfass heraus. Mit einer altmodischen Stahlfeder füllte er in arabischer Schrift von rechts nach links einige Zeilen aus. Dann stellte er die entscheidenden Fragen. Bella sagte Ja. Hasib ebenso. Schließlich setzte der Muschidd an zwei Stellen sein Zeichen auf die Papiere und reichte sie an Frau Al-Mawardi weiter.

Nachdem er seine Sachen gepackt hatte, wurde er zur Diele begleitet. Man verabschiedete sich. Bella bedankte sich. Im Treppenhaus wandte er sich um. »Bitte, junge Frau, es ist nichts Falsches geschehen. Ihre Seele wurde von einer Hand Gottes in die andere gelegt.«

Die Oberschwester tauchte aus dem Schwesternzimmer auf, entdeckte Bella auf ihrer Bank und kam auf sie zu.

»Es geht ihm gut, Frau Doktor. Ihr Schwiegersohn erholt sich schneller, als alle erwartet haben. Er ist wirklich tough.«

»Oh ja«, bestätigte Bella bereitwillig. »Darf ich Sie etwas Persönliches fragen? Sind Sie religiös?«

Die Schwester sah sie überrascht an und lächelte.

»Was denken Sie? Wird mein Schwiegersohn von einem Allmächtigen gerettet oder eher von unserer kleinen Zauberin Chelsey?«

»Sie wissen selbst, dass der Unterschied zwischen beiden für uns kaum zu erkennen ist. Je älter ich werde, umso öfter finde ich Belege dafür, dass in jedem von uns ein Allmächtiger steckt und dass wir beständig daraufhin geprüft werden, was wir als kleine Lichter mit dieser versteckten Allmacht anstellen.« Sie lächelte versonnen. »Ich finde es schön, dass Sie mich das fragen. Ist mir noch nie passiert, jedenfalls nicht in der Klinik, dabei ist das doch hier besonders wichtig. Jeden Tag haben wir es mit Abschied und Neuanfang zu tun. Wir sollten unentwegt darüber reden. So, verehrte Frau Doktor, seien Sie mir nicht böse …« Sie holte eine verzierte Taschenuhr mit Deckel hervor, den sie aufspringen ließ. »Wenn Sie wieder zu ihm möchten … jederzeit.«

»Er hat mich gerade erst vertrieben. Ich trau mich nicht mehr hin.«

»Er prüft Sie. Ihre Allmacht.« Sie betrat eines der Krankenzimmer und schloss die Tür hinter sich. Es war nach acht Uhr. Die Sonne stand hinter den Häusern und die Familie war vermutlich längst ins Hotel zurückgekehrt. Wenn Nigel weiter Glück hatte, würde er in frühestens achtundvierzig Stunden die Intensivstation verlassen können. Jetzt nach Hause zu fahren lohnte sich nicht. Entweder würde ihr die Decke auf den Kopf oder Teresa auf die Nerven fallen. Sie konnte genauso gut hier sitzen bleiben und später noch einmal an der Stationstür klingeln, um sich einer weiteren Prüfung durch Nigel den Allmächtigen zu unterziehen.

Der spirituelle Berliner Wechsel war nie auch nur informell zurückgenommen worden. Einerseits, weil die Hochzeit mit Hasib amtlich nicht anerkannt worden war, aber auch, weil es ihr, Bella, nicht wichtig gewesen war. Sie war ein ebenso weltanschauliches wie politisches Skandalon: jüdische Muslimin oder muslimische Jüdin. Und wenn sie jetzt auf ihr Leben zurückblickte, empfahl es sich sehr, zu glauben, dass sie ohne den Schutz *zweier* allmächtiger Hände niemals so alt geworden wäre. Sie war ein Glückskind!

Prompt fiel ihr Joost ein und dessen Brief, der im zweiten Ehejahr mit Oz eines schönen Tages über den Atlantik gekommen war und im Postkasten ihrer ersten gemeinsamen Wohnung im Meatpacking District gelegen hatte.

Zu dem Zeitpunkt war sie eigentlich sicher gewesen, Joost in ihrem Herzen »unschädlich« gemacht zu haben. Als sie Oz kennenlernte, war sie erleichtert, ihre Gefühle von Berlin trennen und sich diesem beeindruckenden jüdischen New Yorker Juristen zuwenden zu können. Sie hatte sich in ihn verlieben *wollen*, nicht zuletzt, um den Spuk mit Namen Joost loszuwerden.

Doch dann kam dieser Brief. Als hätte Joost über fast viertausend Meilen hin gespürt, dass er sie verlieren würde und dass sie ihn verlieren wollte. In dem Brief beschwor er, was hätte sein können mit ihnen beiden. Wenn, wenn, wenn. Dinge wie: am Morgen wach werden und einander anschauen. Am Abend Gute Nacht sagen und wissen, dass sie einander behüteten. Beim Essen dem andern das geben, was man selbst am liebsten essen würde. *Das hätten wir haben können,* schrieb er. Es war ja genau solches Zeug in seinem Kopf, das sie an ihm geliebt hatte. Seine Fantasie. Ideen, wie zusammen im wiedereröffneten KaDeWe eingeschlossen zu werden, bis zum Morgen Würstchen essen, Zigarren rauchen. Der Brief war voll von diesem wunderbaren Zeug gewesen; vor allem hatte er die Mitteilung enthalten …

»Misses Servos?«

Am Ende des Flurs standen die beiden FBI-Männer. Der mit den ungepflegten Fingernägeln tippte auf seine Armbanduhr. Sie hatte die beiden glatt vergessen. Und blieb zunächst einmal sitzen und schaute erst hoch, als deren Schatten auf sie fielen.

»Ihrem Schwiegersohn geht es besser, wie man hört«, sagte der Ordentlichere. »Passen Sie auf, wir machen einen Deal, und bevor Sie jetzt Nein sagen, gute Frau, weisen wir Sie noch einmal darauf hin, dass wir Ihnen entgegenkommen wollen. Eine Ausnahme. Wir lassen Ihren Schwiegersohn in Frieden und Sie sehen von Presse und Rechtsanwälten ab.«

»Wenigstens geben Sie zu, dass Ihre Leute Mist gebaut haben.«

»Wir geben gar nichts zu, Lady«, schnarrte der Ungepflegte.

»Sie reden doch selbst von einer Ausnahme.«

»Wir reden von Fairness«, entgegnete der andere. »Wir sind der Staat. Sie vergessen die Kräfteverhältnisse. Wir haben das Gewaltmonopol, das ist so auf der Erde und im amerikanischen Sonnensystem.«

»Sie wollen, dass wir auf unsern Klinikkosten sitzen bleiben«, entgegnete Bella, »und dass es keine Suspendierung eines Beamten, keine schlechte Presse und keine Entschuldigung gibt. Das wollen Sie.«

»Wir setzen uns so oder so durch.«

»Weil Mister Jespersen ein Schwarzer ist.«

»Sie kooperieren also nicht?«

»Nein.«– Fuck you!, dachte sie angewidert. Sie hasste den Ausdruck, aber in solchen Momenten fand sie ihn wunderbar.

»Gut. Oder schlecht. Wir werden Maßnahmen ergreifen müssen. Sie zwingen uns.«

»Ich dachte, wir schreiben das Jahr '98 und nicht '68 und

dass wir in New York sind und nicht in Memphis auf dem Balkon des ›Lorraine Motels‹ …«

Die beiden blickten ratlos.

»Dort wurde Martin Luther King ermordet. Oder muss ich Sie auch an '64 erinnern, als das FBI King zu Weihnachten ein anonymes Paket schickte und ihn zum Selbstmord aufforderte?« Sie stand auf.

Die beiden Männer wichen vor ihr zurück.

»Tun Sie also, was Sie nicht lassen können, Gentlemen! Ich gehe jetzt zu meinem angeschossenen Schwiegersohn. Wenn Sie mitkommen möchten …«

Damit wandte sie sich der Glastür zu, die ins Treppenhaus führte. Die Beamten folgten nicht. Es hätte sie auch sehr erstaunt.

Der Patient schlafe, erklärte die Intensivschwester, die Bella geöffnet hatte, und führte sie in einen Nebenraum, wo sie gern Platz nehmen könne. Bella dankte ihr, setzte sich in einen nach hinten federnden Schreibtischstuhl und machte sich verärgert klar, dass sie mit den beiden Beamten diplomatischer hätte umgehen müssen – am Morgen schon, beim ersten Schlagabtausch.

Sie ließ sich zurückfallen und schloss die Augen. Joosts Brief kehrte ins Bewusstsein zurück. Sie hatte ihn vor Oz verheimlicht, weil er Dinge enthielt, die ihn hätten verunsichern können. Es wäre ihre eheliche Pflicht gewesen, ihn in ihr Herz blicken zu lassen, um Joosts Herzens-Hoheit auf ihn, Oz, zu übertragen. Zumal der Brief die Mitteilung enthielt, dass Joost sich im Besitz einer Schiffspassage befand, um nach New York zu kommen. Das Ticket galt für einen Frachtdampfer, der unter irgendeiner südostasiatischen Flagge von Rotterdam aus über die Karibik an die nordamerikanische Ostküste fuhr. Joost war dann fast ein Vierteljahr unterwegs gewesen, als Bella eines Tages ein zweites an sie adressiertes Kuvert vorfand, das weiter nichts als einen Fetzen Zeitungsrand enthielt, mit stumpfem Bleistift bekritzelt. *Da bin ich und ich will dich!*

Joost ging ohne Umschweife aufs Ganze. Er schlief in einem Verschlag innerhalb einer Lagerhalle am East River. Bella wurde »einbestellt«– und gehorchte jedes Mal. Beim ersten ihrer Treffen weinte sie die meiste Zeit. Sie wollte nicht heulen und entschuldigte sich. Er bestand darauf, dass sie ihm »gehöre«, und dass die Jahre, die sie einander nicht hätten sehen und haben können, tiefe Wunden hinterlassen hätten, die nun bald verheilen würden. Er betörte sie wie in Berlin, seine Hände, seine Stimme, seine Art zu reden, seine Fantasie. Während sie ihm erklärte, dass sie verheiratet sei, Oz und seine Profession beschrieb, ihrer beider Kinderwunsch, und dass sie in einer Wohnung lebten, die demnächst ihr Eigentum sein würde – während sie all dies sagte, saß Joost mit verschränkten Armen vor ihr, hörte zu, schien mit allem einverstanden. Er blickte sie an, als hätte sie geschildert, wie man Lamm mit Feigen und Kochbananen zubereitete. Schließlich erwiderte er, dass er sie selbstredend nicht anrühren würde, wenn sie es nicht wünsche. Falls aber doch, wenn da also doch noch irgendein Funke … Da hatte sie erst recht geflennt.

Obgleich der Verschlag in dem Schuppen nicht größer als ein Wandschrank war, brachte Joost darin ein zweites Bett unter – für den Fall, dass Bella doch den Wunsch habe, »ihn zu empfangen«. Sie solle sich nur bitte nicht bedrängt fühlen. Als sie ihn wirklich einmal heimlich besuchte, wohnten obdachlose Illegale, Schwarze, Latinos bei ihm und machten sich davon, sobald sie Bella kommen sahen.

Joost hatte kaum Geld. Das wenige, das er im Hafen für die schmutzigsten Arbeiten erhielt, genügte ihm. Meist aß er halb gegarten ungeschälten Reis mit etwas Gemüse, das seine Mitbewohner als »Miete« mitbrachten. Von jedem ließ er sich dessen Geschichte erzählen und schrieb sie in ein grünes Büchlein, das er stets bei sich trug. Einmal las er Bella daraus vor. Es waren Geschichten, von denen nur zwei oder drei weniger riskant klangen als ihre eigene Vergangenheit. Joost legte Wert darauf, dass die Erzähler aus möglichst weit voneinander entfernten Orten der Welt stammten, und hegte den Plan eines Theaterstücks, in welchem jeder dieser Menschen »seine eigene Sprache« bekommen sollte. Ein »Weltstück«

sollte es werden und irgendwann schrieb er es tatsächlich und hatte Erfolg. Er kehrte nie mehr nach Deutschland zurück, legte sich den Namen Joe Gatterford zu, schaffte es, die amerikanische Staatsbürgerschaft zu erlangen, und wurde ein geachteter Bühnenautor, zuerst hier in New York, später in Philadelphia und schließlich die ganze Ostküste rauf und runter. Und nun war er tot. Sie glaubte es noch immer nicht. Es war nicht vorstellbar, ihre Fantasie versagte jedes Mal.

Die Zimmertür wurde geöffnet. Louise lugte durch den Spalt. »Darf ich? Eine der Schwestern meinte, du seist hier.«

Bella schreckte hoch. Offenbar war sie kurz weggenickt; sie fühlte sich ein bisschen erfrischt.

»Er wird sich freuen, dich zu sehen.«

»Das weiß man nie.« Louise nahm auf einem Drehhocker Platz, der zu einer kunstledernen Untersuchungsliege mit zerknitterter Papierauflage gehörte.

»Hast du's zu Hause nicht ausgehalten?«

Bella fasste ihre Flucht vor Teresa zusammen und gestand ihre mangelhafte Diplomatie im Umgang mit den beiden FBI-Beamten.

»Mich wollten sie auch einschüchtern«, berichtete Louise. »Die haben rotzfrech behauptet, dass ihre Kollegen in Flemington den Vorfall im Hotel keinen Deut anders einschätzen würden. Man arbeite vorzüglich mit New Jersey zusammen und ich solle mir da lieber nichts *verscherzen*. Was bilden die sich ein?«

»Ich muss mich so schnell wie möglich wieder mit Teresa vertragen, damit sie diese alten Kollegen ihres Mannes anruft. Im Moment hab ich allerdings so was von keine Lust dazu ...«

»Du bist anders als sonst, Mom. Die ganze Zeit schon.« Louise blickte sie bohrend an. »Du wirkst irgendwie *zu* nachdenklich. Was ist los mit dir?«

Bella stimmte unumwunden zu, für einen Moment erleichtert. Alles fühle sich verändert an, erklärte sie. »Ich bin nicht länger das heilige Zentrum des Treffens. Nicht, dass ich es je habe sein wollen. Aber ich war nun mal die *unantastbare Überlebende*, du weißt schon. Nicht bloß Nigel greift mich jetzt an. Alle spüren doch, dass meine Verbindung zur Welt … gestört ist.«

»Oho!«

»Die Welt dreht sich, und ich hocke da und staune, dass alles vorüberfliegt. Vielleicht gehört das zum Älterwerden dazu. Mir steht der Generalverlust ins Haus, liebes Kind, der Generalabschied.«

Louise verlor die Farbe.

»Ich bin mit innerem Aufräumen beschäftigt. Ich gehe mir selbst auf die Nerven. Kaum ist es still um mich, spukt mir meine Vergangenheit durch den Sinn, Dr. Fareed, Oz, Joost, Hasib. Sie werden lebendig und verlangen eine Revision der alten Porträts, die ich mit mir herumschleppe. Sie zwingen mich zu Neueinschätzungen, ich muss neu kalibrieren, der alte Kompass stimmt nicht mehr.«

»Sinéad meint, du wärst aggressiver als früher. Ich soll dir das eigentlich nicht sagen.«

»Wegen der Ohrfeigen? … Meine Güte!«

»Auch *wie* du streitest. Und du wirkst so gehetzt.«

»Weil ich keine Zeit habe. Es gibt Anpassungsphasen. Als Zweijährige kommst du in die Trotzphase, wenn du zu allem Nein sagst, alles auf den Kopf stellen musst, um herauszufinden, wo oben und unten ist. Vermutlich, um zu begreifen, wie die Dinge richtig herum stehen. In der Pubertät versuchst du herauszufinden, was du kannst und wohin du damit willst. In meinem Alter muss ich mir ein Urteil darüber bilden, welcher Sinn und Wert in dem stecken, was ich erlebt habe. Erst habe ich gedacht, Nigel stört mich dabei. In Wahrheit hilft er mir.« Sie lachte angestrengt. »Nein, es geht mir *nicht* gut. Ich habe Angst. Als hätte ich nicht genug Angst gehabt im Leben, lieber Himmel! Ich werd noch verrückt.«

Louise stand auf und nahm sie in den Arm. Sie roch gut, fand Bella.

»Ist das Chanel?«

»Lenk nicht ab, Mom! Ich will nicht, dass du dir solche Sorgen machst.«

»Ich *mache* sie mir nicht, sie liegen herum und ich stolpere drüber. Da klopft was an meine Tür. Wenn ich mich an früher erinnere, habe ich immer das Gefühl, dass etwas Wichtiges fehlt. Ich denke an Joost und er kommt mir unvollständig vor. Der Berliner Joost, der New Yorker Joe, der in Philadelphia.«

Louise löste sich von ihr und bekam große Augen. »Dein Berliner Joost war hier bei uns?«

»Er hat all die Jahre hier gelebt, ist Anfang der Fünfzigerjahre rübergekommen, vor eurer Geburt. Er wohnte die erste Zeit unten am East River. Ich habe Oz nie davon erzählt.«

Sie setzten sich wieder.

»War das so eine Geschichte wie die mit Rasmus in New Haven?«

»Oh nein, Joost ist hier nie *mein* Joost geworden. Stattdessen wurde er Joe Gatterford. Erinnerst du dich, dass Ende der Siebziger mal ein wilder Skandal durch die Presse ging? Ein Theaterregisseur hatte einen Hengst auf die Bühne gebracht und der Gaul kriegte mitten in der Vorstellung eine grandiose Erektion. Der Terminus wurde in der Presse natürlich nicht erwähnt, und vielleicht hätte man die Sache schnell totgeschwiegen, wenn der Autor des Stücks nicht öffentlich erklärt hätte, dass alles Absicht gewesen sei, ein wichtiger Teil des Stücks, und dass er das haarklein vorbereitet hätte und so weiter. Das war Joost, nein, Joe. Er bekam Morddrohungen und musste eine Weile unter Polizeischutz gestellt werden wie Salman Rushdie … Er ist vergangene Woche gestorben. Ich las es gestern Morgen beim Frühstück in der Zeitung. Da ist irgendwas in meinem Kopf passiert …«

Louise streckte die Hände vor und nahm Bellas. »Ihr hattet in all der Zeit Kontakt?«

»Er rief an, wenn er hier in New York zu tun hatte, ein-, zweimal im Jahr, manchmal gar nicht. Er war so anders als dein Vater und Rasmus. Oz der Praktiker, Rasmus der Romantiker. Joost war der Weltdurchbohrer, der Wirklichkeitsumdreher. Ich hatte einen gestandenen Mann fürs richtige Leben, einen zweiten fürs Gefühl und einen dritten für die Überraschung, die Verrücktheit, die Fantasie. Joe Gatterford hat mir mal ein Geburtstagsgeschenk gemacht. Zu meinem Vierzigsten. Oz war in Kanada auf irgendeiner Konferenz, die sich über Tage hinzog. Es klingelte an der Tür und draußen stand so ein Chauffeur in Uniform und mit Schirmmütze und überreichte mir einen riesigen Blumenstrauß, in dem eine Karte steckte. Das war eine Einladung zur ersten Probe von Joosts neuem Stück auf der Bühne eines der alten Theater im Village, die es schon lange nicht mehr gibt. Ich fuhr im Bentley vor, wie eine Filmdiva. Im Theaterfoyer stand Joe mit seinen Schauspielern, alle gratulierten mir. Es war entzückend. Das eigentliche Geschenk war eine kleine Rolle in dem Stück. Ich spielte die Nichte eines patriarchischen Richters, der in finstre Machenschaften verstrickt ist. Text hatte ich keinen. Während mein Onkel auf der Bühne mit seinen mafiösen Politikergästen redete, musste ich hinter seinem Rücken mit einem Sekretär flirten. Es machte einen Riesenspaß. Der Sekretär wurde vom Autor persönlich gespielt. Joe küsste mich vor aller Welt … Und jetzt soll er tot sein …« Ihr versagte die Stimme.

Einer ihrer Besuche in Philadelphia fiel ihr wieder ein, und dass es damals um Haaresbreite zu einer Wiederholung des Tiergarten-Erlebnisses gekommen wäre. Es war Anfang der Achtzigerjahre, auf dem Höhepunkt ihrer beider Karrieren, um es großspurig zu sagen. (Man empfand noch so etwas wie jugendlichen Ehrgeiz.) Eines von Joosts Stücken wurde an mehreren Bühnen der Ostküste gleichzeitig inszeniert; es waren nicht die großen Häuser, aber das Feuilleton beschäftigte sich mit ihm.

Ein Vorschuss seines Verlags hatte ihn angestachelt, sie ins teuerste Restaurant der Stadt einzuladen. Der Tisch stand an einem imposanten Panoramafenster und sie schauten auf die Lichter der Stadt wie in einem dieser schlechten Hollywoodstreifen. Der Menüpreis für eine Person überschritt Bellas Rückflugticket um genau siebenunddreißig Prozent, wie sie akribisch vorrechnete, was bei Joost eine Art Lachkrampf auslöste, von dem er sich erst erholte, nachdem der Oberkellner an den Tisch gekommen war und ziemlich pikiert um Rücksicht auf den Rest der Gäste gebeten hatte.

Sie wählten Fisch. Sie hatte nie zuvor Kabeljau nur mit etwas Pfeffer und Basilikum gegessen. Wunderbar! Das Filet zerfiel in Scheiben und zerging auf der Zunge. Der Weißwein hatte mehr Prädikate, als aufs Etikett passten, und auf dem Käsewagen lag eine Sammlung in den Staaten eigentlich verbotener Rohmilchprodukte, die vom Ober mit gehobenen Brauen und konspirativem Grinsen angeschnitten wurden, als böte er psychedelische Pilze an.

An einer Seite des Hauptraums führte eine Tür auf eine großzügige Dachterrasse hinaus, auf der – wie eine Schautafel informierte – ein Tycoon zwischen den Weltkriegen für seine Töchter eine Orangerie im Stile der europäischen Fürsten hatte errichten lassen. Die Stahl- und Glaskonstruktion mit der Fläche eines Tennisplatzes überwölbte etwa die Hälfte des Dachs, wobei die farbenprächtige Fauna nicht auf den Schutzraum des Gewächshauses beschränkt war, sondern dem Gast auch unter freiem Himmel einen Spaziergang durch den Urwald Brasiliens vorgaukelte. Die Erinnerung an Berlin und den Tiergarten befiel sie beide gleichermaßen. Auch hier fand sich ein verwunschener Hohlweg, der aber, statt zwischen Ginster, Holunder und Buchsbaum, mitten durch ein Dickicht von Pawpaw-Bäumen, mächtigen Bananenstauden und Riesenfarnen führte und vor einer verborgenen Bank am Dachrand endete, die einen noch freieren Blick auf die Stadt bot als die Fenster im Innern.

Sie setzten sich. Niemand war in der Nähe. Ihre Hände fanden sich, ihre Herzen schlugen den Puls des anderen, die Stadt rauschte leise herauf, ihre Lichterschlangen krochen durch die Straßen, der Verkehrsdunst wurde vom Duft der Pflanzen vertrieben, ein Flugzeug zog lautlos blinkend eine unsichtbare Linie zwischen die Sterne. – Jeder spürte, dass etwas geschehen konnte, dass *es* passieren musste, sobald der andere eine Regung tat, ein Wort sagte, einen Blick aussandte, sich nur eine Spur weit dem andern zuneigen würde …

»Wann habt ihr euch das letzte Mal gesehen, Joost und du?«

»Ist fast ein Jahr her. Es lagen immer ziemlich lange Pausen dazwischen. Man denkt nie, dass es das letzte Mal sein könnte. Oder doch, aber man schiebt es beiseite.«

»Nigel und ich reden in letzter Zeit wieder ganz vernünftig miteinander«, sagte Louise überraschend. »Immer wieder mal. Er ist ganz in Ordnung, Mom.«

»Ich weiß. Ich denke an Chelsey und wie sie das alles wegsteckt.«

»Sie liebt ihren Vater und er sie. Allein deshalb muss er wieder auf die Beine kommen.«

Bella schwieg dazu.

»Was denkst du?«, fragte Louise.

»Nichts, Liebes. Das wird schon wieder. Die Intensivschwester ist auch zuversichtlich …«

»Das damals im Berliner Tiergarten, das war doch, bevor sie dich mit diesem Araber verheiratet haben … Habt ihr euch danach auch getroffen? Wäre zu gefährlich gewesen, oder?«

»Ich habe Joost erst nach dem Krieg wiedergesehen, kurz vor unserer Abreise hierher. Das war alles sehr grausam, aber es war nichts verglichen mit dem, was all die anderen erlebt und meistens nicht überlebt haben. Aber auch ich weiß, wie sich Gefangenschaft anfühlt.«

»Bist du wirklich nie aus dieser Wohnung rausgekommen?«

»Doch, oft sogar. Wenn Dr. Fareed eine Warnung erhalten hatte, musste ich mitten in der Nacht raus. Ich lebte ein paar Tage lang irgendwo anders, bei Leuten, die ich nicht kannte. Ich war immer ein bisschen froh, wieder in Hasibs Wohnung zu kommen, weil die Angst in den Verstecken größer war als die bei ihm. Hasib, der Araber, ist der Vierte im Bunde, was die Männer meines Lebens betrifft. Er war für eine andere Sorte von Angst zuständig, auf die ich gern verzichtet hätte, selbst wenn ich ihm damit vielleicht Unrecht tue, weil er sich viel Mühe gab ... Tut mir leid, Hasib, du warst leider trotzdem ein ziemliches Arschloch ...!«

»Mom! Also bitte!«

»Wenn ich mich an Berlin erinnere, erscheint oft alles zusammengedrängt und ineinander verschmolzen, wie entfernte Bahnschwellen und Schienen. Ich muss die Einzelheiten mühsam voneinander trennen. Manchmal springt so ein uraltes Angstding wie aus dem Nichts in mich rein und löst richtig Panik aus ... Hasib war sehr launisch. Wenn er sich wohlfühlte, konnte er einfühlsam sein. Aber wenn es ihm schlecht ging, sorgte er für so ein merkwürdig brenzliges Klima, dem ich in der Wohnung nicht entrinnen konnte. Ich merkte dann, dass es besser war, keinen Mucks zu tun und den Mund zu halten. Es führt dazu, dass du so jemanden irgendwann ständig beobachtest. Wie fühlt er sich, was denkt er, welche Idee spukt ihm jetzt durch den Kopf?«

»Hat euch nie jemand besucht? Gab es keine Freunde?«

»An Feiertagen war die Wohnung voll. Dann stand ich zwischen fünf oder mehr verhüllten Frauen in der Küche und durfte nichts tun. In der Wohnung trug ich kein Kopftuch oder so etwas. Ich verstand kein Wort, spürte aber, wie fremd ich für sie war und dass ich einfach nicht dazugehörte.«

»Haben Sie dich nicht beschimpft, wenn sie erfuhren, dass du Jüdin warst? Der Arabische Aufstand lag erst ein paar Jahre zurück. Sie hätten dir das Leben schwer machen können.«

Das konnte Bella verneinen und sie war froh darüber. Eine Weile schwiegen sie. Das Piepsen der Geräte drang leise durchs Türblatt herein. Bella dachte über Nigel nach, der dort nebenan, keine fünf Meter entfernt, in seinem Klinikbett lag, womit er sie wohl als Nächstes angreifen würde, wenn er wach war. Wirklich böse war sie ihm nicht mehr und fühlte sich gewappnet, auch der neuen Munition standhalten zu können, was immer es sei. Er war in diesem Zusammenhang nicht mehr das schwierigste Problem; das FBI brachte sich in Position, gärte leise und blähte sich auf.

»Bist du glücklich, Louise?«

»Ich bin zufrieden, solange ich nicht das Gefühl habe, etwas kaputt zu machen, was sich nicht wieder reparieren lässt.«

»Ian gefällt mir«, gestand Bella und kam sich tapfer vor. »Da sieht man auch, dass man seine Urteile über andere immer wieder mal revidieren sollte. Habt ihr Pläne?«

»Was meinst du? Ob wir heiraten wollen oder so was? Reichen dir unsere Umwälzungen nicht?«

»Irgendwer hat mal gesagt: Zivilisation ist zu achtundneunzig Prozent Rücksicht. Aber ich frage dich: Was bitte soll man mit einer Zivilisation anfangen, in der so etwas wie das *rücksichtslose* Glück zu kurz kommt?« Bella merkte, dass ihre Müdigkeit sich wieder meldete.

Louise reagierte überhaupt nicht.

»Was ist bloß aus diesem Familientreffen geworden?«, fügte Bella hinzu. Die Stille quälte sie. »Kränkungen, Ohrfeigen, Pistolenkugeln, das Lüften von Geheimnissen, das FBI ist uns auf den Fersen. Und irgendwie scheine ich die Hauptschuld daran zu tragen mit meiner Altersquengelei. Vermutlich leide ich an so was wie Morbus Bella. Hätt ich mir vorgestern nicht träumen lassen, im ›Dragon‹. Obwohl, man hätte argwöhnisch werden müssen, als dieser Seetang auf den Tellern lag. Das Zeug bringt Unglück, zum Essen taugt es jedenfalls nicht. Ich glaube, du bist die Einzige von uns, Louise, die es geschafft hat … ich meine das ganz allgemein, die Ehrlichkeit sich selbst gegenüber.«

Die Tür des Nebenzimmers bewegte sich. Durch den Spalt grinste Chelsey herein, das Piepsen wurde lauter. Hinter ihr tauchte Ian auf.

»Da sind wir«, sagte er. »Nigel ist halb wach, er blinzelt.«

»Grannie!« Das Mädchen schlüpfte herein. »Daddy ist nicht tot.«

»Er wird wieder gesund und kommt bald wieder nach Hause«, sagte Bella.

»Onkel Ian hat mir einen Ring …« Chelsey streckte die Hand vor. Am Zeigefinger leuchtete ein großer blauer Plastikring.

»Hast du denn schon Geburtstag?«, fragte Louise.

»Bald.«

»Und was wünschst du dir?«

»Fahrrad.«

»Und was gehört dazu?«, wollte Bella wissen.

»Helm.«

»Ich glaube, es sind nur noch sechs Wochen.«

Das Kind ließ sich ablenken, weil die Schwester hereinlugte. »Wenn Sie bitte immer nur zu zweit ans Bett gehen …«

Bella reichte Chelsey die Hand und folgte der Schwester. Ian wechselte zu Louise ins Nebenzimmer.

Nigels Lippen waren farblos. Seine Stimme hatte keine Kraft. Er fragte hauchend nach der Uhrzeit und ob Chelsey sich gut fühle. Die Schwester brachte einen Becher Wasser. Das Mädchen half ihm beim Trinken.

Wenn zutraf, was sie eben zu Louise gesagt hatte, und ihre Erinnerung fehlerhaft und unvollständig war, wieso hörte sie dann nicht auf, an Berlin zu denken? Das Familientreffen und die rituelle Feststellung, dass es sie alle ohne Dr. Fareeds Hilfe heute gar nicht geben würde, müssten ihr doch so etwas wie »inneren Frieden« schenken. Wieso kramte sie Details aus dem Gedächtnis hervor? – Die Panik war's! Die alte Angst kam hoch, ohne Anlass, es konnte überall und jederzeit geschehen …

»Grannie, mit wem sprichst du?«

»Habe ich geredet?«

Chelsey berührte mit einer Fingerspitze ihren Mund. »Sagst du was zu Opa?«

»Ja.«

»Der ist doch tot.«

»Das macht nichts.«

»Hört er dich trotzdem?«

»Na klar.«

»Antwortet er?«

»Manchmal.«

Nigel grinste finster. Er hatte etwas Kraft gesammelt.

»Opa ist mausetot, der kann nix hören.«

»Doch.«

»Er ist wie ein Stein, wie das Bett, in dem ich liege, wie ein Auto. Er kann nichts hören.«

»Doch.«

»Nein, er ist tot, Chelsey«, beharrte Nigel rücksichtslos.

»Wie der Becher?«

»Wie der Becher. Der hört auch nichts.«

»Doch!«

»Nein, Chelsey, nein.« Er holte Luft. »Bella, ich wünschte, du würdest nicht so einen Mist reden. Du machst ihr Angst.«

»Schon mal gehört, dass Kinder Fantasie besitzen? Deine ist ja offenkundig früh verkümmert.«

»Mir reicht die Wirklichkeit, das weißt du.«

»*Deine* Wirklichkeit!«, erwiderte sie.

Er strengte sich zu sehr an; es war sichtbar, mit welcher Mühe er nach Luft rang. Bella blickte auf den springenden Lichtpunkt des Oszillogramms.

»Meine Wirklichkeit ist deine Wirklichkeit, Bella.«

Sie wunderte sich, dass die Intensivschwester nicht längst intervenierte. Sie wandte sich nach ihr um, aber sie war nicht da, hatte für einen Moment die Station verlassen, würde aber bestimmt jeden Augenblick wieder auftauchen, dann würde sie den Patienten schon zum Schweigen bringen.

»Zum Beispiel Rabin und dass er als junger Soldat der Harel-Brigade angehörte. Zum Beispiel Oz und dass wir nun seine juristischen Liebesdienste für die damalige Regierung kennen.« Er holte Luft. »Alles dieselbe Wirklichkeit ...«

Es ging nicht, sie schaffte es nicht! Sie konnte nicht dableiben. Mit zwei Schritten war sie an der Tür zum Nebenzimmer. Klopfte. Als sie von drinnen Louises Stimme hörte, trat sie ein.

»Ich ertrag's nicht, dein Mann macht mich meschugge ...«

Nigel lachte heiser hinter ihr. Sie drängte sich an Ian vorbei, der auf dem Drehhocker saß. Sie musste bis zur gegenüberliegenden Wand kommen, sie brauchte jetzt den größtmöglichen Abstand von diesem Kerl. Sie konnte nicht mal zurückblicken, um zu sehen, wie Chelsey reagierte. Die Tür zu den Intensivbetten stand weit offen.

»Könnt ihr eigentlich auch irgendwann Frieden schließen?«, fragte Louise mit gedämpfter Stimme.

»Nein!«, rief Nigel mit der wenigen Luft herüber, die er noch zu haben schien. »Ich lasse mir von deiner Mutter nicht die Welt auf den Kopf stellen, es verstößt gegen mein Berufsethos ... Ja, Bella, so etwas gibt es: *Berufsethos ...*« Er japste.

Bella hätte sich am liebsten beide Ohren zugehalten. Aber was nützte es, wenn der Subtext dessen, was Nigel da redete, längst in ihrem Kopf zu hören war: dass der Jurist Oswald Servos so etwas wie Berufsethos womöglich nicht gekannt, zumindest nicht beachtet hatte – angesichts dessen, was Nigel seit gestern unentwegt gegen ihn vorbrachte. Ihn davon abzubringen schaffte ja nicht mal eine Pistolenkugel in der Gewebsperipherie seines Pankreas! Ihr Zorn schüttelte sie. Sie drehte sich um und blickte durch die Tür. »Wieso stehst du plötzlich auf der palästinensischen Seite? Wo du alle Araber so verachtest.«

Nigel schaute her, an Chelsey vorbei, die sich ebenfalls nach Bella umblickte. Erstaunt, ratlos, an der Schwelle zur Furcht.

»Tue ich nicht.«

»Bisher hast du aber jede Gelegenheit genutzt, meine arabischen Freunde in Misskredit zu bringen. Ich verstehe dich nicht, Nigel!« Sie tat einen Schritt auf die Tür zu. Ian machte ihr Platz, indem er den Rollhocker im Sitzen geräuschvoll über die Fliesen schob, bis er das Fußende der Liege erreicht hatte. Bella blieb in der offenen Tür stehen, vor sich Nigel und Chelsey, im Rücken Ian und Louise. Sie verschränkte die Arme vor der Brust und guckte blinzelnd mal nach vorne, mal zurück. Louise wippte nervös auf dem Schreibtischsessel, ihre Finger krallten sich in die schwarzen Armlehnen und wurden weiß.

Nigel sagte erschöpft: »Weil du immer noch in Kriegsparteien denkst. Die israelische Seite, die palästinensische Seite …«

Louise verlor die Geduld. »Ich weiß nicht, was für ein Krieg *das* ist, den ihr offenbar sogar hier noch ausfechten müsst. Aber ich freue mich, dass du lebst, Nigel, und Ian bestimmt auch. Das möchte ich dir einfach mal sagen.«

Nigel sammelte noch einmal Kraft. »Deine Mutter lebt in einer anderen Wirklichkeit als ich.«

Bella wetterte durch die offene Tür los: »Ach, komm, Nigel, es geht dir doch gar nicht um die historische Wahrheit oder irgendwelche Wirklichkeiten! Dir geht's einzig und allein um die Demontage meines verstorbenen Ehemanns Oswald Servos, der als Jurist vielleicht Dinge tun musste, die er besser nicht getan hätte. Soll ich katholisch werden und beichten? Herr, bitte strafe mich, denn ich war mit Oswald Servos verehelicht und habe ihm vertraut, als er behauptete, friedliebend zu sein …!«

»Werd bitte nicht kindisch!«

»Wieso? Das haben wir ja dann gemeinsam!«

Es rührte ihn kein bisschen. »Ich bleibe dabei, Bella, und du tätest gut, mir zu glauben: Dein verstorbener Ehemann gehörte zu der Schicht gebildeter, im Hintergrund tätiger Mitbürger, ohne die es hässliche Dinge wie Waffenhandel und Angriffskriege nicht gäbe …« Er schloss die Augen. Seine Hände wurden Fäuste, deren gelbweiße Knöchel unheilvoll wie Glühbirnen leuchteten.

Bella wagte sich einen Schritt näher. Chelsey stand zwischen Nigel und ihr. Das Kind begriff weiterhin nicht, was hier vor sich ging, es wandte sich ängstlich blickend dem zu, der gerade redete. Und wenn Bella jetzt ehrlich war, konnte sie das bizarre Duell beenden, indem sie Nigel kurz und bündig recht gab. Ihre Verteidigung von Oz hatte gar nicht die Gefühlstiefe, die diesem seltsamen »Krieg« angemessen gewesen wäre. Was sie störte, war der Verdacht (eigentlich auch schon das Wissen), dass die Sache für Nigel eine *höchstpersönliche* war, und sie hatte keine Lust, der Sündenbock für Dinge zu sein, die Hannelore Bremshey in München und Jasper Jespersen im Himmel auf dem Kerbholz hatten.

»Ich bin nicht deine Mutter, Nigel«, maulte sie entnervt. »Wenn du ein Problem mit deiner Elterngeneration hast, dann lass das gefälligst nicht an Oz oder Israel aus! Und schon gar nicht an mir! Louise hat recht: Du führst einen Stellvertreterkrieg. Ich bin nicht deine Gegnerin. *Wir* sind nicht deine Widersacher! Du bist nicht der Mittelpunkt der Welt.« Plötzlich hörte sie Ians volle Stimme hinter sich.

»Ich will dir nichts Böses, Nigel. Aber die Art und Weise, wie du dieses Familientreffen dominierst, kotzt mich wirklich an. Bella hat recht: Setz dich mit deiner eigenen Vergangenheit auseinander, ich glaube, da hast du genug zu tun! Wir sind hergekommen, weil wir froh sind, dass es dir besser geht, und nicht, um uns deine pseudopolitischen Litaneien anzuhören.«

Nigel besaß auch jetzt noch den Nerv, den Anflug eines Grinsens vorüberhuschen zu lassen. Ian entging es nicht, er schwieg dennoch bewundernswert. Während Nigel weiterquatschte: »Ihr wisst genau, dass ich weder ein Wort mit meiner Mutter reden noch je wieder Deutschland betreten werde. Dieses Land ist krank … abgesehen von der Tatsache, dass seine Bewohner nach dem Krieg sowieso allesamt psychisch gestört waren, was ja auch kein Wunder war …«

Die Stationstür ging auf. Die Schwester kam schnurstracks auf Bella zu.

»Was ist hier los? Geht's Mister Jespersen schon so viel besser, dass er Sie alle unterhalten kann? Ich bat um jeweils zwei an seinem Bett …« Sie deutete zur Schiebetür. »Draußen wartet jemand. Er will Sie sprechen, Doktor Servos.«

Chelsey flüchtete ins Nebenzimmer und warf sich in Louises Arme. Ian war an seinem Platz geblieben. Nigel nölte unbeeindruckt und japsend weiter. Bella wandte sich zum Gehen. Als hinter ihr die schwere Tür zuglitt, fühlte sie sich besser.

Auf dem Gang stand ein gut gekleideter Herr mit angegrautem, ein bisschen wirr vom Kopf abstehendem Haarschopf. Die Erscheinung gemahnte eher an einen Dirigenten als an die allgegenwärtige Bundespolizei, an die Bella zuerst hatte denken müssen. Sie schätzte ihn auf Anfang, höchstens Mitte sechzig. Als er seinen Namen nannte, Aaron Key, verband er dies mit einer kaum merklichen Verbeugung, die vielleicht nur ein Kopfnicken war. Seine Haut war frisch und glatt, er war schlank und wirkte trainiert. Seine Stimme rasselte ein wenig und zwang Bella, sich zu räuspern.

»Doktor Servos? Bitte entschuldigen Sie!«

Das FBI sei bemüht, erklärte er, ihr und der Familie keine

unnötigen Schwierigkeiten zu machen. Über den schrecklichen Vorfall müsse man nicht mehr diskutieren, da verstehe er sehr gut, dass sie als Ärztin den Ernst der Lage besser beurteilen könne als die Polizei. Bella war verwundert.

»Die Cops haben sich nicht eben geschickt angestellt. Vielleicht gelingt es mir, etwas wiedergutzumachen.« Er legte eine Wirkungspause ein. Seine Augen waren grau-grün.

»Gleichwohl habe ich die Pflicht, auf das behördliche Anliegen zu verweisen, die offizielle Darstellung des Vorfalls in dem Hotel in einem für den betreffenden Beamten, sagen wir mal, nicht allzu folgenschweren Licht erscheinen zu lassen.« Sein etwas blasser Mund wurde fest und schmal.

Bella hatte verstanden. »Sie wollen dasselbe, was Ihre Kollegen wollten, allenfalls ein wenig freundlicher.«

Er nickte, eine Spur verlegen.

»Werden Sie vorgeschickt, wenn andere was verbockt haben? Sollen wir uns im Schwesternzimmer einen Kaffee erbetteln?«

Er folgte ihr. »Wir sind keine Unmenschen, Doktor Servos.«

»Nein, Sie offenbar nicht.« Ihre Müdigkeit hatte sich weggeduckt. Beim Betreten des Schwesternzimmers wandte sie sich um. »Wieso arbeiten Sie um diese Zeit? Normale Angestellte sind bei ihren Ehefrauen und sehen fern oder ärgern sich über die Kinder.«

Der Mann lachte. Er lebe allein. »Aber danke für das Kompliment.«

Die Oberschwester erschien und kümmerte sich um den Kaffee, lud beide ein, am Gemeinschaftstisch Platz zu nehmen, statt eines der Wartezimmer aufzusuchen. Es sei ohnehin nur noch eine zweite Schwester im Dienst. Sie selbst müsse aber weiter ihre Pflicht tun.

»Das ist Mister Key«, sagte Bella zur Schwester. »Der Name klingt, wie soll man sagen … vielversprechend«, fügte sie hinzu und blickte ihn an. »Wenn Sie weiter so freundlich sind,

Mister Key, unterschreibe ich in einer halben Stunde eine Erklärung, dass die Polizisten an nichts und mein Schwiegersohn an allem schuld ist. So ein Papier tragen Sie bestimmt schon in der Tasche, oder nicht?«

Er lächelte wieder. Man setzte sich an den Tisch, auf dem zu Bellas Erstaunen eine geblümte Stoffdecke lag. Die Gelegenheit, sich nach der Anstrengung der Intensivstation freundlich und zugewandter zu verhalten, war geradezu befreiend. Sie wäre so weit gegangen, sich bei dem Beamten dafür zu bedanken, obwohl ja auch er im Grunde als ein Widersacher zu betrachten war. Die Oberschwester hantierte an der Patientenkartei.

»Kann es sein, dass Sie die Aufgabe haben, in den ganz und gar aussichtslosen Fällen gut Wetter zu machen?«

»Ich glaube, dass man auch die schlimmsten Konflikte friedlich lösen kann. Meist, indem man einfach mal miteinander redet.«

»So!«

»Ich trage ein Angebot in der Tasche, das Ihnen gefallen wird.«

Bella lachte herzlich und drehte sich nach der Schwester um. »Haben Sie das gehört? Jetzt versucht er vor Zeugen, eine handfeste Bestechung auf den Weg zu bringen.«

»Geben und Nehmen!«, erwiderte die Oberschwester.

Der Kaffee war fertig. Sie kam mit Bechern, Löffeln und einem halb gefüllten Paket Zucker an den Tisch und stellte alles ab.

»Jetzt bin ich sehr gespannt«, sagte Bella.

Mister Key fächelte in die Luft. »Warten wir mal ab! Vielleicht schmeißen Sie mir gleich Ihren Becher an den Kopf und ich lande im Nachbarbett Ihres unglücklichen Schwiegersohns …«

»Dessen Interessen ich vertrete.«

Die Schwester hatte sich wieder an ihre Arbeit begeben.

»Das verstehe ich, Doktor Servos. Wenn ich korrekt informiert bin, waren Sie doch in Ihrer Jugend selbst auf fremde Hilfe angewiesen, die Ihnen auch gewährt wurde. Ich habe das mit großem Interesse zur Kenntnis genommen. Ich bin auch Jude und habe nicht vergessen, was die Nazis meiner Familie angetan haben.« Er nahm seinen gefüllten Becher. »Ich verstehe Sie also. Ungeachtet dessen wissen Sie bestimmt, dass einfache Polizeibeamte, selbst wenn sie für die Bundesbehörde tätig sind, im Umgang mit Menschen zuweilen nicht viel Geschick an den Tag legen. Für Sie muss das zynisch klingen. Bitte, beachten Sie nur die generelle Aussage. Es ist eine Tatsache.«

Einen Moment trat Stille ein, man pustete und trank. Mister Key sagte: »Als mein Vater nach dem Krieg erfuhr, was mit einem Teil der Familie geschehen war, änderte er hier in den Staaten seinen Namen. Er hieß Schlossmacher.«

»Ich kenne viele Holocaust-Überlebende, die sehr ungern oder gar nicht über ihre Erlebnisse sprechen«, bemerkte die Schwester von ihrem Schreibtisch aus.

»Doktor Servos wurde in Berlin versteckt«, sagte der Mann in ihre Richtung. Blickte dann Bella an. »Sie wurden sogar eine muslimische Ehefrau; man führte die Nazis an der Nase herum … Darf ich Sie nach dem Ausgang dieser unglaublichen Geschichte fragen?«

»Woher wissen Sie das über mich?« Bella schwankte zwischen Stolz und Empörung.

»Es steht in Ihrer Akte.«

»Ich habe eine Akte?«

»Sie haben sich 1976 um eine Stelle am *Health Office Park Slope* beworben. Im Erfolgsfalle wären Sie Public Official geworden, Beamtin. Der Staat möchte wissen, wen er so nah an sich heranlässt.«

Bella hatte diese Sache längst vergessen. Sie war irritiert, überwand sich aber, und während sie redete, merkte sie, dass es ihr hier, vor den beiden Fremden, leichter fiel, über Berlin zu sprechen, als im Kreise der Familie.

»Wir hatten eine Menge Glück. Der ägyptische Arzt, der Initiator meiner Rettung, trug allerdings Blessuren davon. Er wurde mehrfach inhaftiert und in der üblichen Weise verhört. Verglichen mit den Millionen Ermordeten hatten wir alle nichts als Glück. Der Mann ist vor ein paar Jahren in Berlin gestorben, wo er seit Kriegsende glücklich verheiratet gewesen ist. Mein muslimischer Ehemann kehrte nach Kairo zurück. Ich kam hier nach New York. Der Arzt, seine Frau und ich schrieben uns damals noch zwei oder drei Briefe, dann ist die Verbindung leider eingeschlafen.«

Die Kleidung des Herrn, fiel Bella jetzt auf, war außerordentlich korrekt, geschmackvoll. Die Krawatte war tadellos geknotet, an den Manschetten leuchteten Goldknöpfe, aus der Tasche seiner Weste lugte ein Stück Taschenuhrkette hervor. Die ganze Erscheinung erinnerte sie an Oz und wie er und seine Kollegen sich üblicherweise gekleidet hatten.

»Sie sind überhaupt kein Polizeibeamter! Nicht im engeren Sinne jedenfalls. Sie sind Jurist. Wieso habe ich das nicht sofort gesehen? Mein verstorbener Mann war viele Jahre für eine große Kanzlei tätig, in den Sechzigerjahren, eine Ewigkeit her. Ist unser Fall so schwierig, dass man jemanden wie Sie ins Feld schicken muss? Na gut. Sie tragen ein Angebot in der Tasche, haben Sie gesagt. Ich schlage vor, Sie präsentieren es jetzt, bevor ich Sie noch sympathischer finde und zu gar keiner Gegenwehr mehr fähig bin. Oder gehört auch das zu Ihrem Plan? ... Ich kenne die Juristen!«

Die Oberschwester stand auf, brachte ihren Becher zum Waschbecken, erklärte, dass das Schwesternzimmer weiter zur Verfügung stehe, und entschuldigte sich. Als die Tür zum Flur geschlossen war, sagte Mister Key: »Es gibt da etwas, auf das ich Sie aufmerksam machen muss. Im Rahmen seiner Tätigkeit für die Vereinten Nationen wurde Ihrem Schwiegersohn die Ermächtigung erteilt, in staatlichen Archiven gewisse Papiere einzusehen. Diese Dokumente unterliegen strengster Geheimhaltung.«

Er ließ eine Pause verstreichen, während der Bella mit dem Gefühl zu kämpfen begann, dass sich die Weltbühne, die eben erst eine Drehung ins Unbeschwerte gemacht hatte, zurückbewegte oder kippte oder gleich in Stücke fiel.

»Ich bedauere, Ihnen das zumuten zu müssen, Doktor Servos. Die Geheimdienste beobachten Ihren Schwiegersohn. Es besteht der Verdacht, dass er seine Sorgfaltspflicht verletzt hat, dass er seine Berechtigung missbräuchlich nutzt, verstehen Sie? Sowohl die CIA als auch die NSA haben ihn im Visier. Es ist keine wirklich große Sache, aber es soll ein Dossier geben.«

Er blickte seltsam erwartungsvoll. Schließlich fügte er hinzu: »Diese Information ist vertraulich und ausschließlich für Sie bestimmt. Sie dürfen mit niemandem darüber sprechen, das sage ich in der Tat in meiner Funktion als Justiziar, oder sagen wir besser: als unabhängiger Berater der Behörde. Ich entschuldige mich zugleich in aller Form, dass ich Ihnen in dieser Rolle leider einen solchen Schrecken einjagen muss.« Damit lehnte er sich in seinem Stuhl zurück, legte die Hände mit sichtbarer Sorgfalt vor sich übereinander und blickte darauf, als gehörten sie ihm nicht.

»Verzeihen Sie, dass ich sprachlos bin!«

»Die genannten Umstände machen die Sache in dem Hotel, wie Sie sich vorstellen können, nicht einfacher. Sie glauben nicht, was passiert, wenn ein Journalist auch nur den Hauch eines Verdachts hegt, dass da etwas mit den Geheimdiensten ist. Da machen sich auf der Stelle ganze Heerscharen von Übereifrigen auf die Jagd nach der Wahrheit, weil sie irgendwo ein neues Watergate wittern und eigentlich nichts als ihre eigene Karriere sehen.«

»Darf ich Nigel warnen?«

»Er weiß, was er tut, und er weiß, dass wir es wissen. Er

stünde mit einem Schlag im Licht der Öffentlichkeit ... Sehen Sie in mir bitte eine Art Schiedsmann oder Mediator. Wir können gemeinsam versuchen, Schlimmeres abzuwenden. Ihr Schwiegersohn steht nur wenige Zoll von einem Abgrund entfernt. Im äußersten Fall geht es um eine Gefängnisstrafe.«

Bella nahm plötzlich wahr, dass sie schwitzte. Es war ihr sofort unangenehm. Während sie durch die Nase atmete, um herauszufinden, ob sie roch, schwirrte ihr der Kopf. »Bitte, Sie haben zu Beginn von einem Angebot gesprochen.«

»Es ist mir unangenehm.«

»Ein Bestechungsversuch?«

»Ehrlich gesagt, schlimmer.«

»Raus damit, Mister Key!«, sagte sie und versuchte, versöhnlich zu klingen. Oz war schließlich auch Jurist gewesen, und kein ungeschickter. Vermutlich hatte er ebenso oft in solchen Dilemmata gesteckt. Das war es doch, dessen Nigel ihn zu überführen versuchte, posthum. Während er selbst offenbar in einer Klemme saß, deren Ausmaß noch gar nicht abzusehen war.

»Die beiden Beamten haben sich falsch verhalten«, begann der Fremde. »Mir liegt am Herzen, Ihnen zu erklären, wie das Uhrwerk einer Behörde in einem solchen Fall funktioniert. Man hat dort zuallererst berechtigte Angst vor Presse und Öffentlichkeit. Und weil dieses vermutete Dossier vonseiten der Geheimdienste hinzukommt, wobei Sie sich das, wie gesagt, nicht zu spektakulär vorstellen dürfen, nicht wie bei James Bond ... weil also diese Komplikation hinzutritt, mausert sich die Angst mancher Verantwortlichen im Handumdrehen zur Panik. Jetzt trete *ich* auf den Plan: die Jurisprudenz, die Absicherung nach allen Seiten hin, der Versuch, nichts unversucht zu lassen und die ersten Funken eines Skandals auszutreten. Darum geht es.« Er sah Bella prüfend an und redete weiter.

»Alle denken immer, die Polizei, die Geheimdienste, der

Staat als Ganzes würden sich wenig um ihr Image in der Öffentlichkeit scheren. Sie *haben* ja die Macht. Aber wenn man bedenkt, dass jederzeit Köpfe rollen könnten! Bauernopfer. Es ist der oft kurze Weg von der abstrakten Behörde hinunter zum individuellen Mitarbeiter, egal, ob's ein Pförtner in der ›National Library‹ ist oder der Präsident der Vereinigten Staaten von Amerika.«

Bella dachte wieder an Oz, an die Art, wie er komplizierte Zusammenhänge darstellen konnte, und wie er andere für sich hatte einnehmen können, ohne dass sie es richtig merkten, und dass ihm diese Gabe durchaus einen gewissen Sex-Appeal verliehen hatte – diese Virilität im Umgang mit Worten und Argumenten, das gedankliche Heranpirschen aus unvermuteten Positionen bis an einen Punkt, wo ein Zuhörer oder Gegner nur noch gelähmt lauschte und im Grunde bereits besiegt war, bevor der eigentliche Schlagabtausch überhaupt begonnen hatte.

»Sie wickeln mich ein, Mister Key«, sagte sie mit gleichbleibender Versöhnlichkeit. »Mein Mann war darin perfekt. Ich glaube, Sie sind nicht weniger gefährlich.«

Er bedankte sich höflich. Ihnen war beiden klar, dass der ironische Unterton ein wichtiges Mittel ihrer Verständigung war.

»Ihr Angebot!«, erinnerte sie ihn.

»Ach, das Angebot!«, echote er und bemühte sich gar nicht erst, seine Verlegenheit zu verbergen, was ihn noch einmal sympathischer machte.

»Das Angebot bezieht sich auf die Bemühungen Ihrer Familie, zum Wohle Ihrer Enkeltochter die Unterstützung eines sonderpädagogischen Instituts in Flemington zu erlangen. Der Behörde ist es gelungen, der betreffenden Stiftung die Zusage abzuringen, Ihren Antrag positiv zu beantworten …«

»Unter der Voraussetzung, dass wir den Mund halten«, ergänzte Bella nüchtern.

Er blickte sie mit Kinderaugen an. »In der Tat.«

Sie war bemüht, ihre Aufgeregtheit nicht allzu sichtbar werden zu lassen. »Und ich muss Ihnen obendrein dankbar sein, oder?« Sie brauchte eine Sekunde, um ihre Stimme besser zu kontrollieren.

Er schmunzelte. Bella sah ungläubig zu, wie sich seine rechte Hand, an der sie keinen Ehering sah, auf ihre zubewegte und sie ergriff. Er übte keinen Druck aus, und sie zog ihre Hand nicht weg, was sie ohne Zögern hätte tun müssen. Immer noch tun konnte! Und auch nicht tat, als er sagte: »Quäle ich Sie?«

Es war ein Geschenk. Wies sie es ab, wäre dies ebenso falsch, wie es anzunehmen. All das hatte mit ihrem Alter zu tun, mit dem Verfall, dem Generalverlust, dem Mangel an Zukunft und mit der Tatsache, dass sie ihren Anblick im Spiegel schon lange kaum mehr ertragen konnte.

Sie lächelte so leicht und offen, wie sie konnte, und tat sich selbst für einen Moment uferlos leid.

»Keineswegs«, antwortete sie. »Was soll nun werden?«

»Gutes.«

»Also stimme ich zu?«

»Ich hoffe es.«

»Und mein Gewissen?«

»Bleibt blütenweiß und still.«

»Sie sind auch so ein Zauberer. Mein Mann hieß Oswald, ich nannte ihn Oz … der alte Wizard.«

Er ließ die Hand bewegungslos auf ihrer liegen. Seine Wärme drang zu ihr vor.

»Was muss ich tun?«, fragte sie.

»Erklären, dass die Situation in der Lobby für die Polizisten *bedrohlich* war.«

»Und das Schicksal meines Schwiegersohns, diese Geheimnisse, die er …?«

»Bleiben geheim.« Er lächelte wieder. All dies war seine professionelle Rolle und sie würde sich damit abfinden müssen.

»Ich bin sehr müde.« Sie sorgte sich, wie sehr man ihr den Schlafmangel ansah.

»Man sieht es kaum.«

Sie dankte ihm flüsternd.

»Danken Sie mir nicht zu früh!«

»Ich riskier's!«, sagte sie mit einer Verve, die sie selbst überraschte.

Mr. Key hatte sich verabschiedet. Kurz darauf war Louise aufgetaucht und hatte Bellas ebenso schläfriges wie leichtsinniges Wohlbefinden mit brennenden Nachrichten zerrissen: Nigel habe sich übergeben, sei ins Koma gefallen, die Schwester habe Alarm ausgelöst; Verdacht einer akuten Entzündung. Man habe eine Peritoneallavage durchgeführt und den Ärmsten stabilisieren können. Chelsey sei in den ersten Minuten immer noch dort gewesen und habe vor Schreck und Angst geschrien. Dann seien Sinéad und Mike wie gerufen hereingekommen und hätten die Kleine zurück ins Hotel zu den andern gebracht. Jedenfalls große Aufregung und bislang keine ärztliche Entwarnung. Im Moment könne man nichts tun als warten.

Nachdem Bella sich von den Kollegen auf den neuesten Stand hatte bringen lassen, waren Louise, Ian und sie selbst in ein Taxi gestiegen. Man wollte mit Umweg über Rose Hill nach Hell's Kitchen zu Ians Hotel fahren. Louise wollte dann mit demselben Taxi ins »McInnes« zurückkehren, um bei den Kindern zu sein. Sie, Bella, wollte nur noch nach Hause, sie musste endlich schlafen, eine Nacht lang, ungestört, tief und traumlos hoffentlich. Sie bebte förmlich, in ihr surrte jede Faser, jeder Knochen, als hätte ein Termitenvolk Besitz von ihr ergriffen.

Der Taxifahrer machte sie nervös. Ein Asiate. Kaum war er losgefahren, begann er über Funk eine muttersprachliche Unterhaltung, die Bella zunächst für eine ausschweifende Wegbeschreibung vonseiten der Zentrale hielt. Aber der Fahrer ergoss sich wie die Niagarafälle. Bella hatte geglaubt, es gebe so etwas wie universelle Sprechgesten, Redeweisen, mimische Ausdrucksformen, die kulturübergreifend ähnlich seien. Dieser Mann bewies das Gegenteil. Louise, die vorne saß, drehte sich ein paarmal um, rollte mit den Augen und schüttelte den Kopf. Auf Höhe der 9th Street drehte sie sich wieder um. Bella glaubte im Timbre ihrer Stimme die Angst um Nigel heraushören zu können.

»Was war das eigentlich für ein Herr im Anzug, der dich vorhin aus der Intensivstation zitiert hat? Einer von diesen FBI-Schnöseln?«

»Nicht direkt ...«

»Lassen die uns gar nicht mehr in Frieden? Was wollte er denn?«

»Unsere Unterschriften.«

Der Asiate schimpfte oder plauderte, es war nicht zu entscheiden.

»Er heißt Aaron Key, ist Jurist wie dein Vater und ist angenehm rätselhaft.«

»Scheint dich ja beeindruckt zu haben.«

Der Fahrer wurde lauter.

»Und?«, fragte Louise in den Lärm.

»Und *was*? Siehst du mir etwa an, wie tief er mich beeindruckt hat?«

»Offenbar sehr tief ... Mister Aaron Key also!«

»Eigentlich Herr Schlossmacher. Seine Familie kommt aus Deutschland. Juden.« Die Erzählung über Nigel den Geheimnisträger machte Bella immer noch zu schaffen. Plötzlich bog der Dauerredner überraschend nach links ab. Bella protestierte. Der Mann tat ahnungslos. Der Verdacht kam auf, dass er kein einziges Wort verstand. Er »antwortete« mit den Händen, wobei er zum Schrecken aller für Sekunden das Lenkrad losließ, folgte der Straße bis zur Fifth Avenue und bog dort ein.

»Die Polizei hat uns Aaron Key auf den Hals gehetzt, weil sie wissen wollen, ob wir uns schon mit der Presse in Verbindung gesetzt haben … und weil sie uns erpressen wollen. Sie wissen, dass du in Flemington für Chelsey einen Antrag an die Stiftung des Doktor Schedel gestellt hast. Dieser Antrag wird positiv beschieden, sobald wir eine Zeugenaussage machen, dass die Cops hätten schießen *müssen*, weil sie sich bedroht gefühlt hätten und um Schlimmeres zu verhindern. Mister Key trug die vorformulierte Aussage bei sich und legte sie mir zur Unterschrift vor. Ich wollte es erst auch nicht glauben.«

»Und das hast du unterschrieben?«

»Traust du mir das zu?«

»Muss ich doch, so, wie du von ihm hingerissen bist.«

»Immerhin will er uns helfen, wie es scheint.«

Louise verzog das Gesicht. »Du hast dich wirklich verguckt, oder?«

Bella hatte nicht die geringste Lust, darauf einzugehen. »Er *moderiert* den Sachverhalt«, erklärte sie nüchtern. »Er vermittelt. Ihm sei klar, sagt er, dass die beiden Cowboys in der Lobby ziemlichen Mist gebaut haben. Aber die Behörde könne diesen Blickwinkel *naturgemäß* nicht einnehmen … klingt plausibel.«

»Und was willst du tun?«

»Ich weiß nicht. Ich möchte ihm vertrauen.«

»Genau das macht mir Sorgen!«

»Wenn wir unterschreiben, kann Nigel sein gutes Recht vergessen, Schmerzensgeld und so was. Unterschreiben wir nicht, verlieren wir die Hilfe der Stiftung und schaden Chelsey.«

»Ist das nicht alles illegal, um nicht zu sagen kriminell?«, fragte Ian.

»Und wie!«, antworteten Bella und Louise fast zeitgleich.

Als der Wagen vor dem Apartmenthaus in Rose Hill anhielt, blieb Bella einen Moment sitzen. So lange, bis Louise und Ian ihr fragende Blicke zuwarfen. Der Fahrer hatte aufgehört zu quasseln. Sie merkte es erst jetzt.

»Es gibt da noch was. Es betrifft Nigels berufliche Tätigkeit. Im Grunde haben wir gar keine Wahl, wir *müssen* diese frisierten Protokolle unterschreiben.«

Sie fragte sich jetzt ernsthaft, wie gefährlich es war, hier in Gegenwart dieses Fremden darüber zu sprechen – selbst wenn er weder den Sachverhalt noch überhaupt irgendetwas verstand, was sie letztlich nur vermuten konnte. War das jetzt Paranoia?

»Nigel hat Einblick in Regierungsunterlagen genommen, die der Geheimhaltung unterliegen.« Sie zögerte und fügte hinzu: »Man beobachtet ihn … die Geheimdienste.«

Weder Louise noch Ian erwiderten etwas. Louise guckte entnervt, darin war sie gut.

»Wir reden später drüber«, fügte Bella hinzu. »Ich muss jetzt wirklich schlafen.«

Sie drückte die Autotür auf und stieg aus. Wollte bitte keine Fragen mehr hören und hätte besser den Mund gehalten, das begriff sie jetzt. Schaute kurz zurück, grüßte noch mal und hoffte, dass Louise sie nicht zurückrief. Ärgerte sich gleichzeitig, weil die Chance vertan war, sich den ganzen Mist wohltuend von der Seele zu reden. Winkte noch einmal und ging den kurzen Weg zum Eingang ins Foyer. Portier Jack erkannte sie und ließ die Tür aufgleiten.

Kaum hatte sich vor ihrer Nase die Lifttür geschlossen, sprang wieder der Gedächtnisteufel aus der Kiste. Eine neue Erinnerungsattacke: Hasib und das Berliner Ehegefängnis. Wie er eines Abends vor ihr gesessen und gejammert hatte, dass sie ihm keine Liebe gewähre. Der Rotz lief ihm übers Kinn. Wie hatte er sich diese Liebe vorgestellt? Sie hatte ihm nichts geben können außer etwas Mitgefühl – nein, Mitleid, und er wusste es und flehte dennoch, bettelte, machte sich klein vor ihr … Er klebte schwarzes Papier in die Wohnungsfenster, nicht nur der Verdunklung wegen, sondern weil kein Sonnenlicht mehr für sie hereinscheinen sollte. Strafe, Erziehung, sie konnte es nie genau sagen. Sobald er fort war, hatte sie das Papier abgemacht, es später wieder angebracht. Das Wohnungsgefängnis wurde immer schwerer erträglich. Sie versteckte sich in ihrem Zimmer, Hasib kratzte an der Tür wie eine Katze. Einmal bedeckte er sein Gesicht mit gekochtem Reis, er wollte ersticken. Sie habe die Macht über ihn und könne ihn befreien, indem sie den Reis von seiner Nase und seinem Mund entferne. Natürlich tat sie es, allein aus Angst vor den Folgen, sollte ihm etwas zustoßen.

Plötzlich war auch Basima wieder da, eine damalige Nachbarin. Sie war im Labyrinth des Gedächtnisses ebenfalls »fortgelegt« worden. Die Lächelnde, die gegen Mittag eine Treppe von oben herunterkam, klopfte und der sie hatte öffnen dürfen. Es war ein mit Hasib verabredetes Klopfzeichen gewesen, und erst später war Bella der Gedanke gekommen, dass es sich um nichts anderes als Kontrolle gehandelt hatte, nicht um Geselligkeit. Basima kochte Tee, erzählte in gebrochenem Deutsch von ihrer Familie in der Nähe von Safad, Palästina, wo sie eine Färberei besessen hätten. Bis die Juden gekommen seien. Bella hörte ihre Stimme, sah das verschleierte Gesicht. Sofort kamen ihr Nigels Rabin-feindliche Tiraden über die zionistische Landnahme in den Sinn, auch wenn das erst die Zeit der Staatsgründung betraf, als sie selbst längst hier in New York gelebt hatte. Hätte sich Basima auch ein paar Jahre später so freundlich gezeigt, Tee gekocht, Gebäck und Süßigkeiten mitgebracht? Und überhaupt: Was mochte 1947/48 in den Köpfen und Herzen der »verschworenen Gemeinschaft« vor sich gegangen sein? Auch später, zur Zeit der ersten palästinensischen Aufstände gegen Israel? Wäre ihre Rettung heute denkbar, angesichts der jüngeren Geschichte Israels? Denkbar ja, aber wie wahrscheinlich?

Die Lifttür öffnete sich. Bella trat in den Flur hinaus. Noch während sie Hasib und Basima wieder vor sich gesehen hatte, war ihr der Gedanke gekommen, Teresas Klingelknopf zu drücken. In Sack und Asche aufzutreten, Reue zu zeigen dafür, dass sie ihren Ehemann Victor seinerzeit attraktiv gefunden hatte – beiläufig mit der Frage verknüpft, ob ihr ein Mister Key bekannt sei, ein Kollege Victors, und wenn ja, ob man ihm vertrauen könne oder einen »Hallodri« vor sich habe, wie ihre Mutter oder die Oma es ausgedrückt hätten.

Bella blieb stehen, kämpfte mit der Müdigkeit. Sie ging weiter, holte ihren Schlüssel hervor und wollte ihn mit zittriger Hand ins Schloss ihrer Wohnungstür gleiten lassen.

»Brauchst du gar nicht erst zu versuchen!«

Sie fuhr herum.

Teresa war aus ihrer Tür in den Flur getreten, stand mit verheulten Augen da und verschränkte trotzig die Arme vor der Brust.

»Ich hab Victors *Loctite* verwendet. Du hast wohl vorhin gedacht: Lass die doofe Teresa da sitzen und warten und denken, die gute Bella braucht noch ein bisschen und wird schon noch klingeln, wenn sie so weit ist. Wenn eine so doof ist wie ich, muss man nur ein bisschen nett zu ihr sein, dann merkt die nicht mal, wenn man sich an ihren Kerl heranpirscht …«

Bella spürte, wie ihr alles Blut aus den Wangen wich und dass sie vermutlich nicht weniger aufgelöst aussah als Teresa.

»Resi! Ich bin todmüde, ich muss schlafen.«

»Sag nicht *Resi* zu mir, und schon gar nicht in dem Ton! Steck den Schlüssel weg! Du brauchst es gar nicht weiter zu versuchen. Ich sag doch, ich hab *Loctite* reingetan.«

Erst jetzt begriff Bella, was gemeint war. Sollte sie jetzt sagen, dass es genau umgekehrt gewesen war damals, dass Victor ihr zu nah gekommen war?

»Dein holder Victor war nicht so harmlos, wie du ihn gerne sehen willst, *Teresa*.« Ihr war klar, dass sie genau das Verkehrte tat. »Ich bin hundemüde. Ich komme aus der Klinik, das weißt du doch … Also gut, ich entschuldige mich. Ich entschuldige mich dafür, dass ich ohne dich losgefahren bin. Verzeih mir bitte! Ich habe einfach keine Nerven mehr …«

»Das hättest du mir vorhin sagen können, dann hätte ich dich in Ruhe gelassen. Jetzt ist es zu spät, Bella. Das *Loctite* ist drin und du bist draußen, Punktum!«

»Was soll ich denn Jack unten sagen, warum ich nicht reinkomme?«

»Die Wahrheit: dass die doofe Teresa dieses Zeug in dein Schloss getan hat, weil du dich an ihren Victor herangepirscht und dir gedacht hast, die kriegt sowieso nichts mit. Ich hab euch beide gesehen, Bella, dich und Victor, ich habe Augen im Kopf! Ich hab euch am Columbus Circle gesehen, da seid ihr vergnügt nebeneinanderher in den Park gewandert und habt euch gedacht, die arme Teresa ist sowieso total unterbelichtet, die können wir getrost verarschen. Bloß weil du studiert hast und Ärztin bist, musst du nicht glauben, du kannst tun und lassen, was du willst.«

Bella grübelte – und wurde fündig. Sie war wirklich irgendwann am Columbus Circle aus der Subway gekommen, oben an der Treppe hatte Victor gestanden und gelacht, als er sie erkannte.

»Das war ein Polizeieinsatz und du weißt es. Da hatte es irgendeine Geiselnahme gegeben oder so was. Der ganze Platz war gesperrt. Victor hat da seinen Job gemacht. Was ich da wollte, weiß ich nicht mehr. Wieso hast du nie was gesagt, wenn du uns verdächtigt hast? Resi! Ich war fast zehn Jahre älter als dein Mann und es ist eine Ewigkeit her!«

»Als ob das eine Rolle spielt, wenn man scharf aufeinander ist! … Und sag nicht immer wieder *Resi!, Resi!* Ich hab's all die Jahre gewusst, hab mir nichts anmerken lassen …!«

Bella ging entschlossen zum Lift zurück und drückte den Knopf. Verblüfft stellte sie fest, dass die Müdigkeit auch jetzt wieder plötzlich weg war. Wie in der Klinik. Berufsroutine. Wenn es eng wurde, kamen die Reserven dran. Sie fühlte sich aufgedreht. Wahrscheinlich sprang der Blutdruck gerade bis unter die Decke.

»Ich fahre jetzt runter zu Jack und sage ihm, dass mein Schloss ausgetauscht werden muss. *Du* zahlst die Rechnung, *Teresa!*« Sie hörte ihr Herz schlagen und hoffte, dass der Aufzug nicht lange auf sich warten ließ. Weiter hinten wurde eine andere Wohnungstür geöffnet. Ein Nachbar lugte herüber und verschwand sofort, als er erkannte, wessen Stimmen er gehört hatte.

Teresa jammerte, flennte natürlich schon. »Ich hatte gehofft, dass du mich respektierst. Ich weiß, dass wir nicht zusammenpassen, Bella, dass ich nicht aus deinem Holz geschnitzt bin. Vielleicht bin ich ja manchmal ein bisschen anstrengend …«

Der leise Gong des Aufzugs ertönte, die Tür glitt auf. Mitten im Lift stand Louise und jagte Bella einen gehörigen Schreck ein.

»Wo willst du hin, Mom? Ich will zu dir.«

»Sich davonmachen!«, rief Teresa.

Louise trat auf den Flur hinaus. »Hast du wirklich gedacht, du kannst solche Andeutungen machen und alles auf morgen vertagen? Ich will wissen, was da los ist mit Nigel und den Geheimdiensten. Ian wollte mich nicht herlassen, weil du schlafen willst, aber *er* ist ja auch nicht mit Nigel verheiratet. In welcher Scheiße sitzt er?«

»Das geht jetzt nicht, Louise. Mein Türschloss ist kaputt.«

»Wie bitte?«

»*Loctite!*«, rief Teresa. »Sie kriegt den Schlüssel nicht mehr rein.«

Louise spähte zu ihr hin. Ihr Gesicht spiegelte Verwirrung, aber auch Entschlossenheit. »Wollt ihr mich beide hochnehmen? … Bella, wir gehen jetzt zu dir rein, und du sagst mir, was dieser Typ, dieser Jurist über Nigel erzählt hat und was da los ist!«

»Ihre Mutter denkt, dass ich doof bin und nie gemerkt hätte, wie sie sich an meinen Mann herangemacht hat. Sie lernt gerade ein bisschen dazu.«

»Victor starb vor elf Jahren«, stellte Bella klar.

Louise schüttelte den Kopf. »Und das müssen Sie ausgerechnet heute Abend aushandeln? Und was zum Teufel ist *Loctite*?«

»Ein Zeug, das Metall verklebt«, erklärte Bella. »Das Schloss ist dicht.«

»Kein Problem. Dann kommen wir zu Ihnen«, entschied Louise kurzerhand und marschierte auf Teresa zu, die sofort protestierte. Louise schob sie zur Seite, betrat die Wohnung und blieb erst stehen, als sie mitten in Teresas Wohnzimmer stand. Bella folgte ihr zögernd bis zur Tür und spähte ihr durch die Diele nach.

»Ich hab die Schnauze so was von voll, Misses! *Meine* Männer leben. Ich weiß nur nicht, wie lange noch. Kommen Sie rein! Setzen wir uns!«

»Das geht nicht!«, meckerte Teresa.

»Und wie das geht! Wenn Sie meiner Mutter Dingsbums ins Schloss spritzen, werde ich nicht im Flur stehen bleiben, um draußen mit ihr zu reden. Sie können sich entscheiden: Entweder meine Mutter und ich gehen jetzt für eine Weile in Ihr Bad, um unter vier Augen zu reden, oder Sie. Vielleicht dauert's ja nicht lange und ich bin gleich wieder weg. Wo Bella dann bleibt, ist mir, ehrlich gesagt, scheißegal.« Damit ließ sie sich in einen Sessel fallen und schlug zweimal beherzt auf das helle Leder der Armlehnen, es klatschte.

Teresa ging vor, Bella ihr nach.

»Ich habe Ihre Mutter für meine Freundin gehalten. Eine ungleiche Freundschaft, das weiß ich, ich kann ihr in vielen Dingen nicht das Wasser reichen. Wenn sie leugnet, dass Victor ihr gefallen hat, lügt sie. Ich hab's immer gewusst und den Mund gehalten …« Teresa blickte Bella finster an. Deren Arme und Hände hingen wie Gewichte an ihr herab und wurden immer schwerer.

»Sie hat recht«, gestand sie mit dünner Stimme und setzte sich in die eine Ecke des Sofas. Teresa ließ sich in die andere sinken. Zwischen ihnen erhob sich eine wohltuende Trennwand aus zwei schreiend bunten Zierkissen, vor denen ein abgeschabtes Stoffkänguru namens Goofy aus Teresas Kindheit hockte.

Teresa starrte auf ihre Hände und das Taschentuch, mit dem sie ihr Gesicht betupfte. »Ich bin nicht schön, ich bin nicht klug, ich bin nichts …«

»Ach komm, Teresa!«, maulte Bella. »Selbstmitleid steht dir nicht. Ich hatte nichts mit Victor. Er hat mir gefallen. *Äußerlich*. Als Mensch habe ich ihn nicht geschätzt, und du hättest besser daran getan, es auch nicht zu tun.«

Louise ließ keine Diskussion aufkommen. »Wir oder Sie, gute Frau? … Ins Bad.«

Teresa stand mühevoll auf. Sie ging in die Diele, öffnete die Badezimmertür und sandte so etwas wie einen strafenden Blick zurück, bevor sie hineinging und die Tür schloss. Man hörte Wasser rauschen.

»Wer ist dieser Victor?«, flüsterte Louise.

»Ein *Hallodri,* hätte deine Oma gesagt.« Auch Bella dämpfte ihre Stimme. Das Wasser im Bad rauschte weiter. »Es kann sein, dass Nigel Schwierigkeiten bekommt. Diese Dokumente, die Oz betreffen und mit denen er mir den letzten Nerv raubt, unterliegen der Geheimhaltung, soweit ich Mister Key verstanden habe. Nigel scheint damit freizügiger umgegangen zu sein, als er durfte. Ich weiß nicht, was in seinem Kopf vor sich geht. Hat er dir gegenüber Andeutungen gemacht?«

Louise verneinte.

»Mehr weiß ich auch nicht«, fügte Bella hinzu. »Ich habe

die Durchwahl der Intensivstation. Teresa lässt mich bestimmt anrufen. Ich will wissen, wie es ihm geht. Außerdem muss ich unserem Portier Bescheid geben, dass mein Türschloss gewechselt werden muss, bevor es noch später wird. Ich muss schlafen, Louise, das mehr als alles andere.« Sie merkte, wie die Erschöpfung zurückkehrte und sich wie ein Nebel über sie legte.

»Teresa ist verzweifelt. Sie ist jünger als ich, aber ihre Panik ist doppelt so groß. Das Alleinsein macht sie verrückt, sie ernährt sich schlecht und schläft kaum. Ich weiß aber nicht, wie ich ihr helfen soll, ich werde sie nicht los, sie hängt sich an meinen Hals, ich bin ihr Rettungsring, aber ich bin selbst alt und hab genug mit meinen eigenen Kriegsschauplätzen zu tun …«

Louise erlag nicht der Versuchung, etwas Tröstliches zu sagen. Das war ihr hoch anzurechnen. Bella raffte allen Mut zusammen.

»Es gibt so viele Dinge, die mich beschäftigen, ich meine, neben all dem andern, über das wir sprechen.« Sie holte Luft. »Vor ein paar Wochen habe ich versucht, mich selbst zu befriedigen.« Sie ließ Louise nicht aus den Augen. »Ich habe das mein Leben lang ohne Schwierigkeiten tun können, ich bin Ärztin, ich weiß, dass es natürlich und normal ist, und verbinde auch keine Scham damit oder so etwas. Man spricht nicht drüber und dabei möchte ich auch bleiben. Das hier ist der Alters-Sonderfall, Louise. Ich hab's versucht, aber es klappte nicht. Nichts passierte. Ich habe nichts gefühlt. Nichts.«

Sie beobachtete weiter.

»Ich weiß, dass eine Menge hormoneller Veränderungen passieren beim Älterwerden. Ich weiß das alles. Aber dass ich mich nun sogar *davon* verabschieden muss, haut mich um, verstehst du?«

Sie lachte gespielt. »Wem sonst soll ich so was erzählen? Dem Rebbe Hecht? Ich möchte es aber jemandem sagen.«

»Ja, das ist gut, Mom.«

Obwohl Louise vernünftig schien, bereute Bella es schon. Es war nicht klug, der Nachfolgegeneration Schwächen einzugestehen. Auf gesellschaftlicher wie privater Ebene. Darüber hatte ihr Oz mit Vorliebe ausführliche Vorträge gehalten. Dass zahllose weltgeschichtliche Konflikte auf Interpretationen derselben Wirklichkeit durch verschiedene Generationen beruhten. Der Zweite Weltkrieg sei eine Folge des falschen Verständnisses des Ersten durch die Generation Hitlers; der Vietnamkrieg die Folge einer verzerrten Wahrnehmung des Zweiten durch die alliierten Sieger. Die Jugend liest im Buch der Eltern und versteht die Worte und Bilder nie so, wie sie gemeint sind. Deshalb sei es wichtig zu schweigen, hatte Oz erklärt. Darum stünden Eltern umso weniger erklärende Worte zu, je älter sie werden. Die historische Deutungshoheit gehöre der Jugend, selbst wenn sie sich regelmäßig irre.

»Ich rede vielleicht Blödsinn.«

Louise stand aus dem Sessel auf, kam zum Sofa und boxte die Zierkissen weg. Bella fühlte ihren warmen Arm am Hals und auf der Schulter.

»Mir fällt dann jedes Mal Rasmus in New Haven ein und mir kommt der Gedanke, dass ich so etwas nie wieder erleben werde.« Jetzt hatte sie doch diese verdammten Tränen im Gesicht! »Eins nach dem andern verschwindet. Und so ein Misserfolg wie vor ein paar Wochen meldet sich natürlich auch, wenn ich einem Mann wie Mister Key begegne und plötzlich fühle, wie jung mein Herz immer noch ist … Und Joost ist tot!«

Sie hielten einander fest.

»Ich habe Angst, Mister Key wiederzusehen. Wegen der Gefühle. Aber ich will es natürlich. Es ist so verflixt … Und was soll ich ihm überhaupt sagen, Louise? Dass wir uns der Erpressung durch seine Behörde beugen? Es wäre gut für Chelsey. Ich frage mich, was Oz getan hätte. Oder hat Nigel ihn schon so schlechtgemacht, dass ich das gar nicht mehr fragen darf? Wusstest du, dass er kurz vor seinem Tod nach England telegrafierte und dort die Zusendung eines Blumenbuketts an John Lennon in Auftrag gab, der wegen des britischen Engagements in Vietnam seinen *Order of the British Empire* an die Queen zurückgeschickt hatte? Darüber sprach man damals. Ich war sehr stolz auf Oz. Selbst wenn es wahr ist, was Nigel behauptet, und er für Johnson und den Krieg tätig war, hat er doch schließlich nicht selbst geschossen oder so was. Macht das gar keinen Unterschied? Bin ich so naiv? Die Blumen hat er doch nicht bloß schicken lassen, um gut dazustehen und mich zu beeindrucken. Er führte einen Gewissenskrieg gegen sich selbst. Oder ist das auch bloß mein Wunschdenken, und Nigel würde mich auslachen, wenn er mich jetzt hören könnte?«

»Ich weiß es nicht, Mom.«

»Hab ich mich so in Oz getäuscht? Hat er mich so täuschen können? Hätte er sich einen anderen Job suchen müssen? Und auf einmal war er mausetot.« Sie wischte sich die Wangen trocken. »Du glaubst nicht, was ich mir für Vorwürfe gemacht habe, später, weil ich dich zwang, die erste Nacht neben mir in dem Bett zu liegen, wo er zwölf Stunden zuvor gestorben war.«

»Du hast mich nicht gezwungen.«

»Du warst noch ein Kind, Louise, natürlich ist das Zwang, wenn man als Mutter und frisch blutende Witwe zeigt, dass man schwach ist und nicht alleine schlafen kann. Ich hätte ins Wohnzimmer ziehen können, auf die Couch. Das war eine Misshandlung.«

»Mom! Bitte! So ein Blödsinn!«

»Ich war vierundvierzig. Wir hatten jede Menge Pläne. Nachdem der Arzt am Vormittag da gewesen war, bin ich immer wieder zu Oz rein und habe ihn mir angesehen. Er sah nicht tot aus. Er war bleich, aber es war, als hätten sie ihn geschminkt, um mir einen Schreck einzujagen. Er sah nicht aus wie die Verstorbenen in der Klink, die ich gewohnt war. Er muss sehr plötzlich gestorben sein, hatte auch nicht die erstarrte Angst in seiner Miene, die man manchmal sieht. Ich bin an dem Tag in den Keller, habe die Wäsche gemacht, später habe ich seine Hemden genäht, fehlende Knöpfe, Risse an Krägen und Manschetten geflickt. Sinnloses Zeug, Knöpfe sortiert, Regale an Stellen abgewischt, die nur Jahwe sieht. So was alles, statt mich um *euch* zu kümmern. Das wollte ich dir immer sagen. Ich war als Witwe zu jung. Oz war für mich nicht tot. Ich schreckte immer wieder hoch, weil ich's einfach vergessen hatte, über Wochen noch. Ich hätte mich um euch kümmern müssen …«

Sie sah es wieder vor sich. Der Arzt, der den Totenschein ausgefüllt und unterschrieben hatte, war kaum aus der Tür, als es wieder klingelte. Worüber sie in ihrer Verwirrung froh war. Sie öffnete und vor ihr stand der Gärtner, der für die Pflege der Höfe und Hecken des Blocks zuständig war. Er hieß Lincoln. Er kam aus der Bronx, hatte eine Haut wie geschälte Mandeln und trug zur Freude vieler seinen Bart in ebenjener altväterlichen Manier, die auch seinen Namensvetter, den sechzehnten Präsidenten der Vereinigten Staaten, seinerzeit geziert hatte.

Die Frage, die er ihr stellte, war Bella damals so abseitig und unglaubwürdig erschienen wie Oz' Tod. Ob sie wisse, wann der Lieferant mit dem Sand und den Steinen komme, die für die Reparatur einiger gepflasterter Stellen in zweien der Hofeinfahrten benötigt würden. Sie war einfach perplex, weil sie sich partout nicht erklären konnte und auch nie erfahren sollte, warum der Mann hoffte, ausgerechnet von ihr eine Antwort darauf zu erhalten. Statt ihn abzuweisen oder gar brüsk abzukanzeln, bat sie ihn herein, führte ihn in die verwaiste Küche – die Mädchen hatten sich auf den Dachboden des Hauses zurückgezogen – und bot dem Ratsuchenden einen Becher Kaffee an.

Lincoln setzte sich zögerlich, misstrauisch, versteckte seine von der Arbeit schmutzigen Hände, riss sich die Mütze vom Kopf. Bella stellte Becher und Teller vor ihn hin und schnitt eine dicke Scheibe vom Sandkuchen ab, den sie am Vortag gebacken hatte und den Oz am liebsten zusammen mit einem guten Glas Bordeaux gegessen hatte. Er, Lincoln, müsse sich wundern, hier so unerwartet hereingebeten zu werden, sagte sie, und begann umständlich zu berichten, was passiert war. Ob er vielleicht den Mut hätte, fragte sie irgendwann, einen Blick durch die Schlafzimmertür zu werfen, dort liege Oz, als schliefe er – ob er, Lincoln, ihr diesen Gefallen tun könne, sie sei verzweifelt, weil sie selbst es nicht schaffe, noch einmal einen Blick hineinzuwerfen, um sich die Wahrheit zu bestätigen, die sie nicht begreifen könne, auch wenn hier, gleich neben der Kaffeekanne, schon der Totenschein liege. Es nütze nichts, sie könne es nicht glauben. Er müsse nur kurz die Tür öffnen und hineinblicken, bettelte sie, ihr sagen, ob er ihren Mann dort liegen sehe und dass er wirklich verstorben sei …

Bella fasste es für Louise in kurzen Sätzen zusammen.

»Und, hat er's gemacht?«

»Er stand auf, ging zur Schlafzimmertür, schaute nach und nickte mir zu. Dann ging er sofort zur Wohnungstür. Hat weder den Kuchen noch den Kaffeebecher auch nur angerührt … Ich weiß nicht mehr, was mit mir los war. Ich kannte die Wahrheit, aber das Wissen war aus Wachs, jede Berührung verformte es …«

»Kann ich wieder reinkommen?«

Teresa lugte durch die Diele.

Sie war kreideweiß, die Augen rot. Eine Schrecksekunde lang befiel Bella der Verdacht, sie habe durch die Badezimmertür alles mitangehört.

»Es ist *deine* Wohnung, bitte entschuldige!«

»Ich mache Tee«, erwiderte Teresa und ging auf Zehenspitzen zur Küchenzeile, als wollte sie nicht stören.

»Darf ich bitte dein Telefon benutzen? Ich muss Jack wegen des Schlosses anrufen, bevor es zu spät ist.« Bella stand auf. Jedes Gelenk, jeder Knochen meldete sich.

»Ich will nicht, dass du ins Hotel fährst.« Teresa hantierte mit dem Wasserkocher. »Ich will nicht allein sein, es geht mir nicht gut.«

Wem geht's gut dieser Tage?, lag Bella auf der Zunge. Sie konnte jeden Knochen fühlen, jeden Muskel. Auch Louise stand auf, ging in die Diele, wo ihr Mantel hing.

»Ich fahre ins Hotel, Mom. Für das hier bin ich zu jung, glaube ich.«

Bella folgte ihr und legte eine Hand an Louises Wange. »Ich habe einen Beschluss gefasst. Bei zukünftigen Familientreffen wird es diesen Satz nicht mehr geben, du weißt schon.«

Louise hatte den Mantel angezogen, sie fasste Bellas Schultern und bewegte sie behutsam hin und her. »Wir sind Juden, Mom!«

»Das hat Ian auch gesagt. *Wir sind Juden*. Genau so. Wir sprachen im Auto drüber. Was meinen wir, wenn wir das sagen, Louise? Dass jemand wie ich eine Art Kollektivrecht auf das Opfersein hat? In Deutschland gibt es Leute, die es so sehen. Es ärgert mich, aber es hat auch einen bedenkenswerten Kern. Nigel wäre jetzt ein guter Gesprächspartner. Sobald es ihm besser geht, frag ich ihn, wie er das sieht. Wir müssen hoffen, beten, alles, alles ...«

Nigel, kannst du mich hören? … Chelsey ist hier, die Pinball-Queen!«

Bella hatte den Stuhl dicht an das Bett gerückt und beugte sich zu ihm vor. Bloß nicht zu nah, das mögen die Kranken nicht. Wie oft hatte sie unerfahrene Schwestern darauf hinweisen müssen? Insbesondere ältere Patienten wollten nicht wie Schlafende angeredet werden und den Atem eines Fremden spüren oder riechen müssen.

»Sie hat dir was mitgebracht.«

Chelsey stand verschüchtert neben Bella und legte den im Klinikpark gepflückten Gänseblümchenstrauß auf die Bettdecke. Sie starrte auf den Intubationsschlauch, der im Mund des Kranken steckte und im Rhythmus der Maschine zuckte.

»Fühlst du ihre Hand? … Nigel!«

Er reagierte, allerdings mit verdächtiger Verzögerung. Irgendwo zwischen Wachsein und Koma. Die Oberschwester, die mit auf die Station gekommen war, zeigte sich wenig zufrieden mit ihm. Sie holte ein himmelblaues Väschen für den Strauß, und als klar wurde, dass Nigel die Blumen nicht in die Hand würde nehmen können, reichte sie Chelsey das Gefäß, die es verlegen betrachtete und schließlich füllte. Das hübsche Ensemble wurde noch einmal ausführlich von ihr begutachtet, wobei sie etwas flüsterte, und dann auf den Nachttisch gestellt.

»Bist du gesund, Daddy? … Kämpft ihr?«

Er blickte sie mühsam an. Den Ausdruck in seinem Gesicht

konnte Bella nicht recht deuten. Das Kind wiederholte seine Frage. Bella antwortete leise im Sinne des Kranken, dass er sich gewiss beeilen werde mit dem Gesundwerden, damit sie beide wieder zusammen allerhand schönen Unfug anstellen könnten.

Sie und die Schwester hatten Chelsey auf den Besuch vorbereitet. Dass ihr Daddy diesen Schlauch im Mund habe, der ihm beim Atmen helfe. Dass das schlimm aussehe, aber nicht sei, sondern ihn gesund mache.

»Bist du gesund, Daddy? … Kämpft ihr? … Musst du in den Himmel?«

Die Schwester intervenierte. Redete Chelsea gut zu, dass man Geduld haben müsse, weil Arzneien nun mal immer ihre Zeit bräuchten, um zu wirken, und dass Chelsey sich keine unnötigen Sorgen machen müsse. Wenn ein Kranker einen so schönen selbst gepflückten Zauberstrauß am Bett stehen habe, gebe es ohnehin keine andere Möglichkeit, als wieder gesund zu werden.

Chelsey wiederholte: »Kämpft ihr? Musst du in den Himmel?«

Auch Bella beruhigte sie, wissend, dass es nicht vorhalten würde. Dachte daran, wie schwer es ihr am Vorabend gefallen war, neben Teresa einzuschlafen. Das letzte Mal, dass sie neben einer Frau in einem Doppelbett gelegen hatte, gehörte ihrer Erinnerung nach in die Zeit kurz vor Kriegsbeginn, als sie während der Sommerferien ein paar Tage auf Rügen im Haus eines mit Sarahs Eltern befreundeten Unternehmers verbracht hatte, der das geräumige Domizil als Ferienhaus nutzte. Die Zimmer rochen muffig. Doch gegen die Freude an der gemeinsamen Freiheit hatte nichts anstinken können, schon gar nicht die kleine Kammer im obersten Stockwerk, in welcher das Bett für sie beide stand. Sie waren dreizehn, vierzehn gewesen. An einem der Tage hatte es von morgens bis abends geregnet, und sie hatten die Erlaubnis erhalten, einfach in dem Zimmer zu bleiben, sich ins Bett zu kuscheln, ohne Pflichten, ohne Schule, ohne überhaupt irgendetwas tun zu müssen.

Viel hatten Teresa und sie gestern nicht mehr geredet, nachdem Louise gegangen war. Teresa hatte erwähnt, dass es während ihrer Ehe durchaus Momente gegeben habe, wo sie sich vor Victor gefürchtet hätte. Sein Jähzorn habe unter einer dünnen Haut aus Freundlichkeit, aber auch Einfühlungsvermögen gelegen. Ein paarmal war Bella nah daran gewesen, ihre Lift-Erlebnisse mit Victor zu erzählen, aber Teresa hatte jedes Mal neu zu schwadronieren begonnen und Bellas Mut war eingeknickt oder die Sorgen um Nigel hatten sich dazwischengezwängt.

Teresa hatte schließlich irgendwann tief geatmet und leise zu schnarchen begonnen. Woraufhin sich in Bella die vergangenen Tage des Treffens wie ein buntes Papiertheater entfalteten: der Beginn mit Chelseys unerwartetem Aufsagen des Satzes, Nigels Blitzkrieg-Angriffe auf Dr. Fareeds Berlin und Oz' Integrität, das Gespräch mit ihm draußen vor dem Eingang des Hotels und die nun womöglich verpuffte Chance einer Waffenruhe zwischen ihnen, Louises Liebschaft mit Ian, das Wunder der Pinball-Queen, deren Vater nicht Nigel, sondern Ian war, die Lobby-Katastrophe mit der Spielzeugpistole, schließlich die Erinnerung an die »arabische Rettung«, das Zwergenzimmer, die Ängste, der Überfall auf das Café im »Humboldt-Haus«, der Polizei-Terror in der Arztpraxis, der Verlust ihres geliebten Labors, das Erlebnis mit Joost im Tiergarten, Hasibs Wohnungshaft bis zum Ende des Kriegs und, schon diesseits des Atlantiks, Maggies grausiger Golem-Suizid.

Wach geworden war Bella erst nach zehn, die Sonne warf staubflirrende Speerspitzen durch die Schlitze des Vorhangs. Sie hatte sich notdürftig zurechtgemacht, missgelaunt und entsprechend wortkarg mit Teresa einen Tee getrunken, Jack wegen des Türschlosses instruiert und war dann hierher in die

Klink gefahren – nur um zu erfahren, dass Nigels Zustand sich verschlechtert hatte.

Chelsey stützte sich auf den Bettrand und schien immer unsicherer zu werden. Sie blickte Bella an.

»Daddy will in den Himmel … kämpft ihr?«

»Nein, Liebes. Wir streiten nicht mehr.«

»Der Himmel hat ihn lieb.«

»Natürlich hat der Himmel ihn lieb. Du musst dir nicht solche Gedanken machen.« Was für einen Unfug man in der Not redet!

Die Oberschwester legte eine Hand auf Chelseys Schulter. »Weiß du was, mir hat drüben im Schwesternzimmer jemand erzählt, dass wir ein Geschenk für dich haben. Der Mann, der dafür sorgt, dass wir immer alles parat haben, um die Leute gesund zu machen, der hat's. Er hat mir gesagt, dass wir zu ihm kommen können. Er hat so ein paar Sachen, die er nicht mehr braucht und mit denen du bestimmt prima Ärztin spielen kannst. Sollen wir mal zu ihm hingehen?«

»Wer?«

»Er heißt Fred und ist sehr nett. Willst du mitkommen? Weißt du noch, wie man die Tür zum Flur von hier drinnen aufmacht?«

Chelsey strahlte und wetzte, ohne sich noch einmal umzusehen, zu dem großen Wandtaster. Die Tür ging auf. Die Oberschwester warf Bella einen Blick zu und folgte dem Mädchen.

Nigels Hand war kühl, sein Puls schnell. Er hatte die Augen geschlossen, ab und zu blinzelte er. Bella war sicher, dass er bei sich war, dass er jedes Wort verstand und die Hand würde wegziehen können, wenn er wollte.

»Du bist mir jetzt ausgeliefert«, sagte sie leise. »Das habe ich mir schon lange gewünscht. Rache ist süß. Die richtige Bestrafung muss ich mir noch ausdenken.« Sie drückte seine Hand. Er blinzelte, bewegte den Kopf einen Deut.

»Mir fällt ein, dass ich einem Bekannten einmal von meiner ›arabischen Rettung‹ erzählte. Er erkannte sofort die Tragweite, und stell dir vor, was er sagte! Ich solle einen kleinen Bericht darüber schreiben, und wenn die Verantwortlichen im Nahen Osten guten Willens wären, würden sie es drucken und jedem ihrer Kämpfer ins Marschgepäck legen wie eine dieser alten Soldatenfibeln im Ersten Weltkrieg. Verstehst du, was ich sagen will, Nigel? Wir müssen mit dem Streiten aufhören. Chelsey ist diejenige, die drunter leidet, und dabei weiß sie nicht mal, worum es geht … Da fällt mir noch was ein. Es wird behauptet, du seist so was wie ein Geheimnisträger. Die Polizei macht den Versuch, uns damit zu erpressen.« Sein Puls veränderte sich nicht. »Sag mir bitte, was wir tun sollen! Sonst lassen wir dich zu deinem verdammten christlichen Teufel gehen … so was fürchtest du doch, oder? Dass die Familie dich nicht haben will … Idiot!«

Sie beobachtete ihn. Von einer Reaktion oder gar Antwort konnte keine Rede sein. Sie war dennoch weiter überzeugt, dass er jedes Wort verstand. Der Kerl hielt einfach alles aus. Der größte Fehler wäre, ihn zu unterschätzen. Bella behielt die Schwester im Auge, dämpfte die Stimme noch mehr.

»Wir sind uns momentan ziemlich ähnlich, lieber Schwiegersohn, bei aller Unähnlichkeit. Wir kämpfen beide mit dem Generalverlust. Ich hoffe, du kannst dich noch mal aufrappeln. Mir geht leider die Zeit aus. Was denkst du, wie lange ich noch habe? Es vergeht kein Tag, keine Nacht, wo ich mir nicht diese finsterste aller Fragen stelle. Jeder Versuch, mich *aufzurappeln,* geht in meinem Fall ins Leere. Dabei ist es Teil meines beruflichen Ethos', professionelle Routine, ich kenne es nicht anders, wenn's eng wird, muss man irgendwas tun. Als Ärztin habe ich nie die Waffen gestreckt. Ehrensache! Immer, wenn doch jemand vor meiner Nase wegstarb, habe ich das als Kränkung erlebt. Das hat mit Oz angefangen. Der lag mausetot im Bett und ich konnte es nicht wahrhaben. Ich leugnete es, als wäre da irgendwo ein Knopf gewesen, den ich hätte finden und drücken können, damit er wieder …«

Seine Hand bewegte sich. Er hörte zu, er verstand, was sie sagte! Die Sedierung war gut eingestellt.

»Ich habe eine Scheißangst, Nigel. Nicht etwa, dass ich morgen tot bin. Aber dass ich plötzlich das Ende sehe und drauf zulaufen muss: Das war's, da gibt's kein Aufrappeln mehr. Schluss, aus, vorbei!«

Sie ließ seine Hand los und merkte sofort, dass er nachfasste. Sie ließ sich einfangen, und sie war's, die sich bei ihm dafür bedankte. Die Schwester blickte argwöhnisch herüber, gewiss abschätzend, wie anstrengend es für den Patienten werden könnte, wie lange sie das hier würde gestatten dürfen.

Bella beugte sich vor und flüsterte: »*Lebensgefühl* ist ein wunderbares Wort. Lebensgefühl! Wie ein großer Pfeil, der mal hoch, mal nach unten zeigt, je nachdem, wie's gerade läuft. Mein Lebensgefühl löst sich auf. Der Pfeil wird blass, und je blasser er wird, umso beständiger deutet er nach unten … In die Erde.«

Nigels Hand drückte zweimal, sogar kräftiger als vorher. Er machte eine Sekunde die Augen auf, blickte sie an. Glitt zurück. Wohin auch immer.

»Am schmerzlichsten ist es, wenn wieder ein Gleichaltriger stirbt. Jedes Mal huscht ein bisschen eigenes Leben weg. Eines Tages gibt es nur noch die Hälfte von denjenigen, die man kannte. Alles halbiert sich, drittelt sich, viertelt sich: Raum, Zeit, der Appetit, Körperkraft, Schönheit, die Freude an Blumen und Büchern. Düfte, Musik, Tanz, Theater, Landschaften, das Meer. Die Lust, am Morgen aufzustehen und die Alltagsbühne zu betreten wie immer, als habe sich nichts verändert. Früher enthielt jede Zukunftsangst eine Verheißung, die man freischälen konnte. Wenn ich heute meine Angst schäle, guckt mich nur Bedrohung an.« Ihre Augen brannten. Es bestand wieder die Gefahr, dass sie losheulte, was unter keinen Umständen passieren durfte.

»Was denkst du, wenn Louise mich jetzt hören könnte! Was für eine Pauke ich bekäme, von wegen Selbstmitleid, und dass es mir gut gehe und ich zufrieden sein könne. Einfach das Leben genießen, solange es dauert, du weißt schon. Das Schlimme ist, natürlich hätte sie recht.« Sie lachte ein bisschen aufgedreht, nahm sich zusammen und prüfte die Reaktion der Schwester. Zum Glück war diese in irgendwas vertieft und verließ sich, hoffentlich, weiterhin auf Bellas ärztliches Verantwortungsbewusstsein.

»Die Angst damals in Berlin war Angst vor richtigen Menschen, vor Gewalt, Waffen, Deportation, Fäusten, Verletzungen, Schmerzen. Wovor ich jetzt Angst habe, weiß ich nicht. Ich war noch nie so alt, ich bin noch nie gestorben, war noch nie tot. Ich ängstige mich vor etwas, von dem ich nicht den blassesten Schimmer habe.« Sie sah ihn abwartend an. Das Geschenk einer Reaktion blieb aus, seine Hand ließ keine Regung fühlen. Er blinzelte nicht. Sein Puls war flach.

»Du glaubst nicht, wie ich dich beneide. Dir geht's zwar dreckig, aber wenn du es schaffst, hast du dein Leben vor dir, jedenfalls die zweite Hälfte. Und sei ehrlich, die erste war nicht *so* schlecht!«

Jetzt drückte er. Sie flüsterte weiter, es tat ihr verdammt gut, diese Dinge auszusprechen.

»Weißt du, was damals in Berlin das Schlimmste war? Gar nicht mal die Ängste, die Überfälle, auch nicht Hasibs Isolationshaft. Am meisten litt ich darunter, dass ich nicht mehr in mein Labor gehen und arbeiten konnte. Ich hatte dort Verantwortung getragen, ich hatte mich sehr angestrengt, um keine Fehler zu machen, und wenn mir doch einer unterlief, hatte ich nachts wach gelegen. Das Labor hat mir Kontur geschenkt, Selbstbewusstsein – verstehst du? –, Gewicht, Bedeutung, eine Rolle. Obwohl ich erst sechzehn war. Dr. Fareed vertraute mir, und wir wussten beide, je mehr er mir vertraute, umso verantwortungsvoller würde ich sein. Das habe ich erst gegen Ende des Krieges richtig verstanden. Das Labor hat mich zur Erwachsenen gemacht.«

Sie hielt Nigels Hand weiter fest. Es war ihr kein bisschen unangenehm, ihm diese Dinge zu erzählen. In einer anderen Situation wäre es schwierig gewesen. Sie waren einander ähnlich: Er musste den Tod besiegen, sie musste ihn näher kommen lassen, um weiterzuleben. Wie ein Raubtier, dem sie nicht ausweichen konnte, gegen das zu kämpfen zwar zwecklos war, in dessen Gegenwart es aber etwas nützte, so lange wie möglich die zu bleiben, die man war. Der Würde halber.

»Joost Gattermann und ich, wir waren ein bisschen wie du und Louise. Er war auch kein Jude und überhaupt sehr anders als ich. Getrennt haben uns die Nazis und der Krieg. Er hat Deutschland verlassen wie ich, wir hatten dann und wann Kontakt. In der Zeit, als mein Mann John Lennon Blumen schickte, weil er der Königin seinen Orden zurückgegeben hatte, machte Joost mich auf ›Tomorrow Never Knows‹ aufmerksam. Aus dem Album ›Revolver‹. Man muss das Stück nicht mögen. Aber als ich plötzlich Witwe wurde, hörte ich es wieder und wieder und verstand es als Aufforderung, nach vorne zu blicken, auch ohne zu wissen, ob der Weg frei ist. Ich war nach Oz' Tod sehr verzweifelt. Die Mädchen haben mir jedes Mal einen Vogel gezeigt, wenn der Song lief, sie mochten ihn nicht, was nicht verwunderlich ist. Dabei hörte und mochte ich ihn gerade ihretwegen. Wenn ich Grace und Louise nicht gehabt hätte damals …«

Sie musste den Satz gar nicht beenden. Nigel bewegte die Hand, das Kinn, er schaffte es, weiter zuzuhören. Was erfahrungsgemäß von Vorteil war, wenn es gelang, dem Patienten Hoffnung zu machen, Mut zuzusprechen, den Ernst seines Zustands zu überspielen.

»Ich freue mich, dass du mich verstehst, ich bin auch nicht

mehr wütend auf dich. Wir müssen aufhören mit der Streiterei, egal, wer recht hat. Schon um Chelseys willen, sonst finden wir nie ein Ende, Nigel, weil wir beide Holzköpfe sind.« Sie legte beide Hände an seine, die ihr zu kalt vorkamen. »Ich will mich mit dir aussöhnen. Vor allem will ich dir keine Ohrfeigen mehr geben …«

Die Hand drückte wieder. Sogar ein zaghaftes Lächeln bekam er hin. Bella blickte reuevoll zur Intensivschwester. Ihr war klar, dass sie sich unprofessionell verhielt, indem sie den Patienten hier vollquatschte. Im Grunde flüchtete sie vor der Wahrheit. Nigels Blutwerte hatten sich verschlechtert, und selbstverständlich sollte sie längst darüber nachdenken, ob es nicht ratsamer sei, Louise und den Rest der Familie zu alarmieren oder zumindest darüber aufzuklären, wie ernst die Lage war. Sie schob es von sich weg.

Die Hand drückte erneut.

»Ich habe mich ein bisschen verliebt«, beichtete sie leise. Wider alle Vernunft! »Auf die dummen, alten Tage, stell dir das vor! Ausgerechnet in einen Mann, der uns allen das Leben schwer machen kann … in den Feind sozusagen! Ich, in meinem Alter, mit *meinem* Körper, *meiner* Haut, *meinem* Herzen! Das hat der Schöpfer doch so nicht vorgesehen, oder? Nie und nimmer. Aber ich lebe nun mal noch und dann passiert so was eben. Es hätte auch anders kommen können, ich könnte auch seit sechsundfünfzig Jahren tot sein, und niemand würde sich überhaupt an mich erinnern, weil alle, die mich kannten und die ich kannte, genauso tot wären …« Sie schwatzte und schwatzte! Und eigentlich nur, um ihre Angst fernzuhalten – die längst drüben neben der automatischen Tür ungut lauernd hockte.

»Vielleicht verliere ich auch bloß den Verstand. Dieses ganze Familientreffen fühlt sich so komisch an. Nicht bloß, weil wir zwei uns dauernd in die Wolle kriegen.« Sie brach erneut ab. Was sie tat, war aus ärztlicher Sicht unverantwortlich.

Wenn sein Puls jetzt noch schwächer wurde, welche Notmaßnahme sollte es dann überhaupt noch geben? Eine weitere Spülung der Bauchhöhle war bereits in der Nacht erwogen und verworfen worden. Die Entzündung würde den Sieg davontragen, und für sie, die Überlebende, bliebe nur die bittere Pflicht, im »McInnes« und dann in München bei Hannelore anzurufen.

Sie tastete nach dem schwach klopfenden Leben dicht unter der Haut des Handgelenks – und schüttelte sich bei dem Gedanken an die zu tätigenden Anrufe oder Chelseys Reaktion, sobald die Süße begriff, was geschehen war. Wenn es passiert sein würde.

»Hör zu, Nigel! Du magst es glauben oder nicht. Ich weiß, dass du außerordentlich wichtig für uns alle bist. Wir zwei sind die wichtigsten Figuren im Spiel, so verschieden wir sind. Wir mit unseren Vergangenheiten und Hintergründen, die so spannungsgeladen sind, dass es schnell kracht. Das ist Energie! Energie, die wir brauchen, damit sich alles weiterdreht, verstehst du? Wir brauchen dich! Ich sage das nicht bloß, weil du … *Ich* brauche dich. Louise, Chelsey sowieso. Alle …«

Die Schwester blickte her. Ein Hin und Her von Blicken und Mienenspielen begann, Blicke, die den Ernst der Lage, das Ausmaß des Risikos, die Wahrscheinlichkeit des Unglücks spiegelten – des Unglücks, das vielleicht kaum mehr abwendbar war. Bella fühlte es in ihren geübten Fingerspitzen an der zum Erbarmen flach pochenden Vene. Und konnte ihre Angst nicht zeigen. Ihm nicht, nicht jetzt!

»Das in Berlin, diese Sache mit Joost und wie er mich *verführt* hat … Muss ich das wirklich so nennen? Quatsch! Wir fanden einen hohen, dichten Busch, im Tiergarten. Ein warmer, trockener Tag. Wir hockten wie in einer Höhle, ich wollte Joost unbedingt küssen, er kam mir so erwachsen vor, und ich fühlte mich fast noch wie ein Kind. Ich war so neugierig, es war, als hätte ich mir mein Leben lang gewünscht und vorgestellt, wie es wäre, die eigenen Lippen auf die eines Jungen zu drücken. Das zu spüren. Und einen Jungen einmal nackt zu sehen. Ich habe schon als Kind oft daran gedacht, das weiß ich genau, mit zehn oder elf Jahren auf jeden Fall …« Sie redete sich um Kopf und Kragen! Es war der alte Indianerglaube, dass magischer Gesang den Tod abhält, dass das Herz so lange weiterschlägt, wie die Seele mit Zuhören beschäftigt ist. Oder die lebenspendende Magie der katholischen Beichte, die Wunderwirkung der Aufrichtigkeit im Angesicht Gottes.

»Ich erinnere mich, dass ich mich an Joost lehnte und das Gefühl hatte, zu zerfließen, vor ihn hinzufließen wie Wachs, ich fühlte weder Angst noch Ekel oder Reue. Ich war federleicht in seinen Armen. Jede seiner Berührungen verschmolz mit mir wie etwas ganz und gar Eigenes, Vertrautes, weit entfernt von Schmutz, Übergriffigkeit, Fremdheit. Nichts davon. Es war schön, es war leicht, es war blitzsauber … entgegen dem, was meine Oma mir erzählt hatte, die mich vor Jungs warnte wie vor Feuerdrachen …«

Die automatische Tür öffnete sich. Eine junge Kollegin trat ein. Sie machte ein besorgtes Gesicht, stellte sich neben Bella und blickte einen Moment schweigend auf die Monitore. Die Schwester kam von ihrer Kontrollbühne herunter. Bella ließ Nigels Hand los, um der Ärztin Platz zu machen, die die Geste sofort verstand und den Puls fühlte. Sie blickte Bella an, zog die Brauen hoch. Kein Wort fiel. Bella würgte einen Moment an ihrer Angst.

»Was tun wir?«, appellierte sie – noch lautloser gehaucht als das Tiergarten-Geständnis.

Die Kollegin ließ eine Sekunde verstreichen, bevor sie einmal kurz und hart den Kopf schüttelte. Sie ließ Nigels Hand los und trat einen Schritt zurück. Bella fasste sofort wieder zu, klammerte sich fest, nahm die zweite Hand zu Hilfe. Um festzuhalten, ihn ja nicht loszulassen. Die Maschine surrte, sie puffte trocken, der Intubationsschlauch hüpfte im Rhythmus. Es war nicht auszumachen, wer das Sagen hatte, das Zwerchfell immer noch ein bisschen oder schon allein die Pumpen und Motoren. – Chelsey, mein Schatz, hör mir mal zu!, hörte Bella sich tief drinnen probieren. Jetzt ist dein Daddy doch in den Himmel geflogen, verstehst du? Er konnte nicht bei uns bleiben, weil es ihm zu schlecht ging, und dort oben tut ihm nichts mehr weh, das ist doch gut, oder? Da oben lacht er wieder. – Sie biss sich auf die Lippen. Die junge Kollegin las das Krankenblatt, das ihr die Schwester gereicht hatte.

»Wir warten. Sie bleiben bei ihm?«

Bella nickte. Es bedurfte nicht vieler Worte, um sich darüber zu verständigen, wie es um Nigel stand. Die Infektion im Bauchraum würde weiter um sich greifen und früher oder später zu einem komplexen Organversagen führen. Die junge Frau ging zur Tür und drückte die Taste. Die Schwester zog sich auf ihren Kontrollstand zurück. Der Schlauch in Nigels Mund ruckte, das Lebenslicht auf dem Bildschirm hüpfte, das leise Piepsen dazu verlor sich im Säuseln und Surren der Apparate ringsum.

Bella hielt die Hand fest. Ihr war klar, dass sie bald telefonieren musste. Dann galt es Chelsey zu suchen und sie auf den Schreck vorzubereiten, ihre Angst auszubremsen. Vielleicht hatte es daheim in Flemington in der Nachbarschaft, im Bekanntenkreis irgendwann einen Todesfall gegeben, von dem das Kind erfahren hatte und auf den sie, Bella, sich stützen konnte. Sie nahm sich vor, Louise danach zu fragen.

»Ich möchte dir gern was Gescheites sagen, Nigel«, flüsterte sie. »Mit ›gescheit‹ meine ich, dass es dir angemessen sein sollte. Nicht irgendeinen Blödsinn. Ich quatsche zwar und quatsche und quatsche …« Er drückte wieder leicht. Er verstand immer noch etwas von dem, was sie sagte!

»Es fühlt sich oft an, als würde alles in meinem Leben seinen Inhalt verlieren, ich muss mich zwingen, an die Familie zu denken, damit's weitergeht, an die Kinder und so. Alles fühlt sich schwerelos an, ausgehöhlt, als hätte es nur Hüllen gegeben, mehr oder weniger schöne Gefäße, in denen mal was drin war. Und als Medizinerin nehme ich mich natürlich selbst unter die Lupe, schließlich weiß ich, wie schnell irgendwas Organisches in meinem Alter vor die Hunde geht. Da gibt's doch diesen dämlichen Spruch: Die Gesundheit altert schneller als man selbst. Jeden Tag entdecke ich was und denke, *das* ist es, jetzt passiert's, zumal ich mein Leben lang meist nur Kleinigkeiten an mir selbst zu kurieren hatte. Es wäre nur fair, wenn's mich jetzt auch erwischt, nicht immer bloß die andern. Ich sag dir, mit Anfang siebzig betrittst du vermintes Gebiet, du kannst nicht zurück, die Zeit hält dir das Messer in den Rücken.«

Er blinzelte. Wenn sie sich nicht täuschte, brachte er sogar einen Laut hervor. Eine Art Ruf oder Signal. Sie beugte sich zu ihm hinunter. Er wiederholte das Geräusch mit großer Anstrengung, die ihn gleich wieder lähmte. Sein Puls war der eines Vögelchens. Sie fühlte die Hand, wartete auf den leisen Druck, auf die Antwort, auf ein Blinzeln. Aber da waren nur dieser flache Puls und das Springen des grünlichen Pünktchens und das leise Piepsen.

»Nigel? … Hörst du mich?«

Der Druck, den sie endlich spürte, war schwächer als alle bisherigen.

»Weißt du, dass ich mich schon besser fühle? Nur weil ich mit dir rede, das ist doch ein Wunder, oder? So ein bisschen Ehrlichkeit, und schon …!« Sie nahm so etwas wie einen Anlauf, holte Luft und blies die Wangen auf.

»Es tut mir leid, Nigel, und ich schäme mich. Die beiden Ohrfeigen waren nicht nötig. Es tut mir leid, mein Junge. Es tut mir leid, dass ich dich geschlagen habe …« Sie fühlte Tränen, leckte ein paar von den Lippen weg, andere tropften auf ihren Arm.

»Eigentlich bin ich gern mal sentimental. Die *harte* Bella! Weißt du, ich glaube nicht an Gott. Aber daran, dass mein Lebensglück nicht nur von mir abhängig war. Das ist selbstverständlich, wirst du sagen. Was ich meine, ist, dass ich diesem Plus gegenüber dankbar sein muss, auch wenn es mir morgen nicht mehr gut gehen sollte. Gerade dann. Das ist die größte Kunst, dankbar zu sein für alles, was man hatte, auch dann noch, wenn das Glück am Ende ist. Und irgendwann muss es ja zu Ende sein. Wer dann noch Dankbarkeit empfindet, der hat's geschafft, Nigel, und der hat Gott gesehen. Leibhaftig.« Sie musste lachen. Das Lachen klang blechern und veranlasste die Schwester, sich kurz umzudrehen.

»Geht's Ihnen gut?«, fragte sie.

Bella nickte ihr zu, flüsterte weiter.

»Damals in Berlin, als ich eine Muslimin sein musste, kam es ein paarmal zu Gesprächen zwischen meinem Mann Hasib und mir. Seltsam, dass ich jetzt daran denke. Hasib liebte mich, wusste aber, dass mein Bekenntnis zum Islam eine Lüge war, eine Notlüge. Er hätte sich mir gegenüber auf die Tradition stützen können, dass der Mann sowieso über der Frau steht. Mein Unglaube hätte die Legitimität seiner ehelichen Rechte nicht entkräftet. Aber die Macht der Liebe siegte über die Macht des Glaubens. Er versuchte immer wieder, mich auf seine ungeschickte Weise zu verführen. Am Ende tat er mir unendlich leid. Er rettete mir das Leben, mehrmals sogar. Doch selbst wenn ich ihm dieses Geschenk zum Dank gemacht hätte, wäre er unglücklich geblieben.« Sie spürte Nigels Druck und war einen Moment lang beruhigt. Wieso konnte nicht *sie* hier liegen? Niemand würde sich wundern, alle wären traurig oder würden traurig spielen. Alles bliebe in seiner guten Ordnung und Abfolge, keiner müsste fragen, welcher Gott so etwas zulasse. Sie würde auf ihr Leben blicken und Ja sagen können. Ja, es fällt mir schwer, aber ich bin einverstanden! Mit welchem Recht sollte ich auch noch ein vierundsiebzigstes Jahr einfordern dürfen? »Aber du, Nigel!«, sagte sie laut und löste die Hände von seiner Hand. Strich über die kalte Stirn. Nahm seine Hände wieder zwischen ihre und spürte, dass es jetzt passieren würde und dass sie bei ihm bleiben würde, bis er drüben war …

Vor drei Tagen hatte das Treffen hier im Saal begonnen, und in dieser Zeit hatte sich die Welt geradewegs auf den Kopf gestellt – und würde weiter herumwirbeln und nicht zur Ruhe kommen. Vor allem *jetzt* nicht mehr! Vor drei Tagen hatte sie hier vor demselben Fenster gestanden – noch ahnungslos. Die Fernsicht war auch heute wieder ausgezeichnet, der Blick reichte bis nach New Jersey. Auf dem Hudson kroch eines der *Circle-Line*-Boote nach Südosten, hoch darüber blitzten die Rotorblätter eines der unermüdlichen Hubschrauber.

Die Frage war, wie sie das Gefühlschaos in sich sortieren sollte. Alles fühlte sich taub oder unzuverlässig an, als hätte man sie wie ein Versuchstierchen in eine giftige Tinktur getaucht, um zu sehen, wie lange sie zappelte. Den andern ging es gewiss nicht besser. Die Kinder ahnten noch nichts. Sie hatten sich in den Pinball-Keller geflüchtet, die Eltern hatten es verhalten murrend gestattet – insgeheim bestimmt froh, die Meute erst mal los zu sein. Aber jemand musste es ihnen sagen, und zwar sehr bald.

»Ich höre, du hast unserem Brüdertrio nun doch versprochen, mit nach Dublin zu fliegen.« Tochter Grace stand schräg hinter Bella und blinzelte mit in das Wirrwarr der Stadt, die Augen vom Weinen rot. »Ist zwar noch lange hin, aber ich freue mich drauf. Auf Dublin, und dass wir dann wieder alle zusammen sind.« Das »alle« blieb ihr hörbar im Hals stecken.

Bella ließ sich nichts anmerken und antwortete. »Auf diese

Weise komm ich hier endlich mal wieder raus …« Schüttelte sich. »Ich werde irgendwie krank.« Sie wünschte sich sehr, dass sie selbst auch noch würde losheulen können, aber noch tat sich nichts in ihr. Wie beschämend und bedrückend!

»Fieber?«

»Das Alter.«

»Nein, bitte du nicht auch noch!«, rief Grace. »Louise liegt mir damit seit Wochen in den Ohren und quetscht wegen vermeintlicher Falten dauernd in ihrem Gesicht herum … Ihre Haut ist hundertmal besser als meine. Immer gewesen.«

Bella hatte nicht die geringste Lust auf diesen Mist. »Vielleicht ziehe ich eine Weile nach Flemington, auch der Kinder wegen. Hätte ich schon früher tun sollen, dann wäre vieles vielleicht nicht so an mir vorbeigegangen.«

Sie erwartete Grace' Widerrede. So was wie: Ah, kommt jetzt die Übermutter auf uns zu? Stattdessen sagte sie: »*Wir* würden uns auch öfter sehen, du wärst auch näher bei uns, und wir könnten uns besser um dich kümmern. Und was höre ich da noch?« Grace blickte Bella von der Seite an. »Du willst bei zukünftigen Familientreffen unsren Satz nicht mehr von jedem sagen lassen?«

»Rituale habe ich noch nie gemocht.«

»Aber es war dir immer wichtig.«

»Euch aber nicht.«

»Doch, natürlich!«

»Früher vielleicht. Heute klingt es bloß noch gestelzt.«

»Nein. Wir sind Juden, Mom! Ich finde es per se wichtig. Wir feiern doch auch *Jom ha-Scho'a*.«

»Das tun alle, das ist der Unterschied. Der Gedanke an Berlin liegt mir sehr am Herzen, Grace, mach dir da keine Sorgen. *Ihr beide* habt euch das mit dem Satz damals ausgedacht, ihr wart Kinder, und es war schön, aber das ist alles eine solche Ewigkeit her.«

»Was alles?«

»Na, alles eben.« Einen Moment blickten beide schweigend auf die Stadt, den Fluss, in die spielzeughafte Kluft der Straße.

»Ich will nicht länger der Mittelpunkt sein. Es fühlt sich nicht mehr gut an, für keinen.«

»Versteh ich nicht.«

»Weil du noch jung bist.«

»Na, hör mal!«

»Jung genug. Sei froh!«

»Hast du diesen Mann vom FBI noch mal getroffen?«

»Aaron?«

»Seid ihr schon per Du?«

»Er ist kein Polizist. Er ist selbstständig beratend tätig und hat mir im Vertrauen Dinge erzählt, die er mir nicht hätte sagen müssen. Er meint, das Ganze läuft auf eine Abwägung der unterschiedlichen Interessen hinaus. Am Ende geht es immer um Politik. Ein ›Nigger‹ wurde angeschossen. *Das* ist die Wahrheit, Grace!«

»Aber so ein Deal ist ungesetzlich, Mom!«

»Ja, aber *sie* sind die Gesetzeshüter …« Es tat gut, Grace' unverbrauchte Empörung zu spüren – wenn man schon selbst nicht mehr fähig war, Gefühle in solcher Klarheit zu empfinden. Alles in ihr fühlte sich schlaff und abgenutzt an, beinah so, wie Louise vorgestern den Satz gesprochen hatte – zumal nach Chelseys überraschender Aufführung. Sogar Sinéad und Mike hatten es besser gemacht, die Iren. Louise hatte unwillig geklungen, und bestimmt hatten es alle bemerkt, aber keiner traute sich, drüber zu reden. So was sagt man eben nicht, vor allem nicht in Gegenwart einer Überlebenden. Genau in diesem Moment hatte Bella das erste Mal die Frage gestreift, wie stimmig das alles eigentlich noch war und ob ihre physische Präsenz für die anderen nicht zu achtzig Prozent aus verblassender Vergangenheit bestand.

»Und was nun?«, wollte Grace wissen.

Bella zuckte die Schultern.

»Habt ihr euch eigentlich angefreundet oder so was, dieser Aaron und du?«

»Ich würde sagen: *Oder so was*. Er macht mir die momentane Schwere, die in mir herrscht, ein bisschen leichter, mein Kind.« Bella wagte sich weiter vor. »Im Augenblick geht es mir nicht gut, Grace. Ich meine, auch jenseits des Unglücks. Das ist der eigentliche Grund, warum ich zu deiner Schwester will … und in deine Nähe.« Sie riss sich wieder am Riemen. Alles Übungssache.

»Sagen wir mal so: Ich mag mich selbst hier in New York im Moment nicht alleine lassen. Meine Nachbarin Teresa ist genauso altersgefährdet. Eigentlich müsste ich sie mit nach Flemington nehmen, um uns gemeinsam zu retten.« Sie musste schnell ein paarmal tief durchatmen, bevor sie wieder Fuß fasste. *Vor dem Generalverlust!*, lag ihr auf der Zunge. Aber darin steckten zu viele alte und brandneue Bedeutungen, die sie Grace hier vor den anderen nicht zumuten wollte. Sinéad schielte sowieso schon die ganze Zeit neugierig herüber. Sie saß mit Ian, Pat und Louise zusammen und schaute zu, wie Mike die Karten mischte. Louise war kreideweiß und hatte erst eine Handvoll Worte gesagt. Gespielt wurde natürlich nicht. Überhaupt ließ sich die Menge der dort am Tisch gesprochenen Wörter an einer Hand abzählen. Die Gesichter der anderen waren vom Schrecken grau und hatten etwas von verdorrenden Landschaften.

Bella drehte der Fernsicht den Rücken zu und wandte sich an alle. »Hört bitte mal her! … Ich habe mit München telefoniert. Nigels Mutter ist informiert. Das Gespräch war kurz. Im Grunde hat sie nur ein paarmal ›Ja‹ und ›In Ordnung‹ gesagt. Es war gruselig. Ich war dann auch kurz angebunden, was hätte ich auch sagen sollen? Wir müssen es jetzt auch den Kindern sagen … Das Zweite ist, dass ich in der Klinik noch einmal mit Mister Key gesprochen habe. Er ist Jurist und Vermittler zwischen den Polizeibehörden und uns. Ich wusste auch nicht, dass es solche Leute gibt. Er versucht, sich uns gegenüber neutral und fair zu verhalten, auch wenn das nicht seine Kernaufgabe ist; immerhin wurde er vonseiten der Polizei engagiert und vertritt primär deren Interessen. Ich würde sagen, wir haben inmitten des größtmöglichen Unglücks ein bisschen Glück. Er hat angedeutet, dass es bei den Geheimdiensten ein Dossier über Nigel gibt. Man hegt den Verdacht, dass er mit Blick auf gewisse hochgeheime Dokumente seine Schweigepflicht missachtet hat. Die Polizei macht weiter Druck und will die Zeugenaussagen zu dem Vorfall in der Lobby filtern, beugen, manipulieren, nennt es, wie ihr wollt. Jedenfalls soll die Schießerei als von Nigel leichtsinnig provoziert erscheinen.«

Louise meldete sich. Sie hatte lachsfarbene Augenränder und Lippen wie Kerzenwachs. Ihre Stimme klang fremd. »Nigel ist Profi … der weiß genau, wie man mit heißen Dokumenten umgeht …« Sie bemerkte ihren Fehler, ersparte es sich aber, den Satz korrigiert zu wiederholen. »Ist das eigentlich gut, wenn du dich mit diesem Mann so anfreundest? Wenn die Behörden irgendeinen Kuddelmuddel zwischen euch bemerken, ist seine von dir so gepriesene Neutralität im Eimer. Verzeih mir, Mom, aber so ist es doch, oder?«

»Ihr habt euch angefreundet? Dieser Jurist und du?«, fragte Sinéad.

»Wünschst du dir, dass ich mir das Herz herausschneide?« Das war hoffentlich scharf genug. Es wunderte sie, dass ausgerechnet die irische Schönheit Louises Angriff flankierte, diejenige, die mit dem dünnsten Faden an der Familie hing.

»So meine ich das nicht!«

»Wieso? Louise meint es ja auch so: Das *Kuddelmuddel* könnte uns ausbremsen. Stimmt schon. Ich finde den Mann trotzdem nett, obwohl ich so alt bin …«

Zum Glück mischte sich Ian ein. »Jetzt lasst Bella mal in Frieden! Sie ist die Einzige, die hier die ganze Zeit die Augen offen hält und sich für uns alle eine Menge Gedanken macht. Ohne Bella würden wir weiter in jedes dämliche Messer rennen, das sie uns hinhalten. Wenn sie sich ein bisschen verguckt hat, finde ich das toll.«

Louises Blick schien geeignet, ihn in Streifen zu schneiden.

»Du musst gar nicht so schauen!«, wehrte sich Ian. »Deine Mutter ist gescheiter als wir alle zusammen.«

Eine beklemmende Pause trat ein. Alle waren erschöpft und zu betroffen, um weiterzustreiten. Nur Ian köchelte weiter und wandte sich plötzlich wieder Louise zu. »Und tu bitte nicht immer so, als seien wir frisch verliebt! Beleidigt sein passt nicht zu dir. Wir haben auch unsere Jahre im Fell und jeder hier weiß es.«

Bella konnte fühlen, wie die besonderen Umstände den Schlamm aufwühlten. Bestimmt merkten es alle.

»Fehlt bloß noch, dass mir jetzt vorgeworfen wird, ich sei pietätlos. Na gut, wenn schon, ich bin Ire! Wir kennen uns aus mit dem Tod.«

Bella triumphierte im Stillen. Jedes Gran ihrer Vorurteile gegen dieses verrückte Volk traf ins Schwarze. Die Luft knisterte geradezu, folglich beschränkte sie sich aufs Beobachten, Abwägen, Überlegen. Ian gefiel ihr jedenfalls. Sie hatte nicht gewusst, dass so ein Krieger in ihm steckte. Er und Louise saßen sich am Tisch genau gegenüber, als hätten beide geahnt, dass sie aneinandergeraten würden.

»Wirst du jetzt ganz und gar unerträglich?«, feuerte sie zurück. Ihr Kreideweiß wich einer schüchternen Röte.

Er lachte unterkühlt. »Reg dich schön auf, Liebes! Steht dir gut, du siehst gleich viel gesünder aus. Bühnentrauer steht dir nicht.«

Louise sprang auf und holte schneller aus, als Bella hinsehen konnte. Es klatschte ordentlich. Ians linke Wange fing Feuer. Bella war mit allem einverstanden: Erstens wurden wieder Ohrfeigen verteilt und sie selbst war nicht länger die große

Ausnahme, die einzige Unbotmäßige, Überreizbare. Zweitens war die Erkenntnis tröstlich, dass nichts so war, wie man geglaubt hatte.

»Ich sag dir was, Louise«, fuhr Ian mit grausamer Ruhe fort. »Bellas Gefühle passen dir nicht, weil du mit deinen eigenen haderst.« Dann hielt er den Mund und ließ Louise in Ruhe.

Bella fragte sich, ob ihre eigene Ehe überdauert hätte und wie lange. Hätte sie sich mit Oz auch nach zwanzig oder dreißig Jahren noch vertragen? Wie zum Beispiel wäre die Sache damals an Thanksgiving 1978 verlaufen, wenn es Oz gegeben hätte? Das war nicht lange vor dem Theaterskandal mit dem vor Publikum erigierenden Hengst. Joost, oder besser, Joe, hatte sie zu einer seiner Premieren nach Philadelphia eingeladen, und es hatte kein Grund bestanden, nicht hinzufliegen – von einem »komischen Gefühl« abgesehen. Aber so ist es ja immer. Die Mädchen waren mit Freundinnen in irgendein Ferienhaus bei Martha's Vineyard gefahren und in der Klinik türmten sich die üblichen Überstundenberge. Die Premiere gelang. Ein paar prominente Kritiker, vor denen Joe Gatterford Manschetten gehabt hatte, waren angetan und lobten ihn. Die Feier verwüstete das Foyer, wie es sich gehörte, und sie und Joost waren frühmorgens in einem Deli gelandet, das durchgehend geöffnet hatte. Beide betrunken genug, eine Gruppe verwunderter Großmarktarbeiter zum Frühstück einzuladen. Bei Toast, Eiern und Pancakes erzählte Joost den Männern den Inhalt seines Stücks und hatte auch bei ihnen Erfolg. Im ersten Sonnenlicht trugen sie ihn auf ihren Schultern die Straße rauf und runter, sangen Lieder und luden ihn an einem Taxistand ab. Bella war nebenhergelaufen, hatte mitgegrölt und barfuß auf dem Asphalt getanzt. Als kein Taxi kam, verfolgten sie die Arbeiter bis zum Großmarkt, wo gleich hinter dem Eingang ein mit blutigen Gummischürzen bekleideter Trupp junger Männer auftauchte, an deren Hosenböden abgeschnittene Ferkelschwänzchen baumelten.

Irgendwann waren sie beide in Joosts Hotelzimmer gelandet, wo sie im Bett und er auf der Couch schliefen. Als sie wach wurden, war es Mittag. Sie gingen in ein indisches Restaurant. Sie brachte keinen Bissen herunter, weil sie auf seinen Mund starren musste, mit der Begierde im Herzen, ihn zu küssen. Er redete, seine Lippen bewegten sich, und sie hörte kein einziges Wort – jedenfalls in ihrer Erinnerung. Am Abend brachte er sie zum Flughafen. Auf der Fahrt dorthin schwiegen sie, während sie selbst unablässig vor der Entscheidung stand, ihm von ihrer Begierde zu erzählen, ihn doch noch zu küssen. Als die Motoren losbrausten und die Maschine in Bewegung kam, heulte sie nach Kräften mit. Das Wasser lief so ungezügelt, dass ihr Sitznachbar ihr ein sauberes Taschentuch reichte.

Ian riss Bella in die Gegenwart zurück. Er ließ Louise nicht aus den Augen. »Denkst du, ich wüsste nicht, dass du im vergangenen Vierteljahr hinter meinem Rücken mit Nigel … wie soll ich sagen, *verhandelt* hast?« Plötzlich blickte er Bella an. »Deine Tochter geht ihrem Geliebten fremd, mit dem gehörnten Ehemann. So was gehört höchstens auf eine Boulevard-Bühne und nicht ins richtige Leben, oder?«

Louise starrte auf ihre Hände.

»Sogar die Kinder wissen es. Clint hat euch unabsichtlich belauscht und kam zu mir, weil er wissen wollte, was los ist. Ich hab's ihm nicht erklären können, Louise! Ich hoffe, du kannst es.« Und wieder in Bellas und Grace' Richtung: »Nicht dass ihr denkt, ich sei tödlich verletzt! Ausgrenzung tut mehr weh als Liebesentzug. Übrigens vertrage ich kein Mitleid, ich sag's noch mal: Ich bin Ire!«

Bella musste nachfragen. »Was heißt ›geht fremd‹?«

»Ian spinnt«, stellte Louise klar.

Er machte ein unschönes, überflüssiges Hundegesicht. Grace stand nach wie vor neben Bella am Fenster, ging aber jetzt zu ihrer Schwester, blieb hinter ihr stehen und legte beide Hände auf deren Schultern.

Drückende Stille kroch zähflüssig in alle Winkel des Saals, durchs Fenster, in die Stadt, über den Hudson bis nach New Jersey. Vielleicht bis Flemington und Nazareth, wo Nigels Büro lag und noch keiner etwas ahnte und vielleicht gerade eine der hochhackigen Mitarbeiterinnen einer Nachbarfirma an ihre Affären mit ihm zurückdachte. Deren Erinnerung würde über die Jahre eine ähnliche Patina annehmen wie ihre, wenn sie an Rasmus dachte.

»Jetzt fehlt nur noch, dass wir uns streiten und alles noch mehr durcheinanderbringen«, sagte sie und löste sich ebenfalls von dem Platz am Fenster. Sie ging zum Tisch und setzte sich. Vernunft!, dachte sie und wiederholte das Wort im Stillen ein paarmal. Sie konnte und wollte jetzt nicht auf diese plötzliche Wendung der Dinge reagieren. Wenn Louise und Ian eine Krise hatten, war das deren Sache.

»Unabhängig davon, was passiert ist, was wir jetzt alle empfinden oder wie euer Beziehungskuddelmuddel geartet sein mag, ist unser Hauptproblem nicht kleiner geworden. Die Behörden werden uns nicht in Frieden lassen. Die Geheimdienste nicht, weil sie vielleicht damit rechnen, dass Nigel Geheimnisse in Umlauf gebracht hat. Die Polizei nicht, weil sie wissen wollen, wie weit sie ihre Manipulation der Zeugenaussagen treiben müssen, um sich aus der Schusslinie zu ziehen.«

»Klingt nach Mister Keys Worten«, sagte Louise und feuerte weiter Blicke auf Ian, der sie jedoch abprallen ließ.

»Ja, Aaron war es, der mich noch mal mit der Nase drauf gestoßen hat, und ich bin ihm dankbar. Wir *müssen* handeln, Louise! Die hauen uns in die Pfanne, weil sie einfach stärker sind. Ich weiß, dass es gerade jetzt schwer ist. Aber dir ist hoffentlich auch klar, dass die neue Lage den Fall nur noch brisanter macht. Ich wette, die werden jetzt noch nervöser, und sie werden überzeugt sein, dass wir nun erst recht an die Öffentlichkeit gehen …«

»Die haben einen Riesenschiss vor uns«, bemerkte ausgerechnet Mike. »Wir müssen wirklich etwas tun.«

Von ihm hätte Bella am wenigsten erwartet, dass er ihr beisprang.

Sinéad verzog den Mund. »Du willst dich wirklich mit den Cops anlegen?«

Bella ließ das Thema nicht fallen. »Ich hatte gehofft, dass es auf unserer Seite ein ›Jetzt erst recht‹ gibt. Wir sind es Nigel schuldig, finde ich. Ich hätte den meisten Grund, ihm böse zu sein, so wie er Oz und Dr. Fareed angegriffen hat. Zuerst hab ich ja auch gedacht, dass die Behörden sowieso stärker sind …«

»Nigel wollte weder Oz noch Dr. Fareed oder dich wirklich *angreifen,* Mom«, sagte Louise. Sie wirkte gefasst. »Ich hab dir ja gesagt, dass Nigel sich nie richtig einbezogen fühlte bei uns. Das war sein *deutscher Spleen.* Ich glaube, keiner von uns hat ihn wirklich verstanden. Ich selbst auch nicht, und es tut mir leid …«

Da war ein Ausdruck in ihrem Blick, der Bella irritierte. Sie wollte etwas Nettes sagen, etwas Versöhnliches. Stattdessen stand sie auf und entschuldigte sich mit dem Vorwand, etwas Ruhe zu brauchen, und dass bestimmt alle erst mal ein Quantum innere Sortierarbeit zu leisten hätten.

Clint zog Bella auf die Seite.

»Ich weiß es, Grannie«, sagte er sehr leise.

»Was weißt du?«

Sie hatte wirklich nicht länger oben im Saal bleiben können, die Helligkeit hatte begonnen, sie zu quälen, Kopfschmerzen kündeten sich an. Sie war zum Lift gegangen und hatte die Kellertaste gedrückt, die Tiefgarage und die Werkstatt des Haustechnikers mit seinen Flipper-Automaten. Sie wollte die Kinder um sich haben, die noch nichts ahnten, wie sie glaubte.

»Was *weißt* du?«, wiederholte sie.

Einer der Flipper ratterte laut schellend. Chelseys Finger bewegten sich wie die einer französischen Uhrwerkpuppe.

»Ich weiß, was passiert ist … Onkel Nigel …!« Clint flüsterte. »Ich hab Sinéad und Onkel Mike reden hören.«

»Die andern wissen nichts?«

Der Junge schüttelte den Kopf. Bella sah ihm an, wie schwer ihm das Wissen auf der Seele lag. Mit seinen knapp vierzehn Jahren schien er sich seiner Verantwortung aber bewusst zu sein. Er ließ sich von Bella in den Arm nehmen, was ungewöhnlich war. Körperlichkeit wurde seit einiger Zeit von ihm nur in homöopathischen Dosen gestattet. Die Mädchen waren umso schmusiger geworden. Als er merkte, dass Milli herblickte und sich auch Eve umdrehte, löste er sich und schoss ein scharfes »Was ist?« gegen sie ab. Eve streckte ihm die Zunge heraus. Die Mädchen wandten sich ab.

»Meinst du, er wird bestraft?«, flüsterte er. »Der Mann, der geschossen hat?« Sein Ausdruck wirkte erwachsen. Bella entschloss sich, erwachsen zu antworten. »Wir werden alles tun, damit es geschieht. Kann sein, dass der Polizist dachte, dass er nur seine Pflicht tut. Und er hat Vorgesetzte, die ihn das glauben lassen. Gegen die müssen wir uns wehren. Für Nigel.«

»Der Typ dachte bestimmt, ist sowieso bloß 'n Schwarzer … Bei dir damals dachten sie, die ist bloß Jüdin, oder?«

»Das ist nicht dasselbe, Clint.«

»Wie hast du dich damals gefühlt, als sie dich versteckten?«

»Es ist so lange her. Die Nazis haben mir Angst gemacht, die Araber haben versucht, die Angst ein bisschen zu lindern. Das ging immer hin und her und irgendwie auch alles gleichzeitig.«

»Und wie ging's dir, als der Krieg vorüber war?«

»Ich bin morgens wach geworden und habe ein paar Minuten lang nicht glauben können, dass ich keine Angst mehr haben soll. Als der Terror begonnen hatte, war ich noch ein Kind, und als er vorüber war, schon zwanzig.«

»Mom hat erzählt, sie haben dich aus der Schule geschmissen.«

»Alle jüdischen Schülerinnen. Eines Tages wurden wir ins Zimmer der Direktorin beordert, und sie sagte uns, dass wir von nun an in eine jüdische Schule zu gehen hätten. Ich wusste gar nicht, dass es so etwas gab. Der Direktorin war das Ganze nicht angenehm.«

»Warum hat sie's dann getan?«

»Sie hätte ihren Job verloren, nehme ich an, oder Schlimmeres. Die Nazis waren nicht zimperlich.«

»Ja, weiß ich ... Hätte man nicht trotzdem irgendwas tun müssen?«

»Müssen, ja, aber *können* ist das Problem. Vielleicht am Anfang, als Hitler die Macht an sich gerissen hatte. Aber da haben die einen gedacht, der holt uns aus dem Elend, und die andern, dass es schon nicht so schlimm kommen wird. Also haben alle geschwiegen. Man kann nicht in die Zukunft sehen.«

»Warum redet ihr so leise?« Milli hatte sich herangeschlichen.

»Grannie erzählt von Berlin. Dass sie sie aus der Schule gejagt haben und dass sie jeden Tag Angst hatte.«

»Danach seid ihr hierher nach New York gekommen«, sagte Milli. »Konntest du nur Deutsch, als ihr herkamt?«

»Klar. Aber ich hab schnell Englisch gelernt und bin dann auf die Highschool und habe später studiert. Da war dieses Berliner Leben aber schon so was wie eine versunkene Welt. Ich hatte mir gewünscht, dass sie versinkt. Sie sollte endlich weg sein.«

»Und dann warst du Ärztin«, sagte June, die den Flipper, ihre Schwester Eve und die Pinball-Queen ebenfalls allein gelassen hatte. »Warst du mal dabei, als jemand gestorben ist?«

»Sie war Klinikärztin, Schwachkopf!«, antwortete Clint, bevor Bella etwas sagen konnte. »Klar hat sie's erlebt.«

»Warst du sehr traurig?«, erkundigte sich Milli.

»Jedes Mal. Sehr. Auch wenn man Ärztin ist, gewöhnt man sich nicht dran. Man ist ja da, um es zu verhindern, und dann passiert es doch. Da geht ja ein ganzes Leben zu Ende, mit allem, was in den vielen, vielen Jahren gewesen ist. Das ist immer sehr traurig.«

»Das verschweigen sie immer, wenn sie Filme drehen. Die Leute fallen einfach reihenweise um«, erklärte Clint. »Du guckst dir das an und denkst gar nicht drüber nach. Wir vergessen es einfach. Besonders wenn's ein lustiger Film ist und es wird trotzdem geschossen oder so. Dann lachen wir uns drüber kaputt, obwohl es immer sehr ernst ist, wenn jemand stirbt.« Er blickte Bella an. »Warst du auch dabei, als die Urgroßeltern gestorben sind?«

Bella merkte sofort, dass er eine Absicht verfolgte. »Nicht direkt. Aber ich habe morgens neben meiner Mutter im Bett gelegen. Das war Zufall. In meinem eigenen Bett war die Matratze kaputtgegangen. Mein Vater war schon zwei Jahre tot. Ich wurde morgens wach und merkte, dass meine Mutter nicht mehr lebte.«

»Auweia!« June schlug sich die Hand vor den Mund.

»Hattest du Angst, weil du neben einer Toten lagst?« Clint folgte der einmal gelegten Spur.

»Ich hab geheult wie ein Schlosshund.«

»Warum eigentlich wie ein Schlosshund und nicht wie ein normaler Hund?«, wunderte sich June und machte Eve Platz, die sich als Letzte der Älteren heranpirschte. Chelsey war so ins Spiel vertieft, dass sie ihr Alleinsein offenbar nicht wahrnahm. Der Automat ratterte und schellte, die Punkte-Anzeige flimmerte.

»Du bist neben deiner toten Mom aufgewacht?«, vergewisserte sich Eve. »Wie hast du denn festgestellt, dass sie wirklich tot war?«

Es kam Bella schon lange vor, als sei Eve die Weiteste im Kopf. Erst vor Kurzem hatte es ein Gespräch gegeben, bei dem sie darauf bestanden hatte, dass das Weltall ihrer Meinung nach weder Begrenzung noch Form haben könne. Wenn man geradeaus durchs All reise, egal, auf was für eine Grenze man stoße, es müsse was dahinter sein, folglich sei *kein* Ende ein richtiges Ende. Auf die Porridge-Welt folge das Linsensuppen-Weltall und hinter diesem müsse ein Universum aus Kaugummi liegen und so weiter. Und als Bella auf die These der Astrophysik verwies und dass man sowohl mit einem bestimmten Alter als auch einer Ausdehnung und Gestalt des Weltalls rechne, erwiderte Eve: »Dann ist das Universum also eine Wohnung mit unendlich vielen Zimmern. Du verlässt eins, betrittst das nächste; das aber umfasst das gerade verlassene mit. Das dritte Zimmer schluckt die ersten beiden, das vierte die vergangenen drei, das fünfte diese vier und so weiter …« Bella war beeindruckt gewesen. Ihre eigene Fantasie hätte nicht ausgereicht, eine so hübsche Lösung zu finden.

»Hast du sie angefasst?«, fragte Eve.

»Ich hab sie angesprochen, bewegt, alles. Ich dachte ja erst, sie schläft nur tief und fest.«

»Der Horror! Da muss es ja einen Moment gegeben haben, wo du plötzlich wusstest, sie lebt nicht mehr … Ich hätte das ganze Haus zusammengeschrien.«

»Und zwar so laut«, ätzte Clint, »dass im Haus gleich noch zwei Leute gestorben wären.« Es trug ihm giftige Blicke ein, die er mit Schulterzucken quittierte.

Milli kicherte. »Erzähl weiter, Grannie!«

»Ja, aber das hier ist keine TV-Serie«, zischte Eve. »Grannie hat das wirklich erlebt!«

June streckte ihr die Zunge raus.

»Ich habe die Polizei angerufen«, sagte Bella. »Wie lange ich mit meiner Mutter da alleine war, weiß ich nicht mehr. Ich erinnere mich, dass ich mir sagte, die Reihenfolge stimmt. Erst sterben die Großeltern, dann die Eltern und irgendwann auch die Kinder, aber die sind dann auch schon alt. So ist es richtig, so muss es sein.«

»Stimmt«, bestätigte Clint altklug. »Aber stell dir nur mal die umgekehrte Abfolge vor! Wenn Kinder vor ihren Eltern sterben. Das ist wirklich schlimm!«

»Mir reicht's, dass wir uns um Daddy Sorgen machen müssen«, sagte Milli.

Bella sah, wie Clint die Farbe wechselte.

Einen Moment sagte niemand etwas. Alle schauten Bella an, als verfüge nur sie über die Entscheidungsgewalt, wie es von hier aus weitergehen müsse.

»Was ist los?«, fragte Eve.

Bella konnte in ihrer Miene sehen, wie es arbeitete, wie sie eins und eins zusammenzählte.

»Ihr habt doch was!«

»Ich war in der Klinik …«, sagte Bella stimmlos.

Ihr Blick streifte Milli. Kehrte zu ihr zurück. Flüchtete erneut. Suchte bei Eve Schutz, bei Clint, der seine Hände betrachtete.

»Milli, mein Schatz …«

Milli legte beide Hände ans Gesicht, wandte sich kurz nach Chelsey um, die selbstvergessen spielte. Blickte wieder Bella an und schüttelte den Kopf. Ließ zwei Sekunden vergehen und fragte zaghaft, als liefe jedes Wort auf einem dünnen Film aus Eis: »Wieso reden wir dauernd über das Sterben?«

Bella blickte in die Zukunft. Dass sie jetzt zu ihr hingehen musste. Wie Chelsey weiterspielen würde und Milli weinen. Und dann? Was dann? Sie hatte keine Ahnung, wie sie die Kinder trösten sollte. Der Automat lärmte mit seinen ratternden Relais. Chelsey jauchzte. Noch federleicht und ahnungslos.

Bella konnte sich nicht erinnern, je zuvor mit solcher Wucht auf die Gewissheit des eigenen Todes gestoßen worden zu sein. Nicht mal in Berlin. Wo hatte sie gelesen, dass der Tod eine autoaggressive Erkrankung der alternden Seele sei, in deren Verlauf der Geist, ermüdet, das eigene »Gewebe« fresse? Ein Leben lang habe er sich mit dem Gegenmittel *Zukunft* überlisten lassen, sei fern und fremd erschienen, *alien* im tiefsten Sinne. Wir sind nicht mitten im Leben vom Tode umfangen, der Tod ist ein Keim in uns selbst, seine Vertreibung ein Kinderwunsch, sein Exil ein frommer Traum, aus dem man im Alter grausam erwacht.

Man hatte beschlossen, Chelsey alles Verstörende soweit möglich zu ersparen. Bella hatte sich bereit erklärt, das Kind mit zu sich nach Rose Hill zu nehmen. Man war zur Station gelaufen und hatte den nächsten der lärmenden Züge genommen. Chelsey saß mit roten Wangen in der hässlichen gelben Plastiksitzschale und schien vor Aufregung kaum Luft zu bekommen, blickte in die Gesichter der Leute, auf deren Taschen, Bücher, Zeitschriften, Sandwiches. Die meisten wandten sich verlegen ab.

Der Wagen war mäßig besetzt, das Down-Gesicht schien verzaubert. Der Fahrtlärm, das Schlagen und Kreischen der Eisenräder, die Kurven und das Schaukeln ebenso wie das Vorüberblitzen der Tunnellichter jenseits der Fenster spiegelten sich in den Bewegungen seines Mundes, in den aufgerissenen Augen, seinen fliegenden Blicken und im aufgeregten Kneten der Hände. Mehr noch, wenn die Beschleunigung zunahm oder das Abbremsen einsetzte und alles Schwere fühlbar werden ließ. Wieso nun ausgerechnet hier in der Subway, an Chelseys Seite und in gefühlter Höllentiefe, Gedanken an das Sterben hochwirbelten, blieb Bella schleierhaft.

Nach einer leichten Kurve bremste der Zug ab, alles wurde in Fahrtrichtung gedrückt. Chelsey griff nach Bellas Arm. Man wurde langsamer, fuhr in Union Square ein und kam zum Stehen. Die Türen zischten. Leute stiegen aus, andere kamen herein und besetzten frei gewordene Plätze. Blicke schweiften, prüften, Zeitschriften wurden hervorgezogen, Krawattenknoten korrigiert, Taschen verstaut, Werbetafeln an den Waggonwänden überflogen, Kinder festgehalten und zur Ordnung gerufen, Brillen geputzt, Wasser aus Plastikflaschen getrunken. Eine Dame kam den Mittelgang herauf und nahm schräg gegenüber Platz, blickte Chelsey an, wich ihr aus, kehrte mit dem Blick zurück, flüchtete wieder. Das Gesicht wächsern, erstarrt, zu keiner Mimik fähig, wie es schien. Die Haut um den Mund bis über die Wangen rötlich, gespannt, Spuren einer misslungenen kosmetischen Korrektur. Bella schätzte, dass sie beide ungefähr gleich alt waren. Aus der Entfernung hatte die Frau jünger ausgesehen. Der hilflose Versuch, die Jugend zu reinstallieren – mit dem wenig überraschenden Ergebnis, dass das Gewebe nicht mitspielte, leblos wirkte, maskenhaft. Maggies Puppenkolumbarium sprang aus der Erinnerung empor, Golems Bauchhöhlengruft. Grace fiel ihr ein, die verheimlichte Schönheits-OP in Dublin und die Frage, wieso es ihr, der Mutter, nicht gelungen war, derlei Selbstwahrnehmung erzieherisch von Anbeginn entgegenzutreten.

»Grannie, Grannie!«

Chelsey hatte weiter ihre wunderbar zügellose Freude, saugte alles auf, jedes Gesicht, am Boden rollende Blechdosen, gefüllte Einkaufstaschen, Flecken an fremden Stiefeln, ein Junge streckte ihr die Zunge heraus, ein Schwarzer tanzte im Sitzen mit geschlossenen Augen. Die wächserne Dame gegenüber versuchte zu lächeln. Ihr sorgfältig frisiertes Haar leuchtete bläulich, ein Seidentuch bedeckte unvollständig den vielleicht verräterischen Hals und Partien unterm Kinn. Solche Stellen kannte Bella bei sich selbst. Man lebte damit! Während irgendeiner Hitzewelle hatte sie sich von dem albernen Tuchtick verabschiedet und gleich auch endgültig von der Idee, sich womöglich selbst mal einem der kosmetischen Kollegen zu überantworten. Auch dahinter verschanzte sich der Teiltod, das Stück-für-Stück-Sterben, jenes Nach-und-Nach-Verschwinden – von gleichem Kaliber wie das Nicht-länger-wahrgenommen-Werden im Kreise der Jüngeren.

Während sie grübelte, der Zug wieder anfuhr, die Dame gegenüber versuchte, ihre untere Gesichtshälfte zu bewegen, kam Bella zu dem Schluss, dass man Chelsey »im Stich lassen« und das behördliche Angebot Aaron Keys ablehnen müsse. Bella entschied es auf diese matriarchalische Weise: über die Köpfe der Familie hinweg. Sollte eine Zusage der Stiftung des Doktor Schedel davon abhängig sein, dass mit ihrer Integrität verfahren wurde wie bei der Schönheitschirurgie, also störende Stücke herausgetrennt werden mussten, sah sie sich gezwungen, den Erhalt des Ganzen zu favorisieren. Wider den ethischen Teiltod! Ihre Antwort an Aaron würde lauten, dass sich die Polizei zu ihrem Fehler werde bekennen müssen, dass sie die verdammte Pflicht habe, sich den allgemeinjuristischen ebenso wie den versicherungsbezogenen Folgen zu stellen. Koste es, was es wolle. Punktum!

»Jawohl, mein Kind!«, sagte sie laut, wie um die Gedanken in die Wirklichkeit zu überführen. Chelsey blickte sie freudig an und drückte liebevoll den Kopf an Bellas Schulter, als hätte sie verstanden.

Der Zug bremste. Dem Gefühl nach allerdings zu früh. Die

nächste Station konnte man noch nicht erreicht haben. Bella griff nach Chelseys Hand. Die Frau gegenüber stieß gegen ihren Nachbarn. Die Räder sägten, kreischten, beruhigten sich wieder, die Innenbeleuchtung ging einen Augenblick aus. Beides reichte für einen blitzschnell hochspringenden Schreck, dem eine zögerlich abklingende Beunruhigung folgte, die Bella indessen verscheuchen konnte. Der Zug schlich ein Stück, als überlegte er, wie er sich entscheiden sollte. Chelsey blickte fragend hoch.

»Alles gut, Schatz! Eine Baustelle vielleicht.«

Bella hielt das Kind an sich gedrückt. Die Leuchtstoffröhren der Tunnelbeleuchtung krochen in langen Abständen hinter den Fenstern vorüber. Es gab keinerlei Anzeichen dafür, dass etwas Ungewöhnliches passierte, und doch biss sich ein lästiges Gefühl fest. Vielleicht fuhr sie einfach nicht oft genug mit der Subway und war es nicht gewohnt, sich in unkalkulierbarer Erdtiefe und der doppelten Eingeschlossenheit von Waggon und Tunnel zu befinden – mit Leib und Leben abhängig vom reibungslosen Ineinandergreifen verborgener Mechaniken.

Sie schüttelte die Gedanken mit einiger Mühe ab, lächelte das Kind an, so offen und unbefangen, wie es ihr möglich war. Da erlosch das Innenlicht erneut, hinterließ ein paar Sekunden lang eine dürftige Notbeleuchtung. Die Gespräche versiegten. Bella drückte Chelsey an sich, was sonst konnte sie tun? Der Zug rollte aus. Die Dame gegenüber blickte Bella an und schüttelte den Kopf. »Sie stecken einfach kein Geld mehr rein. Man muss sich nur mal die Stationen oberhalb der Hundertfünfundzwanzigsten ansehen …«

Der Zug stand still. Hinter den Fenstern blieb es schwarz, nur in einem der vorderen zeichnete sich der Schimmer von einer noch weiter entfernten Tunnelleuchte ab. Die Stille schlich in den Körper, hinterließ, wie eine Infusion unbekannter Zusammensetzung, eine lauernde Wärme. Niemand redete mehr, irgendwo lachte jemand abgehackt, ein Pfiff auf zwei Fingern gellte herüber.

»Alles gut«, wiederholte Bella mit trockener werdendem Mund. »Gleich geht's weiter.« Sie hoffte, dass die Magie ihrer Worte auf sie selbst übergriffe.

»Daddy ist im Himmel«, sagte das Kind plötzlich und schaute hoch. »Zusammen mit deinem Daddy?«

»Da oben geht's den beiden gut.«

»Kommen sie nicht runter?«

»Nein. Geht leider nicht.«

»Gar nicht? … Nie?«

»Man kann nicht wieder runter vom Himmel.«

»Doch.«

»Meinst du?«

»Daddy kann.«

Bella widersprach nicht, schaffte es einfach nicht.

»Wann musst *du* in den Himmel, Grannie?«

»Ich weiß nicht.«

»Ganz bald?«

»Ich hoffe nicht, Schatz.«

»Muss jeder?«

»Irgendwann schon.«

»Bis oben in den Himmel? Ganz rauf?«

Weil das Kind wieder im Waggon umherspähte, verdrückte Bella sich ein neues Ja. Hielt Chelsey fest und lauerte, dass irgendwas passierte. Eine klärende Lautsprecherdurchsage zum Beispiel. Gehört denn so was nicht zur Sicherheitsroutine, die es doch geben muss? Oder das Anrucken des Zuges, die Weiterfahrt, gefolgt von allgemeinem Aufatmen. Oder täuschte es, dass alle um sie her genauso nachdenklich dasaßen wie sie selbst und sich bloß nichts anmerken ließen? Nur bitte jetzt nicht ein weiteres Mal diese Notbeleuchtung!

Die Dame gegenüber öffnete ihre Handtasche – eines dieser italienischen Schatzkästlein – und holte einen winzigen Handspiegel hervor, in den sie einen Blick warf, der Bellas Einschätzung nach zu kurz war, um irgendein Urteil fällen zu können. Die Lösung war, es drei-, viermal zu wiederholen. Schließlich kam ein Pudertupfer zum Vorschein, wurde mit hektischen Bewegungen benutzt und das Ergebnis mit einer neuen Reihe ebenso hastig-nervöser Spiegelblicke überprüft.

»Muss ich auch?«, fragte Chelsey.

»Wie bitte?«

»Muss jeder in den Himmel?«

»Du noch ganz, ganz lange nicht, Liebes. Hab keine Angst!«

»Will aber *jetzt*.«

Die Frau stand überraschend auf und ging in Fahrtrichtung bis zum Waggonkopf, wo sie unter dem feuerroten Kästchen der Notbremse stehen blieb und die Werbeplakate zu studieren schien, die dort die Wände eines kleinen Betriebsraums zierten. Obwohl daran nichts Auffälliges war, funkelte in Bellas Vorstellung eine neue Beklemmung hervor. Sie hätte es an nichts Greifbarem festmachen können. Bestimmt würde das Gros der Fahrgäste misstrauisch werden, wenn jetzt einträte, wovor sie sich selbst am meisten ängstigte: dass das Licht ausginge. Etwas wie Panik stellte sich mitten in den Waggon und bleckte die Zähne, vor deren Anblick sie das Kind mit allen Mitteln bewahren musste …

»Hättest du denn keine Angst, zu deinem Daddy bis oben in den Himmel zu fliegen?«

Chelsey schüttelte den Kopf. Sie blickte hoch und strahlte, als hätte Bella ihr ein Überraschungsgeschenk in den Schoß gelegt.

»Engel … Wolken, Sterne.«

»Oh ja, da hast du recht. Die würde ich mir auch gerne mal aus der Nähe ansehen, vor allem die Engel.«

»Sind sie lieb?«

»Und wie! Wenn Daddy bei ihnen ist, helfen sie ihm. Dafür sind sie da.«

»Sie helfen ihm? … Wenn er runterwill?«

»Vielleicht.«

Es wäre ein Fehler, diese Fantasie jetzt kaputt zu machen, es gehörte sich einfach nicht. Wenn das Kind Falsches erwartete, dann war das eben so. Die Welt ging deshalb nicht kaputt – nicht mehr jedenfalls, als sie das sowieso schon war.

»Helfen sie?«

»Uns allen.«

»Wenn ich zu Daddy hochwill?«

»Vielleicht«, antwortete Bella erneut. Wieder unsicher, ob es vernünftig war, verquere Hoffnungen zu schüren und damit Enttäuschungen heraufzubeschwören. »Eigentlich kann man nur mit dem Flugzeug in den Himmel, das weißt du doch, Liebes.« Bella behielt die Frau im Auge, die nach wie vor an dem Technikverschlag am Waggonkopf stand. Ihre Handtasche wanderte von einer Hand in die andere und zurück, während sie sich im Halbspiegel des dunkelgründigen Fensters zu betrachten schien.

»Ich fahr mit dem Flugzeug … bis nach Sinéad.«

»Bis nach Irland, nach Dublin«, korrigierte Bella achtsam.

»Im Himmel.«

»Wir fliegen alle zusammen und ganz hoch. Aber nicht hoch genug, um Daddy zu sehen, Darling.«

»Doch.«

Bella widersprach nicht. Chelsey blickte wieder neugierig umher. Es war zu erkennen, dass das Gesehene sie für Augenblicke von den Gedanken über den Himmel und ihren Daddy ablenkte.

»Ist es ganz groß, oben?«

»Der Himmel? Oh ja, riesig.«

»Wie Häuser?«

»Größer, größer.«

»Alles?«

»Der Himmel ist *alles, alles,* das ist klug, Chelsey.«

»Alles und alles? Zwei alles?«

»Viel mehr.«

»Vier alles, sieben alles … zehn …«

Das Licht erlosch. Bella hielt den Atem an. »Wird gleich wieder hell, Schatz, gleich geht's wieder an.«

»Fahren wir?«

Sie fasste im Dunkeln nach der Kinderschulter und drückte sie gegen sich. »Der Zug fährt gleich los. Gleich. Irgendwas ist kaputtgegangen, das machen sie jetzt ganz und dann geht's weiter …«

Das Licht blieb aus, stattdessen hörte man die Stimme der Dame vom Waggonkopf. »Wir müssen die Türen öffnen!« Ihre Stimme klang wie gespannter Draht, schwang eigentümlich nach.

»Liebe gute Frau«, entgegnete Bella laut. »Das Licht ist zweimal ausgegangen, dann kann es auch ein drittes Mal ausgehen. Vermutlich ist die Reparatur nicht mit ein paar Handgriffen getan. Da muss ja nicht nur irgendein Kondensator gewechselt werden oder so etwas. Immerhin stehen wir still, es kann also kein Zusammenstoß passieren. Ich glaube, wir müssen einfach nur Geduld haben und abwarten.«

Jemand spendete Beifall. Die Augen gewöhnten sich an die Notbeleuchtung. Die Frau war zurückgekommen und stand in der Mitte des Gangs.

»Wir sollten jetzt nicht den Fehler machen und Angst haben«, sagte Bella, »sonst überträgt es sich auf meine Enkelin und von ihr auf andere, und damit ist doch niemandem gedient, oder?« Sie zog Chelsey noch näher zu sich, hielt sie fester. Es war schwer, sich in das Kind hineinzuversetzen, sowieso, und in dieser heiklen Lage noch mehr als sonst. Sie fühlte sich beinah wie bei einem der medizinischen Examen oder inmitten der Versuchsanordnungen, mit denen sie als Studentin hatte arbeiten müssen. Als hätte sich eine unsichtbare Macht ausgedacht, das Familientreffen diesmal grundlegend anders verlaufen zu lassen als sonst, einen gläsernen Beobachtungskasten daraus zu machen. Sie war die ältere Hamsterdame, die man in allerlei widrige Lagen brachte, um zu sehen, ob sie noch die Kraft hatte, Strategien zu entwickeln, sich aus einer Klemme zu ziehen. Das »McInnes« als Labor mit einzelnen Versuchsverläufen … Bist du noch lernfähig, Bella Servos, altes Haus? Wenn's eigentlich zu spät ist?

Während der vergangenen Tage hatte sie immer wieder mal den Eindruck gehabt, dass etwas Unbekanntes aus ihr hervorkriechen wollte. Sieben Jahrzehnte hatte sie geglaubt zu wissen, wer sie war, was sie vermochte – und nun entpuppte sich das Gebäude ihres Lebens als klappriger Verschlag auf sandigem Untergrund. Der Scheinzwerg Tod stand vor ihr und grinste. Je näher man ihm kam, umso größer wurde er, egal, wie oft sie ihn wegscheuchte. Geh weg da! Ich *muss* funktionieren, wir haben ein behindertes Kind in der Familie, da kann man nicht einfach mal verschwinden, bloß weil man alt ist, die Knochen verschlissen sind, der Kopf müde und zerwühlt ist – das geht nicht, dummer Kerl, du musst später wiederkommen, keine Ahnung, wann, nicht mein Problem, *dein* Problem!

Die Dame, deren Gesicht nur noch verschwommen erkennbar war und die nun doch überraschend jünger wirkte, stand immer noch unschlüssig da. Eine Schrecksekunde lang flackerte die Notbeleuchtung. Was würde passieren, wenn es jetzt ganz und gar dunkel würde, gar kein Licht mehr, hier und da ein Feuerzeug, Schreie? Bella dachte an die verschütteten Bergleute von Le Voreux in Émile Zolas Roman. Und ihr fiel eine Geschichte wieder ein, an die sie lange nicht mehr gedacht hatte und die von einer Frau aus Brooklyn stammte, die damals Zeugin des ersten massenhaften Mordens im Baltikum geworden, aber entkommen war. Am Niederrhein waren im Dezember '41 eine Menge Juden nach Düsseldorf verbracht worden, um von dort nach Riga »evakuiert« zu werden. In einem langen Treck habe man die Menschen vom Bahnhof durch die Stadt geführt, hinter den Fenstern hätten sich die Gardinen bewegt. Der Marsch endete in einem Schlachthof, in einem Raum, in welchem man in Eiseskälte und völliger Dunkelheit bis zum Morgen habe ausharren müssen. Sie hielt Chelsey an sich gedrückt. Das Kind schien sich trotz allem nicht zu ängstigen. Es tat kaum eine Regung. Bella merkte nur, dass es immer wieder mal zu ihr hochschaute, vielleicht, um sich zu vergewissern, dass es keinen Grund zur Sorge gab – während sie selbst zunehmend nervös und skeptisch wurde, je länger weder eine Stimme aus den Lautsprechern vernehmbar noch Subway-Personal leibhaftig wurde.

Es passierte nichts. Die Minuten vergingen, doch das richtige Licht ging nicht wieder an, die Fahrt wurde nicht fortgesetzt, und es gab auch nicht das geringste Zeichen, dass ihre bemerkenswerte Lage irgendwo auch nur zur Kenntnis genommen worden war. In jenem Düsseldorfer Schlachthof, hatte die Zeugin damals weiter berichtet, hätten in den dreckigen Steintrögen Kleinkinder gelegen und die ganze Nacht vor Angst und Kälte geschrien … Was hatten die Menschen gefühlt und gedacht? Waren Schock und Leid nicht zu groß, um einen klaren Gedanken zu fassen? Wie lange mochten sie einen letzten Funken Hoffnung gehabt haben, dass jemand sie retten würde, erkannte, was geschah, Erbarmen zeigte? Wie groß sind die Schmerzen, erleben zu müssen, wie die eigenen Kinder leiden? Ein junger Mann war (auch das ein Teil jener Zeugenschaft) auf dem Hof des Schlachthofs von Uniformierten totgeschlagen worden; man ließ ihn die ganze Nacht dort liegen. Er sei der erste Tote des Trecks gewesen. Als Bella daran dachte, entschied sie, den Spieß umzudrehen und Halt bei Chelsey zu suchen: sich an *ihr* festhalten, zu ihr hinunterblicken und Kraft aus ihrer Zukunft und Lebhaftigkeit schöpfen. Wie lange kann man einander in der Not helfen? Wenn nur Dunkelheit, Kälte und grenzenloser Hass um einen sind? Sie gestand sich ein, dass sie sich *nichts* vorstellen konnte. Nichts. Ausgerechnet sie! Nicht das Geringste. Der Bericht jener Zeugin und Hunderter anderer spielten auf einem fremden Kontinent, zu dem ihr der Zugang verwehrt war. Eine erschreckend banale Erkenntnis eigentlich. Sie hätte Oz (während er seine Geheimnisse verschwiegen hatte) gestehen müssen, dass sie, nicht weniger als er, eine Fremde war auf dem Kontinent der Shoah-Opfer – womöglich hätte sie ihm den Mut geben können, ihr sein Vertrauen zu schenken …

Wieder flackerte das Notlicht, wieder hielt man den Atem an.

»Kommen die Engel?«, fragte Chelsey.

»Ja«, antwortete Bella. Es war die einzig mögliche, die einzig richtige Antwort. »Sie sind bestimmt lieb und helfen uns, und vielleicht leuchten sogar ihre Flügel und Hände, wer weiß?« Sie sah mit einiger Überraschung und einem erneuten Schub der Beunruhigung, dass die Dame auf sie zukam, vor ihnen beiden stehen blieb und sich zu Chelsey herunterbeugte.

»Es tut mir leid, Darling, wenn ich dich eben erschreckt habe. Das wollte ich nicht. Bestimmt ist gar nichts passiert und wir fahren gleich weiter.«

Sie wandte sich an Bella und fragte, ob sie den Platz neben dem Kind einnehmen dürfe. Trotz des schwachen Lichts waren die Folgen des misslungenen chirurgischen Versuchs in ihrem Gesicht aus der Nähe deutlicher sichtbar als vorhin.

Die Frau setzte sich. Die Haut um ihren Mund war überdehnt, die Kinnpartie wirkte bis runter zum Hals seltsam verformt und störte (wenn nicht gar zerstörte) die natürliche Gesichtsform.

»Die Engel kommen!«, teilte Chelsey fröhlich mit.

Die Dame blickte verblüfft. »Sieh mal an! Sagst du mir deinen Namen?«

»Pinball-Queen!«, lautete die Antwort.

Bella hörte dem kleinen Gespräch zu, bei dem sich schnell herausstellte, dass Chelsey sehr genau wusste, was sie sagte.

»Und hat die Pinball-Queen für ihre Punkte denn auch schon einen Pokal überreicht bekommen?«, fragte die Frau. »Ich finde, das wäre ihrer mehr als würdig. Stell dir einen großen, schlanken Becher vor, aus blitzblankem Silber! Den könntest du zu Hause auf dein Regal stellen, und wenn nachts der Mond durchs Fenster scheint, wäre es bestimmt, als würde der Becher von ganz alleine leuchten.« Die Frau zeigte auf die glatt polierte Verschlussschnalle ihrer Handtasche und bewegte sie. Tatsächlich spiegelte sich eines der Notlichter. »Das hier ist nichts dagegen.«

Chelsey nickte begeistert. Die Dame sah Bella an. »Mein Mann hatte eine ganze Pokal-Sammlung. Die Dinger stehen zu Hause herum und fangen den Staub ein. Ein paar davon haben keine Gravur. Er war Vorsitzender eines Ruderclubs, und wenn sie ihre Vergleichsrennen fuhren, gab es für den Sieger immer einen schönen Pokal. Er starb bei einem Unfall.«

Bella lugte nach der Notbeleuchtung, es wollte sich keine Beruhigung einstellen.

»Als ich in deinem Alter war«, sagte die Frau zu Chelsey, »habe ich mich versehentlich selbst in einem Keller eingeschlossen. Es dauerte Stunden, bis sie mich befreit haben. Suchhunde haben mich gefunden. Wenn die Tiere nicht diesen enormen Geruchssinn gehabt hätten, oh Gott. Ich rede nicht gern darüber, aber dir erzähle ich es, damit du siehst, dass alles nicht so schlimm ist und immer Hilfe kommt. Reden tut gut.«

Bella fühlte sich an manche Patienten erinnert, denen sie mit Zuhören mehr hatte helfen können als mit allen Arzneien. Die meisten Kollegen hatten sich nicht die Zeit genommen, Geschichten anzuhören, die nicht unmittelbar mit Unterleibsschmerzen, Atemnot oder Schwindelattacken zu tun hatten. »Jede Erkrankung ist ein überaus komplexes Geschehen.« Den Satz eines ihrer Professoren hatte sie nie vergessen. So banal, wie er heute klang, war er damals nicht gewesen, und seine Bedeutung hatte sie erst begriffen, als sie das Immunsystem kennengelernt oder etwas vergleichsweise »Einfaches« wie die Selbstregelung des Blutdrucks verstanden hatte – und als sie erlebte, welche Wirkung ein einziges Gespräch auf diese Dinge haben konnte.

»Bist du ein Engel?«

»Oh! … Ich glaube, wenn ich einer wäre, hätten die Hunde mich damals nicht wittern können. Aber dann hätte ich mich wohl auch selbst befreit oder mich gar nicht erst in diese dumme Lage gebracht, was meinst du?«

»Leuchtest du?«

Die Dame blickte an sich herunter. »Du meinst, wenn ich ein richtiger Engel wäre …«

Chelsey nickte lebhaft.

»Wenn ich ein richtiger Engel wäre, würde ich mit meinem Mann im Himmel reden.«

»Mit Daddy?«

Bella beeilte sich, die Aufmerksamkeit der Frau auf sich zu lenken. »Chelsey will mir nicht glauben, dass ihr Daddy nicht so einfach aus dem Himmel zu ihr herunterkann. Das wünscht sie sich nämlich sehr.«

»Dein Daddy ist tot?« Die Dame wich zurück. »Ich weiß gar nicht, was ich sagen soll …«

»Mein Schwiegersohn«, erklärte Bella. »Für uns alle sehr unerwartet und plötzlich … Gerade erst.«

»Ein Unfall?«

»Könnte man sagen.«

»Der Unfall meines Mannes …« Die Frau brach ab. »Bitte, verzeihen Sie! Das gehört sich nun wirklich nicht …«

Bella unterbrach sie behutsam. »Das Kind und ich, wir sind auf dem Weg zu mir nach Hause … um der Aufregung ein bisschen aus dem Weg zu gehen. Sehr weit sind wir ja nicht gekommen.« Sie schaffte es, flüchtig zu lächeln – auch mit dem Ziel, nicht noch zusätzliche Last in den ohnehin schweren Moment zu tragen. »Chelsey versteht, was passiert ist. Nur weiß man nie so genau, ob es nicht eine ganz andere Art Verständnis ist.« Sie hatte nach wie vor den Arm um die Kinderschultern gelegt und drückte sie noch einmal liebevoll an sich. Sie mochte es nicht, in Chelseys Gegenwart in dieser Weise über sie zu sprechen, sah aber keinen Weg, dem auszuweichen. »Verzeihen Sie, Sie wollten etwas über den Unfall Ihres Mannes sagen … Wenn Sie es nur nicht zu drastisch ausmalen …«

Das Waggonlicht ging an, erlosch sofort wieder und zog einen schleppenden Chor von Rufen und Seufzern nach sich. Wieder ein Pfiff von weiter hinten. Es wurde erneut hell. Jetzt nahm man es mit Achselzucken hin, mit gespielter Gleichgültigkeit, tastender Gelassenheit. Nach fünf oder zehn Sekunden war das Licht immer noch nicht ausgegangen. »Was ist los?«, rief jemand. »Wieso brennt es noch? Ist was kaputtgegangen?« Er erntete ein paar Lacher.

»Wie lange ist der Unfall her?«, fragte Bella.

Der Ausdruck der Frau wurde weich. »Vor einem Jahr. Eines Tages standen die Cops vor der Tür. Wenn ich danach morgens wach wurde, die erste Zeit, fühlte ich nichts. Nichts! Als wir uns kennenlernten, waren wir noch keine zwanzig. Ich muss lernen, für ihn mitzuleben, seine Hälfte, die er in mir ausgefüllt hat und die jetzt leer ist.«

»Mein Mann starb vor dreißig Jahren. Ich war dreiundvierzig.«

»Haben Sie nie wieder geheiratet?«

»Ich hätte vielleicht. Aber der Betreffende eignete sich nicht für Ehe und Familie.« Bella zögerte und entschied sich. »Eines Morgens lag Oz tot neben mir im Bett. Das Gleiche hatte ich mit meiner Mutter erlebt. Ich brauchte Tage, um es zu verstehen. Kaum lenkte mich irgendwas ab, zweifelte ich, ob ich es nicht doch nur geträumt hatte. Meine Töchter waren nicht immer gleich bei mir, um mir den Kopf zurechtzurücken. Die beiden waren noch Kinder und trotzdem irgendwie stärker als ich, mir war das peinlich. Später habe ich mich auf den Beruf konzentriert. Wir mussten ja wohnen und essen.«

»Es klingelte an der Wohnungstür«, erzählte die Dame. »Ich habe aufgemacht und erwartet, dass mein Mann vor mir steht, weil er wieder mal seinen Schlüssel vergessen hatte. Stattdessen stehen diese beiden Polizisten vor mir. Wie in den Krimiserien. Da war sofort dieses Wissen: Etwas ist passiert und mein Mann kann es mir nicht selbst sagen. Im selben Moment hatte ich den Wunsch, einfach die Tür zuzumachen, und wenn man sie wieder öffnet, ist man in einer anderen Wirklichkeit.«

Bella kam der Gedanke, der Frau ihren Namen zu sagen, sie zu fragen, ob man sich nicht gelegentlich einmal treffen könne, auf eine Tasse Kaffee. Wer wollte wissen, ob sich daraus nicht mehr ergab? – Sie lächelte, nickte ein paarmal und behielt Chelsey im Auge. »Jetzt geht's bestimmt gleich weiter, Schatz.«

»Walter war Pilot und flog für ein Bergbauunternehmen. Sie haben Luftaufnahmen zu Vermessungszwecken hergestellt. Er war ein Pedant, hat jedes Ding zehnmal hin und her gedreht, bevor er eine Entscheidung traf. Sie behaupten immer noch, es sei ein sogenannter Pilotenfehler gewesen. Ich glaube das nicht.«

»Seine Firma?«

»Die, aber auch die offizielle Untersuchungsstelle. Ein Pilotenfehler ist bequemer, wenn man die Kosten in den Flugzeugwerften betrachtet. Mein Mann wollte mir keine Angst machen und hat deshalb wenig erzählt. Aber jedes Mal, wenn die Maschine in der Werft war, konnte ich sehen, dass er sich Gedanken machte. Er war dort unbeliebt, weil er seine Nase überall reinsteckte. Immerhin war er es, der hinterher damit fliegen musste. Sie haben ihn umgebracht, die Firma, die Werft, die Behörde. Es war sein letztes Berufsjahr; er hätte schon vor sechs Jahren aufhören können und das besser mal getan.« Ihre Augen glänzten traurig.

»Ja, die Behörden können einem das Leben schwer machen«, bemerkte Bella.

»Walter und ich, wir wollten nach Miami. Das Klischee des wohlhabenden Ruhestands. Dort lebt eine seiner Schwestern und hat eine große Familie. Wir haben keine Kinder …« Die Frau legte eine Hand auf Chelseys Haar, berührte es kaum. »Stimmt es, dass man besonders an denjenigen hängt, die es später … wie soll ich sagen … weniger leicht haben werden als andere?«

Bella löste den Arm etwas von Chelseas Schulter, wie um einen Teil davon abzugeben. »Ja. Man fragt sich, was wird, wenn man selbst nicht mehr da ist. Chelsey ist die Nachzüglerin meiner älteren Tochter. Oberhalb siebenunddreißig steigt das Trisomie-Risiko an.«

Der Zug bewegte sich. Er rollte so unmerklich los, als hätte ihn das Gewissen geplagt, seinen Fahrgästen Augenblicke der Unruhe und Beklemmung beschert zu haben. Eine Weile schlich er zögernd, dann besann er sich und nahm die übliche schaukelnde, lärmende Fahrt auf.

Chelsey strahlte. Sie machte sich los, stand auf und stellte sich an eines der gegenübergelegenen Fenster. Die Leute machten ihr Platz. Sie legte die Hände ans Gesicht und bildete Scheuklappen, um besser nach draußen in die Dunkelheit und in das Vorübereilen der Tunnelleuchten schauen zu können.

Hundertmal hatte Bella den Gedanken gehabt und hundertmal hatte sie ihn verjagt: Wie sah Chelseys Zukunft aus, wie würde ihr späteres Leben verlaufen? Jetzt und hier wurde sie umsorgt und geliebt; was aber würde sein, wenn sie einmal vierzig Jahre alt und älter war? Konnte sich die Entscheidung, Aaron Key und der Polizei eine Absage zu erteilen, später als kurzsichtig und verantwortungslos entpuppen, weil jede *jetzige* Förderung von Chelseys Fähigkeiten für ihr späteres Leben von entscheidender Bedeutung war? Anders gesagt: Der eigensinnige Erhalt ihrer moralischen Integrität bedrohte womöglich die Zukunft des Kindes!

»Man hat eine sehr besondere Verantwortung«, sagte Bella zu der Dame, die etwas näher gerückt war. »So ein Kind stellt die Welt auf den Kopf, im praktischen Leben, aber auch, was die Wertvorstellungen betrifft.« Sie überlegte, wie offen sie sein wollte und durfte. Eigentlich gehörte kein Wort von dem, was sie dachte, in diesen Waggon. Andererseits hatte man soeben gemeinsam Angst erlebt und beruhigte sich gerade wieder etwas; man war jetzt »zusammengeschweißt« und etwas davon schien sich tatsächlich in den Mienen und Gesten aller zu spiegeln.

»Was würden Sie tun, wenn Sie vor der Entscheidung stünden: Soll ich moralisch anständig bleiben, doch es schadet vielleicht dem Kind, oder verkaufe ich dem Teufel meine Seele, verbessere damit aber die Aussichten der Kleinen in der Zukunft, wenn es diejenigen, die sie jetzt lieben und stützen, nicht mehr gibt?«

Sie erwartete keine Antwort – schon gar keine, die sie in ihrem Dilemma weiterbrachte. Es lag ihr am Herzen, freundlich zu sein und vielleicht etwas von der Unredlichkeit ihrer Gedanken zu neutralisieren, mit denen sie das kosmetische Unglück der Frau vorhin im Stillen kommentiert hatte und die ihr längst leidtaten. Schließlich kannte sie die Beteuerungen einiger dieser ärztlichen Halsabschneider, dass es sich lohne und kein Risiko bestehe et cetera.

»Ja, wenn wir in die Zukunft schauen könnten«, bemerkte die Frau und berührte ihre Wange. »Wenn ich vorher gewusst hätte, was der Operateur dieses Verjüngungsmirakels aus mir machen würde …«

Bella brauchte einen Augenblick, um sich nicht von einem reuevollen Gefühl der Peinlichkeit überrollen zu lassen.

»Ich verrate Ihnen nicht, was es gekostet hat. Nachdem ich Witwe geworden war, kam die berühmte Torschlusspanik auf,

Sie wissen schon. Ich sah mal ganz passabel aus, ich weiß nicht mehr, wie lange das her ist. Eines Tages blickt man in den Spiegel und wundert sich, dass es da mal einen ganz anderen Menschen gab, aus dem man irgendwie hervorgegangen ist, ohne es zu merken … Haben Sie je versucht, es herauszufinden?«, schwenkte die Frau um.

»Was meinen Sie?«

»Ob jener *Betreffende* wirklich nicht geeignet war … Der Mann, mit dem sie vielleicht ein neues Leben hätten anfangen können. Mit dreiundvierzig.«

Bella fühlte sich ertappt, Verärgerung blitzte auf. »Er hieß Joe und war es schon von Berufs wegen nicht. Ein Spinner, vom ersten Tag an.«

»Oh, das hätte ich über meinen Mann auch sagen können. Verzeihen Sie bitte, dass ich Sie so übergriffig ausfrage! Sie haben mich neugierig gemacht.«

Bella lächelte. »Erst war er Elektriker, dann schrieb er Theaterstücke.«

»Ein Künstler!«

»Genau. Er war sich selbst das Wichtigste auf der Welt, aber das war natürlich auch das Faszinierende an ihm.«

»Sehen Sie, auch das könnte ich über Walter und mich sagen.« Ihr Blick wurde konzentriert, beinah stechend. »Sie haben es nie drauf ankommen lassen, stimmt's? Sie haben ihn nie auf die Probe gestellt. Ihren Künstler. Sie haben immer nur *vermutet*, dass er ungeeignet sei.«

»Ich glaube, jetzt überschreiten Sie wirklich eine Grenze«, erwiderte Bella und merkte, dass sie sich zügeln musste. »Ich kenne nicht einmal Ihren Namen, und Sie spazieren in meinem Innern umher, als wollten Sie meine Wohnung kaufen und sie sich vorher mal ein bisschen ansehen.« Sie lächelte kurz. Trotz allem.

Die Dame blickte verlegen und entschuldigte sich.

»Ganz abgesehen davon haben Sie natürlich recht und ich

bin Ihnen auch gar nicht böse.« Bella blickte zu Chelsey hinüber. Der Zug neigte sich in eine lange Kurve und wurde langsamer. Wenn er jetzt an der 28th Street hielt, hatten sie nur noch einen nicht sehr weiten Fußweg vor sich. Bella kramte einen Zettel und einen Stift aus ihrer Tasche und notierte Namen und Anschrift.

Die Frau sah ihr zu. »Wenn es einen Mann gab, der für die Ehe ungeeignet war, dann Walter. Als junges Ding habe ich das natürlich nicht gewusst.«

Sie wurden sanft nach vorne gedrückt, der Bahnsteig wurde sichtbar. Er war überfüllt, offenbar waren auch andere Züge nicht gefahren. Die Störung hatte vielleicht einen ganzen Bezirk betroffen.

»Um sich selbst für das Wichtigste auf der Welt zu halten, wie Sie sagen, muss niemand ein Künstler sein. Es genügt offenbar, ein sogenanntes Steuerhorn in den Händen zu halten und über alle Köpfe hinwegzufliegen.«

Bella reichte der Dame den beschriebenen Zettel und stand auf. »Ich danke Ihnen sehr. Ich hoffe, Sie melden sich bei mir. Darf ich Ihren Namen wissen?«

Die Frau erhob sich ebenfalls. Sie sagte den Namen, aber der Lärm verschluckte ihn. Zu verstehen war, dass sie noch bis zur Upper East Side weiterfahren werde. Der Zug kam zum Stehen. Chelsey trat vom Fenster zurück. Man reichte einander die Hände. Draußen wurde durch die Fenster gewunken. Die Türen schlossen sich.

Die ersten Bemerkungen über die Störung des Bahnbetriebs schnappte Bella schon auf dem Bahnsteig auf, fand sie jedoch verwirrend. In der Wohnung erst, als Bella das Radio eingeschaltet hatte und Chelsey schon ihre Reisetasche auspackte, fasste ein Nachrichtensprecher zusammen, was offenbar passiert war. Hauptnachricht war die Festnahme von fünf Verdächtigen im Zusammenhang mit den zwei Tage zurückliegenden Bombenanschlägen auf Botschaften der Vereinigten

Staaten in afrikanischen Hauptstädten. Es handele sich um den Fahndungshöhepunkt einer Aktion, die gestern begonnen habe. Durchsucht worden seien Wohnungen, Geschäftsräume in Midtown South und Gramercy Park sowie eine Linie der New Yorker Metro in Richtung Bronx.

Bis in die Nacht hinein wurde sie von der Besorgnis wegen Chelseys Zukunft geplagt. Hinzu kam die anstehende Entscheidung, was sie Aaron Key antworten würde, mit dem sie für den Morgen in einem Café im West Village verabredet war, wo er sein Büro hatte. Und nun Bombenanschläge! Was hatte New York City mit zwei unendlich weit entfernten Städten in Afrika zu tun? Die Vereinigten Staaten überhaupt? War das ein schleichender Beginn? Hatte sie vergessen, auf die Welt zu achten, vor lauter Kümmern um das eigene Unwohlsein? Fängt das Ende so an – wenn man nicht mehr darauf achtet, was draußen los ist, weil man zu alt geworden ist?

War es Jahwes sanfte Fügung oder Gottes Mitgefühl? Als sie Aaron während des etwas hastigen Treffens in dem Café (unter anderem) von Joe Gatterfords Tod erzählte und dass sie am Morgen von dessen Agenten in Philadelphia angerufen worden sei, der für den kommenden Sonnabend eine Abschiedsfeier im engsten Freundeskreis organisierte, stellte sich heraus, dass Aaron etwa zur gleichen Zeit in Baltimore zu tun haben würde. Grund genug, sich zu verabreden und die Bahnfahrt bis Philadelphia gemeinsam anzutreten. Ein kleines Glück im großen Unglück.

Die Dubliner hatten noch am vergangenen Abend ihre Heimflüge umbuchen können und waren bis auf Weiteres in Ians kleinem Stammhotel in Hell's Kitchen untergekommen. Grace hatte sich mit sämtlichen Kindern am frühen Morgen von Patrick mit dem Van nach Flemington bringen lassen, wo sie bis zur Bestattung bleiben würden und von wo aus er, mit ein paar frischen Hemden ausgestattet, umgehend nach New York zurückgekehrt war. Bis zu Nigels Überführung würde er in Bellas Gästezimmer wohnen, um zu helfen, wo er konnte. Nachbarin Teresa war bereits unterrichtet worden und hatte prompt, übertrieben betroffen tuend, angeboten, ihn auf Wunsch zu bekochen, wo Bella doch von Philadelphia aus nach Flemington weiterfahren und sich also nicht würde kümmern können.

Ian und Louise hatten im »McInnes« ein neues Zimmer erhalten. Ian unterstützte sie in Sachen Formalitäten. Louise hatte am Morgen mit Nigels Kollegen in Nazareth telefoniert, während Ian schon mit einem Teil der Vorbereitungen für eine angemessene Feier in Flemington beschäftigt war. Wie man einen Toten angemessen jüdisch bestattete, der kein Jude war, wusste niemand. Ian verhandelte mit einem Bestattungsunternehmer und kümmerte sich nebenbei mit Patricks Unterstützung um allerlei Papierkram, von dem er bereits einiges Louise fertig ausgefüllt zur Unterschrift hatte vorlegen können. In der Klinik stand ihm freundlicherweise die Oberschwester zur Seite, brachte Formulare bei, sorgte für Auskünfte, gab Ratschläge und vereinfachte den Ablauf einiger unumgänglicher Erledigungen, die nach dem Ableben eines Patienten den Verwandten vonseiten der Verwaltung abverlangt wurden. Nur sie, Bella, schien überall im Wege zu sein; sie war der Sand im Getriebe, so kam's ihr vor. Nach dem Treffen mit Aaron war sie gegen Mittag ins »McInnes« geeilt, wo man sich zum Lunch verabredet hatte. Louise schmollte, ihr gefüllter Teller stand unangetastet da. Dass Bella sich den Besuch von zwei weit voneinander entfernt stattfindenden Feiern zumuten wolle, hatte sie mit Kopfschütteln quittiert. Ob es denn wirklich vonnöten sei, auch in Philadelphia dabei zu sein, wo sie doch selbst erzählt hätte, den dort Verstorbenen zu Lebzeiten »bedenklich selten« getroffen zu haben.

»Ich fahre am Freitag mit Aaron Key nach Philadelphia, um mich von Joost zu verabschieden. Von *meinem* Joost!«, konterte Bella. Louises Ignoranz kränkte sie. »Wenn du noch einen Funken Feingefühl hast, liebe Tochter, wirst du dafür sorgen, dass man die Feier in Flemington so legt, dass ich es dorthin schaffen kann.«

Louise schwieg stur. Auch Ian sagte kein Wort. Die Nerven lagen blank. Vermutlich begriff man erst heute, am Tag danach, was eigentlich passiert war. Wie damals bei Oz. So ganz konnte Bella den Zorn dennoch nicht überspielen. Ihr Blick verlor sich im Verkehr in der Tiefe, ihre Stirn berührte einen Augenblick das getönte Panoramafenster. Man schaute längs in eine der kleinen alten Straßen in SoHo. Mehr Passanten als Autos, was immer gleich auffiel.

»Es mag eigensinnig erscheinen: Aber gestern habe ich mir überlegt, dass wir auf das Angebot der Polizei *nicht* eingehen sollten, selbst auf die Gefahr hin, dass wir von der Stiftung eine Absage erhalten.«

Louise spielte nervös mit ihrer Gabel. Ihre Kiefer waren in Bewegung. Ohne den Blick zu heben, fragte sie: »In deiner Rolle als Hausmutter, oder wie? Du weißt aber schon, dass *ich* Chelseys Mutter bin und übrigens die vierzig erreicht habe. *Ich* trage die Verantwortung für die Zukunft dieses Kindes, und *ich* entscheide auch, wie in dieser Sache verfahren wird. Das großspurige *Wir* kannst du dir sparen, Mom!«

Bella behielt die Fassung, stellte mit ruhiger Stimme die Wichtigkeit gemeinsamen taktischen Vorgehens heraus. »Sollen wir unsere Seelen dem Teufel verkaufen?«

»Geht's eine Spur weniger pathetisch, Mom?«

»Nein.«

Nein!, wiederholte Bella im Stillen und schielte zu Ian, der weiter an einem Streifen Putenbrust schnippelte und die Stücke mit süßem Senf verzehrte.

»Wir müssen einen Kompromiss finden«, erklärte sie. »Gemeinsam. Und wir wären klug beraten, wenn wir uns auf Aarons Ratschläge einließen … die er uns eigentlich gar nicht geben darf.«

Louise verlor die Farbe. Man sah, dass sie kurz davorstand, aus der Haut zu fahren. Ian richtete sich in seinem Stuhl auf und schob den Teller von sich. Seine Lippen waren gespannt, das Gesicht verhärtete sich. »Wenn ich jetzt Partei für deine Mutter ergreife, schmeißt du mir vermutlich deinen Teller an den Kopf. Ich tu's trotzdem, Louise. Dein heiliges Mutterrecht in allen Ehren, aber Bella hat recht.«

Louise feuerte mit Lachen zurück, es klang dermaßen verächtlich und bissig, dass Bella sich erschreckte.

»*Ich* habe Chelsey zur Welt gebracht, *ich!*« Sie sah Bella an. »Ihre Zukunft wirst *du* nicht mehr erleben, das weißt du genau. Du gehst mir auf den Wecker, Mom! Die ganzen Tage schon. Jetzt schleppst du uns auch noch diesen Aaron ins Haus! Kannst du mir mal sagen, was das werden soll?«

Das saß! Bella musste ordentlich die Zähne zusammenbeißen, sich an die Kandare nehmen – all die wohlerprobten Werkzeuge und Waffen der alten Zeit.

»Louise!«, warnte Ian – und bekam umgehend die Quittung.

»Kannst du dich bitte mal raushalten? Du gehst mir genauso auf die Nerven mit deinem ewigen Verständnis für sie. Die arme alte Grannie, auf die wir alle bitte Rücksicht nehmen müssen, weil sich das so gehört! Ich nehme jetzt einfach mal Rücksicht auf mich selbst, ist das gestattet? Ich bin Witwe und werde von jetzt an zwei Kinder allein großziehen müssen. Kommt euch das bekannt vor? Und bevor du mich jetzt daran erinnerst, Mom, dass ich ja immerhin Ian an meiner Seite habe, während du damals mutterseelenallein warst, erkläre ich euch beiden hiermit, dass ich dankend verzichte. Versteh mich nicht falsch, Ian! Ich mag dich. Ich freue mich, dass du mir hilfst. Aber ich werde mein Leben selbst bewältigen. Ich möchte nicht, dass du an Nigels Stelle trittst. Ich möchte es nicht! Und wenn du, Mom, dich um deinen Joost kümmern musst, kümmere ich mich ausnahmsweise mal um mich selbst. Vielleicht werden wir auf diese Weise alle glücklich …«

Sie flennte. Na klar! Bella konnte nicht länger hinsehen. Und Ian fiel drauf rein! Nahm eine frische Serviette von der gegenüberliegenden Tischseite und bot sie höflich an. Louises Mund und Kinn bebten. Mit einer blitzschnellen Bewegung schlug sie Ian das Tuch aus der Hand. Es flatterte schneeweiß ein Stück durch die Luft und landete auf dem Boden. Die wenigen Gäste und Kellner blickten längst neugierig her.

Es fiel Bella nicht leicht, die Ruhe zu bewahren. Sie zwang sich, die Lage aus Louises Blickwinkel zu sehen. Dass sie in der Tat dastand wie sie selbst damals vor dreißig Jahren – das Leben zwar nicht komplett noch vor sich, wie man sagt, aber doch mittendrin und mit einer guten Portion Zukunft im Portfolio.

»Wenn das späte Rache für die Vernachlässigungen sein soll, Tochter, die ihr damals habt ertragen müssen, dann lasse ich mir diesen Mühlstein jetzt umhängen.«

Sie beobachtete Louise, die den Mund verzog, weil der »Mühlstein« natürlich überzogen war. Hatte er auch sein sollen. Gleichwohl spürte sie schon, dass Louise zurückruderte. Ein bisschen jedenfalls. Bella suchte nach einer weiteren diplomatischen Antwort, um zu schlichten, merkte aber, dass es ratsamer war, erst einmal abzuwarten. Das mit den Vernachlässigungen hatte sie leise gesagt, um die allgemeine Aufmerksamkeit zu dämpfen. Tatsächlich schaute niemand mehr her.

Ian wirkte unentschieden, ob er sich erneut in die Schusslinie begeben sollte. Bella stellte sich (hoffend) vor, dass ihm eine Verteidigung auf der Zunge läge, etwas gegen die Attacke auf Aaron – dass sie, Louise, sich schämen solle, die Mutter so vor den Kopf zu stoßen. Leider sagte er nichts.

»Wenn du denkst, ich sollte mich lieber aufs Sterben vorbereiten, statt die Bekanntschaft von Männern zu machen, dann solltest du auch damit rechnen, dass ich unseren Zusammenkünften in Zukunft freiwillig fernbleibe. Wie sagt man heute? *Ich bin raus!*« Sie wartete vergeblich, dass Louise hochschaute. »Keine Zukunft, dann bitte auch keine theatralischen Treffen mit steif dahergesagten Erinnerungssätzen mehr!«

Louises Blick blitzte kurz herüber. Sie weinte nicht mehr, auf ihren Wangen leuchteten rote Inseln. Ian klopfte auf den

Tisch. »Hallo! Vielleicht gibst du deiner Mutter einfach mal die Chance, darzulegen, wie sie mit ihrem Bekannten verblieben ist. Wir können natürlich auch weiter Beleidigungen austauschen.«

»Idiot!«, zischte Louise.

Er grinste. »Bella, sieh dich vor! Gleich sind wir wieder bei den Ohrfeigen. Aber damit kennst du dich ja aus!« Das war unpassend, weil es Nigel betraf. Ian merkte es selbst, sein Grinsen erlosch.

»Ich sag dir was«, begann Bella und blickte auch Ian kurz an. »Am Freitag, als wir hier den ersten Tag zusammenkamen, dachte ich, dass wir eine ganz normale und vernünftige Familie seien. Mir ging eine Menge Zeugs durch den Kopf, zum Beispiel, dass dieser irische Bursche hier viel besser zu dir gepasst hätte als Nigel. Damals. Da wusste ich noch nicht, dass du längst selbst auf die Idee gekommen bist. Reg dich nicht auf! Nigel hätte es mir nicht verübelt, so was zu sagen. Er hatte Humor, mehr, als ich glaubte. Was ich von dir nicht sagen kann.«

Louise starrte auf ihren Teller.

»Bloß, weil du auf die vierzig zugehst, berechtigt dich das noch lange nicht, anzunehmen, du wüsstest, wie ich mich fühle. Du hast keine Ahnung, wie das ist, auf die achtzig zuzugehen. Noch sieben Jahre bis dahin, das ist nichts, wenn man sieben Jahrzehnte auf dem Konto hat. Ich stehe vor dem großen Aus! *Du* hast noch die zweite Hälfte vor dir. Das ist Panik, was da in mir brummt und summt.« Sie klopfte sich gegen den Kopf. »Ich kann machen, was ich will, es hört nicht auf.«

»Willst du mir Angst machen?«, fragte Louise. »Oder muss ich mir Sorgen machen, Mom? Ich meine, da oben bei dir …« Sie tippte sich gegen die Stirn.

»Ich will, dass wir eine vernünftige Familie bleiben.«

»Und deshalb erzählst du dieses schräge Zeug? Ich finde, wir haben jeder unsere besondere Rolle. Meine ist mit Chelsey verbunden. Deine ist die der Überlebenden, du hast dein ganzes Leben Wert darauf gelegt. Schieb jetzt nicht alles aufs Alter, wenn du nicht mehr klarkommst!«

»Ah ja! Nichts ist bequemer, als eine echte Überlebende in der Familie zu haben. Sie hat *überlebt*, danach normal weiterzuleben wäre so was wie unanständig gewesen. Wenn sie es *ganz* richtig machen will, die Überlebende, dann läuft sie traurig und gebeugt umher, sitzt am Schabbat mit anderen Davongekommenen an der Kaffeetafel der Gemeinde, einen Teller Hamantaschen vor der Nase und macht ein noch ernsteres Gesicht als alle zusammen.«

»Hör bitte auf, Mom!«, rief Louise. »Erzähl keine Sachen, die du in der Gemeinde niemals sagen würdest und die du selbst nicht glaubst!«

»Die Gemeinde! Der Rebbe Hecht hätte mich am liebsten rausgeworfen, als ich mal sagte, dass die Shoah weniger eine jüdische Verpflichtung sei als eine deutsche. Das Nie-Wieder müssen die Deutschen verwirklichen, nicht wir. Das Unfassbare an der Shoah sind nicht die Opfer! Jede israelische Schulklasse muss Auschwitz vor Ort ertragen; ich wünsche mir, jede deutsche Schulklasse müsste es auch. Aber die denken nicht dran. Die Deutschen haben dem Antisemitismus die historische Unschuld geraubt. Hass hat es immer gegeben: Hass auf Frauen, auf Schwarze, auf Fremde, auf Juden. Dann kamen die Nazis. Die haben es geschafft, dass die Deutschen heute sogar bei Luthers Wut auf die Juden seiner Zeit Mengele und Himmler durchschimmern sehen.« Ihr war plötzlich selbst nicht ganz wohl bei dem, was sie da vortrug.

»Was redest du da für ein Zeug, Mom? Wir sitzen hier beisammen, weil Nigel tot ist, und du versteigst dich in wüste Theorien über das Wesen der Shoah!«

Bella nickte und entschloss sich, das anzusprechen, was nötig war und warum man sich eigentlich zum Lunch verabredet hatte. »Aaron meint, dass bei der Polizei *zwei* Verhörprotokolle erstellt worden seien.« Sie ignorierte Louises sofortiges Verziehen des Mundes, Aufreißen der Augen, beleidigtes Nicken und Den-Kopf-zur-Seite-Drehen. »Die Dinger liegen wie Kriegsgeheimnisse im Safe. Je nachdem, wie wir uns entscheiden, wird das nicht passende vernichtet. Wir sollen das nicht auf die ganze Behörde beziehen, sagt er. Eigentlich sind es nur zwei Leute, die diese Politik dort betreiben. Aber es hindert sie eben niemand daran.«

»Weißt du, was ich nicht verstehe, Mom? Warum dieser Mann dir das alles erzählt. Ihr kennt euch erst zwei oder drei Tage. Da stimmt doch was nicht. Merkst du das nicht selbst?«

Das Misstrauen war natürlich berechtigt. Bella entgegnete trotzdem das, woran sie glauben wollte. »Er findet mich sympathisch.« Sie blickte herausfordernd. »Kannst du dir nicht vorstellen, oder?«

Louise machte bei Weitem nicht das erwartete Gesicht. Sie überlegte einen kurzen Moment und erwiderte: »Ich finde, wir sollten uns das kriminelle der beiden Protokolle aushändigen lassen. Wir unterschreiben es und schicken es zusammen mit einem Brief an den Oberstaatsanwalt. Man darf doch hoffen, dass sich die Staatsanwaltschaft für so etwas interessiert …«

Bellas Verblüffung hatte etwas körperlich Spürbares, ein Gewicht in der Brust, ein Brocken Stolz. Meine Tochter! Na bitte!

»Darf ich fragen, wie ernst du das meinst?« Plötzlich bekam sie Appetit. Ian hatte sein Stück Putenbrust verzehrt. Es gab geräucherten Lachs und Toast, der aber bestimmt kalt und hart geworden war. Sie nahm sich trotzdem etwas. Bat Louise um Tee und hielt ihr die Tasse hin.

»Wieso denkst du, ich könnte es nicht ernst meinen? Es gibt da noch etwas: Nigel bat mich, es nicht an die große Glocke zu hängen. Ich denke, das ist jetzt außer Kraft.« Man sah, wie sehr sie sich zusammennahm, um die Tränen zurückzuhalten. »Er wartete täglich auf Post aus Jerusalem. Auf einen Brief von Yad Vashem. Die Antwort auf eine Frage. Er hat dort angefragt, ob sie auch einen Araber, einen Ägypter, in die Reihe der Gerechten unter den Völkern aufnehmen würden. Nigel hat alles gesammelt, was er über Dr. Fareed und dich finden konnte. Er wollte es dir erst sagen, wenn die Antwort da ist. Du bist ja direkt mitbetroffen, und eine Absage würde dich vielleicht zu sehr enttäuschen, meinte er.«

Bella brauchte einen Moment, um richtig zu verstehen, was Louise da gerade gesagt hatte. Eine Sekunde lang hatte sie mit dem Schreck zu kämpfen. Nigel war doch gerade noch der Feind gewesen, bis … Mehr oder weniger jedenfalls. Zum Glück war so etwas wie Waffenruhe daraus geworden – von ihrer Seite auf jeden Fall.

In Nazareth liege ein Nachsendeantrag, berichtete Louise weiter, hierher, nach New York, fürs »McInnes«. Die Anfrage sei vor etwa vier Wochen rausgegangen. Nigel habe sogar entfernte Verwandte in Kairo aufgestöbert, sich aber auch dort noch nicht gemeldet.

Bella wurde klar, dass von sofort an eine vollkommene Neu- oder Umorientierung vonnöten war. Die Gestalt des Raums, der Fenster und Türen, alles hatte schlagartig die flüchtige Vertrautheit eingebüßt, die sie bis eben noch wahrgenommen hatte. Als gehörten das Holz der Möbel, die Farben der Wände, der Stoff der Stühle einer Wirklichkeit an, die es vor drei oder vier Minuten noch nicht gegeben hatte. Das gesamte Treffen erschien schlagartig in einem vollkommen veränderten Licht. In welchem, musste sich zeigen.

»Das hätte er uns doch sagen müssen«, bemerkte Ian.

»Ja, vielleicht«, erwiderte Louise. »Hat er aber nicht. Er glaubte, wenn Yad Vashem den Ägypter Dr. Fareed ehre, wäre das ein wichtiges politisches Zeichen.« Louise wischte sich neue Tränen von den Wangen.

Bella begriff, dass es zwischen der Tochter und Nigel eine Annäherung gegeben haben musste. Jedenfalls hatte sie Louise einmal mehr unterschätzt, wie es schien.

»Dürfen wir davon ausgehen, dass du Zugang zu den Unterlagen hast, die Jerusalem erhalten hat?«

Louise bestätigte es. Aber wieso hatte Nigel sich so feindselig aufgeführt? Hatte er sie auf die Probe stellen wollen? »Wenn Nigel sich nie richtig angenommen gefühlt hat, fällt mir als Familienoberhaupt die Hauptschuld daran zu.«

Die Gewissheit, dass es kein Gespräch mehr zwischen ihnen geben würde, war nun noch quälender. Er war zu jung gewesen für den Tod. Es war nicht rechtens, wenn etwas, sei es aus dem Jenseits oder Diesseits, die gute Ordnung störte und Kinder *vor* den Eltern von der Erde rief … »Es gehört sich nicht!« Alle blickten sie fragend an. Sie schüttelte den Kopf und hatte einen metallischen Geschmack im Mund.

»Eine Frage noch …« Bella wartete, bis Louise sie ansah. »Findest du mich eigentlich hart, gefühllos, unsensibel oder so?«

»Ja. Und nicht nur ich, Mom. Leider. Schon immer.«

Als sie später wieder durch die Panoramafenster nach draußen blickte, fiel Bella die Luftaufnahme im Berliner Zwergenzimmer ein. Erst während der Atlantik-Überfahrt war ihr aufgefallen, dass sie vergessen hatte, Erika zu bitten, das vergilbte Zeitungsbildchen von der Wand zu nehmen. Sie hätte es gern mitgenommen. Vielleicht hing es heute noch dort oben auf der steinalten Tapete.

Das Foto hatte das New York Ende der Zwanzigerjahre gezeigt. Wenn sie damals auf das Bild geschaut hatte, war es ihr unmöglich erschienen, durch ein solches Dickicht von Straßenschluchten zu laufen, ohne erdrückt zu werden. Zugleich hatte sie den Wunsch, es einmal zu riskieren.

Was sie sich nicht hatte ausmalen können, waren Arbeit und Zeit, die es gekostet haben musste, all das zu erbauen. Es war zu groß, zu viel, zu mächtig, um es sich als menschengemacht vorzustellen, als eine riesige Menge regulärer Baustellen mit Holzgerüsten und Maurern, wie sie es aus Berlin kannte. Als sie später hier das erste Mal die Fotografie der elf Arbeiter beim Lunch auf einem Stahlträger in bestimmt sechshundert Fuß Höhe beim Bau eines der Rockefeller-Hochhäuser gesehen hatte, beschlich sie eine Ahnung des Wagemuts, der Waghalsigkeit, die erforderlich gewesen waren, um diese unglaubliche Stadt zu errichten – die Mühen, Ängste, Risiken und Lebenszeiten, die in jedem Stein verborgen waren. Jenseits des unscharf sichtbaren Gewimmels der New Yorker Straßen enthielt das Bild in dem Zimmerchen ein Meer menschlicher Schicksale, die nicht mit den Augen zu sehen waren. Nicht mal unscharf. Das Foto wurde zur Parabel auf das Unsichtbare im Sichtbaren.

Die Aufregung nach dem Auszug aus Hasibs Gefängnis-Wohnung, beim Wiedersehen mit der Mutter, der Oma und später auch dem Vater, beim Abschied von Dr. Fareed, Erika und Joost – das ganze Gefühlsdurcheinander, hinter dem die Fotografie verständlicherweise verschwunden war, hatte sie damals bis auf den Dampfer verfolgt und beschäftigt, als längst nur noch Wasser um sie her war. Wasser und die Horizontlinie, die auch nur eine Illusion war, wie so vieles – etwa die Sicherheit, die sie während der fast vier Jahre mehr oder weniger empfunden hatte. In Wahrheit, das wurde ihr während der Überfahrt klar, war sie keinen Herzschlag, keinen Atemzug lang je *sicher* gewesen. Weder in der Arztpraxis noch im Zwergenzimmer, bei Hasib oder sonst irgendwo. Nicht mal, als alles endlich vorüber war und es keine Nazis mehr gab. Denn natürlich gab es sie weiterhin. Überall.

Als der Vater aus Strausberg zurückkam, erzählte er sofort, dass er sich auch nach dem 8. Mai hatte vorsehen müssen. In der Umgebung kannte man ihn als Korbflechter des Großbauern, und viele hätten geahnt, dass etwas nicht stimmte mit ihm. Ein Jud' also!, hieß es bei Kriegsende. Noch dazu einer, der versteckt worden war und seine Haut hatte retten wollen. Der

Krieg ist verloren, und der Kerl hat womöglich die Stirn zu triumphieren, ja, es kommt so weit, dass man gezwungen wird, sich bei ihm zu entschuldigen … Am Bahnhof, bevor der Vater den Zug nach Berlin bestiegen hätte, habe ihm dann auch irgend so ein unbelehrbarer Bengel ins Gesicht geschlagen. Als der Vater schließlich, den Rucksack in der Hand, vor der Tür des Camps für *Displaced Persons* im Berliner Norden stand, in dessen Nähe die Familie die Zeit bis zur Abfahrt nach Bremerhaven überbrückte, hatte er allen einen gehörigen Schrecken eingejagt. Sein Gesicht schillerte grün-blau und die linke Wange war geschwollen wie ein Kugelfisch.

Joost hatte später ähnliche Geschichten erzählt. Kein Deutscher sei fähig gewesen, einen Fehler zu erkennen. Wenn doch, wurde der »Führer« sorgfältig herausoperiert, wurden alle möglichen anderen Leute beschuldigt, wurde starrsinnig behauptet, dass Hitler belogen, hintergangen, betrogen worden sei, sonst wäre »alles gut« geworden.

Der Abschied vor der Fahrt nach Bremerhaven bildete so etwas wie das Epizentrum der »arabischen Rettung«. Über diesen Moment redete sie am seltensten. Er war zu zerbrechlich, womöglich angreifbar, etwas beinahe Heiliges. Die letzte Begegnung mit der »verschworenen Gemeinschaft« zum Beispiel. Die Männer verhielten sich formell, geradezu kühl, und hatten Bella damals an Dr. Al-Mawardis erstes Auftreten in der Charité erinnert. Erika und die Gattin des Chirurgen dagegen drückten sie herzlich und weinten, wie es sich gehört. Hasib wiederum, der halbe Ehegatte, dem sie solche Nähe am ehesten zugestanden hätte, blieb überraschenderweise ebenfalls auf Distanz, gab ihr die Hand, unbeholfen, ein bisschen lächerlich sogar. Vielleicht litt er an seinem gebrochenen Herzen und gefiel sich in der Rolle des verschmähten Liebenden.

Die letzte Zusammenkunft fand im »Humboldt-Haus« statt, das von den *Flying-Fortress*-Bombern einigermaßen verschont geblieben war. Dr. Fareed mimte gekonnt ihre erste Begegnung in seiner Wohnzimmerpraxis und unterzog ihr Ohr einer ebenso berührungslosen wie galanten Untersuchung. »Die Pharaonen, Fräulein Bella, senden gerne mal eine mehr oder weniger harmlose Inflammation an die eine oder andere Stelle des Körpers, je nachdem, welche weiteren Schritte sie planen und welche Zwecke sie verfolgen. Sie leben! Sie leben! Ich hoffe wirklich, Sie glauben mir endlich, dass unsere beiden Aquarien mehr waren als mit Wasser gefüllte Glaskästen, in denen ein paar lustige Fische umherschwammen.«

Das Café hatte geschlossen, aber die Räume des verwaisten »Islam-Instituts« waren geöffnet worden, eigens um Bella und der Familie Lebwohl zu sagen. Sie selbst schmolz vor lauter Verlegenheit und angesichts der Frage, wie sie sich bedanken sollte. Das Einzige, das ihr einfiel, war das ehrliche Versprechen, in den Staaten eine Schule zu besuchen und später das Medizinstudium aufzunehmen. Draußen im Vorgarten des Hauses fand der eigentliche Abschied statt. Dort flossen die meisten Tränen, wurden die meisten Worte nicht gesagt, meldete sich die größte Verlegenheit, waren die Hände am feuchtesten. Die Familie und sie gingen in Richtung Ku'damm, die Gemeinschaft strebte entgegengesetzt, Richtung Lietzenburger Straße. Bella schaute immer wieder zurück, so lange, bis kein Gesicht mehr zu erkennen war.

Der Abschied von Joost war ein eigenes Gefühlsding gewesen. In ihrem Gedächtnis hatte sich der Augenblick als eine Art Empfindungsskelett erhalten, von dem Bella glaubte, dass es *nicht* nachgebildet war wie all die anderen Gefühle und dass sie damals tatsächlich das empfunden hatte, woran sie sich erinnerte. Wieder ein anderer Standort. Man stand auf dem Dahlemer Bahnhof und wartete auf den Zug. Immer wieder zogen Wellen von Gerüchten vorbei, wann die Dampflokomotive einfahren würde. Mehrere Hundert Menschen bevölkerten den Bahnstein seit Stunden. Eine Gruppe Helfer schob einen Handkarren umher und verteilte eine Art Schiffszwieback an Frauen und Kinder. Die wenigen Taschen und ein Koffer mussten bewacht werden. Überall standen alliierte Soldaten herum. Der Himmel war bedeckt, ab und zu nieselte es leicht. Ans Unterstellen war nicht zu denken, vom Bahnhofsgebäude waren nur noch ein paar Wände stehen geblieben.

Erika hatte mit Joost Verbindung aufgenommen. Plötzlich sah Bella ihn zwischen den Leuten stehen und hätte fast einen kleinen Schrei ausgestoßen. Die Oma bemerkte ihre Aufregung und ließ sich nur mühsam besänftigen, weil sie glaubte, da sei jemand Gefährliches aufgetaucht. Bella winkte und schließlich stand er vor ihr. Er selbst, die Hände, die Stimme, das lange Haar, der helle, wache Blick. Sofort hatte sie eine Woge bedrückender Ahnungen erfasst, dass sie ihn hier das letzte Mal sehen und keine zweite Gelegenheit haben würde, ihn im Arm zu halten, zu küssen. Ihr war sonnenklar, dass sie eisern und herzlos auseinandergerissen würden. Da hatten sie nun stundenlang gewartet, und anstatt dass der Zug weiter auf sich warten ließ, würde er bestimmt jeden Moment einfahren und einen hastigen, hässlichen, unerträglichen Abschied erzwingen.

Genau so kam es. Kaum hatte sie Joost Gattermann den Eltern und der Oma vorgestellt und noch einmal in Stichworten erzählt, wie man einander kennengelernt hatte, da wölkte zischend und fauchend die Lok heran, das schwarze Ungetüm, ein grausamer, alles verschlingender Drache. Der Vater verlud das Gepäck, dann half er der Oma auf die kurze Treppe. Die Mutter folgte, er selbst kletterte hinterher, und schließlich standen Joost und sie alleine, etwas abseits, suchten nach Worten. Der Atem stockte, das Herz polterte, man hielt einander an den Händen, blickte sich an, die Leute drängelten, schimpften, die Lokomotive mahnte schrill pfeifend zur Eile. Sie rissen sich auseinander. Bella griff noch einmal seine Hand, eine Sekunde lang, dann stieg sie selbst die Stufen hoch, eilte ins Abteil und sah zum Fenster hinaus. Wagte nicht noch einmal, die

Hand hinauszustrecken, nahm sich an die Kandare, biss die Zähne zusammen und merkte, wie der Zug losfuhr. Joost blieb zurück, winkte, rief etwas, das sie nicht hören konnte. Tauchte zwischen Leuten weg, lugte noch einmal hervor. Dann nichts mehr.

Während der Atlantikpassage hatte sie Abend für Abend im Bauch des Schiffs gelegen und an diesen Augenblick gedacht. Gut möglich, dass sie damit auch die Furcht vor dem neuen Leben im Zaum gehalten hatte. Nachts jedoch, wenn das Vibrieren der tonnenschweren Schraubenwelle (wie der Vater ihr erklärt hatte) in ihren alten, ausgeschlagenen Lagern an- und abschwoll und das Schiff zum Beben brachte, verlor sie sich in Fantasien. Wie es hätte werden können, wenn Joost mitgefahren wäre. In Gegenwart der Familie ließ sie sich nichts anmerken. Die Oma hakte einmal nach. Was es da eigentlich mit dem hübschen Bengel auf dem Bahnsteig auf sich gehabt habe. »Biste verliebt? Dett is doch wunderbar!«

»Nee, Oma. Gar nichts ist wunderbar.«

»Bella, Menschenskind! Du hast ja recht. Ick Ochse! Siehste mal, dett mit mir alten Schrippe nüscht mehr los is … Und nu och noch Amerika!«

Ausgerechnet auf dem Atlantik, auf dem Tag und Nacht stampfenden Dampfer ins neue Leben, machte Bella eine Entdeckung. Wo sie Nacht für Nacht in der nah der Wasserlinie des Schiffs gelegenen stickigen Acht-Kojen-Kabine mit Beklemmungen und gegen die Vorstellung kämpfte, die eiserne Seeschlagblende des Bullauges könne plötzlich aufspringen. Wo sie die Hand an die brausende Stahlwand legte, um das vorüberströmende Wasser zu spüren, und wo sie am Tage an der Reling stand und auf den Meeresboden hinabschaute und sich Fische, Pflanzen, Riffe vorstellte, havarierte Handelsschiffe, von Riesenwellen verschlungene Walfänger, die uralten Rumpfgerippe spanischer Koggen. Dort wurde sie eines Nachmittags von einem jungen Mann auf Englisch angesprochen. Seine Augen ließen sie an Joost denken. Er trug einen blauen Overall, wurde von seinen Kollegen *Sparks* genannt und war der Funker. In seiner kleinen Kabine gab es neben der Koje, dem Tisch mit diversen Sendern und Empfängern, einem Schrank und zwei Stühlen auch ein Aquarium.

Sparks' Einladung in seine hochfrequente Welt erwies sich als moralisch unbedenklich. Die Kabine lag eingeklemmt zwischen einem verkehrsreichen Gang, der zur Kombüse führte, und dem winzigen Behandlungsraum des Schiffsarztes, eines weißhaarigen Seelöwen in blechhart gestärktem Anzug, der lustig knarzte, sobald der Mann Arme oder Beine bewegte. Die Tür der Funkerkabine stand nicht nur stets weit auf, sondern der Boden davor und dahinter war mit Kisten und Zeugs zugestellt, sodass Sparks nicht einmal die Idee hätte entwickeln können, den Rest der Schiffswelt für einen möglicherweise gefährlichen Moment aus- und sich selbst mit seiner Besucherin Bella einzuschließen.

Sie durfte sich neben ihn setzen. Er schob sich einen Kopfhörer auf die Ohren und fingerte an einem seiner Apparate herum, nahm ein zweites Paar Hörer und klemmte es behutsam Bella auf den Kopf.

»*Radio Casablanca!*«, sagte er, als hätte er geahnt, dass sein Gast für arabische Stimmen und Klänge empfänglich war – wenn auch nicht frei von Zwiespalt. Bella horchte und sah, wie Hasib vor ihr tanzte, und machte dem Mann mit Joosts Augen das Geschenk einer beeindruckten Miene. Sparks verschwand im Gang und kehrte mit einem Becher Tee und einer Dose Ingwerkeksen zurück. Bella staunte; von Ingwer hatte sie noch nie etwas gehört. Nicht mal in Hasibs Küche. Man trank. Neue Sender wurden gesucht. Am besten gefiel ihr ein ulkig hüpfender Singsang, vermutlich asiatisch beheimatet, der von einem Orchester wüst zirpender Saiteninstrumente begleitet wurde, die gewiss ebenso exotische Namen trugen wie ihre unsichtbaren Virtuosen. Während sie zuhörte, wanderte ihr Blick zwischen Sparks' Augen und den Stellen auf einer Wand-Weltkarte hin und her, auf die er bei jeder neuen Einstellung tippte.

Das Aquarium war kleiner als die beiden in der Berliner Praxis. Aber die fünf oder sechs Fischlein leuchteten nicht minder prächtig und küssten auch das Glas mit ihren Schnütchen, um Bella anzuglotzen – wie Kamals Pharaonen.

»*I'm jewish, too*«, erklärte Sparks und verwickelte sie in ein Gespräch, dem sie etwa zur Hälfte folgen konnte. Das Blöde war, es fühlte sich alles ein bisschen an wie bei Hasib. Sparks war sehr bemüht, zuvorkommend und machte spürbar Reklame für sich – allerdings ebenfalls auf eine Art, die sie nicht anziehend fand, um es rücksichtsvoll auszudrücken. Und er hatte Joosts Augen, war aber der verkehrte Mann! Er konnte nichts dafür, das war klar, und er tat ihr leid. Als er mit seiner Sendersuche fast den Erdball umrundet hatte, war sie nur noch damit beschäftigt, nicht aufmunternd zu wirken, keine einladende Geste zu machen, seinem Blick auszuweichen und deutsch-englische Antworten zu stammeln, von denen sie nicht mal wusste, ob er sie verstand. Irgendwann tauchte ihr Retter auf, ein Offizier von der Kommandobrücke mit einer Nachricht in der Hand, die es zu senden gelte. Die Morsetaste wurde bereitgestellt und Bella gebeten, ihren Platz zu räumen, was sie zügig und gern tat. Sie bedankte sich und entfloh erleichtert ihrem funkenden Verehrer.

Zwei Tage vor der Ankunft in New York stand sie an der Backbordreling und schaute zu, wie ein paar Männer an einer Winde hantierten, mit deren Stahlseil sie etwas sehr Schweres im Rumpf des Schiffes zu bewegen schienen. Das Seil kam aus einer entfernten Öse im Deck hervor, lief über eine Umlenkrolle und wurde vom schmierfettglänzenden Antrieb der Seilwinde auf die gewaltige Trommel gewickelt. Es bebte und surrte vor Spannung, man sah ihm an, welches verborgene Gewicht es zu bewegen galt. In einem Moment, als Bella gerade nicht hinsah, gab es einen Knall, ein lautes Fauchen raste dicht an ihr vorüber. Das Stahlseil war gerissen. Als sie hochblickte, sah sie in ein großes Loch im Holzrumpf eines Rettungsboots. Das Seil war eine Handbreit an ihr vorübergepeitscht und hatte das Boot getroffen. Der Schreck echote lange in ihr nach und warf noch seine Schatten, als sie in den ersten Wochen staunend durch die New Yorker Straßenschluchten gelaufen war. Sie war erneut davongekommen, hatte überlebt. In manchen Nächten tauchte heute noch das Rätsel auf, welcher Anteil an dieser zweiten Rettung den Fisch-Pharaonen zuzuschreiben war. Bella war nicht sicher, woher die Frage rührte: aus ihrem Herzen (wie es sich gehörte) oder von ganz woanders?

Im Zug nach Baltimore führte Aaron Key seine heimlich entzückte Begleiterin geradewegs in den Restaurantwagen, wo es ihm offensichtlich gelungen war, zwei Plätze frei halten zu lassen. Er wartete, bis sie Platz genommen hatte. In Fahrtrichtung.

»Ich nehme an, Sie bevorzugen diese Richtung«, sagte er. Ihm selbst mache das Rückwärtsfahren nichts aus.

»Ich gebe zu, dass ich aufgeregt bin«, fuhr er fort. »Ein fast vergessenes Gefühl. Sollen wir uns die Weinkarte bringen lassen? Oder finden Sie das unangemessen angesichts des Zwecks Ihrer Reise? Ich möchte nicht pietätlos wirken.«

»Unangemessen höchstens angesichts meines Alters«, entgegnete sie und zähmte ihre Vergnügtheit. »Wussten Sie, dass es ein bestimmtes Enzymsystem gibt, das im Stoffwechsel den Abbau von Alkohol kontrolliert? Dessen Wirkung lässt im Alter nach, wie alles. Ergo: Sie setzen sich dem Verdacht aus, mich betrunken machen zu wollen, Monsieur.«

»Und genau das ist natürlich mein Plan. Und wenn Sie dann in Philadelphia aussteigen müssen, Doktor Servos, kann ich Sie wie Arnold Schwarzenegger über die Türschwelle des Zugs auf den Bahnsteig heben … Ich finde, allein darauf müssen wir anstoßen. Was sagen Sie?«

Der Ober wurde gerufen, die Bestellung erfolgte. Schließlich brachte er »das Beste aus dem rollenden Vorrat«– einen französischen Weißwein aus der Bourgogne.

Als die Gläser gefüllt waren, blickte Key sie an. »Haben Sie und Ihre Familie sich entschieden?«

Bella musste eine leichte Enttäuschung niederringen und verneinte. Ihr wurde plötzlich klar, mit wie viel Hoffnung sie den Waggon betreten hatte – Hoffnung, worauf? Da gab es also noch Glutfunken in ihr, aber hatte ihr das unangenehm zu sein in ihrem Alter? War es falsch, dass sie den Waggon nicht nur als Anwältin in Sachen Nigel und Familie betreten hatte, sondern auch als Frau mit Gefühlen?

Er riss sie aus ihren Gedanken. »Sie werden sich längst selbst gedacht haben, dass die neue Situation alles nur noch brisanter erscheinen lässt. Sobald die Behörde erfährt, was geschehen ist, wird man dort denken, dass die Familie nun erst recht aktiv wird, womöglich bereits aktiv geworden ist.«

»Ja, *die Behörde*, wie Sie es ausdrücken«, erwiderte Bella mit dünner Stimme. Als sich ihre Gläser berührten, war vom Klang kaum etwas zu hören. »Um ehrlich zu sein«, fuhr sie fort, »wir drücken uns alle ein bisschen um die Entscheidung. Vielleicht ist es noch zu frisch und schmerzhaft; der Schreck steckt uns noch in den Knochen. Wir haben alle gehofft, dass die Sache ein besseres Ende nehmen würde. Ich bin gar nicht sicher, wie ich mich wirklich fühle. So richtig ist die Wahrheit auch bei mir noch nicht angekommen. Hatte ich Ihnen erzählt, dass ich mit meinem Schwiegersohn bis vor ein paar Tagen zerstritten war? Kaum gab es so etwas wie eine Waffenruhe zwischen uns, passierte es. Jetzt fühlt es sich an, als hätte ich einen scheußlichen Film gesehen, ein blutiges Theaterstück. Die Realität will sich nicht recht in die Wirklichkeit fügen oder umgekehrt. Als hätte sich die Trauer vor mir versteckt und wollte sich nicht finden lassen.«

Er ließ eine Sekunde verstreichen. »Ihre Familie und Sie treffen sich also regelmäßig, wenn ich das richtig verstehe. Eine Art Tradition.«

»Alle zwei, drei Jahre. Es gibt Schwiegeranhang in Irland,

der für ein paar Tage einfliegt. Aber so ganz einfach verlaufen die Treffen nicht. Da kommen plötzlich Geheimnisse und Überraschungen zum Vorschein, von denen man nie etwas geahnt hat. Na ja, das gibt's wohl in allen Familien.«

»Und wie! Bei uns gab's einen Onkel, der entpuppte sich eines Tages als Heiratsschwindler und Polygamist. Er schaffte es bis in die überregionale Presse. Ist lange her, ich war noch jung und ehrgeizig.«

»Wie ist Ihre Familie damit umgegangen?«

»Man genierte sich und ignorierte ihn. Was natürlich misslang. Es gab Vorwürfe und Verdächtigungen von allen Seiten, innerhalb wie außerhalb der Familie; ob da nicht womöglich noch ein anderer von uns so ein Janusgesicht habe. Je entfernter verwandt, umso verdächtiger.«

»Musste er ins Gefängnis?«

»Für zwei Jahre. Er hatte die Frauen um Geld betrogen. Als er freikam, rehabilitierte er sich, indem er seine erkrankte erste Ehefrau viele Jahre lang aufwendig pflegte. Auf diese Weise gewann er den Respekt zurück. Allerdings war man sparsam damit, ihn das spüren zu lassen, was ich damals ungerecht fand. Ich glaube an das Mysterium der Buße. Finden Sie das naiv?« Bevor sie antworten konnte, redete er weiter. »Ich glaube auch an die ausgleichende Gerechtigkeit im Leben. Für den Fall, dass es sie nicht gibt, möchte ich lieber gar nicht da sein. Schon sie in Zweifel zu ziehen macht unglücklich, finde ich.«

»Und die Shoah?«

»Die Shoah manifestiert meine Behauptung, Doktor Servos. Ich behaupte ja nicht, dass es die ausgleichende Gerechtigkeit tatsächlich gibt, sondern dass ich an sie glaube. Die Shoah hat gezeigt, dass uns ein Mangel an Gerechtigkeit über alle Maßen verstört. Ich denke, die Gottesidee ist die Beantwortung der Frage, wie und durch wen die ausgleichende Gerechtigkeit in die Welt kommt. Wir brauchen sie wie die Luft zum Atmen.«

»Oje, diese Juristen!«, bemerkte Bella schmunzelnd.

»Sie denken an Ihren Gatten, oder? Hat er Sie auch mit solchen Vorträgen gequält? Es gibt unter den Juristen zwei Typen: Die einen strecken ethisch die Waffen und kümmern sich irgendwann nur noch ums Recht. Die andern lässt die Gerechtigkeit nicht mehr los.«

»Ich glaube, Oz war in seinem Herzen gerecht.«

»Sie glauben, sind aber nicht sicher?«

Kein bisschen!, wäre die Antwort gewesen. Sie schwieg und brachte ein Lächeln zustande – eine unverbindliche Miene, die den plötzlich irgendwie sperrig wirkenden Mann immerhin davon abhielt, tiefer nachzubohren. Sie hatte keine Lust, ausgerechnet jetzt und hier über Oz zu reden.

Man studierte die Speisekarte, die Unterbrechung war wohltuend. Bella rang mit Enttäuschung. Wie weise es war, sich nie auf Hoffnungen zu kaprizieren! Dass sie es allerdings nicht mal schafften (er es vielleicht nicht schaffen wollte), wenigstens zur Verwendung der Vornamen zu gelangen, wenn sie einander anredeten, verletzte sie ein wenig und zeigte, dass sie »die Beziehung« vor sich selbst und den Töchtern falsch dargestellt hatte. Seine dauernde Anrede mit »Doktor Servos« klang, als führten sie ein Bewerbungsgespräch. Wieso hatte er eingangs vielversprechend »zugegeben«, aufgeregt zu sein?

»Jeder Tag ist ein Abenteuer«, sagte sie, um die Pause zu beenden. »Früher war alles Routine, heute scheint die Kette der Überraschungen und Seltsamkeiten nicht abreißen zu wollen. Man ermüdet schnell; die Kinder nehmen einen nicht mehr ernst; Erinnerungen fluten den Kopf. Noch nie hab ich so deutlich gemerkt, dass ich heute nicht dieselbe bin wie gestern und morgen eine andere als heute sein werde. Schlag auf Schlag …«

Sie bestellten das Essen. Diesmal war die Bedienung eine junge Schwarze mit walnussgroßen Kohlenaugen. Bella wählte Pilzrisotto, er polnische Pierogi mit gebratenen Zwiebelringen.

Bis die Teller gebracht wurden, kroch ein zäher Austausch von Kuriositäten zwischen ihnen hin und her, der Bella an das gewöhnungsbedürftige Porridge im Frühstückssaal des »McInnes« denken ließ. Ausgehend von namhaften Pferderennen, Roulette und einem Segelturn auf dem Hudson – nichts, was sie auch nur annähernd interessierte –, kamen die Erforschung neu entstandener Bakterienstämme zur Sprache, Hautkrankheiten als Folge des Genusses von belasteten Lebensmitteln, die verborgenen Gefahren beim Abbrennen von Moskitospiralen, des richtigen Reifendrucks bei Rennrädern und schließlich die Frage, ob die Asche kremierter Verblichener stets die gleiche chemische Substanz sei oder auch Spuren individueller Materie enthalte.

Während Aaron Key redete und sie ihn betrachtete, zeichnete sich die Einsicht ab, dass sie sich hier inmitten des viel beschworenen Generalverlusts befand und dieser mitnichten bloß eine Vision, sondern etwas Konkretes, Unvermeidliches, Unumkehrbares und Endgültiges von noch unbekannten Ausmaßen war.

»Die Devise lautet Abschied nehmen«, sagte sie kryptisch, als die junge Frau das Essen brachte. Es roch appetitlich.

»Wie bitte?«

»Der Generalverlust«, erwiderte sie mit diebischer Freude an seiner sichtbaren Irritation. Ihr wurde klar, dass kein Gran seines Interesses an dieser gemeinsamen Zugfahrt speziell auf sie gerichtet war. Vor ihm saß die juristische Verkörperung der familiären Entscheidung darüber, ob man sich erpressen lassen würde oder nicht. Wie hatte sie so blind sein können?

»Was denn für ein Abschied?«, fragte er.

»Von allem.«

»Doktor Servos, hören Sie bitte auf!«

»Zu spät.«

»Halten Sie vor Ihrer Familie irgendeine Diagnose zurück?«

»Akutes Altern.«

Sein Ausdruck verriet, dass er nicht die geringste Lust hatte, etwas für sie Aufmunterndes zu sagen, unabhängig davon, wie aussichtslos es wäre. Er unterdrückte einen Seufzer und sagte: »Vielleicht kann ich etwas wiedergutmachen, wenn ich *nicht* den Fehler begehe, Ihnen jetzt Rettungs-Komplimente zu machen? Aber das ist auch verletzend, oder? Sie machen eigentlich nicht den Eindruck einer Frau, bei der man sich in dieser Hinsicht Gedanken machen müsste ... Nein, egal, was ich sage, es ist zu spät.« Er begann, an seinen Teigtaschen herumzuschneiden.

»Nein bitte, es reicht, wenn ich pathetisch bin. Wie heißt es noch ... es gibt keinen anderen Weg, lange zu leben, als das Alter.« Kaum hatte sie es gesagt, bereute sie es schon.

Sie aßen schweigend. Bella war mit ihrem Risotto zufrieden. Aaron ließ nicht erkennen, ob es ihm schmeckte. Im Stillen blieb sie bei »Aaron«. Schließlich war sie es, die leichtsinnige Vorstellungen gehegt hatte. »Wie wäre es, wenn Sie sich darauf konzentrieren, herauszufinden, ob wir uns erpressen lassen oder nicht.«

Er schmunzelte geziert.

»Ich hab Ihnen den Appetit verdorben, stimmt's? ... Wie lange noch bis Philadelphia, bis Sie mich los sind?«

Er blickte auf seine Armbanduhr. Bella streckte die Waffen. Sah ein (endlich), dass sie wirklich und wahrhaftig mit falschen Erwartungen in den Zug geklettert war. Überraschenderweise tat es nicht so weh, wie sie erwartet hätte. Vielleicht konnten die Gefühle in der knappen Zeit noch keine Dornen ausbilden.

Der andere »wunde Punkt« war ihr Eingeständnis vor sich selbst, dass sie (auch endlich) mit der Altersquengelei Schluss machen und dem Gedanken ans Ableben die Hand reichen musste. Damit die Koffer gepackt sind, wenn der Zug kommt! Weil immer alle denken, der gerade einfahrende Zug sei für die andern und nicht für einen selbst. Bis ... ja, bis ... Also legte sie ebenfalls ihr Besteck an die Seite. Da guckte er schon aufmerksam.

»Seit wir uns trafen, frage ich mich, wieso Ihr Angebot nicht einfach nur blanke Empörung bei mir ausgelöst hat. Von der ersten Sekunde an. Anders gesagt, Mister Key: Sie haben mich vergessen lassen, dass die Familie und ich zu Komplizen krimineller Machenschaften würden, wenn wir auf Ihr Angebot eingingen. Es war Ihre gespielte Freundlichkeit, Sympathie, Ihr Mitgefühl und Einfühlungsvermögen, die Sie aus Ihrem beruflichen Waffenschrank geholt haben. Sie verstehen Ihr Handwerk, ich darf Ihnen keinen Vorwurf machen …«

Sie erhob sich und blickte ihn ein letztes Mal an.

»Leben Sie wohl!« Sie nahm ihre Tasche und verließ den Waggon. Aus den Lautsprechern kündigte eine plärrende Stimme das baldige Eintreffen in Philadelphia an.

Ein paar Minuten später, auf dem Bahnsteig, die Enden des Zugs und der Peinlichkeit verschwanden hinter einer Kurve, wurde Bella von einer jungen Frau erkannt, die schnurstracks auf sie zukam und sich vorstellte.

Lisa, bildhübsch. Sie sei eine Mitarbeiterin von Frederic Holstein, Joe Gatterfords Agent, der nicht etwa verhindert sei, weil ihn andere Geschäftstermine abhielten; vielmehr stehe seine Frau kurz vor der Geburt des dritten Kindes, eines Knaben nach zwei Mädchen. Fred habe seit zwei Nächten nicht mehr richtig geschlafen, weil die werdende Mutter verfrüht ins Krankenhaus gemusst hätte. »Sie lag frühmorgens in einem Fruchtwasserteich und nun hockt er neben ihr am Bett und schluckt Valium. Und morgen ist diese Feier für Joe. Ich weiß gar nicht, wie ich das allein hinbekommen soll.«

Bellas Köfferchen wurde vom Taxifahrer im Wagen verstaut; man nahm im Fond Platz. Lisa entschuldigte sich, dass man die Todesnachricht nicht habe persönlich überbringen können. Alle Versuche, Bella telefonisch zu erreichen, seien ohne Erfolg geblieben. Was sie nur bestätigen konnte und sie flüchtig das Familientreffen im »McInnes« erwähnen ließ, das am Freitag, den 7. August begonnen habe, also, wie sie nun wisse, nur zwei Tage nach Joes Ableben.

»Wir haben einen sehr schönen Platz im Quartier Rosemont bekommen«, sagte Lisa, »auf dem West Laurel Hill, einem hübschen alten Friedhof, auf dem einige Berühmtheiten liegen, Sadie Tanner Mossell zum Beispiel, die erste schwarze Frau der Vereinigten Staaten, die einen Doktortitel erworben hat.«

»Rosemont?«, wiederholte Bella.

Lisa nickte flüchtig.

»Ich wohne in New York City im Stadtteil Rose Hill.« Bella fasste sich an die Brust, es war einer dieser kleinen überfallartigen Schwindelanfälle, die zwei Sekunden dauerten. Hatte sie früher nicht gehabt.

»Haben Sie Schmerzen?«

»Es ist nichts. Machen Sie sich bitte keine Gedanken! ... Hat Joost sich diesen Friedhof gewünscht?«

»Joost?«

»Joe.«

»Er hieß Joost?«

Bella bestätigte und staunte über Lisas Verwunderung.

»Ich glaube, der gute Joe dachte, dass er nie sterben muss. Er hat Fred alles über Sie und diese unglaubliche Geschichte damals in Berlin erzählt.«

Bella merkte, dass das Interesse aufrichtig war. »Manchmal glaube ich es selbst nicht mehr. Ist einfach zu lange her. Es ist, als würde ich mir einen alten Film ansehen, in dem ich selbst mitspielen durfte.«

»Als ich es das erste Mal hörte, musste ich sofort an den Nahostkonflikt denken. Hat man Sie nie nach Israel eingeladen, um an Schulen über Ihre Rettung zu reden?«

Das Taxi überquerte den Fluss. Bella verneinte. Die Sonne

ließ das Wasser funkeln. »Sie glauben, dass die dortige Regierung an so etwas Interesse hätte? Das wäre schön, aber ich stelle es mir schwierig vor. Israel ist ein kleines, bedrohtes Land. Was ich erlebt habe, ist leider nur menschlich interessant, fürchte ich, weniger politisch.«

»Kommt es nicht gerade darauf an?«

»Schon. Aber wenn ein Land wie Israel mit dieser Maxime Politik machen würde, würde es am Ende so etwas wie das Schicksal Tibets heraufbeschwören.«

Lisa wusste nicht, was den Tibetern passiert war. Bella erklärte es in wenigen Sätzen. »Im Grunde behauptet China, dass die Tibeter auch Chinesen seien. Für China ist Tibet eine chinesische Provinz. Natürlich würden die Araber den Israelis gegenüber anders argumentieren, aber sie berufen sich auch auf die Vergangenheit. Dabei ist das alles Quatsch, wer wo zuerst oder immer schon war und so weiter. Auf dem Gebiet des heutigen Irak zum Beispiel hat es vor tausend Jahren überall Juden gegeben. Die mögen dort eine Minderheit gewesen sein, aber was heißt das? Dieses Sich-auf-Vergangenheiten-Berufen und wie es früher mal war, so was kann im Grunde jeder gegen jeden und überall anwenden, und es stimmt immer ein bisschen, wenn man sich die Wanderungen der Menschen über die Geschichte hin ansieht. Anders gesagt: Es stimmt nie ganz.« Bella dachte an Nigel und dass sie einiges von dem, was sie sagte, von ihm aufgeschnappt hatte. Und plötzlich war da dieser Impuls, sich Nigel herzuwünschen. Diesen lästigen Querkopf. Garantiert wäre er jetzt eine Hilfe, wo ihr selbst nichts Gescheites mehr einfiel zu Lisas sehr vernünftiger Frage, ob die Berliner Erfahrung nicht auch für andere einen Wert habe. Als Exempel. Der Gedanke also, dass nicht nur die Überlebenden der Lager etwas Wichtiges mitzuteilen hatten. Eigentlich hatte sie das immer gewusst. Der von allen gesprochene Satz bei den Familientreffen war gut und schön. Aber ein paar mehr Sätze über einen Menschen wie Dr. Fareed und die »verschworene Gemeinschaft« vor einer Klasse israelischer Schüler wäre weitaus nützlicher! Keine Geschichte über die Banalität des Bösen, sondern eine über die Exklusivität des Guten. »Lisa, darf ich Ihnen eine Frage stellen? ... Wie gut kannten Sie Joe?«

Die junge Frau schaute ernst nach draußen. Der Fluss und die Brücke lagen hinter ihnen, in der Ferne ragten kantig und abweisend die Bürohochhäuser auf.

»Ich mochte ihn«, sagte sie, »um das gleich vorauszuschicken.« Damit sandte sie einen kurzen, prüfenden Blick aus, der Bella sogleich veranlasste, etwas zu erklären.

»Nein, um Himmels willen! Es geht nicht um Eifersucht oder auch nur etwas Verwandtes. Ich habe mich vor mehr als einem halben Jahrhundert in Joost Gattermann verliebt, hier ist Joe Gatterford aus ihm geworden. Wir haben uns so selten getroffen, dass ich nicht einmal ein entferntes Anrecht auf diese Frage habe.«

Lisa zögerte einen Moment. »Ich mochte seine Zurückhaltung, auch wenn er damit oft zu weit ging, wie ich fand. Man wollte ihn manchmal packen und schütteln, damit er endlich nach vorne tritt und sich zeigt, dort, wo all die anderen stehen, die kaum etwas zu bieten, aber eine umso größere Klappe haben. Die Selbstzweifel, mit denen er sich quälte, waren nicht einfach zu verstehen. Immerhin hatte er Erfolg, keinen riesigen, aber man respektierte ihn. Er ließ sich nicht in Frieden.«

Bella hörte zu, sprang aber gedanklich zwischen Joost und Nigel hin und her. Was richtig war, wie sie fand. Beide Toten verdienten es, dass man an sie dachte, über sie redete, sie lebendig erhielt, solange es möglich war. »Woran ist er eigentlich gestorben?«

»Ein Aneurysma am Herzen. Die Gefahr war bekannt. Die Ärzte haben ihn gewarnt, aber er hat weiter geraucht und auch getrunken, glaube ich. Er hat sich nicht sehr geliebt.«

Das war ein bemerkenswerter Satz. Es war klar, dass es Lisas

Vermutung war oder die des Agenten. Joost hätte so etwas niemals eingestanden.

»Bei unserm letzten Treffen hier in Philadelphia«, sagte Bella, »das eine Ewigkeit her ist, meinte er, dass sein Leben darin bestehe, sich in seine Theaterstücke zu gießen … genau so hat er's gesagt: dass er immer leerer werde und mental nur noch Haut und Knochen sei. Es gebe keinen anderen Ort auf der Welt, den er sich als Zuhause oder Heimat vorstellen könne. Ich hab ihm das ausreden wollen. Aber Sie wissen bestimmt, wie schwer es war, ihn von seiner Meinung abzubringen.«

Die junge Frau lachte bestätigend. Ihr Haar war kurz geschnitten, sie hatte eine Jungenstimme. Bella betrachtete Lisa, sobald diese nach draußen schaute, und jedes Mal erschien sie ihr interessanter, betrachtenswerter.

»Joe hat lange an einem Filmskript gearbeitet, das er uns nie endgültig überlassen hat. Es gab einen Drehbuchentwurf, und wir waren schon mit *Time Warner* im Gespräch. Immer, wenn es konkret wurde, machte Joe einen Rückzieher, so lange, bis die Filmfirma irgendwann abgewunken hat. Ärgerlich. Es spielt im Krieg, in Berlin, im Zentrum steht ein junges Liebespaar. Ich war immer überzeugt, dass es mit ihm selbst und Ihrer Geschichte zu tun hatte, dieser Stoff.«

Bella war sofort aufgewühlt und fragte nach Einzelheiten. Bei den Treffen mit Joost hatte sie nie vergessen, ihn zu fragen, welche Projekte ihn gerade umtrieben. Über eine Berliner Geschichte hatte er nie auch nur eine Silbe verloren, abgesehen davon, dass er sowieso meist verlegen reagiert hatte, wenn es um sein Schreiben ging.

»Der Film sollte die selbstmörderische Widerstandsaktion eines Liebespaars zeigen, angestoßen durch die Idee eines Freundes, der auch in das Mädchen verliebt ist. Eine Dreiecksgeschichte. Das Pärchen will sich bewaffnet auf offener Straße einer Gruppe Nazischläger in die Arme werfen, mit dem Ziel, so viele wie möglich von ihnen zu töten, bevor sie selbst erschossen werden. Klingt nach romantischem Kitsch, ich weiß. Er hätte es bestimmt hinbekommen, einer solchen Gefahr auszuweichen.«

»Als wir uns kennenlernten, hat er mir mal so etwas erzählt. Er war ziemlich verrückt. Mit Blick auf die Gewalt der Nazis hielt er solche Aktionen damals wohl für angemessen.« Dass sie selbst so eine Dummheit gewagt und nur durch Zufall überlebt hatte, verriet sie nicht. Die junge Frau würde mehr wissen wollen, Hasib würde zur Sprache kommen, die muslimische Hochzeit und wer weiß, was noch alles. Sie waren sich erst vor ein paar Minuten begegnet; sie war eine Fremde – wenn auch eine sympathische!

»Ich glaube«, sagte Lisa, »er konnte sich von dem Stoff nicht lösen, wie man sagt, nicht genügend Distanz herstellen, um ihn künstlerisch zu bewältigen. Der wahre Kern der Geschichte steckte in ihm drin und beschäftigte ihn mehr, als er sich eingestehen wollte oder konnte. Ohnehin ein heikler Stoff, bei dem man als Autor schnell ins falsche Licht gerückt werden kann, wenn man bedenkt, dass die Protagonisten Jugendliche sind, erst sechzehn oder siebzehn. Unter den Kritikern gibt es immer ein paar Volkspädagogen, die in solchen Fällen genau wissen, was für das Publikum gut ist und was nicht. Solche Leute können kulturell eine Menge Schaden anrichten und merken es nicht mal. Im Gegenzug hätten wir von der Waffenlobby eine Menge Lob und Rückenwind bekommen. Die hätten bestimmt gefragt, warum es in Deutschland damals in den Haushalten eigentlich nicht genügend private Waffen gab, um dem Nazi-Spuk ein frühzeitiges Ende zu setzen.«

Joost hatte sich nie anmerken lassen, dass ihre fehlgeschlagene Lebensbegegnung für ihn zum Thema geworden war. Es erfüllte sie mit Stolz – mit traurigem Stolz und auch ein wenig Verärgerung, weil er geschwiegen hatte und sie nicht mehr mit ihm darüber sprechen konnte.

»Der Freund der beiden Beinahe-Attentäter verrät das Vorhaben und damit seine eigenen Ideale. Alle werden verhaftet. Das Liebespaar stirbt sinnlos wie alle anderen Opfer der Nazis. Der Verräter muss mit dem Verlust seiner Liebe und mit seiner Schuld leben und geht daran zugrunde. So etwa war das Skript angelegt und zum größten Teil sogar fertig, glaube ich.«

»Warum verrät der Dritte die beiden?«

»Ich weiß es nicht. Eifersucht?«

»Hat Joe so etwas erwähnt?«

Lisa verneinte. Das Taxi bog in eine Nebenstraße ab. Das kleine Hotel lag in einem von Bäumen beschatteten Hof, durch dessen Einfahrt der Fahrer den Wagen mit Mühe bugsierte.

Als das Taxi fort war und sie allein dastanden, war die Stadt nur mehr eine Geräuschglocke. Der Hotelier erschien, stellte sich vor, fasste beherzt Bellas Reisetasche und ging zügig voraus. Das Zimmer war altmodisch möbliert, charmant, sauber. Bellas Blick durch das halb geöffnete Fenster verlor sich in der Krone einer lichten Platane, die von rufenden Papageien umflattert wurde.

Lisa entschuldigte sich, sie habe einen Termin. Man verabredete sich für den frühen Nachmittag. Bella dürfe eine Überraschung erwarten. Die zweite bereits, dachte sie, verabschiedete die junge Frau und begann, ein paar Sachen auszupacken. Das Bad war klein, aber liebevoll dekoriert, der Schrank roch angenehm nach altem Holz. Schließlich legte sie sich aufs Bett, schloss die Augen und erwachte eine Stunde später aus einem farblosen Traum mit Motiven des unbekannten Filmskripts. Nicht überraschend. Sie blieb liegen, redete erst mal mit Joost – redete geradezu auf ihn ein, flüsternd, zuweilen halblaut. Wieso er nicht besser auf sich aufgepasst habe, wie man die noch offenen Dinge nun bitte schön klären solle. Sie spielte gern ein bisschen die Sentimentale, die Kopflose, solange niemand zusah, weinte sogar ein bisschen und nahm sich gleich wieder zusammen.

Wieso haben wir erst jetzt wieder miteinander zu tun, Joost, sag mir das bitte mal! Warum sind unsere wenigen Treffen verlaufen, als hätten wir eine heimliche Affäre gehabt? Wir hatten gar nichts, und vor wem bitte schön hätten wir uns verstecken müssen? Und jetzt? Du musstest erst sterben, damit ich deinen Agenten und seine aparte Assistentin kennenlernen darf! Gab's keine andere Möglichkeit, mir das bisschen Teilhabe an deinem Leben zu gewähren? Ist dieses Millionstel immer noch zu viel, zu lästig, zu anstrengend? Sag was! Antworte mir! Warum durfte ich nichts von dir wissen? Wieso gingst du in Deckung, sobald ich mich zu Wort meldete? Ich hätte so gern tausend Fragen gestellt, tausend Dinge erfahren. Nicht bloß von dir, auch von Dr. Fareed, den Al-Mawardis, von Hasib und Erika. Ich schrieb Briefe und wollte zu Besuch nach Deutschland fahren. Das war in den Sechzigern. Die Antworten waren stets herzlich; es wäre so schön gewesen, sie alle einmal wiederzusehen. Aber »wie das Leben so spielt« – immer kam etwas dazwischen, immer war irgendetwas wichtiger. Du warst immerhin hier und besser erreichbar, geografisch auf jeden Fall. Ich möchte nicht aufdringlich sein und beileibe nicht lästig werden, nichts weniger als das, Joost Gattermann, Joe Gatterford, wer immer du von beiden warst! Hörst du mich? (Derlei selbstgesprächige Tiraden taten gut. Sie mochten respektlos sein gegenüber einem Toten. Zwecklos waren sie nicht, das spürte sie; zumal, wenn Rebbe Hecht richtiglag und Jahwe dafür Sorge trug, dass Joost sie hörte und jedes Wort verstand.)

Manchmal meldet sich in mir die verrückte Angst, ihr alle hättet am Ende doch irgendwie bereut, mich gerettet zu haben. Natürlich glaube ich das nicht wirklich, aber allein der Gedanke ist schrecklich. War ich dankbar genug, habe ich mich zu oft beschwert, war ich Hasib gegenüber zu garstig? Sag's mir, Joost! Gibt es in euerm muselmanischen oder christlichen Himmel nicht eine alte Straßenpumpe, von der sich Briefe niedersenden lassen …?

Es klopfte. Bella stand auf, bat um eine Sekunde Geduld und machte sich hastig ein bisschen zurecht. Als sie öffnete, stand Lisa jungenhaft schön im Halblicht des Flurs. Sie nahm in einem der beiden Sessel Platz. Die Überraschung, von der sie vorhin gesprochen habe, sei ein gemeinsamer Termin in etwa einer Stunde, bei dem auch Frederic erscheinen werde – »wenn die Geburt nicht dazwischenfunkt. Er freut sich jedenfalls, sie endlich persönlich kennenzulernen … Geht's Ihnen gut, Bella?« Ihr Blick war forschend geworden, als hätte sie Spuren des Selbstgesprächs erkannt.

»Ich lebe noch«, erwiderte Bella – ein bisschen zu kess. »Bitte entschuldigen Sie! Ich bin vorhin eingenickt, dann brauche ich immer einen Moment, um wieder auf die Erde zu kommen. Bringen Sie mich zu meiner Überraschung! Ich freue mich schon wie ein Kind.«

Nachdem sie die Zimmertür zugezogen hatte, musste sie sich zügeln, um nicht einfach loszulachen. Einfach so, für einen Augenblick von allen Gedanken befreit. Lisa hakte sie unter und zog sie wortlos mit sich.

Das Taxi verließ die Stadt und brachte sie in ein Gebiet, das vor Zeiten offenbar militärisch genutzt worden war. Auf einem niedrigen Plateau lag ein Dutzend kartonförmiger Gebäude, Schuppen, kleinere Hallen, deren Flachdächer und Wände einheitlich aus Trapezblech gefertigt waren, verzinktes Metall, dessen lebloses Grau oder helles Anthrazit den funktionalen Charakter der Anlage unterstrich. Türen und Fenster waren vergittert oder hatten geschlossene Läden. Die Natur hatte das meiste zurückerobert; sämtliche Bauten waren von wuchernden Stauden und Sträuchern umlagert, gepflasterte Wege und Flächen schimmerten nur noch als zerrissene Inselwelt unter einer soliden Grasnarbe hervor, und als Lisa den Fahrer bezahlt hatte, sie und Bella ausgestiegen waren und der Wagen hinter einem Schutzwall weggetaucht war, blieb eine verstörende Stille zurück, die Bella, ohne die junge Frau an ihrer Seite, vermutlich als beunruhigend oder gar bedrohlich empfunden hätte.

Lisa hakte sich erneut bei Bella unter, das war tröstlich. Im Gleichschritt folgten sie einem der überwachsenen Wege in Richtung eines hoch aufragenden Turms mit quadratischem Grundriss, der wie ein architektonischer General über der reglosen Eintönigkeit herrschte. Auch dessen Wände waren aus Zinkblech, zur Hälfte von Efeu bedeckt. Oben, in etwa dreißig Fuß Höhe, schillerten dicht unter einem flachen Deckel als Dach vier dicht nebeneinanderliegende quadratische Fensterchen.

»Da oben ist die Überraschung?«

»Da oben ist erst mal Kaffee und Kuchen. Die Überraschung gibt's danach.«

In der Eingangstür stand ein untersetzter Mann in Holzfällerhemd, Jeans und Sandalen. Er hatte kein einziges Haar auf dem Kopf, dafür einen Vollbart, der mehr Raum in Anspruch nahm als sein Schädel.

»Der Herr Notar«, sagte Lisa. »Zugegeben, er sieht nicht danach aus. Der Turm beherbergt natürlich auch nicht das richtige Büro. Wir dachten, hier könnte es Ihnen besser gefallen als im zweiundzwanzigsten Stock eines der gläsernen Bauwunder in der City. Wenn auch ein bisschen grau hier alles …«

Der Mann streckte die Hand aus und sagte seinen Namen. »Das Krankenhaus ist nur eine Viertelstunde von hier entfernt, für Frederic die bessere Lösung. Ich nehme an, Sie sind unterrichtet.«

Bella nahm seine Hand.

»Ich benötige eigentlich keinen Notar«, stellte sie amüsiert fest. »Aber vielleicht schmecken Kaffee und Gebäck mit juristischer Unterstützung besser, wer weiß?«

Der Notar schmunzelte und ging vor. Man stieg eine

schmale Treppe empor, die an den Ecken des Turms jeweils nach rechts schwenkte. Oben stand eine Metalltür offen. Bella musste blinzeln. Auf drei der vier Seiten verlor sich der Blick durch die Fensterchen ins offene Umland, ein paar Gebäude, etwas Industrie, dunkle Busch- und Waldstücke, Wiesen, Straßen mit fließendem Verkehr. Nach Osten hin füllte die Silhouette von Philadelphia den Horizont aus.

Das Turmzimmer war größer, als es von unten hatte vermuten lassen. An einer Seite war Platz für ein Bett und eine alte, mit Schnitzereien verzierte Kommode, während der Rest Raum für einen runden Tisch mit fünf Stühlen sowie eine Schrank- oder Messeküche auf Rollen ließ, in der schon die Kaffeekanne und ein großer Teller mit Gebäck, aber auch Obst und etwas Herzhaftem standen.

Man setzte sich. Der Notar brachte die Snacks an den Tisch, verteilte Tassen, goss den Kaffee ein. Bellas Magen signalisierte, wie lange ihr Frühstück zurücklag. Der Mann bemerkte ihre Blicke auf die Teller und bat sie, sofort anzufangen. Er freue sich, wenn sie ein wenig Appetit mitgebracht habe.

»Doktor Servos«, fuhr er gleich fort und schlug einen professionellen Ton an. »Der verstorbene Joe Gatterford oder Joost Gattermann, als den Sie ihn zunächst kannten … Mr. Gatterford hat durch seinen Agenten Frederic, der unsere kleine Runde hoffentlich gleich vervollständigen wird, mithilfe meines Büros die Regelung seines Nachlasses in Angriff nehmen lassen.« Er hatte nun selbst Platz genommen und schob die Teller mit dem Essen noch ein Stück auf Bella zu.

»Ich weiß nicht, inwiefern Ihnen die Begriffe literarischer Nachlass und Aufführungsrechte etwas sagen.«

Bella machte eine Miene, die ihn weiterreden ließ, und nahm sich etwas vom Käse, dazu Brot, Butter und ein paar Trauben.

»Der Nachlass eines Autors hat verschiedene Dimensionen mit unterschiedlichen Konsequenzen. Unter anderem steht die Frage im Raum, an wen die Rechte an den Werken nach seinem Ableben fallen. Wenn es Familie gibt, tritt das Erbrecht in Kraft. Da es diese in Mr. Gatterfords Fall nicht gibt, mussten wir diese Frage klären.« Er holte Luft, lehnte sich zurück und versuchte offenbar zu ergründen, ob seine Zuhörerin verstanden hatte.

Doch die Zuhörerin aß, es schmeckte ihr, und sie genoss es obendrein, sich ungeachtet ihrer längst aufschimmernden Ahnung weiter ans Ziel des Monologs führen zu lassen. Zeigte keinerlei Regung, was sie dachte oder empfand, blieb freundlich-zugewandt, lächelte ab und zu, blickte Lisa an, die sie beobachtete, schweifte ab und überflog das erstaunlich scharfe Bild der Stadt und war froh, dass sie jetzt hier war und nicht in New York oder gar Flemington, im Zentrum des familiären Trauerns, oder immer noch in den Fängen jenes juristischen Kollegen, der ihr das Herz zu brechen versucht hatte und zum Glück gescheitert war.

»Wo war ich stehen geblieben?«, redete der Notar weiter und befühlte seine Schädeldecke. »Die Rechte-Frage! … Joe Gatterford war kein reicher Mann, Doktor Servos, beileibe nicht. Aber er war sehr fleißig und hat eine beeindruckende Menge von Werken hinterlassen, denen nun Aufführungs- und Veröffentlichungsrechte anhaften, die zu vergeben sind. Sie ahnen gewiss, worauf mein Vortrag hinausläuft …«

Ihr war nach wie vor nicht ganz klar, wie man Nachlass und Rechte juristisch unterschied. Als hätte der Notar ihr dies von den Augen abgelesen, fuhr er fort: »Der Nachlass eines Autors umfasst die materielle Hinterlassenschaft, die Rechte hingegen betreffen den finanziellen Gewinn aus Theateraufführungen beziehungsweise Verlagsveröffentlichungen et cetera. Den Nachlass hat sich vor Jahren bereits ein bedeutendes literarisches Archiv in San Francisco gesichert. Ich habe also nicht die zweifelhafte Freude, Ihnen mitzuteilen, dass Sie per testamentarischer Verfügung Eigentümerin einer Unmenge von Büchern, Manuskripten, Briefen, Unterlagen und so weiter geworden sind und man nun erwarte, dass Sie die Sachen auch an sich nehmen. Seien Sie froh, ich weiß, wovon ich spreche, und habe die Folgen solch leichtsinniger Bestimmungen zur Genüge erlebt. Sie werden stattdessen mit immateriellem und also *leichtem* Gepäck ab- oder weiterreisen«, setzte er freundlich hinzu und führte schließlich seine Tasse zum Mund.

»Alle Rechte an dem, was Joe Gatterford zu Lebzeiten schrieb, hat er auf Sie übertragen. Egal, wann und wo etwas veröffentlicht wird, Sie sind die finanzielle Nutznießerin. Ich nehme an, dass Sie Frederic als Joe's Agenten weiterhin die Sorge um das Werk anvertrauen werden, und bin sicher, dass diese Dinge bei ihm in sehr guten Händen sind. Sie müssen also nichts tun, als ihm die Nummer Ihres Bankkontos zu nennen und zu hoffen, dass seine Bemühungen Früchte tragen.«

Damit schwieg er, ließ seinen Blick eine Weile auf Bella ruhen und wartete begreiflicherweise auf eine Reaktion, eine Antwort, irgendein Zeichen, dass sie verstanden habe, womöglich auch, dass sie in angemessener Weise Freude empfand.

Sie legte den Rest des Brotes hin und war ehrlich guten Willens, den Mann und auch Lisa nicht zu enttäuschen. Dennoch saß sie nur da wie ein verlegenes Schulmädchen und brachte kein Wort heraus, empfand auch gar kein bestimmtes Gefühl, wie man doch hätte glauben können. Eine merkwürdige Stille und Leere breiteten sich in ihr aus, als durchschreite sie einen gewaltigen Raum, dessen Ausmaße nicht erkennbar waren. Sie fühlte sich klein, verschwindend klein – das war das Einzige, was ihr jetzt in den Sinn kam, und es war klar, dass sie es den beiden nicht einfach so mitteilen konnte.

Nun sieh dir das an, Joost! Ich fasse es nicht. Du bereitest mir eine riesige Freude, und natürlich erwartet man, dass ich es nicht nur fühle, sondern auch zeige. Und was tue ich? – Aber wie soll ich den jungen Leuten erklären, wie es um mich bestellt ist und dass mir seit einiger Zeit nicht bloß dann schwindlig wird, wenn mir mal ein Löffel herunterfällt und ich mich danach bücken muss? Soll ich sagen, ja, ich freue mich, und in Wahrheit fehlt mir das Morgen und Übermorgen, das nun mal vonnöten ist, um wirklich Freude und Zufriedenheit zu empfinden? Diese beiden Pflänzchen wachsen nämlich nur auf dem Humus der Zukunft gut, was man an den guten Renditen der Versicherungsbranche sieht. Hast du je die Freude eines Sterbenden beobachtet? Doch, ja, auch Sterbende erleben Freude. Aber das Gefühl erstickt am Aufwand, es zu erzeugen; für Sterbende ist es ein Nullsummenspiel. Ebenso für *Noch*-Lebende, mein Lieber. Ich bin schon ziemlich nah bei dir, Joost, nichts als ein letzter Funke …

»Was sagen Sie, Bella?«, fragte Lisa. »Habe ich zu viel versprochen?«

»Nein! Um Himmels willen! Bitte verzeihen Sie mir! Doch, natürlich, ich freue mich riesig …« Ein Geräusch rettete sie. Es hallte aus dem Treppenturm durch die offene Tür herein. Jemand rief Hallo.

»Das ist Frederic«, erklärte die junge Frau. »Er wollte gern dabei sein, wenn Sie die Papiere unterschreiben. Klingt übertrieben feierlich, ich weiß, aber wir haben gehofft, dass es uns alle vielleicht ein bisschen tröstet.«

Bella bedankte sich, versprach, dass die Überraschung absolut gelungen sei. Sie sei verblüfft und bewegt. Sie beide sollten bitte nicht glauben, dass sie nichts empfinde, nur weil sie es im Moment nicht angemessen zeigen könne. »Um ehrlich zu sein … ich wollte das eigentlich für mich behalten: Einer meiner beiden Schwiegersöhne ist gerade verstorben …«

Der Notar hatte soeben seine Tasse geleert, war aufgestanden und auf dem Weg zu der Metalltür, wohl um den Nachzügler zu begrüßen – als er stehen blieb. Der Bart versteckte seine Mimik, stellte Bella überrascht fest. Jedenfalls wichtige Teile, man musste alles von seinen Augen ablesen, von der Stirn. Lisa hatte eine Hand an den Mund gelegt und sah Bella verunsichert an.

»Nein, bitte, jetzt verstöre ich Sie, das will ich nicht. Natürlich ist meine Familie aufgewühlt, und wenn ich die Trauerfeier hier morgen hinter mich gebracht habe, steht mir eine weitere ins Haus. Aber das ist nun mal das Leben, nicht wahr?« Bella zwang sich zu lächeln, wurde aber sofort wieder ernst. Von der Tür her hörte man Schritte, jemand atmete angestrengt.

Agent Frederic war äußerlich der Gegenentwurf zur Erscheinung des Notars. Das dunkle Haar wuchs fest und üppig bis auf die Schultern, das Gesicht war glatt rasiert, und schon als er im Hereinkommen grüßte, hörte Bella am Tonfall, dass dieser Mann kein gebürtiger Amerikaner war, sondern in Österreich aufgewachsen sein musste. Seine Statur war athletisch, groß, breite Schultern; den Notar im Holzfällerhemd hätte man glattweg hinter ihm verstecken können. Der Gedanke streifte sie, dass ihn und Lisa mehr als nur ein Arbeitsverhältnis verband. Was sie nicht das Geringste anging – weshalb sie sich sofort verbot, es weiter zu betrachten. Erfolglos, wie sich zeigte.

»Doktor Servos hat uns soeben mitgeteilt«, sagte der Notar, »dass sie nicht nur Joe Gatterfords Ableben zu beklagen habe. Auch einer ihrer Schwiegersöhne ist gerade erst verstorben.«

Der Agent kondolierte. Beugte sich zu Lisa herunter und informierte sie mit wenigen, fast geflüsterten Worten, dass die Wehen immer noch auf sich warten ließen. Bella schaute zu, wie die Männer am Tisch Platz nahmen. Als Ärztin sei sie es gewohnt, mit derlei Belastungen umzugehen, erklärte sie schließlich, niemand solle sich Gedanken machen, weil sie zurückhaltend reagiere, es gehe ihr gut, sie müsse sich noch einmal entschuldigen, so wenig aufgeschlossen zu wirken.

Dies wurde von allen höflich zurückgewiesen, und nach einer Pause stellte der Agent dem Notar eine Frage, die nichts mit ihr zu tun hatte, was wohltuend war. Sie lehnte sich zurück, trank den Rest des Kaffees. Der Notar erhob sich, holte eine Ledertasche und zog einige Papiere daraus hervor. Er begann, in routiniert-offizieller Haltung und sachlicher Stimmlage den entscheidenden juristischen Text zu verlesen, als ginge es um den Kauf einer Immobilie.

Als er zu Ende gelesen hatte, holte Frederic einen Füllfederhalter hervor und reichte ihn Bella. »Einfach die Kappe abschrauben, wenn Sie so weit sind.«

Sie hatte eine Ewigkeit nicht mehr so ein Ding in der Hand gehabt oder auch nur gesehen.

Der Notar schob ihr eines der Blätter herüber und zeigte auf die beiden Stellen. Bella nahm den Füller in die Hand. Oz hatte ein solches Stück besessen und sehr daran gehangen, leider war es bei irgendeinem Umzug abhandengekommen. Der Füller war ein Geschenk der Familie zu Oz' Bar Mizwa gewesen. Als Jugendlicher hatte er Schriftsteller werden wollen und die Vorstellung gehabt, allein der Füller besitze die Macht, den Wunsch Wirklichkeit werden zu lassen. Er habe ernsthaft geglaubt, hatte er Bella erzählt, dass er das »magische Werkzeug« nur lange genug in der Hand halten müsse und es würde seine Fantasie in Bewegung setzen.

»Der Herr Notar hat mir bereits den Tipp gegeben, Sie gleichsam zur Erbschaft hinzuzurechnen.« Bella blickte den Agenten freundlich an.

Er lächelte sympathisch verlegen und bedankte sich. »Doktor Servos … darf ich Bella sagen? Ich kenne Sie nur unter diesem Namen, und zwar schon sehr lange. Es ist ein bisschen, als hätten wir uns Briefe geschrieben, seien uns aber nie persönlich begegnet.«

Bella schraubte die Kappe ab, setzte die Goldfeder aufs Papier. Während sie schrieb, kroch ihr die Schlange Neid ins Herz. Wie das? Es war aber so: Sie beneidete Lisa und diesen Frederic um deren jugendliche Anmut, die zukunftsgefüllte Selbstgewissheit, die sie beide ausstrahlten. Schüttelte den Kopf über sich selbst, schraubte die Kappe zu und reichte den Füller mit einem Danke zurück.

»Wissen Sie, wie er Sie nannte?«, fragte der Agent. »Joe sagte jedes Mal: *meine Igelin* … die Igelin hätte dies oder das strikt abgelehnt oder etwas hätte ihr gefallen und das hätte ihn sehr glücklich gemacht. Irgendwann wollte ich wissen, ob es dazu eine erzählenswerte Geschichte gebe, das war indiskret, fürchte ich. Aber keine Bange, ich habe nie eine Antwort erhalten.«

Bella wusste nicht, wie sie das mit der Igelin finden sollte. Stacheln, sich einigeln, Wehrhaftigkeit?

»So etwas kann auch ich nicht bieten«, erwiderte sie. »Ich höre das zum ersten Mal … Igelin! Und ja: Bitte, nennen Sie mich Bella, wir werden ja wohl immer wieder mal miteinander zu tun bekommen, nehme ich an.«

Er dankte ihr und schlug sogleich vor, dass Lisa sich in ein oder zwei Wochen bei ihr melden könne, um »das Vertragliche« vorzubereiten. Er würde sich sehr freuen, wenn es zu einer Vereinbarung käme und Joe »in der Kartei weiterlebt«.

Der Notar hatte die Papiere in seine Mappe zurückgelegt. Er stand auf, entnahm einer Lade seiner Schrankküche vier Gläser und stellte sie auf den Tisch. »Ich hoffe, Sie verzeihen mir, eigentlich ziemt es sich ja wirklich nicht …«

Bella nickte ermutigend. »Wir machen es wie die Mexikaner am Tag der Toten, wir trauern nicht, wir feiern.« Sie fühlte sich erstaunlich leichter als eben noch. War das Illusion? Konnte man sich Gefühle einbilden? Sie hoffte, dass Ursache oder Anlass verborgen blieben. Ein Weilchen wenigstens.

»Oh, beinah hätte ich es vergessen«, sagte der Notar und

legte etwas auf den Tisch, das aussah wie ein in Backpapier gewickelter, zu flach geratener Bagel.

»Darin stecken keine Aufführungsrechte, so viel ist sicher. Das ist Teil des Nachlasses. Sie dürfen mich nicht fragen, was es ist! Es gehört Ihnen, bitte sehr.« Er machte eine darbietende Handbewegung.

Bella berührte das faustgroße Bündel einmal kurz. Sie hatte keinen Schimmer, was da vor ihr lag. Was es auch sein mochte, es war materiell und musste Joost am Herzen gelegen haben; es sollte ihr gehören und nicht jenem Archiv in San Francisco.

Das Papier wurde von einer Kordel zusammengehalten. Bella fasste ein zweites Mal hin, tastete flüchtig. Ein Bagel ist es nicht, dachte sie amüsiert, wenn doch, ist er älter als wir alle zusammen.

»Joe schafft es wirklich, mich noch einmal zu verblüffen«, sagte sie kopfschüttelnd. »Der erste Schreck hätte doch gereicht.«

»Offenbar sind Sie es wert, Bella!«, bemerkte Fred. Sie nahm das Ding in die Hand. Für seine unerhebliche Größe hatte es ordentlich Gewicht. Sie betastete es erneut, diesmal genauer.

»Abgerundete Kanten …«

Der Knoten der Schnur ließ sich öffnen. Bella entfernte das feste Papier Lage für Lage und legte die zweite Überraschung frei. Ihr Herz stand einen Moment still, als das rötliche Tontäfelchen vor ihr lag, das Joost vor sechsundfünfzig Jahren von Dr. Fareed erhalten hatte – als Dankeschön für die Reparatur des Sterilisationsapparats. »Das letzte Artefakt im Universum«, wie Dr. Fareed damals gesagt hatte. Das hatte sie nicht vergessen. Rührung ergriff sie. Sie musste aufstehen und neben der Messeküche an die Fenster treten. Legte die Hände ans Gesicht und entschuldigte sich. Sie sei gleich wieder in Ordnung. Damit habe sie nun gar nicht gerechnet, auch nicht im Geringsten rechnen können. Sie brauche nur einen Moment und werde auch gleich erzählen, was es mit dem Täfelchen auf sich habe.

Sie fühlte ihr Herz. Es hätte sie nicht gewundert, wenn es jetzt einfach stehen geblieben wäre. Nach dreiundsiebzig Jahren – das sind mehr als zwei Milliarden Schläge, tagein, tagaus …

Hasibs Hundeblick hatte sie eine Weile verfolgt. Bella sah ihn noch, wie er oben stand und ihr übers Treppengeländer nachschaute. Der Krieg war vorbei und sie wurde von Frau Al-Mawardi aus der Wohnung geholt. Alles unwirklich. Unten auf der Straße wartete ein Jeep, der sie zu einer Sammelstelle inmitten der Berliner Trümmerlandschaft brachte. Papiere wurden geprüft, Essen verteilt. Ein paar Dutzend elend aussehender Menschen lungerten zwischen Koffern, Kisten und Säcken mit geretteten Habseligkeiten umher. *Displaced Persons*, Heimatlose – nun auch sie, inmitten ihrer Heimatstadt. An einer Seite türmten sich die Utensilien einer Feldküche, lange Reihen Kanister standen herum, und zwischen all dem wuchs ein kleiner, dunkler Hügel hingeworfener Uniformen empor. Ansonsten Schmutz und Trümmer, so weit das Auge reichte.

Der letzte Blickwechsel mit Hasib hatte Befremden, Spuren von Traurigkeit, Mitgefühlssprengsel hinterlassen, vor allem natürlich Aufatmen und Entlastung. Seine Enttäuschung, dass sie ihn nicht zurückliebte und dasselbe Verlangen empfand wie er, hatte sie in den letzten Monaten und Wochen als zunehmend beängstigend erlebt. Es war, als hätte er ein Tierchen in sie eingepflanzt, einen Agenten mit dem Geheimauftrag, sie anzustacheln, doch auf ihn einzugehen, endlich weich zu werden. Immerhin war er ihr vielleicht emsigster Lebensretter, und hatte sie nicht die Pflicht zur Dankbarkeit?

Auf ihrem letzten Weg durchs Treppenhaus nach unten waren (erwartungsgemäß) Wohnungstüren einen Schlitz weit geöffnet worden. Wobei keiner der Neugierigen den Mut oder Willen gehabt hatte, sich zu zeigen. Die sichtbare Verstörung der am Sammelplatz unter freiem Himmel wartenden Menschen berührte Bella verrückterweise weniger als Hasibs letzter Blick. Es schienen Leute zu sein, die entweder versteckt wie sie selbst oder auf andere Weise das Grauen überlebt hatten. Diese Unempfindlichkeit, um nicht zu sagen Abgestumpftheit, war vielleicht das Produkt zahlloser Schreckmomente, wenn sie zu jeder Tages- und Nachtzeit mit Hasib die Treppe nach unten gehastet war, im Luftschutzkeller eingekeilt dagesessen hatte, lauernd, wie lange sie noch Glück haben würde, bevor … über ihren Köpfen das schreiende Pfeifen, die Einschläge, ferne und nahe Explosionen. Manchmal hatte man eine schier unfassbare Bewegung der Wände und des Bodens spüren können, nicht bloß ein Beben, sondern richtiges Hin und Her, als hätte eine Riesenfaust das Haus gepackt. Beinah jedem der Menschen auf dem Sammelplatz hatte sie ansehen können, dass es ihm bei Weitem nicht so ergangen sein konnte wie ihr selbst. Da hatte es eben keine »verschworene Gemeinschaft« gegeben, keine Erika und keinen Hasib. Was also hatte sie später denken und fühlen sollen hier in New York an der Seite derjenigen, die Dinge erlebt hatten, die weder sie selbst noch irgendjemand auf der Welt sich vorstellen konnte? War es verwunderlich, dass sie immer ein merkwürdiges Grummeln im Bauch gehabt hatte, wenn sie aktiv mithalf, vor Publikum Überlebensschicksale und -erlebnisse zu schildern?

Was ihr damals, erst auf dem Dampfer, ein- und aufgefallen war und sie im Nachhinein sehr erschreckt hatte, war der Umstand, dass sich unter den verstörten Wartenden inmitten der Trümmer kaum Kinder befunden hatten, eine Handvoll allenfalls, und da waren hundert oder mehr Menschen. Wenn es

Leute waren, die wie sie selbst der Verfolgung und dem Terror in der Stadt entkommen waren, wieso sah man deren Kinder nicht? Männer und Frauen waren unter ihnen, Jüngere und Ältere, Jugendliche, sogar Greise. Wo befanden sich die Kinder, die es hätte geben müssen? Sie hatte nie eine Erklärung gefunden. Ihre Fantasie quälte sie – insbesondere, als sie später Maggie kennenlernte und schmerzhaft ahnte, was deren Zwillingsnichten zugestoßen war.

Als dann junge Frauen in langen Kitteln damit begannen, Essen zu verteilen, wurde die Verstörung der Menschen noch sichtbarer. Viele nahmen Brot und Blechschüsseln mit Suppe nur zögerlich entgegen, schauten lange darauf, ohne etwas anzurühren. Dabei bestand kein Zweifel, dass sie Hunger litten. Andere saßen reglos am Boden und waren erst nach wiederholten Aufforderungen bereit, den Helfern und alliierten Soldaten zu folgen, die sie zu einem großen, offenen Zelt führten, wo sie ungläubig um sich blickend an einem Tisch oder auf frei stehenden Bänken Platz nahmen und entweder abermals reglos verharrten oder mit befremdlich langsamen Bewegungen zu essen und trinken anfingen. Es war ein so trauriger Anblick, dass Bella selbst eine Weile nur hatte dastehen und schauen können. Essen mochte sie nicht, hatte keinen Appetit, nahm aber später einen Mantel entgegen, denn sobald die Sonne hinter den Wolken verschwand, wurde es kühl. Über allem hing ein unsichtbarer Nebel feinsten Staubs und eine wechselnde Abfolge von Gerüchen, die sie am liebsten nicht eingeatmet hätte.

Wie lange der Aufenthalt auf dem Trümmergelände gedauert hatte, wusste sie nicht mehr. Nicht bis in die Dunkelheit. Von Zeit zu Zeit waren kleine Gruppen gebildet und mit Autos fortgebracht worden. Wenige neue Gerettete oder Aufgefundene kamen zu Fuß, elend aussehend, wurden versorgt, weckten Bellas Mitgefühl. Wieder keine Kinder. Offenbar waren Kinder am ehesten Opfer der jeweiligen Familienschicksale geworden. Sie begriff mehr und mehr, welches Glück sie selbst gehabt hatte.

Nachdem sie doch noch etwas gegessen hatte, war sie zusammen mit zwei anderen Frauen in einen Wagen gestiegen und vor die Stadt gebracht worden, wo sie endlich ihre Mutter und die Oma in die Arme hatte schließen können – taub vor Staunen und Verwunderung, dass alles vorüber sein sollte. Die Ahnung eines neuen, eines anderen Lebens.

Als das Auto auf seinem Weg das zerfurchte Gelände des Tiergartens streifte und um eine Ecke bog, erschreckte sie der Anblick eines ausgebrannten Dachstuhls. Quer im Gebälk steckte hoch oben eine lebensgroße, überschlanke Schaufensterpuppe, so fehl am Platze wie nur irgendetwas. Beide Arme waren abgerissen, ein Bein war kokett vorgestellt, an den Füßen dunkle Schuhe mit hohen Absätzen, alles fleckig, schadhaft. Nur die starr gewellte Gipsfrisur leuchtete wie pures Gold inmitten des Gewirrs aus schwarz verkohlten Sparren.

Nachdem Chelsey auf ihre wie auch immer geartete Weise verstanden zu haben schien, wieso ihr Daddy bei allem, was geschah, fehlte, schwieg sie mit beunruhigender Beharrlichkeit. Auch während des Mittagessens nach der Bestattung fiel sie für eine Weile in den sprachlosen Zustand zurück, den sie eigentlich überwunden hatte. Bella sprach sie mehrfach an, nannte sie Pinball-Queen, aber mehr als ein flüchtiges Grinsen erwirkte auch sie nicht. Ungeachtet dessen beobachtete sie das Kind weiter und betrachtete es mit ängstlichem Respekt. Man konnte nie wissen! Bei der Abschiedsfeier in Philadelphia und mehr noch nach der hiesigen in Flemington hatten sich Dinge zugetragen, die einen grübeln ließen. Wie viel Bedeutung man solchen Dingen zumessen musste, blieb unklar.

Als man in Philadelphia am Samstagabend noch ein wenig zusammengesessen hatte – Fred, Lisa, der Notar und ein paar Freunde und Kollegen des Verstorbenen –, war es zu einem

Ereignis gekommen, das Bella immer noch verstörte. Es geschah in der Damentoilette des Lokals, das Frederic ausgewählt hatte, weil er den Chefkoch kannte. Als sie sich die Hände wusch, stand vor einem der gegenüberliegenden Becken mit dem Rücken zu ihr eine Dame, die sich die Lippen nachzog und das Haar richtete. Bella beachtete sie zunächst kaum. Erst beim Händetrocknen blickte sie in ihren Spiegel und erschrak. *Elohim ma se!* Gott, was war das? Die Augen, der Blick, der Mund der Fremden, die sich zweifach spiegelte – das war Joosts Gesicht, und es waren so deutlich dessen Züge, dass es Bella den Atem verschlug. Die Dame war sein Ebenbild, sein Double, seine Zwillingsschwester. Wieder drinnen am Tisch bei den anderen, hatte sie mit klopfendem Herzen gewartet, dass die Frau aus der Tür der Damentoilette träte. Vergeblich. Verlor sie den Verstand?

Der zweite Aufzug dessen, was sich in Philadelphia zugetragen hatte, ereignete sich während Nigels Bestattung in Flemington. Die Sonne schien und der Himmel war voller Schönwetterwolken. Als es dann passierte, fühlte Bella sich an die Verfilmung von Henry James' ›Turn of the Screw‹ erinnert. Dort erscheint im Schilf bei einem Landsitz eine geisterhafte Frau, die nur still und reglos in Richtung Kamera blickt. Der Zuschauer bemerkt sie nicht gleich, sondern erst, wenn er dem Übrigen der Szenerie eigentlich vertraut und keine Überraschung mehr erwartet.

Ein Priester und ein Rabbi hatten sich die Arbeit am Grab geteilt. Bella stand in vorderster Reihe zwischen Louise, den Kindern, Grace und den Iren. Sie wäre liebend gern in die zweite Linie zurückgewichen, aber das ziemte sich nicht. Sie hörte zu, beobachtete, ließ sich von Chelsey ablenken, die Grimassen schnitt, fand zu Nigels Aussegnung zurück, hätte an ein paar Stellen der Reden über ihn um ein Haar zu weinen begonnen. Clint popelte in der Nase, June spielte mit einem Plastikkettchen, das sie nach der Ankunft aus einem Automaten neben der Friedhofshalle gezogen hatte. Milli und Eve weinten leise.

Immerhin hatte sie den Kindern zwischenzeitlich unumstößlich versprochen, im Oktober mit nach Dublin zu fliegen. Eine kleine Heldentat für sie, sechs Stunden eingepfercht wie eine Milchkuh. Sie hoffe bloß, dass der Aufenthalt selbst nicht genauso anstrengend werde. Die Enkel beteuerten, dass sie die Grannie im Flieger in ihre Mitte nehmen und für Unterhaltung sorgen würden. Man werde Reisespiele, Hörkassetten, Häkelsets, zur Not sogar Bücher mitnehmen.

Der Priester redete. Die Gruselfilmszene ereignete sich, als Bella den Blick einmal mehr schweifen ließ, weg vom Priester hin zu einem der geschmacklosen Monumente, vermutlich das Grab irgendeines Industriebarons. Plötzlich, im Gegenlicht, stand dort diese Frau. Zu entfernt, um ihr Gesicht genau erkennen zu können, doch Bella wusste sofort, dass *sie* es war, das Double, *seine* Zwillingsschwester. Hier in Flemington! Sie sah sie, aber ihr wurde weder übel noch schwindelig. Sie blieb tapfer in der Reihe stehen und erwiderte den Geisterblick. Schaute dann weg. Als sie noch einmal hinsah, war der Spuk vorüber. Weiter hinten sah sie jemanden fortgehen. Irgendeine Frau, die einen Blumenstrauß gebracht oder frisches Wasser in eine der Steinvasen gegossen hatte und nun wieder auf dem Heimweg war. Nichts Seltsames, Alltag, Einbildung …

Der Priester sprach von Gott, der Seine Hand auch über Nigel halte und seine Seele in die Ewigkeit geleiten werde. Amen. – Bella sandte Nigel einen letzten Gruß.

Am Abend nach der Bestattung fand sich im Flemingtoner Briefkasten ein Umschlag, der, wie sich herausstellte, vor ein paar Tagen schon einmal in der Stadt gewesen war. Das hiesige Postamt hatte ihn gemäß Nigels Weiterleitungsauftrag zunächst ans »McInnes« in New York geschickt, von wo er umgehend wieder hierher zurückgesandt worden war. Das Schreiben kam aus Israel, Jerusalem, und war die erwartete Reaktion der Yad Vashem-Behörde. *Dear Doctor Jespersen, …* Man habe die Unterlagen in der Angelegenheit Dr. Kamal Fareed etc. geprüft und freue sich, mitteilen zu können, dass die Entscheidung positiv ausfalle und man dem Verstorbenen posthum die Auszeichnung *Gerechter unter den Völkern* zuerkennen werde et cetera.

Bella überflog den Brief ein zweites Mal – und flennte los, diese Freiheit nahm sie sich. Sie hatte sich genug zusammengenommen, die Zähne zusammengebissen. Weinte endlich los – um Nigel, um Dr. Fareed, Erika und Hasib, um Oz, Joost und Rasmus, um das Ehepaar Al-Mawardi, den Uhrmacher Lauth, um Joosts Vater in Berlin, um die arme Maggie und ihre Nichten in Mengeles Baracke, um Basima und um Ronjon, um die Eltern und die Oma, um Sarah, Leni und Britt Nölte und sogar um Ramses, Sethos, Thutmosis und die anderen Pharaonen. Und keener weeß, wohin der Keese rollt …!

»Was ist eigentlich mit diesem Aaron?«, wollte Louise wissen, als sie am Nachmittag zusammensaßen. Die Stimmung war angemessen bedrückt. Chelsey spielte am Küchenboden mit Stofftieren. Jeder musste drüber hinwegsteigen, um keinen der diversen Zooinsassen umzuwerfen oder Schlimmeres.

»Hast du ihn getroffen? Seid ihr jetzt befreundet? Führt er dich mal ins Theater aus oder so was? Will er diese Erpressung irgendwie für uns abfedern oder was tut er? … Nein, entschuldige, ich will gar nicht so ätzend klingen! Ich weiß auch nicht …« Louises Hände bebten, wenn sie eine Tasse hinstellte oder für die Kinder Brote schmierte. Bella beobachtete es schon die ganze Zeit und machte sich Sorgen. Folglich antwortete sie nicht gleich, sondern holte erst einmal tief Luft.

»Ich sag mal: *Entwarnung*!« Das löste Neugier aus. »Du musst nicht länger über ihn nachgrübeln, Louise.«

»Bist du beleidigt? Hätte ich nicht fragen sollen?«

»Doch. Wir brauchen Aaron nicht mehr. Oder hast du deine Meinung geändert, was die Polizeisache betrifft?«

Louise verneinte – zum Glück.

»Wenn ich an Nigel denke«, fuhr Bella fort, »kommt es mir vor, als hätten wir es mit einer Art Vermächtnis zu tun, findest du nicht auch? Ich glaube nicht mehr, dass er mit dieser ominösen Genehmigung leichtsinnig umgegangen ist, was diese hochgeheimen Papiere betrifft. Aaron Key sollte und wollte uns verunsichern. Vielleicht war alles erfunden. Wer weiß, wie viel Geld für ihn im Spiel gewesen wäre, wenn wir uns drauf eingelassen hätten? Vergiss ihn einfach!«

»Aber es tut dir weh, oder?«

»So ist es eben.«

Louise kam zu ihr und nahm sie in den Arm. Chelsey ließ eine kleine Giraffe durch die Luft fliegen, die auf Bellas Wange landete und ihr einen Kuss gab.

»Bist du traurig, Grannie?«

»Ja.«

»Warum?«

»Manchmal ist es so.«

»Die Giraffe ist auch.«

»Was hat sie denn?«

»Ein Herz ist verloren.«

»Dann muss ich sie auch mal trösten …« Bella gab dem Tier einen dicken Kuss zurück. Ein kurzer, flinker Kusswechsel folgte und machte Spaß.

»Herz ist wieder da.«

»*Wiedergutgeküsst?*«, fragte Bella. Chelsey lächelte.

Louise löste sich von ihrer Mutter. »Seid ihr aneinandergeraten, er und du?«

»Ein Streit wäre immerhin *etwas* gewesen.«

»Wenn ich es richtig verstanden habe, seid ihr zusammen Zug gefahren.«

»Er nach Baltimore, ich bis Philadelphia. Ich habe mir eingebildet, dass ich etwas empfinde. Vermutlich hattest du recht, Louise, in meinem Alter darf man einfach nicht mehr …«

»Das habe ich nicht gemeint, Mom. Ich hatte nur Bammel, weil dieser Mann Jurist ist und die andere Seite vertreten muss und daherkam, als hätte ihn der Himmel geschickt. Ich hätte mich gefreut, wenn ich unrecht gehabt hätte.«

Chelsey hatte die Giraffe in den Zoo zurückfliegen lassen und wieder unter die andern Tiere gestellt. Der Löwe fauchte, die Äffchen schrien; sie war immer schon gut gewesen im Stimmen-Nachmachen oder Fantasiegebrüll-Erfinden.

»Erzähl mir lieber«, sagte Bella, »wie Nigel und du euch wieder angenähert habt. Ist das so richtig gesagt?«

»Wir haben wieder öfter miteinander geredet, statt wegen nichts zu streiten. Hat uns beiden gutgetan. Die ersten Jahre mit Ian ist er ziemlich furchtbar gewesen. Ist ja auch verständlich, irgendwie. Irgendwann haben wir uns wohl beide dran gewöhnt, dass es war, wie es war, und sich nichts mehr ändern ließ. Nigel hat sich all die Zeit sehr um die Kinder gekümmert, besonders um Chelsey. Das habe ich ihm hoch angerechnet.«

»Kommt Daddy?«

»Nein, mein Schatz. Er kann nicht wiederkommen, das habe ich dir doch erklärt.«

»Aus dem Himmel?«

»Das geht nicht.«

»Er soll aber.«

»Er möchte bestimmt sehr. Aber es geht nicht.«

»Doch!« Das Kind ließ alle Tiere umfallen, schob sie zu einem Haufen zusammen. »Er muss ja.«

»Wieso muss er?«, wollte Bella wissen.

»Wenn er im Himmel ein Engel ist, muss er.«

»Engel müssen doch nichts.«

»Sie lachen aber. Kann ich sie sehen?«

»Nein, Liebes.«

»Doch. Ich seh sie. Alle«, rief Chelsey fröhlich und fing an, ein Tier nach dem andern wieder aufzustellen. Louise biss die Zähne zusammen, um nicht loszuheulen. Bella erkannte es am Hervortreten ihrer Kieferknochen. Im Kinn bildeten sich Grübchen, winzige verräterische Furchen. Und in ihr selbst rollte eine eigene Welle los. Die Welle der Gewissheit. Der Zug fuhr ein! Der Meister klopfte an die Tür, sie konnte es beinahe riechen. Das Alter stinkt! Man merkt es überall, im Haus, im Zimmer, jedes Kissen stinkt, die Nachthemden, Mäntel, Jacken, Schals …

Am nächsten Morgen klingelte das Telefon. Man frühstückte. Grace stand in der Nähe und nahm den Hörer ab.

»Für dich, Mom!«

Bella nahm den Hörer und erkannte Teresas Stimme. Sie wollte es nicht, aber es säuerte sofort irgendwie ihre ohnehin labile Laune.

»Darling, hier war gerade ein bildhübscher Bote an der Tür und hat ein Päckchen für dich abgegeben. Ich dachte, ruf lieber mal an, wer weiß, wann sie wieder hier auftaucht. Vielleicht ist es ja was Wichtiges.«

»Hat's einen Absender, das ›vielleicht Wichtige‹?«

Die Nachbarin verlas einen Namen, der Bella nicht das Geringste sagte. Auch die Anschrift half ihr nicht auf die Sprünge.

»Soll ich's hier liegen lassen?«

»Mach's auf!«

Sie hörte, wie es raschelte. Teresa hustete. Bella hatte nicht die geringste Lust auf irgendein Gespräch. Sie hatte schlecht geschlafen, und da war wieder dieses beschissene Vorhofflimmern, diese elenden Extrasystolen. Man fühlt sich nervös und weiß nicht, warum …

»Liebes, du hast mir gar nicht erzählt, dass du einem Senioren-Sportverein beigetreten bist oder so was.«

»Red keinen Mist, Teresa!«

»Aber ich halte einen prachtvoll glänzenden Pokal in der Hand, ein wirklich tolles Ding, mit üppiger Gravur. Ich les mal vor … *Zur Erinnerung an ein gemeinsames Metro-Abenteuer … Für die New Yorker Pinball-Queen 1998* … Sag mal, Bella Darling, was sind das für irre Geheimnisse …?«

NACHWORT

Etwa 1941 entschied sich der in Berlin lebende ägyptische Arzt Dr. Mod Helmy, die siebzehnjährige Jüdin Anna Boros, ihre Mutter, Julie Wehr, und deren Mutter, Cecilie Rudnik, sowie Annas Stiefvater, Georg Wehr, vor den Nazis zu verstecken. Bis zu diesem Zeitpunkt war Anna bereits als vorgeblich muslimische Sprechstundenhilfe in seiner heimlichen Wohnzimmerpraxis tätig gewesen. Als die Familie 1942 durch die Gestapo aufgefordert wurde, sich zur Deportation nach Rumänien zu melden, organisierte Mod Helmy ein Versteck in einer Gartenlaube in Berlin-Buch und bewahrte sie damit vor dem sicheren Tod. Im Sommer 1943 organisierte er zudem Annas Konversion zum Islam und kurz darauf sogar die heimliche Durchführung einer muslimischen Hochzeit. Vertrauenswürdiger Bräutigam war ein Landsmann Helmys, mit dem er gemeinsam in Haft gesessen hatte.

Weder Hausdurchsuchungen noch Haft und Misshandlungen hielten Dr. Helmy von seinem selbstgefährdenden Engagement ab. Er starb 1982 in Berlin, wo er weiterhin gewohnt und auch praktiziert hatte. Es ist aufmerksamen Rechercheuren wie Sabine Mülder und Dr. Karsten Mülder zu danken, dass Dr. Mod Helmy 2013 als erster Araber in die Reihen der von der Yad Vashem geehrten »Gerechten unter den Völkern« aufgenommen wurde – an seiner Seite Frieda Sztuermann, eine ehemalige Patientin, die ihn aktiv unterstützte.

Die Romanfigur Bella Servos hat eine *fiktive* Familie. – Hätte Mod Helmy in Berlin nicht getan, was er tat, würde es die *reale* Nachkommenschaft der von ihm geretteten Anna Boros heute nicht geben. Der besondere Satz, der zu Beginn des elften Familientreffens im Buch von den Anwesenden gesprochen wird, ist nicht erfunden. Vor wenigen Jahren kamen in den USA fünfundzwanzig Menschen zusammen, blickten einander an und sagten sinngemäß diese Worte …

Zwischen den Figuren im Roman und der realen Familie in New York besteht keinerlei Ähnlichkeit. Während meiner Recherchen hatte ich das Glück, Kontakt mit Carla Gutman Greenspan aufnehmen zu können, der Tochter von Anna Boros. Bei einem Treffen in New York im Mai 2015 erzählte sie mir das, was sie von ihrer Mutter und anderen Zeitzeugen erfahren hatte, zeigte mir zahlreiche Fotos und Dokumente ihrer Familie und brachte mir ergreifend nah, was Dr. Helmy und seinen Helferinnen und Helfern inmitten des Nazi-Terrors in Berlin gelungen war.

Ich danke Carla Gutman Greenspan an dieser Stelle ausdrücklich und herzlich für ihre Befürwortung des Roman-Projekts und für das wertvolle Vertrauen, das sie mir während des Schreibens entgegenbrachte.

Jürgen Seidel